『家なき子』の原典と初期邦訳の文化社会史的研究
―― エクトール・マロ、五来素川、菊池幽芳をめぐって ――

渡辺 貴規子 著

風 間 書 房

目　次

凡例…………………………………………………………………………… vii
序論……………………………………………………………………………… 1

第一部　Hector Malot, *Sans famille*（1878）
──原典成立の背景と意義………………………………… 5

序章……………………………………………………………………………… 7
第一章　伝記的事実と *Sans famille* 成立の背景……………………………10
　1-1　伝記的事実──1878年までを中心に…………………………………11
　　1-1-1　エクトール・マロが受けた教育の特徴と政治的目覚め…………11
　　1-1-2　思想・表現の自由についての戦い………………………………12
　　1-1-3　ジャーナリストとしての活動──共和主義、社会主義との接近………13
　　1-1-4　普仏戦争の経験……………………………………………………16
　　1-1-5　*Sans famille* 執筆時代のマロの思想的傾向……………………18
　1-2　*Sans famille* 成立の背景と経緯………………………………………20
　　1-2-1　ピエール=ジュール・エッツェルからの依頼と『教育娯楽雑誌』………20
　　1-2-2　エッツェルとの決裂と二つの版の誕生……………………………25
　1-3　まとめ……………………………………………………………………31
第二章　*Sans famille* と共和国……………………………………………42
　2-1　第三共和政初期の初等教育改革と *Sans famille* ……………………44
　2-2　*Sans famille* における教科教育………………………………………48
　　2-2-1　バロデ案とバルニ案における初等教育の内容……………………48
　　2-2-2　*Sans famille* における教科教育…………………………………49
　　　①　読み方・書き方………………………………………………………50

② 計算（数学の基礎） ……………………………………………… 53
　　③ 地理歴史・とくにフランスの地理歴史 ………………………… 55
　　④ 自然科学（物理学、博物学） …………………………………… 59
　　⑤ 体育 ………………………………………………………………… 61
　　⑥ 男子に軍事教練・女子に裁縫 …………………………………… 64
　　⑦ 図画および音楽（線画、唱歌） ………………………………… 65
　　⑧ 法律上の常識および経済 ………………………………………… 66
　　⑨ 現用語（外国語）の活用 ………………………………………… 68
　　⑩ 産業に関する実践的な知識・職業教育 ………………………… 69
　　⑪ 実物教育 …………………………………………………………… 71
　2-3　Sans famille における自然科学教育と宗教的信仰 ……………… 78
　2-4　Sans famille における公民道徳教育 ……………………………… 84
　　2-4-1　「共和国の小学校」における公民道徳教育 ………………… 84
　　2-4-2　家族の重視 …………………………………………………… 90
　　① 家族の存在意義──神に代わる家族 …………………………… 91
　　② 家族の道徳的機能──道徳的守護者としての家族 …………… 95
　　③ 家族に対する道徳──友情と愛情の源としての家族 ………… 102
　　2-4-3　法的規範の遵守 ……………………………………………… 107
　　2-4-4　社会規範の遵守 ……………………………………………… 111
　　① 1887年の学習指導要領との比較・照合 ………………………… 112
　　② 家族における女性の役割の重視 ………………………………… 117
　2-5　まとめ ……………………………………………………………… 124
第三章　Sans famille における社会批判 ………………………………… 142
　3-1　Sans famille で提示された教育問題 ……………………………… 143
　　3-1-1　対独復讐の視点の回避──国家主義の否定 ……………… 143
　　3-1-2　Sans famille における学校教育批判
　　　　　　──「独学者」の表象を中心に ……………………………… 157

- 3-2　*Sans famille* における「社会問題」への言及……………………… 176
  - 3-2-1　*Sans famille* における「社会問題」に関する先行研究………… 176
  - 3-2-2　エクトール・マロの「社会問題」に対する関心
    ──1860年代を中心に………………………………………………… 180
  - 3-2-3　*Sans famille* における「社会問題」と家族………………………… 188
    - ①　「社会問題」による家族崩壊の危惧………………………………… 189
    - ②　「社会問題」の解決の鍵となる家族──「友愛」の源として……… 202
  - 3-2-4　*Sans famille* における浮浪者への視線…………………………… 209
- 3-3　児童の権利についての問題提起………………………………………… 218
  - 3-3-1　先行研究と本節の視座……………………………………………… 218
  - 3-3-2　第三共和政初期における児童保護政策…………………………… 219
  - 3-3-3　*Sans famille* における父権批判……………………………………… 223
  - 3-3-4　*Sans famille* における児童保護事業………………………………… 231
- 3-4　まとめ………………………………………………………………………… 236
- 第一部　結論……………………………………………………………………… 264

第二部　明治時代後期の日本における *Sans famille* の翻訳受容……………… 271

序章………………………………………………………………………………… 273

第一章　五来素川訳『家庭小説　未だ見ぬ親』(1903年)……………………… 275
- 1-1　『未だ見ぬ親』に関する基本的事項…………………………………… 277
  - 1-1-1　*Sans famille* が日本に紹介された経緯……………………………… 277
  - 1-1-2　翻訳・翻案に際して使用された原書の版について……………… 280
- 1-2　「家庭小説」としての『未だ見ぬ親』…………………………………… 289
  - 1-2-1　「家庭小説」の特徴…………………………………………………… 289
  - 1-2-2　五来素川の小説観と『未だ見ぬ親』……………………………… 293
- 1-3　親子道徳を説く物語としての『未だ見ぬ親』………………………… 298

1-3-1　五来素川の家族観――「家族主義」から「個人主義」へ……………298
1-3-2　*Sans famille* と『未だ見ぬ親』――章の構成の比較………………302

1-4　原作に見出された価値――個人主義に基づく親子関係……………311
1-4-1　個人主義に基づく教育………………………………………………311
1-4-2　親子間の情愛…………………………………………………………318

1-5　作品の日本化………………………………………………………………325
1-5-1　教え導かれる子ども
　　　――*Sans famille* における児童教育に対する限定的な理解…………325
1-5-2　親の恩を感じる主人公――報恩の観念の付加……………………334

1-6　まとめ………………………………………………………………………342

第二章　菊池幽芳訳『家なき児』（1912年）………………………………355

2-1　『家なき児』についての基本的事項……………………………………359
2-1-1　菊池幽芳の経歴………………………………………………………359
2-1-2　菊池幽芳のフランス語能力および翻訳の底本について…………362
2-1-3　菊池幽芳の翻訳態度および *Sans famille* に対する評価…………368

2-2　菊池幽芳の文学観…………………………………………………………377
2-2-1　「家庭小説」の作家としての菊池幽芳――明治30年代を中心に………377
①　『己が罪』（1899年）――小説を通した「家庭」の啓蒙……………378
②　『乳姉妹』（1903年）――女性への焦点化、「家庭小説」の通俗化………384
2-2-2　明治末年の問題意識…………………………………………………387
①　「新しい女」に対する危惧……………………………………………389
②　若者の「堕落」と小説…………………………………………………392
③　欧米文化の悪影響………………………………………………………397

2-3　見出された *Sans famille* の価値と『家なき児』………………………399
2-3-1　「家庭小説」としての受容…………………………………………399
2-3-2　物語の面白さ――メロドラマとサスペンス………………………400
2-3-3　「家庭小説」としての道徳…………………………………………403

2-4 『家なき児』における女性像……………………………………407
　2-4-1 賢母であることを強調する改変………………………407
　2-4-2 娘の献身………………………………………………………415
　2-4-3 「家庭」を疎かにする女性、結婚しない女性……………418
2-5 女性以外の読者への意識：児童と男性………………………426
　2-5-1 児童文学としての評価、翻訳の際の配慮…………………426
　2-5-2 成人男性も読める小説として………………………………436
2-6 まとめ…………………………………………………………………440
第二部　結論……………………………………………………………………464

結論…………………………………………………………………………………469

あとがき……………………………………………………………………………475
初出誌一覧…………………………………………………………………………479
参考文献……………………………………………………………………………481
付録1　ダンテュ版とエッツェル版の主要なヴァリアント………………517
付録2　バルニ案、バロデ案、ベール案、フェリー法における
　　　　教科教育規定………………………………………………………521
付録3　初等科中級課程「道徳」科の学習指導要領規定と
　　　　Sans famille の記述の照応………………………………………524

凡　例

◇『家なき子』、*Sans famille*、『未だ見ぬ親』、『家なき児』は、次のように表記を使い分けた。一般的な固有名詞としての作品名を示す場合、一般に流布した表記である『家なき子』を用いた。原作者エクトール・マロによる原典を示す場合、*Sans famille* の表記を用いた。五来素川による『家庭小説　未だ見ぬ親』を示す場合、『未だ見ぬ親』あるいは『家庭小説　未だ見ぬ親』の表記を用いた。菊池幽芳による『家なき児』を示す場合、『家なき児』の表記を用いた。

◇本書において引用する *Sans famille* の原文テクストは、以下の①〜⑤を使用し、引用の際には、括弧内に示す略号とローマ数字による巻数、算用数字による頁数を引用文末尾に記す。

①ダンテュ版：Hector Malot, *Sans famille*, tome premier et tome second, Paris, E.Dentu, sixième édition, 1879。（D）

②エッツェル版：Hector Malot, *Sans famille*, Paris, J. Hetzel et Cie., Bibliothèque d'éducation et de récréation, s.d. (vers 1890)。（H）

③シャルパンティエ版：Hector Malot, *Sans famille*, tome premier et tome second, Paris, Charpentier, Cent douzième mille, 1893。（Ch）

④フラマリオン版：Hector Malot, *Sans famille*, nouvelle édition illustrée, tome premier et tome second, Paris, Ernest Flammarion, s.d. (vers 1900)。（F）

⑤フェイヤール版：Hector Malot, *Sans famille*, Paris, Fayard Frères, s.d. (vers 1900)。（Fay）

◇一次資料からの引用に際しては、旧字体を新字体に統一し、適宜、ルビを省略した。原文に濁点、句読点を加えた場合には、個々にその旨を注記した。

◇本書第二部における *Sans famille* の原文と『未だ見ぬ親』および『家なき児』の翻訳文の比較を行う際には、原則として、原文、拙訳、翻訳文の順で提示する。

◇本文中の翻訳は、注に特記した場合を除き、原則として拙訳である。ただしすでに邦訳の出ているものは適宜既訳を参考にさせていただいた。

◇引用中の原文および翻訳文の中の、下線および破線による強調は引用者によるものである。引用中の原文および翻訳文の中の［　　］は、中略および引用者による補足説明を示す。

◇人名、地名、作品名などの固有名詞については、日本語で広く用いられているものは、慣用に従って一般に流布した表記を用いる。

凡例

◇本書の構成は二部構成であり、各部において章、節、項の順で細分化した。本文内、および脚注内において、本書内の記述を参照する際には、原則的に、漢数字と、部、章、節、項の言葉を用いて示す。たとえば、「第一部2-4-3　法的規範の遵守」を示す場合には、「本書第一部第二章第四節第三項」と記す。

◇引用文中には、今日の社会的な判断からすると、不適当と思われる文言が含まれている場合があるが、当時の認識を示す歴史的文献資料としての性格を考慮して、とくに断らず原文のまま引用した。

序　論

　フランスの児童文学作品、エクトール・マロ（Hector Henri Malot, 1830-1907）の Sans famille（1878）は、『家なき子』の邦題を冠し、日本でもとてもよく親しまれた物語である。2005年に刊行された『児童文学翻訳作品総覧』第三巻によれば、2005年の時点で５種の漫画を含めた178種類の単行本が刊行されており[1]、また、1977年から1978年、1996年の二度にわたりアニメーションもテレビで放映された。しかしながら、この物語がもともとどのような社会的背景、文化的背景のもとで十九世紀のフランスにおいて成立し、どのような意味を持ち、どのように日本に伝えられ、受容されたのかという原点について語られる機会はこれまで決して多くはなかった。

　日本では、佐藤宗子が『「家なき子」の旅』において、再話と語りの変遷の問題を中心に、本書で研究対象とした五来素川訳『家庭小説　未だ見ぬ親』（1903年）と菊池幽芳訳『家なき児』（1912年）より後の、大正時代および昭和時代初期の日本における Sans famille の受容の問題を扱ったのが、最も大きな研究である[2]。また末松氷海子は、1996年にテレビで放映されたアニメーションの「家なき子」において、主人公が男児から女児に変化した問題を中心に、現代の日本での作品受容の様相をフランスの学術誌において紹介した[3]。この二つの研究以外については、フランス児童文学史の概説書の中で、『家なき子』はそのあらすじなどについて触れられる程度に留まっている。

　フランスにおいては、エクトール・マロ研究の一環として、Sans famille は語られた。これまでマロの文学作品に関する博士論文はフランスで三つ発表された。しかし、それらはどれも、一般読者向けの作品を含む、マロの多数の小説を分析対象とした主題論であり、Sans famille の作品論ではなかっ

た。イヴ・パンセの『エクトール・マロの小説における感情、教育、人道主義』(1993年)[4]では、マロの全小説を研究対象としつつ、恋愛の表象、作家の社会思想、児童教育などの主題について論じられた。次にジャン・フーコーの『母の彼方に——児童文学作家エクトール・マロに見る登場人物とレトリックの近代性』(1998年)[5]では、精神分析批評の方法で、Sans famille だけではなく、マロの他の児童文学作品、『ロマン・カルブリス』(原題：Romain Kalbris, 1869)、『家なき娘』(原題：En famille, 1893) をも研究対象とし、これら三作品における、母子の絆と父の不在を中心とした、主人公と他者との関係について論じられた。最後にアンヌ＝マリー・コジェの『「家なき娘」とその他のエクトール・マロの小説作品に見る現実の地誌と小説空間』(2007年)[6]は、『家なき娘』執筆用のマロの取材資料の分析による小説の生成過程の研究を通して、マロの文学的手法の中の写実主義と自然主義の位置について論じた。

　また1970年代後半から児童文学研究が活発化して以来、学術誌掲載論文において Sans famille を研究や考察の対象としたものも複数出現した。しかし、Sans famille は二巻組の大部の小説であるために、それらはしばしば、あるひとつの主題に沿って Sans famille の記述や表象を部分的に分析した比較的短い論考であった。その中にこの小説を分析する上で重要な指摘が多数含まれてはいるが、Sans famille の作品論とするには、断片的である傾向がある。

　本研究では、まず Sans famille 原典の文章を綿密に分析しながら、原作者マロがこの小説を通し、読者である児童たちに何を教え、何を伝えようとしたかという着眼点から考察を始めた。そして原典について論じる上で重要な論点として浮かび上がったのが次の二点である。第一にこの小説の内容がフランス第三共和政初期の初等教育改革と、その後に成立するいわゆる「共和国の小学校」の教育内容と密接な関わりを持っているという点である。第二に、第一に挙げた初等教育改革も含めた児童教育の問題、社会的貧困の問題、児童福祉の問題という三領域において、1870年代のフランスの時事問題とそ

れに関する議論がこの小説に反映され、そうした問題に関する鋭い批判や、解決策の提示の試みが見受けられる点である。この二点について踏まえたならば、原作者マロが新しいフランス共和国を担う子どもたちを、この小説の読者の対象として強く意識したことが判明し、物語の中で成長する主人公の姿と彼の見聞を通して、読者に何を学び取ってほしいと考えたのかという点について、明らかとなるであろう。

　それを考察した上で、日本での翻訳受容の原点を探るため、本書では、日本での最初の翻案である五来素川訳『家庭小説　未だ見ぬ親』と、二番目に菊池幽芳による翻訳『家なき児』を研究対象とした。第二部でも述べるように、両者は次の二つの共通点を持ち、この二作品を併せて考察するのは興味深い。第一に、二人の翻案・翻訳者は、自分が初めて Sans famille という作品を日本に紹介するのだという自負を持ちつつ、既訳に依ることなく原典を日本、またはフランスで「発見」した点である。第二に、五来と菊池はともに Sans famille に「家庭小説」としての価値を見出し、日本の家族に伝えるべき道徳を見出した点である。こうした共通点を持ちつつ、二人の翻案・翻訳者の原典に対する着眼点は異なり、翻案・翻訳の様相も大きく異なる。

　本書では、以上の視点を持ちつつ Sans famille、『未だ見ぬ親』、『家なき児』の三者を考察し、フランスでの原典の成立と意味、日本で最初期の作品の翻訳受容の様相を明らかにすることで、『家なき子』という日本で流布したひとつの児童文学作品の源流を探りたい。

　本書の構成は以下の二部構成である。第一部において原典の Sans famille について論じる。第一部では、第一章において原作者マロの思想的傾向と作品成立の経緯について見た後に、第二章で、Sans famille とフランス第三共和政初期の初等教育改革との関わりについて論じ、第三章において児童教育の問題、社会的貧困の問題、児童福祉の問題という三領域における Sans famille に込められた社会批判について論じる。第二部では、第一章において五来素川訳『家庭小説　未だ見ぬ親』について論じ、第二章において菊池幽

芳訳『家なき児』を扱う。両者ともに、翻訳と原作の綿密な比較・分析を基礎に据えながら、二人の翻案・翻訳者が原典に何を見出し、何を付加して日本の読者に紹介したのかという点について考察する。

注

1 川戸道昭、榊原貴教編集『児童文学翻訳作品総覧――明治大正昭和平成の135年翻訳目録　第3巻フランス・ドイツ編1』、大空社、2005年、253-273頁。
2 佐藤宗子『「家なき子」の旅』、平凡社、1987年。
3 Himiko Ide Suematsu, «Un siècle de lecture de *Sans famille* au Japon», *Cahiers Robinson*, n° 10, 2001, p. 141-146.
4 Yves Pincet, *Sentiments, éducation, humanitarisme, dans l'œuvre romanesque d'Hector Malot*, Thèse de doctorat, Unversité de Rouen, 1993.
5 Jean Foucault, *Au-delà des mères : modernité des personnages et de l'imagerie d'Hector Malot, écrivain pour la jeunesse*, thèse pour le doctorat sous la direction de Jean Perrot, Université de Paris XIII/Villetaneuse, 1998.
6 Anne-Marie Cojez, *Topographie du réel et espace romanesque dans En Famille et autres romans d'Hector Malot*, Thèse pour le Doctorat, Université d'Artois, 2007.

第一部

Hector Malot, *Sans famille* (1878)
―― 原典成立の背景と意義

序　章

　Sans famille（1878）は、十九世紀後半のフランスを代表する児童文学作品である。この小説は、1870年から1871年にかけて勃発した普仏戦争における対独敗戦の後で発表され、敗戦後のフランスを担う児童の教育に資する小説であると捉えられてきた[1]。また、フランス児童文学史においては、写実主義に基づく表現を取り入れた最初期の作品で、社会小説の要素を持つ児童文学作品の源流として位置づけられた[2]。

　作者のエクトール・マロは児童読者に向けて、小説を通し、何を伝え、教えようとしたのであろうか。作品の位置づけを踏まえ、この素朴な問いを持つ時、*Sans famille* という小説が互いに矛盾するような二通りの読解の可能性を持つことに気付く。

　第一に、*Sans famille* は捨て子という、社会の周縁に位置する存在の主人公が、教育を受け、社会化され、最後には家族と財産を手に入れて、「良き市民」として社会統合される物語である。第二に、*Sans famille* は社会の底辺にいる、貧しい捨て子である主人公の目を通して、公権力の横暴や無力、産業化社会における社会的格差の拡大等を暴き、当時のいわゆる「社会問題」の解決、児童教育の改善、児童の権利擁護などについて訴える物語である。つまりこの小説は、一方では、第三共和政が成立したばかりのフランスにおいて、新たな共和国における秩序と安定を志向し、共和国を支えるフランス国民の教育に資する保守的な側面をもちながら、しかし他方では、当時のフランスにおいて、国家や社会により個人の自由と権利が侵犯されることを強く非難する側面を持つ。*Sans famille* は、これらの正反対の方向を志向する二側面が共存する小説なのである。

　Sans famille に関する先行研究では、これら二つの側面の、どちらか片方

にのみ焦点をあわせて、結論が付されてきた。そして、その大部分は、*Sans famille* を他の作品とともに論じるか、比較的短い論考の中で結論が付され、*Sans famille* の記述の詳細な検討に基づく論は少ない。本研究において参照した重要な論文、論考の中で言えば、たとえば、リュセット・ツィバが論じた *Sans famille* における教育[3]、ミシェル・ジルズールが論じたエクトール・マロの家族観と社会観[4]は、第一の側面に焦点を当て、論じられた。そして、クリスタ・デュラエの論じた *Sans famille* における社会問題[5]、イヴ・パンセの論じた *Sans famille* における教育批判などの論[6]は、第二の側面に焦点を当てた。しかし、二つの側面が共存することについて、*Sans famille* の記述を詳細に検討しつつ、その理由に迫った論はなかったと言って良い。

とくに *Sans famille* における児童の権利擁護の問題については、この作品が捨て子を主人公としている点、児童虐待の場面が存在する点以外について、ほとんど語られてこなかった。しかし、*Sans famille* が執筆された時期は、十九世紀末から二十世紀初頭にかけた本格的な児童保護立法が行われる時期の十数年前にあたり、1874年には「乳幼児の保護に関する12月23日の法律」や「巡業的職業に雇われる子どもの保護に関する法律」といった、その先駆けとなる法律が成立するなど、児童の権利擁護についての議論が白熱した時代であった。

Sans famille は児童教育や児童の権利擁護など、「子ども」をめぐる議論がフランスで活発に行われ、まさにそれらについての法律と制度の改革が進行する最中に書かれた児童文学作品であった。先述したような、相反する二通りの読解の可能性を含みつつ、この作品は読者の児童たちに何を伝え、訴えかけたかったのか、この問いが本書の出発点である。

本書第一部の構成は以下の通りである。

第一章において、原典成立の経緯と背景を整理する。具体的には、エクトール・マロの生涯についての伝記的事実を *Sans famille* が刊行される1878年

までを整理し、1878年当時の作家の思想的背景について明らかにする。そして、マロに作品の執筆を依頼した編集者、ピエール＝ジュール・エッツェルとの契約と作品執筆の経緯について述べる。

　第二章では、*Sans famille* の保守的な面について論じる。すなわち *Sans famille* が、新しいフランス共和国の将来の国民育成に役立つように執筆されたと考えられる点について、第三共和政初期に行われた初等教育改革との関係に焦点を当てて述べる。

　第三章では *Sans famille* に込められた国家および社会に対する批判について論じる。これにより、原作者マロが、作品を発表した当時のフランス社会の何を問題視し、児童読者たちに訴えようとしたのか、また読者に何を期待したのかが明らかになるであろう。

注
1　たとえば、Marc Soriano, *Guide de littérature pour la jeunesse*, 1959, rééd. Paris, Delagrave, 2002, p. 380.
2　Jean De Trigon, *Histoire de la littérature enfantine — de Ma Mère L'Oye au Roi Babar*, Librairie Hachette, 1950, p. 122-126.
3　Lucette Czyba, «Aventure, famille et école dans *Sans famille* d'Hector Malot» in *L'Aventure dans la littérature populaire au XIXe siècle*, sous la direction de Roger Bullet, Presse Universitaire de Lyon, 1985, p. 139-151.
4　Michel Gilsoul, «De l'aventure à l'intégration sociale : Hector Malot», in *Romanciers populaires du 19e siècle*, Liège, Marche romane, 1979, p. 120-152.
5　Christa Delahaye, «La Question sociale dans *Sans famille*» *Cahiers Robinson*, No. 10, Arras, Presse de l'Université d'Artois, 2001, p. 29-37.
6　Yves Pincet, Thèse, *op. cit.*, p. 185-251.

第一章　伝記的事実と *Sans famille* 成立の背景

　本章では、*Sans famille* の作品の分析に入る前に、その前提として、作者エクトール・マロの生涯と思想、作品が成立する背景と経緯について記述する。本章の構成は次の通りである。

　第一節では、*Sans famille* の読解に関係があると思われる要素をマロの伝記的事実の中から示したい。まずは、1848年の二月革命まで、マロが受けた教育の特徴と、政治的な目覚めについて述べ（1-1-1）、次にマロの小説作品の傾向、および思想・表現の自由に対する拘泥について述べる（1-1-2）。さらに、第二帝政下でのジャーナリストとしての活動（1-1-3）、転機であると考えられる普仏戦争での経験（1-1-4）について整理し、最後にまとめとして、*Sans famille* を執筆した時期のマロの思想的傾向について述べる（1-1-5）。

　第二節では、*Sans famille* が成立した経緯について述べる。この小説は、児童雑誌の編集者ピエール＝ジュール・エッツェル（Pierre-Jules Hetzel, 1814-1886）の依頼により契約が結ばれ、執筆が開始されたが、小説の誕生は紆余曲折を経たものであり、契約通りに事は運ばなかった。編集者エッツェルと作家マロとの意見の相違から契約は変更され、小説の版についても、大きく分けて二つの系統が誕生した。また、契約の翌年には普仏戦争が勃発し、1870年に執筆されていた原稿の大半は、戦争の混乱の中で紛失し、作品の大部分が戦争後に執筆された。作品成立の経緯への言及は、*Sans famille* の作品の内容を考察する上で必要である。なぜなら、後に契約は変更されるとしても、マロがエッツェルの依頼と『教育娯楽雑誌』の性質、またその読者について意識しながら作品を執筆した可能性は否定できないからである。第一項おいて、エッツェルの依頼と『教育娯楽雑誌』の性質について述べ（1-2-1）、第二項において、1869年の契約の変更と、その結果生まれた *Sans fa-*

mille の二種類の版について言及する（1-2-2）。

　第三節において、まとめとして、Sans famille に二通りの読解の可能性を与える原因の一端を作者の伝記的事実と作品成立の背景から考察する。

1-1　伝記的事実——1878年までを中心に

1-1-1　エクトール・マロが受けた教育の特徴と政治的目覚め

　エクトール・マロは1830年5月20日、フランスのノルマンディー地方の村ラ・ブイユで、村長で公証人のジャン＝バティスト・マロと、その妻アンヌ＝マリー＝ヴィクトワールの間に生まれた。9歳の時から寄宿学校に入り、1842年から1847年までルーアンのリセ・コルネイユで学んだマロは、学校嫌いな生徒であり、学校の課題はせずに、読書、作文、歴史の勉強に勤しんだ[1]。窮屈な学校生活での数少ない良き思い出は、二人の歴史教師と歴史、文学、美術、自然科学等の様々なテーマについて自由に議論をしたことであり、晩年にマロは、彼らが自分に施した自由な教育こそが自分の精神を育てたと回顧した[2]。

　マロの政治への目覚めは1848年であると言われる[3]。パリのリセ・アンリ四世校で法律を学んでいた時、二月革命を経験した。ルーアン時代からの親友、ジュール・ルヴァロワ（Jules Levallois, 1829-1903[4]）の誘いで共和政を支持する学生グループに加わり、ジュール・ミシュレ（Jules Michelet, 1798-1874）とエドガー・キネ（Edgar Quinet, 1803-1875）の講義停止に反対するデモと、1848年1月3日に三千人の学生がブルボン宮の前で行った集会に参加した。しかし、革命を経て直ちに右傾化し、国立作業所の閉鎖や六月蜂起の鎮圧などを通して労働者を弾圧した政府に対し、他の学生と同様にマロも大きく失望した。さらに1851年のルイ・ナポレオンによるクーデタと、その翌年の第二帝政の樹立により、マロは政治に対する絶望感を抱いた[5]。とくにクーデタは、反ナポレオン派と共和主義者の逮捕と収監、国外追放、12月4日

の民衆蜂起の銃撃による鎮圧などにより、人民主権を信奉するマロに大きな衝撃を与えた[6]。二月革命はマロの私生活にも影響を及ぼした。帝政支持者の父親が、1848年8月4日のデクレによって、当時勤めていたボス＝ベルナール＝コマンの治安判事の職を、政治的信条を理由に罷免されたのである。政治的信条のために個人の生活が左右される不当さを経験したこの出来事は、思想・表現の自由を重視するマロの生き方に影響を与えたとされる[7]。

1-1-2 思想・表現の自由についての戦い

1859年に最初の小説を出版したマロは、小説家としてデビューした当初から第二帝政下における言論統制の憂き目に遭い、第二帝政が小説家にとって「暗黒の時代[8]」であることを痛感した。第二帝政下、第三共和政下を通し、マロが言論の自由を擁護する言説や行動が何度も見受けられる[9]。

マロの小説は写実主義、自然主義に分類でき[10]、とくに初期はその傾向が強い。人から聞いた話や新聞記事などから情報を得た事実を題材とし、取材や調査を行った上で作品を執筆した。マロが文壇で本格的に認められたのは、イポリット・テーヌ（Hippolyte Taine, 1828-1893）とエミール・ゾラ（Émile Zola, 1840-1902）からの賞賛による。マロの最初期の作品、『愛の犠牲者』三部作（原題：*Les Victimes d'amour*, 1859-1866）について、テーヌは「全ての点において素晴らしく、『ボヴァリー夫人』を別にすれば、ここ十年間の最も良質なフィクション作品に匹敵する」と述べ[11]、また、ゾラは「バルザックの後継者、エクトール・マロ氏は［……］解剖室のタイルの上に裸で横たわる獣人を線維まで解剖する」と評した[12]。

マロのデビュー作『恋人たち』（原題：*Les Amants*, 1859）は、ブルジョワジーの青年の侯爵未亡人との恋愛の挫折、その後の別の女性との結婚を主題とした心理小説であった。マロは写実的な表現を追求しつつこの作品を執筆し、作品内には恋愛における赤裸々な心理描写も含まれた。この小説は1859年5月20日にミシェル・レヴィ書店から刊行された。しかし、1858年にフロベー

ル（Gustave Flaubert, 1821-1880）の『ボヴァリー夫人』（原題：*Madame Bovary*, 1857）の裁判を経験したレヴィは[13]、『恋人たち』について、政治的表現、「不道徳」な表現、キリスト教を冒涜する可能性のある表現を中心に、少なからぬ部分を強制的に削除させて出版した[14]。さらに1861年に出版した『ジャックの恋』（原題：*Les Amours de Jacques*, 1861）は、カトリック教会への冒涜という理由から、検閲により出版が停止された[15]。マロはデビュー直後の二作品について、言論の自由への介入という屈辱的な経験をした。第三共和政期のいわゆる「道徳秩序」期でも、反教権主義を主題とした作品に対する出版停止命令を受けたが、その措置に対し断固として戦った。

　また、言論統制が行われる状況でも、小説による社会批判を行った例が『義弟』（原題：*Un beau frère*, 1868）である。狂人でない人物が精神病院に幽閉させられる不当を書いたこの小説は、1838年の法律[16]に対する批判として制作された。そして、第二帝政下にマロが批判精神を発揮したのは小説ばかりではない。もう一つの重要な言論活動の場はジャーナリズムであった。

1-1-3　ジャーナリストとしての活動──共和主義、社会主義との接近

　マロは、小説執筆のかたわら、三つの新聞でジャーナリストとして活動した。三つの新聞とは、ジュール・シモン（Jules Simon, 1814-1896）が編集長を務める『ジュルナル・プール・トゥス』（*Journal pour tous*, 1855年創刊）、アドルフ・ゲルー（Adolphe Guéroult, 1810-1872）が編集長の『オピニオン・ナシオナル』（*Opinion Nationale*, 1859年創刊）、オーギュスト・ジャン゠マリー・ヴェルモレル（August Jean-Marie Vermorel, 1841-1871）が編集長の『クーリエ・フランセ』（*Courrier français*, 1861年創刊）の三紙である。

　『ジュルナル・プール・トゥス』では、第二帝政下では共和派の代議士であり、第三共和政において公教育相、首相を務めた穏健共和派のジュール・シモンの知己を得た。この新聞では、マロは1855年から1856年に、植物学の小さな記事を書くのみであったが[17]、ジュール・シモンとは生涯を通じ交流

を持った。1861年にシモンからマロに送られたと推定される[18]手紙では、労働者の住環境の改善についてマロに意見を述べ[19]、シモンの意見はマロの社会思想に影響を与えたと考えられる。また、マロとシモンは児童福祉の問題についても、児童の生命と健康の保護という点では同様の考えを持っていたと思われる[20]。

　第二の『オピニオン・ナシオナル』は、サン゠シモン主義者のゲルーが1859年に創刊した新聞で、ナポレオン三世の従弟、プランス・ナポレオン（Napoléon-Jérôme Bonaparte, dit Prince Napoléon, 1822-1891）が指揮したパレ・ロワイヤル・グループの機関紙であった。パレ・ロワイヤル・グループとは、「皇帝社会主義」とも呼ばれるボナパルティスト左派で、労働者たちの要求を皇帝に直訴することで、労働問題を解決しようとする立場を取った。プランス・ナポレオンには労働者階級の人々の帝政支持を確保しようとする目論見があったが、パレ・ロワイヤル・グループの活動は、その目論見を超越し、労働者に階級闘争の自覚を促す結果となった[21]。1862年『オピニオン・ナシオナル』は英仏の労働者の交流と、労働者自身によるイギリスの労働環境の視察とを目的として、パリの職工をロンドンの万国博覧会に派遣した。この時の英仏の労働者たちの出会いは第一インターナショナルの契機となり、イギリスから帰国した労働者たちの報告書には、フランス政府に対する労働環境等の改善要求が連ねられていた[22]。マロはこのロンドン万博に派遣され、その時のルポルタージュが『イギリスの現代生活』（原題：*La Vie moderne en Angleterre*, 1862）として刊行された。マロは『オピニオン・ナシオナル』で1859年から文芸批評を担当し、その他にも「道端の労働者たち」（1862年1月14日）、「行商本検閲委員会」（1861年12月24日、同月31日、1862年2月3日）、「ブルターニュ地方における飲酒」（1863年8月3日）、「身体教育」（1865年2月11日）、などの記事を書き、労働者の生活環境、教育、言論統制に対する批判を行った。

　マロがパレ・ロワイヤル・グループの活動にどの程度関わったのかは、現

段階では判明していない。しかし、第三共和政初期に書かれた複数の小説に表現される反ナポレオン三世の態度から判断すると[23]、「皇帝社会主義」に全面的に賛同したとは考えにくく、深入りせず一定の距離を置いていた可能性がある[24]。しかし、マロが『オピニオン・ナシオナル』での活動を通し、労働者に同情的な考えを抱き、彼らの生活・労働環境の改善の必要を実感していたことは、同紙の記事や『イギリスの現代生活』の記述から理解できる[25]。また『オピニオン・ナシオナル』には青銅工のアンリ・トランを筆頭に「労働者エリート」と呼ばれる、労働の傍ら独学で知識を得た人々がおり[26]、マロは彼らと接触し、その学習環境に高い関心を払ったと考えられる。なぜなら、Sans famille をはじめとしたマロの複数の小説には、彼らのような「独学者」をモデルとしたと思われる登場人物が何人も登場するからである。

　第三の『クーリエ・フランセ』は、社会主義者オーギュスト・ジャン＝マリー・ヴェルモレルが1861年に創刊した日刊紙で、マロは1867年7月から12月の間、毎週 Usbeck という偽名を使用して第二帝政を激しく攻撃するコラムを執筆した。批判の対象は、当時の公教育大臣ヴィクトール・デュルイ（Victor Duruy, 1811-1894）の教育政策や、フランスの対メキシコ外交政策など、多岐にわたった[27]。もともと『オピニオン・ナシオナル』でのマロの社会批判の記事を見たヴェルモレルが、同様の記事を『クーリエ・フランセ』にも執筆してほしいとマロに依頼したことからコラムの掲載が始まったが、ヴェルモレルは1868年に逮捕されたため、新聞自体が廃刊となった[28]。ヴェルモレルは後にパリ・コミューンに加わり、その時の負傷が元で亡くなった。パリ・コミューンの時のマロは、ヴェルモレルの行動には賛同せず、パリ郊外の自宅から事態を静観し、小説の題材とした[29]。

　このようなジャーナリストとしての活動の中で、とくに『オピニオン・ナシオナル』と『クーリエ・フランセ』における社会批判、帝政批判の記事は、Sans famille の記述を考察するために重要である。しかし、1870年と1871年

の普仏戦争とパリ・コミューンの後、マロは新聞記事の寄稿を止めた。普仏戦争での経験により、時代の証言としての小説を執筆することに、専念しようと決めたからである。

1-1-4　普仏戦争の経験

　普仏戦争における経験は、マロの文筆業における転換点であり、次の三点においてSans famille の読解の上でも重要な事件であったと思われる。第一に、1870年9月2日には第二帝政が瓦解し、マロが青年時代に望んだように共和政が1870年9月4日に再び樹立するが、戦場での国防政府の対応を目の当たりにしたマロは、国政に対する大きな不信感を持ったと考えられる点である。第二に、戦争後には新聞記事を通した問題提起をやめ、時代の生きた証言としての小説の執筆に専念し、社会批判も小説を通してのみ行うようになった点である。第三に、児童教育が敗戦国フランスの将来にとって非常に重要であることを明確に認識した点である。

　ここで、普仏戦争でのマロの行動や思考を考察する上で重要な手がかりとなる資料を二点挙げたい。まず、マロが1870年8月5日から1871年2月5日にかけ、自らの見聞、体験を記したノートである[30]。次に、1871年11月から執筆を開始し、マロ自身によれば「大砲の音がまだ自分の中に鳴り響いているうちに[31]」執筆された、普仏戦争を主題とした小説『ある負傷者の回想』（原題：*Souvenir d'un blessé*, 1872）である。この二部構成の小説は、第一部ではスダンの惨敗を、第二部では国防政府指揮下にあるロワール軍の戦闘と東部軍のスイスへの敗走を中心にプロットが展開する。とくに第二部における主人公の足取りは、戦時のマロの足取りと重なる部分も多く、彼の実体験が反映された可能性が高い。

　マロが戦時中に取った行動は次の通りである。1866年にドイツに旅行し、プロイセン軍を視察していたマロは、1870年に宣戦布告がなされた時点で敗戦を予感した[32]。「これから、この時代における最もすさまじい光景が繰り

広げられる[33]」時に、自宅に留まることに耐えられず、1870年9月に家族をジュネーヴに避難させた後、自分だけはパリに行こうとした。しかし、すでにプロイセン軍に占領されていたパリ市内には入れず、徹底抗戦を唱えたレオン・ガンベッタ（Léon Gambetta, 1838-1882）に接触しようとトゥールへ向かった。アニエス・トマ＝マルヴィルによると、この時マロは国防政府に何らかの役職を要求した可能性もある[34]。しかしトゥールでガンベッタとは面会はできなかった。そこでトゥールから移動するロワール軍と行動をともにし、その際の経験について、マロは次のように書き残した。

> 私の目にしたもの、それは無秩序という一語に尽きる。［……］政府内でさえも、である。何千もの決定がなされるのに、どれ一つとして遂行されない。［……］ガンベッタはお得意の宣言ばかりして、その場の思い付きを美辞麗句に変えてしまう。ガンベッタの周囲には、無秩序と矛盾しかない。［……］こんな政府は私に適するわけがない。国民衛兵のように銃を持つのはいいが、このような配備を見てしまった後で、これから起こることに何らかの責任を持つことなど、不可能である[35]。

失望したマロは、この後、自らの役割を「年代記作者（chroniqueur）」と心得て、行動をともにする兵士、移動中の三等車両で出会う兵士への取材に集中した。1870年の終盤からは、東部戦線からアルプス山脈を越えてスイスに撤退するブルバキ将軍（Charles-Denis Bourbaki, 1816-1897）に同行した。この時、国政に直接携わるのでなく、自らの見聞と調査に基づいた証言としての小説を書き、時にはそれを国政に対する批判の手段とすることを、自らの使命として自覚したと言われる[36]。

ブルバキ将軍の率いる軍隊とともにスイスに入国したマロは、1871年1月にジュネーヴで捕えられ、自宅があるパリ郊外のフォントネー＝スー＝ボワに強制送還された。自宅はプロイセン兵に占拠され、Sans famille の草稿を含む多くの原稿が紛失していた。

マロが目にした「無秩序」は『ある負傷者の回想』での描写が詳細に語っている。戦死者、焼き払われた村の住民の死体の山、戦闘に負け続ける不利な状況であっても「勝利」と伝える新聞記事、指揮系統の機能不全と情報操作、現場の兵士の混乱などが描かれた。マロはこの小説において、戦争による殺戮や略奪の惨状と、指揮を執る皇帝と政治家の無能さとを暴露した[37,38]。

作家自身の生々しい戦争体験から生まれた物語の結末において、敗戦後における児童教育の重要性が示唆された。負傷して左腕を切断した主人公が、戦場で出会い結婚した看護師の妻とともに、故郷で幼い子どもたちのための学校を創設する計画を立て、その計画は、戦争で故郷の家を焼かれ、母を失った主人公の希望として提示される[39]。「われわれが敗北から立ち直るためにとくに必要なのは、教育ではないのだろうか[40]」という一文は、マロ自身の実感と重なると考えられる。

1-1-5 *Sans famille* 執筆時代のマロの思想的傾向

戦争後のマロの行動は以下の四点に整理できる。第一に、パリ・コミューンの発生時には、フォントネー＝スー＝ボワに戻っていたマロは、それに賛意を示すことはなかった。しかし、事件を小説の材料とするためにパリをたびたび訪れ[41]、パリ・コミューンを題材に小説『テレーズ』（原題：*Thérèse*, 1876）を執筆した。第二に、パリ・コミューンに参加してロンドンへの亡命を余儀なくさせられた友人、ジュール・ヴァレス（Jules Vallès, 1832-1885）を経済的に援助し、ヴァレスの『子ども』（原題：*L'Enfant*, 1879）の出版のために奔走した。第三に、第二帝政とカトリック教会、とくに聖職者中心主義を批判する小説を複数執筆した。またその内の一点は検閲で出版停止となったが、処分取り消しのために内務大臣に直訴し、言論の自由のために断固として戦う態度を見せた。第四に、戦争直後にセーヌ県知事レオン・セイ（Léon Say, 1826-1896, セーヌ県知事在任：1871-1872）の依頼を受け、ヴァンセンヌ郡の初等教育視察官となり、1876年にはフォントネー＝スー＝ボワの市議会議

第一章　伝記的事実と Sans famille 成立の背景　　19

員となって、学校金庫委員会、民衆図書館視察委員会の委員を務め、その教育行政に関わった[42]。以上の四点から、Sans famille が執筆された頃にマロが抱いていた思想の次の四つの傾向が判明する。

　第一にマロは、暴力的な革命による社会変革を望まなかった。小説『テレーズ』においても、コミューン側によるヴェルサイユ政府側の人間の恣意的な逮捕については不当なものとして描かれる一方で、最も衝撃的な事件であった「血の一週間」については直接的には言及されず、ほのめかされるだけであった[43]。普仏戦争で「無秩序と矛盾」を目撃したマロは、戦後のフランスにおける秩序の安定を重視したと考えられる。

　第二に、自らの行動基準として、政治的信条よりも人間としての良心を優先させ、国政にも直接参与しなかった[44]。この意味で、マロは穏健な共和主義者であるとされながら、彼の政治的立場はしばしば不鮮明である。パリ・コミューンには反対の姿勢を貫いたにもかかわらず、その闘士で政治犯でもあるヴァレスを援助したのは、政治的信条の不一致よりも、一人の人間として友人を助けることを重視したからである[45]。1870年代に執筆された複数の小説では、主人公の言葉を通し、政治的信条よりも人間としてどのように行動するのかが大切であるということが表現された[46]。また、ギュイメット・ティゾンは、ヴァレスの小説『子ども』の出版のためにマロが奔走したのは、『子ども』が家族と社会に虐げられた児童の物語であり、弱者の権利擁護という小説の主題に小説家として共鳴したからではないかと推測した[47]。

　第三に、思想・表現の自由のために、断固として戦った。1870年代前半には反教権主義がマロの複数の小説の中で主題とされたが、いわゆる「道徳秩序」期には『コメディエンヌの娘』（原題：*La Fille de la comédienne*, 1875）と『アルチュールの遺産』（原題：*L'Héritage d'Arthur*, 1875）が出版停止処分を受けた。その際には、同じ処分を受けた他の作家への裁量も含め、内務大臣に処分取り消しを求め直訴した[48]。マロは人間が自分の力で思考し、判断し、それを表現する自由の重要さを、それまでに再三実感していたと思われる。

第四に、第三共和政の最初期から初等教育の現場を知り、初等教育改革の現場に居合わせたマロは、小学生たちに何をどのように教育すべきか、具体的に考える機会を持っていた。Sans famille はそのような状況で書かれた児童文学作品であり、敗戦後のフランスの小学生へ向けた教育小説であったと考えられる。

Sans famille には、以上のようなマロの経験と思想的傾向を踏まえると、理解できる記述が多い。しかし、この児童文学作品の誕生には、マロ以外の人物も大きく関与している。マロに Sans famille の執筆を依頼した編集者、ピエール＝ジュール・エッツェルである。

1-2　Sans famille 成立の背景と経緯

1-2-1　ピエール＝ジュール・エッツェルからの依頼と『教育娯楽雑誌』

Sans famille は、編集者兼作家のピエール＝ジュール・エッツェルが、教育者ジャン・マセ（Jean Macé, 1815-1894）とともに共同出版した児童雑誌『教育娯楽雑誌』（Magasin d'éducation et de récréation, 1864年創刊）に連載する小説の執筆を、1869年にマロに依頼し、契約が交わされたことから執筆が開始された。

フランシス・マルコワンによると、マロとエッツェルの間には、1867年に作家と編集者としての関係が始まった。『クーリエ・フランセ』にコラムを執筆していたマロは、1867年6月17日から同年10月11日までの間、同紙に不定期で「ある子どもの物語」（原題《Roman d'un enfant》、全42回）を連載した。エッツェルは同紙に「パリの幸運」（原題《Bonnes fortunes parisiennes》, 1864）を P.-J. スタール（P.-J. Stahl）の筆名で連載した関係で『クーリエ・フランセ』を知っており、「ある子どもの物語」に着目した。エッツェルに児童文学としての価値を見出されたこの作品は、『教育娯楽雑誌』に1868年から1869年にかけて、「ロマン・カルブリスの冒険と失敗」（原題：《Aventures et mésaventures de Romain Calbris»）の題名で14回にわたり連載され、1869年に『ロマン・カルブリス』（原題：*Romain Kalbris*[49]）の題名でエッツェル社から、挿絵入りの大型本と挿絵なしの小型本の両方が出版された[50]。この本の売れ行きが好調であったために、『ロマン・カルブリス』に似た話を書いてほしいという依頼がなされ、書かれたのが *Sans famille* であった。『ロマン・カルブリス』は何を評価され、*Sans famille* には何が期待されたのであろうか。

　『教育娯楽雑誌』は、エッツェルがスタニスラス学院時代の学友、ジャン・マセとともに1864年に創刊した児童雑誌である。挿絵入り豪華本の体裁を取り、ブルジョワジーの家族、とくに共和主義に親和的傾向を持つ中産階級以上の家族とその児童を読者層の主要なターゲットとした[51]。1840年代から出版社を営み、ジョルジュ・サンド（George Sand, 1804-1876）、バルザック（Honoré de Balzac, 1799-1850）などの作家の作品も出版したエッツェルは、共和主義者であり、二月革命後の暫定政府では、外務大臣ラマルチーヌ（Alphonse de Lamartine, 1790-1869）のもとで外務大臣官房室長として政務を補助した。しかし、1851年12月2日のルイ・ナポレオンのクーデタの折には、国外退去を余儀なくされ、ベルギーに亡命した。1859年8月17日の恩赦でパリに戻ったのち、ジャコブ街18番地に再び書店を構え、市場開拓の余地があり、ベルギー亡命以前にも一度取り組んでいた児童書出版に本腰を入れた[52]。

　共同出版者のマセは、雑誌創刊当時にはアルザス地方の街、ベブレンハイムで女子寄宿学校の教師をしていた。労働者の息子に生まれ、二月革命後には共和主義者や社会主義者の出版物を地方で配布する共和主義連合（Solidalité républicaine）の事務局員や、『レピュブリック』紙（*La République*）の特派員としても活動した。クーデタ以後はベブレンハイムで女子教育に従事すると同時に、生徒たちに生理学や算数の理解を促すために、科学的知識を盛り込んだ児童用の読み物を執筆した[53]。またマセは、1866年にフランス教育同盟（Ligue de l'Enseignement en France）を創設した人物であった。フランス教育同盟は初等教育の普及のためのプロパガンダや直接的な支援を目的とし

た団体で、1871年からは、教育同盟パリ・サークルを中心に初等教育の義務化、無償化、世俗化の三項目に関する全国規模の署名・請願運動と市町村・県議会に対するアンケート調査を実施した。この調査は、三項目に賛成する世論の形成に貢献し、1881年から1882年の「ジュール・フェリー法」の成立に影響した[54]。

『教育娯楽雑誌』では、エッツェルが娯楽部門、マセが教育部門を担当した。ともに共和主義者であり、政治思想の上で共鳴し合った二人が目指した雑誌は、読者を「理性を通して楽しませる」雑誌であり、児童が楽しんで読める小説や寓話の中に、自然科学、地理、歴史などの知識と、日常的な道徳的教訓を盛り込んだ[55]。その紙面構成は、読者の児童の思考の根本に、カトリックの信仰ではなく、科学的・実証的な知識と客観的思考を据える目的があったと考えられる[56]。セゴレーヌ・ル・マンによると、『教育娯楽雑誌』の教育部門での基本方針であり、かつ読者の児童の親たちに賞賛されたのは、自然科学、生理学、地理学の三つを読み物に積極的に取り入れたことであった[57]。これらの知識を物語に組み込むための最大の貢献をしたのが、ジュール・ヴェルヌ（Jules Verne, 1828-1905）の科学冒険小説であったことは有名である。その一方で『教育娯楽雑誌』は他にも多数の学者を執筆陣に迎え、科学的知識の普及（vulgarisation scientifique）を主題としたマセの作品やエッツェルの旅物語も掲載された。

マロの『ロマン・カルブリス』が着目されたのは、『教育娯楽雑誌』の基本方針に次の二点において適合したからであると考えられる。第一に『ロマン・カルブリス』で描かれる主人公の旅と、主人公の受ける教育に、地理学と自然科学の知識が含まれた点である。第二に、冒険後に家族とともに生きる幸福を見出す主人公の物語は、ブルジョワジーの家族を読者として想定した『教育娯楽雑誌』にふさわしかった点である[58]。

第一の点について、この物語の主人公ロマンはバス・ノルマンディーを中心としたフランスの北西部を旅し、小説の中では、ロマンの詳細な旅程と、

訪れる土地の街区や自然の様子が描写された。そして、ビオレル氏からロマンに施される教育内容には、動植物と海岸地帯の観察に基づく自然科学（生物学・地理学）の知識が含まれ、また、実在の科学者の著書をロマンに読ませる場面もあった[59]。これらの知識や教育の場面が、科学的知識の普及を目的の一つとした『教育娯楽雑誌』の性質に適合したと考えられる。

　第二の点について、『ロマン・カルブリス』のプロットに対し、エッツェルはルイ・デノワイエ（Louis Desnoyers, 1802-1868）の『ジャン＝ポール・ショパールの冒険』（原題：*Les Aventures de Jean-Paul Choppart*, 1834）との類似性を見出したと言われる[60]。この作品は、悪童のジャン＝ポール・ショパールが両親に反抗して家出し、いたずらをやり尽くした後に、再び両親のもとへ帰り、親の言うことに素直に従うと決めるという結末を迎える。この作品を「怠けて、馬鹿なことをするよりも、勉強する良い子でいる方が何千倍も疲れない[61]」という教訓を授けるものとしてエッツェルは評価し、エッツェル社から再版した。冒険に憧れて無謀な旅をし、その失敗の後に家族のもとへ戻るロマン・カルブリスにはジャン＝ポール・ショパールとの共通点が見出せる。家族とともにいる幸福を読者に気付かせる結末は、ブルジョワジーの家族を読者層として想定した『教育娯楽雑誌』にはうってつけであったと考えられる。

　マロの回想によると、1869年に『ロマン・カルブリス』を出版した直後に、「エッツェルが指定した、ある程度の量のフランスの風景を用いた同じジャンルの小説[62]」の執筆の依頼を受けたが、依頼に応じて小説を書いた経験がなかったマロは一度断った。しかしその後、「フランスの四方八方に放り出された四人の子どもたちを、旅回りの演奏家である一人の友達が訪れ、結びつける話[63]」が頭に浮かび、同年にエッツェルと次のような契約を交わすに至った。

　　エクトール・マロ氏は、エッツェル社のために、児童用、あるいは青少年用の二

部構成の作品を執筆するものとし、作品の分量は全体としては『ハトラス船長』と同じくらい、つまり、十八折り版の二巻本に相当する分量とする。この作品には、二部にふさわしい、以下のような仮の、または最終的な題名を付けるものとする。『フランス巡歴の子どもたち』または『xxx 一家』、一家の名前は今後見出す。この作品では、五、六人の子どもがいるパリの労働者家族が、父の死によってフランスの四方八方に離散する様子を、この小さなドラマが展開される場所そのものの描写から、フランスの特徴や産業を示す一種のフランス一覧図になるような方法で描き出すものとする。

［……］

『教育娯楽雑誌』における連載に対する稿料は一行二十サンチームとし、また［(引用者註) 単行本の] 出版に際して稿料は約二千フランとする[64]。

　この契約内容から Sans famille には次の二点が期待されたことが判明する。

　第一に、この作品がフランス地理の教科書の役割を果たすことである。『ロマン・カルブリス』は、フランス北西部を中心とした物語であったが、Sans famille はフランス全土の物語とされた。また、単なる風景描写にとどまらず、フランスの産業や土地の特徴についての知識も作品に盛り込むように期待された。第二に、家族の物語を執筆することである。マロの提案の時点では、単に「四人の子どもたち」を「一人の友人」が結びつける物語であったのに対し、エッツェルとの契約では、「パリの労働者家族」の兄弟が「父の死」によって離散する物語とされ、家族の物語であることが契約で明言された。したがって、Sans famille は『ロマン・カルブリス』と同様に、地理学の知識と家族の大切さを説く教訓とを含む小説として、期待されたと言える。

　この契約内容は、作品として残る Sans famille の中に生かされたため、マロは部分的には『教育娯楽雑誌』との契約を意識しながら書いたと考えられる[65]。しかし、Sans famille はエッツェルの要求と異なる要素も有する作品となり、この契約も1877年に変更されることとなる。

1-2-2　エッツェルとの決裂と二つの版の誕生

　マロの回想録『私の小説の物語』（原題：*Le Roman de mes romans*, 1896）によると、エッツェルとの契約に基づきマロが *Sans famille* の執筆を開始したのは1869年10月であり、1870年3月、または4月に第一巻を書き終え[66]、エッツェルの前で作品を朗読した。その折にエッツェルが作品の改変を要求し、マロと対立したことで、執筆が進まなくなった。そして最終的には、マロが執筆の自由を保持しつつ書いた *Sans famille* は、日刊紙『シエークル』（*Le Siècle*, 1836年創刊）で連載され[67]、ダンテュ社から単行本が出版されることとなった。

　エッツェルは自らが P.-J. スタールの筆名で創作や翻訳を行っていたこともあり、『教育娯楽雑誌』に掲載する小説についてはとくに、作家の創作に対し意見を述べる人物であった。その顕著な例として、エッツェルが見出した作家、ジュール・ヴェルヌには、往復書簡を通じて創作に介入した。石橋正孝によると、『チャンセラー号』（原題：*Le Chancellor*, 1875）以後、ヴェルヌに対するエッツェルの介入は自筆原稿、その写し、ゲラというように複数の段階に分けて行われ、二人の「共同作業」の度合いがより強まった[68]。アルフォンス・ドーデ（Alphonse Daudet, 1840-1897）の『プティ・ショーズ』（原題：*Le Petit Chose*, 1868）が、児童向けの作品、『ある子どもの物語』（原題：*Histoire d'un enfant*, 1878）へと書き直される際には、政治的言説を和らげる加筆、恋愛場面の徹底的な削除が行われた。この行為を私市保彦は「中産階級の子弟のモラルから逸脱できないというエッツェルの特徴」の一つの表れであると指摘した[69]。

　マロもエッツェルについて、「編集者というだけでなく、美しい小説を世に送り出した文学者」であり、「自分が出版するものを知ることにこだわり、とくにそれが『教育娯楽雑誌』に掲載されるものとなると、さらに執着した」と述べた[70]。*Sans famille* の創作に対してエッツェルが口出しをした事実は、次のようなエッツェルからマロへの手紙の一節によっても明らかにな

る。

> 青少年文学あるいは児童文学という分野でなければ、あなたを指導しようとなどしなかったでしょう。しかし、この分野に関しては、さらに二つの目を光らせたところで過剰にはなりません。一行、一行を注視しなくてはならないのですから。［……］あなたの小説の中の、私が好きな部分のために心配していることは、悲しい調子で書かれた中に、読者を安堵させるものがないということです。ところが、子どもを何か悲痛なことに長い間引き止めておくことこそ、お父さん方、お母さん方がとくに嫌うことなのです[71]。

　エッツェルが Sans famille の改変要求を行った時、マロがその要求に素直に応じることはなく、マロは「私が断じて自分の意見を曲げなかったために、私たちの間には争いが起こった」と述べている。和解が成立しないまま、数か月後に勃発した普仏戦争により、1870年の草稿の大半は失われ、「ほぼ完全に残ったのは炭鉱の場面のみ」となった[72]。

　1997年に Sans famille の全訳を行った二宮フサも説明するように[73]、最初の草稿において、エッツェルが児童読者とその両親を意識して改変要求を行った部分とは、マロの回想によれば、第一に児童虐待の場面であり、第二にセヴェンヌ地方の炭鉱の場面[74]である。

　第一の場面について、エッツェルは、物語のはじめに登場する主人公の「養父がとても乱暴であることにすでに腹を立てていた」が、「ルールシーヌ街の親方の家で子どもが鞭打たれる場面」において朗読を中断させ、「あまりに暗く、残酷なこの場面の表現を和らげなくてはならない」とマロに改変を要求した。先に引用したエッツェルの手紙にも、「子どもを何か悲痛なことに長い間引き止めておく」部分についての苦言があり、マロの回想は概ね事実であると推定される[75]。

　第二の炭鉱の場面について、マロによれば、エッツェルは「第一に社会問題は黙過しなくてはならず、次に宗教的問題はさらにもっと厳密に回避せね

ばならない」と述べた[76]。「社会問題」とは、炭鉱における坑内ガス爆発事故、出水事故による労災等の場面であると考えられる。そして「宗教的問題」とは、出水事故において炭坑内に取り残された炭鉱夫たちの間で交わされる会話についてである。生存した炭鉱夫にはカトリック信者とプロテスタントとがおり、「ある者は聖母マリアの加護を祈ったのに、他の者はマリアを拒絶した」場面がエッツェルの目には不適切であると映ったのである[77]。

　ダンテュ社が出版した単行本と、エッツェル社から出された挿絵入りの単行本との間には、炭鉱の場面、とくに宗教論争の場面について大きな異同が認められ、エッツェル版ではその場面の約二頁分が丸ごと削除された[78]。これほど大きな異同は作品内の他の部分には認められない。エッツェルはこの宗教論争の場面をとくに問題視したと考えられる。

　その理由として、次の二点が挙げられる。第一に、『教育娯楽雑誌』には、児童読者を「理性を通して楽しませる」目的があり、読み物の内容から宗教の影響をできるだけ排除しようとしたと考えられるため、宗教論争に頁を割くこと自体が不適切であったからである。第二に、第二帝政下でのプロテスタント信者は、1850年代に学校の閉鎖や宗教集会の禁止が相次ぐなど迫害の対象であり、1870年になっても未だ信教の自由が確保されていない状態であったためである。その人口も第三共和政初期においてフランス人口の1.5パーセントに満たない少数派であったため[79]、検閲の影響や読者に与えうる不快感についてエッツェルが憂慮した可能性がある。

　マロ自身は、この論争の場面を「私の目には『地方色』としか映らない[80]」箇所であると述べた。しかし、マロが1848年以来共和派で、反教権主義的な表現を含む小説を1870年代に執筆したという事実、また、1863年以降、共和派にプロテスタントの多数派が与し、抵抗運動を行ったプロテスタントが、「自由主義、共和主義の歴史家たちによって、自由のための闘争や一七八九年の革命家たちの先駆者」とされた歴史的文脈を考えると[81]、マロもまたプロテスタントの抵抗運動を「自由のための闘争」の先駆けとみなし、小

説内で言及した可能性はある。また、たとえマロにその意図がなくとも、政治的言説として受け取られかねなかったとも考えられる。

　マロによると、この場面の改変についてエッツェルとは激しく争い、互いに譲歩することがなかった。普仏戦争後、スイスから1871年1月に帰宅したマロは、エッツェルとの契約を差し置き、まずは生活再建のため、戦前の草稿が残存していた作品を中心に四作品を上梓した。エッツェルは、1876年頃からマロに作品を要求するようになったが、筆は一向に進まなかった。マロはエッツェルに、「あなたの雑誌の読者が怖いから」執筆が進まないのであり、「読者の立場に立ってあなたが私に与える批評の数々」を恐れると「身動きが取れず、何も見つけられない」と訴えたので、エッツェルはマロに、自由に執筆するよう促し、「私の雑誌に合わないのであれば、他紙で出版してください、単行本だけであれば、私もこんなに慎重ではありません」と答えた[82]。

　1877年9月のエッツェルからマロに宛てた手紙では、エッツェルが *Sans famille* 連載の権利を『シエークル』紙に一行五十サンチームの条件で譲渡することが書かれ[83]、一行二十サンチームであった『教育娯楽雑誌』連載稿料との差額は、マロとエッツェルで折半することが提案された。また、1869年の契約では、挿絵入りの単行本と挿絵なしの単行本の両方がエッツェル社より出版されると決められていたが、1878年3月16日の手紙において、版権をダンテュ社に譲渡することが提案された。最終的には、『シエークル』の連載に基づく、挿絵なしの版のみがダンテュ社から出版され、挿絵入りの版についてはエッツェル社から出版されることとなった。この場合もダンテュ社が買い取る版権の金額と、マロとエッツェルの契約金との差額は、両者で折半することとなった[84]。*Sans famille* は1878年4月14日に書きあげられ[85]、1877年12月4日から1878年4月19日まで『シエークル』紙に連載された。そして、1878年7月に、まずはダンテュ社から単行本が出版され、エッツェルからの修正要求にマロが応じた後で、1880年にエッツェル社から単行本が出

版された[86]。

　以上のような経緯から、*Sans famille* には次の二種類の版が誕生した。第一に、マロがエッツェルからの意見を気にせず、自由に執筆を進め、『シエークル』紙への連載後にダンテュ社から出版された版である。第二に、『教育娯楽雑誌』への連載はなかったが、エッツェルが目を通し、マロに一部改変させて出版した[87]、挿絵入りの版である。先述した宗教論争以外の場面で二つの版の間で比較的大きな異同が認められるのは以下に述べる二点である。

　第一に、*Sans famille* 第二部の章割りの仕方が異なる。第二に、*Sans famille* 第二部の炭鉱の場面で、上述した宗教的論争以外の部分で二箇所、エッツェル版において表現の緩和と削除が見られる。

　第一の点について、ダンテュ版では第二部が全二十二章であるのに対し、エッツェル版では全二十章である。ダンテュ版の第十六章と第十七章が、エッツェル版における第十六章に相当し、ダンテュ版の第十八章と第十九章がエッツェル版の第十七章に相当する。前者については章の分け方が違うのみで、文章の異同は認められない。後者については、エッツェル版では、ダンテュ版の第十九章の冒頭の一文が削除された上で[88]、二つの章がつなげられている。この改変の正確な理由は不明である。ただし、ダンテュ版第二部の第十六、十七、十八章はそれぞれ、他の章に比べて頁数が少ないため、前後に矛盾がない範囲で各章の頁数を調節した可能性はある[89]。

　第二の点について、炭鉱の坑内ガス爆発で家族を亡くし、狂気に陥った女性が主人公に語りかけてくる言葉について、エッツェル版では表現の緩和が見られた[90]。つまり、女性が受けた被害と悲しみの程度が改変され、彼女の恨みの言葉も和らげられた。1870年の草稿の朗読の際にも「社会問題は黙過されなくてはならない」と苦言を呈したエッツェルにより、炭鉱での社会問題の提示の仕方が和らげられたと考えられる。

　また炭鉱での出水事故の場面で、炭鉱内に閉じ込められた炭鉱夫の中に、生前に罪を犯した者がおり、彼は自らの罪を懺悔したのち、水の中に消えて

行く。その場面そのものは削除されなかったが、彼の死をめぐる対話は大幅に削除された。つまり、罪人の死を願うような会話が削除され[91]、たとえ罪人であっても、人の死を願い、喜ぶ表現は児童向けの作品の表現としては、不適切であると判断されたと思われる。

マロもエッツェルからの批評が「読者の立場に立って」なされると理解していたように、エッツェルによる改変は、雑誌の中心的な読者層であったブルジョワジーの家族の反応を慮ってのものであると思われる。いわゆる「社会問題」の提示や、カトリックとプロテスタントの論争など、読者に不快感を与えうる話題に対してエッツェルは敏感に批評し、暴力的な描写や言葉に対しても、それを和らげようとした。しかしながら、私市保彦も指摘した、「中産階級の子弟のモラルから逸脱できない」エッツェルの姿勢は、社会が抱える矛盾を事実に即して描き、小説を通してそれを積極的に暴露しようとするマロの作家としての態度とは相反するものであった。

このように、エッツェルは Sans famille を『教育娯楽雑誌』に掲載せず、単行本のみを出版する際にも、作品の改変を要求したと考えられる。マロが思想・表現の自由に強く拘泥したのは、本章第一節で述べた。したがって、エッツェルの措置はマロにとって不快なものであった。マロは後年、エッツェルについて、「見かけは父親のように寛大であるが、エッツェルは私の知る中で最も貪欲な編集者である[92]」という言葉を書き残した。また、アカデミー・フランセーズのモンティヨン賞を Sans famille が受賞したことに関して、「この賞に関しては奇妙なことにエッツェルとは競合関係にあって、エッツェルは『マルーシア』を受賞させたかったので、友人に働きかけた[93]」という裏話を書き残した。二人の間には Sans famille に関する契約関係は残ったが、信頼関係が持続していたとは考えにくい。マロが Sans famille 以後の作品をエッツェル社から出版することもなかった。

エッツェル版とダンテュ版の二種類の版の誕生は、後年に他の出版社から Sans famille が出版される際に影響した。つまり、ダンテュ版の系統か、エ

ッツェル版の系統かによって、テクストが異なる。結論を言えば、シャルパンティエ社、フラマリオン社、フェイヤール社の版はダンテュ版を概ね踏襲したと考えられる[94]。また1910年にエッツェル社が廃業し、その在庫、資料、営業権は1914年7月にアシェット社に委譲されたので[95]、エッツェル版の版権はアシェット社に移り、アシェット社の版はエッツェル版を踏襲している[96]。

1-3 まとめ

　Sans famille という作品において、フランス共和国の安定を志向する保守的な面と、社会の矛盾を告発し批判する面とが共存する理由を考える際に、作者マロの伝記的事実と、作品成立の経緯を踏まえておくことは不可欠である。これまでの考察から、作品の二面性の理由について次の二点が考えられる。

　第一に、マロ自身に内在する二面性に起因すると考えられる。マロは地方の有力者の息子として生まれながら、正義感が強く、批判精神の旺盛な人物であり、第二帝政下から政治、教育、労働問題、児童福祉、民法など、多岐にわたるテーマで批判を展開した。とくに、1860年代に『オピニオン・ナシオナル』や『クーリエ・フランセ』に寄稿した記事にそれが看取できる。また、マロは政治的には穏健な共和主義の立場を取ったが、政治的信条よりも人間としての良心を重視する考えから、第三共和政期においても小説の中でしばしば政治、国家、社会の不公正を告発する記述が見受けられた。しかしその一方で、戦争の悲惨さを経験した1871年以降は、革命や暴動を嫌い、普仏戦争に敗北したフランス共和国を安定させることも重視した。そのための児童教育の重要さを自覚していたマロは、初等教育視察官として実際の小学校教育も目の当たりにしつつ、小学生の読者を強く意識しながら、*Sans famille* を執筆したと考えられる。

第二に、*Sans famille* がエッツェルの依頼に即して書かれ始めた作品で、最初の草稿では内容についてエッツェルの口出しもあり、編集者の意向も意識された作品であった点である。つまり、次章で検討するように、*Sans famille* に、国家が法制化をすすめていた共和主義的初等教育の内容に沿うような記述が多く見られるのは、もともとエッツェルの依頼に沿うように書かれた点にも原因が求められるのではないかと考えられる。石澤小枝子によると、『教育娯楽雑誌』は、読者の児童を「理性を通して楽しませる」姿勢を強調し、教育面での目標は「学校の勉強の補充をしたい」ということであった[97]。エッツェルと共同出版者のジャン・マセの言う「学校」とは、共和主義的初等教育を与える小学校であったと考えられる。科学に基づいた実証的な知識を読者に教授するという目的を持った『教育娯楽雑誌』の要請にマロは応じようとし、また、読者層であるブルジョワジーの家族に不快感を与えうるような記述や表現は改変するようにエッツェルから要求もされた。先述のように、マロがエッツェルの要求に全面的に応じることはなかったとしても、『教育娯楽雑誌』の性質を意識しながら執筆されたということは考慮されねばならない。したがって、小学生の読者が強く意識されたのは、マロの初等教育視察官としての職務だけではなく、『教育娯楽雑誌』が小学校教育を意識した雑誌であったこととも関係があると思われる。

　次章では、*Sans famille* が書かれた第三共和政初期に、法制として整えられつつあった、無償・義務・世俗を三原則とする共和主義的初等教育と *Sans famille* の中での記述との間に見られる一致点について検討する。

注

1　Hector Malot, *Le Roman de mes romans*, Flammarion, 1896, réédité dans les *Cahiers Robinson*, n° 13, Presses de l'Université d'Artois, 2003, p. 117. 以下、この文献を示す時は *RR* と表記する。

2　*Ibid.* p. 116-120. マロがリセ・コルネイユで出会った二人の歴史教師とは、マルグリット（Marguerite）とシェルエル（Chéruel）であり、1896年に上梓されたマ

ロの唯一の回想録『私の小説の物語』の中で語られた。
3　Agnès Thomas-Maleville, *Hector Malot - L'Écrivain au grand cœur*, Monaco, Édition du Rocher, 2000, p. 58
4　ジュール・ルヴァロワは、ルーアンのリセ・コルネイユでマロの同級生であった。学生時代は二人で文芸誌を作るなどして交友を深め、生涯を通じた親友となった。マロの文壇デビューの契機は、1858年当時、サント=ブーヴの秘書をであったルヴァロワを通じ、マロがサント=ブーヴの知己を得たことによる。出版者ミシェル・レヴィは、サント=ブーヴを介してマロに紹介された。
5　Agnès Thomas-Maleville, *Écrivain au grand cœur, op.cit.*, p. 57-60.
6　Yves Pincet, Thèse, *op.cit.*, p. 45.
　　また、マロの小説『クロチルド・マルトリー』（原題：*Clotilde Martory*, 1873）では、1851年12月2日のクーデタを題材とし、その日パリで起こった出来事と、パリと地方で民衆が起こした反乱の鎮圧について書かれた。
7　アニエス・トマ=マルヴィルによると、マロは当時の父親をモデルとした老判事を、小説『美しいドニ夫人』（原題：*La Belle Madame Donis*, 1873）に書いた。小説の中で罷免される老判事の「判事は人間であって、兵士ではない。消極的服従はわれわれの義務ではない」という言葉からは、どのような政体下であっても個人の思想の自由は守られるべきであるというマロの考えが看取できる。(Cf. *Ibid.*, p. 59. Hector Malot, *La Belle Madame Donis*, 3ᵉ édition, Paris, Flammarion, 1896, p. 251.)
8　*RR*, p. 21.
9　たとえば1861年12月、1862年2月に新聞記事「行商本検閲委員会」において、検閲の不当さを訴えた。また、マロの回想によれば、『コメディエンヌの娘』（1875年）、『アルチュールの遺産』（1875年）の二部作が「道徳秩序」期に検閲により出版停止とされた際には、その撤回を求めマロは当時の内務大臣に直訴しに行った。さらにその数日後に新聞条例を作成する司法省の委員会にも召喚され、検閲の不当について発言した。(Cf. Hector Malot, «La Commission de colportage», articles publiés dans l'*Opinion nationale* des 24 et 31 décembre 1861 et du 3 février 1862. *RR*, p. 74-78.)
10　Charles Beuchat, *Histoire du naturalisme français*, tome second, Édition Corrêa, 1949, p. 168-173.
　　ブシャは、マロは「大衆小説作家」であるが、「アレクサンドル・デュマやシュー、コックよりももっと自然主義の傾向が強い。というのは、彼の最初の文学の仕事は写実主義的な研究にささげられたのだから。マロは十分後になってから大衆小

説に転向した」と述べ、*Sans famille* をマロの「大衆小説」の代表作と解釈した。この解釈は、エミール・ゾラが1878年に発表した評論「現代の小説家たち」の中で「マロは少しずつ安易な生産に横滑りしている」と酷評したことに端を発すると思われる。ゾラの評論では、批判対象の作品名は書かれなかったが、その発表の時期が *Sans famille* の新聞連載と単行本出版の時期と重なっている。(Cf. Émile Zola, «Les Romanciers contemporains», recueilli dans Émile Zola, *Les Romanciers naturalistes*, Paris, Charpentier, 1881, p. 333-387.)

11　Hippolyte Taine, article paru dans *le Journal des Débats* du 19 décembre 1865.
12　Émile Zola, article paru dans *le Figaro* du 18 décembre 1866.
13　1857年、フロベールの小説『ボヴァリー夫人』が「公衆の道徳及び宗教に対する侮辱」の罪状で糾弾された事件の概要については、以下の論文を参照した。玉井崇夫「『ボヴァリー』裁判」、『文芸研究』（明治大学文学部文学科紀要）、45号、1981年、257-279頁。幸崎英男「第二帝政下における検閲規制と『ボヴァリー夫人』」、『帝塚山学院大学研究論集』通号第30号、1995年、19-36頁。
14　Agnès Thomas-Maleville, « Les Deux versions des *Amants* - comparaison de l'édition Lévy de 1859 et de l'édition Hetzel de 1867, avec les passages réintégrés par H. Malot (Conférence donnée à Bonsecours le samedi 27 mars 2010) », *Perrine, Revue en ligne de l'Association des Amis d'Hector Malot*, 2010. RR, p. 24-26.
15　*RR*, p. 74.
16　「精神異常者に関する1838年6月30日の法律 (La loi sur les aliénés du 30 juin 1838)」を指す。
17　Anne-Marie Cojez, Thèse, *op.cit.*, p. 264.
18　*Ibid.* p. 265.
19　この手紙はマロの子孫であるアニエス・トマ＝マルヴィル氏に見せていただいた。本書第一部第三章第二節第二項において全文を掲載しているので参照のこと。
20　Guillemette Tison, « L'Avocat des «droits de l'enfant»», in *Hector Malot et le métier d'écrivain*, Études réunies par Francis Marcoin, Paris, Magellan et cie., 2008, p. 41-57. また、本書第一部第三章第三節を参照。
21　木下賢一『第二帝政とパリ民衆の世界――「進歩」と「伝統」のはざまで』、山川出版社、2000年、12-51頁。鹿島茂『怪帝ナポレオン三世――第二帝政全史』、講談社学術文庫、2010年、466-472頁。David I. Kulstein, "The Attitude of French workers towards the Second Empire", *French Historical Studies*, Vol. II, No. 3, 1962, p. 373-375.

22 鹿島茂、前掲書、469頁。柴田朝子「第一インター前夜のパリ労働者階級の状態について」、『史学雑誌』68編12号、1959年、71-74頁。
23 たとえば、『ある負傷者の回想』（原題：*Souvenir d'un blessé*, 1872）では、メッスの戦場に入場するナポレオン三世の姿について次のような皮肉をもつ記述がある。「馬に乗ってではなく、幌付きの四輪馬車でまどろみながらメッスに到着した皇帝は、軍人というよりも、疲れ果てた老人のようであった。［……］なぜ執務室の奥から皇帝はフランス軍を指揮しようとしないのだろうか。［……］プロイセン王が先頭にたってドイツ軍に命令を下さないなどということがあるか。」(Hector Malot, *Souvenir d'un blessé*, Michel Lévy Frères, 1872, réédité dans *Œuvres d'Hector Malot - 2*, collection dirigée par Francis Marcoin, Amiens, Encrage Édition, 2012, p. 56-57.)

また、1851年のクーデタを題材とした『クロチルド・マルトリー』（1873年）では、大統領ルイ・ナポレオンについて「農民はナポレオンのような人物を求めていたとしても、偽物のナポレオンを求めはしないだろう」と書かれ、当時の民衆がナポレオン信奉からルイ・ナポレオンを支持したことの誤りが主張された（Hector Malot, *Clotilde Martory*, Michel Lévy Frères, 1873, réédité dans *Œuvres d'Hector Malot - 3*, collection dirigée par Francis Marcoin, Amiens, Encrage Édition, 2012, p. 48.)
24 マロは、プランス・ナポレオンを信用していなかったと考えられる。アニエス・トマ＝マルヴィルによると、マロが所有したジュール・ルヴァロワの著作の余白に、マロがゲルーについて意見を書いたメモ書きが残っている。ゲルーは後年、政界において辛辣な攻撃を受け、それをマロは「ゲルーにとってもっとも妨げとなったのは、プランス・ナポレオンとの関係である。彼は無邪気にも、プランス・ナポレオンが自分を皇后から守ってくれるものと信じていたのだ」とメモに残した。(Cf. Agnès Thomas-Maleville, *Écrivain au grand cœur, op.cit.*, p. 102)
25 『イギリスの現代生活』の第十章「夜のロンドン」と第十一章「街」には、ロンドンの酒場の様子や貧しいイースト・エンドの界隈についてのルポルタージュが見られる。Cf. Hector Malot, *La Vie moderne en Angleterre*, Paris, Michel Lévy Frères, 1862, p. 227-268. 以下、以下、この文献を示す時は *VMA* と表記する。
26 木下賢一、前掲書、30-51頁。喜安朗「〈独学の人〉とアソシアシオン」、『近代フランス民衆の〈個と共同性〉』平凡社、1994年、200-274頁。
27 『クーリエ・フランセ』におけるマロのコラムは、以下の日に掲載された。1867年7月1日、8日、15日、22日、29日。同年8月12日、19日、26日。同年9月2日、

9日、16日、23日、30日。同年10月7日、14日、21日、28日。同年11月5日、12日、19日、26日。

28　Francis Marcoin, «L'Histoire éditoriale de *Romain Kalbris*», *Perrine, Revue en ligne de l'Association des Amis d'Hector Malot*, 2013, p. 2-3.

29　*RR*, p. 82-84.

30　このノートは未出版であるが、その一部が以下の三つの文章に引用されている。Agnès Thomas-Maleville, *Écrivain au grand cœur, op.cit.*, p. 140-148. Agnès Thomas-Maleville, «Hector Malot, chroniqueur de guerre engagé» in *Historia*, n°599, décembre 1996, p. 30-33. Christa Delahaye, «Préface», in Hector Malot, *Souvenir d'un blessé, op.cit.*, p. 5-12.

31　*RR*, p. 50.

32　Agnès Thomas-Maleville, *Écrivain au grand cœur, op.cit.*, p. 140.

33　Hector Malot, cahier inédit du 5 août 1870, cité dans Agnès Thomas-Maleville, «chroniqueur de guerre engagé», *op.cit.*, p. 31.

34　マロは『オピニオン・ナシオナル』時代の同僚、カスタニャリー（Jules-Antoine Castagnary, 1830-1888）に次のような手紙を送った。「もしガンベッタか、あなたの友達のスピュラーに会うなら、私を自由に使ってくれと言ってください。［……］地位も給料にもこだわりません。国の役に立ちたいということしか望みません。」(Lettre d'Hector Malot, citée dans Agnès Thomas- Maleville, *Écrivain au grand cœur, op.cit.*, p. 142.)

35　Hector Malot, cahier inédit du mois de novembre ou de décembre 1870, cité dans Agnès Thomas-Maleville, «Chroniqueur de guerre engagé», *op.cit.*, p. 32.

36　Agnès Thomas- Maleville, *Écrivain au grand cœur, op.cit.*, p. 143.

37　たとえば、第一部第十章では、スダンで捕虜になるナポレオン三世の姿が書かれた。また、第二部第十六章においては、ロワール軍の情報を操作する電信にかならずレオン・ガンベッタの署名がなされていることが書かれ、第二部十七章では、臨時政府の指揮系統の乱れが記述された。(Cf. Hector Malot, *Souvenir d'un blessé, op.cit.*, p. 83, 255-257 et 261.)

38　戦争後間もない時期に書かれたこの小説を、ゾラは「読者を戦場に赴かせずして、その眼前に死の風、敗戦の恐怖、一つの世界の崩壊、群衆の潰走を見せる」と評価しながらも、微細になされる描写の冗長さを指摘した。後にマロはこの批評に対し「歴史家は印刷された資料をもとに仕事をすればいいが、小説家は生きた資料をもとに執筆しなくてはならない」と反論した。(Cf. Émile Zola, Article paru dans *La*

Cloche du 23 mai 1872, recueilli dans Émile Zola, *Œuvres complètes*, édition établie sous la direction d'Henri Mitterand, tome 10ᵉ, *Œuvres critiques I*, Paris, Cercle du livre précieux, éd. Claude Tchou, 1968, p. 949. *RR*, p. 50.)
39 Hector Malot, *Souvenir d'un blessé, op.cit.*, p. 279-284.
40 *Ibid*., p. 281.
41 *RR*, p82-84.
42 Mairie de Fontenay-sous-Bois, *Hector Malot 1830-1907, Un écrivain fontenaysien*, Fontenay, Imprimerie municipale, 2003, p. XI-XII.
43 John Sinclair Wood, «Hector Malot et la Commune» in Société d'Histoire littéraire de la France, *Les Écrivains français devant la guerre de 1870 et devant la Commune*, Colloque du 7 novembre 1970, Paris, Armand Colin, 1972, p. 134-136.
44 マロが生涯、国政の表舞台に立とうとしなかったことを物語るものとして、次のエピソードがある。アニエス・トマ＝マルヴィルによると、1894年から起こったドレフュス事件の渦中、夫アルフレッド・ドレフュスの無実を証明するため、1896年、または1897年に、ドレフュス夫人はマロの自宅を訪れ、夫の擁護を依頼した。マロが1887年にイギリスのチャールズ・ディルク事件を題材とし、ディルクを擁護した小説『フランスの悪徳』（原題：*Vices français*）を書いたためであったが、マロはその依頼を断った。マロのノートによればドレフュス夫人はこの後にエミール・ゾラを訪問し、有名な記事、「私は弾劾する」が書かれた。(cf. Agnès Thomas-Maleville, *Écrivain au grand cœur, op.cit.*, p. 224-230.)
45 マロはコミューン時のヴァレスの行動と政治思想に共鳴していたわけではない。それは、マロからヴァレスに宛てた次の文言から理解できる。「コミューンの後、あなたがかくまってほしいと言えば、私はあなたを歓待したでしょうに。そしてあなたが亡命中の今、何か私に頼みがあるなら、決して拒絶などしないでしょう。あなたの手紙の中に、コミューンでのあなたの役割についてたくさん書かれてあったのが残念でなりません。無理やりそのことを忘れ、あなたが今亡命中であるということだけを思い起こしながら、あなたの思うままに動くこととしましょう。」(Lettre d'Hector Malot à Jules Vallès, datée du 25 décembre 1872, recueillie dans Gérard Delfau, *Jules Vallès, l'exil à Londres 1871-1880*, Paris-Montréal, Bordas, 1971, p. 35-36.)
46 たとえば『クロチルド・マルトリー』では、次の二つの場面において、政治的立場よりも法的規範の遵守や自らの良心の声が重要であることが示された。第一の場面は、1851年11月、ルイ・ナポレオン大統領と議会とが溝を深める状況下で、知人

から大統領と議会とで戦闘が起こった場合にどちらにつくかと聞かれた際に、軍人の主人公は「それは単純明瞭です。法律を遵守する側につき、法律を犯す側の敵になります」と答えた。第二の場面では、1851年12月1日、クーデタ勃発日の夜明けに亡くなった主人公の父親は、政府関係者であったため、クーデタを予感しつつ主人公に次のような遺言を残した。「何が起ころうとも、決して義務と利益との間で迷ってはいけない。良心が働かない時、不幸な出来事は簡単に起る。私の遺言、私の最後の助言、私の最後の祈りはお前の良心にささげる。良心にのみ従いなさい。」(Cf. Hector Malot, *Clotilde Martory*, *op.cit.*, p. 51 et 94)

47 Guillemette Tison, «L'Avocat des «droits de l'enfant»», *op.cit.*, p. 43.
48 *RR*, p. 74-78.
49 単行本として出版する際、主人公の名の綴りが Calbris から Kalbris へ変更された。
50 Francis Marcoin, «L'Histoire éditoriale de *Romain Kalbris*», *op.cit.*, p. 1-5.
51 Denise Dupont-Escarpit, «L'Information scientifique et technique à l'usage de la jeunesse dans le *Magasin d'éducation et de récréation*», *Pierre-Jules Hetzel—Un éditeur et son siècle*, textes et iconographie réunis et présentés par Christian Robin, ACL édition, 1988, p. 238.
52 私市保彦『名編集者エッツェルと巨匠たち──フランス文学秘史』、新曜社、2007年、176-194頁。
53 私市保彦、前掲書『名編集者エッツェルと巨匠たち』、191-193頁。Katherine Auspitz, *The Radical Bourgeoisie: The Ligue de l'Enseignement and the origins of the Third Republic, 1866-1885*, Cambridge University Press, 1982, p. 49-54.
54 槇原茂「フランス公教育確立期の世論形成──〈教育同盟〉の活動を中心として」『島根大学教育学部紀要(人文・社会科学)』第33巻、25-37頁。槇原によると、フランス教育同盟の活動は、未就学児童の調査とその両親の説得、学校基金の設置、文房具の無料配布、民衆図書館の設立、民衆講演会の実施、マニエ図の無料配布など多岐にわたった。
55 石澤小枝子『フランス児童文学の研究』、久山社、1991年、105-126頁。Jacques Chupeau, «Le moraliste des enfants—P.-J. Stahl», *Pierre-Jules Hetzel—Un éditeur et son siècle*, textes et iconographie réunis et présentés par Christian Robin, ACL édition, 1988, p. 207-216.
56 初等教育をめぐる共和派とカトリック教会とのヘゲモニー闘争に関しては、たとえば、以下の本を参照した。谷川稔『十字架と三色旗──もうひとつの近代フラン

ス』、山川出版社、1997年。
57　Ségolène Le Men, «Hetzel ou la science récréative», *Romantisme*, n°65, 1989, p. 69-80.
58　『ロマン・カルブリス』の梗概は以下の通りである。ノルマンディー地方の村に船乗りの息子として生まれたロマン・カルブリスは、冒険に憧れる少年であった。海難事故で父親を亡くし、村に近い小さな離島でロビンソン・クルーソーのような生活を送るビオレル氏に教育を受けたが、執達吏で高利貸しのシモン叔父に引き取られ、見習いとして働かされるようになった。この生活に耐えられなくなったコマンは、家を抜け出し、放浪の生活を送った。一度は自宅にたどり着くも、冒険と船乗りへの夢を諦めきれず、ロマンは再び旅に出たが、途中に出会ったサーカス団で働く少女ディエレットの、サーカス団からの脱走を手伝い、彼女を伴い再び故郷へ帰った。しかしまたもや航海の夢を捨てきれず、ル・アーブルで船に乗ったロマンは、船が難破して瀕死の経験をすることで家族への思いを強くし、故郷へ戻って今度こそ本当に、母、ビオレル氏、ディエレットとともに家族で暮らす。
59　『ロマン・カルブリス』には、自然学者フランソワ・ユベール（François Huber, 1750-1831）、植物学者アンドレ・ミショー（André Michaux, 1746-1802）、ロバート・フォーチュン（Robert Fortune, 1812-1880）、医師シーボルト（Philipp Franz Balthasar von Siebold, 1796-1866）など、実在の学者の名が上がり、ビオレル氏は彼らの研究書や旅行記をロマンに読むようにすすめている。
60　私市保彦『フランスの子どもの本――「眠りの森の美女」から「星の王子さま」へ』、白水社、2001年、78頁。Francis Marcoin, *Librairie de jeunesse et littérature industrielle au XIXe siècle*, Paris, Honoré Champion, 2006, p. 582-583.
61　Pierre-Jules Hetzel, «Préface» in Louis Desnoyers, *Les Aventures de Jean-Paul Choppart*, Nouvelle édition avec gravures hors texte, illustrée par H. Giacomelli, Paris, J. Hetzel, 1875, p. III.
62　«Notes manuscrites d'Hector Malot», recueillies dans *RR*, p. 262. 以下、この文献を示す時は «Notes manuscrites» と表記する。
63　*Ibid.*, p. 262
64　Yves Pincet, Thèse, *op.cit.*, p. 763. Agnès Thomas-Maleville, *Écrivain au grand cœur*, *op.cit.*, p. 170-171.
65　*Sans famille* の中でこの契約内容に忠実なのは、第一部に登場するアキャン家の人々と主人公との挿話である。主人公と家族のように暮らしたアキャン家は、パリの園芸農家で、父と四人の子どもたちで構成される。借金の返済が滞り破産した一

家は、父は刑務所に入り、四人の子どもたちはフランス各地の親戚の家に引き取られた。主人公は、そのうち二人を物語の中で直接訪問した。この挿話は作品の中で重要な位置を占めるが、プロットの根幹をなすものではない。

66 『私の小説の物語』の本文では、第一部の最初の草稿を1870年4月に書きあげたと述べられ、マロの書斎の本に残された手書きのメモには、1870年3月に書きあげたと記されている。(Cf. *RR*, p. 95. «Notes manuscrites», p. 263.)
67 *Sans famille* は、『シエークル』紙上に1877年12月4日から1878年4月19日まで全97回にわたり連載された。
68 石橋正孝『〈驚異の旅〉または出版をめぐる冒険――ジュール・ヴェルヌとピエール＝ジュール・エッツェル』、左右社、2013年、200-201頁。
69 私市保彦、前掲書『名編集者エッツェルと巨匠たち』、316-324頁。
70 *RR*, p. 95.
71 Lettre non datée d'Hetzel à Malot, citée dans Agnès Thomas-Maleville, *Écrivain au grand cœur, op.cit.*, p. 171.
72 *RR*, p. 96-97.
73 二宮フサ「解説」、エクトール・マロ作、二宮フサ訳『家なき子 [下]』、偕成社文庫、1997年、409-410頁。
74 *RR*, p. 96. マロによると、出版された小説では第二部に書かれた炭鉱の場面は、最初の草稿では第一部にあった。
75 *Ibid.*, p. 96.
76 *Ibid.*, p. 96.
77 *Ibid.*, p. 96.
78 巻末の「付録1．ダンテュ版とエッツェル版の主要なヴァリアント」を参照。
79 上垣豊「ライシテと宗教的マイノリティ――フランス第三共和政初期の教育改革とプロテスタント」、望田幸男、橋本伸也編『ネイションとナショナリズムの教育社会史』、昭和堂、2004年、137-164頁。
80 *RR*, p. 96
81 フィリップ・ジュタール著、和田光司訳「プロテスタント　荒野の博物館」、ピエール・ノラ編、谷川稔監訳『記憶の場』、第一巻、岩波書店、2002年、273-274頁。
82 *RR*, p. 97.
83 Lettre de Pierre-Jules Hetzel à Hector Malot de mois de septembre 1877, citée dans Agnès Thomas-Maleville, *Écrivain au grand cœur, op.cit.*, p. 171-172.
84 *RR*, p. 99.

85 «Notes manuscrites», p. 264.
86 *Ibid.*, p. 264. Jean-Paul Gourévitch, *Hetzel - Le bon génie des livres*, Editions du Rocher, 2005, p. 330
87 次のようなマロのメモが残されていた。「エッツェルは［……］エッツェル社から出版される挿絵入りの版のために、私に改変と削除を要求し、私はそれに急いで応じた。挿絵なしの版のみが完全版である。」(«Notes manuscrites», p. 264.)
88 削除されたのは次の一文である。«M. James Milligan ne parut pas cour du Lion-Rouge, ou tout au moins, malgré notre surveillance, nous ne le vîmes point.» (*D. II*, p. 329.)
89 翻訳者の二宮フサは、「内容的には、ここで章がわかれるほうが自然なことはたしかだ」と述べている。第十五章から第十八章までを除いたダンテュ版の第二部の各章の頁数は、15頁から33頁の間である。しかし第十五章から第十八章は各8頁で分量が比較的少ない。(二宮フサ「訳注」、エクトール・マロ作、二宮フサ訳『家なき子［下］』、偕成社文庫、1997年、403頁。参照)
90 巻末の「付録1．ダンテュ版とエッツェル版の主要なヴァリアント」を参照。
91 巻末の「付録1．ダンテュ版とエッツェル版の主要なヴァリアント」を参照。
92 «Notes manuscrites», p. 263.
93 «Notes manuscrites», p. 263.
94 各版の細かなヴァリアントの有無については、本書第二部第一章第一節および第二部第二章第一節でも検討しているので参照のこと。
95 私市保彦、前掲『名編集者エッツェルと巨匠たち』、492頁。
96 二宮フサ、前掲「解説」、413頁。
97 石澤小枝子、前掲書、115頁。

第二章　*Sans famille* と共和国

　Sans famille という小説が、将来のフランス共和国民を育成する目的があるという指摘は、先行研究においてすでに何度かなされている。マルク・ソリアノによるフランス児童文学研究の古典的著作『フランス児童文学ガイド』の中では、この小説の「フランスを旅する子ども」というテーマが、1871年の敗戦によるアルザスとロレーヌの喪失以降、エルネスト・ラヴィスの歴史教科書に見られるようになった愛国主義の流れの中に位置づけられた[1]。また近年の研究では、たとえば、クリスタ・デュラエは *Sans famille* において主人公レミに教育を与える登場人物の二人が、「理想的な共和国民」を育てるために貢献し、マロにとっての教育とは、「公民を育成するための重要な媒介」であると指摘した[2]。またリュセット・ツィバは、マロの提示する教育が「共和国の小学校[3]」の教育に基づきながら、それが識字教育にとどまらず「秩序、権威の尊重、階級、家族、所有権」という規範を教える目的があると結論づけた[4]。

　これらは、本章で検討する *Sans famille* の内容と「共和国の小学校」の教育との関係を考察する場合、とても重要であり、かつ基本となる指摘である。しかしそれと同時に以下の三点において不十分である。第一に、以上の論の中には、*Sans famille* 全体の記述を詳細に分析しつつこうした指摘を導き出した論はまだない。第二に、*Sans famille* が1877年から1878年に執筆されたのに対し、いわゆる「共和国の小学校」が誕生するのは1881年から1882年の「ジュール・フェリー法」以降であるので、小説の執筆は「共和国の小学校」以前ということになるが、そのように成立の順番が前後する矛盾については、考慮されていない。この点について、本章では1877年に議会に提出され、審議された初等教育改革法案と *Sans famille* の記述内容の比較・照合も含めつ

つ、論を展開することとした。第三に *Sans famille* の記述を実際に詳細に検討するならば、次章で後述するように、国家権力や共和国のあり方に対する強い批判も見受けられ、上に挙げた先行研究の指摘の一部に対して疑問が生じる。具体的には、ソリアノが *Sans famille* を説明する上で、作品を愛国主義の流れに位置づけた点、また、ツィバが作品に含まれる規範として、「権威の尊重、階級」を挙げた点である。

　こうした先行研究の不十分な点の克服も目標としつつ、本章では、「共和国の小学校」の教育と *Sans famille* の内容との一致点を探ってみたい。本章の構成は以下の通りである。

　第一節では、第三共和政初期に行われた初等教育改革について、フェリー法以前の法案の検討も視野に入れながら、*Sans famille* が執筆された1870年代を中心に整理する。

　第二節では、「共和国の小学校」の教育における公民道徳教育以外の教科教育の内容が、*Sans famille* の記述とどのように一致するか検討する。まず、1877年の初等教育法案で提示された教科教育の内容の特徴について説明した上で（2-2-1）、*Sans famille* で提示される教育内容と法案で提示される教育内容とを照合する（2-2-2）。

　第三節では、*Sans famille* で提示される教育は科学的知識を重視した教育であって、その一方でカトリックをはじめとする宗教はどのように記述されたかを考察しながら、初等教育の「世俗化」の原則を小説にどのように取り入れたのかを考える。

　第四節では、*Sans famille* における道徳教育について検討する。*Sans famille* において示される道徳教育は、宗教的信仰や教義に基づく宗教道徳教育ではなく、公民道徳教育である。それは、「共和国の小学校」の公民道徳教育に内容の上でおおむね沿うものであり、さらに以下の三点に特徴づけられる。第一に、家族の重視である。第二に、法的規範の遵守である。第三に、当時の社会規範の遵守である。第三の点は、「共和国の小学校」における公

民道徳教育の具体的な規定内容に沿う記述が多く見られる点、そして、家族における女性の役割が重視された点について、とくに指摘することができる。まず、「共和国の小学校」における公民道徳教育の成立と内容を踏まえた上で (2-4-1)、*Sans famille* で示された道徳教育の三点の特徴について、家族の重視 (2-4-2)、法的規範の遵守 (2-4-3)、社会規範の遵守 (2-4-4) の順で検討する。

第五節で第一節から第四節の分析を総括し、*Sans famille* で提示される児童教育の「共和国の小学校」の教育との一致点、不一致点についてまとめる。

2-1　第三共和政初期の初等教育改革と *Sans famille*

普仏戦争後のフランス人に湧き起ったのは、祖国愛と国家再建への強い意志であった。アルザス・ロレーヌ二州の喪失に対する痛恨の情と、対独復讐感情の高揚の中で、敗戦の原因を政治的・軍事的要因よりも、道徳的・知的側面に求める知識人たちの声があがった[5]。南允彦によると、エルネスト・ルナン (Ernest Renan, 1823-1892) の『フランスの知的・道徳的改革』(原題：*La Réforme intellectuelle et morale en France*, 1871) はその代表的著作である。「ドイツの勝利は、規律された人間の、規律されていない人間に対する勝利であり［……］科学と理性の勝利であった[6]」と述べたルナンは、敗戦の本質的な理由を、一方では過度の個人主義の浸透に求め、他方ではカトリシズムの蒙昧主義に求めた[7]。また、普仏戦争で徹底抗戦を呼びかけた急進共和派のレオン・ガンベッタは、1871年6月26日のボルドーでの演説で、「我々を敗北に引き込んだものこそ、わが国民教育の劣等性であった」と主張した[8]。

このような意見の高揚は、明らかに、穏健共和主義者たちによる1880年代の初等教育改革を推進した契機の一つとなった。初等教育の無償・義務・世俗の三原則を法定した、いわゆる「ジュール・フェリー法[9]」(1881-1882年)

の成立以降、初等教育は国民統合の手段であり、かつ共和制の礎石と見なされた[10]。ジュール・フェリー法で新しく定められた初等教育の内容は、旧法の1850年3月15日の法律から大きく変化した。世俗化した小学校では、公民道徳教育が宗教道徳教育に代わり、カトリック教会の初等教育に対する影響力の排除が図られた。同時に、必修科目としてフランス文学の基礎やフランスの地理歴史、自然科学教育が規定され、祖国への愛国心と客観性を養うことが目指された。国への帰属意識を高め、児童の知性の中にキリスト教の神の世界ではなく実世界を定着させることで、科学的知識と公民の意識に基づくフランス共和国民を育成することが目的とされたのである[11]。

マロも、普仏戦争の敗因を初等教育の不備に求める世論を意識していた。終戦直後に、セーヌ県知事のレオン・セイからヴァンセンヌ郡の初等教育視察官になるよう依頼された際に、その任務を引き受けた理由を次のように述べた。

> まさにドイツの小学校教師こそが、サドワの戦いやスダンの戦いに勝利したのだということを全員が認めるような時代であった。フランスの小学校教師の復讐準備を助けないとしたら、それは国民としての罪となったであろう[12]。

初等教育視察官を務めながら書かれた *Sans famille* の記述には、後述するように、共和主義的初等教育の内容が含み込まれた。しかし、マロが *Sans famille* を執筆したのは、ジュール・フェリー法の成立以前の1870年代のことである。それでは、1870年代には、初等教育改革をめぐり、どのような動きがあったのであろうか。

ここでは、次の二点に整理する。第一に、ジャン・マセが指揮を執るフランス教育同盟の活動を中心として、初等教育の「無償・義務・世俗」を求める世論の形成が、第二帝政末期に引き続き1870年代にも活発に推進された。第二に、1870年代にも、法制化されることはなかったが、初等教育改革法案

が複数提出され、とくに1877年には初等教育の内容に踏み込んだ二つの法案が提出された。そしてそれらは部分的に、ジュール・フェリー法の原案と言える性格を持っていた[13]。

　1877年、五月十六日事件を経て10月に行われた国民議会の総選挙における共和派の勝利は、第三共和政の「真の出発点[14]」とも言われる。第三共和政は1870年の成立後、当初から国民議会の議席の過半数が王党派で占められた。さらに1873年にカトリック教会からの強い支持を受けた王党派のマクマオン大統領とブロイ首相が就任し、いわゆる「道徳秩序」期が始まってからは、共和派への圧力が強まっていた。

　槇原茂によると、そのような状況でもフランス教育同盟は、1868年に創設された教育同盟パリ・サークルを通して1871年10月から全国規模の署名・請願運動を展開した。「民衆の教育に義務・無償という二重の性格を付与する[15]」ことを世論の力で国民議会に働きかけようとし、1872年の5月の時点で署名者数が847,761名という画期的な規模の請願運動となった[16]。また、実際の議会では公教育大臣ジュール・シモンによって初等教育の義務化・無償化に関する法案が1871年12月15日に提出され[17]、請願運動はその法案の成立を見越しての運動でもあった[18]。

　しかし、ジュール・シモン案は不成立におわった。1872年7月3日に委員会案として提出されたエルヌル案は、初等教育の義務制の導入を、親権に国家が介入するものと見なして否定したうえに、部分的無償制と宗教教育を支持した。

　その後、初等教育法案がほとんど提出されない数年を経て、1876年頃から再びさまざまな初等教育法案が提出され始めた。その中には、義務・無償・世俗の三原則のもとに、教育組織の形態の検討も含めた大法案もあり、そのうちの代表的な二つが、1877年3月19日にデジレ・バロデ（Désiré Barodet, 1823-1906）によって提出され、同年12月1日に再提出されたバロデ案と、同年3月23日にジュール・バルニ（Jules Barni, 1818-1878）によって提出された

バルニ案であった。これら二法案は、それまでの諸法案を調査検討した委員会案で、1879年12月6日にポール・ベール（Paul Bert, 1833-1886）によって提出されたベール案にまとめられ、吸収された。とくに義務教育制度の面ではこのベール案が、ジュール・フェリー法をはじめとした初等教育関連法の「原典」とも言えるものであった。梅澤収によると、バロデ案もバルニ案もともに初等教育の義務・無償・世俗の三原則を規定した点は共通であるが、初等教育の基本的権限をどこに置くかが対立点であり、前者がコミューンに初等教育の全権限を与える構想で、後者がコミューンの権限を財政負担に限定し、教育行政の権限は県に与える構想であった。ベール案は、後者の構想を基本とし、さらにコミューンの初等教育財源を国家に吸い上げ、コミューンから初等教育の権限を奪い、国家による初等教育を組織しようとした[19]。

　初等教育からカトリック教会の影響が排除され、その担い手が共和国へと変わる点、自然科学教育と公民道徳教育が初等教育に導入される点に関し、共和主義者のマロは、基本的には賛同したと考えられる。そして、フランス教育同盟のジャン・マセも共同出版者であった『教育娯楽雑誌』に、もともと Sans famille は掲載予定であったので、最初の契約の段階から、改革後の初等教育を意識してマロが作品を執筆した可能性がある。

　さらに筆者は、三点の理由で、マロが Sans famille を執筆する際に、1877年の二法案を参照した可能性があると考える。第一に、Sans famille の執筆時期である。第一部第一章で確認したように、エッツェルとマロの間で執筆内容の自由と、作品の連載権の『シエークル』紙への譲渡について同意がなされたのは1877年の9月ごろと推定される。またマロの回想によると、Sans famille の執筆は1878年4月14日に終えられた。したがって、作品の執筆の際に両法案をマロは参照することができる。第二に、敗戦直後からヴァンセンヌ郡の初等教育視察官を務めたことを考慮すると、新たな初等教育法成立の動きに対してマロが敏感であり、法案を把握していた可能性は十分にある。第三に、法案で規定される初等教育の教育内容と、Sans famille の記述とが

合致する点が多くあるからである。この第三の点について次節で検討する。

2-2 Sans famille における教科教育

2-2-1 バロデ案とバルニ案における初等教育の内容

　1877年に提出されたバロデ案とバルニ案で提示された教育内容は、ともに1879年のベール案の時点で、かなり修正された。そして、1882年のフェリー法の第一条で規定された初等教育の内容は、ベール案の第三条の規定をほぼ踏襲した[20]。

　バロデ案とバルニ案からベール案への大きな修正点は次の四点である。第一に、ベール案は公民教育を最重要事項とした。つまり、バロデ案では公民教育に相当する「人間と市民の義務と権利の知識、民法」を必修科目の第13項に、バルニ案では公民教育を必修科目の第11項に掲げたのに対し、ベール案第三条では「道徳・公民教育」を第1項に掲げた。第二に「現用語（langue vivante）」、つまり外国語の学習がベール案では限定的になり、1882年のフェリー法では言及すらされなかった。上級小学校の選択科目において外国語の学習が再び掲げられるのは、1887年を待たねばならない[21]。第三に1877年の二法案に含まれた職業教育がベール案では大幅に削除された。バルニ案では、選択科目の第2項で「地方の必要により、農業、花卉園芸、商業、工業についての簡単な知識」が挙げられた。バロデ案では必修科目の第10項に「気象学、衛生、実用的医学、農業、園芸、商業、工業に関する地域に即した簡単な教育；工場、製作所、建設現場など現場説明つきの見学」が挙げられた。さらに、選択科目では、具体的な職業訓練も初等教育の範囲とされた。しかし、ベール案を提出した委員会による1880年2月10日の報告では「われわれは小学校を職業学校にするつもりはない[22]」と明言され、ベール案第三条ではこれらの項目は削除され、その代わりに自然科学、物理、数学の「農業、衛生、工業技術への応用」と「主たる職業の手作業と道具の使い

方」の学習に限定された[23]。第四にバルニ案とバロデ案で必修科目として規定された「実物教育（leçons de choses）」の項目は、ベール案以降は科目としては失われた。フェリー法以後は知育を支える「新しい教授方法」として提案される[24]。

したがって、バロデ案とバルニ案は、ベール案とそれを踏襲したフェリー法よりも、科目としては多様な教育内容を含んでいた。つまり、フェリー法で規定された内容に加え、現用語の活用と職業教育も初等教育の中に含まれ、実物教育という方法も科目として設定され、強調された。

さらに、バロデ案とバルニ案を比較すると、バロデ案の方が詳細で具体的な規定があり、バロデ案の教育内容はバルニ案のそれをほぼ包含する。とくに、職業教育と産業に関する実践的な知識の学習に関して、バロデ案はバルニ案より細かく規定され、それらが重視されたことが分かる。これは、法案の提出者であるデジレ・バロデが急進的社会主義者（les radicaux）のグループに属し、「民主的、社会主義的共和国」を目指す立場にあったこと[25]、法案を作成した委員会にも、マルタン・ナド（Martin Nadaud, 1815-1898）やルイ・ブラン（Louis Blanc, 1811-1882）など労働者階級出身の急進派の代議士が複数含まれ[26]、彼らが実践的な職業教育を重視したことと関係が深いと思われる。

ここでは、より多くの内容が含まれたバロデ案と *Sans famille* で提示された教科教育の内容とを照合したい。

2-2-2　*Sans famille* における教科教育

バロデ案と *Sans famille* で提示される教育の内容の照合について、本節では次のような順番で提示し、考察する。まず、バロデ案で提示された教育内容のうち、フェリー法に残存した科目について、以下、次の順序で提示する。①読み方・書き方、②計算（数学の基礎）、③地理歴史・とくにフランスの地理歴史、④自然科学（物理学、博物学）、⑤体育、⑥男子に軍事教練・女子に

裁縫、⑦図画および音楽（線画、唱歌）、⑧法律上の常識および経済、の八項目である。次に、バロデ案の項目で、ベール案以降に制限・削除された項目について、次の三点にまとめ、提示する。つまり、⑨現用語（外国語）の活用、⑩産業に関する実践的な知識・職業教育、⑪実物教育の三点である。

　以上の十一点に関し、バロデ案で規定された各科目に対応する記述が Sans famille の中に見受けられるかどうか、そして、それらに対するマロの考えについて考察する。そして最後に、それらを踏まえ、Sans famille における教科教育の記述について特徴を整理したい。それでは、まずフェリー法にも残存する八項目について検討する。

①　読み方・書き方

　Sans famille における読み方の教育は、三段階で提示される。第一にアルファベットを覚え、文を読めるようになる段階である。第二に、まるで見聞を深め体得するかのように、本の中の知識を獲得する段階である。第三に内容を理解しながら多量の読書をこなすことで、知識を増やし、精神を豊かにする段階である。どの段階についても、大人の登場人物から主人公へ、主人公から別の児童の登場人物へ、伝達された。

　第一の段階では、まず第一部第七章において、主人公の師匠であるヴィタリスが主人公のレミにアルファベットを教え、読み方の基礎を教える。

>　翌日、僕たちが歩いている途中、僕は僕の先生が、身をかがめて、道に落ちているほとんど埃に覆われた板きれを拾うのを見た。
>「これが、お前がこれから読み方を習う本だよ。」と、ヴィタリスは言った。
>［……］
>するとヴィタリスは、ポケットからナイフを取り出し、その板から、できるだけ薄い一枚のへぎ板をはがそうとした。それがうまく行くと、彼はそのへぎ板の両面を端から端まで磨きあげた。そして、それを小さな正方形に切り分けて、同じ大きさの小さな板を十二枚ほど作った。

第二章 Sans famille と共和国　51

> [……]
> 「この小さな板の一枚一枚に」と、ヴィタリスは言った。「明日、ナイフの先でアルファベットを一字ずつ彫ってあげよう。お前はそれで文字の形を覚える。ひと目見てすぐ分かるように文字の形をよく覚え、間違えないようになったら、文字と文字を繋ぎ合わせて単語を作る。私がお前に言う単語をそうやって作ることができるようになれば、本が読めるようになっているはずだ。」
> [……]
> 僕はアルファベットの文字をすぐに覚えた。しかし、読むこととなると話は別で、そんなに速くできるようにはならなかった。
> [……]
> 僕は精一杯努力した。そして、哀れな犬がアルファベットの二十六文字から四文字を引き出して自分の名前を綴ることしかできないでいる間に、僕はついに本が読めるようになった。(D.I, p. 84-87)

　本を読めるようになったレミは、第二部第一章において、ともに旅をする親友で読み書きを知らないマチアに、ヴィタリスから教わったのと同じように読み方を教える。
　第二の段階については第一部第七章で、ヴィタリスがレミに読み方を教える意味を、次のように教える場面がある。

> 今度休んだ時に、お前に本を見せよう。その本の中に、私たちが通る様々な土地の名前や歴史をお前は見つけるだろう。その土地で暮らした人々や、そこを旅した人々が、見たこと、学んだことを、その本の中に入れた。だから私は、その本を開いて読みさえすれば、その土地を知ることができる。まるで自分自身の目で眺めるように見えるし、まるで誰かが私に話をしてくれるかのように、その歴史を学べるのだ。(D.I, p. 82)

　つまり、ヴィタリスはレミに、本を読むことの意味は、言葉や文章を追っていくことではなく、その内容を実際に見聞するかのように理解することにあると教えた。レミはまた、友人のアーサーに、文章の内容を理解すること

の重要さを教える。第一部第十二章では、アーサーの母親が息子に「狼と子羊」の寓話の文章を、ただ繰り返し読ませることで覚え込ませようとして失敗するのに対し、レミは文章が指し示す光景をアーサーに想像させ、暗唱させることに成功するという挿話が書かれた。

読み方教育の最後の段階として、第一部第二十章において、パリの花作り農家のアキャン家にレミが引き取られた際に、一家の父親がレミに「植物学や植物誌の書物」(*D.I,* p.316) や「旅行記」(*D.I,* p.316)、「偶然目についたとか、表題から面白そうだと思われて選ばれた本」(*D.I,* p.317) をたくさん読ませる。レミは「頭は少々混乱し」(*D.I,* p.317) ながらも、「どんな本でも、読むことは役に立つ」(*D.I,* p.317) ことを実感する。この読書は当初はレミ一人で行っていたが、次第にアキャン家の末娘リーズと一緒に読むようになり、リーズに読書の中に「楽しみと精神の糧」(*D.I,* p.317) を見出させるまでになる。

読み方の教育は、このように段階的に描かれ、主人公ばかりでなく他の児童の登場人物へと伝えられていく。読み方の教育が、このように丁寧に提示されるのに対し、レミが何かを書く行為は、第一部第二十一章において、レミが手紙を書く場面、最終章において、大人になったレミが回想録として *Sans famille* を書くという場面しかない。

しかし、マロは書き方を軽視しているわけではなく、むしろ、自分の言葉で自分の表現したい事柄を表現する能力を、教育の最終的な目標の一つとして考えていたと思われる。後年、*Sans famille* の姉妹編として書かれた、『家なき娘』(1893年) では、主人公の少女ペリーヌが作文を評価された。ペリーヌは字が下手で単語の綴りもよくまちがえるのにも関わらず、「ものを見、感じる能力、そしてまた見たこと、感じたことを表現する能力[27]」を小学校教師から絶賛される。また、『家なき娘』の出版と同時期に生まれた孫娘と、マロは彼女が幼い時から積極的に手紙を交わし、文章を書くことを促し続け、手紙の中で次のように述べた。

お前がどのように自分の考えを表現し、どんな言い回しを当てたらよいか知っているということが分かった。このことは、お前のこれからの人生の中で、何かを書かなくてはならない時に役に立つということを信じていてほしい。[……] 子どもの時から、書くという訓練に頭を慣らしておくことが、いかにお前のためになったか、馬鹿ではないのに言いたいことをどんな風に整理したらよいか分からない人々を前にして、きっと理解することだろう[28]。

Sans famille では、最終章で大人になったレミが「何時間も [……] 書くことに没頭し」（*D.II*, p. 406）、「自分の思い出という本のページをめくり、整理している」（*D.II*, p. 406）姿が示された。回想録として書いたという設定の *Sans famille* の作品自体が、レミが受けた読み方、書き方の教育の到達点である。この作品で、読み方と書き方の教育は、知識の獲得、精神の豊かさ、自己表現の能力を培うために、児童教育の根幹をなすものとして提示された。

② **計算（数学の基礎）**

Sans famille では、九か所において金銭の計算が文章に含まれ、登場人物が計算する様子と具体的な数字が提示された。たとえば、第一部第三章では、ヴィタリスはレミの身柄と引き換えに「八枚の五フラン銀貨」（*D.I*, p. 48）を養父に渡し、それが「四十フランで子どもを買う」（*D.I*, p. 55）行為であると、掛け算が示された。また、通貨単位についても書かれ、読者は計算と通貨換算を学べるようになっている。とくに、レミが養母への贈り物として雌牛を購入する計画を立て、実際に購入するまでには、複数の計算が示された。まず、小説の第二部第一章において、雌牛の値段の相場を居酒屋で大人たちから教わる場面では、以下のような記述がある。

　「このテーブルの上に、ピストール金貨を十五枚、つまり五十エキュならべれば、牛を自分のものにできる」
　［……］

第一部　Hector Malot, *Sans famille* (1878) ——原典成立の背景と意義

　　十五ピストールか五十エキュ、これは百五十フランに相当する。(*D.II*, p. 30-31)

　ここで「15ピストール＝50エキュ＝150フラン」という通貨換算が示された。さらに、150フランが相場の雌牛を購入するために、レミと親友のマチアは興行を重ね、以下のように214フランのお金を貯める。

　　僕の革の財布の中には、百二十八フランの貯金があった。バルブラン母さんの雌牛を買うには、二十二フラン足りないだけだ。(*D.II*, p. 32)

　　持っていた百二十八フランと、マチアの稼いだ十八フランとを足すと、合計百四十六フランになった。だから王子様の雌牛を買うためには、あと四フラン足りないだけだ。(*D.II*, p. 141-142)

　　六十八フランと、僕たちが持っていた百四十六フランとを足すと、二百十四フランになる。(*D.II*, p. 158)

　これらの引用では、雌牛を買うための貯金が、足し算と引き算を使いながら示された。そして、次の引用のように、第二部第八章において雌牛を購入する場面では、足し算と通貨換算が組み合わされて提示された。

　　「二百十フランでいいです」と、これで全部片付いたと思って僕は言った。[……] 最終的に二十スーの礼金で合意した。だから僕たちには三フラン残っていた。[……] 酒手として十スーかかった。[……] 僕たちの牛を連れて行くための頭絡が必要だったので、僕は三十スーを払ったが、まだ二十スーは残ると計算していた。[……] 引き綱の代金は二十スーだった。[……] 牛は手に入ったが、僕たちにはもう一スーも残っていなかった。(*D.II*, p. 168-169)

　この場面では、「210フラン＋20スー＋10スー＋30スー＋20スー＝210フラン＋80スー＝214フラン」という、二種のフランスの通貨を交えた金銭の計

算が提示された。足し算、引き算、割り算を使うことにより、1フランは20スーに相当すると算出できる。さらに物語が進み、レミとマチアがロンドンに渡った際には、フランスとイギリスの通貨換算が提示された。

> 幸いなことに、マチアは十二フランの貯金に加えて、ボブとその仲間と一緒に仕事をした時の僕たちの分け前を持っていた。分け前の額は、二十二シリング、つまり二十七フランと五十サンチームにのぼった。合計四十フラン近く持っていることになり、僕たちにとっては大変な財産だ。(*D.II*, p. 377)

ここでは、12フランと27フラン50サンチームを足すと、約40フランになるという足し算が示されるだけでなく、割り算で、1シリングは1フラン50サンチームに相当することが計算できる。

このように、*Sans famille* では、四則演算と通貨換算とが文章に含まれ、読者がそれも学習しつつ読み進められるように書かれたと考えられる。

③ **地理歴史・とくにフランスの地理歴史**

Sans famille では、フランスの歴史について次の三か所に記述が見られる。まず、第一部第八章において、カオールに近い村、ラ・バスティード・ミュラに来たところで、十八世紀にその村で旅籠屋の息子として生まれ、ナポレオン一世に士官してその妹と結婚、ナポリ王位を与えられた、ジョアシャン・ミュラ（Joachim Murat, 1767-1815）について語られた。

次に、第一部第十二章においてミディ運河を通る際に、運河の建設者ピエール＝ポール・リケをたたえる記念碑に言及され、鉄道敷設以来ミディ運河が活用されなくなった点についても述べられた。

最後に、第二部第二章において、セヴェンヌ地方の架空の炭鉱町ヴァルスを訪れた際に、まずは十八世紀初期にその地方で発生した、ジャン・カヴァリエ（Jean Cavalier, 1681-1740）が率いるユグノー（プロテスタント）の反乱、

カミザールの戦いについて言及され、次に、十八世紀半ばのヴァルスにおける炭鉱脈の発見の経緯についても記述された。ヴァルスは架空の街であるが、炭鉱脈の発見の経緯は史実を参考にして書かれたと思われる。イダ＝マリー・フランドンは、炭鉱内の様子、炭鉱夫の仕事、炭鉱内で起こる事故などについて、マロがルイ・シモナン（Louis Simonin, 1830-1886）の著作『地下の生活――炭鉱と炭鉱で働く人々』（原題：*La Vie souterraine, ou Les Mines et les mineurs*, 1867)[29]を参照しつつ執筆したことを明らかにした[30]。フランドンの指摘に加え、シモナンの著作の第五章には、十八世紀に貴族が全財産をつぎこんで炭鉱を発見した、という *Sans famille* の炭鉱脈の発見の挿話と類似した記録が存在し[31]、それも参考にされたのではないかと推測される。以上の三か所において、歴史教育の要素が見出せる。

次に地理教育は、前章でマロとエッツェルとの1869年に交わされた契約の文言に見たように、*Sans famille* の執筆において最も重視された要素の一つである。作品全編を通じ、主人公の旅そのものが地理教育となり、レミはフランスの多くの土地とイギリス、スイスを移動する。以下に、旅の道筋を確認し、提示された地理教育の特徴を考察したい。

第一部の旅は、リムーザン地方の架空の小村、シャヴァノンから始まる[32]。シャヴァノンからほど近い村、ユセルに出て（第六章）、ドルドーニュの谷を通過しつつ北西へ向かい、サン・テミリヨン経由でボルドーに到着（第九章）、ボルドーからランドの森を南下してポーへ到着し（第九章）、ポーから東へ向かいトゥルーズに達した（第十章）。トゥルーズでヴィタリスとはぐれたレミは、白鳥号に乗船してカルカソンヌ、ベジエを経由しながらミディ運河を行き（第十一章、第十二章）、セートで白鳥号を降りた（第十三章）。セートから陸路ローヌ川に沿って北上し、リヨン、ディジョン、トロアを経由（第十四章、第十五章）、パリに入った（第十六章）。パリではヴィタリスと死別し、アキャン家と２年間暮らした（第十七章～第二十一章）。

第二部では親友マチアとの旅に入る。パリから南へコルベイユ、フォンテ

ーヌブローを経由し、オルレアン方面に向かっていたが、モンタルジにおいてセヴェンヌ地方へ方向転換した（第一章）。セヴェンヌ地方の架空の都市ヴァルスに滞在した後（第二章〜第六章）[33]、ヴァルスから北西へマンド（第七章）、オーヴェルニュ地方の温泉地を経由しつつ、再びリムーザン地方のユセル（第八章）へ、そしてシャヴァノンの養家へ一度帰還した（第九章）。ロンドンにいる実の家族の情報を得たレミは、シャヴァノンから北上してオービュソン、モンリュソンを通過（第十章）、そこから東へ向かい、ドシーズからニヴェルネ運河に入り、アキャン家の末娘リーズが引き取られたドルージを経由して南東からパリに入った（第十一章）。パリからはロンドンへ向かうため、ピカルディー地方のボーヴェ、アブヴィル、パ・ド・カレー県のモントルイユ＝シュル＝メールを通過して、ブローニュからドーヴァー海峡を渡り、ロンドンへ向かった（第十二章）。ロンドンを脱出後、ウェスト・サセックスのリトルハンプトンから乗船し（第二十章）、ノルマンディー地方のイジニーへ上陸、カンを通り、ラ・ブイユでセーヌ川沿いに出た。レミは、ルーアンを経由しつつ、白鳥号を追って水路沿いに一気に南東へ下って行く。セーヌ川、ヨンヌ川沿いを行き（第二十一章）、オーセールからニヴェルネ運河、ドシーズからロアール川並行運河、サントル運河とたどった後、シャロンからソーヌ川沿いに南下してリヨンへ、リヨンからローヌ川をスイス方面へ行く。セイセルで白鳥号が乗り捨てられているのが発見され、そこからは陸路を東方面へ、レマン湖畔北東部のヴヴェで実母との再会に至る（第二十二章）。

　このように、主人公の旅の道筋を確認すると *Sans famille* の地理教育の特徴が明らかになる。つまり、この旅はフランスの多くの都市を通過するものではあるが、次の二点において網羅性がなく、偏っている。第一に、南北にはよく移動するのに対して、東西の移動の幅が狭い点である。フランス西部のブルターニュ地方とペイ・ド・ラ・ロワール地方、東部でドイツ国境と接し、1871年の敗戦で割譲されたアルザス地方、ロレーヌ地方にレミは行かない。したがって、フランスの地理を学ぶという観点から見れば、主人公の旅

は網羅性がない。第二に、リムーザン地方、ニヴェルネ運河、パリなど二回以上通過する場所、セヴェンヌ地方、ロンドンなど長期にわたり滞在する場所、トゥルーズやセートなど重要な出来事が起こる場所について、都市や地方の特色に関する情報が多い点である。それ以外の場所に関しては通過地点の都市名のみが記された場合も多く、土地を描写し説明する記述の内容と分量において、偏りがある。

　この地理教育の特徴に関し、「フランスを旅する子ども」という *Sans famille* と共通のテーマを持つ児童文学作品で1877年から1909年に小学校用課題図書として六百万部を売り上げた、G・ブリュノ (Augustine Fouillée, dite G. Bruno, 1833-1923) の『二人の子どものフランス巡歴——義務と祖国』（原題: *Le Tour de la France par deux enfants*, 1877)[34] との違いは明白である。佐藤宗子は、『二人の子どものフランス巡歴』で提示された地理教育と *Sans famille* のそれとを比較しながら、前者が「子どもたちの足跡という線を中心に、その一帯の面にまで広げるようにしてフランス全土を知らしめようとする」のに対し、後者が「あとからふりかえって結ぶと何とか線につながる」旅であり、地理教育という観点から見ると「主人公レミのフランス各地の見聞は、読書体験の中では理解されえない」と指摘した[35]。

　しかしながら、地理教育を物語に含み込むというマロの意識が希薄であったかというと、次の三点の理由から、決してそうではないと言える。

　第一に、フランスの旅の陸路のみならず、水路についても詳細に提示されたからである。レミが通った場所のみならず、実母の乗船する白鳥号の航行予定を書くことでフランス南西部から南東部を通り北東部へいたる水路が説明された。また、物語の終盤で主人公が白鳥号を追いかける際にも、川と川、運河の合流地点の地名が欠かされることはなかった。

　第二に、リヨンの橋、ミディ運河、ボルドーの海と街区など、通過するだけの土地であっても、歴史的建造物が説明され、景観や街区について、くわしく描かれる場合もある点である。

第三に、前章でも指摘したように、1877年9月ごろ、マロはエッツェルとの契約を変更し、エッツェルからの介入なしに物語を執筆することとなったが、その際に地理教育に資する説明や描写の部分が変更されたからである。マロの子孫であるアニエス・トマ＝マルヴィルは、ラ・ブイユのマロの生家に「うんざりするほど地理と歴史に関する言及でいっぱいの最初の版」の手書き原稿の数ページが残存しており、そこには「エッツェルの命令に『ぴったり対応する』という作家の意志」が感じ取られたと述べた[36]。つまり、自由に執筆する権利を得たと同時に、マロはわざと、地理に関する記述を、より網羅性がなく、偏ったものに変更したと考えられるのである。そしてそれは、物語の中で三か所にしか登場しない歴史に関する記述についても同様であると考えられる。

　その理由について次の二点が考えられることを、ここでは簡単に指摘するにとどめたい。第一に、次章で後述するように、*Sans famille* の中に、愛国主義の観点をマロは意図的に含ませなかったと考えられる点である。主人公がアルザス地方、ロレーヌ地方を通過することさえないというのは、この意図の現れの一つであると思われる。第二に、実物教育という教育方法を、地理教育と歴史教育の記述に援用したからである。つまり、フランス全土についての一様な知識を読者に伝達するのではなく、児童の主観と事物との出会いを尊重するように、知識を含ませたと考えられる。詳細は本項の「⑪実物教育」において後述する。

④　自然科学（物理学、博物学）

　『ロマン・カルブリス』の中にエッツェルが見出し、*Sans famille* にも含ませるように期待された自然科学教育。*Sans famille* では、大きく分類して、生物学、気象、地学、物理学の四点について、小説の全44章のうち、11章においてそれに関わる記述がある[37]。

　まず生物学に関しては、レミが初めて猿を見て知る場面、ツバメとアリの

生態が語られる箇所など、動物に関する知識と、キクイモの栽培、デイジーや野イチゴ、リラといった春の花の描写など、植物に関する知識との両方が見られる。また、主人公が遭遇する吹雪や、大雨と洪水が原因で起こる炭鉱の出水事故など、天変地異に関する詳細な説明と主人公の体験とが見受けられる。

そして、マロが Sans famille における自然科学教育の場面として最多の頁数を割いて記述するのは、第二部第三章において、セヴェンヌ地方の炭鉱町ヴァルスで、主人公が炭鉱夫のマジステールに、地殻変動と化石植物についての話を聞かされる場面である。マジステールは石炭とは何か、石炭層はどのようにして生成されたかということを、自分が炭鉱で収集した植物の化石をレミに見せながら語る。この場面もまた、上述したシモナンの著作『地下の生活』の第二章「炭鉱の起源」を参照しつつ書かれたと考えられる[38]。シモナンの著作では、博物学者アドルフ・ブロンニャール（Adolphe Brongniart, 1801-1876）がフランスとベルギーの炭鉱で行った化石植物研究について記述された。そして、Sans famille のマジステールは「昔ベセージュ炭鉱の中を、ブロンニャールという名の偉い学者を案内し、彼の調査の間に話を聞いたおかげで、学習しようと思」（D. II, p. 61）ったという設定である。

さらにマジステールは、科学的思考をもとに合理的に物事を判断する人物として描かれた。レミは目の前の現象についての科学的考察をマジステールから教わり、それが初歩的な物理学の学習となっている。たとえば、炭鉱で出水事故が起こった際に、マジステールとレミは炭鉱内の切り羽に閉じ込められるが、レミはその状況下でマジステールから科学的思考を教わるのである。たとえば、切り羽の水位について、マジステールは次のように説明した。

　　　「今や水はこれ以上一尺も上がってこないだろうから［……］水の危険はないだろう。」
　　　［……］

第二章 *Sans famille* と共和国　61

「私たちはポンプの空気室にいるようなもので、閉じ込められた空気が、水が上がってくるのを防いでいるのだ。切り羽は奥がふさがっているから、私たちに釣鐘型潜水器の中にいるようになっている。水によって押し返された空気が、この斜坑の中に溜まり、今度はその空気が水に抵抗し、水を押し返している。」
［……］
「水がいっぱい入ったバケツに、コップの口を下にして突っ込んでごらん。水はコップの底まで上がってくるかね、上がってこないだろう。空の部分が残る。ほらね。その空の部分は、空気が詰まっていることで保たれるのだ。今ここで起こっているのは、それと同じことだ。私たちはコップの底にいることになる。だから水はここまで上がってこないだろう。」（*D.II*, p. 75）

マジステールはレミたちに、気圧と水圧の均衡が成立していることを、水がいっぱい入っているバケツにコップを逆さまにして突っ込むという身近な実験を引き合いに出しつつ説明した。

Sans famille には、このように、生物学、気象学、地質学、物理学といった、複数の分野の自然科学の知識と、科学的思考についての記述がある。生物学と地理学の知識しか書かれなかった『ロマン・カルブリス』と比較すると、*Sans famille* にはより多くの分野にまたがり、より多くの分量を割きながら、科学的知識と客観的な考察を交えた自然科学教育が提示された。

⑤　体育

レミの戸外での旅そのものが身体を鍛える教育として以下のように表される。

結局のところ僕は何かを学んだし、同時に長い間道を歩くことも覚えた。［……］お師匠さんと一緒に戸外の厳しい生活をするうちに、僕は足も腕も強くなり、肺は発達し、皮膚は鍛えられ、寒さも暑さも、日差しも雨も、痛さ、ひもじさ、疲れも平気で耐えられるようになった。（*D.I*, p. 91）

そして、このような戸外での生活による身体の鍛錬は、レミと同じ年齢の小学生には経験できないものとして以下のように書かれた。

> 小学生でもそういう子がいるように、部屋に閉じこもって、両手で耳を塞いで、本に目をくっつけていなければ勉強できなかったら、僕は何を学べただろうか。何も学べなかっただろう。というのは、閉じこもる部屋なんか僕たちにはなかったし、街道を歩いている時は転んでしまわないように、足元を見ていないといけなかった。(*D.I*, p. 91)

このような書き方は、マロが *Sans famille* を執筆する以前から学校教育における身体教育の不十分さを批判的に捉えていたことの反映である。マロは、1865年2月11日付の『オピニオン・ナシオナル』の記事「身体教育」において、それについて次のように批判した。

> 近年、公教育において多くの改革が行われたが、[……] ひとつとして身体教育に適用されたものはなかった。
> [……]
> 身体の構成要素の一部を、身体が皮膚を通して絶えず消費し、肺を通して燃やしているのは周知の通りである。そしてまた、生命が消費したものに代わる新たな物質を、身体が肺を通し、時に胃を通して絶えず吸収するということも、周知のとおりである。さらに、身体の器官が形成される子ども時代、少年時代にこそ、体力を回復させるための吸収・摂取がもっとも十分になされる必要がある、ということも皆知っている。それなのに、コレージュが子どもを家庭から取り上げるのは7歳か、遅くても8歳のこと、つまり、子どもが差し迫った本能的な欲求により、遊びに、つまり子どもにとっては最も強力な回復手段に、全てをささげる年齢なのである。[……] 頭でっかちになり、肺は縮こまり、呼吸の勢いは弱まり、身体は長くなり、青ざめ、白くひ弱になる[39]。

この記事での学校教育における身体教育の軽視に対する批判を踏まえると、先に示した *Sans famille* の引用の中で、レミが戸外の生活によって、「肺は

発達し、皮膚は鍛えられ」たという表現が用いられ、当時の小学生が「部屋に閉じこもって」いることに対する皮肉が書かれたのは、身体教育の重要性を強調した記述であると分かる。同記事の中では、身体教育と知識教授に半分ずつ時間を割く、イギリスの小学校が紹介され、「この方法こそ、壮健で、強固な意志を持ち、丈夫な精神をもつ人間を作る」と述べられた。したがって、マロは身体教育を重視し、*Sans famille* においてもレミが受ける教育の中に含ませた。

　1877年のバロデ案では、体育の項目に「可能ならば水泳」と補足書きがなされた。*Sans famille* において、レミは水泳も習得する。「ヴィタリスとの旅の間に、泳ぐことと水に潜ることを十分に学んでいて、水の中でも地上と同じように楽に動ける」(*D.II*, p.101-102) 主人公の泳ぎの能力は、第二部第六章において、炭鉱で出水事故に遭遇した際に発揮され、水中に落ちたマジステールを救出する場面において、レミが泳ぐ姿が二度描かれた。

　亀高康弘によると、第三共和政以前のフランスには、体系的な身体教育のシステムがなく、第三共和政期には、政治家、医者、生理学者、教育家といった人々が、従来にないほど、身体教育の望ましい方法、意義、有効性について証明しようとした。1871年の敗戦を契機とし、人的資源の再生、義務兵役制度からの要請、愛国心の涵養と「社会化」教育などの目的から、共和派は国防の問題を念頭に置きつつ、体育という教科の法制化を準備し、とくに男子の体育は、軍事教練を準備するものとして位置づけられた[40]。

　しかし、*Sans famille* で主人公はしっかりと身体教育を受けたが、その目的はこのような国家の目的と一致していたとは思われない。なぜなら、主人公の身体教育は、「少年時代に何度も襲いかかる、厳しく重い試練に負けない」(*D.I*, p.91) ようになるためのものであり、自分と他者を救う場面でその効果が発揮されるからである。

⑥ 男子に軍事教練・女子に裁縫

 Sans famille において、男子に課された軍事教練に関する記述はいっさい見られない。「共和国の小学校」で行われた具体的な軍事教練としては、亀高康弘によると、1881年に作成された『体操・軍事教練教本』の中で、密集隊形の練習、散開から密集隊形への変換、分列行進、射撃の四つが掲載された[41]。*Sans famille* では、児童の登場人物がこうした訓練を受ける記述はなく、先に確認したように、主人公が受ける身体教育は軍事的な目的を持たない。「共和国の小学校」の教科教育の内容のほとんどが、程度の差はあれ、*Sans famille* の児童教育の中に含まれたのにもかかわらず、軍事教練に関する記述がないという事実は、この作品の児童教育に、国民の軍事的強化という目的が欠如していることを示すと考えられる。

 それに対して、女子に課せられた裁縫については、レミはその技術を習得している。まず、ヴィタリスが裁縫のできる人物であって、第一部第六章において、興行のための衣装を自ら加工する場面がある。そしてヴィタリスの死後、パリでレミが生活をともにしたアキャン家の長女エチエネットは、「父親や兄弟の服にボタン縫いや継ぎ当て」(*D.I*, p.303) をする少女であり、第一部第二十一章で、レミがアキャン家と離別する際に、エチエネットは「糸と針と私のはさみ」(*D.I*, p.341-342) の入った針箱を「これからは継ぎを当てたりボタンをつけたりしてあげられないから」(*D.I*, p.342) と言って主人公にプレゼントした。第二部第一章では、レミがその針箱を使い、興行用の衣服を加工する場面がある。

 Sans famille に、裁縫の技術の習得が書かれたことは、マロが1877年の二法案を参照した可能性を示唆すると捉えることもできる。なぜなら、「男子に軍事教練」、「女子に裁縫」という小学校における教育内容は、管見の限りでは、1877年の法案で提案された初等教育の教育内容の中で初めて付加された文言であるからである。

⑦　図画および音楽（線画、唱歌）

　まず図画については、第一部第二十章で、主人公がアキャン家の末娘リーズに教えながらともに学ぶ場面がある。

> 僕は彼女に絵を描くこと、つまり、僕が「絵を描く」と呼んでいることも教えた。[……] たぶん僕は、かなり下手な教師だった。しかし、僕たちは仲が良かったし、教師と生徒の仲が良いことは、しばしば才能よりも価値のあることだ。描きたかったものがきちんと分かる絵を、彼女が描けた時は、何と嬉しかったことか。($D.I,$ p. 318)

　さらに音楽については、$Sans\ famille$ で提示される児童教育において重要な意味を持つ。音楽教育は職業教育としての意味、情操教育としての意味の両方を持っている。

　作品の中で音楽を学ぶのは、レミとマチアの二人の登場人物である。レミはヴィタリスに教えられ、マチアは独学に加え、レミや旅の途中で出会う音楽家から教えられ、歌唱と楽器の演奏の仕方を学び、日々の興行で生計を立てる。音楽は彼らの生きる術であり、とくに物語の最後にプロの音楽家となったマチアにとって、音楽教育は一生に関わる職業教育となった。

　音楽教育はまた、情操教育となった。歌唱を聴いて登場人物の子どもたちはしばしば涙を流す。たとえば、ヴィタリスの歌を聴いたレミは、次のように反応する。

> 当時の僕には、歌が上手か下手かということや、技巧が凝らされているかどうかは判断できなかった。しかし僕に言えるのは、ヴィタリスの歌い方が僕の中に引き起こした感情である。舞台の隅に引っこんでいた僕は、泣き崩れた。（$D.I,$ p. 238）

　レミはヴィタリスから「お前は優しい心をもっているから、お前も聴く人

を泣かせ、拍手を送られるようになる、今に分かるよ」(D.I. p. 88) と言われ、楽譜の読み方と歌唱法を学んだ。物語の第一部後半では、レミの歌うナポリ民謡を聴いたリーズは、いつも泣いてしまう。このように、歌唱は聴き手や歌い手の児童の「優しい心」を育て、さらに巻末にはレミのナポリ民謡の楽譜が付けられて、読者も歌い、鑑賞できるようになっている。

 Sans famille における音楽教育の重視は、当時の初等教育と比較して、次の二点において特徴的である。第一に、たしかに音楽教育は、フェリー法で初等教育の必修科目として規定されたが、実質的には、とくに地方の小学校ではほとんど行われておらず、重視されなかった点である[42]。第二に、ミシェル・アルテンによると、共和主義的初等教育において、音楽は愛国心と国民統合を促す手段とされ、1880年代以降はフランスの伝統的な唱歌や、英雄を讃えた歌をまとめた教科書が小学校で使用されたが[43]、それに対し、*Sans famille* でマロが提示した音楽教育では、職業教育かつ「優しい心」のための情操教育であり、歌われる曲もイタリアのオペラと民謡であって、フランス人に祖国愛や国民意識を涵養する目的はなかったという点である。

⑧ 法律上の常識および経済

 Sans famille では、法律と経済の知識も随所に盛り込まれた。法律については、裁判の描写、刑法と民法の一部への言及、市民生活に対する警察と行政の関わり、の三点が見られる。経済については、市場での売買の様子や、登場人物の経済的事情に関する記述が見られる。

 はじめに法律に関する記述を見たい。まず、*Sans famille* では合計三つの裁判が描かれた。つまり、バルブランが興業師に対して起こした労災補償をめぐる民事訴訟、ヴィタリスが公務執行妨害罪を裁かれた軽罪裁判、レミが窃盗罪を裁かれたイギリスの刑事裁判である。このうち、後者二件では、主人公は傍聴人と出廷人（被告）として裁判所に行った。また、法廷の様子も具体的に書かれた。

第二章 *Sans famille* と共和国　67

　暖かい空気が顔にかかり、人々のざわめきが聞こえた。僕が入っていくと、そこは小さな演壇のようだった。僕は法廷にいた。［……］その部屋はかなり広く、天井が高く、大きな窓が付いていた。法廷は二つに区分されていた。一方は裁判が行われる場所、もう一方は傍聴席であった。一段高い段に裁判官が座り、その下の前の席に三人の司法関係者が座っていた。後になって知ったが、裁判所の書記と、罰金を扱う財務官と、フランスでは検察官と呼ばれるもう一人の司法官だった。僕の席の前には法服を着てかつらをつけた人物がいた。僕の弁護人だ。（*D.II*, p. 351-352）

　このような裁判の知識のほかに、刑法と民法の法律の知識も記述内に含まれた。まず刑法については、盗みは罰せられること、児童虐待は「警察沙汰」（*D.I*, p. 275）であること、「官憲への反抗と暴力行為」（*D.I*, p. 122）の罪、「公園での無断演奏」（*D.II*, p. 239）の罪など、人々を取り締まる複数の法律に言及された。民法については、借金と破産に関する法律、遺産相続に関する法律、親権法に基づく子の親に対する義務について言及された。そして警察の働きについて、捨て子が発見された際の処置、身元不明の人間の死亡処理について書かれ、地方行政については、村長によるレミへの旅行許可証の発行が書かれた。

　次に、経済に関する記述は、法律に関する記述に比べると量が少ない。しかしユセルの牛市において、雌牛の値段の相場や、売買の駆け引きの様子が書かれた場面、アキャン家の破産の際に、債権者に有利な契約が具体的に説明される場面などには、日常的な経済の知識が含まれたと言える。

　このような法律と経済の知識は本章第四節で後述する、*Sans famille* における公民道徳教育に関係すると同時に、次章で述べる、この作品に含まれた労働問題の批判や児童の権利の擁護とも関わる。とくに法律の知識は、共和国民に必要な公民道徳教育の一部として提示されたと同時に、上記の法律の中には、*Sans famille* では悪法として批判され、皮肉を込めて書かれたものもある。

68   第一部　Hector Malot, *Sans famille* (1878) ——原典成立の背景と意義

　ここまで、「①読み方・書き方」から「⑧法律上の常識および経済」まで、フェリー法にも残存する八項目について説明した。これから、バロデ案にしかない項目について、つまり、「⑨現用語（外国語）の活用」、「⑩産業に関する実践的な知識・職業教育」、「⑪実物教育」の三項目について以下に考察したい。

⑨　現用語（外国語）の活用

　主人公はフランス語のほか、イタリア語と英語を学ぶ。レミが接触を持つ登場人物は、養母バルブラン母さん、アキャン家の人々のようなフランス人だけでなく、師匠ヴィタリス、親友マチアのようなイタリア人、実母ミリガン夫人と実弟アーサー、ドリスコル家の人々のようなイギリス人がいる。このうち、ヴィタリス、マチア、ミリガン夫人、アーサーはフランスでの滞在歴が長いため、フランス語を母語としないが、フランス語も話せる設定である。

　ヴィタリスはレミにイタリア語を教え、第一部第十七章でレミがマチアと出会った当初、レミは「イタリア語をよく学んだので、イタリア語で言われることは、ほとんど全て理解できる」(*D.I*, p.258) けれども、「自分から進んでイタリア語を使うほど上手には話せない」(*D.I*, p.258) 状態であり、二人はイタリア語とフランス語を交えて意志の疎通をはかる。

　英語については、外国への見聞を広め、「知識を広く」(*D.I*, p.250) するためにヴィタリスから少し学んだが十分ではなく、レミの実の家族と偽った、ロンドンのドリスコル家の元に向かう際に、イギリス人とともに興行していたこともあるマチアから単語を学ぶ。その場面では、次のように外国語を学ぶ必要が語られた。

　　　歩きながらマチアは僕に英語の単語を教えてくれた。なぜなら、僕はある問題が
　　　とても気がかりで、喜びに浸れなかったからだ。僕の両親は、フランス語かイタ

リア語が分かるのだろうか。もし彼らが英語しか話せなかったら、僕たちはどのようにして分かり合うのだろう。どんなに困ることだろう。［……］彼らと話し合えないなら、僕は彼らから見ると一人の外国人のままになってしまうのではないか。(*D.II*, p. 253)

 Sans famille において外国語を学ぶ意義は、ヴィタリスの言うように児童が「知識を広く」するためであると同時に、外国人と「分かり合う」ためである。マロが外国語教育を児童教育に必要なものと認識していたということは、1868年に生まれ、1875年から公立の小学校に通っていた自分の娘にも、初等教育の段階からドイツ語と英語を学ばせたことからも理解できる[44]。国語としてのフランス語が重視された1882年のフェリー法では、初等教育の教育内容から現用語という科目はいったん除外された。しかし、マロ自身は1877年の法案に盛り込まれた外国語教育を評価していたと考えられる。

⑩ 産業に関する実践的な知識・職業教育
 この科目に関し、バルニ案では選択科目の第二項に「地方の必要により、農業、花卉園芸、商業、工業についての簡単な知識」と規定された。バロデ案では必修科目の第十項に「気象学、衛生、実用的な医学、農業、園芸、商業、工業に関する地域に即した簡単な教育：工場、製作所、建設現場など現場説明つきの見学」と規定され、さらに選択科目の第十二項で、「木工、ろくろ、鍛冶、金物などの地域産業の手作業、とくに男子は職業訓練、女子は家計、琺瑯や陶器への絵付けなど他の特別な技術」とあり、バロデ案の方がバルニ案よりも詳細な規定となっている。
 バロデ案と *Sans famille* の記述を照合すると、バロデ案の必修科目第十項に掲げられた内容は、*Sans famille* では何らかの形で言及されたことが分かる。まず、気象学については、旅の途中で吹雪に遭遇する場面、洪水による炭鉱の出水事故の場面で、天変地異の原因と様相について語られた。衛生に

ついては、羊の乳に滋養があり、幼い子の成長に良い話や、身だしなみについて語られた。実用的な医学の知識は、アーサーの病気の治療法についての記述が見られるのに加え、ヴィタリス一座の猿が肺炎で危篤状態にある時の、人間の医者による「瀉血の後は、芥子泥療法、湿布、水薬、煎じ薬」（*D.I.* p. 230）という具体的な治療が語られた。農業についてはリムーザン地方の農家であるレミの養家における記述があり、園芸についてはパリの花作り農家、アキャン家における花卉栽培の労働、ストックの栽培についての記述がある。商業についてはユセルの牛市の場面があり、工業についてはセヴェンヌ地方における炭鉱業の発展、炭鉱夫の仕事、危険と事故について語られた。そして炭鉱でレミは、炭鉱夫に伴われて炭鉱内を見て回り、現場説明つきの見学をさせてもらっている。

　こうした経験は主人公の職業訓練にもなっている。役者、園芸農家、炭鉱夫、流しの音楽家として職業を体験し、労働の経験は「良い学校」（*D.I.* p. 313）とされた。そして、主人公だけでなく、物語の登場人物の職業も含めると、三十種以上の職業に対する言及が見られた。

　Sans famille に書かれた、産業と職業に関する豊富な記述について、先行研究では、エッツェルとの契約との関係の中でしばしば理解された。たとえば、クリスタ・デュラエは、1869年にマロとエッツェルの間で交わされた契約の中にある「フランスの特徴や産業を示す一種のフランスの一覧図」となる物語を書くという文言にしたがって、マロは労働の世界を書いたのであると、解釈した[45]。また、イヴ・パンセは、第二帝政期に行われていた知識偏重型の教育に対する批判として、手仕事と肉体労働を *Sans famille* の児童教育の中に含ませたと指摘した[46]。ここでは、こうした解釈と指摘に加え、次の二点を指摘したい。

　第一に、マロが少なくとも1862年から職業教育に興味を持ち、フランスの初等教育にも職業教育を導入すべきであると考えていた点である。マロは1862年のロンドン万博の際に『オピニオン・ナシオナル』紙から記者として

派遣され、執筆した評論『イギリスの現代生活』の第五章「教育」において、マロはロンドンの孤児収容学校で行われた職業教育に注目した。マロによると、その学校では「孤児たちが独立する年齢になった時に職に就かせること[47]」が大きな目標として掲げられ、校庭の真ん中に立つ船の帆柱を使い、児童たちに幼い頃から船上での作業の訓練をさせ、卒業後に多くの児童が船員として職業を得た。マロは児童が職業を体得するこの職業教育について、「他の国々もこれを学ぶのが賢明である[48]」と評価し、パリの学校でも同様の職業教育が行われることを提案した[49]。Sans famille において、捨て子のレミが充実した職業教育を受け、職業に関する知識が豊富に書かれたのも、執筆契約に応えるためだけでなく、マロ自身の中に、実践的な職業教育を初等教育の段階から取り入れることに対する共感があったと考えられる。

　第二に、バロデ案の文言と、Sans famille に提示される職業教育に重複する点が多く存在するのは、マロが法案を参照した可能性を示す。そしてもし、マロがそれを参照したのならば、単に学校批判を表現し、現実の小学校で学べないことを物語に付加するために、マロが職業教育の場面を描いたのではなく、これからの「共和国の小学校」の教育内容に、実際に職業教育が含まれる可能性があると認識していたのではないかと考えられる。つまり、法案の示す職業教育が実際に行われることを想定し、それに賛同し、法案に沿うように小説を執筆した可能性もまた、浮上するように思われるのである。

⑪　**実物教育**

　本項の「③地理歴史、とくにフランスの地理歴史」において、Sans famille におけるフランスの地理教育、歴史教育の網羅性のなさ、内容の偏りを指摘した。そしてそれは、地理教育、歴史教育だけではなく、他の教科教育の内容においても同様である。こうした内容の偏りと網羅性のなさは、主人公が物語の中で偶発的に出会う事物、人物から学習する点に原因の一つがある。つまり、Sans famille の教育は、児童が目の前に存在する事物、実際

の体験と知覚から何かを学ぶ実物教育なのである。

　実物教育とは、具体的な事物や現象を児童に示し、観察と実験などを通して学ばせる教育方法である。スイスの教育学者、ヨハン・ハインリッヒ・ペスタロッチ（Johann Heinrich Pestalozzi, 1746-1827）によって、児童の直観に訴えかける教育方法、直観教授として提唱された。この方法は、ペスタロッチが児童観と人間観において深い影響を受けた、ジャン＝ジャック・ルソー（Jean-Jacques Rousseau, 1712-1778）の『エミール』（原題：*Émile ou De l'éducation*, 1762）の中で提示された「事物による教育」に端を発するとされる。この事物に即した直観教授はまた、ペスタロッチの創設した児童教育施設、イヴェルドン学園に二年間滞在したフレーベル（Friedrich Fröbel, 1782-1852）によっても継承された。フレーベルは児童が感覚や四肢の発達に伴い、遊びと遊戯を始めることに着目し、遊びを直観と行為の結合であると考え、それを助長する教育遊具（恩物）の製造と普及に努めた。

　マロはこれらの教育学者たちの思想から影響を受けた。イヴ・パンセは、『ロマン・カルブリス』に提示された児童教育の中に「ロビンソナード[50]」の主題を見出し、ルソーの影響を指摘した[51]。文字による教育よりも自然の中での実物教育を目指したルソーの『エミール』の中で、ダニエル・デフォー（Daniel Defoe, 1660-1731）『ロビンソン・クルーソー』（原題：*Robinson Crusoe*, 1719）は、少年エミールに唯一読むことが許可された本である。『ロマン・カルブリス』において主人公ロマンを教育するビオレルは、「『ロビンソン・クルーソー』を生き方のお手本にし[52]」て孤島に住む人物である。ロマンを教育する際にも、孤島の生活の中で実物教育を授けつつ、この本を一番に与えた。また「教育は遊びながらでもできる[53]」という言葉が作中にあり、マロは遊びの重要性にも言及した。ここに、フレーベルの教育思想との共通点も見出せる。

　1872年に普仏戦争を題材として出版された小説『ある負傷者の回想』でも、それらの教育学者についての言及がある。物語の結末で、負傷して左腕を切

断した主人公が、スイスのジュネーヴで「ペスタロッチとフレーベルの方式」に基づいた「幼稚園」を訪れ、「児童を行動させ、記憶力より先にその知能と感情を発達させる教育に感銘を受け」て、故郷に小学校を創設する希望を持ったことが書かれた[54]。この小説においては、「敗戦からの復興に必要な教育[55]」の模範とされたのが、「ペスタロッチとフレーベルの方式」の児童教育であり、それはマロ自身の考えであったことが推測される。

イヴ・パンセは、マロが児童文学作品で提示する児童教育における、ペスタロッチとフレーベルの影響を次の三点に要約した[56]。第一に、自然観察に基づく実物教育がなされた点、第二に、手仕事と肉体労働が職業教育と身体教育となっている点、第三に児童自身の観察と思考を促し、児童の自発性を重視する点である。

本項では、一点目の実物教育に焦点をあて、パンセの主張を延長し、次のことを主張したい。つまり、*Sans famille* で提示される実物教育には、読み方、歴史、地理、自然科学といった複数の教科において、ペスタロッチとフレーベルが唱える個別的、具体的な教授方法の反映が認められる点である。

たとえば、ヴィタリスがレミに読み方の初歩を教える方法は以下の通りである。

> 「この小さな板の一枚一枚に」と、ヴィタリスは言った。「明日、ナイフの先でアルファベットを一字ずつ彫ってやろう。お前はそれで文字の形を覚える。ひと目見てすぐ分かるように文字の形をよく覚え、間違えないようになったら、文字と文字を繋ぎ合わせて単語を作る。私がお前に言う単語をそうやって作ることができるようになれば、本が読めるようになっているはずだ。」(*D.I*, p. 85-86)

この方法は、フレーベルの主著『人間の教育』(原題：*Menschen-Erziehung*, 1826) 第四編第四章「個々の教科の特殊考察」の第十五項「書き方」に記された、児童に初めて文字と単語を教える方法と大きな類似が認められる。活

字体のアルファベットをまずは図形として把握させ[57]、さらに文字の結合方法を児童に熟練させるために音の結合を文字で表現させる[58]、という教授方法をフレーベルは示した。

また、Sans famille の第一部第十二章で、レミがアーサーに「狼と子羊」の暗唱をさせる場面では、アーサーの母親が、文章の意味を理解させないまま、息子に文章を何度も繰り返し音読させ、暗記させようとしたのに対し、レミは文章の内容を想起させることで、アーサーにすらすらと暗唱させることに成功する。この場面は、ペスタロッチが複数の著作の中で繰り返した[59]、意味が分からないまま児童に言葉を暗記させることは有害であり、「事物とその正しい観念とが結びつかない言葉の知識は、真理の認識を妨害する[60]」という主張と重なる。暗唱に成功したアーサーの、「言葉はつまらない、言葉だけでは何の意味もない、でもものなら見える。レミは僕に笛を吹く羊飼いを見せてくれた」(*D.I.* p. 171-172) という言葉には、アーサーの頭の中で言葉の知識と、それが指し示す観念とが結びついた瞬間が表現された。

このように、ペスタロッチとフレーベルが実践した教育方法が *Sans famille* の児童教育の中に取り入れられたと考えられる例は、歴史、地理、自然科学の教育においても見出すことができる。

歴史教育においては、フレーベルが『人間の教育』第四編第四章の第十項「お話」において、歴史物語や伝説を児童自身や児童に親しい人間の生活領域に起こる出来事と結び付けて話すことが推奨されたが[61]、この方法は、*Sans famille* においてヴィタリスがレミに、ラ・バスティード・ミュラを通った時にジョアシャン・ミュラについて話す場面と重なる。

> 「その男はミュラと言ってな、英雄に仕立てられ、彼の名はこの村の名前に当てられたのだ。私はその男と知り合って、よく話をしたものだ。」[……]
> 「王様とお知り合いだったのですって！」[……]
> 「もう寝たいか、それとも王様ミュラの話を聞かせてほしいか」

「ああ！王様のお話をお願い！」
それまで僕は、歴史というものが何か全然思いつきもしなかった。誰が歴史について僕に語れただろうか。[……]読者は分かってくれるだろうが、その話は活発で溌剌とし、驚きに飛びつく子どもの想像力を刺激した。(D.I, p. 95-96)

　この場面の特徴は、レミに対しこれが歴史教育であるとは明かされていない点、ナポリ王がヴィタリスの知り合いの人物である点である。つまり、身近な人間が現実に見聞した話を聞くことで、レミ自身が「歴史」という概念を発見するのである。
　また、『人間の教育』同章の第十一項「小旅行と遠足」では、「自然の現象と人間の現象との連関、それらの相互関係を予感」させるために、「野外での生活、自然の中での生活」の重要性が説かれ、具体的には「近くの小川か又は小さい流れを源から大きな河口までその流れに沿って歩」くこと、「丸石や河原の石や田畑の石によって、[……]高い地方の鉱床や以前の成層を探求」することなどが提案された。また、動植物についても「いかなる直観ももたない概念の説明」ではなく、「生き生きとした自然の関連を自ら確かめる」ことによって学ぶべきとされた。この方法は、Sans famille において、レミが自らの足でフランスの陸路と水路沿いの道を歩き、ボルドーで「多くの船のマスト、ロープ、帆、様々な色の旗が入り混じる」(D.I, p. 98)光景に驚いたり、パリの大通りを走り回って大都市を把握したりしながら行われた地理教育、「一つ一つの石や一つ一つの植物化石について」(D.II, p. 65)の説明を、実物を見ながら受け、地球の地殻変動を理解する自然科学教育の基本となっている。レミは身近な話や目の前の事物から、「歴史」「地理」「地殻変動」というより抽象的な概念の認識へと導かれ、実物教育は、Sans famille で提示された主人公への教育全体を貫く教育方法である。
　藤井穂高によると、1880年代の初等教育改革では、知育の分野で、実物教育（直観教授）にもとづく「新しい教授法」への移行がなされようとしてい

た[62]。1887年に発表された小学校教育課程の教育方法規定では、これからの知育が実物教育に基づくことが明記された[63]。また、尾上雅信によると、1870年代には初等教育監察官のフェルディナン・ビュイッソンにより、万人への教育の基礎としての直観教授の重要性が見出された[64]。1877年の二法案の中で必修科目として規定され、*Sans famille* においてマロが提示した実物教育は、1882年のフェリー法に教科としては削除されたものの、小説の出版当時、「新しい教授法」として「共和国の小学校」において導入されようと、まさに議論がなされている教育方法であった。

　以上の十一科目について、*Sans famille* における記述内容と法案とを照合し、マロの考えを考察した。まとめとして、次の五点を指摘し、法案を参照した可能性について述べたい。

　第一に、1882年のフェリー法成立以後の「共和国の小学校」における教科教育の内容は、男子に課された軍事教練以外の科目については、ほとんど全て、何らかの形で言及されており、物語の中に含まれている。その中には、水泳や、女子に課された裁縫など、補足的なものまで含まれている。

　第二に、1877年の二法案、とくにバロデ案の中に規定され、1879年のベール案や、1882年のフェリー法では限定的となるか、または、削除された科目についての記述も *Sans famille* に含まれている。とりわけ職業教育については、バロデ案の規定と、ベール案以降の規定とでは、その位置に大きな相違があり、後者では「小学校を職業学校にするつもりはない」として、大幅に限定された。しかし、*Sans famille* では、児童教育の重要な要素として提示された。

　第三に、ほとんど全ての教科の教育内容についての記述が物語の中に含まれる点で、*Sans famille* は網羅的である反面、教科ごとにそれに照応する記述内容にまで踏み込んで検討すると、その内容は偏っている。読み方、地理、自然科学、音楽、職業教育の五教科は、他の教科と比較して記述が充実して

おり、主人公が受ける教育として重点が置かれている。また、各教科の記述の内容においても、三か所しか記述のない歴史教育、フランス全土を回ることのない地理教育、学ぶことのできる度量衡の単位は通貨単位だけである算数、など内容の偏りは否定できない。

　第四に、そのような内容の偏りが生まれた理由のひとつとして、マロが児童教育の場面を描く際に、その記述において、ペスタロッチとフレーベルの著書から影響を受けつつ、実物教育の方法を援用したことが考えられる点である。その教育方法は、既存の知識を網羅的に、偏りなく教授するのではなく、偶然に出会う事物と人物から五感を刺激され、生き生きとした体験をさせられることで、知的欲求が刺激され、児童自身が自分の知る世界よりも、もっと大きな世界を発見していくものである。そして、このような実物教育の方法は、知育における「新しい教授法」として、まさに1880年代の初等教育改革においても、取り入れられようと議論がなされていた方法であった。

　第五に、*Sans famille* の中に含まれる教科教育に関する記述の中には、国家による初等教育とはその目的が異なる部分がある。たとえば、物語における軍事教練の欠如、愛国心の涵養を目的としない音楽教育や体育がその部分に相当する。そのことは、マロの当時の公教育に対する批判の一環であると受け取れる。

　マロが1877年の法案を参照したかどうかは、マロ自身による法案への言及が見つかっていない以上、現在まだ実証できない。しかし、マロがヴァンセンヌ郡の初等教育視察官を務め、公立の小学校に通う娘をもちながら、*Sans famille* を執筆していた時期に、このような法案が存在したことは注目しても良い。

　マロは、*Sans famille* の執筆した1877年の時点ではすでに、職業教育、実物教育、外国語教育の児童教育における必要性に気付いていた。それを考慮すると、フェリー法よりも豊富な教科教育内容を包含した、1877年の法案に賛同し、それに沿う形で *Sans famille* を執筆した可能性も否定できないので

はないだろうか。1877年の法案の規定で出現した「園芸」や女子の「裁縫」についての記述が物語に含まれたのも、マロがそれらの法案を意識したと考えられる理由の一つである。

マロが Sans famille において提示した教育内容は、当時ファルー法下にあったフランスの初等教育の内容と比較すると、広範な内容を含む新しいものであり、かつ、新たなフランス共和国の小学生が受けると想定された初等教育の内容に沿うものであった。そして、ここまで初等教育のカリキュラムに沿った教育内容の提示は、マロの他の児童文学作品では見られない。『ロマン・カルブリス』、『家なき娘』にも、自然科学教育、地理教育、作文教育など、共和主義的初等教育の内容の一部に照応する記述が含まれてはいるが、Sans famille ほど、初等教育のカリキュラムを物語の中に網羅的に含んではいない。

先行研究では、Sans famille における教育に関する記述は、エッツェルとの契約に沿って書かれた点、マロが学校嫌いであり、従来の学校教育に反発して書かれた点、そして、その内容がフェリー法以後の「共和国の小学校」にある程度沿ったものである点の三点が、おもに指摘された。しかしここでは、それらの指摘に加え、Sans famille が執筆された時期に進行中であった初等教育改革の動きをマロが意識しており、1877年3月に提出された二法案という、まさに執筆時に取得しえた最新の情報を取り込みつつ、新しいフランス共和国の初等教育を予想しながら、この児童文学作品が書かれた可能性があるということを指摘しておきたい。

2-3 Sans famille における自然科学教育と宗教的信仰

前節で見たように、Sans famille において提示される児童教育の中には、共和主義的初等教育の内容がかなり忠実に含まれた。また、マロが反教権主義者であるということも、イヴ・パンセの先行研究が明らかにしてきた[65]。

第二章　*Sans famille* と共和国　　79

とりわけ、『田舎司祭』（原題：*Un curé de Province*, 1872)、『奇跡』（原題：*Un miracle*, 1872)、『結婚の闘争』（原題：*Les Batailles du mariage*, 1876-1877）など、1870年代の作品においてはその傾向が強い。そのうえ、いわゆる「道徳秩序」期の最中にあった1875年には、『コメディエンヌの娘』と『アルチュールの遺産』の中の反教権主義的な描写により取り締まられ、二作品が出版停止処分となった[66]。

Sans famille にも、聖職者を揶揄的に描いた場面が一か所ある。第二部第十七章において、レミがロンドンで窃盗罪を疑われた際に、その目撃証人として出廷した教会の番人についての記述である。その教会の番人が、「非常に威厳に満ちた」(*D.II*, p.354-355) 様子をして、「人格者」(*D.II*, p.356) 気取りで窃盗を目撃したと述べるも、レミの弁護人から、窃盗のあった時刻には、番人がすでに「強いビール」(*D.II*, p.356) をジョッキに三杯と、濃い「ブランデーかラム酒のお湯割り」(*D.II*, p.357) を数杯飲んで酔っ払っていたことを追及され、番人が「だんだん青くなり返事をしなくなった」(*D.II*, p.357) 場面である。この場面では「人格者」とされる教会の人間に日常的な飲酒癖があり[67]、「聖書の上で、憎しみや感情を混じえず真実を述べることを宣誓」(*D.II*, p.354) した裁判の場において、彼が不確かな証言をする様子が書かれた。

しかし、教会関係者が揶揄されるものの、*Sans famille* では、神と宗教は否定されるものではない。むしろ、登場人物の生活の中でのキリスト教の習慣が書かれる点、次の引用のように、登場人物が、神や聖人に対する敬虔な気持ちを抱く場面が複数個所で見られる点において、神と宗教は尊重されていると言える。

> 母さんには辛いことだった、俺を手放すなんて。だけど分かるだろう、そうしなくてはならない時のことを。［……］ガロフォリは、俺のすぐ下の弟のレオナルドの方を連れて行きたがった。レオナルドはかわいい子だから。［……］でも母

さんは、レオナルドをやろうとはしなかった。「長男はマチアだよ。誰か一人が行かなくてはならないなら、マチアが行かなくてはならない。神様がそうお決めになった。神様の決まりを変えるなんて、私にはできないよ」と、母さんは言った。（*D.I*, p. 260）

するとリーズは、父親のそばを離れて僕のところへ来ると、僕の手を取って、壁に掛かっている、きれいに彩色された一枚の版画の前へ連れていった。その版画には、羊の皮を着た少年の姿の聖ヨハネが描かれていた。［……］僕が聖ヨハネに似ている、と彼女が思ったことが分かって、僕は、なぜかよく分からないが嬉しくて、同時に、じんわりと胸が熱くなった。
「本当だ。」父親が言った。
「聖ヨハネに似ているね。」（*D.I*, p. 300）

　これらの引用では、家庭において「神様の決まり」が絶対的なものとされている様子、カトリックの聖人像に対する敬意が示される様子が記述された。さらに前章でも指摘したように、マロはエッツェルの反対を押し切り、ダンテュ版では、プロテスタントの信仰とフランスにおけるその反抗の歴史についても言及した。したがって *Sans famille* では、登場人物の個人的な信仰、家庭内での信仰、宗教的な習慣について、カトリック、プロテスタントの区別なく、尊重されて記述された。このような宗教に対する表現は、作品内に含み込まれた共和主義的初等教育と照らし合わせて、どのように説明しうるものであろうか。

　フェリー法で法定された初等教育の三原則、無償・義務・世俗の中で最も激しく議論されたのが、初等教育の世俗化、すなわち公立の小学校では一切の宗教教育を行わないとする原則についてであった。旧法のファルー法下の小学校では、カトリックの教義に基づく道徳教育が行われ、主任司祭がコミューン長とともに「初等教育の監督と道徳上の指導」を行い[68]、聖職者の資格がそのまま初等教員の資格になるなど[69]、初等教育の内容、及びその実行と監視において、教会と聖職者の傘下に置かれた。共和主義的初等改革の焦

点の一つが、宗教道徳教育を、公民道徳教育と自然科学教育に代替させ[70]、初等教員から聖職者を一掃することにより[71]、初等教育からカトリック教会の影響を排し、その世俗化を完成させることであった。Sans famille も、共和主義的初等教育の内容とかなりの一致が見られるのなら、なぜこのような神と宗教に対する肯定的な表現が見られるのであろうか。

　初等教育の世俗化を推進した論理は、初等教育の義務化と深い関係がある。つまり、フランスの子ども全員を小学校に通わせるならば、国民の大多数がカトリック信者であったとしても、公立の小学校で一定の宗派の宗教教育を行うことで、他の宗派を信仰する子どもの神が否定され、「子どもの良心と呼ばれる聖なるもの」(フェルディナン・ビュイッソン) に抵触することとなる。そのようなことがあってはならないので、公教育の場では「宗派的な中立性」(ジュール・フェリー) が保たれねばならず、ある一定の教義に基づく宗教教育と道徳教育は実施してはならない、という論理である。したがって、共和主義的初等教育は宗教そのものを否定するのでなく、むしろ、個人や家庭における信仰の自由を尊重するために、公立の学校におけるカトリック教会の影響を排除しようとする、とされた[72]。

　マロは、自分自身の娘に対して一切の宗教教育を拒んだほどの、徹底した反教権主義者であった[73]。しかし、個人の信仰の自由は尊重するべきであると考えていた。たとえば、『イギリスの現代生活』(1862年) では、日曜日のロンドンの道端でしばしば目にする光景として、「戸外の伝道者 (preachers in open air)」をあげた[74]。マロによると、「貴族、靴屋、仕立屋」など社会階級を問わず様々な人々が、おのおのの信仰、つまり「社会主義の宗教、モルモン教、バプテスト派、[……]古い宗教から新しい宗教まで」について街角で説教をし、ロンドンの人々はその説教を聞くのにしばしば足を止める。このように信仰の自由が「習慣の中に満ちている」イギリスに対し、当時のフランスにおける状況について、マロは次のように述べた。

> フランス人は祭儀の自由を持つことを大きな誇りとしている。しかし、この自由が国家のために存在するのであって、決してわれわれのために存在しないということに、フランス人は注意を向けない。なぜなら、われわれには、事前の許可なしに自らの信仰を広めることは禁じられており、たいていの場合、その許可は下りないのであるから。意見を述べる前に、国家が調べる。まるで国家自身に固有の信仰でもあるかのように。どんな自由がわれわれに残っているというのか。
> 宗教に関しては、自由に抵触するものは全て、ゆゆしきことである。[……] 私の住むコミューンの村長や、県知事、国務院の啓示など、私にはどうでもいいことなのである[75]。

　この引用から、国家は宗教的中立を保つべきであり、個人の信仰の自由は国家権力によって抵触されてはならず、尊重されるべきであるというマロの考えが看取できる。
　したがって、Sans famille において、数名の登場人物の信仰心が書かれたとしても、それは世俗化された初等教育にそぐわない記述ではない。上のマロの引用、そして、Sans famille の中にカトリック信者とプロテスタント信者の両方が書かれた点も併せて考えると、作品内の記述は、あくまで個人の信仰を尊重し、その自由に抵触しないという意味でなされたものと考えられる。Sans famille では、神や聖人の名を聞いて、登場人物の心の中で自然に湧き起るような良いイメージや感情が否定されることはない。しかし、それは家庭内での会話の中や、個人における信仰が語られる場面の中であって、主人公の教育においては様子が異なる。レミの教育の場面では、客観的判断や科学的知識の、根拠のない迷信や宗教的感情に対する優位を示す挿話が示された。
　第一部第九章「七里の長靴をはいた大男に出くわす」(D.I, p. 97) には、夜の闇の中、砂地や沼地の中に足を取られないよう竹馬に乗って移動するランド地方の人を見て、レミが「怪物」(D.I, p. 106) と勘違いして怯えるのを、ヴィタリスがたしなめる場面がある。レミにとって、闇の中の植物の枝や幹

は「幻想の世界の生き物」(*D.I*, p. 104)のようで、荒野は「まるで得体のしれない幽霊たちが跋扈するよう」(*D.I*, p. 104)に見えたのであった。レミは「幽霊たち」への恐怖心を抑えて一人で丘の上に上がり、竹馬に乗った男性に出くわして、男性の正体が分からないことへの恐怖心から全速力でヴィタリスのもとに逃げ帰った。ヴィタリスはそんなレミを「馬鹿はお前だ」(*D.I*, p. 107)といって笑い、「臆病な子ども」(*D.I*, p. 108)にとっては、「七里の長靴をはいた大男」のような人食い鬼になりうる、「あんなに怖がらせたもの」(*D.I*, p. 108)の正体を教えるのである。この場面は、*Sans famille*において、「幽霊」、「怪物」、「幻想の世界の生き物」など、科学的に説明できない怪奇な存在に言及される唯一の箇所である。しかしヴィタリスは、そういったものへの恐怖心を、レミに現実を見せ、その土地の慣習を教えることで跳ね除けた。

　また、第二部第四章において、レミと、レミに自然科学を教えたマジステールを含む七名の登場人物が、出水事故に巻き込まれて炭鉱内に閉じ込められた際には、マジステールがその科学的考察により、ほかの六人を混乱の中から導き、「指導者」(*D.II*, p. 82)となっていく。逃げ場所となった急勾配の切り羽で、パニックに陥り、「大洪水」(*D.II*, p. 73)と「世界の終わり」(*D.II*, p. 73)に恐怖して神に祈りだす者たちの横で、マジステールは、「役に立たない泣き言を超えた、先のこと」(*D.II*, p. 72)を考え、六人に足場を作らせた。出水の原因について、「炭鉱の神様」(*D.II*, p. 73)の怒りと復讐であると主張する者に対し、マジステールは「炭鉱の神様というのはくだらない話だ」(*D.II*, p. 73)とその意見を一蹴し、原因が出水であると判断した上で、空気、水の状態について科学的に考察し、全員に食料を出させ、この非常事態に七人がいつまで耐えられるかを判断していく。「冷静さと決断力によって、僕らに対する権威を刻々と強めていった」(*D.II*, p. 80)マジステールの姿については「彼の精神力が災害と戦っていると僕たちは本能的に感じた」(*D.II*, p. 80)と書かれ、六人は「マジステールの精神力が僕たちを救うと期

待した」(*D.II*, p. 80) のである。

　この場面において、パニックに陥った者が口にする「大洪水」と「世界の終末」という言葉は、読者に『旧約聖書』の「創世記」第六章から第九章のノアの大洪水の話を想起させる。しかし、聖書の中の言い伝え、神の怒りと復讐といった考え方、神への祈りは、非常事態においては「役に立たない」「くだらない話」であり、事故に巻き込まれた彼らを救うのは「冷静さと判断力」なのである。

　Sans famille では、たしかに個人の信仰が尊重され、神や聖人を信じる素朴な善良さについての記述も見受けられる。しかし、主人公を教育するヴィタリスやマジステールから教授される内容には宗教的信仰は含まれない。教育者である彼ら自身の判断基準は、現実に根差した客観的な考察であり、科学的知識である。主人公のレミに授けられる教育の中では、迷信や宗教的信仰ではなく、現実や科学的事実に基づく冷静な判断力を培うことが重視された。*Sans famille* で主人公は宗教教育を受けず、科学的知識と客観的判断の宗教的信仰に対する優位が示された。そしてレミに授けられる道徳教育も、宗教的信仰に基づく宗教道徳教育ではなく、公民道徳教育なのである。

2-4　*Sans famille* における公民道徳教育

2-4-1　「共和国の小学校」における公民道徳教育

　1882年3月28日の法律(フェリー法)により、初等教育の義務と世俗という原則が規定され、公立の小学校では、宗教道徳教育が廃止され、公民道徳教育が行われることとなった。フェリー法による世俗化は、カリキュラムから宗教教育を排除することで宗教的中立性を確保し、初等教育におけるカトリック教会の影響の排除を明確にした点において画期的であった。しかし同時に、道徳教育の具体的な内容について考えた時には、革命的な変化であるとは言いがたく、模索が続けられた。

以下に、公民道徳教育のカリキュラムの成立とその内容について、「神への義務」の問題、宗教的中立を保つ道徳教育の曖昧さ、伝統的な道徳の踏襲の三点を中心に、近代フランス教育史の先行研究を参照しつつ整理する。

　相羽秀伸によると、フェリー法が法案として議会で審議され始めるのは1880年1月からのことで、成立までの2年以上もの間、カトリック教会派と王党派の野党保守勢力からは、政府は「神なき学校」「神に抗する学校」を創造しようとしており、神不在の道徳など存在しないことを理解していない、と激しい抵抗が繰り広げられた。これに対するジュール・フェリーの反論は、世俗化された小学校は「神なき学校」ではなく、「聖職者なき、カテキズム無用の学校」であるというものであった。つまり、特定の宗教に基づく教義を学習させることのない、初等教育の宗教的中立性の確保こそが、世俗化の目的であると主張したのである。

　しかし、「神」の問題については、フェリーと同じ共和派のジュール・シモンからも「普遍的道徳が神を想う宗教的感情を蔑ろにしてよいということにはならない」という批判がなされ、シモンは、フェリー法案に対する修正案として第一条の冒頭に「初等科教員は生徒に神と祖国に対する義務を教える」という一文を掲げるように求めた。唯心論者のシモンの言う「神」とは、特定の宗教・宗派の神ではなく、普遍的な意味における絶対者としての「神」であった。しかしフェリーは、「神」とは一般的には多義的に解釈されうるものであり、特定の宗教の「神」を想起させる危険を伴う文言であることを理由に、修正案の受諾を拒否した。この修正案は上院において一度可決されたが、フェリーとシモンの「政治的妥協」により最終的には否決され、フェリーの原案が採択された。「政治的妥協」とは、フェリー法ではまったく「神への義務」が言及されない代わりに、学習指導要領にはこれを明記し、その内容を規定するというものであった[76]。

　公民道徳教育という新設教科のカリキュラムは、唯心論哲学者のポール・ジャネ（Paul Janet, 1823-1899）によって組まれた。1882年7月27日に、まず

は簡略な規定を含む学習指導要領が公表された。さらに、それに基づいて1887年1月18日の文部省省令に付された詳細な学習指導要領が発表された。尾上雅信によると、1880年代の道徳教育はカント哲学・倫理学に基礎を求め、構成原理としようとしたが、それ以外にも自由プロテスタンティズム、実証主義の影響があり、宗教色をもつ唯心論の要素も濃く、基礎となる理論の上で複合的なものであった[77]。

　宗教的中立を保つ道徳教育というのは、当時の議論にあって微妙な問題であり、曖昧で、矛盾したものであった。その理由は次の二点に整理できる。第一に、宗教教育を排除したにもかかわらず、「神への義務」の文言が学習指導要領に含まれ、カリキュラムを組んだジャネの論述した、道徳教育の目的にもきわめて宗教的な要素が含まれた点である[78]。第三共和政初期に行われた道徳教育は、実は宗教的なものであるという指摘さえなされる[79]。第二に、道徳教育の具体的な内容を考えると、フェリーの言う世俗化は、宗教性を失わせ、中立性を確保するという消極的なものであり、道徳教育の軸に宗教以外の何かを積極的に据えようとするものではなかった点である[80]。さらには、フェリーの言う中立性を道徳教育の上で厳密に確保しようとするなら、宗教教育だけでなく、いかなる思想・信条や特定の価値観も軸においてはならないのであって、結果的に道徳教育の内容として何も残らないという矛盾が生じ、その点も批判の対象となった[81]。

　このように、宗教教育を排除した道徳教育は根本的に矛盾をはらみ、実際に小学校で教える道徳教育の内容については、フェリー法の成立以後も模索が続けられた。宗教的中立を保つ道徳教育の曖昧さは、フェリーの1883年11月17日の「小学校における公民道徳教育に関する通達」、いわゆる「小学校教師への手紙」の中の文言によっても明らかとなる。フェリーは、「道徳、私はこれを、私たちの父祖から受け継ぎ、みなが生活の諸関係の中で従うことを誇りに思うような、古き良き道徳であるとのみ理解している[82]」と述べた。このフェリーの言葉は、道徳教育の具体的な内容を指し示すものとして

はあまりに不明確であると、しばしば指摘される[83]。

　そして同時にこの言葉からは、フェリーの言う道徳が「父祖から受け継」いだ「古き良き道徳」であって、保守的・伝統的な道徳教育の内容を踏襲することも伺える[84]。実際に、1887年の学習指導要領に見られる道徳教育のカリキュラムの項目については、第三共和政成立以前の道徳教育の内容との共通点が見られる。たとえば、1887年のカリキュラムにも採用された、国家に従順な、勤勉な労働者の育成という道徳教育の路線は[85]、七月王政期から存在し[86]、第二帝政期以降に流通した道徳教育の副読本にも見受けられる[87]。

　そして以下に示すのが、1887年の学習指導要領で規定された、初等科口級課程（九才、十才）における「道徳」と「公民」の教育内容である。まずは、「道徳」である。

　　I
　　家族における子ども。両親と祖父母に対する義務。──服従、尊敬、愛情、感謝。──両親の仕事の手伝いをする。病気の時の看護。老後は援助しに行く。

　　兄弟姉妹の義務──互いに愛し合う。年長者は年少者を守る。模範的行為。

　　使用人に対する義務──礼儀正しく、親切に接する。

　　学校での子ども──勤勉、素直さ、労働、礼儀。──教師への義務。──仲間への義務。

　　祖国──フランス、その栄光と不幸。祖国と社会に対する義務。

　　II
　　自分自身に対する義務──身体：清潔、質素、節制。酩酊の危険。アルコール中毒の危険（知性、意識の薄弱化、健康を害する）。体操。

財産——倹約。借金を避ける。賭博への熱中の害。過度に金銭に執着しない。浪費と吝嗇。労働（時間を無駄にしない、全ての人のための労働の義務、肉体労働の尊さ）。

魂——正直と誠実。決して嘘をつかない。個人の尊厳、自分を尊重する。——謙遜：欠点に目をそらさない。——傲慢、虚栄、こび、軽薄さを避ける。——無知、怠惰を恥と思う。——危険や不幸における勇気、忍耐、進取の精神。——かんしゃくの危険。

優しく動物に接する。動物を無駄にいじめない。——グラモン法、動物愛護協会。

他者に対する義務——公正と慈善（自分の欲せざることを他人になさず、欲することを他人になせ）。——他者の生命、人格、財産、名誉に危害を加えない。——親切、博愛。——寛容、他者の信仰の尊厳。——アルコール中毒はしだいに他者に対する全ての義務の破滅をもたらす（怠惰、暴力など）。

注　あらゆる授業において、教師はその出発点として、良心、道徳律、義務の存在を採用する。義務の感覚、観念、責任の感覚と観念に訴えること。決して思弁的な説明で論証しないこと。

神に対する義務　教師は神の本質、特質を専門家として授業で教える責任を持たない。全ての者に一様に行われる教育は次の二点である。
第一に、軽々しく神の名を口にしないように教えること。第一原因および完全存在の観念に尊敬、崇拝の意を強く結びつける。それはたとえそれぞれの宗教において異なった形態に現れたとしても、各々を同じように神の観念を尊敬するようにさせる。
第二に、さまざまな宗派の特別な教えに専心するのでなく、教師は子どもに崇高なものに対する第一の崇拝の念が、良心と理性の示す神の法に対する服従であることを理解し、感じさせるようにすること[88]。

　当時の道徳教育が、基礎となる理論の上で複合的であったことは先述した。

しかしその中でも、「義務」によって構成され、「義務」を道徳の中心に置くこの規定には、カント哲学・倫理学の影響が大きいことが明らかに認められる[89]。次に「公民」である。

> 市民、その義務と権利、学校における義務、軍務、税、社会保障
> コミューン、市町村長、市議会。
> 県　知事、県議会。
> 国　立法権、執行権、司法権[90]。

「公民」科においても市民としての「義務」が第一に掲げられ、行政と義務についての学習が中心的で、人権についての言及はわずかであった。つまり、「共和国の小学校」の公民道徳教育のカリキュラムは、「義務」を中心としたものであった。

第三共和政期の教科書の分析を行った大津尚志によると、1887年の詳細な学習指導要領を待たずして、フェリー法成立後の1882年から1883年の間に多くの「道徳・公民」科の教科書が出版され、その内容や主義主張は多様で、1887年の規定が必ずしも強い影響力を持ったとは言えないという。たとえば、1882年に出版され、多くの版を重ねた二つの教科書、ピエール・ラロワ(Pierre Laloi) の『道徳・公民教育の第一年』(原題：*La Première Année d'instruction morale et civique*, 1883) とポール・ベールの『学校における公民教育』(原題：*L'Instruction civique à l'école*, 1882) は、「神」と「宗教」に関する記述は一切登場しない点は両者に共通しているが、互いに異なる特徴をもつ[91]。

前者の執筆者であるピエール・ラロワは、歴史家のエルネスト・ラヴィス(Ernest Lavisse, 1842-1922) の筆名である。ラヴィスは、愛国主義的な内容を持ち、1890年代から1900年代の公立小学校において半ば独占的なシェアを確保した歴史教科書[92]の執筆者である。この歴史教科書を補う役割も持った[93]、ラロワの公民道徳教育の教科書は、家族における父母・年長者への尊敬と服

従、学校における教師への尊敬と服従を強調したと同時に、従順な労働者としての徳を強調した。また、「自分自身に対する義務」「他者に対する義務」として、1887年の学習指導要領の規定とほぼ一致する内容が書かれた。

　後者のベールの教科書は、共和国原理と軍事的な愛国主義を軸とした。普仏戦争で屈辱的な敗北を経験した直後のフランスにおける、対独復讐も含めた軍事的な意味での愛国的価値が強調された。「自由・平等・友愛」の標語とともに、それを産んだフランス革命を大きく賛美する記述も認められた。それに対し、家族道徳や「自分自身に対する義務」については、ほとんど言及がなかった[94]。

　これらの公民道徳教育の教科書と同時期に書かれた Sans famille では、主人公はどのような公民道徳教育を受けるのであろうか。この作品が執筆された時期は、フェリー法以前であり、まだ公立小学校の世俗化は法定されていなかった。しかし、本章第二節で示したように、マロが1877年のバロデ案、バルニ案を参照して Sans famille を執筆した可能性は十分にある。二法案には無償・義務・世俗の三原則は既に掲げられ、道徳教育と公民教育に相当する科目も必修科目としてあげられていた。したがって、マロは近い将来に法定されるであろう、初等教育における公民道徳教育について意識しながら作品を執筆したと考えられる。上に示した、1887年の学習指導要領の「公民」「道徳」のカリキュラムの項目と Sans famille における記述内容の比較・照合も含めながら、次項以下において、その特徴を明らかにしたい。

2-4-2　家族の重視

　Sans famille における公民道徳教育の特徴として、もっとも重要な要素の一つが、家族の重視である。前項では、フェリー法以後の、宗教教育を排除した道徳教育の中心に置かれる価値が曖昧であり、模索された点に言及した。また、1887年の学指導要領の道徳教育の規定の中心に「義務」が置かれ、ラロワの教科書では服従の徳が、ベールの教科書では愛国的価値が、記述の軸

となっていた点にも言及した。*Sans famille* において、いわば宗教や「神」に代わるものとして、道徳教育の軸として設定されたのは、家族であると考えられる。そのことは、以下の三点から説明される。

　第一に、家族の存在そのものが主人公の精神的支柱となり、生きる理由となっている点である。この意味で、*Sans famille* の主人公にとって、家族の存在は宗教的信仰や「神」の存在に匹敵するほどの重要さを持つ。第二に、物語の中で、家族の道徳的機能が示された点である。第三に、家族に対する道徳、つまり、家族とどのように接するべきかという道徳が具体的に示された点である。本項では、以上の三点について、家族の存在意義（①）、家族の道徳的機能（②）、家族に対する道徳（③）の順で考察したい。

① 　家族の存在意義──神に代わる家族

　Sans famille（家族がなくて）という題を冠し、「僕は捨て子だ」（*D.I.* p.3）という一文が冒頭に掲げられたこの小説は、主人公が家族を持たない、という出発点から物語が展開する。家族を持たないがゆえに、家族に恋い焦がれる主人公の姿は、小説全体を通して何度も描かれ、家族こそが主人公の精神のよりどころであり、道徳の基準である。

　主人公の感じる喜怒哀楽の多くは、家族を失う経験、家族を得る経験と関わる。主人公の行動基準もまた多くの場合、家族に関わる。つまり、とくに主人公が自分の意志で旅をする第二部において、主人公は、家族の利益になる行動や[95]、家族を探すための行動を取りながら旅を進める[96]。そして結末で真の家族を得た主人公は、家族の中に安住の地と幸福を見出す。

　物語の結末以外の部分において、主人公は捨て子でありながら、自らの家族と言える存在を五度にわたって得る。第一に主人公を8歳まで育てた養母バルブラン母さん、第二に養家から主人公を買い、教育を授ける旅芸人のヴィタリス、第三に旅の途中で出会うミリガン夫人とその息子のアーサー、第四にヴィタリスの死後、主人公を引き取るパリの園芸農家、アキャン家の

人々、第五に作品の第二部でともに旅をする兄弟分のマチアである。これら五つの「家族」との出会い、別れ、再会が、この物語のプロットの主要な構成要素である。そして、以下の引用で示されるように、主人公にとって、家族とは自分の生きる理由そのものである。

> 家族！
> 僕が家族を持てる！ああ！あんなに抱き続けたその夢は、これまで何度消え去ったことか！バルブラン母さん、ヴィタリス、ミリガン夫人、みんな次から次へと、僕の前からいなくなってしまった。［……］花作りのおじさんが、彼の家にずっと留まることを提案してくれた時、僕は心のよりどころを見出した気持ちになり、元気が出た。
> 僕にとって、全てが終わったわけではないのだ。また新しい人生を始めることができるのだ。
> パンを保証すると言われたことよりも、僕の心を動かしたのは、実に仲の良い家庭、この家族との暮らしを約束されたことだった。(D.I, p. 300-301)

この引用は、アキャン家の人々と「家族」になる場面での、主人公の言葉である。主人公にとって、家族は「心のよりどころ」であり、家族を得ることが「新しい人生を始める」ことである。同様の記述は、ほかの「家族」に対しても見られる。たとえば主人公は、養母の家について「僕が光に目を開かれたのはあそこだった、生きていると感じ、幸せだと感じたのはあそこだった」(D.II, p. 187)と回想する。ミリガン夫人とアーサーと暮らすことになった時には「孤独と苦しみの中で、僕に愛情を示し、僕も愛することができる人を見つけた」(D.I, p. 177)ことの幸福を感じる。反対に彼らとの別離を経験する時には、「自分の体の一部を残していくように」(D.I, p. 48-49)感じ、「思い出によって過去に戻り、過去に生き」(D.I, p. 191)ようとする。このように、主人公にとっては、家族とともにいることこそが「生きている」ことである、ということが何度も繰り返される。

さらには、主人公が死に瀕して考えるのも、家族のことである。物語の中で主人公は二度、瀕死の目に遭う。一度目は第一部第十八章において、ヴィタリスとともに冬の夜のパリで凍死しかけた時、二度目は第二部第六章において、セヴェンヌ地方の炭鉱の出水事故に遭遇した際に、炭鉱の中に生き埋め状態となった時である。第一の場面において思い出すのは、養母とミリガン夫人、アーサーのことである。

> 静寂が恐ろしかった。［……］僕はここで死んでいくのだと思った。
> そして、死の思いは、僕をシャヴァノンへ連れ戻した。愛しいバルブラン母さん！母さんに再会できないまま、僕たちの家や僕の庭をもう一度見られないまま死ぬなんて！［……］バルブラン母さんが洗濯物を広げている。小石の間を歌うように流れる小川で、洗ったばかりの洗濯物だ。
> 突然僕の意識はシャヴァノンを離れ、白鳥号にたどり着いた。アーサーはベッドで眠っている。ミリガン夫人は起きていて、風の音を聞きながら、こんなに寒いのに、レミはどこにいるのかしらと思っている。
> その後、僕の目は再び閉じて、心は鈍っていった。僕は気が遠くなるのを感じた。
> (*D.I*, p. 288-289)

主人公は、それまでに出会った「家族」を思いながら意識を失う。つまり、主人公が死に瀕した時に「心のよりどころ」とするのは、神ではなく、家族である。このことは、第二の場面において、炭鉱内に閉じ込められた他のキリスト教信者の登場人物の態度と、主人公の態度の違いによってより明白に表現された。炭鉱内でカトリック教徒の炭鉱夫たちが、死の間際に神への罪の告白を行って、残された家族を「神様と、聖母マリアと、会社」(*D.II*, p. 126) に託し、プロテスタント信者が家族への加護を「神にお願いする」(*D.II*, p. 126) のに対し、主人公は、アキャン家の人々と、兄弟分のマチアとに思いを馳せた。

以上のように、*Sans famille* の主人公にとって、家族とは生きるための精

神的支柱であり、生も死も家族とともにある。その意味では、主人公にとっての家族とは、キリスト教徒にとっての神にも匹敵するほど重要な存在として提示された。このように、個人の精神的支柱としての家族、また本項②で後述するような「道徳的存在[97]」としての家族が、*Sans famille* では強調された。つまり、*Sans famille* において提示される道徳の中心に置かれるのは、宗教的信仰や神ではなく、家族なのであり、主人公はつねに家族の存在に思いを馳せながら生きている。

　Sans famille の中で、個人の精神的支柱として、神にも代わるような重要性が家族に付された背景として、十九世紀のフランスでは、個人と国家を媒介するものとして家族を重視する考え方が、政治家や思想家の間に共有されていたことが指摘できる。ミシェル・ペローは、十九世紀のヨーロッパでは、家族は基礎単位としての重要性を与えられ、「家庭が基礎的な規範化の審級であり、隠れた神としての役割を果たす[98]」と述べた。ペローによれば、フランスでは、国家と個人を媒介する役割を果たした中間団体がフランス革命によって廃された後、アトム化した市民社会を機能させるために、集団（国家）と個（個人）を家族によって媒介させるという考え方を、十九世紀の政治思想家の大部分が一致して有した。伝統主義者から自由主義者、社会主義者、さらにはアナキストにいたるまで、家族の長所を賞賛し、ジュール・シモンやジュール・フェリーといった第三共和政の創立者たちにおいては、さらにいっそう、民主政の基盤としての家族と個人の責任性という考えが強められた。この考えの中では、家族は経済面、社会面、教育面などにおける「私的利害」の管理者である。「良き家族」こそ、国家の単位であり基盤であるという考え方から、国家は家族への関心を高めるのである[99]。

　実際に、1887年の学習指導要領の「道徳」科の規定においても、家族は重視された。山口信夫も指摘するように、カリキュラムの第一部においてまず規定されたのが「家族における子ども」の義務であり、家族の中でまず両親、祖父母、兄弟姉妹との関係が問われ、次に家族の中の他者である使用人、そ

の次に学校という社会、祖国、とつなげられた。そして、カリキュラムの第二部では、「他者に対する義務」において、世間一般の他者との関係が問われた[100]。つまりこのカリキュラムの中でも、家族は社会や国家の基礎として位置づけられ、家族との関係は、他者との社会関係の第一歩として捉えられたと考えられる。

　家族が重視された点について、初等教育改革後の公民道徳教育と *Sans famille* で示された公民道徳教育とは共通である。それでは、*Sans famille* において、家族は、その存在意義以外に、どのような意味で重視されたのであろうか。まずは、家族の道徳的機能が描かれた点に注目したい。

② 家族の道徳的機能──道徳的守護者としての家族

　Sans famille で提示された家族の道徳的機能には、二つの側面がある。第一に、共同生活の中で大人が子どもをしつけ、道徳的な教訓を与える面である。第二に、「悪いもの」から家族を守り、その結果として家族の各成員が、人間として、市民としての道を踏み外さないように管理する、道徳的守護者としての面である。*Sans famille* では、この二つの側面の両方において、対照的に描かれた二つの家族が登場する。つまり、第一部第十八章から第二十一章に登場するパリの園芸農家、アキャン家の人々と、第二部第十三章から十九章に登場する、ロンドンの泥棒一家、ドリスコル家の人々である。前者は「良き家族」の例、後者は「悪しき家族」の例として示された。

　Sans famille において、この二つの家族の対照が際立つのは、両者の家族構成も社会階層も似通っているからである。家族構成について、前者は父親、二男二女の四人の兄弟姉妹であり、母親は病死、長女が母親の代わりを務めている。後者は、父親、母親、祖父、二男二女の四人の兄弟姉妹である。社会階層は、両者ともに労働者階級の家族である。前者はパリのグラシエール地区に住む。十九世紀に強力に産業革命が推進されたビエーヴル川流域のこの一帯は、十七世紀にゴブラン織りの染色業者やなめし皮業者が定住して以

来、パリで最もひどい悪臭のたちこめる一帯となっており、Sans famille が執筆された頃には劣悪な工業地帯となっていた[101]。後者は、マロが「ロンドンで貧困は東にある[102]」と述べた、イーストエンド界隈にあるベスナルグリーンに居を構えた。両家族ともに劣悪な環境に住み、生活を送るので精一杯でありながら、アキャン家は善良な労働者家族であり、ドリスコル家は悪徳に満ちた犯罪者家族であって、対照をなす。

　まず、第一の面について、アキャン家では、子どもたちを学校に通わせてはいないが、夜には父親が息子たちに読書の習慣をつけさせようとし、昼間は家族全員で園芸農家として働いて、勤勉さと労働の価値を教える。主人公も、アキャン家の生活で読書の習慣を身につけ、「パリ近郊の花作り農家の人たちが、どんなに勤勉に、熱意をもって、精を出して働くか、全く知らなかった」(D.I, p.313) ということを知り、その生活が「良い学校」(D.I, p.313) であったと述べた。

　それに対してドリスコル家では、子どものしつけがなっていない。たとえば、食事の時の様子は、「兄弟姉妹たちはたいてい手でものを食べ、ソースに指を突っ込んではその指をなめているのに、父も母もお構いなしの様子だ」(D.II, p.279) と、子どものしつけに両親は無関心である。また、体の不自由な祖父に対するぞんざいな扱いを見て、主人公は茫然とし、「もし、誰かに対して気を遣わなくてはならないなら、まさに祖父に対してだ」(D.II, p.277) と考える。つまり、1887年の学習指導要領の規定、「両親と祖父母に対する義務」の項目に反する行動を、ドリスコル家の子どもたちは取る。さらに両親は、学校に通わせる代わりに、子どもたちに盗みを働かせ、罪を犯させるのである。

　このように、「良き家族」のアキャン家では父親が子どもに、知育、徳育、職業教育をすべて施すのに対し、「悪しき家族」のドリスコル家では知育も徳育も成立せず、犯罪さえ行わせている。

　第二の面について、Sans famille では、「悪いもの」として飲酒癖が設定

され、飲酒をめぐる両家族の態度の差異が示された。両家族が対照をなすものとして描かれたのではないかと、筆者が考えた根拠の一つに、両家族ともに親の飲酒癖への対応が描かれた点がある。アキャン家では父親の飲酒が、ドリスコル家では母親の飲酒が問題となる。

　飲酒癖とアルコール中毒は十九世紀後半のフランスで急速に関心の高まった重大な社会問題であり、当時の道徳的観点からすると、明らかに「悪いもの」であった。ディディエ・ヌイッソンによると、アルコールの過剰摂取が引きおこす障害について、身体的領域、精神的領域において医学的に研究がなされ、「アルコール中毒」という言葉が定義されたのは、1850年代前半のことである[103]。しかし、飲酒癖とアルコール中毒は、医学的に病気として把握されただけでなく、医学的・道徳的な衛生概念を採用した衛生主義者たちの言説により、とくに「下層階級」の人々に特有の悪習として、良俗の侵害、犯罪、労働者による騒動の原因であるとみなされるようになった。飲酒癖とアルコール中毒は、結核や精神病などの病気の原因とされただけでなく、反社会的行動や犯罪、暴動、革命、フランス人の人種としての退廃にいたるまで、あらゆる問題と結び付けられた。1870年代には、普仏戦争時のフランス軍の脆弱性の一因はアルコール飲料による秩序破壊の傾向にあるとされ、パリ・コミューンもアルコール中毒の発作であると見なす言説が生まれた。第三共和政期の最初期から、初等教育の段階でアルコール飲料の危険についての衛生教育が実施されようとし、フェリー法に基づく1887年の学習指導要領の「道徳」科のカリキュラムでも、「自分自身に対する義務」と「他者に対する義務」の両方においてアルコール中毒の危険は強調された[104]。

　マロも1860年代に二度、ジャーナリズムにおいて飲酒の問題に言及した。まず1862年に出版されたルポルタージュ『イギリスの現代生活』では、ロンドンの酒場の様子、酒場が「ひっきりなしに、あらゆる悪徳と放蕩が出現する[105]」場所であること、飲酒者による喧嘩とその野次馬について報告した[106]。そして、『オピニオン・ナシオナル』の1863年8月30日の記事「ブルターニ

ュ地方における飲酒癖」では、ブルターニュ地方の漁師たちの飲酒癖を話題にし、「飲酒癖が毎日勢いを増し、土地に広がり、男性の次は女性、女性の次は子どもにも広がっていく[107]」ことを問題視した。ここでもマロは「酒場とバーから、非常に狭い路地に放り出された、思考能力の鈍った、酒で我を忘れた人々[108]」について言及し、飲酒癖が「家族の崩壊、退廃、各人の知っているあらゆる悪徳と不幸[109]」を招くと述べた上で、「貧困層の人々に対するより良い教育[110]」をはじめとした解決策を提案した。

したがって、マロは飲酒を「悪徳と退廃」や「家族の崩壊」の原因として捉え、Sans famille で書かれた両家族における飲酒への対応は、家族が崩壊するか否か、家族の各成員が「悪徳」や「不幸」に陥るか否かを決定するものとして書かれたと考えられる。それではどのように書かれたのであろうか。

まず、「悪しき家族」ドリスコル家では、母親の飲酒を誰も止めない。彼女は「目は何も見ていないようで、かつては美しかったにちがいない顔には、無関心または無気力が刻まれて」(D.II, p.273) おり、酔っ払って「たいていこの世にいない」(D.II, p.306) ような慢性的な飲酒癖があるが、そのことを咎める者はない。酔って机に突っ伏した母親の「熱い息から香るジンの匂いを感じ」(D.II, p.288) て後ずさりする主人公に対しても、祖父が「あざ笑う」(D.II, p.288) ばかりである。この母親は、結末において、「ある日、テーブルの上に突っ伏して寝るかわりに暖炉の中に寝て焼死した」(D.II, p.418) ことが説明された。このように、飲酒癖という「悪いもの」から個人を守る道徳的機能をこの家族はまったく果たしておらず、結末で母親は死に至った。

次に、アキャン家においては、父親の飲酒を娘たちが必死で止めようとする。父親はストック栽培における苗の選別の技能に秀でており、選別の時期には各園芸農家を回って作業をする。その時期には毎日のように仲間から酒を飲まされ、「顔を赤くして、呂律が回らなくなり、手が震えた」(D.I, p.321) 状態になって深夜に帰宅する。父親の帰りを待つ長女は、「警官みた

いな娘が俺を監視している」(*D.I*, p.322) と悪態をつかれながらも、父親に、幼い次女のことを思い起こさせて彼を戒めるのである。

　「俺は真っ直ぐ歩けるぞ。真っ直ぐ歩かなければ。娘たちが父親を責めたてるからな。晩ご飯に俺が帰って来ないのを見て、リーズは何と言ったか。」
　「何にも言わなかったわ。お父さんの席を見ていたわ。」
　「そうか。俺の席を見ていたか。」
　「そうよ。」〔……〕
　「それで、なぜ俺がいないかお前に聞いただろう。そしてお前は、俺は友達のところにいると答えただろう。」
　「いいえ、リーズは何も聞かなかったし、私も何も言わなかった。リーズはお父さんがどこにいるかちゃんと知っていたもの。」
　「知っていたか、知っていたか……それで、リーズはちゃんと眠ったか。」
　「いいえ、たった15分くらい前に眠ったばかりよ。お父さんを待っていたがったの。」
　「それで、お前はどうしたかったんだ。」
　「リーズにお父さんが帰ってくるところを見てほしくなかったわ。」
　それから少し沈黙の後、
　「チエネット、お前は良い娘だ。聞いてくれ、明日俺はルイゾの家に行く。それで、俺はお前に誓う。よく聞いておけよ。晩ご飯には誓ってちゃんと帰ってくる。俺はお前を待たせておきたくない。リーズが心配し寂しがったまま眠るようなことはさせたくない。」(*D.I*, p.322-323)

　長女の説得により、父親は断酒を宣言する。*Sans famille* では、飲酒癖は、このやり取りのみで止められるほど単純なものとして書かれない。酒を一杯でも口にしたら、酔いにより正常な判断が出来ず、生活苦を忘れるために飲んでしまうという理由[111]にも言及された。しかし、アキャン家の父親は、そのまま慢性的な飲酒癖を持つに至らない。仕事上の必要がある時期が過ぎると、家族を大切にする父親にとって「もう外出する理由はない」(*D.I*, p.323) のであり、「一人で酒場に行ったり怠けて時間を無駄にする」(*D.I*, p.323-

324）習慣もないと書かれる。この挿話で示されるのは、勤勉な労働者にも飲酒癖が蔓延する危険性と、それを止める役割を家族が担っていることである。

このように、*Sans famille* では家族の道徳的機能について、親が子どもに教育や道徳的教訓を授ける面と、家族の成員を「悪いもの」から守る道徳的守護者としての面の両面について、「良き家族」と「悪しき家族」の対比を含みつつ描かれた。本項の①において、国家と個人の媒介として家族が重視されたことには言及した。そして家族の機能の中でも、家族に道徳的機能を期待する考えは、七月王政期にはすでに見られた。そして、1870年の敗戦以降、国家の道徳的危機に対する解決策として家族は注目され、共和主義者の言説には、家族の道徳的機能に対する期待と不信の両方が見られた。

坂上孝によると、七月王政期には都市に流入する貧民が増大し、都市の治安と衛生状態の深刻な悪化が問題となり、貧しい労働者は社会の平穏を脅かす「危険な階級」と見なされた。そしてその中で、労働者の道徳化の点で基本と見なされたのは、健全な家庭生活であった。1840年代に労働者の社会調査を行った衛生学者のヴィレルメ（Louis René Villermé, 1782-1863）やフレジエ（Honoré Antoine Frégier, 1789-1860）が主張したのは、労働者たちの規律化と道徳化のために、彼らが健全な家庭生活を持つ必要があり、「家庭へ」がその時代の合言葉となった。また、健全な家庭生活は子どもの成育のためにも不可欠とされた。健全な家庭生活が子どもの教育に良い影響を与えると考えられる一方で、親たちが子どもに悪い影響しか与えない場合は、親から子どもを引き離して博愛団体や学校の後見のもとに置かれる必要も強調された[112]。

このような考え方は、第三共和政期にも受け継がれた。梅澤収によると、1871年12月に義務教育を含む初等教育法案を議会に提出したジュール・シモンは、法案において、子どもの利益は国家の利益になるという見地から、子どもの教育の義務を果たさない「邪な悪い市民、悪い父親[113]」に代わって子

第二章 *Sans famille* と共和国　101

どもを教育するために義務教育制度はあるのだと主張した。また、同法案では、フランス国民の道徳的・知的退廃の原因は家庭崩壊に求められ、女子児童にも就学義務を課すことで、女子児童が母親となった時に「道徳的復興の最大の有力な代理人[114]」となることが期待された。

　原聡介は、こうした家族の道徳的機能への期待は1870年代のフランスにおいて「時代の支配的意識であったということができる」と指摘した。原によれば、対独敗戦とパリ・コミューンを経験したフランスにおいて、道徳的危機の克服を、家族の道徳的機能に期待した知識人は多かった。道徳教育を担うべき主体として家族を提示した1871年のエルネスト・ルナン『フランスの知的道徳的改革』、母親の教育によって結びつく新しい家族像を提示したエルネスト・ルグーヴェ（Ernest Legouvé, 1807-1903）の『十九世紀の父と子』（原題：*Les Pères et les enfants*, 1870）、女子の教養を高め、家族の道徳的向上への貢献を望んだ司教デュパンルー（Mgr Dupanloup, 1802-1878）の『女子教育についての手紙』（原題：*Lettres sur l'éducation des filles et sur les études qui conviennent aux femmes dans le monde*, 1879）、パリ・コミューンを繰り返さないために労働者階級の家族の教育の立て直しの必要を説いたアンリ・ボードリヤール（Henri Baudrillart, 1821-1894）の『フランスの家族の教育』（原題：*La Famille et l'éducation en France, dans leurs rapports avec l'état de la société*, 1874）などが、その代表例として挙げられた[115]。

　このように、家族の道徳的機能に対する期待があったからこそ、家族は重視され、国家による関心も高まった。労働者の道徳化のため、また、フランスの道徳的危機の克服のため、家族は「良き家族」でなくてはならず、第三共和政下においては「悪しき家族」には国家の介入が待っている[116]。そして、*Sans famille* で示された「良き家族」は、家族の道徳的機能を期待する「時代の支配的意識」の反映であると同時に、労働の価値を尊び、健全な家庭生活を営み、そこからの逸脱を家族自身が抑止できるという点で、七月王政期以来、善良な労働者の育成のために示され続けてきた「良き家族」にも重な

るのである。

　第三共和政期の初等教育においても「道徳的存在」としての家族が重視されたからこそ、1887年の学習指導要領の「道徳」科のカリキュラムでは、「家族における子ども」が第一位に置かれ、子どもが家族に対してどのような感情を持ち、どのような行動をとるべきかが具体的に規定されたと考えられる。そしてそれは、Sans famille でも同様である。この小説には、家族の存在意義を強調し、その道徳的機能を描くと同時に、家族の成員はどのような振る舞いをし、互いにどのような感情を抱くべきか、読者に提示する側面がある。それでは、Sans famille では家族に対する道徳として、具体的な感情、態度、行動としてはどのようなことが示されたのか。そしてそれは、1887年の学習指導要領にどの点で一致し、また、異なるのであろうか。

③　家族に対する道徳——友情と愛情の源としての家族

　Sans famille においては、「良き家族」の描写を通して、家族に対する道徳が具体的に示された。つまり、家族の構成員の間で、互いに対等な愛情、または友情を抱くことの重要さが強調された。そしてそれは、家族の外の世界にも広がっていくものとして表された。

　ここで言及する「良き家族」とは、本項②で言及した園芸農家のアキャン家だけでなく、捨て子の主人公がともに生活を送り幸福を感じた五つの「家族」、バルブラン母さん、ヴィタリス、ミリガン夫人とアーサー、マチアも全て含む。

　Sans famille で表現された、家族の中で共有すべき感情、態度、行動は二種類に分類できる。第一に親子間における感情、態度、行動であり、第二に兄弟間におけるそれである。

　まず親子間では、親の子に対する愛情、優しさが描かれたとともに、子の親に対する愛情、尊敬、感謝が書かれた。子から親への尊敬と感謝が書かれた点では、親は子よりも優位にある。しかし、Sans famille における親子関

係の特徴は、親から子に対する権威や命令、暴力的な行動については否定的に書かれ、「良き家族」の親が子をしつける場合には、それが愛情に基づき、優しさを伴う行動であることが、常に示される点である。この点において親は子を尊重しており、比較的対等な親子関係が書かれた。

　たとえば、バルブラン母さんは、主人公が泣いた時に「とても優しく僕を抱きしめてくれる女の人」（D.I, p.3）であり、彼女の「叱る時の言葉にも、優しさがこめられた」（D.I, p.4）と書かれた。ミリガン夫人は、「優しく親切で思いやりのある、美しい女性」（D.I, p.177）であり、息子を叱る時にも「怒らずに、優しい声で」（D.I, p.166）叱る。そして主人公の師匠であり、次第に父親代わりとなっていくヴィタリスは、師匠として「人に命令するすべを知っている」（D.I, p.187）人物である一方で、「思いやり、優しい言葉、あらゆる愛情のしるし」（D.I, p.121）を主人公に示す。このように主人公の「親」たちの愛情や優しさは強調された。そうした「親」たちが示す愛情と優しさに応じるように、主人公は「母さんへの恩返し」（D.II, p.28）のためにバルブラン母さんに牝牛を贈り、ミリガン夫人やヴィタリスに「尊敬の気持ち」（D.I, p.154）や「なにか漠然とした、尊敬に似た気持ち」（D.I, p.192）を抱くというように、愛情とともに、感謝と尊敬の気持ちを抱くのである。

　次に、兄弟間においては、互いに対等であること、友情を抱くべきであることが強調された。「良き家族」の中で主人公の兄弟となるのは、アキャン家の兄弟姉妹、アーサー、マチアである。まず、兄弟間で抱くべき感情について、アキャン家と共同生活を始める時、主人公は兄弟について次のように考える。

　　この男の子たちが僕の兄弟になるのだ。
　　かわいい小さなリーズが僕の妹になるのだ。［……］
　　たしかに彼らは血の繋がった本当の兄弟姉妹ではなかった。でも、友情によってそうなるだろう。（D.I, p.301）

このように、兄弟間において抱くべき感情は友情であることが示された。また友情を抱くことによって、「血の繋がった本当の兄弟姉妹」でなくても、兄弟になれるということも示唆された。そして、兄弟の対等さについては、たとえば、アーサーと主人公の関係において次のように述べられた。

> アーサーは僕に熱い友情を抱き、僕の方も、アーサーを好きになり、親近感を抱いたせいか、なんとなく彼を弟みたいに思うようになった。僕たちの間に喧嘩などひとつも起こらなかった。アーサーは、自分の方が立場が上だという、偉そうな素振りを少しも見せなかったし、僕も引け目など全く感じなかった。引け目を感じるかもしれないなんて、思ったことすらなかった。(*D.I*, p. 173)

この引用では、兄弟の間に友情があることが示されたうえに、二人の間がまったく対等であることも書かれた。さらに、アーサーが裕福な家の息子で、主人公が貧しい旅芸人であるとしても、二人の間に友情があり、兄弟であるならば階級差など関係なく対等であるという点も示唆された[117]。このように、互いに対等な友情があれば兄弟になることができ、友達とは兄弟であるということが集約されたのが、主人公がマチアを誰かに紹介する際に用いられた「友達で、仲間で、兄弟と同じです」(*D.II*, p. 263) という表現である。友達は仲間であり、兄弟であるということを示す表現は、*Sans famille* において複数回使用された[118]。この物語の中では、互いに友情があれば兄弟であるとされ、兄弟関係は血縁や階級差を超えて、広がっていく可能性を持つ。

Sans famille に書かれた親子関係と兄弟関係は、1887年の「道徳」科の学習指導要領の第一部にある「家族における子ども。両親と祖父母に対する義務」と、「兄弟姉妹の義務」と比較すると、部分的には重なる。つまり、前者における「尊敬、愛情、感謝」と後者における「互いに愛し合う」の部分は同じである。

しかし明らかな相違も認められる。学習指導要領では、「両親と祖父母に

対する義務」の項目において「服従」が第一位にあり、親子関係における親の優位が明確に示され、また、「兄弟姉妹に対する義務」の項目における「年長者は年少者を守る。模範的行為」の文言は、年長者の年少者に対する優位と責任が示されている。それに対して、*Sans famille* における親子関係、兄弟関係は、この規定よりも対等であり、その中に主従関係や上下関係があることを否定する。

たとえば、子の親に対する服従は、*Sans famille* では、「悪しき家族」のドリスコル家の挿話で示された。ドリスコル家では父の命令は絶対であり、主人公は服従を余儀なくされるが、それは主人公を苦しめるものとして書かれた。また、アーサーやマチアは主人公より年少者であるが、年少者の方が主人公を助ける場合もあり、年長者が年少者に模範的行為を示すこともない。*Sans famille* における兄弟たちは、互いに助け合うのであって、その関係はあくまで対等である。

家族の構成員は互いに対等な愛情や友情を持つべきであると *Sans famille* で示されたことには、以下の二つの意味が考えられる。第一に、作者エクトール・マロが、「良き家族」の内部の関係を描く上で「近代家族」を基準としていると考えられる点である。第二に、とくに兄弟間において友情が強調されたが、その友情は、家族の外部、つまり社会全体に広がる可能性を持った点である。

第一の点について、*Sans famille* において、家族の構成員が愛情と友情によって結ばれ、「仲の良い家庭」(*D.I*, p. 301) があるべき姿として示されたのは、近代の西ヨーロッパで新興階級のブルジョワジーを中心に出現した[119]「近代家族」の価値観のもとにあると指摘できる。J・L・フランドランによると、十八世紀までのフランスの辞書における「famille」の定義は、系属・家系・血筋などの広範な親族関係や、同一家長のもとに生活する奉公人・使用人も含めた全ての者を指していた[120]。しかし、地縁的・職能的結合のような社会的紐帯が弱まり、公的領域と私的領域の区別が明確化したこ

と[121]、「子ども期」の発見により子どもへの特別な配慮がなされるようになったこと[122]、などを主な背景として、子どもを中心とした情愛と、排他的な親密さとを特徴とした「近代家族」が誕生した。姫岡敏子は、家族のメンタリティーに注目したヨーロッパ家族史研究において明らかにされた「近代家族」の特徴を以下の七点に整理している。第一に夫婦および子どもから構成される血縁核家族である点、第二に排他的で閉鎖的なまとまりのある集団である点、第三に家族成員交互に強い情緒的関係が認められる点、第四に子ども中心主義である点、第五に家族が私的領域であり、公的領域と対比される点、第六に男は公的領域、女が家内領域と性別役割分担が認められる点、第七に妻に対して夫が優位にある点である[123]。

　Sans famille で主人公の「心のよりどころ」として描かれる家族も、子どもを中心とした情愛で精神的に結ばれた核家族であり、Sans famille で提示される親子間・兄弟間の感情や態度は、上記の特徴に照合すると、第一、第三、第四の点おいて「近代家族」の価値観に基づくと言える。本項①、②で、国家が家族を基礎単位として重視し、道徳的機能を果たす「良き家族」の必要が主張されたことに言及した。十八世紀から十九世紀のフランスでは、家族構成、家内労働の種類、遺産継承の方法などの点において、家族と一言で言っても、社会階層や地域によってその形態は多様であったが、「近代家族」が「良き家族」のモデルとなって一種のイデオロギーとなった[124]。Sans famille に登場する複数の家族のほとんどが核家族であり、物語の中での「良き家族」が「近代家族」の特徴を持つことから、Sans famille がこのようなイデオロギーを反映し、助長する面を持っていた点が指摘できる。

　第二の点について、Sans famille における友情に基づく兄弟関係は、家族の内部にとどまらず、外部にも拡大していくものとして書かれた。つまり、主人公はマチア、アーサー、アキャン家の兄弟姉妹と、友情による兄弟関係を築くが、彼らの友達や家族もまた、主人公の兄弟や家族となる。そして最終章においては、「不幸だったあなた［(引用者註) ＝主人公］を愛してくれ

た人たち」(D.II, p.404)全員が、主人公の家族の集いに招待され、一つの家族として提示される[125]。たとえば、第二部第十八章において、ロンドンで興行師をしている黒人の青年ボブは、マチアの友達で、主人公の友達にもなる。主人公が冤罪で逮捕された際に、ボブは船乗りの兄とともに主人公の危機を救い、主人公の兄弟のようになって、最終章の家族の集いに招かれるのである。最終章で示された主人公の兄弟と家族は、血縁も、階級差も、国籍も人種も超えた友情によって結ばれている[126]。

さらに、こうした兄弟や家族を一同に集めた最終章において、主人公は「子どもの頃の貧しさの記憶」(D.II, p.419)に触発され、「道端の小さな音楽家たちが泊まることのできる会館」(D.II, p.419)を創設するための基金を設立した。つまり、結末で、主人公の家族と兄弟の間で育まれた愛情や友情が、社会へと溢れ出し、主人公が自分の家族全員から集めたお金で、福祉事業を起こすという挿話で物語は締めくくられる。

次章で後述するように、Sans famille では労働者の貧困と労災などの「社会問題」が提示され、それを解決するための第一歩として、「支え合い、助け合って、持っている方が持たない方に与える」(D.II, p.15)という精神の必要が、とくに小説の第二部における主人公とマチアとの会話の中で繰り返された。Sans famille において家族や兄弟の間で育まれた対等な愛情や友情はその精神の源であり、友情により兄弟になれるならば、社会全体が兄弟のように「支え合い、助け合って、持っている方が持たない方に与える」ことができるはずで、それが作者マロの理想であったと考えられる。

2-4-3　法的規範の遵守

前項では、Sans famille における道徳教育が家族を基礎とし、宗教道徳教育に代わる公民道徳教育の軸として、家族が設定されたことについて論じた。Sans famille における公民道徳教育において、もう一つの基準となるのが法律である。この物語では、たとえ悪法や理不尽な規定であるとしても、国家、

あるいは地方自治体の定めた規則に準じた行動を取ることが、筋の通った正しい行動とされる。

　たとえば、第一部第二十一章の挿話はそれを示す。園芸農家のアキャン家は、嵐の襲来によりある年の収穫が台無しになって破産し、借金が返済できなくなった。借金の形に取られていた家と土地を全て債権者に取られ、父親は民事拘束執行官に連行され、クリシー刑務所に服役しなくてはならなくなる。それに付随して説明されるのは、この事態の理不尽さである。アキャン家の父親はその10年前に土地と園芸用の資材とを買う資金を得るために借金し、15年間で返済予定であったが、この契約が「一度でも返済が遅れれば、債権者が土地も家も資材も取戻し、10年間に受け取った年賦はもちろん返さない」(*D.I*, p.331) という債権者に非常に有利な契約であり、「十五年の間にはきっといつか払えなくなる日が来るだろう」(*D.I*, p.331) という債権者の狡猾な予測のもとに交わされたものであった。しかし、どのような理不尽な状況であろうとも、アキャン家の父親は法律を守るべきことを以下のように子どもたちに教えるのである。

>「ああ！みんな分かるね。お前たちのような良い子たちを、リーズみたいな幼いかわいい子を、好きこのんで捨てるわけなどないということを。」
>そしておやじさんはリーズを胸に抱きしめた。
>「だが俺は裁判で金を払うように命じられたのだ。しかし俺には金がないから、ここの全ては売り払われるだろう。でもそれでも足りないから、俺は刑務所に入れられ、五年間刑務所で暮らす。お金で払えないなら、俺の体と俺の自由とで支払わなくてはならないのだ。」
>僕たちはみんな泣き出してしまった。
>「そう、悲しいことだ。」とおやじさんは言った。「しかし、法律に背くことはできない。そしてこれが法律なのだ。」(*D.I*, p.333)

　この挿話には、「良き家族」であるアキャン家を解体させてしまうような、

債権者の企みと法律に対する皮肉が込められている。しかし、アキャン家の父親が「法律に背くことはできない」と断言したように、どのような批判や権利の主張も、法律を守っているからこそ成立するということが、*Sans famille* の中では語られる。たとえば第一部第十章において、主人公とともに生活する旅芸人のヴィタリスは、「自己の権利の感覚」（D.I, p.111）について、主人公に「法律や警察の規則に反することをしないかぎり、自分は保護されなければならないという信念」（D.I, p.111）と説明した。つまり、法を遵守するかぎりにおいて、という大前提の上で個人の権利があるということが説明された。

　そして、この物語の中でとくに侵してはならないものとされたのが、個人の所有権、財産権であり、絶対に盗みを働いてはならないという教訓が繰り返された。たとえば、旅芸人のヴィタリスは、連れている犬が食べ物を盗んだ時には食事は与えないなど、犬に対しても厳しい罰を与える[127]。主人公も、どんなにお腹がすいていても「僕は『ひもじい』と訴えるくらいなら飢え死にした方がましだった。［……］お返しできることでなければ、決して人に求めようと思わない」（D.I, p.294）子どもとして設定された。さらに主人公は、ロンドンの犯罪者家族ドリスコル家において、主人公の愛犬のカピが盗みを働かされた時、次のように激昂する。

「ここに靴下があります。」と僕は言った。「カピがさっき盗んできたものです。誰かがカピを泥棒にした。遊びだったと思うけれど。」
　こう話しながら僕は震えていた。しかしこんなに断固とした気持ちだったことはこれまで一度もなかった。
「もし遊びでなかったらどうする、おい。」父が尋ねた。
「僕はカピの首に縄をつけて、大好きな犬だけれど、テムズ川で、溺死させます。僕はカピに泥棒になってほしくない。それは僕自身が泥棒になりたくないのと同じことです。もし、そうなるかもしれないと思ったら、僕もカピと一緒に今すぐ川に身投げします。」

> 父は、正面から僕をにらみ、僕を殴り殺してやるといわんばかりの怒りの仕草を見せた。父の目は僕を焼き尽くしそうだった。それでも僕は目を伏せなかった。
> (*D. II*, p. 304)

このように、他人の所有権を犯すくらいなら死んだ方が良いという主人公の強い意志が書かれ、盗みは絶対に働いてはならないという教訓が、強い表現で示された。

フランシス・マルコワンは、マロの児童向けの小説の中の主人公たちが、どんなに困窮し、餓死しそうになったとしても「社会秩序や所有権の尊重に決して抵触しない」ことを指摘し、「ほとんど愚かしく、現実味のないほどに、行き過ぎた良心の咎め」が *Sans famille* という小説の特徴をなすと述べた[128]。たしかに、*Sans famille* の主人公が、定住する家もなく、興行で日銭を稼がなくてはならないような、社会の最下層に属する人物であり、物語の中で何度も瀕死の目に逢うことを考えれば、マロの描く「捨て子」の姿は写実的ではなく、マルコワンの指摘は妥当である。

しかし上述したように、「法律に背くこと」はしてはならないという教えがこの物語において繰り返されたことを考えると、他人の財産を決して侵犯しない主人公の姿は、物語における公民道徳教育の一部をなすと考えられる。前節で、この物語の中に、刑事・民事裁判や法律に関する知識が複数の挿話を通して書かれたことを示した。*Sans famille* において提示される法律の知識と、どのような理不尽な法律であっても遵守しなくてはならないという一貫した態度は、法治国家の国民として守らなければならない最低限のルールを示している。

法的規範を逸脱してはならないという教訓は、1870年代のマロの他の小説にも見受けられる。イヴ・パンセはその例として『オーベルジュ・デュ・モンド』四部作（原題：*Auberge du monde*, 1875-1876）を挙げた。1867年から1871年のパリを舞台とするこの四部作において、主要な登場人物たちは社会

主義に端を発する労働運動を行い[129]、彼らの一部が参加するパリ・コミューンが第四作の『テレーズ』の主題となった。しかし、彼らは「市民であるということを、労働者であるということの前に犠牲にするつもりは決してない[130]」と言って、法律に違反する抵抗運動や暴動を行わない。『テレーズ』では、パリ・コミューンに参加する者でさえも、死者を出すような戦闘や暴動には反対する穏健なコミューン闘士として提示され、激化する戦闘の中で、彼らの言動が少数派となり、影響力を失っていくさまが描かれた[131]。こうした描写から、パンセはマロが「共和主義者であって、民衆の代表や権利を懸命に尊重しようとするが、穏健派としてとどまり、革命家ではなかった」と評価した[132]。

次章で後述する、Sans famille で提示される社会批判や人権の主張も、主人公やその周りの登場人物が法的規範を逸脱しないということが前提で書かれている。普仏戦争とパリ・コミューンを経験したマロは、社会秩序の安定の必要を痛感しており、Sans famille での登場人物の行動が法律の範囲内で書かれたのも、読者の児童に、法律は遵守すべきであるという教えを一貫して伝えるためであったと考えられる。

2-4-4 社会規範の遵守

Sans famille での、当時の社会規範を遵守する記述は、第一に「共和国の小学校」における公民道徳教育の具体的な規定内容に沿う記述が多く見られる点、第二に、家族における女性の役割が重視された点に見受けられる。前者について、本項では、Sans famille の記述と、1887年に発表された「公民」科と「道徳」科の中級課程の学習指導要領の文言とを比較・照合する（①）。後者について、「公民」科と「道徳」科の学習指導要領の中に、家族や学校、社会における男女の性的役割分担についての記述はない。しかしながら、当時の女性が家族の中で、妻や母、娘として果たすべきとされた役割を、Sans famille の中の女性の登場人物は果たしており、それについて論じ

る（②）。

① 1887年の学習指導要領との比較・照合

　Sans famille で提示される公民道徳教育の内容と、1887年に「道徳」科、「公民」科の学習指導要領で規定された学習内容とを比較すると、共和主義的初等教育の公民道徳教育の内容の多くが、物語の中に含まれたことが分かる。とくに「道徳」科については、細かな項目に至るまで一致するような教訓や挿話が *Sans famille* には含まれ、含まれていない項目を探す方が、容易なほどである。以下に「道徳」科、「公民」科で規定された学習内容のうち、*Sans famille* に含まれないものを説明し、とくに「道徳」科のどの項目が *Sans famille* のどの記述と一致するのか具体的に述べる。

　含まれていない項目とは、「道徳」科の規定の第一部では「使用人に対する義務」と「祖国」、そして「学校での子ども」の中の「教師への義務」の項目である。そして第二部では「神に対する義務」が含まれない。

　第一部における「使用人に対する義務」が存在しないのは、*Sans famille* に登場する家族が、父・母・子の三者を基本とした核家族で、「近代家族」を基本とし[133]、その中に使用人は登場しないからである。「祖国」については、この物語の中では「祖国」という概念そのものが希薄であり、それに対して懐疑的でさえあって、その点が *Sans famille* の大きな特徴の一つにもなっている。「学校での子ども」における「勤勉、素直さ、労働、礼儀」という学習や労働に対する態度についての項目は、教訓が含まれたと言えるが、児童が教師に対して何か義務を負うというような記述は見受けられない。また、第二部の「神に対する義務」については、本章の第二節でも示したように、*Sans famille* では登場人物が個人的に抱くような、神への尊敬、崇拝の念は否定されないが、主人公の授けられる教育の中には宗教教育は含まれない。

　次に「公民」科では、「学校における義務」「軍隊」「税」「社会保障」とい

った知識は Sans famille の中では言及されない。物語の中で主人公は学校に通わないので、「学校における義務」についてはもちろん語られず、国民の義務である納税や徴兵制度についての言及もない。社会保障にいたっては、その不備が語られた[134]。また、主人公が旅をする中で地方自治体としてコミューンや市町村、県について言及されることはあるが、「国——立法権、執行権、司法権」についての知識は書かれなかった。生活のきまりや行動規範を示す「道徳」科に対し、「公民」科の授業は、制度や義務、権利についての知識を教授するものとされたが[135]、Sans famille では、「国」についての知識、行政の仕組みなどの知識はほとんど書かれない。また、前項で示したような法律の遵守以外の義務も示されない。そのため、物語における「国」の存在は希薄であると言える。

このように、含まれない項目も存在する一方で、それ以外の項目については、とくに「道徳」科の項目において、Sans famille には細かい部分まで一致が見られる。つまり、「道徳」科の規定の第二部における「自分自身に対する義務」「財産」「魂」「優しく動物に接する」「他者に対する義務」の中に掲げられた各項目は、物語の中の挿話や、登場人物の言葉を通して、教訓として含まれた。

たとえば、「財産」の項目を見てみると、その内訳として「倹約」「借金を避ける」「賭博への熱中の害」「過度に金銭に執着しない。浪費と吝嗇」「労働（時間を無駄にしない、全ての人のための労働の義務、肉体労働の尊さ）」の五項目が挙げられた。Sans famille の記述ではこの五項目に対する教訓がそれぞれ次のように照応する。

まず、「倹約」は、Sans famille の第二部において、主人公が養母に贈るための雌牛を購入する際に、マチアと二人で節約してお金を貯め、その経験が次のように語られた。

「雌牛を母さんに贈る前にそれを買うお金を稼がなくてはならない。でも僕のポ

ケットに百スー銀貨は降ってこない。街道を行く間、色々な曲を演奏しなくてはならなかった。陽気な曲も悲しい曲もひいた。歩き、汗を流し、苦労して、節約しなければならなかった。でも苦労すればするほど、嬉しさも倍増した。そうだよね、マチア。」［……］
「ああ！なんて優しい子たち、優しい男の子たちでしょう！」(*D.II*, p. 198)

　この引用では、節約することの尊さや楽しさが語られ、主人公たちは「優しい子たち」であると大人から賞賛された。「借金を避ける」については、アキャン家の父親が園芸農家を始める際に作った借金を返済できなくなったことが原因で、破産して、父親はクリシー刑務所に入れられた挿話を通し、借金の恐ろしさが示された。「賭博への熱中の害」と「過度に金銭に執着しない」という教訓は、主人公の血のつながった叔父で、遺産目当てで主人公を真の家族から引き離した、ジェームズ・ミリガン氏が、「財産を得るために全てを捧げた」(*D.II*, p. 417) 人物であって、最終章において「バーデン・バーデンの［……］カジノ」(*D.II*, p. 417) で賭博を行い、破産したという挿話によって示された。「労働」の尊さは、主人公がアキャン家の園芸農家の仕事を手伝った時に次のように示された。

> パリ近郊の花作り農家の人々は、朝は日が出るずっと前に起き、夜は日が沈んだ後ずっと遅くに床に就く。長い一日中懸命に、力の限り働く。［……］この新しい生活は疲れるものだったが、僕は、かつてのロマのような放浪生活とは全然似ていない労働の生活にすぐに慣れた。［……］今は、庭の塀の中に閉じ込められて、朝から晩まで、汗でシャツが背中に張り付き、両手にじょうろを下げ、裸足で泥だらけの通路を歩いて、働き続けなければならなかった。しかし僕の周囲の人々も、みんな同じように厳しい状況で働いているのだった。おやじさんのじょうろは、僕のじょうろよりももっと重かったし、彼のシャツは僕たちのシャツよりも汗でびっしょりだった。平等ということは、苦しい時には大きな心の支えになる。(*D.I*, p. 313-314)

第二章　*Sans famille* と共和国　　115

　この引用の中には「労働」の項目の中に括弧付で挙げられた「時間を無駄にしない、全ての人のための労働の義務、肉体労働の尊さ」の三点についての教訓が全て含まれている。
　「道徳」科の学習指導要領で規定された教育内容と *Sans famille* の記述の一致は、「財産」のみならず、「自分自身に対する義務」「魂」「優しく動物に接する」「他者に対する義務」においても見受けられる。その点については、学指導要領の規定と、*Sans famille* の記述を照応させた巻末のリストを参照していただきたい[136]。
　以上のような比較・照合から次の三点が指摘できる。
　第一に、*Sans famille* における公民道徳教育では、「祖国」という要素が希薄である。物語の中に「祖国と社会に対する義務」はいっさい書かれず、国家の仕組みや国民の義務に関する知識を含まれなかったことに、まずそれは表れている。また「教師への義務」が書かれないことにも、表れていると言える。なぜなら、1880年代の初等教育改革後には、小学校教師は国民の模範、「共和国の新しい司祭」として児童を教化することが期待され、とりわけ、自然科学の知識、国語としてのフランス語、フランスの地理歴史の教授により、児童たちを科学的世界観に導き、祖国の観念を養うことを期待されたからである[137]。そのような教師への服従や尊敬が義務であるということを、*Sans famille* は示していない。
　第二に、1887年の学習指導要領での「道徳」科の規定の文言の大半、つまり「自分自身に対する義務」「財産」「魂」「優しく動物に接する」「他者に対する義務」の五項目と、*Sans famille* において与えられる教訓とは、細やかな一致が見受けられる。この点について、1877年から1878年にかけて執筆された小説が1887年の学習指導要領の文言を含み得た理由を考察する必要がある。本研究では、1887年の学習指導要領の成立過程、とりわけ、依然としてファルー法下にあった1870年代において、公民道徳教育が具体的にはどのように想定されたか、という問題と、*Sans famille* との記述との関連を明らか

にすることはできなかった。しかしながら、マロが作品の中に1880年代以降の公民道徳教育の内容を含むことが出来た理由として、二つの可能性を指摘できる。

まず、1887年の「道徳」科の学習指導要領にある内容は、少なくとも七月王政期に小学校で教えられていた道徳教育、あるいは使用された読本においても、類似した内容が説かれており、いわば伝統的な学習内容であった。したがって、マロが1877年までに使用されていた教科書や読本を参照した可能性がある。次に、1883年にジュール・フェリーが「小学校教師への手紙」の中で、初等教育で教授すべき道徳を「古き良き道徳」と述べたように、1880年代の初等教育改革以後の初等教育でも、従来の道徳教育の内容面の踏襲が意図されていたと考えられるが、そのような共和主義者の意図をマロが理解し、共感しながら執筆した可能性がある。

いずれにせよ、マロは Sans famille の中に、第三共和政以前から小学校で教えられた道徳教育の内容を含み込ませた。そしてそれは、従来の初等教育の目的が、知識と従順さを兼ね備えた労働者を育成し、社会秩序の維持を図ることにあったように[138]、社会秩序を守り、生活を律することのできる善良で勤勉な国民の育成を意図する道徳教育であったと言える。したがって、Sans famille における公民道徳教育の内容は、「古き良き道徳」を踏襲しようとした1880年代以降の「共和国の小学校」における公民道徳教育とも重なるものであったと考えられる。

第三に、結果的に教科教育と公民道徳教育の両者において、Sans famille は「共和国の小学校」の教育内容に概ね沿った内容を提示しており、それは、1880年代後半以降に Sans famille が学校用課外図書として広く受け入れられた一因であると考えられる。事実、公教育省の初等教育局長のフェルディナン・ビュイッソンが作成し、1888年に刊行された『教育博物館に受け入れられた娯楽用図書カタログ』の中に、Sans famille は掲載された[139]。また、1891年にマロは、アシェット社[140]から提案を受け、Sans famille の一部を小

学校課外用読み物として出版することを決めた[141]。1892年には *Sans famille* 第一部の第一章から第十五章までを収録した『カピとその一座』（原題：*Capi et sa troupe*）がアシェット社から出版され、1897年には第二部の第二章から第六章の炭鉱の場面を収録した『地下で』（原題：*Sous terre*）が出版された。両者ともに編者による語彙と道徳的教訓について、読者である小学生への質問と註が付された。イヴ・パンセによれば、これらの註は、*Sans famille* のテクストに出てくる語彙を説明するだけでなく、地理・歴史、自然科学の知識を補足し、道徳に関する質問も加えることで、第三共和政下の初等教育に関するイデオロギーを反映するものであった[142]。

　このように、*Sans famille* で提示される公民道徳教育は、「祖国」の観念が希薄であることを除いては、概ね、初等教育改革後の小学校における公民道徳教育に呼応する内容であった。そしてそれは伝統的な道徳、つまり従来の社会規範を含み込むものであり、とくに道徳の面において、保守的な内容が提示されたと言える。

② 家族における女性の役割の重視
　Sans famille では、主要な女性登場人物が、当時のフランスにおいて信じられていた「女らしさ」を身にまとっている。この物語に提示された公民道徳教育において、「良き家族」が果たす道徳的機能が重視された点についてはすでに論じたが、その道徳的機能を中心的に担うのは、妻・母・娘という女性たちである。
　これまで *Sans famille* における公民道徳教育との比較・照合の対象としてきた、1887年の「道徳」科、「公民」科の学習指導要領では、男女の性別による学習内容の区別や、家族や社会における役割分担の区別は付けられていない。しかし、家族における女性の役割の重視は、以下の二点の理由において、社会規範の遵守を示すものとして、マロが小説内に提示した可能性がある。

第一に、*Sans famille* において書かれた女性登場人物たちは、当時の家族の生活において女性が果たすべきとされた役割を果たし、夫・父・息子に対して取るべきとされた態度を取る点である。第二に *Sans famille* 以外のマロの小説には、女性登場人物が家庭と社会進出（職業）のはざまで葛藤する様子が描かれている場合もあり、マロ自身は、必ずしも女性が家庭にとどまるべきとは考えていなかったと思われるからである。つまり、*Sans famille* ではとくに家族における女性の役割が強調されたと思われる。

　それでは、*Sans famille* において主要な女性登場人物はどのように描かれるのか。ここで問題とするのは、主人公の養母バルブラン母さん、アキャン家の長女エチエネット、アキャン家の次女で、のちの主人公の妻リーズ、主人公の実母ミリガン夫人の四名である。彼女たちの描写は次の三つの特徴を持つ。第一に母性である。第二に、夫、父親、兄弟など男たちへの従順さと家族に対する献身である。第三に、家族の守護者としての役割である。

　第一の特徴である母性は、主人公の二人の母親、つまり、バルブラン母さんとミリガン夫人にとくに表された。まず、この物語の冒頭において語られるのは、養母バルブラン母さんから主人公への慈愛である。バルブラン母さんは「僕が泣くと、とても優しく僕を抱きしめてくれる」（*D.I*, p.3）女性であり、彼女の「話し方」「まなざし」「かわいがり方」の全てに「優しさ」がこもっていたとされた[143]。またバルブラン母さんは「自分の目に見える範囲より先のことは、考えたこともない」（*D.I*, p.96）無知な農婦であるとされながらも、マルディ・グラのクレープ作りや、農家の庭での自然観察などを通し、生活の中で主人公に教育を授け、道徳的教訓を与える人物でもあった。ミリガン夫人も、「声はとても優しく、とてもあたたかい、励ますような目」（*D.I*, p.154）をしており、息子は彼女から「一日に十回も二十回もキスされ」（*D.I*, p.177）るというように、バルブラン母さん同様に、その言葉と行動から子どもへの慈愛を感じさせる母親として提示された。そして、彼女も息子の教育に注意を払い、歴史や伝説について教える際に「理解しやすい事柄だ

けを話し、分かりやすい言葉だけを使おうと努力している」(D.I, p.175) ことが記された。母性は、主人公の将来の妻であるリーズにも、幼いながらも備わっているとされた。リーズに初めて出会った時、主人公は「バルブラン母さんが僕にキスする前に見つめた時のようななんとも言えない安心感と優しい気持ち」(D.I, p.292) を感じ、彼女は生まれつき「親切さ、利発さ、穏やかな気立て、みんなに対する優しさ」(D.I, p.302) を持ち合わせる少女であるとされた。つまり、妻となるリーズに対しても主人公は最初から母親のような親しみを感じ、彼女の備える性格もまた、慈愛に満ち、教育する母親になるのに適している。実際に、物語の最終章で、リーズは主人公の妻となり、一児の母親となっている。このように、主人公をとりまく女性登場人物たちの母性は強調された。

第二の特徴である、夫・父親・兄弟に対する従順さと家族に対する献身は、バルブラン母さんとエチエネットに表された。バルブラン母さんは、乱暴な夫に対して決して逆らわず、従順な妻とされる。そして養父を怖がる主人公に「ジェローム［引用者註：］＝養父］は意地悪な人ではない」(D.I, p.25) と諭し、そんな養母を主人公は「夫の前では震えあがる」(D.II, p.202) かわいそうな女性であるが、「母さんは夫のジェロームを愛していた」(D.II, p.243) と考える。また、エチエネットは14歳であるが、早くに亡くなった母親の代わりに、アキャン家の家事全般を引き受け、献身的に家族に尽している。エチエネットは父や兄弟たちから「娘であり、姉であるということは忘れられて、みんな彼女を使用人のようにしか見ないのが普通になってしまった」(D.I, p.303) けれども、エチエネットは「家を飛び出したりせず、決して怒らない」(D.I, p.303) 娘であり、顔に「優しさとあきらめの光」(D.I, p.303) をたたえる。このように、ときに同情的な語りも交えつつ、妻・娘の家族への献身や男性に対する従順さは評価された。

第三に、以上のような母性と従順さを備えた女性たちは、家族の生活と道徳の守り手になる。たとえば、筆者は本節第二項において、Sans famille に

おける「良き家族」の道徳的機能について論じた際に、アキャン家の父親の飲酒癖を家族が抑止する挿話を例示した。その場面で、父親の飲酒を止めさせるのは、息子たちではなく、娘たちであり、とくに献身的に家族に尽くすエチエネットの諭しが父親に飲酒を止める決意を表明させる。エチエネットは、*Sans famille* の最終章においても結婚せず、「大きくなってからも家の守護天使でいてくれる」(*D.II*, p. 415) と父親から感謝された。エチエネットの妹のリーズは、主人公が病気の時にベッドに付き添い、まるで主人公の「守護天使」(*D.I*, p. 309) のようだと書かれた。

また *Sans famille* では、母親たちの献身が、子どもの命と将来を守る。ミリガン夫人の母親としての配慮と献身的な看護のおかげで、重病の息子のアーサーは、「奇跡が起こって」(*D.II*, p. 409) その命が助かり、結末では、「母がひ弱でよろめく息子を支えるのではなく、美しく健康な若者になった息子が［……］愛情のこもった心遣いをみせながら母に腕を貸す」(*D.II*, p. 408) ようになる。また、主人公とミリガン夫人の親子としての再会は、養母のバルブラン母さんのおかげとされ、彼女はミリガン夫人から「惜しみなく息子を育ててくださった素晴らしい女性」(*D.II*, p. 403) と評された。

以上のように、*Sans famille* において、母性を讃え、献身的に男性たちや子どもに尽くす女性登場人物たちは、家族の生活や道徳を支え、子どもの健康、教育、将来のために尽力し、家族の中で大きな役目を果たすものとされた。この物語では、家族における女性の役割が重視され、家族の要に女性が置かれた。そして女性登場人物のほとんどは、その人生を家庭内で過ごし、家族の外の世界で職業に就くこともない。*Sans famille* における女性登場人物の姿は、以下のように、当時のフランスにおいて理想とされた女性像にとても近い。

まず、十九世紀のフランスでは、母性が大きく讃えられた。小倉孝誠によると、当時のフランスにおける女性の表象は二つに大別することができ、その一つが聖母マリアを理想とした、男性を慰め、助ける献身的な女性、家庭

を守り、子どもを慈しむ母親としての女性であった。彼女たちは、男性・子ども・家庭にとっての守護天使のような存在であることが期待された[144]。 *Sans famille* における、慈愛に満ちた二人の母親、主人公の「守護天使」のような将来の妻の描写は、まさしくこうした文学表象の一つである。

　また、家族の中での女性の男性に対する従順さ、とくに夫婦間のそれは、民法第213条において「夫は妻を保護し、妻は夫に服従すべし[145]」と服従義務が規定されていた。妻は民法上において、無能力とされた[146]。法的規範は、社会規範に大きな影響を与え、両者は結びついている。1804年のフランス民法の主体は男性であり、女性は家族の中において、娘・妻・母としてしか存在できなかった[147]。*Sans famille* で、バルブラン母さんが夫の言うことを何でも聞き、老後の生活や金銭の管理について夫が妻に指示を出す場面が描かれるのは[148]、民法規定を念頭においてのことと思われる。そして父親や兄弟に文句を言うことなく尽すエチエネットは、娘としての地位を甘受していると言える。

　最後に女性は家族の中の実際的な働き手としても、中心的な役割が期待された。たとえば、アンヌ=マルタン・フュジエは、「主婦」という論考において、十九世紀後半のフランスでは、召使の求人難、女子中等教育機関の創設、資本主義社会において女性がいかに社会に貢献するかが問われるようになったこと、の三点を背景として、「家庭にある女性はこうあるべきであるという標準的なモデルが形成された」と述べる[149]。その「標準的なモデル」とは、夫の品行や子どもの教育に対する細かい配慮、家族の生活の秩序（時間割と家計）の維持、家の衛生の維持と家族の徳育、についての責任を負った「繁栄する家庭と民族の守護者」であった[150]。フュジエは、十九世紀後半に、女性とその役割を論じた著述家として、エルネスト・ルグーヴェ[151]を挙げた。彼は『女の道徳の歴史』において、「一家の母という真正な称号は長い間献身と優しさの概念だけを象徴していた。しかし、母であり妻であることはすなわち働くことであって、単に家族を愛していればよいのではない」

と述べ、優しさや愛などの性格や感情ばかりでなく、女性の家族の中における実際的な働きを期待した[152]。また、マルチーヌ・セガレンによると、「家庭にある女性」のモデルとなったのは、育児と家族の社交のために[153]、職業を持たず専業主婦となった、ブルジョワジーの女性たちであった[154]。家族の中心となった女性たちの、とくに母としての働きは価値を高め、母性は美徳として称揚された[155]。

このように、Sans famille における、慈愛に満ち、献身的で、従順で、家族のために絶え間なく働く女性登場人物たちは、ブルジョワジーの女性を模範とした、女性に対する社会規範を遵守しつつ描かれたと言える。しかし、こうした「家庭にある女性」の理想形が強調されたケースは、マロの全小説に当てはまるものではない。

1870年代から1880年代に書かれたマロの小説の中で、女性登場人物が抱える、社会規範と自我との間の葛藤を書いた作品は複数存在する。たとえば、ミリアム・コーネンの研究によると、マロはフェミニスムの運動には参加していないが、『ジスレーヌ』（原題：*Ghislaine*, 1887）や『ミシュリーヌ』（原題：*Micheline*, 1884）などの作品で、結婚によらない出産や婚外子の問題を扱うことで、政治、法律、経済、文化の各面における女性の不平等的地位に対して意識的であり、小説を通し女性の地位向上に貢献しようとした[156]。また、ヴィヴィアン・アリックス＝ルボーニュは、『ジュリエットの結婚』（原題：*Le Mariage de Juliette*, 1874）や『ジット』（原題：*Zyte*, 1886）など、女性芸術家が主人公となった小説を分析し、彼女たちが、娘・妻・母という社会に強要されたイメージと、芸術家として、職業を持つ女性として生きる自由との間で葛藤する様子が浮き彫りになったと述べる[157]。『ジュリエットの結婚』の主人公である女性画家のジュリエットは、社会規範に屈服して不幸な結婚をし、『ジット』の主人公で女優のジットは妻・母となる選択肢を捨て、女優としての道を貫いた。コーネンとアリックス＝ルボーニュの指摘は、*Sans famille* を書いた当時のマロが、男女の権利の不平等や女性に対する社会規

範について、批判的な考えの持ち主であったことを示す。

したがって、Sans famille では、そうした作家の批判的な考えは表現されずに、女性に関する社会規範を遵守するように記述がなされたのであり、家族における女性の役割がとりわけ重視して書かれたと言える。この理由について、次の二点の可能性を指摘しておきたい。

第一に、家族における女性の役割を強調したのは、共和主義的初等教育に沿った内容の一環であった可能性である。たとえば、1871年12月に提出された、初等教育の義務化を図った法案において、ジュール・シモンは女子への初等教育の義務化の意義について次のように述べた。

> 女性は男性になろうとしてもなれないし、なろうと思ってもいけない。しかし女性には、最も崇高な使命がある。道徳の初歩を子どもに教えるという使命、人生において大切な、義務や栄光についての格言を子どもに取り戻させるという使命である。今日女性は、おそらく我々の最大の不幸であろうこと、つまり、家族の絆のゆるみに対して、救済策を講じることができるだろう。[……] 母親の影響、家族の影響、家庭への愛と尊敬の慣習は、知的・道徳的復活のために最も強力に作用する。したがって我々はこの法律において、女子の教育を男子の教育と同等のものとした[158]。

つまり、女子に対する初等教育の目的は、子どもに道徳的教育を与え、「家庭への愛と尊敬の慣習」を実践できる母親を創出し、女性が中心となって家族を再建することにあった。1887年の指導要領には明記されなくとも、国家による女子教育の目的が「国民の母」の創出であることは明らかであった[159]。Sans famille に示された母親たち、家族の生活や道徳の要となる働きをする女性たちの姿は、1870年代に胎動し、1880年代に実行された初等教育改革において念頭に置かれた女性像と重なる。マロもこの女性像を認識し、「共和国の小学校」に通う子どもたちが読むであろう Sans famille において、それに沿った女性登場人物を造形したという可能性をまずは指摘できる。

第二に、マロ自身も、こうした社会規範の一部、とくに母性と献身については、美徳として高く評価していたと考えられる点である。そして、次章第三節でも詳述するように、Sans famille では父権への強い批判が展開されたが、それに対置するものとして、母性や母親の役割を強調した可能性である。コーネンやアリックス＝ルボーニュの論考において主題とされたのは、社会規範と対立する女性登場人物たちであったが、マロの小説には、ミリガン夫人やバルブラン母さんと同様に、母性と献身という特徴を持ち、妻・母・娘としての立場を受け入れながら幸福になる女性も登場する。たとえば、『ある負傷者の回想』（1872年）におけるクリフトン嬢や、『テレーズ』（1876年）のテレーズは、普仏戦争とパリ・コミューンの戦闘の中、恋人や父親を優しく支えながら、野戦病院の看護師として献身的に尽す女性たちとされ、両者とも結末において幸福な結婚をする。したがって、マロは男女の権利の不平等について意識し、批判的でありながらも、母性や献身については美徳として評価していたと考えられる。さらに Sans famille では、ヴィタリスやアキャン家の父親のような、主人公の父親代わりの人物たちでさえ、「あらゆる愛情のしるし」（D.I, p. 121）を見せることや、「娘を通してしかものを見ない」（D.I, p. 302）様子など、母性的な姿が語られた。主人公は「父親とは声の太い母親と思っていた」（D.I, p. 17）とさえ書かれ、この物語においては、善良な父親には母性的な優しさや献身[160]が見受けられる。ヴィタリスやアキャン家の父親の姿は、次章第三節で論じるような、父権を濫用する父親の対極にある[161]。母親と父親、どちらが発揮するものであろうと、母性は子どもの教育にとって肝要であり、「良き家族」の根幹をなすものとして Sans famille で提示されたと考えられる。

2-5　まとめ

　本章では、Sans famille で提示された児童教育の内容と、フランス第三共

和政初期の共和主義的初等教育改革において構想された教育とを、当時の初等教育改革法案および1887年1月の学習指導要領における規定を参照しつつ、比較・照合した。その結果、両者は相違点を含みながらも、概ね一致すると言うことができる。

まず、両者の一致点については、次の四点を指摘できる。

第一に、本章第二節第二項①から⑧において示したように、フェリー法以後の「共和国の小学校」の教科教育の内容は、男子に課された軍事教練以外の科目について、ほとんど全て小説内で何らかの形で言及され、Sans famille の中に含まれている点である。

第二に、本章第二節第二項⑨から⑪において示したように、フェリー法では規定されていないが、1877年3月の二つの初等教育改革法案、バロデ案・バルニ案に含有された教科教育の内容、すなわち現用語の活用、産業に関する知識・職業教育、実物教育もこの小説に含まれている点である。

第三に、1870年代から1880年代の共和主義的初等教育改革では、初等教育の世俗化が目指され、その教育内容から宗教的な要素を排し、科学的知識に基づく客観的思考力の涵養が重視されたが、Sans famille の児童教育においても、科学的知識や客観的思考の、宗教的信仰に対する優位が示された点である。

第四に、Sans famille の物語に含まれる道徳教育が、「共和国の小学校」における公民道徳教育の内容と、家族の重視、法的規範の遵守、社会規範の遵守という点において一致しており、当時の初等教育改革推進者が想定していた道徳教育と同様に、七月王政以降の初等教育において教授された伝統的で保守的な内容を含んでいた点である。

初等教育の教育内容という観点で見る時、フランス第三共和政初期における共和主義的初等教育改革、そしてフェリー法の成立は、旧法のファルー法で規定された教育内容よりも多様な教科教育を含有する点、初等教育の世俗化を法定し、自然科学教育を重視するとともに、宗教道徳教育に代わって公

民道徳教育を実践すると決められた点において画期的であった。しかしその一方で、公民道徳教育においては、1830年代以降の初等教育においてと同様に、家庭生活の安定を基盤とした「良き労働者」「良き国民」の育成、法的・社会的規範を逸脱しないフランス共和国民の育成が目指された点において保守的であった。

　Sans famille で提示された児童教育の内容は、こうした共和主義的初等教育改革の画期的な点、保守的な点の両方について、大部分において一致していると言える。こうした一致点からは、敗戦後に新しく出発したフランス共和国を支える共和国民の育成に資する小説となるように、マロが大いに意識しながら Sans famille を執筆したことが窺える。さらに、マロが初等教育視察官としての公務を果たしながら Sans famille を執筆した点、執筆の時期には自らの娘リュシー・マロも小学生であった点、小説で提示された教科教育の内容が1877年3月に提出された二法案、バルニ案・バロデ案で規定された内容も含有する点から、マロが初等教育の現状を把握し、改革後に実践される初等教育を予想しながら、当時入手し得た最新の情報を取り込みつつ、この小説を執筆した可能性を指摘できる。

　しかしながら、多くの一致点が存在する一方で、次の二点の相違点も見受けられる。

　第一に、Sans famille における児童教育の中に軍事教練が含まれず、体育、音楽教育、地理歴史教育の目的においても、「共和国の小学校」が目指したような児童の愛国心の涵養が目指されない点である。また、公民道徳教育についても、1887年の「道徳」科および「公民」科の学習指導要領が規定したような、「祖国と社会に対する義務」については物語ではいっさい書かれず、また国家の仕組みや国民の義務に関する知識も書かれていない。この意味で、Sans famille における児童教育では「祖国」の要素が非常に希薄である。

　第二に、Sans famille では道徳教育の要として家族が設定され、それは1887年の学習指導要領の「道徳」科のカリキュラムでも家族が重視された点

第二章　*Sans famille* と共和国　　127

で共通しているが、家族の中で育まれる親子関係・兄弟関係の性質が、小説内で提示されたものと、学習指導要領とは明らかに異なる点である。学習指導要領においては、「両親と祖父母に対する義務」の項目の第一位に「服従」が置かれ、また「兄弟姉妹の義務」の項目の中に「年長者は年少者を守る。模範的行為」の文言が見られるなど、親子関係における親の子に対する優位、兄弟関係における年長者の年少者に対する優位が明示された。それに対して *Sans famille* で提示された親子関係と兄弟関係は、これらの規定よりも対等であり、権威主義的な主従関係や上下関係は否定されて、家族の構成員は互いに対等な愛情と友情を持つべきであるということが繰り返し示された。

　本章の冒頭で筆者は、*Sans famille* がフランス共和国民を育成する目的を持つ作品であるという先行研究の指摘に賛同しつつも、マルク・ソリアノが *Sans famille* を愛国主義の作品の流れの中に位置付けた点、リュセット・ツィバが「権威の尊重・階級」を物語に含まれる規範として挙げた点について疑問を呈した。本章で詳しく見たように、*Sans famille* の中では、愛国主義的な記述は見られず、また、家族間で培われる互いに対等な愛情と友情が、家族の外部へと広がり、フランス社会の人々が「支え合い、助け合って、持っている方が持たない方に与える」という精神の基本となっていく。

　こうした *Sans famille* における児童教育と共和主義的初等教育改革において構想された教育との相違点は、次章で *Sans famille* における社会批判を検討する上でも、考慮すべき重要な要素となるであろう。

注

1　Marc Soriano, *op.cit.*, p. 380.
2　Christa Delahaye, «Tours et détours dans *Sans famille*», *Cahiers Robinson supplément à Spirale*, n°19, *Voyage d'enfants : Contre la ligne*, Lille, Presse de l'Université Charles-De-Gaule Lille3, 1997, p. 41-58.
3　「ジュール・フェリー法」が義務・無償・世俗の初等教育三原則を定めた後の小学校を、フランスの一般的な教育史概説書では «école de la République» «école

républicaine» «école de Jules Ferry» と呼ばれ、これを指し示したい時に「共和国の小学校」という言葉を使用した。

4　Lucette Czyba, «Aventure, famille et école dans *Sans famille*». *op.cit.*
5　南允彦「前期第三共和制（一八七〇――一九一四年）」、『現代フランス政治史』、ナカニシヤ出版、1997年、16-18頁。
6　Ernest Renan «La Réforme intellectuelle et morale de la France», in *La Réforme intellectuelle et morale*, Paris, Michel Lévy frères, 1871, p. 55.
7　南允彦、前掲論文、18-19頁。
8　P. Baral, *Les Fondateurs de la Troisième Républic*, Paris, A. Colin, 1968, p. 206. 今野健一「フランス第三共和制における共和主義教育の確立と国民統合：一八八〇年代教育改革におけるライシテの意義」、『一橋論叢』、112巻1号、1994年、107頁。
9　「ジュール・フェリー法」とは、正確には「無償を定める1881年6月16日の第二法律」、及び、満6歳から満13歳までの男女児童の就学義務と小学校の教育課程と管理面での世俗化を図った「1882年3月28日の法律」を指す。以下かぎかっこ抜きで、ジュール・フェリー法、または、フェリー法、と表記する。
10　南允彦、前掲論文、19-21頁。
11　Pierre Albertini, *L'École en France XIXe-XXe siècle - de la maternelle à l'université*, Hachette, 1992, p. 71-97. Mona Ozouf, *L'École, l'Église et la République 1871-1914*, Seuil, Éditions Cana/Jean Offredo, 1982, p. 119-121.
12　*RR*, p. 120.
13　梅澤収「フランス第三共和政期における義務教育の導入論議――議会法案と児童労働法から」牧柾名編『公教育制度の史的形成』、梓出版、1991年、162頁。
14　南允彦、前掲論文、15頁。
15　Arthur Dessoye, *Jean Macé et la fondation de la Ligue de l'enseignement*, Paris, Marpon et E. Flammarion, 1883, p. 106.
16　槙原茂、前掲論文、30頁。
17　ジュール・シモン法案の本文は以下を参照した。O. Gréard, *La Législation de l'instruction primaire en France depuis* 1789 *jusqu'à nos jours*, tome IV, Paris, imprimerie de Delalain frères, 1896, p. 324-341.
18　槙原茂、前掲論文、30頁。
19　梅澤収、前掲論文、154-155、および160-163頁。
20　巻末の「付録2．バルニ案、バロデ案、ベール案、フェリー法における教科教育規定」参照。

21 藤井穂高『フランス保育制度史研究——初等教育としての保育の論理構造』、東信堂、1997年、214頁。
22 *Journal officiel de la République française*, daté du 10 février 1880, p. 1522.
23 巻末の「付録2．バルニ案、バロデ案、ベール案、フェリー法における教科教育規定」参照。
24 藤井穂高、前掲書、214-216頁。
25 Jean-Marie Mayeur, *La Vie politique sous la Troisième République 1870-1940*, Édition du Seuil, 1984, p. 88-90. 1880年前後にこのグループは、憲法改正、王政時代の議会制度に由来する制度の廃止、行政の地方分権、教会と国家の分離などを要求するとともに、累進課税制度の導入、法定労働時間の短縮、「高齢者と働けない人のための年金基金」の創設、労働組合の認定要求などを通して、社会主義的民主主義（la démocratie sociale）を創始しようとした。
26 バロデ案の共同提案者は、以下の文献を参照した。O. Gréard, *op.cit.*, tome IV, p. 726.
27 Hector Malot, *En famille*, 1893, rééd., Amiens, Le Goût d'Etre/Encrage, 2006, p. 234. 以下、この文献を示す時は *EF* と表記する。
28 Lettre d'Hector Malot à sa petite fille Perrine, datée du 18 février 1902, citée dans Agnès Thomas-Maleville, *Écrivain au grand cœur, op. cit.*, p. 235-236.
29 Louis Simonin, *La Vie souterraine, ou Les Mines et les mineurs*, Paris, Librairie L. Hachette et Cie, 1867, rééd., Seyssel, Éditions du Champ Vallon, 1982.
30 Ida-Marie Frandon, *Autour de «Germinal», la mine et les mineurs*, Genève : E. Droz/ Lille : Librairie Giard, 1955, p. 13-51.
31 Louis Simonin, *op.cit.*, p. 67-68.
32 二宮フサは、クルーズ県からコレーズ県にまたがるミルヴァルシュ高原のどこか、と推定した。（二宮フサ「訳注」、エクトール・マロ作、二宮フサ訳『家なき子〔上〕』偕成社、1997年、347頁。参照）
33 セヴェンヌ地方の炭鉱の街、ベセージュやアレス付近であるという設定である。
34 G. Bruno, *Le Tour de la France par deux enfants*, in *Des enfants sur les routes*, édition présentée et établie par Francis Lacassin, Robert Laffont, 1994, p. 569-848.
35 佐藤宗子、前掲『「家なき子」の旅』、293-294頁。
36 Agnès Thomas-Maleville, *Écrivain au grand cœur, op.cit.*, p. 172.
37 *Sans famille* の第一部第一章、第三章、第六章、第九章、第十一章、第十四章、第二部第一章、第三章、第四章、第五章、第六章において自然科学に関わる記述が

見受けられる。
38　Louis Simonin, *op.cit.*, p. 7-31. なお、イダ=マリー・フランドンは、*Sans famille* における自然科学教育にシモナンの著書が参照されたと思われる点は指摘していない。（Cf. Ida-Marie Frandon, *op.cit.*, p. 13-51.）
39　Hector Malot, «De l'éducation corporelle», article paru dans l'*Opinion nationale* daté du 11 février 1865.
40　亀高康弘「身体教育と国家・カトリック・共和派——フランス第三共和政期に見る」、望月幸男、田村栄子編『身体と医療の教育社会史』、京都、昭和堂、2003年、25-29頁。
41　同上、30頁。
42　Michèle Altène, «Un siècle d'enseignement musical à l'école primaire» *Vingtième Siècle, Revue d'histoire*, No. 55, juillet-septembre 1997, p. 5-6.
43　*Ibid.*, p. 4-5.
44　Mairie de Fontenay-sous-Bois, *op.cit.*, p. XI.
45　たとえば Christa Delahaye, «La Question sociale dans *Sans famille*», *op.cit.*, p. 29.
46　Yves Pincet, Thèse, *op.cit.*, p. 200-207.
47　*VMA*, p. 134.
48　*Ibid.*, p. 136.
49　*Ibid.*, p. 134-136.
50　フランシス・マルコワンの定義によると、「ロビンソナード」とは、ドイツのヨアヒム・ハインリッヒ・キャンプ（Joachim Heinrich Campe, 1746-1818）の『若者たちのロビンソン』（原題：*Robinson des Jüngere*, 1779）や、ヨハン・ダヴィッド・ヴィス（Johan David Wyss, 1743-1818）の『スイスのロビンソン』（原題：*Les Robinsons suisses*, 1813）などをはじめとした、『ロビンソン・クルーソー』にインスピレーションを受けて書かれたヨーロッパ文学の中の一連の作品群のことである。「ロビンソナード」の作品の中で、主人公たちは、ロビンソンとフライデーが生き抜いた絶海の孤島のような閉鎖的な環境で生きる。フランスでは、十八世紀啓蒙哲学の潮流の中で自然と文明の均衡が問題視されたことも手伝い、十八世紀半ばから十九世紀半ばまで、「ロビンソナード」はフランス文学の流行であり続けた。ジャン・ド・トリゴンによると、1840年から1875年にかけてフランスで発表された「ロビンソナード」の作品は43作にのぼった。（cf. Francis Marcoin, *Librairie de jeunesse et littérature industrielle au XIXe siècle, op.cit.*, p. 83-92 ; Jean De Trigon,

第二章　*Sans famille* と共和国　　131

Histoire de la littérature enfantine, op.cit., Librairie Hachette, p. 113.)
51　Yves Pincet, «Variations sur le thème de Robinson dans l'œuvre romanesque d'Hector Malot», *Cahiers pour la littérature populaire*, n°16, La Seyne-sur-Mer, Centre d'étude sur la littérature populaire, 1996, p. 75-86.
52　Hector Malot, *Romain Kalbris*, Paris, Hetzel et Cie., 1869, p. 58. 以下、*RK* の略号を用いる。
53　*RK* p. 55.
54　Hector Malot, *Souvenir d'un blessé, op.cit.*, p. 281.
55　*Ibid.*, p. 281.
56　Yves Pincet, Thèse, *op.cit.*, p. 189-219.
57　「ラテン語の垂直な大文字が、幼い少年に極めて快い、特に全く満足を覚える印象を与えるということは、特色あることであり、決して見すごすことのできないものである。［……］この文字が極めて容易にこの段階の生徒によって理解せられ、既に非常に多く練習されたいろいろの位置や長さの垂線及び水平線及び斜線にしたがって容易にかつ迅速に表現せられ得るということが、ここでは最も重要である」（フレーベル『人間の教育・幼児教育論　世界教育学名著選 8　（フレーベル）』第二巻、岩崎次男訳、明治図書、1974 年、155-156 頁。）
58　「『三回 im という単語をいってごらん』『この単語はどんなことばの部分からなっていますか』『みなさんはそれぞれの言葉の部分に対する記号をかくことができますか』『では im という単語を三回かいてごらん』［……］『しかしなお一つの単語がありますよ。それは即ち nimm です。［……］』『この単語はどんなことばの部分から、どんな順序でできていますか』『nimm という単語を各自三回かいてごらん』」（同上、158-159 頁。）
59　ペスタロッチは『育児日記』（原題：*Tagebuch Pestalozzis über die Erziehung seines Sohnes*, 1774-1775）において 3 歳半の息子の育児記録をつけたが、ラテン語の言葉を教える際に、息子が言葉の「真実の意味」を知らないでただ暗記する様子を見て、「此の例によって最も無能力な人にでも明らかになることは、真理の知識のためには言語を知ることは如何に妨げになるかといふことである。言葉と、事物の正しい概念とが結び付けられていないからである」と述べた。また、『ゲルトルート児童教育法』（原題：*Wie Gertrud ihre Kinder lehrt*, 1801）では、シュタンツでの民衆教育の経験を経たペスタロッチが「私はかれらと共に生活して、一面的な言葉の上での知識や、響きとか音声でしかない言葉に対するいわれのない信頼というものが、直観の現実的な力や、われわれを取りまく事物についてのしっかりとし

た意識、に対してどんな害を与えるのかということを学びました」と述べた。(ペスタロッチ著、福島政雄訳「育児日記」、『ペスタロッチ全集　第一巻』、玉川大学出版部、1950年、146頁。ペスタロッチ著、長尾十三二、福田弘訳『ゲルトルート児童教育法』、明治図書出版、1976年、21頁。)

60　乙訓稔『西洋幼児教育思想史』、東信堂、2005年、80頁。
61　「良き話し手は、素晴らしい贈り物である。[……] 彼が教化しようなどと思わないというふうに見えれば見えるほど、ますます彼は影響を及ぼして人間を高尚にする。[……] しかも、物語は、特に効果的であり迫力あるために、生活に、生活上の諸事件や出来事に結び付けられるべきである。[……] 彼に親しい友人の生活領域において起るものとかは、すべて日常の出来事に列なる。いかなる少年も実際の出来事によっていかに振起されて全身これ耳であるか、見るがいい。いかに少年が分捕品を分捕り、財貨に手を伸ばすようにいかなる物語りにも手を伸ばし、物語の教えるもの、示すものを、自分の励ましとして、教訓として自分自身の生命の中につけ加えているか、見るがいい」(フレーベル、前掲、『人間の教育・幼児教育論』115頁。)
62　藤井穂高、前掲書、212-216頁。
63　「教員は、感知できる事物を利用し、事物を見て、触れさせ、具体的な実物を子どもの目の前におくことから始め、次に、少しずつ、そこから抽象的観念を引き出し、具体例の助けがなくとも、比較し、一般化し、推論するように子どもを訓練する」(1887年小学校教育課程の教育方法に関する規定)、藤井穂高、前掲書、215頁。
64　尾上雅信「直観教授論の展開」、『フェルディナン・ビュイッソンの教育思想——第三共和政初期教育改革史研究の一環として』、東信堂、2007年、175-188頁。
65　Yves, Pincet, Thèse, *op. cit.*, p. 51-52.
66　*RR*, p. 74-78.
67　飲酒は当時、不道徳な行為であり、社会問題であった。たとえば、以下の論文を参照のこと。喜安朗「『アルコール中毒症』の出現」、『民衆騒乱の歴史人類学——街路のユートピア』、せりか書房、2011年、205-220頁。
68　梅根悟監修『世界教育史大系10フランス教育史 II』、講談社、1975年、87頁。この規定はファルー法の第44条による。
69　同上、88頁。この規定はファルー法の第25条による。
70　教育内容の世俗化はフェリー法 (1882年3月28日の法律) による。
71　初等教員の世俗化を完成したのは、1886年のゴブレ法による。
72　尾上雅信「第三共和政期における『道徳教育』科目導入の論理とその特質」、『岡

山大学教育学部研究集録』第104号、1997年、145-149頁。今野健一、前掲論文、1994年、103-106頁。また、今野健一は、当時のジュール・フェリーにとって、初等教育の世俗化は、反宗教のための闘争を含意していなかったと指摘し、初等教育改革は「反教権主義的闘争なのであって、決して反宗教的闘争ではない」というフェリーの言葉を引用した。

73　Mairie de Fontenay-sous-Bois, *op.cit.*, p. XI.
74　*VMA*, p. 183.
75　*Ibid.*, p. 188-189.
76　相場秀伸「フランス第三共和政期の世俗化政策と道徳教育――ジュール・フェリーの道徳理念と「神への義務」の問題」、『日仏教育学会年報』第11号、2005年、92-94頁。
77　尾上雅信「第三共和政確立期における学校教育の世俗化――道徳の世俗的教育に関する一考察」、石堂常世『フランスの道徳・公民教育に関する総合的研究』(平成2年度文部省科学研究費補助金(総合研究A)研究成果報告書)、1991年3月、68-73頁。
78　ポール・ジャネは1882年6月21日に公教育高等会議に提出した『初等学校における道徳教育に関する計画』において「道徳教育の自然な完成は神を知ることにあるだろう」と述べ、「とくに力を注ぐべきなのは、魂において宗教的な感情を目覚めさせることである。神の感情と思惟とは、人生のあらゆる行為と混じりあっていること、あらゆる行為は神の意志の遂行であることをもって、道徳的であると同時に宗教的でもあり得ること、が魂に理解させられるだろう」と、きわめて宗教的な目的と内容を語った。(原典：F. Buisson, *Nouveau Dictionnaire de la Pédagogie et d'Instruction Primaire*, Paris, 1911, p. 1352. 尾上雅信「第三共和政初期における「道徳教育」――科目導入の論理とその特質」、『岡山大学教育学部研究集録』第104号、1997年、147頁に引用。訳は尾上による。)
79　伊達聖伸『ライシテ、道徳、宗教学――もうひとつの19世紀フランス宗教史』勁草書房、2010年、199-254頁。
80　積極的な意味での道徳教育の世俗化、つまり合理主義的な世俗道徳論および教育論を構築するのは、二十世紀初頭のデュルケムの課題であった。(原聡介「国民的連帯に向かうフランス第三共和国――道徳教育世俗化の課題」、『世界教育史大系38　道徳教育史Ⅰ』、講談社、1976年、212頁。参照)
81　道徳教育の中立性など存在しないという右派の反対論者による反論が次のようになされた。「或る家長が、教師にこう言ったとしよう。『私は私の子どもの前で唯心

論的精神について話してもらいたくない。なぜなら私は唯物論者であって、あなたの話は私の良心の自由を侵すからだ』と。また或る者は言うであろう、『私はわたしの子どもに私的所有の合法性を教えてもらいたくはない。なぜなら私は集産主義者であり、プルードン派、あるいはマルクス派の社会主義者であり、私にとって私的所有は盗みに他ならないからだ』と。［……］あなたがた立法者はこういって我々を安心させようとする、あなたがたの考えるような学校では厳密な中立性が守られる、宗教に賛成も反対もしないし、教会、キリスト、福音書そして神自身について何も言わないで満足するだろうと。しかしながら、こんな中立性が何らかの効力を保てるであろうか。」（尾上雅信、前掲「第三共和政初期における『道徳教育』」146頁に引用。訳は尾上による。）

82　Jules Ferry «Circulaire du Ministre de l'Instruction publique, relative à l'Enseignement moral et civique dans l'Écoles primaires» du 17 novembre 1883, dans O. Gréard, *op.cit.*, tome V, p. 551.

83　工藤庸子『宗教 v.s. 国家——フランス〈政教分離〉と市民の誕生』、講談社現代新書、講談社、2007年、127-133頁。

84　尾上雅信、前掲「第三共和政初期における『道徳教育』」、151頁。

85　1887年の初等科中級課程「道徳」科の学習指導要領の第二部には、「自分自身に対する義務」「財産」「他者に対する義務」の各項目に、労働・勤勉の尊さ、節約の必要、私有財産の不可侵、アルコール中毒の危険、など勤勉な労働者への育成を目標とした徳目が並んでいる。また、「道徳」科の学習指導要領の第一部には「祖国」に関する徳目が、「公民」科の学習指導要領には国民の義務を中心的に説く項目群が見受けられる。

86　藤井穂高『フランス保育制度史研究——初等教育としての保育の論理構造』、東信堂、1991年、30-37頁。

87　第二帝政期に流通した副読本とは、ズルマ・カロー女史（Mme Zulma Carraud, 1796-1889）による男子用教科書『モーリスあるいは労働』（原題：*Maurice ou le Travail*, 1855）と女子用教科書『ジャンヌあるいは義務』（原題：*Jeanne ou le Devoir*, 1853）である。ローラ・S・ストルミンガーによると、両者にはそれぞれ四つの主題がある。前者については、家族の生計に対する夫としての責任と家事育児の妻への分担、成功するための秩序・訓練・労働・忍耐、進歩の観念の受容と将来計画、年長者への尊敬と生まれた土地への定着、の四点である。後者については、家族への義務、人格的結合、新しい考え方の限定的な受容、農村での生活と伝統への嗜好、の四点である。(Cf. Laura S. Strumingher, *What were Little Girls and*

Boys Made of ? - Primary Education in Rural France 1830-1880, Albany, State University of New York Press, 1983, p. 52-55.）

88　原文は以下を参照した。«Programmes d'enseignement des écoles primaires élémentaires, Annexés à l'arrêté du 18 janvier 1887, complétés par les arrêtés des 8 août 1890, 4 janvier 1891, 9 mars 1897, 17 et 20 septembre 1898.» F. Mutelet et A. Dangueuger, *Programmes officiels des écoles primaires élémentaires - interprétation, divisions, emplois du temps : à l'usage des instituteurs et des candidats au certificat d'aptitude pédagogique*, 4ème édition, Paris, Hachette, 1912, p. 54-59.

　　また訳文は大津尚志による訳を参照・引用し、適宜変更を加えた。大津尚志「第三共和政期の道徳・公民教科書分析」、『日仏教育学会年報』第10号（通号32号）、2004年、153-154頁。

89　Pierre Ognier, *L'École républicaine française et ses miroirs*, Berne, Peter Lang, 1988, p. 77-82. 尾上雅信、前掲「第三共和政初期における『道徳教育』」、153-154頁。大津尚志、前掲「第三共和政期の道徳・公民教科書分析」、154頁。

90　原文は以下を参照した。«Programmes d'enseignement des écoles primaires élémentaires, Annexés à l'arrêté du 18 janvier 1887», *op.cit.*, p. 22-25.

　　訳文は大津尚志による訳を参照・引用し、適宜変更を加えた。大津尚志、前掲「第三共和政期の道徳・公民教科書分析」、155頁。

91　同上、155-158頁。

92　古賀毅「E. ラヴィスの歴史教科書と国民育成――第三共和政期における歴史教育の機能と内容」、『日仏教育学会年報』第5号（通号27号）、1999年、393頁。

93　ピエール・ノラ著、渡辺和行訳「ラヴィス　国民の教師――共和国の福音書『プチ・ラヴィス』」、ピエール・ノラ編、谷川稔監訳『記憶の場』第二巻、岩波書店、2003年、326頁。

94　大津尚志、前掲「第三共和政期の道徳・公民教科書分析」、155-158頁。

95　第二部の前半で主人公は、パリで家族として生活し、一家離散となってしまったアキャン家の人々を訪れ、自分を通して彼らをつなげるために旅先を決める。次に養母にも再会し、彼女に牝牛を買って贈るために旅をする。

96　第二部の後半で主人公は、自分の家族の手がかりを得るためにパリへ行き、そこで偽の家族の情報を得てロンドンへ向かう。ロンドン脱出後には、真の家族を追ってフランスを南東方向に移動し、スイスへ達する。

97　Michelle Perrot, «La Vie de famille», *Histoire de la vie privée*, sous la direction de Philippe Ariès et de Georges Duby, tome 4, Paris, Seuil, 1987, p. 187.

98　Michelle Perrot, «La Famille triomphante», *Histoire de la vie privée, op.cit.*, p. 93.
99　ミシェル・ペロー著、福井憲彦訳「私的領域と権力――十九世紀フランスの私生活と政治から」、『思想』765号、1988年3月、31-32頁。Michelle Perrot, «Fonction de la famille», *Histoire de la vie privée, op.cit.*, p. 105.
100　山口信夫「十九世紀フランスの道徳・公民教育における家族像」、『比較家族研究』（岡山大学文学部）、2003年、56頁。
101　鹿島茂「マルヴィルのパリ」『パリ時間旅行』筑摩書房、1993年、168-169頁。鹿島茂は、ビエーヴル川の様子を「パリのありとあらゆる汚濁が流れ込む掃溜」と述べたユイスマンスの言葉を紹介している。
102　*VMA*, p. 260.
103　ディディエ・ヌイッソン著、柴田道子、田中光照、田中正人訳『酒飲みの社会史――19世紀フランスにおけるアル中とアル中防止運動』、ユニテ、1996年、169-178頁。なお、本項で飲酒癖とアルコール中毒について記述は、おもにディディエ・ヌイッソンに拠っているが、以下の文献も参照した。喜安朗、前掲論文「『アルコール中毒症』の出現」2011年。ドニ・プロ著、見富尚人訳『崇高なる者――19世紀パリ民衆生活誌』、岩波文庫、1990年。
104　ディディエ・ヌイッソン、前掲書、178-209頁、および234-247頁。
105　*VMA*, p. 31.
106　*VMA*, p. 30-35.
107　Hector Malot, «L'Ivrognerie en Bretagne», article paru dans l'*Opinion nationale* du 30 août 1863.
108　*Ibid*.
109　*Ibid*.
110　*Ibid*.
111　「一杯目は考えずに飲んでしまう。［……］二杯目は、一杯目を飲んだついでに飲む。三杯目は絶対に飲まないと決めて飲むのだ。しかし酒を飲むと喉が渇く。そのうちに酔いが回ってくる。そうやって気分がのってくると、悲しみは忘れてしまう。借金取りのこともなどもう考えなくなる。全ての物事が太陽に照らされているように見える。自分の殻を抜け出して別世界に遊ぶ。行きたいと思っていた世界へ。そしてまた飲む、というわけだ。」（*D.I.* p. 323）
112　坂上孝、『近代的統治の誕生――人口・世論・家族』、岩波書店、1999年、271-281頁。1840年代初めに行われた労働者の状態についての社会調査の、代表的なものがヴィレルメとフレジエの仕事であった。彼らは、貧しい労働者の増大に伴う、

都市の治安と衛生状態の急速な悪化を、至急に解決せねばならない問題と見なした。また、貧困の主な原因を道徳的退廃とし、工場は道徳的堕落の伝染する場所として監視の対象となり、生活全般についても監視と規律化が目指された。

113　O. Gréard, *op. cit.*, tome IV, p.326.（梅澤収、前掲論文、158頁に引用。訳は梅澤による。）

114　O. Gréard, *op.cit.*, tome IV, p.327.（梅澤収、前掲論文、158頁に引用。訳は梅澤による。）

115　原聡介「第三共和制初期における家族の道徳教育機能に関する思想」、石堂常世『フランスの道徳、公民教育に関する総合的研究』（平成２年度文部省科学研究費補助金（総合研究Ａ）研究成果報告書）、1991年３月、54-61頁。

116　ジャック・ドンズロ著、宇波彰訳『家族に介入する社会――近代家族と国家の管理装置』、新曜社、1991年。ミシェル・ペロー、前掲「私的領域と権力」、32-33頁。
　　ミシェル・ペローは、第三共和政期に国家が家族に介入していく領域として、労働、女性、子どもの三領域を挙げた。

117　この引用の直後に「それはおそらく、僕の年齢と、世間知らずのせいだっただろう」（*D.I.*, p.173.）という主人公の語りがあり、子どもの主人公が階級差に対して無頓着であったことが示されている。

118　そのような表現は次のように *Sans famille* 第二部の複数箇所において見られる。「僕の友達、僕の仲間、僕の弟」（*D.II*, p.153.）「『こちらはマチア、僕の弟だよ。』と僕は言った。『ああ！それじゃあお前のご両親が見つかったのね』とバルブラン母さんは叫んだ『違うよ。僕が言いたいのは、マチアは僕の仲間で友達だということ。』」（*D.II*, p.192.）

119　フィリップ・アリエスは、フランスの場合、概して十八世紀に家族は外部の社会から距離を取り始め、核家族の中の私生活が徐々に確立されていき、十九世紀に新興階級のブルジョワジーを中心に近代家族モデルが広がっていくとする。（フィリップ・アリエス著、杉山光信、杉山恵美子訳『〈子供〉の誕生』、みすず書房、1980年、374-376頁。フィリップ・アリエス著、中内敏夫、森田伸子訳『〈教育〉の誕生』、藤原書店、1992年、83-114頁。参照）

120　Ｊ・Ｌ・フランドラン著、森田伸子、小林亜子訳『フランスの家族――アンシャン・レジーム下の親族・家・性』、勁草書房、1993年、1-72頁。

121　フィリップ・アリエス、前掲書『〈子供〉の誕生』、341-381頁。福井憲彦「家族の多様性」、『「新しい歴史学」とは何か』、日本エディタースクール出版部、1987年、

120-126頁。
122 フィリップ・アリエス、前掲書『〈子供〉の誕生』、17-129頁。
123 姫岡敏子「近代家族モデルの成立」、『岩波講座世界歴史17 環太平洋革命』、岩波書店、1997年、215-217頁。
124 福井憲彦、前掲「家族の多様性」、129-133頁および193-195頁。坂上孝、前掲書、281頁。
　　坂上孝は、1840年代以降、住居、夫婦関係、親子関係、労働に関する国家による規制によって「近代的家族」の骨格が明確になり、「子どもへの配慮」を中心とする家族感情によって家族が再編成され、規格化されていくと述べた。そういった規制として、児童労働に関する法律（1841年）、徒弟契約に関する法律（1851年）、義務教育法（1881年）、児童保護法（1889年）など、子どもの教育・労働・福祉に関する法律が挙げられた。
125 最終章で主人公の家族となるのは、血縁関係にあるミリガン夫人とアーサー、主人公と結婚したアキャン家の末娘リーズ、彼女の父親と兄弟たち、叔父、叔母、マチア、その妹のクリスチナ、バルブラン母さん、マジステール、ボブとその兄の十五名である。
126 最終章で提示される主人公の家族には、血縁関係や姻戚関係のない者、労働者、農婦、炭鉱夫、地主、学者など社会的階級に差のある者、イギリス人、国籍の違う者、人種の異なる者が含まれる。
127 *Sans famille* 第一部第五章。
128 Francis Marcoin, *Librairie de jeunesse et littérature industrielle au XIXe siècle*, *op.cit.*, p. 583-584.
129 Yves Pincet, Thèse, *op.cit.*, p. 469-476.
130 Hector Malot, *Le Colonel Chamberlain*, E. Dentu, 1875, p. 111. cité dans Yves Pincet, Thèse, *op.cit.*, p. 469.
131 Hector Malot, *Thérèse*, 1876, rééd. Paris, Flammarion, s.d.（vers 1900）, p. 230-249.
132 Yves Pincet, Thèse, *op.cit.*, p. 475.
133 「近代家族」では、使用人は家族と見なされない傾向が強まった。十八世紀までのフランスの辞書での「famille」という言葉の定義は、広範な親族関係や同一家長のもとに生活する奉公人や使用人も含まれたが、十九世紀後半のリトレの辞書では「同一家屋において生活する、同血族の人々、とりわけ父・母・子」という定義が出現した。（J・L・フランドラン、前掲書、1-72頁。福井憲彦、前掲「家族の多様

性」、122-123頁。Émile Littré, *Dictionnaire de la langue française*, tome2, Paris, Librairie Hachette, 1873, p.1613. 参照）

134　たとえば、児童保護に関する公的扶助の不備が語られた。次章第三節を参照のこと。

135　フランソワ・オーディジェ「道徳・公民教育――今日の問題を考察するための歴史的諸要因」、石堂常世編『フランスの道徳・公民教育に関する総合的研究　資料集』（平成２年度文部省科学研究費補助金（総合研究Ａ）研究成果報告書）、1991年、94頁。

136　巻末の「付録３　初等科中級課程「道徳」科の学習指導要領規定と *Sans famille* の記述の照応」参照。

137　谷川稔、前掲書、『十字架と三色旗』、186-202頁。Mona Ozouf, *L'École, l'église et la République*, *op.cit.*, p.119-121.

138　藤井穂高、前掲書、37、63-67頁。

139　Patrick Cabanel, *Le Tour de la nation par des enfants - Romans scolaires et espaces nationaux* (XIXe-XXe *siècles*), Paris, Belin, 2007, p.274 ; Yves Pincet, «La Littérature à l'école de la République—Les Adaptations scolaires de *Sans famille* d'Hector Malot à la fin du XIXe siècle» *Nous voulons lire !*, No.105, Bordeaux, NVL/CRALEJ, été 1994, p.7.

140　アシェット社は、エッツェル社と並び十九世紀後半の児童図書出版を牽引した出版社である。1833年の初等教育法（ギゾー法）の成立期に無料配布用の初歩読本と初級読物の出版を政府から請け負ったのを契機に、代表的な教科書、参考書、辞典の出版書店に成長した。また児童雑誌「子ども週間」（1857年創刊）や「バラ色叢書」シリーズの刊行によって、児童文学の分野でもエッツェル社と競合した。（私市保彦、前掲書『フランスの子どもの本』、72-73、91-95頁。参照）

141　Patrick Cabanel, *op.cit.*, p.274-275.

142　Yves Pincet, «La Littérature à l'école de la République», *op.cit.*, p.9-14.
　道徳的教訓を与える註として、たとえば『カピとその一座』の中の、村の居酒屋（«le café»）の描写について、「居酒屋は時折、危険な場所となる可能性がありますか。」「バーや居酒屋では、何をするのでしょうか。バーや居酒屋にひんぱんに行く人のことをどう思いますか。」といった、生徒への質問が付された。(Cf. *Capi et sa troupe, épisode extrait de «Sans famille» par Hector Malot*, livre de lecture courante à l'usage des écoles primaires, contenant des notes et des devoirs par C.Mulley (directeur d'école communale à Paris), 6e édition Paris, Librairie Hachette et Cie,

1911, p. 25, notes 4 et 7.）

143　*D.I.* p. 4.

144　小倉孝誠『〈女らしさ〉はどう作られたのか』、法蔵館、1999年、18-19頁。聖母マリアを理想とした女性表象が行われた背景として、1830年代から1870年代のフランス各地でのマリア顕現が挙げられた。

145　Article 213, Code civil des français 1804 in *Code civil des français—Bicentenaire 1804-2004*, édition présentée par Jean-Denis Bredin de l'Académie française, Paris, Dalloz, 2004, p. 54.

146　財産管理における無能力、職業や勉学に従事する場合、また自動車免許の取得、銀行口座の新規開設やパスポートの取得、病院での治療などの場合に、夫の許可が必要であり、公的な行為が出来なかったことを指す。（ニコル・アルノー＝デュック「法律の矛盾」、G・デュビィ、M・ペロー監修『女の歴史Ⅳ　十九世紀1』、藤原書店、1996年、178-183頁。参照）

147　同上、141頁。

148　*Sans famille* 第二部第十二章において、バルブランが妻に書いた遺言書の中で、「お前だけが子ども［＝主人公（：引用者註）］の行く末の情報を提供できると言え、そしてその情報の見返りにたっぷり金を払ってもらえるように注意しろ、その金でお前は幸せな老後を送れるはずだ」（*D.II.* p. 249）という指示を妻に出すことが書かれた。

149　アンヌ・マルタン＝フュジエ「主婦」、ジャン＝ポール・アロン編、片岡幸彦監訳『路地裏の女性史——十九世紀フランス女性の栄光と悲惨』、新評論、1984年、136頁。

150　同上、137-150頁。

151　エルネスト・ルグーヴェは、十九世紀後半において女性と家族について多く論じ、家族を結びつける女性の役割、とりわけ母親による子の教育について高く評価した。（原聡介、前掲「第三共和制初期における家族の道徳教育機能に関する思想」、58頁参照。）

152　Ernest Legouvé, *Histoire morale des Femmes*, livre V, Chapitre III, 5e édition, Paris, Hetzel, 1869.
　　アンヌ・マルタン＝フュジエ、前掲「主婦」、137-138頁に引用。訳は引用文による。

153　松田祐子によると、フランスにおける「主婦」の誕生は、十九世紀末から二十世紀初頭に、もともと上流階級のものであった社交が、末端のブルジョワジー層ま

第二章　*Sans famille* と共和国　141

で普及したことを起源の一つとするという。「理想の主婦」は家事・育児と、社会的ステータスや家産を維持するための社交を両立できる女性とされた。(松田祐子『主婦になったパリのブルジョワ女性たち』、大阪大学出版会、2009年、162-213頁。参照)

154　マルチーヌ・セガレンは、「ブルジョワジー」を指し示す際に、官吏などの公務員や、医者・弁護士などの自由業の者が増加した背景を念頭に置いている。
　　Martine Segalen, «La Révolution industrielle : du prolétaire au bourgeois» *Histoire de la famille, tome 3—Le Choc de modernité*, sous la direction d'André Burgière, Paris, Armand Colin, 1986, p. 509.

155　*Ibid.*, p. 507.

156　Myriam Kohnen, «Regard sur le personnage féminin dans *La Marquise de Lucilière et dans Ghislaine*», Perrine, *Revue en ligne de l'Association des Amis d'Hector Malot*, 2014, p. 8-10.

157　Viviane Alix-Leborgne, «La Femme artiste dans les romans d'Hector Malot» *Perrine, Revue en ligne de l'Association des Amis d'Hector Malot*, 2014, p. 1-2 et 8-12.

158　O. Gréard, *op. cit.*, tome IV, p. 327.

159　井岡瑞日の研究によると、共和主義に親和的な中間階層を読者層とした雑誌『ラ・ファミーユ』(*La Famille*、1879年創刊)においても、当時の女子教育の目的として「共和国市民の妻・母」の育成が掲げられたのを背景に、「無償の愛」や「献身」といった言葉で形容される、母親の子に対する深い愛情と、自らの手による養育・教育が礼賛された。(井岡瑞日「19世紀末フランスにおける家庭教育像——週刊誌『ラ・ファミーユ』の考察を中心に」、『人間・環境学』第21巻、2012年、14-17頁。)

160　アキャン家の父親は病気の娘リーズに対していつも注意を払っている。ヴィタリスは主人公に対して日常的に愛情を持って接し、死の間際には、主人公が凍死しないように犬を抱かせ、最後のキスをして、自らの命は犠牲にした (*Sans famille* 第一部第十八章および第十九章)。

161　井岡瑞日によると、共和主義的な週刊誌『ラ・ファミーユ』においても、当時の父権批判を背景として、母性を礼賛する傾向にあり、父親も母親と同じような親しみやすさを持ち、我が子を深く愛する態度を取ることが理想とされた。(井岡瑞日、前掲論文、14、17頁。)

第三章　*Sans famille* における社会批判

　Sans famille は、新たなフランス共和国が初等教育を通じて教えようとするのと同じ事柄を、小説を通じて児童に伝えることだけを目指す作品ではない。なぜなら、*Sans famille* には、当時の社会、つまり1870年代のフランスにおいて現在進行形で起こっている問題を告発し、それに対処しえない国家や社会を非難するような側面があるからである。それらの問題はいずれも、少なくとも一部の人々の、個人の安全や幸福を脅かすものであり、*Sans famille* の記述を通して、それらの問題を看過できず、読者の認識を促そうとした作者の意図が看取できる。本章では、*Sans famille* のそのような側面について、児童教育の問題、いわゆる「社会問題」、児童福祉の問題の三つの領域に焦点をあて、先行研究も踏まえながら、新たな視点も加えつつ提示していきたい。

　本章の構成は以下の通りである。

　第一節では、*Sans famille* において提示された児童教育の問題について検討する。最初に、*Sans famille* では、当時の初等教育にも多大な影響を与えたナショナリズムに対し、どのような態度が取られたのか、という問いについて考察する（3-1-1）。*Sans famille* は、ナショナリズムに影響を受けた教科書や児童文学作品とは異なり、国防的愛国心を鼓舞するような内容は丁重に避けられたと考えられる。また、マロが同時代に書いた戦争をテーマとした小説を読むと、*Sans famille* を執筆した時代にマロが戦争を忌諱したことが判明するので、その点についても言及したい。次に、この小説における学校教育批判について、おもに小説内の「独学者」の表象に着目しながら、学校教育の何が批判されたかを考える（3-1-2）。学校に通わず識字化を遂げた「独学者」の表象に関する考察を通し、小説内で提示された児童教育の目的

についても再考する。

　第二節では、いわゆる「社会問題」についての記述を検討する。第一項において、*Sans famille* の「社会問題」の表象に関する数ある先行研究を整理し、その中でなされた *Sans famille* における「社会問題」の提示の仕方に関する批判を紹介する（3-2-1）。第二節で展開する論は、基本的にその批判を克服しようとするものである。第二項では、*Sans famille* 執筆以前、とくに1860年代においてマロが表明した「社会問題」への関心について言及する（3-2-2）。第三項において、第一項、第二項での内容を踏まえ、*Sans famille* における「社会問題」と家族の表象の関係について検討する（3-2-3）。第四項では、浮浪者など定住地を持たない者の物語の中の表象についても焦点をあてる（3-2-4）。

　第三節では、児童福祉に関する問題提起を取り扱う。まず、第一項で第三節の視座を示し（3-3-1）、第二項ではフランスの児童保護政策に関する先行研究に依拠しつつ、1870年代の児童保護政策の動きやそれに関する世論を概観する（3-3-2）。そのうえで、第三項では *Sans famille* における父権批判（3-3-3）、第四項では児童保護事業（3-3-4）について検討する。

3-1　*Sans famille* で提示された教育問題

3-1-1　対独復讐の視点の回避──国家主義の否定

　Sans famille において、初等教育の内容として批判された第一の問題点は、当時の初等教育の方向性に多大な影響を与えたナショナリズムである。普仏戦争での惨敗の経験により多くのフランス人に湧き起こった対独復讐感情は、ナショナリズムの高揚を引き起こした。前章第一節で述べたように、第三共和政初期の初等教育改革は敗戦を大きな契機とし、初等教育の内容、小学校で使用される教科書や副読本にもその影響が見られた。しかし、*Sans famille* は、ナショナリズムの影響を受けた教科書や児童文学作品とは一線を

画し、国防的愛国心を鼓舞する内容は丁重に回避された。この小説では、近い将来に実施される初等教育の教育内容や、世俗的な公民道徳教育の内容が含まれながら、当時高揚していたナショナリズムは慎重に避けられたことは注目に値する。

　Sans famille が、ナショナリズムの高揚とその初等教育への影響に対して、どのような態度を示す物語であったのか、小説全体の記述を詳細に検討しつつ明確にした論はまだない。この点に関し、先行研究やフランス児童文学の概説書では、多くの場合、G・ブリュノの『二人の子どものフランス巡歴』(1877年) を比較対象として *Sans famille* は語られ、両者の内容の質の違いについて指摘されてきた。従来の研究が指摘した両者の相違はおもに次の二点である。第一に、『二人の子どものフランス巡歴』が祖国フランスの地理についての知識教授を目的とする教育的な読み物であるのに対し、*Sans famille* は地理の知識を含みながらも、その冗長な記述を避け、主人公の冒険と親探しに重点を置く、より文学的な作品であるという見方である[1]。第二に、1870年代に相次いで上梓された二つの旅物語の背景に、ナショナリズムの高揚があることは認識されつつ、*Sans famille* の主人公は「アイデンティティを祖国ではなく家族に求めた[2]」とする指摘である[3]。

　これらの指摘はどちらも適切である。しかし本項では、これらの指摘からさらに踏み込み、地理教育以外の記述においても、*Sans famille* ではナショナリズムが避けられた点、そして *Sans famille* を執筆した当時のマロが戦争を忌諱したと考えられる点に注目し、*Sans famille* が反戦的な傾向を持ち、平和的な公民道徳教育の含有を目指したと考えられる点を論じたい。

　まず、第三共和政初期の初等教育におけるナショナリズムと、その影響を受けた教科書、児童文学作品を概観する。そして、*Sans famille* がそれらとは明確な違いを持ち、反戦思想と平和協調路線を含む作品である点について、1870年代のマロの他作品の読解もまじえ論じたい。

　南允彦によると、敗戦とパリ・コミューンを経験したフランスでは、教育

と軍隊が国家の再生を担った。軍隊は国防（対独復讐）という対外的役割、国内の秩序維持という対内的役割に加え、国民精神の再生という第三の役割が期待された。1815年以降、軍隊が時代錯誤で野蛮な存在として扱われたのに対し、1870年以後は、社会的規律を与え、服従や崇敬の念を教え、国民の魂を鍛えると認識された。1870年代から1880年代には軍隊の近代化を試みる改革が起こり、軍制も改められた。つまり、従来の軍隊が兵役免除規定や兵役代勤制により、志願者や貧困者が入隊する「職業的軍隊」と化していたのが見直され、1872年7月27日の法律では、実質的な一般徴兵制に近付けられた[4]。

軍隊が再評価され、一般市民も兵士になる可能性が高まったことで、初等教育の「軍事化（militarisation）」が起こった。とくに男子の教育では、体育と軍事教練の同一視が起こるなど、将来の兵士の育成を視野に入れた初等教育が主張された。その顕著な例は、小学校での学童大隊（bataillon scolaire）の創設である。1880年にパリ第5区で初めて編成され、1882年7月6日の政令で規定された学童大隊は、1892年に廃止された。12歳前後の男子200名を一大隊とし、木曜日と日曜日に軍事教練の実施が許可され、革命記念日等の行事の際には、公開訓練や行進を行った。このような教育実践では、祖国を守る兵士になりうる者が、良き人間、良き市民のモデルとされた[5]。

児童たちの内面に国防的愛国心を育もうとしたのは、教室での授業についても同様である。世俗化した「神なき学校」において、実質的な道徳教育の軸は、神への信仰から祖国愛へ推移したと言われる[6]。学習指導要領で「祖国と社会に対する義務」を教授するように規定された「道徳」科だけでなく、地理教育、歴史教育、国語としてのフランス語教育、国民的英雄を讃える唱歌を歌わせた音楽教育[7]に至るまで、多くの教科で、祖国フランスへの帰属意識と愛国心の涵養が目指された。

初等教育で使用される教科書や児童文学作品がこの風潮の影響を受けないはずがなかった。教科書では、エルネスト・ラヴィスの歴史教科書が有名で

ある[8]。「道徳教育と愛国心の教育、まさしくここに、初等教育における歴史教育はたどりつかねばならない[9]」と考えたラヴィスは、「歴史」科という近代的な教科が国民教育に資する土台を築いた。ラヴィスの教科書では、ジャンヌ・ダルク、ヴェルサンジェトリクスなど、危機に瀕したフランスやガリアを救ったとされる歴史的人物が英雄として記述された[10]。彼らは国防に貢献し、祖国のために自らの生命を犠牲にした徳が賞賛された。また、ジャンヌ・ダルクの民衆性が強調されるなど[11]、一般的な普通の市民が、愛国心を胸に祖国に殉じる姿が美徳とされた。1870年代から1900年代に執筆された、ラヴィス以外の執筆者によるものも含む26種類の歴史教科書について分析した渡辺和行によると、共和派とカトリック派のどちらの教科書であっても、ジャンヌ・ダルクとヴェルサンジェトリクスを英雄視し、生徒の「祖国崇拝」を促す記述が存在することは共通していた[12]。また、ラヴィスがピエール・ラロワという筆名で執筆した公民道徳教科書、同時期のポール・ベールの公民道徳教科書もまた、愛国主義に基づいた点は前章で言及した通りであり、その中でも祖国に対する義務、とくに国防の義務は強調された。

　Sans famille と同時期に書かれた児童文学作品では、Sans famille とアカデミー・フランセーズのモンティヨン賞を競った、P-J・スタール（ピエール=ジュール・エッツェルの筆名）の『マルーシア』（原題：Maroussia, 1878)、そして、G・ブリュノの『二人の子どものフランス巡歴』の二作品を、祖国愛を鼓舞する代表的な物語として挙げられる。前者は、コサックの襲撃から身を挺して祖国のウクライナを守った「子どものジャンヌ・ダルク[13]」、少女マルーシアの物語である。1877年から1914年まで740万部が印刷されたという[14]、『二人の子どものフランス巡歴』は、「義務と祖国」という副題を持ち、祖国愛を主題とした。フランスを旅する二人の子ども、アンドレとジュリアンはロレーヌ地方の戦争孤児であり、父親を喪った夜に秘密裡に国境を越え、フランス国籍を取り戻すために親戚を訪れる旅にでる。この小説ではフランスの地理・産業の知識の教授とともに、歴史教育にも重点が置かれ、ジャン

ヌ・ダルクやヴェルサンジェトリクスのような英雄の話も語られた。アンドレとジュリアンは最終章でフランス国民となり、「母なる祖国」を見出すのである[15]。

このように、国防の義務や祖国愛を説く当時の教科書や児童文学作品は多く、しかもラヴィスの歴史教科書や『二人の子どものフランス巡歴』は、教科書や副読本として大きなシェアを誇った[16]。児童の読み物に対する、ナショナリズムの高揚の影響がいかに大きかったかが分かる[17]。しかし *Sans famille* は、子どもの旅をテーマとし、地理・産業の知識の教授を当初の課題としながら[18]、これらの作品群とは一線を画す。軍事的要素や国防的愛国心の有無という観点では、*Sans famille* の内容は反戦的な傾向を持ち、西ヨーロッパにおける平和協調を促す記述を物語の中に読み取れる。

このように考えられるのは、次の三点の理由による。第一に、*Sans famille* では祖国愛や対独復讐感情を想起させる記述が欠如している点である。第二に、主人公が受ける教育に、軍事教育が含まれない点である。第三に、他国民との相互理解と共生を示す内容となっている点である。

第一の点は、主人公の国籍が曖昧である点、物語に含有される地理教育、歴史教育、音楽教育において愛国心を鼓舞する内容が見られない点、「公民」科や「道徳」科の内容に相当する記述で、「祖国と社会に対する義務」や国に関する知識が含まれない点が挙げられる。

そもそも主人公の国籍は何なのであろうか。当時フランスの国籍法では、出生地主義ではなく、血統主義を基本的原理とし[19]、第二部第二十章で主人公の実の両親はイギリス人であると判明するので、原則的にはイギリス国籍である。しかし、生後すぐにパリに捨てられた主人公は、「自分がその子を世話したいとすすみ出た」(*D.I,* p. 24) 養父の子として育つ。第二部第九章ではフランス国内の旅行許可証を発行してもらっており、物語の大半でフランス国籍を持つ。つまり、主人公はフランス人であり、イギリス人であって、国籍が不明瞭である。また、主人公は土地に対する帰属意識を持たない。物

語の冒頭の、養家のある村の説明では、「僕の村、いや、もっと正確に言えば、僕には父や母がなかっただけでなく、自分の村や生まれた土地もなかったから、僕が育てられた村」（D.I, p.4）と書かれた。そして、祖国に関しては Sans famille において、次のような主人公の述懐がある。

> 「それではお前の祖国はどこなのだ」と読者は僕に言うだろう。「お前に祖国があるのか」と。
> それにはもっと後に答えることにしよう。（D.II, p.54）

主人公の「祖国」は曖昧で、「自分の村」はなく、生まれた土地や育った土地に対する愛着もない。主人公は愛すべき「祖国」を持たない。そして物語の最後において主人公の「祖国」が判明したとしても、それはフランスではない。

前章第二節で、「共和国の小学校」における教科教育の内容と Sans famille の児童教育の内容の一致を示した。しかしそこでも、地理歴史教育、音楽教育の目的と Sans famille におけるそれとの相違が看取された。小学校の地理歴史教育の主要な目的は、国に対する帰属意識を高めることにあった。音楽教育でも、一斉歌唱によって児童たちに情熱を引き起こすような英雄賛歌が歌われることが推奨され、その英雄の中には、歴史教科書と同様に、ヴェルサンジェトリクス、ジャンヌ・ダルクなどの国防の英雄が含まれた[20]。しかし Sans famille には、これら複数の教科に対応する記述において、こうした目的を想起させるものは存在しない。

地理教育においては、土地の描写や説明の記述に偏りがあり、主人公が通過する地方も限られている。とくに、フランスの東部と西部への移動の幅は狭く、東部でドイツと国境を接し、敗戦後に割譲されたアルザス地方、ロレーヌ地方については無言が貫かれた。歴史教育の記述については、もともと分量が少なく、Sans famille の中でただ一人記述された歴史上の人物、ジョ

アシャン・ミュラは、「人々が英雄に仕立てあげ、村にその名前をつけた」(*D.I*, p.95) 一方で、「何千人もの兵士を死なせた男」(*D.I*, p.95) であると書かれた。*Sans famille* に登場する「英雄」は国防の英雄ではなく[21]、「英雄」の戦功に対する皮肉も記述された。音楽教育では、小説の巻末に楽譜が付され、この物語の主題歌とでも呼べるほど重要な歌は、主人公がヴィタリスに教わったナポリ民謡であり、フランスの曲でさえない。

　Sans famille における公民道徳教育についても祖国愛を養う要素は少ない。1887年の学習指導要領では、「道徳」科の学習内容として「祖国――フランス、その栄光と不幸。祖国と社会に対する義務」が規定され、「公民」科では「国――立法権、執行権、司法権」が規定されて、祖国に対する道徳や、国についての知識の教授が含まれた。それに対し *Sans famille* では、公民道徳教育に関する記述も豊富であるにもかかわらず、前章第四節で指摘したように、国家や祖国フランスに対する義務や知識は説かれず、小説内で説かれる社会規範に、祖国愛は含まれていない。このように、*Sans famille* では、祖国フランスや国家の影が非常に薄い。

　小説の記述に含まれないのは、軍事教育についても同様である。前章第二節で、1877年に提出された二つの初等教育法案に記載された内容を、マロは作品にかなり忠実に含有させたと考えられる点を明らかにした。両法案には、「男子に軍事教練」、「女子に裁縫」の文言が存在し、女子に課された裁縫の方は作品に含まれた。この文言は、第二帝政までの初等教育法には見られず、男子への軍事教練の必要は第三共和政期以降に高まったと考えられる。しかし、*Sans famille* では、主人公が男子であるにもかかわらず、軍事教練の場面は存在せず、また、主人公が出会う大人の登場人物にも、戦争の経験を持つ者はいない。そして、最終章では主人公を含めた子どもの登場人物が成長した姿が書かれるが、彼らの職業は、地主、音楽家、植物学者、炭鉱夫、ショーマン、主婦などで、兵士は一人もいない。

　しかし、1867年刊行のマロの児童文学作品、『ロマン・カルブリス』では、

事情は異なる。Sans famille のヴィタリスとも類似性が指摘される、主人公ロマンの教育者ビオレル氏は[22]、ナポレオン戦争での従軍経験を持ち、彼がフリーラントの戦いについて語る場面は歴史教育の要素をなす[23]。それに対し、Sans famille では、ジョアシャン・ミュラが「何千人もの兵士を死なせた」と書かれた以外は、戦争についての記述や軍事教育についての記述がまったく影をひそめた[24]。主人公が軍事教練を受けないだけでなく、戦争について主人公に語る大人も登場しない。さらに、第三共和政初期、とくに男子の教育において、体育と軍事教練が混同され、体育が軍事教練の準備をなすものと捉えられたことについては上述したが、Sans famille において体育は、国防に資する兵士を養成するためではなく、主人公自身がその個人の人生において、「何度も襲いかかる、厳しく重い試練に負けない」(D.I, p.91) ようになるために有用であったと書かれた。このように、主人公が受ける教育は、教科教育、公民道徳教育、身体教育のどれをとっても祖国愛を涵養する目的はなく、主人公を兵士にするための教育ではないのである。

マロが平和を望み、児童を兵士とする教育を Sans famille に含ませなかったのではないかと考えられるのには、第三の点、つまり、他国民との相互理解や共生が小説に書かれている点を検討する必要がある。この点に関し、フランス人であるとされた主人公と、イタリア人のマチアについて、次のような記述がある。

　　　マチアがいなかったら、僕はどうなっただろう。疲れと憂鬱に、何度打ちのめされたことだろう。
　　　僕たち二人の違いは、たしかに僕たちの性格と生まれ持った気質から来ているが、二人の出身地、民族性にも関係がある。
　　　マチアはイタリア人だった。彼ののん気さ、愛嬌、困難にぶつかった時、怒ったり反抗したりせずに順応する能力は、抵抗や闘争に向かいやすい、僕の祖国の人々にはないものだった。
　　　「それではお前の祖国はどこなのだ」と読者は僕に言うだろう。「お前に祖国があ

るのか」と。
　それにはもっと後になって答えることにしよう。［……］
　ただ僕が言いたかったのは、マチアと僕がほとんど似ていなかったおかげで、僕たちはとても仲良くやっていけたことである。(D. II, p. 54)

　マチアと主人公には「出身地、民族性」の違いに起因する性格や考え方の違いがあり、二人が「ほとんど似ていなかった」おかげで仲良くでき、親友になれたことが語られる。この記述には、現代から見れば、「フランス人」と「イタリア人」についてのステレオタイプを含む表現が見られる。しかし、ここで重要なのは、国籍や民族が違っても、違うからこそ共生できるという作者の考え方が、主人公の語りを通して看取できる点である。さらにマロは、国籍の違う者同士が家族として共生する結末を書いた。イギリス人でフランス育ちの主人公は、フランス人のアキャン家の娘リーズと結婚し、主人公の実弟でイギリス人のアーサーは、マチアの妹でイタリア人のクリスチナと婚約する。二つの結婚によって、主人公の家族は、フランス人、イギリス人、イタリア人が混在し、共生することが示唆される。

　また Sans famille では、他国民同士であっても共生し、互いに理解し合うための、外国語の学習の重要さが語られた。たとえば、主人公の実の家族と偽ったドリスコル一家が、ロンドンに居を構えるイギリス人だと知った時、主人公は「もし彼らが英語しか話せなかったら、僕たちはどのようにして分かり合うのだろう。［……］彼らと話し合えないかぎり、僕は彼らから見ると一人の外国人のままになってしまうのではないだろうか」(D. II, p. 253) と考え、マチアから英語を習い、外国語の学習が「分かり合う」ためであることが示された。こうした主人公とマチアの外国語の能力は、フランスから外国へ赴く旅を支えている。『二人の子どものフランス巡歴』の旅と違い、Sans famille の旅はフランスをおもに南北方向に縦横した後、第二部において外国であるイギリス、スイスへと向かう。

ところで、こうした他国民や外国に関する比較的豊富な記述の中で、フランスの隣国であるのにもかかわらず登場しない国がある。ドイツである。登場人物の中にドイツに関わりを持つ人物はおらず、主人公はドイツ語も話さないし、ドイツへ行かない。敗戦後のナショナリズムの高揚という社会的背景に加え、*Sans famille* における祖国愛や戦争に関する記述の欠如を考えると、ドイツに関する記述も避けられたと考えるのが妥当であろう。しかし、ただ一か所、小説内に「ドイツ」という言葉が現れる。それはヴィタリスから主人公への、次のような言葉においてである。

> お前をドイツへもイギリスへも連れていってやろう。そうやってお前は大きくなり、知識も広くなる。私は多くのことを教え、お前を一人前の男にする。［……］その旅のために、私はすでに英語、フランス語、イタリア語をお前に教え始めた。(*D.I*, p. 250)

この引用で、ヴィタリスは主人公にドイツへの旅の計画を語る。この計画は、ヴィタリスの死により、実行されることはなかった。しかし、ドイツへの旅は主人公が「大きくなり、知識も広くなる」ため、また「一人前の男にする」ために有用であることが語られている。つまり、ドイツも、かつてのフランスの敵国としてではなく、見聞を広めるべき一つの外国として提示された[25]。

このように、祖国愛や対独復讐感情を想起させる記述の回避、軍事教育や戦争に関する記述の欠如、他国民と共生と相互理解を示す内容から、*Sans famille* は反戦的な傾向を持つ児童文学作品であり、フランス、イギリス、イタリア、スイス、そしてドイツなど、西ヨーロッパの国々における、人々の共生や相互理解を促す内容を持っていたと考えられる。第三共和政の初等教育改革後の「共和国の小学校」の教育内容と、*Sans famille* で提示された教育内容が、その大部分において一致していることを考え合わせると、当時

第三章　*Sans famille* における社会批判　153

の初等教育において、祖国愛や国防の義務についてこの小説では説かれないということが、ことさら興味深い。*Sans famille* で提示される児童教育には、児童を良き兵士にするという目的はない。

　マロの反戦的、平和主義的な考え方は、1870年代に書かれた他作品にも看取できる。その作品とは、短編小説「アルザス女」（原題：«Alsacienne», 1873)[26]、長編小説『ある負傷者の回想』(1872年) の二つである。

　「アルザス女」は徴兵忌避の物語である。この作品は、マロが所属していた文芸者協会（Société des gens de lettres）が編纂した短編集『捧げもの——アルザス人とロレーヌ人へ』（原題：*L'Offrande : aux Alsaciens et aux Lorrains*, 1873）に収められた一篇で、息子の徴兵に20年をかけて抵抗した母親の姿が描かれた。物語の梗概は次の通りである。フランスとドイツの国境の街、アルザス地方のヴァイセンブルグに生まれたリスベスは、今はパリ郊外に暮らし、出身地から「アルザス女」と呼ばれている。彼女は生まれつき足が不自由だった。両親と早くに死別し、身体障害が原因で恋愛もできず、天涯孤独であると思っていた。しかし30歳近くになった時、国境警備隊の兵士の男性が彼女に求婚し、貧しいが幸福な結婚ができた。パリ近郊に移った二人には男の子が生まれる。彼女は、生まれてくる子が自分のように障害を抱えているのではないかと不安に思っていたが、息子は健康な体で生まれてきた。彼女は歓喜し、女性として人生最大の幸福をかみしめた。しかし、長年軍役に従事して来た夫の「この子は素晴らしい兵士になる[27]」という一言に凍り付く。息子を失いたくない、戦場で負傷して自分のように障害をもった人生を歩ませたくない、と恐れを抱いたからだ。彼女は、息子が成人し、徴兵されるまでの20年間、息子の徴兵免除のため、毎日の生活を切り詰め、1スー、1スーと貯め、貯蔵室の壁の穴に隠した。そしていざ徴兵されるという時、2300フランの免除料で息子の徴兵免除に成功する。徴兵を免れた息子は、失恋の痛手から酒を飲む人間になってしまったが、教会の歌い手として、死や怪我の危険のないところで働いている。

この物語には、息子の身体と生命に危害を加えられたくないという一心で、ほんの少額の貯蓄を20年間続ける、一人の女性の母親としての執念が読み取れる。主人公の身体障害の設定は、彼女がようやく得た母としての幸福を際立たせ、「この子は素晴らしい兵士になる」という一言に対する抵抗心をより強調する。この物語は、「アルザス女」という題名を冠しながら、失われたアルザス地方を想起させる内容は見られない。むしろ、「全てのフランス人は兵役の義務を負う[28]」と国民皆兵の原則を規定した、1872年7月27日の法律、一般徴兵制に近付けられた徴兵制度に対する抵抗や非難が読み取れる。この意味で、「アルザス女」も反戦的な物語であると言える。

そして普仏戦争を題材とした『ある負傷者の回想』では、一度は復讐心から国防的愛国心に燃えた主人公が、戦場の悲惨さに対する憤りへと気持ちを変化させる様子が描かれた。主人公のルイ・ダロンデルは、普仏戦争の宣戦布告後に、軽薄な恋人の「軍人しか愛せないし、軍人としか結婚しない[29]」という一言だけで、戦争に対する知識のないまま志願兵となった。配属されたメッスで、彼は軍の壊滅と、仲間の死を経験し、スダンでプロイセン軍の捕虜になった。命がけで脱走してフランスへ帰ると、恋人は別の男性と結婚しており、故郷の村は焼かれて母は亡くなっていた。元の生活の全てを失った主人公は、復讐心から、「祖国と名誉を守らねばならない[30]」と思い、パリが占領されても抗戦を唱えるレオン・ガンベッタを「祖国を救うために必要な人物[31]」と考えてトゥールに向かった。しかし、多くの村の惨状、プロイセン軍の略奪の実態、物資も士気も不足した軍隊の戦闘、現状を見ようとしない政府による抗戦の指示、ガンベッタによる情報操作、そして主人公自身の負傷と左腕の切断を経て、「祖国を救う」はずの戦争に対して深く絶望する。野戦病院で再会した看護師のクリフトン嬢と結婚し、物語の最後に目指したのが、夫婦で故郷の村に小さな子どもたちのための学校を創設し、児童教育を行うことであった。

この小説では、国防的愛国心の挫折と戦争への絶望、という主人公の心情

が書かれ、絶望の先の希望として、児童教育が提示された。『ある負傷者の回想』の主人公の足取りは、戦時のマロの行動と重なる部分が多く、彼の実体験が反映されたと考えられる。したがって、戦争終了直後から執筆されたこの小説に書かれた、主人公の心情にも、マロは共感を抱いていたと思われる。

さらにこの小説では、凄惨な略奪行為などが書かれた一方で、プロイセンの救護システムや野戦病院の質の高さについても言及され、赤十字の活動も紹介された[32]。戦場での敵味方の区別のない救護活動はマロの他小説にも見受けられ、パリ・コミューンを題材とした『テレーズ』でも、主人公が開設した野戦病院では、コミューン派、ヴェルサイユ派に関係なく負傷者を受け入れ医療活動が展開された[33]。

このように、Sans famille 以外の小説においても、徴兵制度への抵抗、主人公の国防的愛国心の挫折、戦場における傷病者の国籍を問わない救護活動の様子を書き表したマロは、児童教育を主題とした Sans famille においても、反戦や平和協調の態度を物語の中に含めたと考えられる。そして、1870年代に執筆された他小説における戦争についての記述を考慮に入れた場合、マロが、Sans famille を執筆していた当時、児童を兵士にするような教育に対し反対する考えを持っていたことが指摘できる。

以上のことから、ナショナリズムの高揚と、その初等教育や児童文学への影響に対する、Sans famille の態度について、次の二点が指摘できる。

第一に Sans famille が、反戦的な傾向を持つ物語である点である。Sans famille の内容には戦争の影がなく、平和なフランス共和国における児童教育のあり方が、物語の中に含まれたと考えられる。そして、平和主義的な児童教育において、公民道徳教育の軸をなすのは、神でも祖国でもなく、法律であり、家族であった[34]。とくに家族は、社会的階級や国籍を超えた友情と愛情の源として提示された。とりわけ兄弟間で培われる友情が、国籍を超えた友情の源になっているという点においてもまた、家族は平和主義的な公民

道徳教育の軸となっていると言える。

　第二に、こうした反戦の思想、そして児童を将来の兵士と見なさない考え方は、児童教育における国家主義の否定につながる点である。国防的愛国心を煽る教育において、児童は国家の子どもと捉えられている。そのような教育では、国家が初等教育を通して教え込もうとする価値を受け入れ、兵役の義務など、国家から課される義務を従順に遂行する児童が模範的とされる。しかしながら、 Sans famille に提示されるのはそのような児童教育ではない。たしかに Sans famille には、共和主義的初等教育の内容が多く含まれるのであるから、将来のフランス共和国を支える国民の育成は視野に置かれて執筆されたと考えられる。しかしそれは、国防のためなら生命さえ捧げる兵士のような、いわば国家にとって都合のいい人間の育成を意味しない。 Sans famille では、児童の身体、健康、生命は尊重される。そして、次項で論じるように、物語に提示されるのは、児童自身の意志や考える力を尊重する児童教育なのである。

　フランスにおけるナショナリズムの高揚は、ブーランジスムの挫折やドレフュス事件での人権擁護の論争を経て、1890年代には沈静化し始めた。その影響もまた教科書に派生し、クリスチャン・アマルヴィによれば、1899年からは、一部の教科書の愛国主義的な内容に対する平和主義者からの攻撃がなされた。そしてたとえば先に挙げたポール・ベールの公民道徳教科書は、その排外主義的な内容ゆえに非難される事態が生じた[35]。

　しかし、 Sans famille はそれとは逆に、1890年代以降、アシェット社から小学校用副読本として一部が出版されるなど、読者を拡大する傾向にある。イギリスのアシェット社を通じた英語での小学校用課外読み物の発売、ドイツ語での翻訳なども相次いだ[36]。1890年代のフランスの小学校で使用された教科書や副読本の内容と Sans famille の受容の関係についての研究はまだない。しかし、 Sans famille の平和主義的な内容のおかげで、1890年代以降においても、初等教育の副読本としてのこの小説の流通は妨げられなかったと

いうことは指摘できる。

3-1-2 *Sans famille* における学校教育批判――「独学者」の表象を中心に

Sans famille に、「共和国の小学校」の教育内容の多くが含み込まれた点は、前章で明らかにされた。しかし同時に、それと矛盾するようではあるが、*Sans famille* には学校教育そのものを批判し、ときに否定するような記述が複数箇所にわたり見られる。そして学校教育に代替する教育のあり方として、小説内で礼賛されたのは、1830年代以降に労働者階級の人々の中に顕在するようになった「独学者（autodidacte）」の自己教育であったと考えられる。本項では、*Sans famille* における「独学者」の表象、及び「独学者」の自己教育に対するマロの評価に焦点を当て、*Sans famille* における学校教育批判と、小説内で提示された理想の児童教育について論じる。

Sans famille における学校教育批判の記述について、詳細な検討を行ったのはイヴ・パンセの博士論文であった。パンセは *Sans famille* で提示された児童教育の方法と、従来の学校教育のそれとを比較し、前者には、後者にない「新たな教育の潮流」の教育方法が適用され、とくに、ペスタロッチとフレーベルの唱えた教育方法が援用された点について指摘した[37]。この指摘は、*Sans famille* における学校教育批判の記述を検討するためばかりでなく、マロの教育思想を考察する上で非常に重要な指摘である。

しかし、パンセの論は次の二点において不十分である。まず、フレーベルの教育方法は、限定的にではあれ、*Sans famille* 以前のフランスの保育所教育にすでに受容され[38]、小学校教育においても、1870年代初頭には初等教育監察官のフェルディナン・ビュイッソンが直観教授の重要性を見出した[39]。1877年の二法案にも「実物教育」が必修科目として規定された[40]。したがって、ペスタロッチとフレーベルの教育方法が援用されたからといって、それが学校教育批判を意味するとは言い切れない。1877年の初等教育に関する二法案の教科教育の内容と *Sans famille* の教育内容は一致点が多く、実物教育

や直観教授が、新しい教育方法としてまさに初等教育に取り入れられようとしていたことを、マロが意識していた可能性は十分に考えられる。したがって、「新たな教育の潮流」に則った教育方法が小説内で提示されたのは、従来の学校教育批判のためだけではなく、改革後の小学校教育に沿った教育方法を提示する目的がある可能性も否めない。

　しかし、だからと言って筆者は、パンセの主張する、Sans famille における学校教育批判を否定するわけではなく、むしろ支持する。というのも、Sans famille には学校教育を受けない「独学者」の自己教育に対する礼賛が複数箇所において見受けられ、その記述は同時に学校教育批判を成すと考えられるからである。パンセの論でまだ十分に追究されていない第二の点は、まさにこの「独学者」への言及にある。パンセの論ではマロの教育観の中に「独学者」に対する礼賛があることに言及されながらも[41]、フランスで「独学者」が顕在化した歴史的経緯は把握されず、『家なき子』における「独学者」の表象についての言及もない。

　筆者が、Sans famille における「独学者」に注目するのは、次の三点の理由による。第一に、学校教育を受けない「独学者」をモデルとした登場人物は、マロの複数の小説内に登場するが、とりわけ Sans famille には多く登場するからである。第二に、マロの伝記的事実において、1850年代後半から1860年代のジャーナリスト時代に、身近に「独学者」である労働者を実際に知っていた可能性が高いためである。また、1860年代から1870年代のフランスは、民衆図書館（bibliothèque populaire）設置運動の隆盛期にあたり、労働者階級の人々への読書活動の普及が模索された時期であったが、マロもそれに賛同を示し、彼らの自己教育について関心を示したからである。第三に、Sans famille における「独学者」の表象を検討し、パンセの論を補足することで、マロがなぜ学校教育を批判し、児童教育の目的をどのように捉えたかが、より明確になるからである。

　本項では、まず、Sans famille における学校教育批判に関するパンセの先

行研究における指摘を紹介する。次に、「独学者」の特徴、およびマロの「独学者」との接点の可能性を整理した上で、Sans famille における「独学者」の表象と学校教育批判との関係について述べる。最後に、パンセの論と、Sans famille における「独学者」の表象の分析から、Sans famille における児童教育の目的を再考する。

　パンセは博士論文において、『ロマン・カルブリス』、『家なき娘』における学校教育批判とともに、Sans famille における学校教育批判を分析し、それを次の二点のうちに見出した。第一に、知識偏重型の詰め込み教育に対する批判である。多くの知識を、その背景や連関を無視して、断片的・分節的に教授する教育方法に対して、マロは批判的な意見を抱いていた。そうした教育で、知識を受け取る側の生徒の状態にも関心が払われなかった。第二に、学校教師の教育手腕の欠如と無知に対する批判である。パンセは、1880年代前半までのマロの文学作品においては、学校教師に対して信頼が置かれず、学校教師をはじめとしたプロの教育者よりも、児童の両親など、生徒により身近な立場の人間の方が教育者としてふさわしいとされ、学校教育よりも家庭教育が重視されると指摘した。これら二点に集約される学校教育批判が Sans famille において展開されたのは、当時の学校教育の実態を反映してのことであると同時に、作者マロ自身のコレージュ時代の経験、つまり、教師から一方的に押し付けられる教育に対して反発を覚えた経験が根本にあると指摘した[42]。

　そのような学校教育の欠点を克服するものとして、Sans famille で提示された児童教育の特徴をパンセは、第一に「父親のような教師」である教育者の登場、第二に児童の身体発達と精神の自発性を尊重する教育方法に見出した[43]。そして、第一の教育者の模範としてマロが想起したのが、マロのリセ時代の歴史教師で、マロが信頼していたマルゲリットとシェルエルではないかと推測し、また第二の教育方法の模範としたのがペスタロッチとフレーベルの教育理論と実践であって、マロの教育思想の哲学的基盤に経験主義と実

証主義があることを指摘した[44]。児童の信頼する身近な人間による、家庭教育を模した児童教育、そして、児童の身体の発達と好奇心とを重視し、実物教育により児童自身に観察と思考を促して、その自発性を重視する教育方法は、まさにパンセの指摘するように、ペスタロッチとフレーベルの教育理論を援用したものであると考えられ、筆者も前章において、この二人の教育思想家の著作が参照されつつ執筆されたと思われる、*Sans famille* の記述に言及した。

　こうしたパンセの指摘に加え、筆者は本項において、マロが参照したと考えられるもう一つの模範、つまり、学習者の模範としての「独学者」に注目したい。パンセが、*Sans famille* に提示される教授者の特徴を指摘したのに対し、「独学者」は学習者である児童自身の模範であると言える。それでは、「独学者」とはどのような人々であったのであろうか。

　「独学者」とは、十八世紀後半から十九世紀前半にかけて、都市の手工業者や労働者の識字化が進み、深化したのを背景として、1830年頃から顕在化した、学習する職人・労働者層の人々を指す[45]。「独学者」に関する先行研究を参照しつつ[46]、彼らの学習の特徴について本項では以下の三点に整理する。第一に、彼らの識字過程が学校教育だけによるものではなく、十人十色の多様な様相を呈した点である。第二に、彼らの自己教育はしばしば、少年時代の読み書きや職業技術の習得にとどまらず、成人後も「昼の労働、夜の読書」という二重生活を送る形で続行された点である。第三に、学習の目的は大半の場合において、自己表現や周囲との差異化、階級上昇であり、「独学者」の中から、社会運動を先導する知的エリートが発生する点である。

　第一の特徴について、喜安朗によれば、十九世紀前半に少年時代を送り、自伝等の何らかの記録が残存する労働者や職人について、読み書きを習得する契機と過程はきわめて多様であり、学校教育は識字過程の一部分しか占めない。たとえば、ある者は父母や兄姉から読み書きを学び、ある者は数年間冬季のみ学校へ通うが習得に至らず、独習方式を考案したジョゼフ・ジャコ

ト（Joseph Jacotot, 1770-1840）に学び、ある者はフランス巡歴や仕事場で働く中で、同僚や先輩の労働者に教えられた、という具合である[47]。1833年6月28日の初等教育法、いわゆるギゾー法により、各コミューンに一校以上の小学校の設置が義務付けられたが[48]、この法律の制定後も学校教育による民衆の識字化の徹底には及ばない状況であった[49]。しかしそれでも、とくに都市部の職人や労働者の識字水準は高く、十九世紀前半における「独学者」の顕現には、職業上の必要と成功への希望に起因する、職人・労働者階層の識字能力に対する欲求の高さが表れている[50]。

　第二の特徴について、読み書きを覚え、読書を中心とした手段によって成人後も学習を継続した多くの「独学者」たちに関し、マーティン・ライオンズは、彼らの読書による自己教育の努力はときに執念に近く、実際に、時間、経済、健康の面において犠牲を払い、全身全霊で勉学に臨まなければ、貧困や時間不足、個人生活の欠如により学習の継続は不可能であっただろうと述べた。また、彼らの読書がありとあらゆるジャンルの本を貪欲に読む雑多な読書であって、テクストを記憶に刻み込む集中的な読書法が取られていたことも指摘された[51]。

　民衆図書館が1840年前後から徐々に発生し、1860年代から1870年代にかけてその設置運動が活発化する[52]大きな要因として、こうした職人層・労働者層の人々の自己教育の要求があったことは明らかである。これらの民衆図書館は、一方では、職人や労働者の社会主義化や革命を恐れる人々によって設置や運営が妨害され、他方では、その設置運動の主要な目的の一つとして、「良書」による労働者階級の道徳化と社会統合が設定され、利用者の選書の自由が制限された[53]。しかし、1860年代以降は、比較的自由度の高い図書館が設立、運営される場合もあり、その数を飛躍的に増加させた[54]。

　第三の特徴として、「独学者」たちの読書による自己教育の結果、彼らの一部は、一方で、詩や文章を書く創作活動を行い、また他方で、その知的能力によって、個人の利害を超えて社会活動に進出し、労働者の社会的地位の

向上や機会均等などを呼びかけるための様々なアソシアシオンを形成し、先導していくようになった。「独学者」とアソシアシオンの活動について焦点をあてた喜安朗は、1830年代から1850年代までの「独学者」の社会的結合と彼らの知的活動について、彼らの文章の内容や、寄稿した新聞等に拠りながら、五種に類別して説明した[55]。

さらに、1850年代末から1860年代は、1851年12月2日のクーデタ以後の弾圧により壊滅的な打撃を受けた労働者の活動が、部分的に再開された時期であり、『オピニオン・ナシオナル』を機関紙としたいわゆる「皇帝社会主義」のパレ・ロワイヤルグループは、第二帝政期に公に登場した最初の労働者グループであった[56]。木下賢一によると、1860年代の労働者の活動の大きな特徴の一つは、それ以前の活動と比較して、労働者自身の自律性の必要がより強く意識されるようになった点である[57]。その意味で、「独学者」から発生した知的エリートの先導は重要であり[58]、労働者の解放のための自己教育の必要は強調された[59]。

1850年代末から1860年代、マロは『オピニオン・ナシオナル』や社会主義系の新聞『クーリエ・フランセ』への寄稿を通じ、こうした「独学者」たちと接触し、また、その動向を観察する機会を持ったと考えられる。彼らとの接触や観察を語ったマロ自身の言葉は見つかっていない。しかし、とくに1862年の労働者代表団のロンドン万博への派遣を主導し、それと同時期にマロをロンドンへ記者として派遣した『オピニオン・ナシオナル』で、マロは、「独学者」の活動や労働者の労働・生活環境に対する関心を高めたのではないかと推測される。

従来のエクトール・マロ研究において、『オピニオン・ナシオナル』についての言及には、マロの親友のジュール・ルヴァロワの証言が採用され、その証言がおもに文芸欄に関するものであったため[60]、この新聞のフランス社会運動史における重要性には留意されてこなかった。しかし、以上のような歴史的経緯を把握すると、マロは1860年代の労働者の活動の再燃を、従来考

えられていたよりも、もっと身近に目撃していたと考えられる。

　さらに、マロの「独学者」の自己教育への関心を示すものとして、民衆図書館の運営や、学校に行かない人々の独学を擁護する言説がある。マロは1881年1月29日にフォントネー＝スー＝ボワの民衆図書館監視委員になった[61]。しかし、マロの図書館に対する関心は1860年代より見受けられ、1862年の『イギリスの現代生活』では、フランス帝国図書館における図書の閲覧方法と、大英博物館の資料閲覧室におけるそれとを比較し、フランスの図書館文化がイギリスに比べて遅れ、一般の利用者に不親切であることが嘆かれた[62]。さらに1867年7月22日の『クーリエ・フランセ』の記事では、パリ万国博覧会のために来仏していたロシア皇帝、アレクサンドル二世をポーランド青年のアントニ・ベレゾフスキが暗殺未遂した事件の裁判と[63]、サン＝テチエンヌの民衆図書館の廃止を求める嘆願書が上院で審議された事件[64]について言及されつつ、民衆図書館と独学とが次のように擁護された。

　　政治的に有用な諸々の教訓を含み、複数の理由で興味深いこの訴訟［（引用者註）＝アントニ・ベレゾフスキの裁判］において、裁判長のベルトラン氏によって、残念な発言がなされた。裁判長は、不完全な教育ほど危険なものはない、というケースがしばしばあると信じているのだ。ベルトラン裁判長が、理工科学校や法科学院を卒業する方が相互学校を卒業するよりも快適であると言いたかったなら、われわれはみな、裁判長の意見に賛成するであろう。［……］しかし、もし反対に、ベレゾフスキが完全な教育を受けていたとしたら、ロシア皇帝を暗殺しようとなどとしなかった、と言いたかったのであれば、我々はこの意見に異議申し立てをさせていただこう。この意見が個別的な例から一般論に発展すれば、その第一歩として民衆図書館を廃止し、最終段階に至ってはおそらく初等教育を廃止するような考えに行きつくからである。ベレゾフスキの自宅からは、弑逆に関するフアン＝デ＝マリアナの本、『霊の書』、数号の『シエークル』紙と『モニトゥール』紙の夕刊が発見された。そしてこの奇妙な寄せ集めの読書から、不完全な教育の危険性へと結論付けられたのであろう。［……］しかし、完全な教育であろうと、不完全な教育であろうと、おそらく同じ結果であったろう。［……］この

意見は［……］ベルトラン裁判長だけが持つ個人的な意見ではないということを覚えておいていただきたい。なぜならそれは、図書館の自由に反対する嘆願に相当する意見であるからだ。［……］サン＝テチエンヌの嘆願といい、上院での審議といい、重罪院での発言といい、遺憾な意見の一致である。まったく今週は、知育も徳育も不幸を被ったものだ[65]。

　マロはこの記事において、民衆図書館を擁護し、ベレゾフスキのように相互学校だけを卒業して自力で読書する人々の「不完全な教育」や[66]、彼らが行う雑多な読書の社会的危険性を否定した。この記事からは少なくとも、学校に通う機会のない人々の自己教育をマロは好意的に捉えており、そのための有用な機関である民衆図書館の運営を支持していることが分かる。マロによれば、社会的危険性の観点から民衆図書館や独学を認めないことは、「知育も徳育も不幸を被」ることである。

　こうした「独学者」に対する関心は小説にも反映され、複数のマロの小説作品では、さまざまな「独学者」が登場した。『ロマン・カルブリス』や『家なき娘』といった児童文学作品の中でも、「独学者」と思われる登場人物が児童教育の一部を担った。しかしながら、これら二作品と比較しても、Sans famille における「独学者」は登場する人数が多く、児童教育の大半を彼らが担い、彼らの学習の様子についても説明が付された。そして後述するように、主人公自身が「独学者」として提示されたと考えられる。この意味で、Sans famille は「独学者」の学習態度や彼らに対する礼賛が繰り返し強調された作品である。

　Sans famille における児童教育を担う「独学者」は三名登場する。アキャン家の父親、マジステール、マチアに音楽の手ほどきをするエスピナスースである。そしてこの三名にヴィタリスを加えた四名から教育を授けられた主人公とマチア自身も「独学者」として提示された。それでは、教育を担う三名の「独学者」はどのように描かれたのであろうか。アキャン家の父親につ

第三章 Sans famille における社会批判　165

いては以下のように描かれた。

　　おやじさんは、花作りとして独立する前に、パリの植物園の苗木育成場で働いていた。そこで様々な学者や専門家と出会い、彼らとの交流から、本を読み学習することに興味を持った。何年もの間、おやじさんは節約した金で本を買い、休みの時間を利用してその本を読んだ。しかし、結婚して子どもたちが生まれると、休みの時間はほとんどなくなった。何よりも先に毎日のパンを稼がなくてはならなかったのだ。本を手にすることもなくなってしまった。しかし本は紛失したわけでも、売られたわけでもなく、戸棚に仕舞われていた。[……]炉端で過ごす夜の時間を有効に使うため、これらの古い本は子どもたち全員に配られた。大部分は植物学や植物誌の書物で、旅行記もいくつかあった。[……]僕はいつもそんなに眠くもなく、また、好奇心が強かったので、床に就かなければならない時間まで本を読んだ。ヴィタリスから勉強の手ほどきを受けたことは全く無駄ではなかった。[……]僕の学習意欲はおやじさんに、かつて彼が昼食代を二スーずつ節約して本を買った頃を思い出させた。おやじさんは、棚にある本のほかに、何冊か僕のためにパリで本を買ってきてくれた。偶然目についたとか、表題から面白そうだと思われて選ばれた本だったが、とにかく本には変わりがなかった。おかげでまだ方向性の定まらない僕の頭は少々混乱したが、後にはその混乱も解消し、本の良い所は僕の頭に残ったし、今でも残っている。どんな本でも、読むことは役に立つというのは、たしかに真実だ。(D.I, p.316-317)

　本項で上述した「独学者」の特徴と比較し、学習の契機、学習方法、学習態度の点で、アキャン家の父親は「独学者」の典型例として提示されたと考えられる。花作り職人として労働する間に、職場で知り合った専門家から読書の手ほどきを受け、経済的に節約を行いながら、短い時間を惜しみ、仕事関係の本を中心に雑多な読書を行うことで学習を続行した。しかしそれは、子どもが生まれると同時に中断せざるをえないような、独身時代にやっと続行できた学習であった。主人公もまた、アキャン家の父親と出会うことで、読書による学習の習慣を受け継ぎ、その読書もまた、「偶然目についたとか、表題から面白そうだと思われて選ばれた」さまざまな本を、「床に就かなけ

ればならない時間まで」読み続けるという、時間を惜しむ、雑多な読書による学習であった。この引用の場面では、「独学者」であるアキャン家の父親の学習の説明と同時に、彼から主人公へのその伝達が書かれた。

実際に「独学者」の学習は、しばしば、職人同士や労働者の間で伝達されたとされるが[67]、Sans famille の登場人物においてアキャン家の父親と同様の契機で学習を開始したのはマジステールである。マジステールは炭坑において、実在の地質学の権威アドルフ・ブロンニャールに出会い、その調査に立ち会ったことが学習の契機となったという設定である。その後の学習について、以下のようにマジステールは主人公に語って聞かせた。

> 人間の生活は、全てが手の中にあるのではなく頭の中にもある。お前と同じぐらいの年頃には、私もお前のように好奇心旺盛だった。炭鉱で働きながら、毎日目にするものを良く知りたいと思った。技師たちが答えてくれる時は、彼らから話を聞き出し、本も読んだ。あの事故の後は、自分の時間ができたから、その時間を勉強に使った。人は見るための目を持っていて、その目に、本を読むことで与えられた眼鏡をかけると、物事が実によく見えるようになる。[……] お前に自分の周囲にあるものをしっかり見ることを教えられたら嬉しい。たった一つの言葉でも、肥沃な土地のような良い耳に受けとめられれば、どれほど良い芽を出すか、測り知れない。私も、昔べセージュ炭鉱の中を、ブロンニャールという名の偉い学者を案内し、彼の調査の間に話を聞いたおかげで、学習しようと思い、今では仲間よりもいくらか物知りになったのだ。(D.II, p. 60-61)

このように、マジステールもまた、学習の契機が職場にあり、読書を学習の主要な手段とした。そして、その学習が彼を「仲間よりもいくらか物知り」にさせ、周囲からの差異化[68]も語られた。また、マジステールの場合は、読書による学習のほかに、地質学の勉強を炭鉱で発掘される植物化石を集めて行ったとされ、物語の中で彼が主人公に実物教育の手法を用いた、自然科学教育を施した。

さらに Sans famille における第三の「独学者」のエスピナスースは、床屋

であって、音楽家である。第二部において主人公とマチアに音楽の知識を授けるエスピナスースは、実在の労働者詩人に例えられた。

> 私が床屋だからといって、お前に音楽を教える先生になれないなんて思うなよ。人は生きて、食べて、飲んで、眠らなければならないが、そのためには剃刀が役に立つ。客のひげを剃ったとしても、ジャスマンはフランス最大の詩人さ。アジャンにジャスマンあり、マンドにはエスピナスースありだ。(*D.II,* p.153)

このように、エスピナスースも昼間の労働の合間に音楽の勉強をした。そして、主人公との会話の中で、彼は自らを実在の床屋で、労働者詩人であるジャスマン (Jasmin, 1797 ou 1798-1864)[69]と比肩させた。エスピナスースもまた読書による独学を行っていたことが看取できる挿話がある。主人公とマチアに楽典の知識を教えたあと、彼は自分の「とても古く、さんざん使われてよれよれになった」(*D.II,* p.154)「『音楽理論』というタイトルの本」(*D.II,* p.154) を二人に贈った。そして「それまでマチアは読書が全然好きではなかったが、クーンの『音楽理論』を読んだ日から驚くほど進歩した」(*D.II,* p.156) と、その本がマチアの学習の契機になったことが書かれ、主人公ばかりでなく、マチアにも読書による独学が伝達されたことが語られた。

これら三人の「独学者」に加え、児童に教育を授ける最も重要な男性登場人物として、第一部で主人公とともに旅をする旅芸人のヴィタリスがいる。ヴィタリスについては、物語の中で彼自身が「独学者」とされたかどうかは判然としない。しかしながら、ヴィタリスから読み書きを習得し、その後の学習の基礎を学んだ主人公はまさに、その識字過程においても「独学者」として表現されたと言える。つまり主人公も、巡業の役者という職業に従事しながら、師匠であり、音楽の専門家であるヴィタリスとの出会いによって学習の契機を得て、以下のように労働の合間に文字を覚えたのである。

僕の勉強は学校に通っている子のように規則正しくなく、先生に時間ができた時だけ教えてもらえた。僕たちは毎日村から村への道のりを歩かなくてはならなかった。［……］見物人からお金を集められそうな場所ではどこでも興行しなくてはならなかった。犬たちやジョリクールには芸の稽古をさせなくてはならなかった。昼食や夕食も自分たちで用意しなければならなかった。こういうことを全部終えて、ようやく読み方や音楽の勉強に取りかかる。それは大抵、木の根元か砂利山の上で休憩を取る時で、草むらや道端を机にして、板を並べるのだった。（*D.I*, p. 90）

先行研究において、主人公の旅は、リムーザン地方の寒村が出発点である点などから、しばしば職人のフランス巡歴を想起させると指摘された[70]。そして、その類似性は旅の方法だけにとどまらず、主人公の学習についても指摘できる。なぜなら、巡歴職人の中にも、主人公と同様に、旅と労働の合間に学習をした「独学者」が存在したからである[71]。

さらにこの小説において、主人公が「独学者」として提示されたと考えられるもう一つの根拠は、小学校における識字化の失敗に言及された点である。主人公は1か月だけ村の小学校に通ったが、「一か月の間に一度も本を手にしたことはなく、読み方や書き方について聞いたこともなく、どんなことも何一つ教えてもらわなかった」（*D.I*, p. 82）と書かれた。主人公が通った小学校では、教師の本職は木靴職人とお針子であって、兼業であったために子どもたちは預けられるだけであった。

このような村の小学校の描写に、十九世紀前半のフランスの小学校の様子が反映されたことは先行研究ですでに指摘された[72]。小説の中でも「現在、小学校で行われていることを基準に、僕が今書いたことはありえないと結論づけてはいけない」（*D.I*, p. 82）と、それが1878年時点での「現在」の出来事でないということが付記された。ところで、十九世紀前半に顕現した「独学者」の手記や記録にも、小学校での識字化の失敗はしばしば書かれた[73]。だからこそ、彼らの多くは職場の人間や、家族、個人的な知り合いの手ほどき

第三章 Sans famille における社会批判　169

によって識字化を遂げたのである。つまり、Sans famille の主人公は、物語において、十九世紀前半に少年時代を過ごした実際の「独学者」と同様な経緯をたどり識字化したと言える。Sans famille における村の小学校への言及は、「どんなことも何一つ教えてもらわなかった」小学校を描くことで、学校教育批判をなす目的があると、先行研究は指摘してきた[74]。しかし、それだけではなく、この挿話によって、主人公は実在の「独学者」によりリアリティをもって近づけられたと考えることもできる。Sans famille の主人公は、識字化の過程においても、その後の学習においても「独学者」として提示されたのである。

　しかし、ここで一つ疑問が湧く。Sans famille においてなぜ「独学者」は強調されるのであろうか、という疑問である。マロの執筆した児童文学作品の中で、Sans famille ほど、「共和国の小学校」の教科教育内容を含み込んだ作品はないということは、前章で言及した。それなのになぜ、『家なき子』では、小学校教育さえ受けない「独学者」の表象が何度も繰り返され、マロの他作品よりもいっそう顕著にあらわれるのであろうか。この矛盾はどのように説明されるのか。

　この疑問に関し、筆者は次の二点において、マロが学習者としての「独学者」を礼賛し、「共和国の小学校」教育を受ける読者の児童たちにも、それを模範とさせたかったからではないかと考える。第一に、学習者自身が、強固な意志を持って学習に臨む点である。第二に、学習者自身が独力で主体的に生き、社会的上昇さえ可能にする力を身につけることを、学習の目的とする点である。

　第一の点について、アキャン家の父親、マジステール、エスピナスースの学習態度に共通して書かれたのは、時間的、経済的な制限がある中での、学習に対する貪欲さであった。物語の中で主人公は、彼らから「学習意欲」を受け継ぎ、たった一つの言葉からも何かを学ぶ「良い耳」があることを教わり、「さんざん使われてよれよれになった」本を贈られる。実際の「独学者」

たちの自己教育の努力がときに執念に近いものであったと言われていることは先述したが、Sans famille における主人公を含む「独学者」たちも、強固な意志を持って学習に臨んだ。そしてそれは、マロによれば、学校教育を受ける者には欠落している要素であった。

> この教育は勉強さえすればよく、それでいながら、与えられた宿題をする時間がないと泣き言を言うような、普通の子どもたちの受ける教育とはまったく違っていた。しかし、勉強に使う時間よりも、もっと大切なことがある。それは、どれだけ熱心にやるかだ、ということは、言っておかなくてはならない。習ったことを頭に覚え込ませるのは、それに使った時間ではなくて、覚えようという意志なのだ。幸い僕は、気を散らせるようなことが周りにあっても、あまりそちらに引きずりこまれずに、一つのことに集中できた。もしも僕が、小学生でもそういう子がいるように、部屋に閉じこもって、両手で耳を塞いで、本に目をくっつけていなければ勉強できなかったら、僕は何を学べただろうか。(D.I, p. 90-91)

この引用にあるような、学校教育を受ける者と、独学で学習する者との対比はマロの一般読者向けの小説においても見受けられた。1873年の小説、『クロチルド・マルトリー』では、Sans famille の主人公と類似した教育過程をたどる人物、マルトリー将軍が描かれた。農民で塩の密売をしていた父とともに、フランス各地に塩を売り歩きながら育ったマルトリー将軍は、父の死後には一人で放浪し、凍死寸前の目に逢いながら、フランス各地をあらゆる職に就きながら転々とした。17歳で革命が起こり、職業軍人になった彼は、ナポレオンの指揮下で従軍し続けるが、読み書きを知らないために軍の階級を持たない。26歳で読み書きを独学で習得した彼は、2年で中尉にまで昇進した。この「独学者」のマルトリー将軍に対して、学校教育を受けた主人公のサン＝ネレ大佐は、以下のような対比を行うのである。

> 準備され、与えられる教育を受け取るために、目と耳をあけていれさえすればよ

かった私が知っていることと、羊の世話からはじめたこの年老いた軍人が学んだこととを比べた時、私は彼の強固な意志に対する尊敬の念にとらわれた。［……］私たちの中の何人もが、学校の試験に熱くなり、しかしその試験以来、記憶をかすめたそれらの事柄を年月とともに次第に忘れ、新たな事柄を学ぶ努力は全くしないで、少尉から始まった時より、大佐になった時の方が無知な人間になってしまっている。彼は、極貧の農民から始まり、一つひとつ階級を獲得するたびに、さらに一つ上の階級を得るに値する人間となっていったが、それはどれほどの苦労と引換えに成し遂げられたことであろう[75]。

『クロチルド・マルトリー』のこの引用で、学校教育を受けた者の多くに「新たな事柄を学ぶ努力」が欠落しているのに対して、「独学者」のマルトリー将軍の「強固な意志」は尊敬され、その苦労について言及された。このように、マロは他の小説において、学校教育を受ける者の努力不足と、「独学者」の強固な意志とを対比させ、Sans famille においても、後者を学習者のあるべき態度として提示したと思われる。

　第二の点、すなわち、学習者自身が独力で生き、社会的上昇も遂げられる力を付けることは、マロが提示する教育の大きな目的の一つであったと考えられる。上に挙げた『クロチルド・マルトリー』の引用で、マルトリー将軍が「一つひとつ階級を獲得するたびに、さらに一つ上の階級を得るに値する人間とな」るというように、「独学者」である彼が一歩ずつ社会的成功を成し遂げたことが書かれた。それと同様のことが、Sans famille においても、ヴィタリスから主人公に、次のように教えられた。

「偶然にも、普通の子どもが小学校や中学校に行く年頃に、お前はフランス中を歩くことになったのだから、目を開き、よくものを見て、学びなさい。［……］同時にまた、覚えておきなさい。今、お前がこの社会の階段の一番下の段にいるとしても、自分で望めば、少しずつ、もっと上の段に上がることができる。それは、状況次第であるところも少しはあるが、大部分はお前次第なのだ。私の教えをよく聞きなさい。私の忠告をよく聞くのだよ。いいね。そうすれば、後になっ

てお前が大人になった時、育ての母さんからお前を引き離した時には、あんなに怖がらせたこの貧しい音楽家を、懐かしく思い、感謝してくれるようになるかもしれない。私たちの出会いがお前を幸せにすることを、私は願っているよ。」
(*D.I*, p. 93-94)

　この引用で、ヴィタリスは、主人公の社会的上昇は可能であり、しかもそれは「お前次第」であると説いた。そして、自分が授ける教育の意味はその時に理解されるだろうと続けた。つまり、ヴィタリスは主人公の社会的上昇を望んでおり、しかしそれは「お前次第」なのであるから、学校に通わない間の主人公の教育は、主人公自身にその力をつけるためのものであることが、この引用から看取できる。さらにこの小説では、こうした社会的上昇を遂げた歴史上の人物の例として、ジョアシャン・ミュラが挙げられた。前項において、ミュラの挿話はこの物語における数少ない歴史教育の場面の一つであり、しかしながらそれは、*Sans famille* の出版当時の歴史教科書などにしばしば見られたような、国防の英雄を提示したのではないということに言及した。その代わりに、「人々が英雄に仕立てあげた」理由として、「もとは馬屋の世話係をしていたのだが、公爵になり、王様になった」(*D.I*, p. 95) というミュラの成功譚に言及された。

　そして、なにより *Sans famille* では、学校に通わない間の経験と学習によって、主人公自身が自力で生きられる人間に成長していく様子が書かれた。たとえば主人公は、少年時代の教育を「少年時代に何度も襲いかかる、厳しく重い試練に負けない」(*D.I*, p. 91) 力がついたと振り返り、最終章では、大人になった主人公はヴィタリスに「身寄りのない子どもの、危険な生活の中で、僕が躓くことも、倒れることもなかったのはあなたのおかげです、あなたの教え、あなたのお手本のおかげです」(*D.II*, p. 408) と感謝する。また、第二部冒頭において、ヴィタリスやアキャン家の父親との別離を経験し、保護者を失って一人で生きなくてはならなくなった主人公の、それまでの経験

と学習から得た能力について次のように書かれた。

> 僕はまだ子どもだったが、誰にも支配されない、自分自身の主人だった。［……］普通の子どもが馬鹿なことをやらかしても、彼らの後ろには誰かがいて、転んだら手を差し伸べてくれるし、倒れれば抱き起こしてくれるが、僕には誰もいない。僕が転べば、倒れるしかないし、倒れたら骨が折れていないかぎり、一人で起き上がらなくてはならない。［……］子どもだとは言っても、僕はさんざん不幸な経験をし、たくさん苦労したので、同じ年頃の普通の子どもよりも用心深く、慎重だった。それは高い代価を払って得た、僕の強みだ。(*D. II*, p. 1-2)

　この引用においても、学校教育を受ける子どもと、「独学者」のような人生を歩んできた主人公の間の対比がなされた。ここで主人公は、「普通の子ども」、すなわち、学校教育を受ける子どもには備わっていない、用心深さと慎重さを身に付け、自分の行動は自分で決定する「誰にも支配されない、自分自身の主人」であると表現された。小説の第二部においては、大人の力を借りず、主人公と近い境遇にある親友のマチアとともに、児童だけの旅が展開され、児童自身の判断と力で生きて行く様子が描かれる。このように、学校に通わない主人公の教育の目的は、自分自身の力で生き抜き、さらにその力で社会的上昇や成功を果たせるようになることとして提示されたと考えられる。
　以上のような、*Sans famille* における「独学者」の表象と、パンセによる先行研究とを合わせて考えながら、*Sans famille* における学校教育批判と児童教育の目的について再考したい。
　まず、*Sans famille* における学校教育批判について考えたい。最初に確認しておきたいのは、マロは、*Sans famille* において、近い将来に実施されるであろう「共和国の小学校」の教育内容を否定しているわけではない、という点である。読み書き計算、自然科学、地理歴史、職業と実用的知識、外国語教育、実物教育、公民道徳教育などの、当時構想されていた新しい初等教

育の教育内容を含有したこの小説が、「共和国の小学校」に通う児童たちを読者として想定し、彼らが受ける教育に沿って書かれたことは、否定できないと思われる。また、マロ自身も共和派であって、1870年代初頭以降には、ヴァンセンヌ郡の初等教育視察官も務めていた。作家の伝記的事実からも、1870年代から徐々に推進され、準備されつつあった、第三共和政初期の初等教育改革に対しては、基本的に賛同していたと考えられる。

しかしながら、*Sans famille* では、学校教育において、準備された知識を学習者が何も考えずに鵜呑みにするような受け身の態度は何度も批判され、それと対置されたのが「独学者」の学習態度であった。学習者は何よりもまず、自発的に学習しようとする、積極的な意志をもつことが肝要とされた。そして、先行研究におけるパンセの指摘によると、教授者の側も学習者の積極的な態度を評価し、その自発性を活かすように、また場合によっては、物事に対する好奇心を持つように誘導し、児童自身による物事の発見を促すような教育方法を取るべきであるとされた。つまり、*Sans famille* で描かれる学習と教育の場において、より重視されたのは、教授者の意志でなく、学習者の意志の方であると言える。学習者が自発性を発揮せず、努力もせず、教授者が述べる知識を、自分の頭で考えることなくただ受け取るような教育を、マロは「普通の子ども」が受ける学校教育として批判したと思われる。そして、*Sans famille* で提示された児童教育はそれとはまったく異なる教育であった。パンセが主張するような、教師と学習者の信頼関係の中で、学習者の好奇心や身体の発達を大切にする教授方法が採用された点、筆者が本項で主張したような、時間的、経済的に制限のある中で自己教育を続行する「独学者」のように強固な学習意欲を学習者自身が持つ点、*Sans famille* において提示された児童教育のこれら二点の特徴のどちらもが、マロに批判された学校教育とは異なる教育方法であり、態度である。

また、*Sans famille* の中でたびたび言われる「普通の子ども」が、これからの「共和国の小学校」に通う児童たちを指し、マロが彼らを小説の読者と

して想定したのであれば、Sans famille で繰り返された、学習者の模範としての「独学者」の表象には、「普通の子ども」である読者にも「独学者」の学習態度を見習ってほしいという作者の意図が込められていたのではないだろうか。1870年代において「独学者」の文化はすでに失われつつあり[76]、初等教育の義務が制度化すれば、理論的には「独学者」のような識字過程をたどるものはフランスには存在しなくなる[77]。Sans famille の主人公のような「独学者」の学習を、「普通の子ども」にも読書を通して伝達できるように、学習の模範として作品内に提示した可能性がある。

次に、Sans famille における児童教育の目的について考察したい。上述したように、Sans famille における児童教育では、学習と教育の場における児童の自発性と意志が重視された。では、その学習と教育が何のためにあるかといえば、まずは児童自身の能力を、身体、知性、職業の各方面において育むことにある。主人公は旅の途中で出会う大人たちから学ぶことや、自分自身の経験により、身体を鍛え、読書や見聞から知識を深め、巡業の役者、興行師としての技術を磨いていく。そして、その培われた能力によって、自分自身で考え、判断し、行動して、「身寄りのない子どもの危険な生活」の中で生き抜く力が備わっていく。さらにヴィタリスの言葉は、主人公の社会的上昇でさえも、主人公の意志と努力次第で可能であると主人公に諭し、そのために教育があるのだと示唆した。つまり、学習や教育は、児童自身が考え、生き抜いていく能力を付けることが目的とされ、さらにその先にある社会的上昇さえも目指しうるものであり、児童個人の将来と幸福が重視されている。

前項において、Sans famille の児童教育の内容に軍事教育が含まれておらず、児童を将来の兵士と見なすような国家主義的教育は否定されることに言及した。1870年代のナショナリズムの高揚の中では、しばしば児童は「国家の子ども」と見なされ、国家が初等教育や「共和国の司祭」である小学校教師を通じて教える価値を追随する態度が、学習者のあるべき姿であるとされた[78]。しかし、Sans famille では、国家が学校教育を通して教え込む価値を

鵜呑みにする学習者は提示されず、大人になって、国家のために身を捧げるような登場人物も存在しない。Sans famille における児童教育では、教育の場における児童の意志や自発性が重視されるとともに、その目的においても、児童個人の将来と幸福が尊重された。その意味において、Sans famille で提示された児童教育は個人主義的な性格を持ち、児童一人ひとりを尊重する教育であると言える。これからのフランス共和国を支える児童の一人ひとりが、自分の頭で考え、行動できる人間となって、自分自身の人生を切り開く力を持ってほしいというマロの希望が、Sans famille という小説を通して表現されたと考えられる。

3-2 Sans famille における「社会問題」への言及

3-2-1 Sans famille における「社会問題」に関する先行研究

　Sans famille が、1830年代に顕在化し、産業革命の進行とともに深刻化した社会的貧困（paupérisme）の問題、いわゆる「社会問題」を主要なテーマとしていることは、多くの先行研究において指摘されてきた。この作品に関する研究論文や論考において、「社会問題」はもっとも頻繁に取り扱われてきた主題の一つである。本項では、Sans famille の「社会問題」の表象について、これまでになされた指摘を整理し、それを踏まえた上で、この小説の「社会問題」の提示の仕方に対するミシェル・ジルズールによる批判を紹介する。この批判は、Sans famille を一読した場合に、多くの読者や論者が抱くであろう妥当な批判であると思われるが、本節の論では、この批判の克服を目標とする。そして、本節での論の出発点となるような視点を示した、クリスタ・デュラエの論考を最後に紹介する。

　Sans famille における「社会問題」に関する先行研究の多くは、この小説の風景描写の特徴、炭鉱の場面、児童労働と児童虐待の場面の三点に、「社会問題」に対するマロの批判的な視点が読み取れると指摘した。このうち、

三点目の児童労働と児童虐待の問題に関しては、次節で検討するので、ここで言及するにとどめ、本項では、前者二点に関する先行研究を整理する。

第一の風景描写の特徴については、比較的早期の研究から指摘されてきた。Sans famille で描かれる風景が、実在の場所や作家が実際に見た風景に基づき、写実主義の手法で描かれた点、フランスやイギリスの豊かな地域ではなく、貧しい地域が描写の対象として選択された点が指摘された。たとえば、ポール＝エミール・カディラックは、小説に描かれるユセル、ミディ運河、セヴェンヌ地方の炭鉱、パリのブルトゥイユ街、ルールシーヌ街、パリの南部郊外とビエーヴル川流域について、十九世紀後半に撮影された各地の写真を提示しながら、マロの風景描写が写実的であることを示した[79]。さらに、主人公が幼少期を過ごしたリムーザン地方の寒村の描写が、その地方の当時の習俗にかなり正確に基づいていると指摘したファビエンヌ・ガルヌランの論考[80]、1862年に『イギリスの現代生活』で書かれたロンドンの民衆的な界隈や貧困者の生活区域に関するルポルタージュが Sans famille のロンドン描写にも色濃く反映されたことを指摘したジャン・フーコーの論考[81]、Sans famille におけるパリは、登場人物の児童たちを幻滅させる暗い街であることが強調されたというアンヌ・ド・ラ・ブリュニエールの指摘[82]がある。先行研究では、Sans famille が「フランス産業の一覧図」となるような小説でありながらも、作家が描写の対象として積極的に選択した場所は、人々の生活苦が透けて見える地域であったことが示された。

第二の炭鉱の場面に関しては、イダ＝マリー・フランドンの研究で、Sans famille はエミール・ゾラ『ジェルミナル』（原題：Germinal, 1885）、モーリス・タルミル（Maurice Talmeyr, 1850-1931）の『坑内ガス』（原題：Le Grisou, 1880）、イヴ・ギヨ（Yves Guyot, 1843-1928）の『社会の地獄』（原題：L'Enfer social, 1882）という、炭鉱業がテーマの小説とともに考察された[83]。そこでは、Sans famille が炭鉱の場面に多くの頁数を割いた、フランスにおける最初期の小説であることが確認され、四つの小説が共通に参照した資料としてル

イ・シモナン『地下の生活——炭鉱と炭鉱夫』(1867年)[84]が特定された。*Sans famille* 第二部第二章から第六章におけるセヴェンヌ地方の架空の街、ヴァルスの炭鉱の場面では、街の外観、坑の種類、坑内の様子（坑道、空気、におい、生物等）、炭鉱夫の仕事と日常、坑内爆発の危険、出水事故の経過などの記述について、シモナンの著書からの表現の借用や、そこから得た情報を踏襲して書かれた箇所が複数見受けられる[85]。また、近年ロラン・エグロンは、シモナンの『地下の生活』にも言及がある実在の鉱山技師、アルフォンス・パラン（Alphonse Parran, 1826-1903）や、セヴェンヌ地方最大の炭鉱会社であったグラン・コンブ社（Grand'Combe）が *Sans famille* の炭鉱の場面に登場する技師や会社のモデルの一つとなったと推定した[86]。

しかし、こうした風景描写と炭鉱の場面、児童労働と児童虐待の場面の存在も認識しつつ、*Sans famille* における「社会問題」の提示の仕方が表面的であると、厳しく批判したのがミシェル・ジルズールであった[87]。ジルズールの批判は次の二点に存する。第一に *Sans famille* では炭鉱夫などの労働者や「不幸な子どもたち」が遭遇する「事故や死といったある程度例外的な場合」について衝撃的な場面が描かれただけであり、彼らの厳しい日常を書いたものではないという指摘である[88]。第二に、物語の途中で、「社会問題」の描写や言及があったとしても、主人公がイギリスの大地主の息子として、幸福で安寧な家族と安定した社会的地位を得る結末により、この作品の「社会問題」に対する「批判の効力が弱まっている」という指摘である。ジルズールは、捨て子という社会の周縁に生きる主人公が、大ブルジョワジーの家族を得て「社会的統合」されるという物語の保守的な面を強調し、「終章においてこそ、マロの根本的な保守主義がはっきりと現れる」と主張するのである[89]。

たしかに、マロはこの小説に伝統的で保守的な社会規範を公民道徳教育の一部として含有させた。また工業都市や寒村、貧しい人々が暮らす大都市の区域の風景を読者に見せているだけで[90]、労働者の苦しみは「事故や死とい

ったある程度例外的な場合」のみを描いたにすぎないと言えるかもしれない。そして、捨て子の主人公が本当の家族を得ることで大地主になり、物心両面での豊かさを得る幸福な結末はあまりに楽観的で[91]、この結末は「社会問題」批判を展開する小説にはそぐわないという見方もできるかもしれない。

　しかし、ジルズールの解釈は、次の四点の理由によって覆すことができ、マロはやはり Sans famille の中で積極的に「社会問題」を批判し、その改善についての問題提起を行おうとしたと筆者は考える。

　第一に、Sans famille の「不幸な子どもたち」の描写が、社会の犠牲者としてのかわいそうな子どもの姿の提示にとどまらず、父権の恣意的な行使や児童保護事業の不足という1870年代のフランスで顕在化した問題に対する問題提起となっているからである。この点は次節を参照されたい。第二に、「社会問題」が家族の生活に深刻な影響を与えるという点について、マロは当時の問題意識を比較的的確に捉えていることが、Sans famille における記述を通して看取できるからである。当時の「社会問題」に関する議論で具体的に問題視されたのは、まずは劣悪な住宅条件の問題であり、次に就労不能を余儀なくされた労働者の生活保障の問題であった[92]。ジルズールの指摘のように、Sans famille では日常的な生活苦についての描写は比較的少ないが、この小説で頻繁に描かれた「事故や死といったある程度例外的な場合」こそが、労働者家族を経済的困窮に陥れる契機として当時、問題視されていたのである。第三に、小説の結末において提示される主人公の家族は、主人公の社会的身分こそ大地主であるが、血縁、階級差、国籍などを超えた人々の集まりであり、家族としては特殊な性格を持つ集団であるので、この結末は、主人公の家族への包摂、「社会的統合」を示すだけではないと考えられるからである。Sans famille が、家族の中で培われる対等な関係に基づく友情と愛情を、社会関係の基本として設定しようとしていると思われるのである。第四に先行研究では、Sans famille における浮浪者に対する視線が考察の対象となっていないからである。

ジルズールの批判的解釈を克服しようとする本節の論の原点としてクリスタ・デュラエの論を最後に紹介したい。デュラエは「Sans famille において、エクトール・マロは労働の世界を単に描写したにとどまらない、つまり、児童文学作品の中で、当時の社会生活の質について臆することなく問いかけたのである[93]」と述べた。そして、強制的な児童労働、大都市での不安定な生活による家族の解体、工業都市の労働者の生活における家庭生活の欠如が描かれているとし、それらの描写を通して「Sans famille では、逆説的に、社会的均衡における家族の力が終始示されている[94]」と結論づけた。筆者は、デュラエの指摘に賛同し、この小説における「社会問題」への言及と家族との関係について論じたい。

そして、Sans famille における「社会問題」の本題に入る前に、マロが1860年代から「社会問題」に関心を抱いていたと考えられるので、次項ではその点をまずは説明する。

3-2-2 エクトール・マロの「社会問題」に対する関心──1860年代を中心に

Sans famille 以前、とくに1860年代におけるマロの「社会問題」に対する関心を考察するために、本項では三つの資料を提示する。一つ目は、ジュール・シモンから1861年にマロが受け取ったと推定される手紙である。二つ目は、その手紙の翌年に書かれたと思われる、『オピニオン・ナシオナル』の記事「道端の労働者たち」（1862年1月14日）である。三つ目は、1866年に上梓された小説『子どもたち』の結末である。これらを手がかりとし、マロが「社会問題」の何を改善すべきと考えていたかを考えたい。本項では、十九世紀後半のフランスにおける「社会問題」の歴史的状況、及びその改善のための実践と制度について整理する。そして、上記の三つの資料全てで言及され、1860年代にアルザス地方の繊維工業の都市ミュルーズの労働者都市の実践例にマロが着目していた点を述べる。

1830年代、パリなどの大都市への甚大な人口流入を背景に、貧困が個人の

問題としてではなく、「社会的貧困（paupérisme）」という集合的問題として捉えられるようになり、「社会問題」の概念が出現したが[95]、フランスで本格的に産業化が進行する第二帝政期には、「社会問題」の改善についての大きな議論がなされはじめた。廣澤孝之によると、十九世紀後半の「社会問題」の議論の中心的位置を占めていたのは、第一にとくに都市部における劣悪な住宅問題であり、第二に、労災・疾病・老齢などによる就業中断・不能の問題であった[96]。

しかし、十九世紀後半のフランスでは、こうした「社会問題」に対し、国家が十分に対応したとは言えなかった[97]。たとえば住宅問題に関しては、第二共和政時代から、スラム化した不衛生な住宅の改修、取り壊しを伴う再開発が大都市部で行われ[98]、その最も有名な例であるセーヌ県知事オスマンによるパリ大改造は、パリの美的景観を大きく向上させた。しかし、政府の施策の中心的な目的は公衆衛生の改善と社会不安の除去にあり、労働者の生環境を整えてその生活を安定させ、良質な労働力を確保するという目的は希薄であった。市街地開発の費用を地価上昇により賄ったパリ大改造の結果、パリ市内に住んでいた労働者を郊外へ追い出す結果となったのは、その顕著な例であると言える[99]。南允彦は、第三共和政初期の政府が、近代的、進歩的な初等教育改革を進める一方で、社会経済問題を軽視する点で保守的な路線を取り、貧困が教育によって克服されるとする「教育学的オプティミスム」が「社会問題」を封じ込めたことを指摘した[100]。第三共和政初期においても「社会問題」に対する政府不介入の態度は原則的に変わらなかった[101]。たとえば先述の就業中断・不能の問題に対応するために、国家による社会保障制度の整備が本格的に進められるのは1890年代末からであり[102]、この点で、フランスにおける「社会問題」への政府介入の遅れはしばしば指摘される。

十九世紀後半に「社会問題」に具体的に対応していたのは、おもに以下の二種類の私的な取り組みであった。第一に、企業家によるパテルナリスムの実践である。第二に、共済組合である。

パテルナリスムの実践とは、労働力の安定的な確保を主たる目的として、企業家が行った労働者のための福利厚生事業を指す。その内容は企業により異なるが、労働者のための住宅の建設、老齢年金や疾病保障等の労使両者の拠出による生活保障制度などであった。思想的基盤には、ル・プレー学派などの、家族の再建を重視する思想があり[103]、後述するミュルーズの労働者都市もそうであるように、労働者家族の保護と、家庭生活の安定による労働者の道徳化も大きな目的とした。労働者の権利行使というよりも「ノブレス・オブリージュ」を具現化する企業家による恩恵の部分が強調された点[104]、あくまで企業に対する利益（安定的な労働力の確保等）が主眼に置かれた側面があった点については留意しなくてはならない[105]。しかし、労働者のための住宅の建設など生活環境の整備、経営者側の拠出も伴う生活保障制度の整備も多く見られ、労働者の生活保障という点で、「社会問題」の対応に大きな貢献がなされたことは確かであった。後年の第三共和政政府による社会保障法制の整備は、部分的にはパテルナリスムの実践の積み重ねに結びついている[106]。

他方、共済組合の原型である相互扶助組織の発祥は古く、中世のコンフレリや同職組合、フランス巡歴のための職人組合などに、すでに自発的拠出と不時の際の給付という共済的な活動が含まれていた。大革命の際に同職組合及び、全ての民衆団体を禁止したル・シャプリエ法により共済組合は大打撃を受けたが、壊滅はせず、十九世紀前半には、再び公然と姿を現し、政府からも黙認された。共済組合はしばしば労働者にとって唯一の合法的な団結の手段であったため、各時代の政府からの厳しい監視を受けつつ、とりわけ、結社・団結・請願・表現の自由をいったん認めた第二共和政以後に増加した。1850年7月15日の共済組合法、労働者を新体制に包摂する手段として共済組合に目をつけたルイ・ナポレオンの1852年3月26日の政令により合法化され、統制下に置かれた。その後、十九世紀後半を通し、社会保障制度成立期前のフランスで国民的救済制度の柱としての地位を確立した[107]。

Sans famille が発表された1877年から1878年には、「社会問題」に対する国家の対応は不十分な状態であり、企業や共済組合による、私的な性格をもつサーヴィスや生活保障制度による対応が重要な位置を占めていた。このことは、作家の念頭にあったと考えられ、1860年代においてマロは、パテルナリスムの実践に着目している。

　Sans famille 以前のマロの「社会問題」に対する関心を検討する上で注目に値するのは、1860年代前半に、マロがミュルーズの労働者都市に着目していた点である。繊維工業の発展により、フランスの産業革命を牽引したアルザス地方において、ミュルーズは十九世紀初頭以降、捺染業、紡績業、織布業での機械製工業生産の拡大とともに成長した綿工業の中心都市であった。中野隆生によると、ミュルーズでは、スイス、ドイツからの外国人労働者が集まり、また、捺染業などにおける熟練度の高い労働者の確保のため、労働者への住居斡旋の必要が高かった[108]。ミュルーズの労働者都市は、フランスにおける本格的な労働者都市の最初期の例となり、十九世紀後半から二十世紀には他の工業都市でも「ミュルーズ方式」をモデルとした労働者都市が建設された。ミュルーズ最大の企業の経営者ドルフュス（Jean Dolfus, 1800-1887）により、労働者都市建設会社が株式会社の形式で設立され、建設が始まったのが1853年であった[109]。ミュルーズの労働者都市を著書内で紹介したジュール・シモンからマロは以下の手紙を受け取っている。

　　拝啓
　　以下が、あなたが私に頼んだ小さな覚書です。
　　労働者たちに与えられる最大のサーヴィスは、彼らをきちんと住まわせ、さらに彼らを住宅の所有者とすることです。それこそが、ミュルーズで八年前から行われていることなのです。ジュール・シモン氏［(引用者註) ＝私］は、このシステムのあらゆる利点を『女性労働者』[110]という著作の中で示しましたが、私は大きな工業都市をたくさん見て回り、すでにペンを取って執筆したこの豊かな考えを、演説によって普及させようとしてきたばかりなのです。サン＝カンタン、

リエージュ、ヘント、ヴェルヴィエなどの都市で、ジュール・シモン氏は主要な製造業者に紹介され、公衆の前で演説を行い、それは必ずや成果を結んだ、あるいはこれから結ぶことでありましょう。すでに、地方のイニシアティヴのおかげで、ミュルーズのシステムに則った労働者住宅建設のための会社がサン=カンタンとヴェルヴィエにおいて設立されました。サン=カンタンでの出資金は十万フランにのぼり、ヴェルヴィエでは20万フランでした。ジュール・シモン氏の宣伝は、十分に独創的でありながら完全に正確であるような二つの提案により成り立っています。つまり、ミュルーズの住宅は、建設者に金銭的負担をまったくかけないし、同時に購買者にも負担をかけません。事実、株主は株券から4.5％の金利を得るとともに、売却する特権とともに、土地の抵当権も手にしています。ミュルーズの会社が機能して七年、560戸の住宅が建設され、そのうち463戸が売却され（残りは絶えず借家として借りられています）、会社は全て合わせて50フラン相当の赤字しか出していません。

　買い手の方はといえば、家賃に加えて、月5フラン、あるいは年60フランを償還します（家賃も含めると年間276フラン支払うことになります）。しかし、住宅に付いている庭は、40フラン［(引用者註) =年40フラン］の利益を各戸にもたらします。したがって一戸の住宅の購入のみに必要な費用は年20フラン［(引用者註) 月20フランの誤りであると思われる］、14年間のローン、というまでに引き下げられます。年280フラン、14年間のローンというのは、3200フランの価値があり、14年後には5000フランに値上がりする不動産に対して、実際タダも同然でしょう。

　しかし、家に付いた屋根裏と地下室のおかげで、労働者が仲買業者で必需品を買い込むことができ、あらゆる消費の20パーセントを得することも考えると、さらに、きちんと住まいを得て一戸建て住宅の所有者となった労働者が完全に居酒屋通いをやめることを考えれば、家を獲得させることは、たとえローン完済前であったとしても、購入者を豊かにするということに、合意せざるをえないでしょう。

　以上が、私の宣伝の基本的事項です。もしあなたが、この宣伝を読者に知らせてくれたなら、製造業者と労働者の両方に対し、あなたは大きな助力を与えることになります。明白なことに、あなたは同時に私自身にも助力を与えてくれることになります。そのことをきっと、これから私は忘れないことでしょう。もしこの教訓について、他のデータがほしければ、いつでも私に言ってください。さようなら、友情をこめて。

ジュール・シモン[111]

　この手紙は、「ミュルーズで八年前から行われている」労働者都市建設に関する手紙なので、マロはこれを1861年に受け取ったと推定される[112]。また、手紙で言及されたシモンの著書『女性労働者』も1861年に上梓されたことからも、1861年である可能性は高い。文面から、シモンの手紙は、マロからミュルーズの労働者都市に関する情報提供の要請を受け、その返信として書かれたと判断でき、1861年には、マロはミュルーズの労働者都市に強い関心を抱いていたと思われる。また、シモンはこの手紙と同様の内容を『女性労働者』でも詳細に説明し[113]、手紙でも著書が紹介されたことから、マロも『女性労働者』は一読したと推測される。

　ミュルーズの労働者都市にマロが着目したことの意味について、次の三点を指摘したい。第一に、マロが労働者の生活環境の整備と改善に対して、強い関心を抱いたという点である。また、他の資料も併せて考察すると、その関心は、労働者という社会的危険因子の排除や、経営者側の利益を考えるのではなく、労働者、被雇用者の立場で考え、彼らの厳しい境遇に同情する視点に基づくことが分かる。第二に、労働者の生活環境の改善の要として、家族の保護が重視された点である。第三に、労働者都市建設によりもたらされる改善は、労働者の生活の物質的な面と、道徳的な面の両者の改善であると捉えられた点である。

　第一の点について、上のシモンの手紙でも、労働者都市の建設は「労働者たちに与えられる最大のサーヴィス」であると書かれたように、ここで語られたのは、労働者の利益を考えた上での生活環境の改善であり、その手段としての労働者都市の建設と、低廉な価格での一戸建て住宅の販売である。その先の目的として、経営者側の利益があるのだとしても、まずは労働者の立場から見た利益に言及された。シモンの手紙で示された視点は、この手紙の翌年にマロが執筆したと思われる新聞記事、「道端の労働者たち」にも見受

けられる。パリの街路で日雇い仕事の斡旋を待つ労働者の様子に関するルポルタージュであるこの記事では次のように書かれた。

> 最近我々は、北フランスやベルギーの街においてなされた、労働者の状況改善の努力を報告し、そしてそれらの事業が、ミュルーズにおいて非常によく実現された事業の真似をしながら、いかに簡単に労働者たちに、彼らにほとんど出費させることなく、一軒家の所有者になる可能性を持たせられたかを示した。
> パリでは、進歩を先んじようとする意図が持たれているのにもかかわらず、物質的な観点と道徳的な観点との両方から見て豊かな結果をもたらすはずのその利点を、労働者たちに享受させようとしない。つまり、パリの労働者はひどいガルニしか住まいがないばかりでなく、昼間は道しか避難場所のない時間があるのだ[114]。

この引用では、パリの労働者たちの住宅事情や生活環境と対照をなすものとして、ミュルーズの事業をはじめとした労働者都市が挙げられ、パリでの労働者にとって不利益な状況が問題にされた。労働者に対して同情的な視点はこの記事全体を通して貫かれた。冬の季節や雨の日に街路で仕事の斡旋を待つのは厳しく、身体的苦痛と精神的不安から居酒屋で酒を飲む習慣がつくことなど、終始、労働者の立場に立った記述が続けられ、彼らを非難するような言及はこの記事では見られない。

第二の点について、そもそもミュルーズの労働者都市自体が、家族の生活の独立と道徳の維持を重視した事業であった[115]。その点については、シモンも著書『女性労働者』の中で再三強調した。シモンはミュルーズの労働者都市の利点として、労働者に一戸建て住宅の所有者になれる希望を与える点だけでなく、一戸建て住宅での生活が家族との時間を大切にでき、老後も安心で、子に受け継ぐ遺産も持てるなど、労働者家族全体にもたらされる利益を強調した[116]。「労働者都市は家族のために建設された[117]」と明言するシモンは、庭付き一戸建ての住宅が小さめの設計で又貸しを防止し、家族だけで独

立した生活を行える点、独身者と居住空間を別にすることで居酒屋通いなどの不道徳が起こらない点、庭仕事は家族の共同作業による幸福と癒しをもたらす点などの効果を述べ、労働者都市の建設が「貧困と悪徳のみを破壊する祝福された革命の芽吹き[118]」であり、「貧困の根絶に向けた最大の一歩[119]」であるとした。マロも『女性労働者』を読んだ可能性は十分にあり、ミュルーズの労働者都市の、家族の重視という特徴は理解していたと考えられる。

　第三の点について、ミュルーズの労働者都市に言及したマロ自身による二つの資料、新聞記事「道端の労働者たち」と小説『子どもたち』（原題：Les Enfants, 1866）の両者において、労働者の生活環境の「物質的、道徳的改善[120]」が問題にされた。前者の「道端の労働者たち」では、パリの労働者の劣悪な住宅事情や、身体的苦痛など、「物質的な観点」における問題とともに、街路でたむろすることが労働者の居酒屋通いや女性労働者の街娼行為を促す点など、「道徳的な観点」における問題が語られた。つまり、マロは労働者の状況について「物質的な観点」と「道徳的な観点」の両方を問題視した。シモンの『女性労働者』でも「ミュルーズ方式」の労働者都市が「物質的、道徳的改善の強力な方法[121]」であると語られたが、マロも同様の理解をしていたことが分かるのが、小説『子どもたち』の結末の次のような一節である。

　　プランス・ド・コワはオルヌ県のボンヌヴィルの街に大工場を、つまりリネンの紡績工場と機械製織物工場を所有していて、そこでは1200人の労働者が雇用されていた。プランス・ド・コワは、遺産としてその工場を継いだが、その工場は、他の多くの工場がそうであるように、生産性の向上のみを考慮したものであったので、彼は、近年大変幸福にも、ミュルーズにおいて実現された物質的、道徳的改善のうちのいくつかを労働者の境遇のうちにもたらす計画を立てた[122]。

　ミュルーズの労働者都市は「ミュルーズにおいて実現された物質的、道徳的改善」とマロに捉えられたことが分かる。アンヌ＝マリー・コジェは、マ

ロが小説内で「社会問題」に触れ、ミュルーズでの実践をモデルとしたことを示すものとしてこの一節を重視した。コジェの博士論文は1893年に出版された『家なき娘』の生成研究であり、『家なき娘』の結末部分での、繊維工業都市における労働者都市の建設についても、マロが参照した資料や実際のモデルが詳細に検討された。『家なき娘』に描かれた労働者都市は、ソンム県のフリクスクールにある繊維企業サン・フレール社の労働者都市、パリ郊外ノワジエルにチョコレート製造企業のムニエ社建設による労働者都市とともに、ミュルーズの労働者都市も参照されつつ書かれた。コジェの指摘から、ミュルーズの労働者都市への関心と礼賛は1890年代にもなお、マロのうちに残っていたということが判明する[123]。

このように、1860年代にすでに、マロは労働者の立場に立った同情的な観点から、彼らの生活環境と労働環境の改善に強い関心を抱き、その関心は労働者家族の生活の独立と道徳の維持に大きな注意を払った、ミュルーズ労働者都市の事業への礼賛の中に看取できる。また、マロにとっての労働者の状況の改善とは、物質的な改善であると同時に、道徳的な改善でもあり、その両者の要として家族が設定されたと考えられる。そして家族を重視するマロの態度は、*Sans famille* の「社会問題」の描写も見受けられるのである。

3-2-3 *Sans famille* における「社会問題」と家族

Sans famille における「社会問題」への言及と、家族の表象の関係について考察するにあたり、次の二点に着目する。第一に、*Sans famille* では「社会問題」の厳しさが表現されるうえで、家族への影響が重点的に語られ、マロが家族の維持と保護を重視したことが看取できる。その中では、当時のフランスにおける労働者の生活保障のための制度の欠陥にも言及された。そして、「社会問題」と家族の保護を関連づけるマロの視点は、産業化による社会的紐帯の喪失を危惧し、家族の再建にその解決策を求めようとするフレデリック・ル・プレー（Frédéric Le Play, 1806-1882）の『フランスの社会改革』

(原題：*La Réforme sociale en France*, 1864) の考え方に類似する部分が見られる。
以上の点について本項の①で検討する。第二に、家族が「友愛」の源として
示され、その考え方が「社会問題」解決の鍵となり、後年『家なき娘』で描
かれる「社会問題」の解決の実現へとつながる点である。この点について②
で検討する。

① 「社会問題」による家族崩壊の危惧

　本節の論の出発点となったクリスタ・デュラエの論考では、この小説の中
で、工業化社会の欠陥を表現するためになされた最も残酷な描写は、炭鉱の
街で主人公が出会う、坑内爆発のために夫を失った狂女の姿であるとされ
た[124]。この狂女の姿のほかにも、この小説では、労災事故や貧困などの「社
会問題」が原因での子、親、夫との生別、死別は頻繁に書かれ、「社会問題」
は家族崩壊の大きな原因として提示された。

　まず、小説の第一部第一章と第二章で、主人公の養父のバルブランはパリ
の建設現場での労災事故が原因で解雇になったため、経済的な事情を理由と
して主人公をヴィタリスに売って食い扶持を減らした。第一部第二十一章に
おいては、パリの園芸農家のアキャン家が、天災による被害のため一年の収
穫を喪失し、地代と営業資金の年賦を返済できなくなり、父親がクリシー刑
務所に収監され、一家離散した。第一部第十七章では、主人公の親友マチア
は貧しい農家の長男であるために、流しの音楽家である叔父のガロフォリに
売られたことを告白した。第二部第十一章と第二十一章においては、乳母と
水門管理人のシュリオ夫婦の不幸が書かれた。乳母の仕事に専念しなくては
ならなかった妻は五人のわが子を死なせ、夫のシュリオは仕事中に落水して
大型平底船の船底に引っかかり溺死、夫の死後、妻は再び乳母として働くた
めに雇用者について外国へ行った。このように複数の挿話において、家族の
死や一家離散、子どもの売買について書かれ、それらの具体的な原因や契機
とされるのは、個人の意志ではどうすることもできない貧困[125]、天災、そし

て労災事故であった。

　また、Sans famille では、とくに労災事故に起因する怪我、死、失業のうらに、当事者だけでなく、家族の不幸があることが書かれた。たとえば、炭鉱での出水事故の場面は、ルイ・シモナン著『地下の生活』における1862年10月11日から発生したラル炭鉱の出水事故の記述が元になっており、シモナンの著書の記述と、Sans famille の出水事故の場面を比較すると、事故の原因と様相、被災者が炭鉱内部で取った行動、被災者の救助方法に関する小説内の描写の多くが、シモナンの著書の記述を参照して書かれたと思われる[126]。しかし Sans famille の場面には、シモナンの著書にはない要素も加えられた。その要素の一つが、被災者の家族の描写である。出水事故の発生直後に被災者を救助しようと炭鉱内に降りた技師は、周囲の者に「俺の娘に言ってくれ、パパはお前にキスをおくると」(D.II, p.97) と伝言を託した。主人公とともに救出された炭鉱夫は、同じ炭鉱の下の層で働いていた息子をその事故で亡くしたことが書かれた[127]。そして、炭鉱内に閉じ込められた百二十名の炭鉱夫たちの家族の様子は以下のように書かれた。

> 群衆が、いたるところからラ・トリュイエール炭鉱に集まった。労働者、野次馬、坑内に生き埋めになった坑夫の妻と子どもたちだ。妻や子どもたちは、問い詰め、探し回り、尋ね回った。そして何も答えてもらえないので、苦しみに怒りが混ざっていく。真相を隠している、技師が悪いのだ、技師をやっつけろ、殺してやる。人々は事務所に侵入しようとした。［……］
> 「お父さんはどこ。」
> 「私の夫はどこにいるの。」
> 「息子を返して。」
> 声は途切れ、質問は涙で喉につかえている。この子どもたち、妻たち、母親たちに何と答えればいいのだ。(D.II, p.98)

　このように、Sans famille では、「社会問題」について書かれる際に、失

業者や被災者など、どんな人間にも家族がいるということが示され、「社会問題」が個人に影響するだけではなく、その家族に影響し、場合によっては家族の崩壊を招くということが繰り返し述べられた。デュラエの「Sans famille では、逆説的に、社会的均衡における家族の力が終始示されている」という指摘[128]が的確であることが改めて理解できる。マロが、小説の描写を通してとくに何を厳しく批判したのか、それは「社会問題」が家族を苦しめ、場合によっては解体させてしまうという点についてである。

　前項で述べたように、1860年代にマロはミュルーズの労働者都市の事業に対して、労働者の生活環境の「物質的、道徳的改善」として強い関心を抱き、その事業では、家族の生活がそれらの改善の要として捉えられた。マロは、Sans famille でも、家族に物質的な役割と、道徳的な役割を負わせた。前者はすなわち、Sans famille の個々の登場人物に家族がいることが常に書かれ、個人の生活の基本に家族の生活が据えられた点である。家族の生活の経済的維持は、個人の生活にとっても不可欠であり、それが破綻するがゆえの不幸が多く語られた。後者に関しては、前章でも詳述したように、Sans famille において家族は、主人公にとっては神に代わるほど重要な、精神的支柱としての存在意義を持ち、各家族においてその道徳的機能が期待され、家族は道徳的な役割においても、非常に重要なものとして提示された。物質的側面と道徳的側面の両方で、家族の機能が重要視された Sans famille では、家族は維持され、保護されるべきであると捉えられ、「社会問題」からの家族の保護について問題提起がなされたと考えられる。

　そのように考えられるのには、さらにもう一つの理由がある。つまり、Sans famille において、個々の労働者と、その家族の生活保障のための制度の欠陥について複数箇所において批判的に語られるからである。最も顕著な例は、小説の第一部第一章、第二章に書かれた、主人公の養父のバルブランがパリで遭遇する労災事故の顛末である。石工のバルブランはパリの建設現場で崩れた足場の下敷きになり、片足が不自由になって失業を余儀なくされ

た。しかしその補償金は支払われない。バルブランの事故は同郷の石工によって次のように語られた。

> 「あんたの亭主は怪我をした。それは本当だ。ただし死にはしなかった。しかし、足が不自由になるかもしれないが」［……］
> 男は暖炉の隅に腰を下ろし、食事をしながら、その災難がどうやって起きたかを話した。足場が崩れて、バルブランはその下敷きになったというのだ。しかも、バルブランが怪我をした場所は、立入禁止のところだったことが証明されたので、請負師は一文も補償金を出さないと言っている。［……］
> 「運がないな、こういうことで年金をもらおうとする抜け目のない人間もいるが、あんたの亭主は何ももらえないだろう。」［……］
> 「しかし」と男は話の最後に言った。
> 「俺は請負師を訴えて裁判を起こせと忠告してやったよ。」
> 「裁判になれば大変なお金がかかるでしょ。」
> 「そうさ、しかし勝った時には！」(*D.I*, p. 7-8)

　仲間の石工の忠告通り、バルブランは請負師に対して補償金をめぐる裁判を起こし、バルブラン家では飼っていた雌牛を売って裁判費用を捻出した。しかし帰宅したバルブランは裁判結果を次のように話した。

> 「負けたよ！裁判官の判決は、足場の下にいた俺が悪い、だから請負師は俺に一文も支払わなくていい、とさ。」
> こう言うと彼はテーブルをガンとたたいて訳の分からない言葉でののしりはじめた。
> 「裁判には負ける。」とバルブランは続けた。「俺たちの金はなくなる。足は不自由になる。辛い出来事ばかりさ。おまけにそれでもまだ足りないとでもいうように、帰ってみれば子どもまでいる。」(*D.I*, p. 19)

　つまり、バルブランの雇用者である請負師の、労災事故に対する責任が認められなかったために、事故の責任はバルブランにあるとされ、補償金を受

け取ることが出来なかったことが書かれた。そしてそれを契機として、8歳の主人公はヴィタリスに売られ、養母から引き離されるのである。

この挿話にあるような、建設業などでの労災事故に際して、雇用者側の責任が証明されないために、被害者が補償を受けられない事例は、まさに十九世紀後半に多発し、大きな問題となっていた。廣澤孝之によると、第二帝政期以降の産業化の進展にあたり、大規模な労働災害が多発した鉄鋼業や炭鉱業においては、労災補償制度の不備が早くから指摘されて、パテルナリスムの諸制度がそれを整備していたが、それ以外の産業で適用される法律として、労災補償法が成立したのは1898年のことで[129]、それ以前の労災事故では、過失責任主義が採用されていた。つまり、民法第1382条[130]と第1383条[131]の規定により、不法行為による損害を受けた被害者が加害者に損害賠償を請求できる要件として、加害者の過失の存在を必要とする過失責任主義が原則であって、労災補償の場合も、被害者が雇用者の過失を立証する責任を負っていた。さらにこの過失は主観的なものとされ、主観的な不注意の証明が損害賠償請求の要件であったが、機械を使用しての労働災害など、その原因を雇用者の過失に求めることが非常に困難であって、多くの被害者が雇用者の過失の証明ができないために補償を受けられないという状況が問題になっていた[132]。

労災補償法の法案は、Sans famille の単行本が出版された2年後の1880年に急進共和派のマルタン・ナドによって提出され、18年間の長期の審議を経て成立したが、この過失責任主義の修正の是非は主要な争点の一つであった。当初ナドは、無過失責任に基づく完全補償義務を雇用者に負わせる立法を提案し、1898年の法律では、「職業的危険（risque professionnel）」の概念に基づいて雇用者の責任の範囲を限界づけつつも、雇用者は自らの過失の有無に関わらず被害者の補償責任を負う、無過失責任主義が原則的に採用されるようになった。それによって、「労働者は時としてかなりの額になる損害賠償の利益をもはや裁判所の判決に期待することはできないが、必要な限界内で、かれに支払われるべき補償を確実に得ることができる[133]」ようになっ

た[134]。

　Sans famille が出版された当時、バルブランの挿話にあるような、労災の被害者自身が雇用者の過失の証明責任を負い、その証明ができないために補償金が得られない事例は非常に多く、重大な問題として捉えられていた。したがって、バルブランの挿話は労災補償制度の不備の問題に関する鋭い批判として当時の読者に解釈され得た[135]。また労災補償制度に関する言及は、バルブランの挿話ばかりでなく、炭鉱夫のマジステールに関してもなされた。

　　この人は60歳くらいだった。かつて若い頃は、彼は木積み工、つまり坑道を造るための木材を敷設し、修理する大工であった。しかし落盤事故で指を三本潰されてしまったために、辞めなくてはならなくなった。この傷害は、三人の仲間を救助した際に受けたので、勤め先の炭鉱会社は、彼にわずかながら年金を支給することにした。数年間、彼は年金で暮らした。しかしその後会社が倒産し、収入も仕事も失って、ラ・トリュイエール炭鉱に運搬夫として入った。(*D. II*, p. 58-59)

　労働者が死の危険と隣り合わせの炭鉱業は、労災補償法の成立以前の早めの段階から、企業家によるパテルナリスムの諸制度の一環として労災補償が行われていた[136]。マジステールの言葉にも、労災補償として、企業から「わずかながら」年金が支給されたと書かれた。しかし、企業の倒産後の補償はもちろんなく、60歳近い年齢になっても現場で働く労働者としてマジステールは提示された。このように、パテルナリスムの実践においても生活保障制度の不安定さが示された。出水事故の場面における被災者の会話の中でも次のように書かれた。

　　「せめてもの慰めは、俺がここから出られなくても」とベルグーヌースは言った。「会社が女房と子どもに年金を出してくれることだ。少なくとも、物乞いにはならずに済むだろう。」［……］

「ところで、ベルグーヌース。」とキャロリが口を出した。彼はいつも、ずばりと急所をつくようなことを言う。「もし、会社がマジステールの会社みたいに倒産してしまったら、あんたの奥さんは、期待が外れるな。」
　「黙っていろ、馬鹿め、会社は金持ちだぞ。」
　「鉱山がある間は金持ちだが、鉱山が水浸しになってしまった今はどうだか。」
（*D.II*, p. 107-108）

　この場面でも企業自体が倒産する危険性は、「ずばりと急所をつくようなこと」であると書かれ[137]、企業による労災補償や家族への遺族年金の支給などが、被災者とその家族の生活を完全に保護するものではないという指摘が、繰り返されたのである。

　先行研究で、*Sans famille* での企業の福利厚生事業に対する批判について言及したのは、デュラエだけである。彼女が指摘したのは、炭鉱企業が設営する売店の説明の中で、その売店で何でも原価で安く買えるので炭鉱夫の妻たちが家事をしなくなる、という記述について[138]、「パテルナリスムの慈善が、［……］労働者を依存状態に」し、家族の生活の道徳的側面を喪失させ、家族の中の女性の役割を阻害することが書かれたという点であった[139]。しかし、先述したマジステールの挿話も併せて考察すると、家族の生活の物質的側面、つまり労働者の家族の生活を経済面においていかに保障するかという点についても、その制度の不安定さに対する危惧が示されたと言える。マロは1860年代にミュルーズの労働者都市事業について高く評価はしたが、*Sans famille* の記述では、企業の福利厚生事業についても完璧であるとは捉えられておらず、その問題点が言及されたと考えられる。

　このように、マロは *Sans famille* において、国家、企業による「社会問題」への対応を、家族の生活保障という観点からも批判的に記述したことが分かる。ミシェル・ジルズールによる解釈にあったように、マロが *Sans famille* において描いた「社会問題」の様相は、「事故や死といったある程度例外的な場合」の衝撃についての記述が主だったものであり、クルーズ県の

寒村の農家や、パリの園芸農家、炭鉱夫の家族の生活は貧しいながらも幸福で、現実からみれば楽観的な描写となっているかもしれない[140]。しかし、十九世紀後半のフランスの「社会問題」では、その具体的な現象として、「事故や死」などの非常時における対応策こそが議論を呼んだ[141]。たとえば、マロも読んだと推測される『女性労働者たち』の中で、ジュール・シモンは次のように述べた。

> 労働者の状況において本当に辛い側面は、働かなければならぬことではない。［……］賃金の低下でさえない。それは仕事によってただちに止まってしまう収入の不安定さにある。一つの病気が、一つの怪我が、働き者で、まじめで、快適な生活を送っていた労働者を、たちまち貧窮の中へと突き落とす。借金をしないことには、彼は生活ができないし、家族に生活させることもできない。そしてほとんどの場合、その借金を彼は、疲れに押しつぶされそうなほどに働くことで、また、必需品を売り払うことで返済する。［……］したがって、病気の労働者を救うと言う時、それは単に病気から救うのではない。借金から、破産から、労働者を救うということなのだ[142]。

シモンはここで、労働者の日常生活そのものの苦しさよりも、「一つの病気」「一つの怪我」といった非常事態によって引き起こされる経済的問題をより深刻に受け止め、いくら「働き者で、まじめ」な労働者であっても、その生活が破綻することを危惧している。

Sans famille で提示されたのも、「仕事によってただちに止まってしまう収入の不安定さ」が引き起こす複数の悲劇である。そして、石工として8年間は問題なく働いていたバルブランの挿話にしろ、勤勉な労働者であったアキャン家の人々や炭鉱夫たちの挿話にしろ、労災や天災といった、予測不能で個人的責任に帰すことのできない事故のせいで、経済的困窮に瀕する事例ばかりである。貧しいながらも幸福な家族の生活の描写は、その生活を突然奪う事故、病気、怪我、天災の恐ろしさを強調し、勤勉な労働によって何と

か生活できていた家族が、ひとたまりもなく崩壊していくという悲劇を浮き彫りにする。そしてそのような状況において、家族を保護し、その生活を保障する制度は国家によるものも、企業によるものも不十分であり、家族は常に崩壊の危険にさらされているということが、Sans famille では積極的に表現されたと言える。

　このように、Sans famille では、物質的側面と道徳的側面において重要な役割を果たすものとされた家族の生活が、「社会問題」という、産業化により引き起こされるひずみによって解体され、失われて行く様子、生活保障制度の不備により、十分に保護されてはいないことが批判的に語られた。以上のことから、Sans famille では、デュラエの言葉を用いれば、「逆説的に」、家族の保護と維持が主張されたと言える。

　家族を重視するマロの考え方は、当時のフランスにおいてめずらしいものではない。しかし、この小説で提示された、「社会問題」による家族の解体を危惧する視点は、「社会問題」の解決と家族の保護・維持を関連づけ、家族の再建を社会改革の肝要な要素とする点で、フレデリック・ル・プレーの思想との類似点が見受けられる。

　フランス革命により、国家と個人の媒介としての役割を果たしてきた中間団体が廃止された後、国家と個人を家族に媒介させるという考え方は、当時の政治家や思想家の多くが共有していたとされる。ル・プレーも社会の再組織という課題を解決する際に、家族を再建すべき最も重要な中間団体の一つとして挙げた社会学者である。労働者家族のモノグラフィーの膨大な蓄積により当時の社会構造を把握しようとしたル・プレーは、そこから得られた社会認識として、近代化の進行とともに起こったヨーロッパの社会変動の特徴を次の四点に見出した。第一に共同体の役割の縮小、第二に社会移動の機会の増大、第三に社会的不平等と格差の拡大、第四にとくに先進工業地帯における労働者の窮乏化と社会的な孤立である。ル・プレーが導き出した結論において、先進社会での労働人口の福祉は不可欠であった。しかし一方で、社

会発展が個人の自由と私的イニシアティヴに依存することも重視され、近代社会では、個人の自由と労働者の福祉とを両立しうる社会組織が最良であるとされた。この思想に基づき、私生活集団の再建と公生活集団の再組織による社会改革を提示したのが、『フランスの社会改革』（1864年）であった。この著作で、ル・プレーは、家族の再建、労使関係の再建、地方分権化などを軸とした社会改革を提案した。ここでは、Sans famille との関連において、ル・プレーが唱えた家族の再建の必要に焦点を当てる[143]。

労働者家族のモノグラフィーの収集が研究の中核にあったル・プレーにとって、家族は社会研究の方法論的基礎であるだけでなく、社会再建の土台となるべき最も基礎的な集団である。自由と福祉が両立しうる社会組織を目指したル・プレーは、その基礎となる家族にも自由と福祉、すなわち自由と安定の両立を求め、ヨーロッパの家族を次の三類型に分類した。家父長家族（個人の自由は存在せず、複数家族の共同生活と共同所有の下で各人は家父長の絶対的権威に服する、伝統的家族）、不安定家族（強制分割により成立した、家父長の権威が弱く、個人の自由度は高いが、家族の紐帯は緩んでいる、近代家族）、そして株家族（家父長家族と不安定家族の中間に位置し、一括相続と個人的所有に立脚しつつ家父長の権威を保つ）である。自由と安定を両立できる家族とされたのは、家父長家族と不安定家族の中間的な性格を持つ株家族であり、各人の個人的所有を認める一方、家父長の権威に家族の構成員が従順であるような、株家族の組織化が社会改革の柱とされた[144]。

株家族の組織化を重視する考えは、ル・プレーの構想する労使関係の再建にも見受けられる。労使対立を社会的対立の一要因と捉えたル・プレーは、雇用者と労働者の永続的関係を基礎とし、大衆の安全の保障を目指すパトロナージュ[145]、つまり企業内福利制度を理論化した。雇用者が労働者に支払う賃金以上に彼らに関心を示さないことと、労働者も雇用者に対し、適切な労働を与える以上の愛着を持たないことは、労使間の紐帯の断絶として問題視され、「父としての雇用者」「子としての労働者」という考えに基づく、労使

間の絆の再生が目指された[146]。パトロナージュの重要な役割として、労働者を株家族に組織した上で、労働者家族の道徳化[147]、必要恒久的な生活給付を図るなど、労働者家族の保護と株家族による社会の組織化の推進が挙げられた。ル・プレーにとって、工業化社会、とくに工場体制の労働は、人々を家庭的秩序から逸脱させ、わがままで不道徳な習慣をつけさせるという深刻な影響を及ぼすものであった。したがって、労働者家族の保護は彼らの道徳化の点でも不可欠であり、とくにそこにおける母親の役割は強調された[148]。

Sans famille における家族の描写には、「社会問題」への言及との関連において、ル・プレーの視点と類似点が見出せる。まず、*Sans famille* に登場する複数の家族が経済的困窮に追いやられ、家族の死や一家離散などの形でバラバラになる様子が書かれる点である。石工、園芸農家、炭鉱夫などの労働者家族への経済的打撃の挿話は、家族の保護の重要さを逆説的に示す。次に、工業都市における家族の道徳的な破綻が示され、それに対する危惧がル・プレーの危惧と重なる点である。家族の生活の安定と道徳化に不可欠な役割を負うとされる妻・母たちが、夫と子どもの世話や家事をせず、役割を果たさないという描写に、家族の道徳的破綻が象徴的に書かれていると言える[149]。つまり、産業化が労働者家族に対して及ぼす影響の否定的側面を強調し[150]、その再興の重要さを主張する点で、ル・プレーの思想と *Sans famille* の記述との間には共通点が見られる。マロは、破綻してしまったこれらの家族の再建までは *Sans famille* では提示しない。しかし、この小説では「社会問題」が原因での家族の物質的・道徳的破綻への危機感が何度も示されたと考えられる。

マロがル・プレーの思想に影響されたと考えられるもう一つの根拠として、*Sans famille* の15年後に上梓された小説『家なき娘』では、労使関係の再建が書かれた点がある。『家なき娘』はマロ自身が「*Sans famille* の対をなす[151]」と認めた作品で、原題には、*Sans famille* 最終章の章題が採用された[152]。『家なき娘』では、父親としての雇用主、子としての労働者、という

家族関係を模した労使関係の再建が描かれ[153]、労働者都市建設事業が結末で提示された。『家なき娘』におけるこれらの描写のもとになった考え方をマロは次のように述べた。

> 純理論的な経済学の観点からみれば、労働契約の本質は、雇用者によって支払われる賃金と、労働者によって提供される労働のみに存する。しかしながら、人間としての観点からみれば、この公式がまったく良心を満足させるものではないということも確かである。工業都市で数時間過ごしてみて、雇用者の生活と労働者の生活との間に生じる対照的な光景を、憤激せずに受け入れることなど、決してできないはずである。[……] 物事はしばしば私が描く通り、というのも私は見たままを描いているからだ。雇用者の城が大庭園の真ん中に建ち、花、豪華な調度品、温室、厩舎があり、彼の使用人、召使たちがいる。労働者たちの村は、貧困と不潔さの中にあり、居酒屋の害毒や放蕩とともにある。この両者の生活の間に、不釣り合いを感じない者などいるだろうか。寛容な心の持ち主なら、そしてまた心ある雇用主なら、部分的にでも、社会経済学の提唱する施設によってそれを解消しなくてはならないと考える。それは、雇用者と労働者の関係を曲解するリスクがあるとしても、人間としての正義の精神の問題である。それこそがこの小説が示したい事柄である[154]。

引用で示されたマロの考え方は、次の点で、ル・プレーおよびル・プレー学派の社会学者たちと同様の問題意識を示す。つまり、労使関係が賃金と労働の交換に帰され、労使間の絆が失われて両者が対立状態になることを危惧する点、両者の関係に「人間としての観点」を求め、労使関係再建の手段として、「心ある雇用主」による「社会経済学の提唱する施設」、つまり、労働者都市の建設を設定した点である。社会経済学とは、ル・プレーが自らの社会改革理論の提唱と社会改革事業の実践のために再定義・継承し、1856年に設立した「社会経済学協会（Société d'économie sociale）」を牙城として、彼の弟子や一派により引き継がれる学問領域である[155]。マロはル・プレーから継承された社会経済学の影響も受けつつ、『家なき娘』における労使関係の再

建を書いたと言える。

　また、労使関係の対立の解消については、『家なき娘』ほど明示的ではないが、Sans famille で示唆された。炭鉱の出水事故の場面で、閉じ込められた炭鉱夫は、会社と技師が自分たちを見捨てるだろうと絶望し、管理者である技師も救助作業の中断を周囲に促される。その中で、炭鉱夫と技師の両方の言葉を通し、互いを「仲間」として信頼するべきだという記述がなされる。

> 「どうして仲間のことをそんな風に考えるのだ。」とマジステールは遮って言った。「仲間を責めるのは間違いだ。お前たちもよく知っているはずだ。事故が起きた時、炭鉱夫は仲間を見捨てない。一人の仲間を救おうともせず見殺しにするくらいなら、二十人、百人の男が命を捨てる方がまだまし、と考えている。」(D.II, p. 90)

> 救出作業が続けられたのは、ひとえに技師の尊い執念のおかげだった。［……］「みんな、あと一日頼む」と技師は炭鉱夫たちに言うのだった。「もし明日、新たに何も出なかったら諦めよう。仲間のために、頼む。これはもし君たちが彼らと同じ目に逢ったら、その時は君たちのために仲間に頼むことなのだ」(D.II, p. 116)

　炭鉱夫もその管理者の技師も「仲間」であり、対等な関係であり、互いを信頼し、助け合うべきことが示された。このように、産業化が進むフランス社会における家族の経済的・道徳的破綻が書かれた点、家族の保護が重要であることが逆説的に示された点、労使関係が対立せず、「仲間」として互いを助け合うべきことが書かれた点で、Sans famille の「社会問題」に関する言及においても、ル・プレーの思想の影響を看取できる。

　Sans famille の記述ではおもに「社会問題」に関する問題提起がなされるばかりである。しかし、『家なき娘』において描かれる、労働者都市建設による「社会問題」の解決へと導かれる思想の萌芽は、Sans famille に見受け

られる。つまり、これまでに考察した「社会問題」からの家族の保護、労使関係の対立の緩和は、『家なき娘』でも問題意識として引き継がれ、後者ではより具体的に描かれた。そして Sans famille から『家なき娘』へと引き継がれたもう一つの「社会問題」の解決の鍵となる考え方がある。それは、家族の中で培われる愛情や友情を社会関係の基本と据えることで、階級間や労使間の対立が解消され、社会のあらゆる人が幸福になるという理想が結末で提示される点である。

② 「社会問題」の解決の鍵となる家族——「友愛」の源として

①で、ル・プレーが、社会の自由と安定を実現する改革のために、社会の構成単位の家族にも同じ要件の両立を求めたことについては先述した。社会組織の要件と同じ要素を持つ家族が基礎となって組織されることで、最良の社会組織が再構成されるという考え方を、ル・プレーは示した。ル・プレーの株家族は再構成されるべき社会組織の、いわば縮図である。同様の考え方は、Sans famille と『家なき娘』にも見ることができる。つまり家族の中で培われる感情や関係は、社会関係の基本となり、共同体における理念として一般化される結末が両小説に提示された。

しかし、マロが Sans famille で提示する理想的な家族の要件は、ル・プレーの提示する株家族とは異なる。Sans famille では、「良き家族」として、園芸農家のアキャン家、養母のバルブランかあさんと主人公の家族、ヴィタリスと主人公の疑似的な父子関係、ミリガン夫人とアーサーとの生活、マチアと主人公の疑似的な兄弟関係が示された。また、主人公の友人がすべて幸福となる結末では、主人公自身が形成する理想的な家族が提示された。主人公が形成する家族は、血縁関係、姻戚関係にある者以外にも、「不幸だったあなた〔(引用者註) = 主人公〕を愛してくれた人たち」(*D.II*, p.404)が家族であるとし、「彼らが与えてくれた援助や、哀れなみなしごに注いでくれた愛情に対する感謝」(*D.II*, p.407)を主人公は示す。

株家族の二つの特徴は、家父長の権威の維持と、家父長により選ばれた一人の子が財産を相続することによる、三世代が同居する安定した生活の維持である。このうち、後者の特徴については、Sans famille ではどの家族についても相続の形態は曖昧にしか示されないので比較できない[156]。また、Sans famille の結末の家族で、貧困により生じる問題は、主人公がイギリスの大地主の息子と判明することにより全て解決されるため経済的・物質的な要件はほとんど提示されない。

　しかし、筆者がここで問題としたいのは、Sans famille で描かれる家族の道徳的な側面であり、家族の構成員の関係の質に関わることである。

　まず、ル・プレーの株家族の要件とされた家父長の権威の維持は、Sans famille では否定的に捉えられた。本書第二章で詳述したように、Sans famille で理想的とされる家族では、親子関係は比較的対等であり、兄弟関係は完全に対等であるように書かれた。親子の間には、親の子に対する愛情、優しさが描かれ、子の親に対する愛情、尊敬、感謝の気持ちが書かれた。親は子から尊敬と感謝を抱かれる点で優位にあるが、親が権威をふるい、命令を下すことに対しては否定的であった。また、兄弟間の関係は、「友情」で支えられる完全に対等な関係である。Sans famille の家族は、各構成員が対等な関係にあり、非権威的で、親子間の愛情と兄弟間の友情が家族関係の基本であり、この関係こそが、マロにとっては、社会の基礎となるべき家族のあり様である。

　また、Sans famille における理想的な家族は、「社会問題」の解決と家族の表象との関係について考える場合、二つの壁の超越が描かれた点に特徴がある。第一に血縁の壁であり、第二に階級差の壁である。二つの壁を超越することで、家族の中で培われる愛情と友情は、家族の外部へと広がっていく。

　第一の点について、本書の第一部第二章において、小説でアキャン家の兄弟姉妹と主人公が家族となる上で、「友情」がありさえすれば、血縁関係の有無など関係ないと書かれたことに言及した。同様に、血縁は家族の境界を

限定する絶対的な要素ではないという記述が見受けられる。次の引用は、主人公にとって、血縁がある家族とそうでない家族のどちらが大切か、ということに関するマチアの言葉である。

> 「今、新しい家族があらわれた。君が知らない家族で、その人たちが君にしたのは、君を道端に放り出したことだけだ。」［……］
> 「レミのご両親がレミを放り出したなんて言ってはいけないわ。」［……］
> 「そんなことは、俺は知らない。俺が知っているのは、アキャンのおやじさんが、自分の家の前で死にかけていたレミを助けて、自分の子どものように面倒をみたこと、アレクシもバンジャマンも、エチエネットもリーズも、兄弟のようにレミを愛したことだ。だから俺は、その人たちは、わざとかそうでないか知らないが、レミをどこかにやった人と同じだけ、レミに愛される権利があると言うんだ。」
> 僕は辛かった。［……］でもマチアの言葉にこもる強い説得力を感じないではいられなかった。(*D. II*, p. 211)

　血縁よりも、愛情と友情の有無が家族を規定する要素として重視され、それを説くマチアの言葉は「強い説得力」を持って主人公に響く。そしてマチアの言葉にあるように、主人公を助け、愛したことが家族となる重要な要件である、という原則のもとで、結末では、「不幸だったあなたを愛してくれた人たち」全員が主人公の家族となる設定がなされる。つまりこの原則は、愛情や友情を抱きさえすれば、どんな人間でも家族になれる、という可能性をはらみ、この意味で家族は血縁の壁を超えて外部へと開かれている。

　結末で主人公は、家族全員から集めた資金で、かつての自分と同じ境遇にある、「道端の小さな音楽家たち」のための福祉事業を開始するが、この主人公の行為こそ、「不幸だったあなたを愛してくれた人たち」と同じく、かつての主人公と同じような境遇にある子どもたちを助ける行為である。主人公は自分の家族から受けたのと同じ愛情を、今度は社会の中へと還元する。友情や愛情を抱くことで兄弟や家族になれるのであれば、社会全体が兄弟や

第三章 Sans famille における社会批判 205

家族になることも可能なのであり、その理想においては、「道端の小さな音楽家たち」を含む貧困に苦しむ人々も、家族と見なすこともできるのである。

　第二の点について、Sans famille における理想的な家族では、階級間の対立の解消が示された。この小説において、社会的階級は「お金持ち」と「貧乏」の単純な二項対立で書かれ、登場人物たちはそのどちらかに属している。そして「お金持ち」と「貧乏」の結婚による、階級間の対立の解消が結末において提示された。しかしその前に、階級間の差異は、いくら家族で培われる友情によっても、通常は埋められないということが、主人公とマチアの会話によって示された。主人公の実の家族が見つかるかもしれないという時、二人は次のような会話を交わす。

　　「僕たちは兄弟じゃないか。」
　　「君と俺はもちろんそうさ。」［……］
　　「それなら、どうして君は、僕に兄弟や姉妹がいるとすれば、その子たちの兄弟にならないの。」［……］
　　「君だって分かるだろう。君がもしルッカに来たら、［……］君は貧乏な俺の親に歓迎されるだろう。俺の親は君よりも貧乏だから、君に対して文句のつけようもない。でも［……］君の親は金持ちだ。身分の高い人かもしれない。そうすると、そういう人たちが、俺みたいな貧乏な子どもを歓迎すると思うかい。」
　　「僕の親がお金持ちなら、僕だけじゃなく、君にとってもお金持ちなんだよ。［……］僕たちは、離ればなれになんかならないで、一緒に勉強して、いつも一緒にいる。君の言うように、一緒に大きくなって、一緒に暮らそう。［……］」
　　「君がそうしたいのは、知っているよ。でも君はもう、今みたいに自分の思い通りにはできなくなるだろう。」（D. II, p. 213-215）

　この引用の前半では、「兄弟の兄弟は、兄弟である」という、友情による兄弟関係は血縁の有無を超え、友情を抱きさえすればみな家族や兄弟になれるという考え方に基づく会話が示されている。しかしその考え方も、「お金持ち」と「貧乏」の階級差の前には無力であり、「お金持ち」の側が「貧乏」

を受け入れないので、主人公とマチアは家族にはなれないと述べられた。

　この引用で示される「お金持ち」と「貧乏」の壁を物語の中で超越するのが、まずは主人公の実母であるミリガン夫人であり、次に結末において提示される主人公とアーサーの兄弟である。「まじめで、とても親切で、貧しい人にも優しい奥さん」(*D. II*, p. 388)のミリガン夫人は、主人公が実子と分かった後も、アキャン家の娘リーズとマチアを引き取り、一緒に育てた。引用で示されたマチアの懸念は、主人公の実家にあっては解消された。そして最終章では、主人公とリーズが「身分違いという理由で強く反対され」(*D. II*, p. 413)、「親戚の何人かを怒らせ、憤慨させ」(*D. II*, p. 413)つつも結婚したこと、主人公の実弟のアーサーが周囲の反対を押し切り、マチアの妹と婚約したことが書かれた。弟の婚約を主人公は次のように擁護する。

　　　たしかにこれは、立派な縁組を作るものではありません。しかしそれは、世間で
　　　言う立派な縁組が家柄と財産を結びつけるものだからです。でも、愛する女性に
　　　家柄も財産もなくても幸せになれる、とても幸せに、この上なく幸せになれるこ
　　　とは、僕の場合を見ても分かるではありませんか。(*D. II*, p. 412)

　Sans famille では、社会的立場や階級のつり合いを重視する、いわゆる「理性的な結婚（mariage de raison）」[157]は否定され、主人公は自らの形成する家族の中で、自分の結婚と弟の結婚を通して、階級対立を解消する。その解消は、相手を「愛する」ことで成し遂げられる。主人公の形成する家族は、ただ親子間・夫婦間の愛情と兄弟間の友情、そして「彼らが与えてくれた援助と、哀れみなしごに注いでくれた愛情」(*D. II*, p. 407)の記憶に支えられている。

　このような「お金持ち」と「貧乏」の二項対立的な社会的階級の提示は、あまりに単純であり[158]、ミリガン夫人や主人公のような「お金持ち」の姿は現実離れしている。そして「お金持ち」と「貧乏」の差異や対立を愛情と友

情によって超越するなどということは、先行研究が指摘するように、いかにも「まったくもって空想的[159]」な結末であるかもしれない。しかし、Sans famille が「共和国の小学校」に通う小学生たちを読者として念頭に置きつつ書かれた児童文学作品であるということを考慮すると、これらの挿話と結末には、世の中に社会的格差と階級間の対立が存在し、その解消が必要であるということを、児童にも理解できるように明快に示した、寓話的な側面があると言えよう。

　本節第一項で述べたように、ミシェル・ジルズールは、Sans famille の「終章においてこそ、マロの根本的な保守主義がはっきりと現れる」と批判した[160]。そしてこの結末こそが、Sans famille における「社会問題」の描写の説得力を減退させ、そのせいで「批判の効力が弱まっている」という。しかしながら、もしマロが「保守主義」的な結末を示し、主人公の「社会的統合」だけを描きたかったのであるなら、なぜ、こうした「お金持ち」と「貧乏」についての会話や、その対立が解消される家族を描いたのであろうか。Sans famille における大団円では、大地主の実家の発見によって得られる主人公の安泰な様子が単に描かれたのではなく、血縁、階級差、そして国籍の差異を超越した「家族」が描かれることで、家族こそが「社会問題」解決の鍵であるということが示されていると考えられる。

　このように考えられるのは、血縁は家族の境界を設定しないという考え、家族の中で培われる愛情と友情が階級間や労使間の対立解消の鍵となるという考えが、『家なき娘』においても引き続き示されたからである。『家なき娘』では、Sans famille よりも具体的に一企業という共同体が設定され、その中で、家族の愛情と友情とが社会関係の基本となる様子が描かれた。「理性的な結婚」が否定され、家族を規定するのは血縁でも法律でもなく、愛情であることが語られる点、「労働者の父[161]」としての経営者の自覚が労働者都市の建設を始めさせる点、自らの家族における権威的な父親から非権威的な父親への変化と並行して、経営者は労働者の「苦しみを分かち合いながら

慰める[162]」「労働者の父」へと変貌する点の三点において、家族の中で培われる愛情が外部に開かれ、それが労使関係の基本となって対立が解消される様子が描かれたと言える[163]。『家なき娘』の最終章は、労働者たちが経営者の誕生日を祝い、女子工員が自分の子を経営者に「この子どもは、あなたのものです[164]」と差し出すなど、労働者と経営者の間に家族としての一体感が成立したことが書かれる。

マロは『家なき娘』の小説の構想について、「私はまず工業都市を労働者たちのサラントにしようと考えた[165]」と回想した。「サラント」とはフェヌロン（Fénelon, 1651-1715）の『テレマックの冒険』（原題：*Les Aventures de Télémaque*, 1699）の第八巻から第十一巻に登場するイタリアの古代都市国家で、産業と海運貿易の振興により目覚ましい経済発展を遂げたが、人民はなお貧困に苦しんでいる。王のイドメネは、賢人マントールより、質素倹約、学校の整備、農業の充実、家の建設による家族の保護などを提案され、それを実行して改革を遂げるが、その根本にあるのは、次のような意識である。

> 全ての人類は地球上のあらゆる地にバラバラになった、まさに一つの家族である。全ての人民は兄弟であり、互いに愛し合わなくてはならない。残酷な栄光を、兄弟たちの血の中に求める不道徳者に災いあれ、兄弟の血は、自分の血であるというのに。[……] 真の栄光は、人間としての思いやり以外のものの中には、まったく存在しない[166]。

このような、共同体に属する人間全員を家族と見なし、家族の中の愛情と友情を、共同体の人間全員に抱き、一般化すべきであるという考え方の萌芽は、*Sans famille* でも書かれた。非権威的で対等な家族関係と、階級対立の解消される家族とが理想として示され、社会の基礎となる点、その中で培われる愛情と友情が血縁を超えて社会へと溢れ出す点において、家族は *Sans famille* においても「社会問題」の解決の鍵となる友情と愛情の源泉として

提示されたと考えられるのである。

　この物語で提示された、人間はみな兄弟、家族になりうる、という考え方は、1840年代の共和主義者たちの抱いた「友愛」に基づく共和国という理想と類似する。田中拓道によると、七月王政期に共和主義者の間には、「同じ家族の一員として生活するよう人間を導く崇高な感情[167]」が「友愛」であり、「人間は同じ父から生まれたのだから、友愛という温情の絆に結ばれて、ただひとつの大きな家族を形成すべきである[168]」といった、人類を家族と見なす考えに基づき、真の共同体の実現を目指す思想があった[169]。二月革命時に臨時政府は「同じ祖国の子どもたちを生み出すこの友愛の前で、あらゆる対立は緩和され、消失する」(ラマルチーヌ)と、「すべての市民が兄弟であるような国民の権利」(ルドリュ=ロラン)を宣言したが[170]、こうした人類や国民を「家族」「兄弟」と見なす思想にマロは共感しており、それを単純化した形で、Sans famille でも提示したと考えられる。その意味で、Sans famille と『家なき娘』の両小説を通して、マロは「社会問題」の解決の根本的な精神として「友愛」を設定した可能性も指摘できる[171]。

　そしてこうした「友愛」を周囲から抱かれることが少ない、社会的差別に苦しむ人間が Sans famille では提示された。主人公やマチア、ヴィタリスも含めた定住地を持たない人々、浮浪者たちである。

3-2-4　Sans famille における浮浪者への視線

　十九世紀後半のフランスでは、浮浪者(vagabond)と物乞い(mendiant)は、労働者階級からもさらに区別された「社会的貧困の最後の代表者たち[172]」として問題視されて、法的な取り締まりと社会的差別の対象となっていた。まず、Sans famille が書かれた十九世紀後半から十九世紀末の浮浪者・物乞いを取り締まる法律と、同時代に彼らに与えられた社会的イメージについて述べる。そして、Sans famille では、彼らの権利を擁護し、彼らを保護する必要が主張される点について述べる。

浮浪者や物乞いに対する取り締まりは十九世紀に始まったのではない。中世からすでに、労働能力があるにもかかわらず浮浪行為をし、物乞いによって生計を立てる者（vagabonds mendiants valides）に対する罰が王令によって定められ[173]、十六世紀から十八世紀には、浮浪者や物乞い、その累犯者に対し、追放刑や死刑、ガレー船における徒刑などの厳刑が科された[174]。定住地を持たない貧民をなくすことは、常に為政者の課題であったと言っても過言ではない。しかし、ジャン＝フランソワ・ワニヤールによると、十九世紀後半は浮浪者・物乞いへの弾圧がとりわけ厳しくなった時期であり、世紀転換期には最もその厳しさを増した。その背景には、産業化に伴う「社会問題」の顕現に加え、普仏戦争の敗北、パリ・コミューン、第三共和政の樹立、1873年から1896年の大不況など、政治的・経済的危機を繰り返す中で増大する社会不安が、浮浪者に対する集団的不安となって現れた側面があり、浮浪者や物乞いは「社会の寄生虫」として蔑視されるとともに、社会的危険因子として恐怖の対象となった[175]。

十九世紀後半において浮浪者と物乞いを原則的に取り締まったのは、1810年に制定された刑法の第269条から第282条の条項であった。「浮浪行為は犯罪である[176]」と規定した第269条に続き、浮浪者と法的に宣告された者は、その事実だけで3か月から6か月の禁錮刑に処されること（第271条）、物乞いをした者は同期間の禁錮刑の後、貧民収容所（dépôt de mendicité）に送致されること（第274条）、居住地以外の郡で物乞いをした者や、集団で物乞いをして住居侵入や脅迫をした者は6か月から2年の禁錮刑に処されること（第275、276条）、浮浪者や物乞いで、窃盗や傷害などの罪を犯した者は有期懲役刑等のさらなる厳罰が加重されること（第278、279、280条）などが規定された[177]。これらの規定は刑法改正[178]や他の政令[179]に補足されつつ、1870年代にも有効であった。浮浪や物乞いの行為はまた、その累犯と常習性が懸念された。刑法の規定では浮浪者は一度法的に宣告されると政府や国家警察の監視下に置かれたが、この監視の規定に代わり、1885年5月27日の累犯者の

流刑に関する法律では、二度以上有罪判決を受けた者に対してフランス領の植民地への無期の流配が規定された[180]。1880年代には公権力が浮浪者と物乞いに対する態度を硬化させ、逮捕者の数が著しく増加した[181]。1890年代には毎年5万人の浮浪者が逮捕され、年間で2万人が訴追されたとされる[182]。Sans famille が書かれたのは、流刑に関する法律の成立以前ではあるが、定住地を持たない浮浪者や物乞いに対する社会不安が増大していた時期であったと考えられる。

刑法の第278条から第280条で、浮浪者・物乞いの中で窃盗や暴力行為を働く者に対する情状加重が規定されたように、彼らは窃盗・傷害・殺人などの重犯罪の予備軍であるとみなされた[183]。彼らは、保護と救済の対象であるよりも、処罰と排除の対象であった。1870年代以降には、繰り返す不況の中での失業を契機に浮浪者になってしまった者も当然存在したと考えられる。しかし、規則的な仕事と定住所や家族を持たない点で、定職を持つ労働者からは区別され、社会階層の底辺に生きる者たちとして排除された[184]。

また、浮浪者をはじめ、大道芸人やロマなどの定住地を持たない人々は、犯罪者のイメージとともに、悪魔、病気、狂気、無政府主義者などと結び付けられ、「反社会的」というレッテルを貼られた。病理学の上では、浮浪行為は逸脱した個人に内在する狂気の発現であると捉えられ、遺伝にもその原因が求められた。したがって、失業などを契機とした困窮に浮浪者となる実際の原因があったとしても、社会構造の欠陥ではなく、個人の遺伝的形質や狂気などが原因とされた[185]。

しかし、十九世紀後半から二十世紀初頭の文学作品において、浮浪者と物乞いは肯定的に描かれることも多かった。ワニヤールの研究では、人権擁護の立場から取り締まりを不当とし、彼らの苦しみを描く作品、社会的規範に対する反抗と拒否を具現化させた存在として扱う作品、さまよう浮浪者の姿にキリストの受難や、無垢で野性的な未開人の姿を重ね合わせ、肯定的なイメージを付与する作品が取り挙げられた[186]。マロの Sans famille は、ワニヤ

ールの分類で言えば、人権擁護の立場から浮浪者たちをかばう作品の系譜に連なる小説である。

　Sans famille において、定住地を持たない者たちへの弾圧と差別に対する批判は、以下の二点に存する。第一に、彼らと犯罪を結びつけ、彼らを追い出し、逮捕しようとする公権力と、差別する一般の人々に対する批判である。第二に「施し」に内在する欺瞞についての批判である。

　第一の点は、*Sans famille* における三つの冤罪事件の挿話に現れる。つまり、第一部第十章でヴィタリスが主人公を殴った警察官の手を振り払い、公務執行妨害罪で2か月間の禁錮刑に処される事件、第二部第八章において、主人公とマチアが興行で稼いだお金で買った雌牛を、盗んだものと疑われ、無実が証明されるまで拘留・尋問された事件、第二部第十九章と第二十章において、主人公が窃盗事件の犯人とされ、無実の罪で重罪裁判所へ送致されるところを、仲間の助けで脱走する事件、の三件である。どの事件も、主人公たちに非はないものとして書かれた。最初の事件は、興行する彼らに嫌がらせをしてくる警官に対しヴィタリスが興行する権利を主張し、子どもの主人公を守るために「彼を警官としてではなく、一人の人間とみなした」(*D.I,* p.124) ゆえに起こした行動が罪に問われたと書かれた。第二の事件は、主人公たちから逃げた牛を捕まえた村人たちに、牛を盗んだのではないかと一方的に疑われたために起こった。第三の事件では主人公のアリバイを仲間が証明したにもかかわらず、証言者が大道芸人であるために証言が退けられた。主人公やヴィタリスが犯罪者であるような扱いを受けることに対する非難は、次の引用に表れている。

　　看守は、明日の公判に僕は出頭することになるはずだ、と答えてくれた。[……]「どうやって教会に侵入したのかい。」と彼は僕に質問した。
　　この言葉に、僕は自分の無実を猛烈に訴え、抗議した。しかし彼は肩をすくめ、僕をじっと眺めた。僕が、教会に侵入していないと繰り返すと、彼は扉の方へ行

第三章 *Sans famille* における社会批判　213

き、僕を見てから、
「ロンドンの悪がきは、こうも手に負えないものか。」と低い声で言った。そして出て行った。
僕は深く傷ついた。あの男は僕の裁判官ではないが、僕の無実を信じてほしかったのに。僕の声を聴き、僕の目を見れば、犯罪者でないと分かるはずなのに。
(*D.II*, p. 349-350)

　この引用は、第三の事件の場面における主人公と看守との会話である。主人公の無実の主張は聞き入れられず、「僕の声」、「僕の目」という表現にあるような、主人公の真実の姿は見られようともしない。この小説に書かれた三件の冤罪事件では、ヴィタリスが「自己の権利の感覚」(*D.I*, p. 111)に訴えて警官に抗議する態度や言葉も、主人公とマチアが真実を述べ、無罪を主張する言葉も聞き入れられない。警察官、官憲、田園監視官といった、公権力を代表する人物は、彼らを一人の人間として、また一人の国民として見ることはなく[187]、彼らの権利が侵害されることが批判的に書かれた。さらに、主人公たちが村から追い出され、警官に捕えられる場面では、周囲にいる人々から罵声を浴びる。

　　村中の人たちが、留置場のある村役場まで、僕たちにぞろぞろついてきた。彼らは僕たちを取り囲み、押し、突き、殴りかかり、罵倒した。守ってくれる警官がいなければ、僕たちはまるで殺人犯か放火犯のような大罪人であるかのように、石を投げつけられただろう。しかし、僕たちは何の罪も犯していない。でも、群衆とは、たいていそういうものだ。本当にやったのか、罪を犯したのか無罪なのか知りもせずに、不幸な人に襲いかかり、残酷な喜びを感じるのだ。(*D.II*, p. 175)

　この引用でも、主人公のような定住地をもたない人間が、犯罪者扱いされることに対する義憤が表現された。そして、そのような人を蔑視し、「罪を犯したのか無罪なのか知りもせずに」迫害する村人の偏見と差別に対する非

難が書かれた。こうした村人たちの態度や行為と反対に、主人公たちが逮捕される際に同情的な視線を送る人々の姿も次のように書かれた。

> 僕は野次馬たちの人垣の間を警官に捕まえられたまま、通らなくてはならなかった。しかし、フランスの時と違い、罵声や脅し声を浴びせられることはなかった。それは僕を見に来た人たちが農民ではなかったからだ。全員、もしくはほとんどが、警官といがみ合って生きる大道芸人や、居酒屋、ロマ、イギリス人がトランプスと呼ぶ浮浪者たちだったからだ。(D.II, p.346)

　この引用では、「大道芸人や、居酒屋、ロマ、イギリス人がトランプスと呼ぶ浮浪者たち」などの社会の周縁に位置する人々が、主人公と同じように取り締まられ、蔑視されたことが暗に示された。Sans famille では、移動しながら興行の生活を続ける主人公のような「社会の階段の一番下の段にいる」(D.I, p.94) 人物の目線を通し、浮浪者をはじめとした人々に対する公権力の取り締まりと、社会的差別について、人権擁護の立場からの非難が見られる。彼らも「自己の権利の感覚」を有する人間であり、国民であることが、この小説では繰り返されたのである。

　それでは、Sans famille では彼らとどのように接するべきであるとされたのであろうか。この点に関し、浮浪者や物乞いの人々へ、お金やパンを与える慈善的な行為は次のマチアの言葉にあるように揶揄的に書かれた。

> 「それならどんな動機で施すというのかい？人を喜ばせようと思って、物をくれるんでしょう。」
> 「いやいや、君はまだ若いな。人が施しをするのは、自分自身を喜ばせるためさ。人を喜ばせようとしてじゃない。ある子どもに物をあげるのは、その子がかわいい子どもだからだ。これが一番多い理由だ。自分の子どもを亡くしたからとか、子どもがほしいから、ということもある。自分は暖かくしているのに、その子は門口で寒さに震えているから、というのもある。ああ、俺はこういうあらゆる種類の施しをよく知っているよ。今までに勉強する時間があったからね。」(D.I,

p. 262-263)

　このように、「施し」は自己満足のためにするのであり、行為の背景にある欺瞞について述べられた。しかしながら、この小説の第一部第十一章では、主人公もまた、ヴィタリスが禁錮刑に処された2か月間はミリガン夫人に世話になり、第一部第十七章では、凍死しかけた主人公はアキャン家の人々に救われた。さらに、この引用で皮肉をもって「施し」を語るマチアを主人公が餓死から救い、旅の仲間となる場面も第二部第一章に書かれた。これらの場面における、浮浪する貧しい子どもに、パンや食料を与え、助けるという行為そのものは、この引用で書かれた「施し」と同じである。

　しかし、マチアの述べる「施し」が憐憫や、自己満足から行われるのに対し、ミリガン夫人やアキャン家の人々から主人公へ、また、主人公からマチアへと差し伸べられる助けは、相手を対等に扱い、家族、兄弟として受け入れる精神が行為の根底にあるとされた。たとえば、ミリガン夫人は旅の途中で一人ぼっちになってしまった主人公に食事を与え、一緒に生活した際に、「まるで自分の子どものように、よく僕に話しかけてくれる心遣いと優しさ」(*D.I*, p.173) を示し、主人公の方は夫人の息子のアーサーに「引け目など全く感じなかった」(*D.I*, p.173) し、アーサーを「弟みたいに思うようになった」(*D.I*, p.173) ことが書かれた。アキャン家の人々がレミを助けた行為も、父親は「自分の家の前で死にかけていたレミを助けて、自分の子どものように面倒を見た」(*D.II*, p.211) のであり、子どもたちは「兄弟のようにレミを愛した」(*D.II*, p.211) 行為であると書かれた。これらの行為は「自分自身を喜ばせる」ための「施し」とは違い、助ける相手を「自分の子ども」や「兄弟」として受け入れる精神に基づいている。相手を尊重し、家族のように考えて差し伸べられる助けの手は、主人公がマチアを救う場面においても次のように書かれた。

> 「ああ、お願いだ、俺を見捨てないで。俺はどうなるの。このままじゃ飢え死にするしかないよ。」
> 　飢え死にする！［……］この叫びは僕の胸に響いた。僕は飢え死にするとはどういうことか、知っていたからだ。［……］しかし、僕と一緒にいても飢え死にする可能性は一人の時と同じくらいあるのではないか。
> 　「いいや。」とマチアは言った。「二人でいれば飢え死にしない。支え合い、助け合って、持っている方が持たない方に与える。」
> 　この言葉で、僕は腹を決めた。僕は持てる者なのだから、彼を助けなければならない。［……］
> 　「僕と一緒に来いよ。」僕は彼に言った。「ただし、召使いとしてではなく、仲間としてだ。」(*D.II*, p. 15-16)

　主人公はマチアのことを助ける際に、「召使いとしてではなく、仲間として」受け入れ、助ける方も助けられる方も対等であるということが示された。そして、主人公が飢え死にしそうなマチアにパンを与える行為は「支え合い、助け合って、持っている方が持たない方に与える」行為であるとされた。マチアは主人公にとって、「友達で、仲間で、兄弟と同じです」(*D.II*, p. 263)と何度も紹介される存在となり、主人公はマチアを仲間として、兄弟のように助けたのである。

　前項で示したように、小説の結末で、「不幸だったあなたを愛してくれた人たち」全員と家族を形成した主人公は、「子どもの頃の貧しさの記憶」に触発されて福祉事業を開始させるが、その内容は「道端の小さな音楽家たちが泊まることの出来る会館を建設するための最初の基金」(*D.II*, p. 419)、つまり一部の浮浪する子どもたちのための施設であった[188]。この福祉事業もまた、ミリガン夫人やアキャン家の人々から家族、兄弟として助けられたのと同じように、道端で定住地もなくさまよい、興行をする主人公のような子どもを助ける行為であり、家族から受けた愛情を社会に還元する行為であると言える。この意味で、主人公がかつての自分のような子どもたちを、「施し」ではなく、家族のように助けようとする結末であるとも解釈できるのである。

十九世紀後半のフランスで、浮浪者や物乞いをはじめとした社会の周縁に位置する人々が、法的に公権力により取り締まられ、「反社会的」な存在として差別を受ける状況の中で、Sans famille においてマロはまずその不当さを描き、彼らも人間として、国民として権利を有する存在であることを示した。そして主人公を家族、兄弟のように助ける人物を描き、主人公自身も同じようにマチアや「道端の小さな音楽家たち」を助ける人間となることで、彼らを家族のように対等な立場から助け、保護することの必要を小説において提示したと言える。家族の中で培われる愛情と友情が社会関係の基本として一般化されることが、Sans famille と『家なき娘』[189]で示される理想であり、「社会問題」解決の重要な鍵であることには言及した。Sans famille で、その愛情と友情は、「社会的貧困の最後の代表者たち」であるとされた人々に対しても、向けられるべきものとして示されたと考えられる。

　こうした社会の周縁に位置する人々を擁護するような記述は、Sans famille における「社会問題」に対する最も鋭い批判の一つとして受け取れる。本節で論じたように、マロは「社会問題」が勤勉な労働者の家族を襲う様子を何度も描き、物質的・道徳的側面において社会の基本単位となる家族の保護について問題提起する。しかし、Sans famille において示された「社会問題」への視線はそれだけにとどまらず、規則的な労働と家族を持たないがゆえに、労働者階級からもさらに区別され、公権力や社会から処罰と排除の対象となっていた「社会的貧困の最後の代表者たち」の保護についても問題にする。1862年に「道端の労働者たち」について同情的な記事を書いたマロにとって、道端の浮浪者たちもまた、社会的進歩の「物質的な観点と道徳的な観点との両方から見て豊かな結果をもたらすはずのその利点[190]」を享受できない人々であり、彼らは排除の対象ではなく、境遇を改善し保護すべき対象であったと考えられる。浮浪者の権利擁護についても問題にされた Sans famille では、ジルズールの言うような社会的貧困に対する「意志薄弱な批判[191]」が行われたのではなく、労働者や社会的弱者の立場に立った、強い

「社会問題」批判が展開されたと言える。

3-3　児童の権利についての問題提起

3-3-1　先行研究と本節の視座

　捨て子が主人公である小説 Sans famille に、「多くの捨て子やみなし子が産み落とされた当時のフランスの状況や、貧困家庭の子どもは働ける年頃になると労働にかりだされていたという児童労働の問題[192]」が反映されたことは、フランス児童文学史や、マロの作品に関する先行研究が指摘してきた。「社会問題」の描写とともに、作品の中に「犠牲者の子ども[193]」が描かれたことは、Sans famille が「社会小説」として評価される大きな理由である[194]。
　先行研究が示すこの見解は適切であるが、この小説における児童の権利についての問題提起を考察する時、次の二点において不十分である。第一にSans famille でマロが問題提起を行ったのは、捨て子・孤児や児童労働の問題のみならず、それらも含む次の四つの問題であると思われる点である。つまり、児童労働の問題、児童虐待の問題、「精神的に遺棄された子ども」と少年犯罪の問題、そして、問題のある子どもを保護する公的扶助の不備の問題、の四点である。先行研究では、前半の二点に重点が置かれ、後半の二点の問題については言及されない。第二に1870年代には、捨て子や孤児、虐待を受けた子どもの保護に関する児童保護政策に、第三共和政の為政者は積極的に取り組み始め、世論も白熱した。それらは、世紀転換期に成立した、フランスの児童保護政策の基本となる三法律[195]へとつながるものであった。Sans famille が書かれた1877年から1878年は、児童保護政策についての議論が高まった只中にあり、世論とマロ自身の考えとが小説に反映されたと考えられる。しかし、従来の研究では、そのような1870年代の状況と作品の内容とが関係づけられ、論じられたことはなかった。
　これまでに、児童の権利の問題に焦点を当て、マロの作品について論じた

のは、ギュイメット・ティゾン、イヴ・パンセ、クリスタ・デュラエである。ティゾンは、Sans famille 以外のマロの作品の中で、マロが民法典と刑法典を巧みに参照しながら、非嫡出子の権利の侵害を批判した点、Sans famille や他の小説における児童労働の場面が現実よりも楽観的に描かれた点を指摘した[196]。デュラエは、マロが Sans famille において様々な社会問題を提示する中で、児童労働を「社会の機能不全の第一要素[197]」として提示したと指摘した[198]。パンセも十九世紀のフランスにおける児童労働の問題が Sans famille に反映された点を指摘し[199]、また、それ以外の小説における、福祉事業の描写について検討した[200]。これらの論は、1870年代の状況と Sans famille の関連に焦点を当てたものではなく、また、作品中に児童虐待や児童労働の描写が存在することを指摘するにとどまる傾向もある。

　Sans famille における描写は、とくに次の二点において、1870年代の議論やマロ自身の考えを反映するものである。第一に児童虐待、少年犯罪の根本的な要因として、父親による父権（puissance paternelle）の濫用について批判的に書かれた点である。第二に、児童の保護に関して、公的事業への不信と私的慈善事業への評価が見受けられる点である。ここではまず1870年代の児童保護政策の動きやそれについての世論を概観し、Sans famille における父権批判、児童保護事業について検討する。

3-3-2　第三共和政初期における児童保護政策

　第三共和政期には、普仏戦争の敗北やパリ・コミューンへの反省、帝国主義という国際情勢のもと、子どもに関する政策に力が注がれた。シルヴィア・シェイファーによると、普仏戦争でフランス軍の脆弱性が自覚されると、将来の軍隊の増強という観点から、出生率の低さに対する新たな不安が生まれ、子どもの身体的・道徳的な脆弱性の自覚へとつながっていった。将来の兵士、労働者、母親である子どもは大切に育まれるべき国家の資源であると見なされるようになる[201]。初等教育政策とともに、児童保護政策は国家の重

要な課題であった[202]。

　マロが *Sans famille* を執筆した1870年代のフランスの児童保護政策に関する動きとして、次の三点に整理する。第一に、1874年に児童保護に関連する三つの法律が成立し、1880年代末以降の本格的な児童保護立法の端緒を開いた点である。第二に、民法典の第371条から第387条に規定された父権に対する批判的な世論が1870年代には高まった点である。第三に、公的な児童保護事業の運営は不十分で、その多くをカトリック教会などが運営する私的慈善事業に依拠していた点である。

　1874年は次の三法律が成立し、児童保護政策の展開において重要な年である。第一に、1841年の児童労働法の改正として、1874年5月19日に「工業に雇用される未成年男女の労働に関する法律」が成立した[203]。この法律により児童労働の年齢規制が厳格化され、労働許可年齢が8歳から満12歳に、夜勤（午後九時から午前五時までの労働）の許可年齢も13歳から16歳に引き上げられた（第2、4条）。また、規制の対象が工業労働で働く全ての子どもに広げられた（第1条）[204]。第二に「巡業的職業に雇われる子どもの保護に関する法律」が1874年12月7日に成立した[205]。この法律は、軽業師、旅芸人、山師、動物の見せ物師、サーカス団長等の職業の者が16歳以下の子どもに興行を行わせた場合には罰則を課すことを定めた（第1条）。また上記の職業の者や、浮浪者、物乞いに子を無料または有料で引き渡した父親・母親にも同じ罰則を課し、父権を剥奪すると規定した（第2条）。第三に、「乳幼児の保護に関する12月23日の法律」が成立し、乳母制度を設けた[206]。乳幼児を乳母に送る親に地方当局へ届出の義務を課し（第7条）、乳母業を営む者に国家資格取得を義務付けた（第8条）。さらに乳母に預けられた全ての2歳以下の子どもの生命と健康を公権力の監督のもとに置くことを定め、乳母の制度に規制を設けた（第1条）。

　これらの法律の成立過程では、「児童の保護」という名目のもと、家族の生活に対して、どの程度において公権力が介入できるのかが、最も重要な議

論の的となった[207]。とくに、家父長的性格を強くもつナポレオン民法典において[208]、父親が子に対して持つ父権は強大であり、父権に抗してどの程度の国家介入が許容されるのか、という議論は白熱した。第三共和政における児童保護政策の展開は、いわば父権と国家介入のせめぎ合いの過程であり[209]、父権の絶対性の緩和の過程でもあった[210]。

　民法典において父権は、父親・母親の両者に属するとされつつも（第372条）、公的な場面での父権の行使は父親のみが行うとされ（第373条）、父親の権限の母親のそれに対する優越が認められた。父親は子を家に留まらせる権利を有し（第374条）、子に対する懲戒権（第375条～第382条）と法定収益権（第384条～387条）を持った[211]。父権は、父親が母親やその他の親族のコントロールを受けることなく独占的に行使でき、家庭外からの国家や公権力の介入をも遮断して行使されうる点において、排他的で絶対的な性格をもち、父親の恣意的な判断による行使が可能であった[212]。懲戒権や法定収益権等の権限は、子が成年すると解消されたが、第371条には、「子は全ての年齢において父及び母に対して敬意と尊敬の義務を負う」と、子の年齢にかかわらず父母を尊敬する義務が規定され、この倫理的な原則のもとで父権は成立していた。この父権に対する批判が高まったのが1870年代である。

　田中通裕によると、1870年頃から十九世紀末にかけて、家族における父親の地位に大きな変化が生じ、懲戒制度は危機の時代を迎えた。長期にわたる経済不況は、労働者家族に深刻な打撃を与え、父親による父権の濫用と不行使が増加し、子捨てや子の虐待も増加した[213]。河合務によれば、1870年代から法律の立法過程などで議会内に生じた父権批判とは別に、議会外でも、新聞や博愛主義団体、法律家の言説を通じて、名士層から父権批判が展開され、その世論は1889年の児童保護法の成立に影響した[214]。そこでは、児童虐待と少年犯罪の二つが社会問題として捉えられ、子どもへの身体的な虐待とともに、「少年犯罪の温床としての家族」の中で育ち、道徳的に問題のある「精神的に遺棄された子ども」が問題視され、その元凶としての父権が批判の的

となった。「虐待され、または精神的に遺棄された子どもの保護についての法律」という正式名称をもつ1889年の児童保護法は、1874年の「巡業的職業に雇われる子どもの保護に関する法律」や、刑法の父権剥奪規定を吸収し、父権剥奪事由を拡大した。子を見せ物にし、捨て子、浮浪者にすること（第二条第二項）、常習的酩酊、子に売春行為をさせること、虐待によって子の健康、安全性、道徳性を危険にさらした場合（第二条第六項）などが父権剥奪事由とされた。

　この状況を踏まえつつ *Sans famille* を読解すると、この作品には父権批判の世論に呼応すると考えられる挿話と記述が存在する。河合務は世論を形成したものとして裁判記録誌、新聞、法学者や博愛団体の言説を挙げたが[215]、マロも同時代の父権批判に一石を投じる意図をもって *Sans famille* の複数の挿話を書いたと考えられる。

　さらにもう一点、マロが *Sans famille* の中で問題提起したと考えられるのは、子どもを保護する施設や事業の不足、とくに公的扶助の不備である。

　フランスで国家による児童保護事業が始まったのは、1811年1月19日の「捨て子と貧困孤児に関する政令」により、フランス各地の養育院（hospice）での捨て子と貧困孤児の受け入れが定められ、「回転箱（tour）」と呼ばれる捨子受入箱の設置を義務付けたことによる[216]。この法律が1889年の児童保護法や1904年の児童扶助行政法の成立まで効力を発揮し続けた。しかし、法律の成立後には捨て子の急増と、財政負担が問題となり、第二帝政期まで捨子受入箱の廃止や、在宅救護（乳幼児を抱える貧しい母親への手当の支給）等による捨て子の防止策が相次いだ[217]。また、1866年には児童保護事業が県の決定事項とされ、児童保護事業は公的な性格を強めた一方で、県に行政上の自律性が与えられ、県ごとに多様な様相を示した[218]。

　Sans famille が執筆された当時、公的な児童保護事業は不十分な機能しか果たしておらず、不足した部分は、カトリック教会などが運営する民間慈善児童保護事業が補っていた[219]。岡部造史によると、1881年に行われた孤児院

調査の統計では、セーヌ県では公立施設が約10、民間施設が約140と推測され、民間施設が児童保護施設の大半を占めた。セーヌ県など三県を除くフランス全土の児童保護施設の数も、公立施設が210、民間施設が713と後者が中心的であった[220]。しかも、民間施設でも、捨て子や孤児の受け入れが中心的な事業であり、虐待を受けた子どもや犯罪を犯した子どもの保護については対応が不十分であった。このような民間施設は、「結社の自由」が存在しなかった当時のフランスにおいて、半分以上が無認可であり、行政も黙認している状態にあった。子どもの受け入れ機関として民間事業が法的に位置づけられ、公的扶助と民間事業の協力関係が構築され始めるのは1889年の児童保護法以降であった[221]。

両者の協力関係の構築が遅れた大きな理由として、共和主義者とカトリック教会のヘゲモニー闘争がある。早急に児童保護政策を拡大させるために、民間事業に公権力と同等の権限を与え、両者の協力関係を構築しようとする政治家が存在する一方で、修道会系の施設への不信感と改革への不安から、あくまで従来の公的扶助システムの拡充を主張し、児童保護政策の大幅な改変に反対する政治家も存在した[222]。

こうした背景を鑑みれば、Sans famille において、マロは児童の権利の問題を取り上げることにより、児童保護事業についての問題意識を示したと考えられる。

3-3-3 Sans famille における父権批判

Sans famille における父権批判は、父権を濫用する三名の父親が描かれることにより表現される。つまり、主人公の養父のバルブラン、主人公の親友マチアの叔父で親代わり、親方でもあるガロフォリ、そして主人公の本当の家族を装うドリスコル家の父親の三名である。

バルブランとガロフォリは、子を虐待する父親、保護者として提示された。彼らはまた、1874年の「巡業的職業に雇われる子どもの保護に関する法律」

を犯している。なお、Sans famille は大人になった主人公の回想という形式をとった小説であるため、小説の舞台は1850年代以前と想定され、小説の中で彼らが法により裁かれることはない。しかし、マロが1877年に小説を執筆していた折には、バルブランとガロフォリは法律を犯し、父権を剥奪されるべき人物として認識されたと考えられる。ドリスコル家の父親は窃盗集団の一員であり、子にもそれを手伝わせる「少年犯罪の温床となる家族」の父親として提示された。また、ドリスコル家の場面では、父親の絶対的な権威が主人公を苦しめる様子が書かれた。

　まずはバルブランとガロフォリについての記述から検討する。バルブランは、負傷して石工の職を失い、経済的にひっ迫したことが原因で、四十フランで8歳の主人公を旅芸人のヴィタリスに引き渡した。しかし、経済的な理由以上に、バルブランは私利私欲で捨て子の主人公を引き取り、搾取する意図を持っていたということが以下のように示された。

「考えてくれよ」とバルブランは叫んだ。「この子の両親がいつか見つかるだろうということをさ！」
「それがどうしたというのだ。」
「この子を育てた人間は、見返りに金をもらえるはずだ。その計算がなかったら、俺はこんな子どもを絶対に育てようなんて思わなかっただろう。」
この「もし親から金をもらえる計算がなかったら、絶対にこんな子どもを育てなかっただろう」というバルブランの言葉を聞いて、僕はさらに彼を嫌いになった。なんて悪いやつなんだ！（*D.I*, p.35）

　バルブランは、主人公を「杖を振り上げながら、冷たい目でにらむ」（*D.I*, p.25）ような、暴力的な養父とされ、もし主人公が「頭が二つの怪物か、小人」（*D.I*, p.32）であったなら、「人に貸すなり、自分で見せ物にして利益を得られる」（*D.I*, p.32）ことを知っているとされた。行動の背景に貧困があることは言及されつつも、バルブランは子を虐待し、子から得られるあらゆる

収益を搾取しようとする父親として提示された。バルブランが父権を濫用しようとする様子は、ヴィタリスとの対比でいっそう明確になる。旅芸人のヴィタリスも主人公を興行において働かせ、その行動もまた、1874年の法律と照合すれば違法行為である。しかし、ヴィタリスは主人公を「自分で最善を尽くして育てる義務」(*D.I*, p. 248) を自覚した人物であり、主人公を愛し、教育する父親代わりとして提示された。

さらにヴィタリスの死後も、主人公はバルブランに苦しめられる。つまり、「バルブランは僕自身を請求できる、僕を見つけ出し、どこでも、どんな人の所でも僕を連れて行き、代わりにいくらかのお金を手に入れられる」(*D.II*, p. 201) と、自分についての権利が再び養父に戻ったことを自覚し、自分の居場所を養家に隠し続ける。バルブランは主人公にとって、憎しみの対象であり、「もし見つかったらまた売られるのではないか」(*D.II*, p. 197) と、自分に対する権利を有する人物として、恐怖の対象である。主人公は、養父の思い通りには決してならないと覚悟し、「いざとなったらフランスを離れ、マチアと一緒にイタリアでも、アメリカでも世界の果てまで行ってしまおう」(*D.II*, p. 201-202) とさえ考える。

子が保護者に憎しみと恐怖しか抱かないのは、マチアとガロフォリの関係においても同様である。イタリア人のマチアは母親から叔父のガロフォリに託され、マチアの保護者はガロフォリである。流しの音楽家のガロフォリは、マチアを含む十名の子どもをイタリアからパリに連れて来て、楽器の演奏、動物の見せ物と物乞いをさせ、日稼ぎのノルマを達成できない子どもを毎晩虐待する。マチアも虐待され、「もし放っておかれて死ねば全部終わりで、もうお腹も減らないし、殴られることもない」(*D.I*, p. 264) ので重い病気になりたいと語る。

ガロフォリの行為は、1870年代に「巡業的職業」の人々の間で、現実に行われていた行為をもとに描かれたと考えられる。たとえば、「巡業的職業に雇われる子どもの保護に関する法律」の成立の前、1874年3月4日の審議に

おいて、法律の提案者である代議士ウジェーヌ・タロン（Eugène Tallon, 1836-1902）は次のような報告を行っている。

> われわれはヴェルサイユにて、この商売における生活を確認する機会を得た。三人のピュイ＝ド＝ドーム県出身の子どもたちが、オルガン弾きのもとで暮らしており、彼らを故郷に送還させたのだ。このオルガン弾きの男は、男自身の自白によれば、三人の子どもたちをその家族から、月15フランで借り、引き取ったのだ。オルガン弾きは子どもたちに日常的に物乞いをさせていた。警察がこうした種類の出来事を確認しない日はない。［……］法律がなければ、この罪は罰せられないままであり、こうした商売の者が罪深い搾取を継続してしまう[223]。

タロンは同報告内で、パリでこのような子どもの中に、イタリアの子どもたちが多くいる点も指摘した[224]。タロンの報告をマロが直接参照したかどうかは不明である。しかし、*Sans famille* の描写は、1870年代に実際に行われた、児童の人身売買や貸借、「巡業的職業」の興行における労働、虐待などの現実と、それについて批判する言説が参照されつつ書かれたと考えられる。ガロフォリのような人間がフランスに多く存在することも、*Sans famille* の中で次のように書かれた。

> 多くの村や町を通る旅の中で、僕は親方(パドローネ)なるものに何人も出くわした。あちこちで雇った子どもたちを、棒で殴り、連れていくのだ。彼らはヴィタリスとはまったく似ていない。冷酷で不当で強欲で酔っ払いで、口からは下卑た言葉が飛び出し、手は殴るためにいつも振り上げられている。（*D.I*, p. 251）

しかし、マチアが最も恐れるのは、ガロフォリが自分の保護者であり、自分の権利を常に有しているということである。物語の中でガロフォリはマチアを自分のもとで働かせた後、サーカスに売ったので、マチアはガロフォリから離れた。サーカスをやめたマチアと再会した主人公が、二人で旅をする設定である[225]。しかし、主人公と旅をしていてもマチアは次のように恐れる。

ガロフォリは俺の親方で、叔父さんだ。だから俺を連れ戻せる。ガロフォリから逃げるなんてできない。君はバルブランにまた捕まるのを怖がっていたから、分かってくれるだろう。俺がガロフォリにまた捕まるのをどんなに恐れているか。（*D.II*, p. 227）

マチアにとってのガロフォリは、主人公にとってのバルブランと同様に、子の権利をいつまでも有し、搾取しようとする恐ろしい保護者である。マチアに対して、主人公は「ガロフォリのような叔父は家族ではない」（*D.II*, p. 241-242）と断言する。この言葉から、父権を濫用する父親や保護者は「家族ではない」のであり、父権も失効するべきだという、マロの考えが看取できる。そして、小説が新聞に連載された1877年には、バルブランやガロフォリの行為は、今まさに取り締まられ、父権が剥奪されるべき行為として提示された可能性がある。

児童を虐待し搾取する父親と同時に提示されたのが、ドリスコル家の父親のような、子に犯罪を行わせる父親である。ドリスコル家の挿話は、当時のフランスの世論において懸念された[226]「少年犯罪の温床となる家族」として提示され、その根本的な原因としての父権が表現されたと考えられる。

Sans famille の第二部第十三章において、主人公は自らの本当の家族としてドリスコル家の人々に出会い、行商人であると思っていた両親が、盗品を流す犯罪者であるということを知る。ドリスコル家の父親による父権の行使の様子は第二部第十四章から第十六章に記述された。

第二部第十四章の章題「汝の父母を敬え」（*D.II*, p. 281）は、聖書の倫理的な規定の引用であるだけでなく[227]、民法第371条の規定「子は全ての年齢において父及び母に対して敬意と尊敬の義務を負う」を暗に指し示すと考えられる。というのも、主人公は第十四章から第十六章において、「父を敬う義務がある」（*D.II*, p. 313）ことや「親のそばで暮らす義務」（*D.II*, p. 290）に苦しみ続け、ドリスコル家の挿話には、民法の父権規定に対する強い批判が込

められていると思われるからである。ドリスコル家では、父親が「何かをしろと言ったら、すぐにその通りにする」（*D.II,* p. 300）というのが「家の掟」（*D.II,* p. 300）であり、そのような父親の絶対的な権威の被害者となる子どもは次の二種に分けられる。

　第一に、実子のアレンとネッドである。彼らはすでに常習的に窃盗をさせられ、兄として一緒に暮らすようになった主人公が彼らと「仲良くしようとしても邪険に敵意でしか応えようとしない」（*D.II,* p. 305）と書かれ、道徳的に問題がある子どもとされた。結末では、彼らが大人になっても犯罪者のままで、「国外追放の刑を宣告された」（*D.II,* p. 418）ことが示された。アレンとネッドは、父親の影響で少年の頃から犯罪者になった「精神的に遺棄された子ども」として提示されたと考えられる。

　第二に、主人公である。主人公は、家族の犯罪行為に気付いてから、自分も犯罪に加担させられるのではないかという恐怖と、子としての「義務の問題」（*D.II,* p. 322）との間で葛藤し、苦しむ様子が書かれた。第二部第十四章から第十六章の間に、子の両親に対する「義務」に関する記述は複数回なされ、その記述において主人公は、マチアから何度もドリスコル家のような犯罪者家族から逃げ出すように忠告を受けるも、「親を敬い、愛する義務がある」（*D.II,* p. 294）と言って忠告に従わなかった。主人公が「義務」に拘泥するのは、単なる倫理的な問題ではなく、「親を敬い、愛する義務」、「親のそばで暮らす義務」などを全うしないと、民法の規定に違反するからという理由があると考えられる。というのも、次の主人公の言葉は、倫理的な葛藤以上のものを示唆すると思われるからである。

　　僕がもし、マチアだったら、たぶん同じくらい頭を働かせているだろう。でも、僕の立場では、マチアのように自由にあれこれ考えるのは許されないのだった。僕の父のことなのだから。［……］
　　ドリスコル氏について、マチアは頭に浮かぶどんなことでも考えることができる。

第三章　Sans famille における社会批判

> 彼にとって、ドリスコル氏は赤の他人で何の義務もない。
> 反対に、僕には父を敬う義務がある。
> 間違いなく、今の僕の状況には奇妙なことがある。
> でも僕には、マチアと同じ視点でそれらを検討する自由はない。
> 疑うことが、マチアには許されている。
> 僕には禁じられている。（*D.II*, p. 313）

　何が主人公から、父親の行為を「検討する自由」を奪い、父親を疑うことさえ「禁じ」ているのかを考えた時、筆者は、マロが民法の第371条「子は全ての年齢において父及び母に対して敬意と尊敬の義務を負う」以下の父権規定を念頭に置いているのではないかと考える。そうであるならば、主人公にとっては、家族とともに暮らし、犯罪行為を働くことも、子の親に対する「義務」に反して家族を捨てることも、どちらも法的規範を逸脱する行為となってしまうのである。大きな葛藤の中で、主人公は次のように語る。

> こんな告白をするのは恐ろしいが、僕は孤児だった時は、今ほど苦しまなかったし、今ほど不幸せでもなかった。家族のないことを悲しんでいた僕が、家族がいることに絶望して涙にくれるなどと、誰が想像できただろうか。（*D.II*, p. 315-316）

　つまり、このような「家族」ならば、子どもにとっていない方が良いことが暗に示された。そして、マチアが「親を敬う気持ちが君を引き留めるのは分かるが、それでまったく身動きが取れなくなってはいけない」（*D.II*, p. 315）と主人公を諭す言葉に、子どもをそうした家族に縛り付けるものとして、父権規定を批判的に捉えるマロの考えが看取できる。
　ドリスコル家の挿話では、主人公が葛藤している間に、愛犬のカピは窃盗の手伝いをさせられてしまう。主人公は、「彼らは善良で正直なカピを泥棒にしてしまった」（*D.II*, p. 303）と憤り、父親に対し、「僕はカピに泥棒にな

ってほしくない、それは僕自身が泥棒になりたくないのと同じことです」(*D.II*, p.304) と反論する。つまり、この家族と一緒に生活すると、「善良で正直」な者でも犯罪に加担してしまい、主人公自身も犯罪者になってしまうことを恐れている。ここに、少年犯罪に家族が影響するというマロの考えが読み取れる。小説の中で、泥棒になってしまうのは犬であっても、現実において犯罪者となるのは子どもである。

　こうした *Sans famille* の描写は、同時代の少年犯罪の原因としての父権批判と重なる。河合務は、1889年に成立した児童保護法の立法者である上院議員テオフィル・ルーセル（Théophile Roussel, 1816-1903）の、1883年5月1日の議会報告における次の発言から、ルーセルが「少年犯罪の温床となる家族」の存在を認識していたと指摘した。

> 本提案の製作者は、数々のカテゴリーの子どもの扶助や監護や保護を組織化することにとりわけ関心を抱いてきました。そして子どもは現在のわたしたちの扶助に関する法律では保護されないのです。なぜなら、子どもたちには家族があり、家族のなかはとりわけ、留置人たる若者、犯罪者たる若者、累犯者たる若者の温床となっていることをわたしたちは知っているからなのです[228]。

　ルーセルは、同報告内で、「有害な父権に対して子どもの監護と教育を保証するために、ある程度の司法的自由裁量」を提案し、「有害な父権」に対抗すべく、司法的自由裁量の増大と、「子どもの監護と教育」のために、父権条項に手を加える必要を訴えた[229]。

　当時のフランスで、児童虐待と少年犯罪という二つの問題が、児童の保護をめぐる深刻な問題としてクローズ・アップされるなかで、父権がその原因として、また国家や司法などの外部からの介入を阻むものとして批判された。*Sans famille* における三名の父親たちは、こうした議論の反映であり、またその描写からは、作者のマロ自身が民法の父権規定に対して非常に強い懐疑

を抱いていたことが看取できる。*Sans famille* において、主人公やマチアをそうした父親たちから救うのは、父親の死や、本当の家族との再会であって、小説の中では国家による介入や法律の改正が提案されているわけではない。しかし、複数の挿話を通し見られる父権批判は、この小説の中心的なテーマの一つであったと考えられる。

3-3-4 *Sans famille* における児童保護事業

Sans famille において、児童保護事業の問題は、比較的短い挿話で示された。しかし、当時公的扶助事業が不足し、その不足を民間慈善事業が補っていた点、後者が公的な認可を受けていたケースは少なかった点、などの状況を考慮すると、両者のどちらがを評価されたのかは明らかにできると思われる。

まず、公的扶助事業についての言及は、バルブランとヴィタリスとの会話においてなされた。バルブランは、主人公をヴィタリスに引き渡す前に、養育費を給付してもらえるか、村役場を通じて県の福祉施設課に相談しようとした。しかし、その考えはヴィタリスにより否定された。

> バルブランは、村に来たのは僕を村長のところへ連れて行くためで、村長から福祉施設の方へ、僕の養育費を出すよう頼んでもらうつもりだと言っていた。[……]
> 「あんたを困らせているのはその子か。」
> 「そうだ。」
> 「では、あんたは県の福祉施設課が、月々の養育費をあんたに払うと思っているのか。」
> 「もちろんさ！あの子には親がいなくて、俺が養ってやっているんだから。[……]」
> 「そうでないとは言わない。しかし、正しいことが全部その通りになると思うか。」
> 「それは、そういかない時もある。」

232 第一部 Hector Malot, *Sans famille*（1878）――原典成立の背景と意義

> 「だから私は、あんたが要求しても、養育費は絶対にもらえないと思うのだ。」
> ［……］
> 「しかし、この子を手元においておけば、施設は俺に月に10フラン以上払ってくれる。」
> 「7フランか、8フランというところだ。私は値段を知っている。しかも、あんたはこの子に食べさせなくてはならない。」
> 「この子は働くからね。」
> 「本当に働けると分かっていたら、あんたは追い出したいと思わないはずだ。孤児院の子を引き取る人は、養育費が目当てではなく、働かせるためにそうするのだ。その子を召使にしてしまうが、金は払わないで済む。」(D.I, p. 30-34)

このように、「県の福祉施設課」は捨て子を養育している者に対して、養育費を払うことはないと、ヴィタリスは懇々と語るのである。「県の福祉施設課」に養育費を請求するという提案は、主人公を手放したくない養母が「夫にどうにか許してもらい」(D.I, p. 30) 講じられた最終手段であったが、県の福祉行政は主人公を救わない。さらには、公立の「孤児院」はひどい所であるとされ、孤児院に引き取られた子どもは「たくさん働かねばならないが、ほとんど食べさせてもらえない」(D.I, p. 40) と書かれたうえに、村の孤児院に入れられることを主人公は次のように怖がった。

> 村には「孤児院の子」と呼ばれる子どもが二人いた。彼らは鉛の番号札を首から下げていた。みすぼらしい身なりで、汚かった。みんなに馬鹿にされたり、殴られたりしていた。他の子どもたちは面白半分に、かばってくれる人がいないのをいいことに、野良犬を追い回すように、二人を追い回して苛めた。
> ああ！僕はあんな子どもたちみたいになりたくない。首に番号札なんか付けたくない。［……］
> 考えるだけで寒気がして、歯がガちがち鳴る。(D.I, p. 25-26)

このような「県の福祉施設課」や、公立の「孤児院」についての記述に対し、カトリック系の慈善病院は、子どもがすすんで入りたい場所とされた。

第三章　*Sans famille* における社会批判　233

ガロフォリに虐待されたマチアは、一度病院に入院した時の様子を主人公に次のように語る。

> 「君は知っているかな。病院がどんなにいいところか」マチアは話し続けた。
> 「俺は入院したことがある。サント＝ウージェニー病院に。あそこには背の高いブロンドのお医者さんがいてね。いつもポケットに大麦糖の飴を入れているのさ。かけらだったけどね。その方が安いからね。でも同じくらい甘くて美味しい。それに修道女たちが優しく話しかけてくれる。『こうするのよ、ぼうや。舌を出してみせてね、良い子ね』って。俺は優しく話かけられるのが好きさ。泣きたくなる。そして泣きたくなると、とても幸せになる。［……］母さんは、いつも俺に優しく話しかけてくれた。修道女たちは母さんと同じ話し方をしてくれる。同じ言葉でなくても、同じ音楽なんだ。それから病気が良くなってくると、美味しいスープや葡萄酒が出る。」(*D.I*, p. 265)

　この引用に登場する、サント＝ウージェニー病院（Hôpital Sainte-Eugénie）は、パリのサン＝タントワーヌ街に所在する小児病院で、もともと修道院であったのが、復古王政期にはサント＝マルグリット病院という名を冠した捨て子と孤児の養育施設となった。1853年にナポレオン三世の皇后ウージェニーの希望で小児病院に転向し、パリで二番目の小児病院として業務を開始した[230]。405のベッドを備え、1861年には3226名の入院患者を受け入れたという[231]、1860年の報告によると、2歳から14歳の子どもを入院させていた[232]。*Sans famille* では、カトリック教会系の団体が行う児童保護事業に対する積極的な評価が見られ、村の孤児院と、サント＝ウージェニー病院とでは、子どもに対する取り扱いが対照的に書かれた。

　さらに、主人公がパリで凍死しそうになり、アキャン家の長女エチエネットから献身的な看病を受ける時、彼女の様子は「全ての仕事のうえに、看護婦の仕事を引き受け、優しく、きちんきちんと、まるでサン＝ヴァンサン＝ド＝ポール協会の病院の修道女のように、忍耐強く、病人を忘れることなく、

僕を看病してくれた」(*D.I.*, p.309) と書かれた。エチエネットの献身的な看護の様子との引き合いに出されたサン゠ヴァンサン゠ド゠ポール協会 (Société de Saint-Vincent-de-Paul) は、復古王政期に設立されたコングレガシオンの系譜に連なる慈善団体である[233]。1833年にフレデリック・オザナム (Frédéric Ozanam, 1813-1853) によって設立され、約40年の間、協会の活動はフランスで大きな成長を遂げ[234]、フランスの慈善事業の筆頭の地位を占めるようになった[235]。

 Sans famille において評価されたのは、カトリック教会の系統に属する団体が運営する病院や、そこで働く医者、看護師（修道女）による活動であり、県や村が主導する公的扶助事業については、大きな不信感が示されつつ書かれたと言わざるをえない。

 以上のような記述を踏まえ、次の二点を指摘したい。第一に、マロは反教権主義者であったが、児童保護事業については、カトリック教会の系統に属する団体による慈善事業を高く評価した点である。本節第二項で、第三共和政初期に児童保護事業の中心的役割を担った民間慈善事業が、法的な協力機関として位置づけられるのが遅れた大きな理由として、共和主義者とカトリック教会のヘゲモニー闘争があることを述べた。この闘争が最も激しかった領域が初等教育の領域であったことは周知のとおりである。そして、*Sans famille* において提示される児童教育はそれを反映しており、「共和国の小学校」の教科教育に概ね沿う内容の提示、自然科学教育の宗教的信仰に対する優位、公民道徳教育の含有など、共和主義的初等教育の内容が物語の中に如実に内包されている。しかし、児童保護事業の運営や実践については、マロは自らの政治的信条に拘泥せず、柔軟な姿勢を持っていたと言える。それは、作家が児童保護事業を早急に充実させるべき課題として認識し、カトリック教会系の団体が運営する事業も含めた民間慈善事業が、実践において大きな役割を果たしているという当時の実状を踏まえた上で、それを評価したからであると考えられる。

第三章 Sans famille における社会批判　235

　第二に、児童保護事業を含む社会事業の発展のために、マロは公権力や行政よりもむしろ、個人の良心に期待したと考えられる点である。マロのSans famille 以外の作品、『子どもたち』（1866年）と『家なき娘』（1893年）において描かれた福祉事業を検討したイヴ・パンセは、マロが市や県の行政が主導する公的扶助事業についての評価が限定的である一方、私的な性格をもつ福祉事業への評価が高いことを指摘し[236]、小説内のどの福祉事業も登場人物の「寛容さ（générosité）」などの資質から起こっていることを明らかにした[237]。パンセが扱った二小説では、企業が福祉事業を展開した設定であり[238]、企業主の良心にその事業の展開がかかっている。また、二小説以外に書かれた福祉事業として、アンヌ＝マリー・コジェはマロの『オベルナン夫人』（原題：Madame Obernin, 1870）において、マロが宗教的・政治的派閥に関係なく福祉事業を展開する代議士を描いたことに言及し[239]、マロの提示する福祉事業の手段が、「ある種の政治的態度をもつ理論上の言説[240]」を追随するのではなく、「個人の意識化[241]」を基本とするものであると指摘した。

　そしてSans famille では、本項で指摘した記述に加え、物語を完結させる挿話として、主人公が家族から集めた資金を元手に「道端の小さな音楽家たちが泊まることのできる会館」（D.II, p.419）を設立する挿話が書かれた。つまり、最終章における挿話において児童保護事業の柱となるのは、主人公の良心であり、Sans famille の結末でもまた、個人の良心への期待が示されたと言うことができる。

　マロが、自らの政治的信条を超え、カトリック教会系の団体が運営する児童保護事業を評価した点からは、当時の現実に即した上で、苦しむ子どもの一刻も早い保護を望んだことが窺われる。結末で主人公自身の児童保護事業に対する意識化が描かれた『家なき子』では、現実の上で実際の児童保護事業を展開する根本として、読者自身の良心に期待が持たれており、児童の権利の問題について読者一人ひとりの意識化を促すことがこの作品の目的の一つであったと言えるのではないだろうか。

3-4 まとめ

　本章では、*Sans famille* において展開された国家批判、社会批判について論じた。前章では、*Sans famille* において提示された児童教育と共和主義的初等教育の内容とが、新しく多様な教育内容、保守的な道徳教育などの点で概ね一致し、この小説の記述内容において将来のフランス共和国民の育成が意識されていることが判明した。しかしその一方で、本章で明らかにしたように、*Sans famille* では、国家およびフランス社会の欠陥について、児童教育の領域のみならず、「社会問題」の現状とその対応に関する批判的記述、児童の権利についての問題提起など、複数の領域における時事問題への批判が見受けられた。そしてそのような記述からは、初等教育の「軍事化」の傾向、労災補償をはじめとした労働者家族の生活保障の問題、児童虐待や少年犯罪の根本的原因としての父権に関する議論など、1870年代当時の同時代的な複数の議論が踏まえられつつ小説が書かれたことが看取される。こうした批判的な記述は、共和主義国家が推進する初等教育の内容にマロが基本的に賛同しながらも、一方では国政の方針やフランス社会のあり方を完璧であるとは考えておらず、それらに内包される問題について読者に訴え、解決の必要を主張したことを意味すると思われる。

　これらの問題解決のために小説内で重視されたことは、次の二点であると考えられる。第一に、社会の構成員が血縁の有無、階級間の対立、国籍の違いなどを超越して、互いを家族のように思う考えに基づきながら、「支え合い、助け合って、持っている方が持たない方に与える」という精神を持つことである。第二に、一人ひとりの児童、読者が自分の頭で考え、行動する力を身に付けることである。

　本章第一節ではまず、*Sans famille* は反戦主義的な傾向を持ち、少なくとも西ヨーロッパにおける国際協調の必要が念頭に置かれた作品であって、児

童を国家の子どもと見なし、愛国心に満ちた「良き兵士」の育成を目指すような国家主義的な教育は否定されたことを論じた。次に、Sans famille の児童教育は個人主義的な傾向を持つ点を論じた。そこでは、児童一人ひとりに内在する能力が尊重され、学校で教授される事柄を鵜呑みにするような学習態度は非難されて、自分の頭で考え、行動する能力を身に付けることが児童教育の目的として重視された。

　このような児童教育で培われた個人の能力は、本章第二節、第三節において扱った「社会問題」や児童福祉の問題の解決にこそ必要であるとマロは考えていたと言えるのではないだろうか。実際に、当時のフランスのそれらの領域における社会事業の実践に関しては、国家や地方公共団体による公的事業よりも、企業パテルナリスムやカトリック教会などが主導する私的事業の方が充実しており、マロも Sans famille をはじめ、複数の小説の中で私的性格を持つ社会事業を評価した。そしてそのような小説の中では、社会事業の発展のために、公権力や行政よりも、個人の良心への期待が見られ、「個人の意識化」が重視された。

　危機に瀕した労働者家族、浮浪者などの「貧しい」人々、捨て子や孤児、虐待される子どもといった、社会的弱者をも家族、兄弟として見なす精神に基づきながら、社会の矛盾を是正できるように、自分の頭で考え、行動できる人間の育成が Sans famille では目指されたと考えられる。そして物語の最終章において、大人に成長した主人公のレミは、まさしくそのような精神と能力を兼ね備える人間として提示された。マロは、物語を読む読者一人ひとりの「個人の意識化」の一助となるように、Sans famille という作品が貢献することを願いながら、作品の中で鋭い社会批判を展開したのではないだろうか。

注
1　Marc Soriano, *op.cit.*, p. 380. Patrick Cabanel, *op.cit.*, p. 270. 佐藤宗子、前掲

『「家なき子」の旅』、291-305頁。末松氷海子、前掲書、82-83頁。
2 　末松氷海子、前掲書、84頁。
3 　私市保彦『フランスの子どもの本』、白水社、2001年、117-121頁。佐藤宗子、前掲書、298-299頁。
4 　南允彦、前掲論文、22-24頁。
5 　Maurice Crubellier, L'Enfance et la jeunesse dans la société française 1800-1950, Paris, Armand Colin, 1979, p. 194. Mona Ozouf, op.cit., p. 115-116. 亀高康弘、前掲論文、32、48頁。
6 　今野健一、前掲論文、107-108頁。Mona Ozouf, op.cit., p. 111-115.
7 　Michèle Alten, op.cit., p. 5.
8 　歴史教育は、国民意識や祖国愛の涵養にとりわけ重要であるとされた。たとえば、エルネスト・ルナンは、「国民とは何か」という1882年の演説において、国民性を種族、言語、利害、宗教的類縁性、地理、軍事的必要などによって規定する考えを非難する一方で、「国民とは魂であり、精神的原理」であるとし、「魂」や「精神的原理」を構成するものとして「一方は豊かな記憶の遺産の共有であり、他方は現在の同意、ともに生活しようという願望、共有物として受け取った遺産を運用し続ける意志」であると述べて、過去（歴史）に関する共通認識を国民性を規定する重要な要素とした。（エルネスト・ルナン、鵜飼哲訳「国民とは何か」、『国民とは何か』、河出書房新社、1997年、61頁。）
9 　Ernest Lavisse, art. «Histoire», Dictionnaire de pédagogie et d'instruction primaire, Partie 1, Tome 1, publié sous la direction de Ferdinand Buisson, Paris, Hachette, 1882, p. 1271.
10 　古賀毅、前掲「E・ラヴィスの歴史教科書と国民育成」、393-396頁。
11 　古賀毅「国民育成教育における歴史的英雄の教材化――道徳的モデルとしてのジャンヌ・ダルクに関する記述を中心に」、『学術研究（教育・社会教育・体育学編）』（早稲田大学教育学部）、第49号、2001年、21-27頁。
12 　渡辺和行「英雄とナショナル・アイデンティティ――第三共和政フランスの歴史教育とナショナリズム」、望月幸男・橋本伸也編『ネイションとナショナリズムの教育社会史』、昭和堂、2004年、所収。314-316頁。
13 　P.-J. Stahl, Maroussia, d'après une légende de Marko Wovzog, Paris, Bibliothèque d'éducation et de récréation, 1878, p. 229.
14 　田中正人「『二人の子供のフランス巡歴』とその時代――第三共和政初期の初等教育イデオロギー」、『規範としての文化――文化統合の近代史』、平凡社、1990年、

126頁。
15 　同上、139-140頁。田中正人によると、アンドレとジュリアンの実の母親については、兄弟が幼い頃に病死したという以外の記述はなく、この物語には、二人にとっての最高の「母」としての祖国フランスを知るという深い意味が含有された。また、二人はしばしば、祖国フランスに対し「あなたの息子」「あなたの子ども」という表現を用い、子どもはフランスという祖国の子どもとして設定された。
16 　古賀毅、前掲「E・ラヴィスの歴史教科書と国民育成」、393頁。ジャック・オズーフ、モナ・オズーフ、平野千果子訳「『二人の子どものフランス巡歴』——共和国の小さな赤い本」、ピエール・ノラ編『記憶の場——フランス国民意識の文化＝社会史』第二巻、岩波書店、2003年所収、263-265頁。
17 　普仏戦争後のフランス児童文学出版や児童雑誌出版の状況については、以下の文献に詳しい。Francis Marcoin, *Librairie de jeunesse et littérature industrielle au XIXe siècle*, op.cit., p. 597-668. Alain Fourment, *Histoire de la presse des jeunes et des journaux d'enfants（1768-1988）*, Paris, Édition École, 1987, p. 123-128.
18 　1869年にエッツェルとマロが交わした契約において、「フランスの特徴や産業を示す一種のフランス一覧図になるような方法で描き出す」と約束された。
19 　山田敬子「十九世紀フランスにおける国籍法と外国人規制」、『学習院史学』第35号、1997年、92-94頁。なお、1889年の国籍法で出生地主義に改められた。
20 　Michèle Altène, *op.cit.*, p. 4-5.
21 　*Sans famille* では、ミュラについては社会的上昇を自力で果たしたことに対する評価が書かれた。本書第一部第三章第一節第二項参照。
22 　Yves Pincet, *Thèse, op.cit.*, p. 197-198.
23 　『ロマン・カルブリス』第五章において、ビオレル氏は主人公のロマンに、フリーラントの合戦におけるロシア軍の砲撃の凄まじさを説明する中で、自分が戦場に咲いていた花を摘もうとかがんだために間一髪で砲撃を免れ、戦友は皆殺しにされてしまったという話を語った。(*Cf. RK*, p. 56-57)
24 　本項で後述するように、マロが人生で初めて戦場に赴いた1870年から1871年の経験により反戦的な考えを持つようになり、戦争に関する記述を児童文学作品の中から排除したのではないかと考えられる。
25 　マロは、1875年にフォントネー＝スー＝ボワの小学校に通うようになった自分の娘に、ドイツ語の教育を希望し、学ばせた。(Cf. Mairie de Fontenay-sous-Bois, *op.cit.* p. XI.)
26 　Hector Malot, «Alsacienne», in Société des gens de lettres, *L'Offrande: aux Al-*

saciens et aux Lorrains, Paris, Librairie de la Société des gens de lettres, 1873, p. 167-180.
27 Ibid., p. 173.
28 «Lois sur le recrutement de l'armée, du 27 juillet 1872», J. B. Duvergier, Collection complète des lois, décrets, ordonnances, règlements, et avis du Conseil d'Etat, tome 72, Paris, Directeur de l'Administration, 1872, p. 333.
29 Hector Malot, Souvenir d'un blessé, op.cit., p. 30.
30 Ibid., p. 144.
31 Ibid., p. 148.
32 Ibid., p. 123-125.
33 Hector Malot, Thérèse, op.cit., p. 72-73.
34 本書第一部第二章第四節第二項及び第三項参照。
35 Christien Amalvi, «Les Guerres des manuels autour de l'école primaire en France (1899-1914)», Revue historique, 103ᵉ année, Tome 262, 1979, p. 362-369.
36 Sans famille のドイツ語の翻訳が Heimatlos の訳題で1893年には出版されていたことが、ドイツ国立図書館の OPAC により確認された。また、大英図書館の OPAC により、1880年代末から1890年代にかけ、ロンドンのアシェット社からは三冊の小学校課外用読み物が出版されていることが確認された。(ドイツ語) Hector Malot, Natalie von Rümelin, Heimatlos : Roman in 3 Bdn, Stuttgart, Engelhorn, 1893. (英語、アシェット社) Hector Malot, Capi et sa Troupe : épisode de "Sans famille." Selected for use in English schools. Edited with grammatical and explanatory notes, and a French-English vocabulary, by F. Tarver, London, Hachette et Cie. 1888. Hector Malot, Remi et ses amis, épisode de "Sans famille." Edited by J. Maurice Rey, London, Hachette et Cie., s.d. (1897). Hector Malot, Remi en Angleterre : épisode de "Sans famille." Edited with introduction, grammatical and explanatory notes, and a French-English vocabulary, by E.L. Naftel, London, Librairie Hachette et Cie., 1899.
 (参考サイト：ドイツ国立図書館 http://www.dnb.de/DE/Kataloge/kataloge_node.html (2018年6月18日閲覧)。大英図書館 http://www.bl.uk/# (2018年6月18日閲覧)。)
37 Yves Pincet, Thèse, op.cit., p. 185-251. その中でもとくに p. 189-219.
38 藤井穂高「初等教育としての確立とフレーベル主義の影響」、『フランス保育制度史研究——初等教育としての保育の論理構造』、63-80頁。藤井によると、フレーベ

ル主義は、1849年にフレーベルに出会い、フレーベル運動の発展と幼稚園の普及に献身した、マーレンホルツ女史によってフランスにもたらされた。彼女は1855年から二年間フランスに滞在し、その間にウージェニー皇后の庇護のもとでフレーベルの原理を適用する幼稚園が開設された。マーレンホルツ女史の言う新教育法は、子どもの活動本能や自由な発達を尊重する一方で、保育の目的を労働準備教育に設定した点において、当時のフランスにおけるフレーベル主義の限定的な受容を促したと言える。

39 尾上雅信「直観教授論の展開」、『フェルディナン・ビュイッソンの教育思想——第三共和政期教育改革史研究の一環として』、東信堂、2007年、175-188頁。

40 本書第一部第二章第二節第二項⑪参照。また藤井穂高、前掲書、212-216頁。さらに1887年の小学校教育課程の教育方法規定では、知育が実物教育に基づくことが明記された。

41 Yves Pincet, Thèse, *op. cit.*, p. 195. パンセは、本項でも後に言及するマロの小説『クロチルド・マルトリー』（1872年）の中に「独学者」に対する礼賛を読み取ったが、*Sans famille* の中の「独学者」の表象については言及しなかった。

42 *Ibid.*, p. 191-199. たとえば、パンセは学校教育批判の一例を *Sans famille* 第一部第七章における、村の学校の描写に見出した。*Sans famille* の主人公は村の小学校に１か月だけ通ったが、文字も計算も教わることはなく、「先生たちがいろいろな理由で、たとえば何も知らないとか、ほかに仕事があるとかで、託された子どもたちに何一つ教えない」（*D.I.*, p. 82-83）学校の一つとされた。また、その村の学校の描写が現実の学校を反映したと考えられる根拠として、1846年のアン県における初等教育視察官の報告を例に挙げた。したがって、パンセの博士論文では、十九世紀前半のフランスにおける小学校の実態が、小説の描写との比較対象として挙げられたと言える。

43 *Ibid.*, p. 197 et 204-215.

44 *Ibid.*, p. 216-219. マルゲリットとシェルエルについては、マロの回想録『私の小説の物語』の中で言及された。（Cf. *RR*, p. 118. 本書第一部第一章第一節参照。）

45 喜安朗『近代フランス民衆の〈個と共同性〉』、平凡社、1994年、201-203、211頁。

46 本項における「独学者」に関する記述は、おもに以下の研究に依拠している。喜安朗、前掲『近代フランス民衆の〈個と共同性〉』、木下賢一『第二帝政とパリ民衆の世界——「進歩」と「伝統」のはざまで』、山川出版社、2000年。また、以下のフランス民衆図書館史研究と読書史研究も併せて参照した。（フランス民衆図書館史研究）槙原茂「文明化のソシアビリテ——19世紀フランスの民衆図書館運動と農

村」、『歴史学研究』752号、2001年8月、13-27頁。Noë Richter, «Aux origines de la lecture publique—Naissance des bibliothèques populaires», *Bulletin des bibliothèques de France*, n° 4, 1978. Philippe Mandeville, «Les Bibliothèques populaires de la Seine-Inférieure au XIXe siècle», *Annale de Normandie*, 28e année n°.3, 1978, p. 259-274. Martyn Lyons, «Les Bibliothèques et leurs lecteurs», in *Le Triomphe du livre : une histoire sociologique de la lecture dans la France du XIXe siècle*, Promodis, 1987, p. 169-192. Roger Bellet, «Un siècle de Bibliothèque Populaire», *Le Roman populaire en question : acte du colloque international de mai* 1995 *à Limoges*, sous la direction de Jacques Migozzi, PULIM, 1997, p. 305-314.（読書史研究）マーティン・ライオンズ著、田村毅訳「十九世紀の新たな読者たち──女性、子供、労働者」、ロジェ・シャルチエ他編、田村毅他共訳、『読むことの歴史──ヨーロッパ読書史』、大修館書店、2000年、445-490頁。Noë Richter, *L'Éducation ouvrière et le livre, de la Révolution à la libération*, Bibliothèque de l'Université du Maine, 1982. Noë Richter, «Lecture populaire et lecture ouvrière : deux composantes du système de lecture français», *Bulletin des bibliothèques de France*, tome 28, n° 2, 1983, p. 123-134.

47　喜安朗、前掲『近代フランス民衆の〈個と共同性〉』、204-211頁。

48　1833年6月28日の初等教育法（ギゾー法）の第九条と第十条に以下のように規定された。

「〈第九条〉コミューンはすべて、それ自体でか、あるいは隣接する一つまたはいくつかのコミューンと連合するかして、少なくとも一校の基礎初等教育学校を維持しなければならない。地域の事情からして可能であろう場合には、公教育大臣はコミューン議会の意向を聴取したのち、国によりみとめられた宗派の一つにとくに充当された学校をコミューンの学校として許可することができるであろう。〈第十条〉県の首邑たるコミューン、および人口が六、〇〇〇人をこえるコミューンは、なおそのほかに上級初等学校一校をもたなければならないであろう。」梅根悟監修、前掲『世界教育史大系10 フランス教育史II』、34頁。

49　ギゾー法は子どもの就学を親に義務付けた法律ではなく、第九条と第十条に掲げられた小学校の設置義務を果たさないコミューンに対し、制裁措置も規定されなかった。ギゾー法の制定によって、公立の小学校を中心に、公立・私立、男・女、基礎・上級、のあらゆる小学校の総数は増加し（1832年には約42,000校であったのが1848年には約63,000校）、就学児童数も増えた（1832年に約200万人であったのが1848年には約350万人）。その意味でギゾー法は成果を挙げたが、県ごとの小学校の

普及率が不均衡であった点、男子に比べ女子の初等教育の普及は進まなかった点、就学児童の中に登録のみの者や不規則にしか出席できない者も含まれる点などにおいて、初等教育の普及の徹底とは言えなかった。徴兵時に調査された文盲者の比率は、1834年から1848年の間に47パーセントから33パーセントに下落したにとどまった。同上、39-42頁参照。

50　喜安朗、前掲『近代フランス民衆の〈個と共同性〉』、200-211頁。
51　マーティン・ライオンズ、前掲「十九世紀の新たな読者たち」、483-489頁。
52　とくに以下の文献を参照のこと。槙原茂、前掲「文明化のソシアビリテ」。Noë Richter, «Aux origines de la lecture publique», *op.cit.*
53　Martyn Lyons, op.cit., «Les Bibliothèques et leurs lecteurs», p. 169-171.
54　その先駆的な例として、1861年、理工科協会（Association polytechnique）の講義を受講していた、植字工のジラールを中心としたパリの労働者グループにより、理工科学校の教師や、理工科協会の指導者の助力を受けて、パリ第三区に教育友の会図書館が創設された。1860年代初頭は、学校図書館の制度化（1862年）、民衆図書館設置運動に中心的役割を果たしたフランクリン協会の創設（1862年）、オー＝ラン県市町村図書館協会の結成（1863年）など、民衆図書館設置運動にとって重要な転換期となる時期であった。（槙原茂、前掲「文明化のソシアビリテ」参照。Cf. Noë Richter, «Aux origines de la lecture publique», *op.cit.*）
55　喜安朗は、創作活動や社会活動によって自己表現した「独学者」について、次の五種の人々を挙げた。「労働者詩人」と呼ばれる詩作に熱中した人々、新聞『アトリエ』の編集者及び寄稿者のグループ、新聞『リューシュ・ポピュレール』の編集グループ、サン＝シモン派の民衆階層のレベルでの活動を行った人々、エチエンヌ・カベのイカリア派の運動を支えた人々。（喜安朗、前掲『近代フランス民衆の〈個と共同性〉』、219-255頁参照。）
56　木下賢一、前掲『第二帝政とパリ民衆の世界』、12-21頁。
57　同上、21-51頁。
58　木下賢一は、1860年代の労働運動とそれを先導した五人の「労働者エリート」の活動の関連に焦点を当てた。木下賢一、前掲『第二帝政とパリ民衆の世界』。
59　谷川稔『フランス社会運動史——アソシアシオンとサンディカリズム』、山川出版社、1983年、126頁。
60　先行研究でしばしば参照されたのは以下の文献である。『オピニオン・ナシオナル』が当時成功を収めた新聞であり、サン＝シモン主義者や社会主義者など「リベラルな傾向」の人々が編集を担った点には言及された。しかしルヴァロワは、マロ

をはじめ編集に関わった人々の文学作品に関し、おもに証言した。Jules Levallois, *Milieu de siècle, Mémoire d'un critique*, Paris, Librairie illustrée, 1898, p. 162-184.
61　Mairie de Fontenay-sous-Bois, *op.cit.*, p. XI.
62　*VMA*, p. 142-146.
63　1867年6月6日、ロンシャン競馬場において、ポーランド青年のアントニ・ベレゾフスキがロシア皇帝アレクサンドル二世に発砲した暗殺未遂事件。裁判は同年7月15日に行われ、ベレゾフスキはニュー・カレドニアでの徒刑に処された。(Cf. *Affaire Berezowski, Cours d'assise de la Seine, Audience du 15 juillet 1867, plaidoirie et réplique par Me Emmanuel Arago*, Paris, Typographie de Rouge frères Dunon et Fresné, 1867)
64　1867年2月、サン゠テチエンヌに新設された二つの民衆図書館のほとんど全ての蔵書について、市の有力者たちから懸念が示された。それらの蔵書とは、ラブレー、ヴォルテール、ルソー、ミシュレ、ルナン、ジョルジュ・サンド、ウジェーヌ・シュー、フーリエ、プルードン、ラムネなどの著作で、彼らによれば「不健全で反社会的、かつ反カトリック的」な書物であった。同年6月、市の有力者たちにより二百の署名を集めた嘆願書が上院に提出されたが、6月25日の上院での審議においてはサント゠ブーヴらが嘆願書に反対を表明し、思想の自由を擁護した。上院は嘆願書を公教育省に送致したが、公教育大臣のヴィクトル・デュリュイは嘆願書を却下し、蔵書も取り除かないものとした。(Cf. Roger Bellet, «Un siècle de Bibliothèque Populaire», *op.cit.*, p. 310-312. Martyn Lyons, «Les bibliothèques et leurs lecteurs», *op.cit.*, p. 184-185.)
65　Usbeck, «La Semaine», article paru dans le *Courrier français* du 22 juillet 1867.
66　相互学校とは助教法(モニトリアル・システム)を採用し、読み・書き・計算を教授した民衆のための学校を指す。生徒をいくつかの集団に分け、年長者や学力の高い者(モニター)が、教師から教えられたことを各集団に教える方式を取った。十九世紀初頭にイギリスで発祥したこの方式は、プロイセンなど、他国での民衆教育にも適用された。フランスでは、復古王政期に民衆教育の画期的な教育方法として精力的に導入され、「基礎教育協会」が設立されたが、1853年に公式に放棄された。(児美川佳代子「近代イギリス大衆学校における一斉教授の成立について」、『東京大学教育学部紀要』32号、1993年、43-52頁。大崎功雄「「相互学校システム」をめぐる「教育学論争」とF.A.W.ディースターヴェーグ——プロイセンにおける「近代学校システム」形成過程の研究」、『日本の教育史学』49号、149-161頁。梅根悟監修、前掲『世界教育史大系10 フランス教育史II』、25頁。Pierre Albertini,

第三章 Sans famille における社会批判   245

op.cit., p. 21-22.）

67 喜安朗によれば、「独学者」たちの学習は、職場や職人宿、居酒屋などにおける新聞、戯曲等の朗読に触発された場合や、すでに個人的な読書を行う者の蔵書に刺激された場合など、職人同士、労働者同士の絆と密接なつながりを持っていた。（喜安朗、前掲『近代フランス民衆の〈個と共同性〉』、204-223頁。参照）

68 Sans famille で、マジステールは仲間の炭鉱夫から変わり者扱いされていたが、出水事故の場面では、冷静な判断により炭鉱夫たちを救助へと導き、その判断力や知識量に対して敬意を払われることとなった。「マジステールをさんざんあざけり、やっつけていたような人たちが、一変してこんなにほめそやすのを見て、僕は本当にびっくりした」（D.II, p.82）という主人公の言葉は、良くも悪くも、マジステールが他の炭鉱夫とは異質な存在として表されたことを示している。

69 南仏のアジャンに生まれたジャスマンは、オック語で詩を書き、高く評価された労働者詩人である。本業は床屋であった。二宮フサ、前掲「訳注」、『家なき子 [下]』、402頁。Alphonse Viollet, «Jacques Jasmin, coiffeur à Agen», Les Poètes du peuple au XIXe siècle, Paris, Imprimerie française et étrangère, 1846, p. 291-311.

70 イヴ・パンセは、「子どもの旅」という児童文学作品の主題そのものが、職人のフランス巡歴から着想を得たものであると指摘した。また、ファビエンヌ・ガルヌランは、Sans famille における、リムーザン地方クルーズ県の架空の寒村、シャヴァノンの描写や、そこでの主人公の養家での生活の描写を考察する際に、マルタン・ナド（Martin Nadaud, 1815-1898）の『ある出稼石工の回想』（原題：Mémoires de Léonard, ancien garçon maçon, 1895）を重要な資料とした。ナドの父親は、Sans famille の主人公の養父と同様に、クルーズ県の寒村の出稼石工であり、ナド自身もパリで石工として働くために、故郷から歩きづめの旅をつづけ、一種のフランス巡歴のような生活を送る点で、Sans famille の主人公と類似する。（Cf. Yves Pincet, Thèse, op.cit., p. 188. Fabienne Garnerin, «Sans famille et la vie dans la Creuse vers le milieu du XIXe siècle», Hector Malot et le métier d'écrivain, Études réunies par Francis Marcoin, Paris, MAGELLAN et Cie., 2008, p. 128-148.）

71 フランス巡歴の職人たちは、所属する職人組合により決められた宿場、職人宿に宿泊した。宿場では教育の機会があり、各宿場の篤志の教員や理論家、兄弟子などから、幾何学や建築、用器画など、必要な知識と技術を学んだ。知識と技術を職場において習得し、別の職人に伝達していった点で、巡歴職人もまた「独学者」の要素を持つ人々であったと言える。（リュック・ブノワ著、加藤節子訳『フランス巡

歴の職人たち——同職組合の歴史』、白水社、文庫クセジュ、1979年、94-95頁参照。)
72　Yves Pincet, Thèse, op.cit., p.196. Guillemette Tison, Le Roman de l'école au XIXe siècle, Paris, Belin, 2004, p.13. ティゾンは、Sans famille 第一部第八章において、ヴィタリスがナポリの王宮でジョアシャン・ミュラ(ナポリ王在位1808-1815)と知り合ったと主人公に語ったことから、この物語の時代設定は十九世紀前半であり、村の小学校についても、その時代の小学校の様態が反映されたと推定した。
73　喜安朗によると、『職人組合の書』(原題：Livre du compagnonnage, 1838) を著したアグリコル・ペルディギエ(Agricole Perdiguier, 1805-1875)は、その回想記において、郷里に近い小村の小学校に数年通ったが、唯一の教師が体罰をふるい非常な恐怖を感じたこと、その後パリ出身の教師のもとに通ったが、教育方法が整っていなかったことなどを書いたという。また、喜安も一次資料として参照したアルフォンス・ヴィオレ(Alphonse Viollet, 1798-?)の『十九世紀の民衆詩人』(原題：Les Poètes du peuple au XIXe siècle, 1846) では、不規則に7年間も小学校に通い識字化を遂げた者や、3年間冬季の間に小学校に通ったが識字化に失敗した者など、小学校での学習の困難さがしばしば語られた。また、Sans famille よりも後に書かれた手記ではあるが、マルタン・ナドの『ある出稼石工の回想』でも、ナドが文字を習うために、村の複数の教師のもとを転々としたことが語られた。

　　(以下の文献を参照した。喜安朗、前掲『近代フランス民衆の〈個と共同性〉』、207頁。マルタン・ナド著、喜安朗訳『ある出稼石工の回想』、岩波書店、岩波文庫、1997年、25-45頁。Alphonse Viollet, Les Poètes du peuple au XIXe siècle, Paris, Librairie française et étrangère, 1846, p.2 et 101.)
74　Yves Pincet, Thèse, op.cit., p.193-195.
75　Hector Malot, Clotilde Martory, op.cit., p.72.
76　谷川稔によると、産業革命が進行するにつれ、機械体系の導入により職人共同体が解体し、鉄道網の完成により職人のフランス巡歴の意味が根底から覆されてしまうのは、第二帝政期のことであった。フランス巡歴の中で労働の間に知識や技術を獲得する職人の文化は、1870年代には失われつつあったと言える。また、1841年3月22日の児童労働法では、「工場、製作所あるいは仕事場に雇用される児童」について、12歳以下の児童は公立または私立の学校への通学義務を規定するなどの教育条項があった。この条項は、「徒弟奉公の契約に関する1851年2月25日の法律」により、小作業場に雇用される児童にも適用範囲が広げられ、さらには具体的に「一日二時間の教育」を受けることが規定された。このように法律上では、労働する児

童も就学させるように規定されてきたのであり、1870年代初頭において、初等教育の義務化を規定するための法案が提出されていたことは、本書第二章第一節でも言及した通りである。(谷川稔「失われゆく世界――職人共同体の解体をめぐって」、前掲『フランス社会運動史』、51-57頁。尾上雅信「19世紀フランスにおける「児童労働法」教育条項に関する考察――産業革命期民衆教育史の一断面」、『岡山大学教育学部紀要』80巻1号、1988年、215-228頁。)

77　マロは1893年の児童文学作品、『家なき娘』でも、小学校に通わない主人公の少女、ペリーヌを描いたが、彼女はフランスではなくインドで少女時代を送ったと設定された。

78　フェリー法以後の初等教育の教師は、新しい科学知識と世俗的モラルの体現者としての役割を期待された。彼らはカトリック教会の司祭に代わる新たな「司祭」として、初等教育を通じ、統一言語としての国語(フランス語)、祖国の観念、科学的世界観を児童に教授し、共和主義的公民の育成に資することを求められた。また、小学校教師を生徒たちは追随すべきとされ、1887年の「道徳」科中級課程の学習指導要領においては、「学校の中での子ども」の項に「教師への義務」が規定された。谷川稔、前掲『十字架と三色旗』、186-202頁参照。

79　Paul-Émile Cadilhac, «Naissance et décors de *«Sans famille»*», Paul-Émile Cadilhac et Robert Coiplet, *Demeures inspirées et sites romanesques III*, Paris, Les éditions de l'illustration, Baschet et Cie., 1958, p. 176-182.

80　Fabienne Garnerin, «*Sans famille* et la vie dans la Creuse vers le milieu du XIXe siècle», *op.cit.*

81　Jean Foucault, «Jules Vallès et Hector Malot, impressions londonniennes», *Les Amis de Jules Vallès : revue d'études vallèsiennes*, No. 26, 1998, p. 149-170.

82　Anne De La Brunnière et Agnès Thomas Maleville, *Hector Malot en Seine*, Paris, Magellan et Cie, 2007, p. 75-93.

83　Ida-Marie Frandon, *op.cit.*

84　Louis Simonin, *La Vie souterraine. op.cit.*

85　たとえば、マロはシモナンの描く坑内爆発に関する記述を *Sans famille* の描写に次のように反映させた。

　«A peine le gaz est-il au contact de la flamme d'une lampe qu'une détonation épouvantable a lieu [...] l'explosion se propage instantanément dans toutes les galeries dans la mine» (*Ibid.*, p. 171-172.)

　«Aussitôt que la flamme d'une lampe ou d'une allumette est en contact avec le gaz, l'inflammation éclate instantanément dans toutes les galeries.» (*D.II*, p. 49.)

86　Laurent Aiglon, ««L'Épisode cévenol», entre réalité sociale et pédagogie romantique», *Hector Malot et le métier d'écrivain*, Paris, MAGELLAN et Cie., 2008, p. 149-156.

87　Michel Gilsoul, «De l'aventure à l'intégration sociale : Hector Malot», *Romanciers populaires du 19e siècle*, Liège, Marche romane, 1979, p. 120-152.

88　*Ibid.*, p. 125-126

89　*Ibid.*, p. 146, 148-149.

90　マロは小説で事件や問題を取り扱う場合、その様相を作家の主観をできるだけ交えずに、読者に見せることを重視し、しばしば小説の主人公たちは事件や問題の目撃者となった。主人公が大都市や工業都市、農村の貧困を目にした *Sans famille* に限らず、『クロチルド・マルトリー』の主人公は、1851年12月2日のクーデタ時のパリの様子を、父親の葬儀のために移動する中で目撃し、『ある負傷者の回想』でも主人公は普仏戦争の戦闘の様子の目撃者となった。マロ自身が自らの小説執筆の態度を次のように述べた。「出来事や登場人物を誠実に率直に提示するのは良しとしよう、しかし、説教し、結論付けるのは作家の仕事ではない、それは読者の仕事である。教訓は押しつけられなければいっそう、読者にとって明らかなものになる」(*RR*, p. 44.)

91　たとえば以下の論考を参照。Jean-Pierre Guillerm, «Trop, c'est trop―Le dénouement de *Sans famille*», *Cahiers Robinson*, No. 10, *Diversité d'Hector Malot*, Arras, Presses de l'Université d'Artois, 2001, p. 73-83.

92　廣澤孝之『フランス「福祉国家」体制の形成』、法律文化社、2005年、84頁。

93　Christa Delahaye, «La Question sociale dans *Sans famille*», *op. cit.*, p. 29.

94　*Ibid.*, p. 36.

95　田中拓道、『貧困と共和国――社会的連帯の誕生』、人文書院、2006年、66-86頁。

96　廣澤孝之、前掲書、84-85頁。労働者の劣悪な住宅条件への懸念に関しては、第一にとくにパリにおける住居を持たない人々の増加に対する社会不安の増大、第二に不衛生な住宅条件に起因する伝染病の蔓延、第三に劣悪な生活環境に起因する道徳的退廃と勤労意欲の低下の問題、という三つの側面からなされた。国家による住宅環境の改善は第一、第二の側面を重視し、第三の側面は軽視された。

97　大革命期には社会問題解決を国の責任とする思想があった。しかしそれは崇高な理念にとどまり、当時の国にはそれを実現する具体的プランはなく、責任を果たす能力はなかった。中上光夫「19世紀末におけるフランスの共済組合（上）」、『三田

第三章 Sans famille における社会批判　249

学会雑誌』（慶應義塾経済学会）第72巻第 4 号、1979年、66頁参照。
98　第二共和政政府のもとで1850年 4 月13日の「非衛生住宅の衛生化に関する法律」が劣悪な住宅条件の問題への対処を目的とした最初の法律であった。(廣澤孝之、前掲書、85頁。吉田克己『フランス住宅法の形成──住宅をめぐる国家・契約・所有権』、東京大学出版会、1997年、44頁。参照)
99　廣澤孝之、前掲書、84-86頁。
100　南允彦、前掲論文、21-22頁。
101　「社会問題」に対する政府不介入の態度の原因の一つとして、国民個人の自助努力と生活保障領域に対する国家の不介入を原則とする、十九世紀後半のリベラリズムがある。このリベラリズムは、十九世紀末から二十世紀初頭の社会保障制度確立期にも根強かった。その根強さは、1898年に成立した労災補償法において強制保険制度ではなく任意責任保険制度が採用されたこと、また1910年に成立した、一般的社会保険制度の嚆矢である労働者老齢年金保険法の法案審議の段階において、強制加入の是非をめぐる議論が容易に決着しなかったことなどに表れているという。（廣澤孝之、前掲書、94, 108-109頁。廣澤孝之「フランス第三共和政期における共済組合運動の展開」、『松山大学論集』第17巻第 5 号、2005年、12-15頁。参照）
102　Sans famille が発表された当時、国家による社会保障制度はきわめて限定的であった。唯一の国民老齢年金金庫（Caisse nationale de Retraites pour la Vieillesse）は1850年に政府の管理下に創設されたが、給付水準はきわめて低かった。また公的な疾病給付や退職年金の保障は、軍人とその家族（無拠出制の退職年金と疾病給付に関する1831年 6 月11-18日法）、および公務員とその家族（拠出制の退職年金と疾病給付に関する1853年 6 月 9 日法）に対して例外的に認められていた。国家による一般的な社会保障制度の嚆矢は、1898年の労災補償法である。(廣澤孝之、前掲「フランス第三共和政期における共済組合運動の展開」、3 頁。深沢敦「非市場的調整の発展──20世紀フランスにおける労働と福祉」、『土地制度史学』第41巻第 4 号（別冊）、1999年、61頁。参照)
103　廣澤孝之、前掲書、86-87頁。
104　同上、85、87頁。
105　桂圭男「産業革命期における新興工業都市の発展と労働運動──フランスのクルーゾ市を事例として」、谷和雄編『西洋都市の発達』、山川出版社、1965年、311頁。藤村大時郎「産業革命期フランス製鉄業における工場労働者の形成──フランス中部の一工場を中心にして」、『経済論究』通号35号、1975年、164頁。藤村大時郎「第二帝政期フランスにおける経営パターナリズムをめぐって──同時代の労働

問題研究家の関心状況を中心として」、『社会経済史学』第44巻第6号、1979年、531-553頁。

106 深沢敦は、フランスの社会保障形成史の基本的パターンとして、企業の福利厚生制度から始まり、これをまずは当該産業レベルで、次に全産業レベルで、労働組合の媒介で「社会化」され、国家が最終的に社会保険・社会保障へと法制化する「型」を仮説として提示した。パテルナリスムの諸制度の積み重ねが、国家による社会保障制度形成に貢献したのは間違いないが、産業界からの国家介入に対する反発もあり、パテルナリスムの実践に起源をもつ制度が、一般的な社会保障制度に発展するのが困難であった側面もあった。(深沢敦、前掲論文、62頁。廣澤孝之、前掲書、88-89頁。斎藤佳史『フランスにおける産業と福祉1815-1914』、日本経済評論社、2012年、121-122頁。参照)

107 中上光夫、前掲「19世紀末におけるフランスの共済組合(上)」、64-71頁。統計によるとマロが Sans famille を執筆している最中の1877年の末には、組合総数が六千以上、組合員数が八十万人以上存在したとされる。

108 中野隆生『プラーグ街の住民たち――フランス近代の住宅・民衆・国家』、山川出版社、1999年、29-32頁。

109 同上、32-33頁。

110 Jules Simon, L'Ouvrière, 1861, 8e édition, Paris, Librairie Hachette et Cie, 1876.

111 Lettre non datée de Jules Simon à Hector Malot. Collection privée de la famille Thomas (la famille descendante d'Hector Malot).
この手紙はマロのご子孫のアニエス・トマ=マルヴィル氏より見せていただいた。

112 アンヌ=マリー・コジェも同様の推定をしている。Anne-Marie Cojez, op.cit. Thèse, p. 265.

113 Jules Simon, op.cit., p. 371-382.

114 Hector Malot, «Les Ouvriers dans la rue», Article paru dans l'Opinion nationale daté du 14 janvier 1862.

115 中野隆生、前掲書、46-49頁。

116 Jules Simon, op.cit., p. 371-381.

117 Ibid., p. 375.

118 Ibid., p. 365.

119 Ibid., p. 365.

120 Hector Malot, Enfants, 1866, recueilli dans Hector Malot, Les Victimes

第三章 Sans famille における社会批判　251

　　　d'amour - Les Amants - Les Epoux - Les Enfants, Paris, Marpon et Flammarion, s.d. (fin XIXe siècle), p. 781.
121　Jules Simon, op. cit., p. 383.
122　Hector Malot, Enfants, op. cit., p. 781.
123　Anne-Marie Cojez, Thèse, op. cit., p. 254-256 et 267.
124　Christa Delahaye, «La Question sociale dans Sans famille», op. cit., p. 29.
125　Sans famille の第一部第一章では、貧困は個人の怠惰が原因で起こるのではないということが、主人公の育ったクルーズ県の寒村の説明の中で次のように語られた。「僕が幼少時代を過ごした村はシャヴァノンと言って、中央フランスで最も貧しい村の一つだった。この貧しさは、村人たちの無気力や怠惰が原因なのではなく、作物の育たないこの地方の状況のせいだった。土地には深さがなく、たくさんの収穫を得るためには肥料や土壌改良が必要だったが、それらはこの地方にはないものだった。」(D.I, p. 4.)
126　Louis Simonin, op. cit., p. 213-222. たとえば、シモナンの記録によると、1862年10月11日午後の嵐により発生したラル炭鉱の出水事故では、発生から4日後の15日に2名、13日後の24日に3名の救助者があり、後者の3名の中1名が子どもであった。これら二組の救助者グループの炭鉱内での過ごし方等について書かれた記録が、Sans famille では主人公たち5名の救助者に関する記述において大いに参照されたと考えられる。
127　D.II, p. 76-77.
128　Christa Delahaye, «La Question sociale dans Sans famille», op. cit., p. 29.
129　La Loi du 9 avril 1898 concernant les responsabilités des accidents dont les ouvriers sont victimes dans leur travail. (1898年4月9日の労災補償法)　1898年の労災補償法は適用事業が「建設業、各種の工場、陸運および水運業、貨物積降業、倉庫業、炭鉱業、採石業、その他爆発物を製造し、もしくは使用する産業、また人もしくは動物以外の動力による機械を使用する事業」に限定された。その後、動力機械によって生じた農業労働災害、商業、林業、農業、家事使用人など、1920年代までに適用範囲が拡大され、1938年に雇用契約関係にある全ての労働者に法が適用されることとなった。(岩村正彦『労災補償と損害賠償——イギリス法・フランス法との比較法的考察』、東京大学出版会、1984年、237、242頁。廣澤孝之、前掲書、91、99頁。参照)
130　民法第1382条の規定は以下の通りである。「他者に対する損害の原因となる何らかの人為的な事柄全てについて、起こった事柄の原因となる過失を犯した者に対し、

損害を補償する義務を負わせる」(*Code civil des Français - Bicentenaire* 1804-2004, *op.cit.*, p. 336.)

131　民法第1383条の規定は以下の通りである。「各人は、自らの引き起こした損害に対し、自分の行為そのものについてのみならず、怠慢や軽率さについても責任がある」(*Ibid.*, p. 336.)

この条文には、「過失（faute）」という言葉は含まれないが、解釈上は「過失」が加害者に存在することが要求された。（岩村正彦、前掲書、180頁。参照）

132　廣澤孝之、前掲書、91-92頁。

133　岩村正彦、前掲書、211頁。この引用にある「労働者は時としてかなりの額になる損害賠償の利益を［……］裁判所の判決に期待する」というのは、まさに *Sans famille* においてバルブランが自分の怪我に関する裁判を起こした理由である。

134　廣澤孝之、前掲書、90-93頁。

135　マロは法律に詳しく、他の小説においても民法や刑法の規定を登場させ、批判した。そのような作品として最も有名なのは、「精神異常者に関する1838年6月30日の法律」の恣意性を批判した『義弟』である。また、ギュイメット・ティゾンによると、マロは小説『マリシェット』（原題：*Marichette*, 1884）において、民法340条の規定、すなわち婚外子が父親を知らない場合に父親を探してはならないとする規定を、物語を通して批判するなど、複数の小説で、捨て子や婚外子、両親が離婚した等の状況にある児童の権利について、民法の規定を登場させ批判した。

（Cf. *RR*, p. 40. Guillemette Tison, «L'Avocat des «droits de l'enfant»», *op.cit.*, p. 41-57.）

136　廣澤孝之、前掲書、90-91頁。

137　*Sans famille* が発表された当時、欧米各国は大不況期（1873-1896）の最中にあった。また、フレデリック・ル・プレーは、工業化社会における工場生産体制は、商業危機と失業を周期的に引き起こすと指摘した。好況期には投機の機会を利用するために生産を大幅に増大させ、好況の波が去ると突如として生産を縮小し、その結果、失業者が増加し、何の保障もないまま窮乏状態に置かれることになる。この点はル・プレーの工業化社会批判の主要な論点であった。（斎藤佳史、前掲書、91-92頁。参照）

138　*Sans famille* 第二部第二章にこの挿話が見られる。

139　Christa Delahaye, «La Question sociale dans *Sans famille*», *op.cit.*, p. 35-36. また、*Sans famille* で家族における女性の役割が重視された点については、本書第一部第二章第三節第四項②を参照のこと。

140 ミシェル・ジルズールは、たとえば炭鉱の街の場面について「Sans famille における炭鉱夫は、清潔で比較的快適な家に住んでおり、経済的な心配は事故が起こった場合にしか発生しない」と、小説内の労働者家族の生活の描写が現実に即していないと主張した。Michel Gilsoul, op.cit., p.126.

141 十九世紀後半の「社会的貧困」の大きな原因としては、不安定な就労が問題視され、また劣悪な住宅条件とそこから派生する伝染病の蔓延も現象として強く意識された。したがって、第三共和政期の「社会的貧困」への主要な対策は、不安定就労の要因となる病気や労災傷害についての医療サーヴィスや休業補償、労働者住宅の改善がその主たる内容となった。（大森弘喜「第一次世界大戦前フランスにおける社会事業の組織化」、『20世紀資本主義の生成――自由と組織化』、東京大学出版会、1996年、3-4頁。参照）

142 Jules Simon, op.cit., p.346-347.

143 廣田明「フランス革命以後における中間集団の再建――ル・プレェ学派を中心として」、『土地制度史学』第32巻第3号、1990年、5頁。なお、筆者がル・プレーの思想を理解する上で、この論文における整理に多くを拠っている。

144 同上、5頁。斎藤佳史「19世紀フランスにおけるパトロナージュと社会運営――ル・プレーとシェイソンを中心として」、『専修経済学論集』専修大学経済学会編、第37巻第2号、142頁。Frédéric Le Play, La Réforme sociale en France, déduite de l'observation comparée des peuples européens, tome I, Paris, Dentu, 1866, p.244-250.

145 廣田明、前掲「フランス革命以後における中間集団の再建」、6頁。Ibid., tome II, p.147-169.

146 廣田明、前掲「フランス革命以後における中間集団の再建」、6-7頁。斎藤佳史、前掲「19世紀フランスにおけるパトロナージュと社会運営」、147-148頁。

147 道徳化の一環として、労働者家族に貯蓄を促す、彼らの妻を家庭内に留める、子女を誘惑から守る、などがパトロナージュの役割として提案された。（廣田明、前掲「フランス革命以後における中間集団の再建」、7頁。斎藤佳史、前掲「19世紀フランスにおけるパトロナージュと社会運営」、145頁。参照）

148 斎藤佳史、前掲「19世紀フランスにおけるパトロナージュと社会運営」、145-146頁。Frédéric Le Play, op.cit., tome I, p.265.

149 マルチーヌ・セガレンによると、工業社会においては家族の中の女性の役割（掃除や料理などの家事、育児）が果たされなくなってきたことが議論となっていた。工場で働き疲れ切った女性労働者たちには家事をする時間も体力もなく、料理

も子どもの世話もできない、と評判であった。十九世紀から二十世紀の世紀転換期には、中産階級以上の主婦のイメージをモデルとして、女性労働者の家庭への回帰を訴えるキャンペーンがなされた。(Cf. Martine Ségalen, *op.cit.*, p. 496-503, 510.)

150　ル・プレーおよびル・プレー学派は、産業化がヨーロッパ社会に対してもたらした否定的側面を強調することが多かった。(廣澤孝之、前掲「フランス第三共和政期における共済組合運動の展開」、290頁。参照)

　　Sans famille でも、産業革命が本格化する以前の時代の懐古が見られ、しばしば次のように、フランスの美しい風景が産業化によって失われるのを嘆く記述となって表現された。

　　「鉄道が敷かれて以来、人々はミディ運河を訪れなくなり、名前さえ知らなくなったが、しかしこの運河はフランスの名所の一つなのだ」(*D.I.* p. 174.)

　　「この辺りでは、(少なくとも僕が話している時代には) ビエーヴル川はヤナギとポプラの深い茂みの影を流れていて、両岸には緑の野が広がり、それが緩やかな傾斜で小さな丘まで続いて、丘の上に家々や庭が見えるという風だった。[……] ツグミ、ヨシキリ、アトリといった鳥が飛び交いながら、その歌声で、ここはまだ田舎です、街ではありませんと言っている。僕の見た谷間はこんな風だった。その後ずいぶんと変わってしまったけれど。」(*D.I*, p. 310-311.)

151　*RR*, p. 189.

152　*Sans famille* 最終章の原文の章題：En famille.

153　拙論「「近代家族」の表象——エクトール・マロ『家なき子』『家なき娘』をめぐって」、京都大学大学院人間・環境学研究科、修士論文、2009年、29-31頁。

154　*RR*, p. 191

155　田中拓道、前掲書、105-108、131-134頁。田中拓道によると、1830年代に顕在化した社会問題をめぐる議論の中で「政治経済学 (économie politique)」に拮抗したのが「社会経済学」であり、ル・プレー学派により継承され、十九世紀後半の社会問題の議論に大きな影響を与えた。田中は、七月王政期の「政治経済学」について次の四点に整理した。第一に、政治経済学者にとって、当時の社会は産業の自由による進歩と文明化が実現しつつあると認識された点。第二に不平等と階級化の進展は、産業の進歩に不可欠であると考えられた点。第三に産業化に伴う貧困問題は、貧民個人の「モラル」(人々の振舞や生活態度を規定する集合的な精神のあり方) に関わる問題であるとされた点。第四に社会問題への対策は、個々の貧民の「モラル」に働きかけ、自己規律や自己責任の感覚を内面化させることに見出される点。つまり、政治経済学者にとって、社会問題は概して貧民個人の怠惰や無規律、計画

性のなさなどが原因であって、個々のケースはそれぞれの個人的責任に帰される問題であった。

156 たとえば小説の最終章における家族に関していえば、主人公は長男として親の遺産の土地と建物を相続しているが、実弟のアーサーも同居しており、実弟への財産分与や結婚後に独立するか否かは語られない。

157 十九世紀のブルジョワジーの家族にとって、結婚とは財産維持のための戦略であった。Martine Ségalen, *op.cit.*, p. 509.
　なおミシェル・ジルズールも *Sans famille* における「理性的な結婚」の否定には気付いているが、愛情が最も優先される家族が社会的統合に適しているからであると解釈し、結末で提示される家族における階級差の解消については着目されていない。(Cf. Michel Gilsoul, *op.cit.*, p. 147.)

158 ジルズールはこの二項対立の単純さを指摘し、貧しい人はまじめで善良、裕福な人は悪者であるように書かれている、と述べた。しかし、本文で示したように *Sans famille* では「お金持ち」を単に悪者扱いしているのではなく、階級対立の解消を結末の家族によって提示したと考えられる。
(Cf. Michel Gilsoul, *op.cit.*, p. 127.)

159 Marc Soriano, *op.cit.*, p. 380.
160 Michel Gilsoul, *op.cit.*, p. 148.
161 *EF*, p. 265.
162 *Ibid.*, p. 275.
163 拙論、前掲、修士論文、29-31頁。
164 *EF*, p. 294.
165 *RR*, p. 190.
166 Fénelon, *Les Aventures de Télémaque*, édition présentée, établie et annotée par Jacques Le Brun, Paris, Gallimard, 1995, p. 200.
167 Théodore Dézamy, *Code de la communauté*, Paris, Édition d'histoire sociale, 1842, p. 11.（田中拓道、前掲書、152頁に引用。訳は引用による。）
168 F. Lamennais, *Le Livre du peuple*, Paris, H. Delloye, 1838, p. 10（田中拓道、前掲書、152頁に引用。訳は引用による。）
169 田中拓道、前掲書、とくに第三章「社会的共和主義――『友愛』」、137-176頁を参照。
170 同上、154-155頁。
171 ただし、*Sans famille* の原文には「友愛、博愛（fraternité）」という単語は一

度も出てこない。存在するのは「友情（amitié）」「愛情（affection）」「愛（amour）」「友達（ami）」「仲間（camarade）」「兄弟（frère）」等の言葉である。

172　Jean-François Wagniart, *Le Vagabond à la fin du XIXe siècle*, Paris, BELIN, 1999, p. 44.

173　十三世まで浮浪者や物乞いの弾圧を明文化する法令は稀であったが、1254年、ルイ九世は物乞いのパリからの追放を命令した。十四世紀には飢饉と百年戦争で浮浪者や物乞いが増え、1350年のジャン二世の王令では、健康で労働能力のある浮浪者・物乞いと、そうでない浮浪者・物乞いの区別がなされ、前者にパリからの追放、累犯者にはさらし刑、禁錮刑、烙印などの刑罰を科した。(Cf. *Ibid.* p. 22-23, Marie-Hélène Renaut, «Vagabondage et mendicité - Délits périmés, réalité quotidienne», *Revue historique*, No. 606（année 122, tome 2), 1998, p. 307-308.)

174　Marie-Hélène Renaut, *op.cit.*, p. 308-310.

175　Jean-François Wagniart, *op.cit.*, p. 7-8.

176　J.S.G. Nypels, *Le Droit pénal français progressif et comparé : code pénal de 1810 accompagné des sources, des discussions au Conseil d'État, des exposés des motifs et des rapports faits au corps législatif*, Bruxelles, Bruylant-Christophe, 1865, p. 181.

177　*Ibid.*, p. 181-182.

178　1832年に刑法第271条に以下の改正があった。1810年の刑法では、「浮浪者または無頼漢（gens sans aveu）は、そのように法的な宣告を受けた場合、その事実のみにおいて、三か月から六か月の禁錮刑に処され、受刑後は政府が決定した期間、その行動について政府の命令に従わねばならない」と規定された。しかし、受刑後の監視期間が定められておらず、恣意的な裁量の可能性も高まるので、1832年の改正後には、監視を国家警察（Haute police）に託し、監視期間は五年以上十年未満とされた。

　　（Cf. *Ibid.*, p. 181 ; Marie-Hélène Renaut, *op.cit.*, p. 310 ; Guy Haudebourg, *Mendiants et vagabonds en Bretagne au XIXe siècle*, Rennes, Presses Universitaires de Rennes, 1998, p. 321.)

179　1854年3月1日の憲兵隊の組織と業務に関する規則を定めたデクレにおいて、憲兵隊に一部の物乞いを逮捕する権限が与えられた。逮捕されたのは、武器を所持し、暴力行為や脅迫行為を行った者、夜に物乞い行為をした者、他人の住居に侵入し、身体障碍者を装って物乞い行為をした者である。(Cf. Marie-Hélène Renaut, *op.cit.*, p. 312.)

180 La Loi du 27 mai 1885 instaurant la relégation des récidivistes. 第四条に浮浪者、物乞いの累犯者のフランス植民地への無期の流配が規定された。

　Cf. Jean-François Wagniart, *op.cit.*, p. 116-119 ; Marie-Hélène Renaut, *op.cit.*, p. 299; Julien Damon, «La Prise en charge des vagabonds, des mendiants et des clochards - Le Tournant récent de l'histoire», *Revue de droit sanitaire et social*, Vol. 43, n° 6, 2007, p. 938. 上野芳久「フランス刑法改正の歴史」、『相模工業大学紀要』第21巻第1号、1987年、58-59頁参照。

181　Jean-François Wagniart, *op.cit.*, p. 103-104, Marie-Hélène Renaut, *op.cit.*, p. 298.

182　ロベール・カステル著、前川真行訳『社会問題の変容──賃金労働の年代記』、ナカニシヤ出版、2012年、368頁。

183　Jean-François Wagniart, *op.cit.*, p. 31-34 ; Marie-Hélène Renaut, *op.cit.*, p. 298-299, 311-313.

184　このように区別されたのは第二帝政期以降であるとされる。社会的貧困が「社会問題」となった七月王政期には、労働者も浮浪者も経済的困窮に瀕しているという点では同一視される傾向にあった。しかし第二帝政期以降、国家や社会的支配層から、労働者は社会的統合が可能な存在であるが、浮浪者と物乞いについては不可能であると見なされ、後者は処罰と排除の対象となった。その意味で彼らは「社会的貧困の最後の代表者たち」（ジャン＝フランソワ・ワニヤール）であった。定職と帰る家（住居と家族）を持つかどうかは、その区別の重要な指標であった。(Cf. Jean-François Wagniart, *op. cit.*, p. 43-46. Marie-Hélène Renaut, *op. cit.*, p. 298.)

185　Jean-François Wagniart, *op.cit.*, p. 35-43. Julien Damon, *op.cit.*, p. 936-937.

186　Jean-François Wagniart, *op.cit.*, p. 61-100.

187　第三の冤罪事件では、ロンドンの大道芸人のボブが主人公の無実を警官に証言するが、その証言は退けられた。警官に対し、ボブは次のように反論した。「俺が誓って証明する！とボブは叫んだ。『ああ、あなたが証明するのか』と警官が言った。『あなたの証言がどこまで本当か知らないといけませんな。』ボブは怒った。『俺がイギリス国民だってこと、考えて物を言えよ』とボブは自尊心を持って言った。警官は肩をすくめた。ボブは言った。『俺を侮辱したら、タイムズ紙に投書してやるからな』」(*D.II*, p. 345.)

188　結末でマロが提示した施設は、1877年から1878年当時には新しい種類の施設であったことを付記しておきたい。それまでの浮浪者や物乞いに関する扶助・収容のための施設は、貧民収容所（dépôt de mendicité）や病院があった。ジュリアン・ダモンによれば成人の浮浪者のための宿泊施設（asile de nuit）がフランスに初め

て創設されるのは1872年のマルセイユであり、パリでは1878年のことである。1882年には、パリ市議会が市内に二つの宿泊施設を設けた。児童のための同様の施設の充実はさらに遅れたと推測される。というのも、児童の場合は、孤児院や小児科病院などの基本的な施設も不足していたからである。マロは孤児や浮浪児、虐待を受ける児童、犯罪が頻繁に起こる場で生きる児童などの保護を早急に解決すべき課題として *Sans famille* においても問題提起したと考えられる。(Cf. Julien Damon, *op.cit.*, p. 939-940. 本書第一部第三章第三節第三項参照。)

189 『家なき娘』においても、社会の周縁に位置する人々は肯定的に書かれた。『家なき娘』の第二章から第六章には、飴屋や街角の歌い手、廃品回収で暮らしを立てる人などが登場し、彼らは病気の母親とパリに来たばかりの主人公ペリーヌの生活を助け、あたたかく見守る。

190　Hector Malot, «Les Ouvriers dans la rue», *op.cit.*

191　Michel Gilsoul, *op.cit.*, p. 147.

192　私市保彦、前掲書『フランスの子どもの本』、119頁。

193　マリナ・ベトレンファルヴェイはロマン主義文学に見られた天使のような子ども像を「ロマン主義的子ども (enfant romantique)」と呼ぶ。その無垢で理想的な子ども像に、子どもを取り巻く厳しい現実というレアリスムの要素が加わり、十九世紀後半の「犠牲者の子ども (enfant victime)」が発生すると指摘した。(Cf. Marina Bethlenfalvay, *Les Visages de l'enfant dans la littérature française du XIXe siècle - Esquisse d'une typologie*, Genève, Librairie Droz, 1979, p. 56.)

194　Jean De Trigone, *Histoire de la littérature enfantine*, *op.cit.*, p. 122-126. Denise Escarpit, *La Littérature de jeunesse, itinéraires d'hier à aujourd'hui*, Éditions Magnard, 2008, p. 240-241.

195　1889年7月24日の「児童保護法 (Loi sur la protection des enfants maltraités ou moralement abandonnés)」、1898年4月19日の「児童虐待防止法 (Loi sur la répression des violences, voies de fait, actes de cruauté et attentats commis envers les enfants)」、1904年6月27日の「児童扶助業務法 (Loi sur le service des enfants assistés)」の三法律を指す。

196　Guillemette Tison, «L'Avocat des «droits de l'enfant»», *op.cit.*, p. 53-57.

197　Christa Delahaye, «La Question sociale dans *Sans famille*», *op.cit.*, p. 30.

198　*Ibid.*, p. 29-37

199　Yves Pincet, «Aspects de la lutte contre l'esclavage et le travail forcé dans la presse et la littérature d'enfance et de jeunesse en France au XIXe siècle», *Nous*

voulons lire !, No. 114, Bordeaux, NVL/ CRALEJ, mai 1996, p. 11-12.
200 Yves Pincet, Thèse, *op.cit.*, p. 476-487.
201 Silvia Schafer, *Children in moral danger and the problem of government in Third Republic France*, Princeton, Princeton University Press, 1997.
202 　岡部造史「フランス第三共和政における児童保護の論理——『不幸な子供』をめぐる議論を中心に」、『メトロポリタン史学』3号、2007年12月、141頁。
203 　法律の原典は以下を参照した。«Loi relative au travail des enfants et des filles mineurs employés dans l'industrie, 19 mai 1874» O. Gréard, *op.cit.*, tome IV, p. 519-526.
204 　尾上雅信「19世紀フランスにおける『児童労働法』教育条項に関する考察——産業革命期民衆教育史の一断面」、『岡山大学教育学部紀要』第80巻第1号、1983年、226頁。
205 　法律の原典は以下を参照した。«Loi relative à la protection des enfants employés dans les professions ambulantes, 7 décembre 1874» O. Gréard, *op.cit.*, tome IV, p. 539-540.
206 　法律の原典は以下を参照した。«Loi relative à la protection des enfants de premier âge, 23 décembre 1874», *Journal officiel de la République française* du 8 janvier 1875.
207 　Sylvia Schafer, *op.cit.*, 1997, p. 47.
208 　民法典編纂者ポルタリスの「家族という小さな祖国を通じてこそ、我々は大いなる祖国に属する。良き父親、良き夫、良き息子達こそが良き市民を作るからだ」という言葉には、父・夫の子・妻に対する権威によって家族の秩序を維持し、国家の秩序の基本とすることを目指したことが端的に表れている。(ニコル・アルノー＝デュック、前掲論文、166頁。有地亨『家族制度研究序説——フランスの家族観念と史的展開』、法律文化社、1966年。稲本洋之助『フランスの家族法』、東京大学出版会、1985年。稲本洋之助「フランス近代の家族と法」、『家族史研究第5集』、大月書店、1982年、5-33頁。参照)
209 　第三共和政初期においても、児童保護政策の進展、または初等教育の義務化に際し、国家が父権に介入がすることは、社会秩序の乱れにつながるという根強い反論が起こった。(岡部造史、前掲「フランス第三共和政における児童保護の論理」、149頁。岡部造史「フランス義務教育における家族介入の論理 (1882-1914年)」、『日仏教育学会年報』15号 (通号37号)、2009年、94頁。梅澤収、前掲「フランス第三共和政期における義務教育の導入論議」、160頁。)

210 田中通裕『親権法の歴史と課題』、信山社、1993年、58頁。
211 河合務「フランス第三共和制前期における『父権』批判と児童保護政策——Th. ルーセルと1889年児童保護法」、『日本教育政策学会年報』第8号、2001年、140頁。

　　また、民法典における父権規定のフランス語原文は以下を参照した。Art.371-387, Code civil des français 1804, *Code civil des français - Bicentenaire 1804-2004*, *op.cit.*, p. 92-95.
212 田中通裕、前掲書、58-59頁。たとえば、懲戒権を定めた第376条において、父親は16歳未満の子の1か月未満の拘禁を裁判所に請求できたが、裁判所長は父の請求を拒否することはできなかった。
213 同上、60頁。
214 河合務、前掲「フランス第三共和制前期における『父権』批判と児童保護政策」、150頁。
215 同上、147-150頁。河合務が「父権」批判の世論を形成したものとして挙げたのは、以下の資料や団体である。『ガゼット・デ・トリビュノー』(*Gazette des tribunaux*) 等の各種裁判記録誌、各種新聞、法学者エミール・アコラの民法典コメンタール、法学者デュメリルの論文「父権と子どもの法的保護について」(1881年)、マリア・デュレームの著作『子どもの権利』(1887年)、「捨て子や罪を犯した子どもの保護総協会」「監獄総協会」等の博愛団体。
216 Silvia Schafer, *op.cit.*, p. 43
217 本池立「十九世紀フランス都市労働者と捨子——綿工業都市ルーアンの労働者」、『比較家族研究』、岡山大学文学部、2003年、21-43頁。
218 岡部造史「フランスにおける児童扶助行政の展開 (一八七〇—一九一四年) ——ノール県の事例から」、『史学雑誌』114巻12号、2005年、37頁。
219 岡部造史、前掲「フランス第三共和政における児童保護の論理」、144-145頁。ただし、慈善児童保護事業による補完も十九世紀後半まで十分ではなく、虐待などで家庭に居場所のない子どもの多くは、最終的に矯正施設や監獄にしか居場所を見出せない状態であったとされる。
220 岡部造史「19世紀フランスにおける慈善児童保護事業：1881年孤児院調査を手がかりとして」、『生活科学研究』Vol. 29、2007年、102-104頁。
221 同上、107-109頁。岡部造史「19世紀末から20世紀前半のフランスにおける民間児童保護事業：ノール県児童支援協会の活動を手がかりとして」、『生活科学研究』Vol. 32、2010年、139頁。

第三章 *Sans famille* における社会批判 261

222 岡部造史、前掲「フランス第三共和政における児童保護の論理」、155-156頁。
223 «Séance du 4 mars 1874» *Journal officiel de la République française*, du 1er avril 1874, p. 2514.
224 「パリを流浪するイタリアの子どもの物乞いの数は、平均して700人にのぼる。1865年には、698人を数え、万国博覧会の年、1867年には1544人にもなった。そのような子どもの物乞い100人中、50人は死に、20人は祖国へ帰り着くことができ、30名はそのまま異国で悲惨な暮らしをしている」*Ibid.*, p. 2513.

　パリにおけるイタリアの子どもの物乞いの増加は当時の社会現象であった。十九世紀、イタリアのアペニン山脈の村々では、どの家族も子どもを「親方(パドローネ)」に奉公に出し、預けられた子どもは、路上で動物の芸や楽器の演奏で働かせるため、パリ、ロンドン、ニューヨーク、モスクワなどの大都市に送りだされた。イタリアのルッカ出身のマチアは、まさしくこうした子どもの一人として、*Sans famille* において提示されたと考えられる。(ヒュー・カニンガム著、北本正章訳『概説　子ども観の社会史——ヨーロッパとアメリカに見る教育・福祉・国家』、新曜社、2013年、191頁。参照)
225 *Sans famille* 第二部第一章を参照。
226 世紀転換期にかけて、少年犯罪の防止と、犯罪者となった子どもの保護を目的とした博愛主義者の団体が創設され、複数の代議士をはじめ、医者、法律家、教育家などの専門家がそれらの団体に属した。代表的なものに、上院議員の J. デュフォール (Jules Dufaure, 1798-1881) が会長を務めた「監獄総協会 (Société générale des prisons)」(1877年創立)、裁判官のジョルジュ・ボンジャン (Georges Bonjean, 1848-1918) が創設した「遺棄され、罪を犯した児童の保護協会 (Société générale de protection pour l'enfance abandonnée ou coupable)」(1879年創立)、代議士ジュール・シモンが創設した「児童の救護のためのフランス・ユニオン (Union française pour le sauvetage de l'enfance)」(1887年創立)、弁護士アンリ・ロレ (Henri Rollet, 1860-1934) の「青少年の更生支援協会 (Patronage de l'enfance et de l'adolescence)」(1900年創立) がある。(Pascal Quincy-Lefebvre, «Entre monde judiciaire et philanthropie : la figure du juge-philanthrope au tournant des XIXe et XXe siècles» *Revue d'histoire de l'enfance «irrégulière»*, Hors-série, 2001, p. 127-139. 河合務「フランス第三共和制前期における児童保護政策の基本理念——1898年児童虐待防止法と監獄総協会」、『東京大学大学院教育学研究科紀要』41号、2002年、97-106頁。)
227 「汝の父母を敬え」は周知のとおり、旧約聖書「出エジプト記」において示され

た「モーセの十戒」の一つであり、旧約聖書、新約聖書において繰り返される文言である。(日本聖書協会『聖書 (新共同訳)』、1987年版。参照)
228 河合務、前掲「フランス第三共和制前期における『父権』批判と児童保護政策」、143頁に引用。訳は引用文による。
229 同上、143頁。
230 L'Abbé Lebeuf, «Hôpital des enfants-trouvés, Depuis Hôpital Sainte-Marguerite, Aujourd'hui Hôpital Sainte-Eugénie», *Histoire de la ville et de tout le diocèse de Paris*, tome 3, 1867, p. 568.
231 Armand Husson, *Étude sur les hôpitaux considérés sous le rapport de leur construction, de la distribution de leur bâtiments, de l'ameublement, de l'hygiène et du service des salles de malades*, Paris, P. Dupont, 1862, p. 18.
232 A.-J.-C. Garnier, *Compte-rendu des faits de diphtérie observés à l'hôpital Sainte-Eugénie*, Paris, A. Delahaye, 1860, p. 8.
233 上垣豊「19世紀フランスにおけるカトリック若者運動に関する覚書──社会事業と学習集団の関わりで」、『龍谷紀要』第34巻第2号、2013年、139-140頁。上垣によると、正確にはコングレガシオンの下部組織で、学習組織の「ボンヌ・ゼチュード協会」、慈善事業を行った「ボンヌ・ズーヴル協会」に、サン゠ヴァンサン゠ド゠ポール協会とのつながりが認められるという。
234 サン゠ヴァンサン゠ド゠ポール協会は、フランス全土にネットワークをもった。たとえば、前田更子の研究によると、十九世紀後半から二十世紀初期のリヨンのカトリック系私立中等学校には、サン゠ヴァンサン゠ド゠ポール協会や信心会の学内支部が設置され、生徒は慈善活動を通して、エリート・キリスト教徒としての意識を高めた。(前田更子『私立学校から見る近代フランス──19世紀リヨンのエリート教育』、昭和堂、2009年、189-197頁。参照)
235 上垣豊、前掲「19世紀フランスにおけるカトリック若者運動に関する覚書」、138、140頁。
236 Yves Pincet, Thèse, *op.cit.*, p. 486.
237 *Ibid.*, p 482-486.
238 『子どもたち』においてはミュルーズの労働者都市が、『家なき娘』においてはノワジエルとフリクスクールの企業、および労働者都市が参考にされたと先行研究において指摘されている。
239 『オベルナン夫人』では、以下のように代議士のシェラー氏が、宗派や聖俗の区別なく福祉事業を展開するのが書かれた。「毎年、シェラー氏は収益の大部分を、

何らかの新たな改善事業に使用した。学校、病院、定住できない労働者たちの避難所や宿泊施設を建設するのである。シェラー氏に派閥の精神はなく、カトリックの慈善修道女も、プロテスタントの女子慈善奉仕団員も、宗教学校の教師も、世俗学校の教師も手厚く待遇した。」(Hector Malot, *Madame Obernin*, Michel Lévy frères, 1870, p. 151. Cité dans Anne-Marie Cojez, Thèse, *op.cit.*, p. 268.)

240 Anne-Marie Cojez, Thèse, *op.cit.*, p. 268.
241 *Ibid.*, p. 268

第一部　結論

　単行本が出版された当時、8歳であったマロの娘、リュシー・マロに対して献辞が捧げられた *Sans famille* は、彼女をはじめとした当時のフランスの児童たちに捧げる教育的な小説として執筆されたと思われる。この小説の特徴について考える時、1880年代前半に実行された共和主義的初等教育改革についてまずは念頭に置かなければならず、また実際に、作者マロも当時推進されつつあった初等教育改革を大いに意識しながら、この小説を執筆したと考えられる。

　第一部第二章では、初等教育改革が進んで行く最中の1870年代後半において、これから新たに法制化される「共和国の小学校」の教育内容がかなり忠実に踏襲されつつ、小説が執筆されたことが明らかにされた。従来のマロ研究でも、「共和国の小学校」の教育内容の小説内への包含は指摘されてはいたが、*Sans famille* が新聞連載小説として発表され、単行本として上梓された1877年から1878年において、「共和国の小学校」の教育がどのように構想されていたかという点についてまでは踏み込まれなかった。本書においては、フェリー法の原案としての性格を持つ1877年の二法案、バルニ案とバロデ案の両者の規定を把握しつつ *Sans famille* を読解することによって、これらの法案が参照された可能性が高いことが判明した。これにより、フォントネー＝スー＝ボワの初等教育視察官という公職にあったマロが、フランスの初等教育のあり方に関する、当時まさに白熱していた議論について高い関心を寄せ、最新の情報も取り込みながら作品執筆を行った可能性が指摘でき、*Sans famille* を当時の児童が読む小説、時機に適った作品として、発表する意図があったということが理解できる。

　また、「共和国の小学校」の教育において、その世俗化、宗教的な中立化

が図られる点についても、Sans famille の記述では尊重された。登場人物個人の宗教的信仰が語られる場面が存在するとしても、主人公、および主人公に教育を授ける登場人物の中に宗教的信仰について語る者はいない。そして科学的考察や客観的事実に基づく冷静な判断の重要さが主人公に教えられる点で、作品内で提示される教育は共和主義的初等教育に準じるものであると言うことができる。

　さらに「共和国の小学校」における道徳教育は、原則的にどの宗教の教義にも依らない公民道徳教育であったが、その具体的な内容は七月王政期や第二帝政期における道徳教育の内容と同様に、保守的な路線を取り、勤勉で国家に従順な労働者と国民の育成による国民統合を目指すものであった。Sans famille における道徳教育もまた、仲が良く勤勉な家族の大切さを説き、法的規範、社会規範に沿った行動をすべきことが説かれている点で、保守的であったと言うことができる。

　以上のような「共和国の小学校」の教育内容に準じる教育の提示と、道徳教育における保守的な傾向との背景として次の三点が指摘できる。

　第一に、エクトール・マロ自身が共和主義者、反教権主義者であって、初等教育改革を当時推進していた穏健共和主義者たちとも交流があり、彼らが行おうとしている教育内容の改革や、初等教育に対するカトリック勢力の影響力の排除に関して、基本的に賛同していた点である。

　第二に、Sans famille 執筆をマロに依頼した編集者ピエール＝ジュール・エッツェルの『教育娯楽雑誌』における、読者の児童を「理性を通して楽しませる」方針、「学校の勉強の補充をしたい」という姿勢が Sans famille の内容に与えた影響である。自然科学、生理学、地理学などの知識を積極的に取り入れ、科学的知識の普及に貢献する読み物が掲載された『教育娯楽雑誌』の方針は、1869年の契約において、フランスの地理を物語に含むこと、一家離散した家族が結び付けられる物語であることを内容の条件として提示された Sans famille においても、かなりの程度で踏襲されたと言える。

第三に、マロの伝記的事実を踏まえるならば、Sans famille における道徳教育の内容の保守性は、マロが地方名士の子息として生まれたというその出自のみならず、1870年の普仏戦争での作者自身の悲惨な経験と見聞によって、戦争や暴動といった暴力的な社会変革に強固に反対する考えを持つようになったことからも説明しうると思われる。開戦後にわざわざトゥールに出向き、レオン・ガンベッタへの面会を申し入れたマロの態度は、戦争や軍隊の惨状を見聞するうちに、戦争や国政に対する絶望感へと変化したと推定される。そしてフォントネー＝スー＝ボワに帰宅してからは、パリ・コミューンを静観し、暴力による急激な社会変革を望まず、出発したばかりのフランス第三共和政の安定を重視した。Sans famille における記述内容は、その点と関係があると思われる。Sans famille の道徳教育の内容の保守的な傾向が見られるのは、法的規範と社会規範とを守ることができ、平和な共和国に資する国民の育成を念頭に置いてのことではないかと筆者は考える。

　しかしその一方で、第三章において論じたように、Sans famille には、部分的には、「共和国の小学校」の方針とは異なる方向性を持つ教育が提示され、また、いわゆる「社会問題」や児童の権利の擁護の問題に関し、国政の方針や社会構造の欠陥を厳しく非難する面が見られた。編集者のエッツェルが「第一に社会問題は黙過しなくてはならず、次に宗教的問題についてはさらにもっと厳密に回避せねばならない」と苦言を呈した児童虐待の場面、炭鉱の場面をはじめ、エッツェルが中心的な読者として想定した中産階級以上の家族およびその児童に、不快感を与えると判断を下したような記述は、概して、本書の第一部第三章において論じた事柄に存すると思われる。

　戦争、対独復讐、国防的愛国心の鼓舞といった要素が、Sans famille の記述において慎重に、また徹底的に回避されたのは、当時の「共和国の小学校」の教育が、公民道徳教育、地理歴史教育、体育・軍事教練などの各方面において、児童の祖国愛の涵養を目指したこととは対立する。また、「独学者」の自己教育を礼賛し、児童に内在する能力や好奇心を評価しつつ、児童

自身が考え、判断し、生き抜く力をつけることを目指した Sans famille の個人主義的な教育は、小学校教師が国民の模範、「共和国の司祭」と見なされ、教師に対する義務を教える「共和国の小学校」とは正反対の方向性を示す。マロは新しい初等教育の内容を Sans famille において踏襲する一方で、国防的愛国心や、教師からの言葉を鵜呑みにするような学習者の態度など、自らが同意できない事柄や要素に関しては小説の中で批判した。そしてこうした「共和国の小学校」の教育に相反するような記述からは、マロが児童教育の上での国家主義を否定し、何よりも、児童一人ひとりが自分の頭で考え、自らの人生と幸福を切り開いていける能力の涵養を重視して、個人の力に対して信頼と期待を寄せていることがうかがわれる。

　また、本書第一部第三章第二節および、第三節において展開した Sans famille における、「社会問題」についての記述、および児童の権利擁護に関する記述でも同様のことが言える。つまり、こうした記述においてもマロは国家を批判し、作家の国家に対する強い懐疑が看取される。労災問題に対応しえず、労働者家族を非常事態において守りきることのできない法律の欠陥、浮浪者や物乞いなど社会の周縁に位置する人々への法的・社会的差別、強力な父権規定の児童への悪影響、公的児童扶助事業の不備と不足など、マロが Sans famille の記述を通し、国家による公的事業、民法、刑法に対し、比較的具体的な点についての批判を展開したことが、本書では明らかになった。そしてマロが批判した点は、労災補償法の整備や児童保護立法の整備などを通し、十九世紀末から二十世紀初頭にかけて、実際にフランス共和国において徐々に改善されていく。マロは児童一人ひとりの人生を切り開くことができる能力の涵養を児童教育の要として設定したとともに、人々の生活の安定、安全、幸福と、児童の生命や身体を大切にできる環境の整った社会を理想とし、こうした国家的事業や法律に対する比較的具体的な批判を展開したと考えられる。

　しかし、こうした共和国の方針や現状に対する強い批判を展開したことは、

マロが反体制的な人物であるということを意味するものではない。なぜなら、十九世紀後半のフランスでは、とくに「社会問題」や児童保護事業の問題について、企業によるパテルナリスム的な事業の実践や、カトリック教会による民間慈善事業など、公的事業よりも私的事業の方が、問題に対応する実践力や事業の蓄積が見られたことが、マロの記述の大きな背景の一つとして考慮されなくてはならないからである。

　マロは、公的事業の欠陥を批判するとともに、パンセやコジェも指摘するように、社会事業における民間事業の力を評価しており、その要となる事業主、すなわち個人の良心に対して大きな期待をかけている。Sans famille において展開された個人主義的な児童教育の目的もまた、ただ単に個人の幸福な人生にあるというのではなく、家族の中で培われた愛情と友情に基づきつつ、「友愛」の精神でもって、社会的弱者や世の中で苦しんでいる人々を助ける力を培ってほしいという作者の思いが看取できるのではないだろうか。結末において「道端の小さな音楽家たちが泊まることのできる会館」を設立する社会事業を始める主人公レミは、作者マロにとって、理想的な児童教育を受け、社会の矛盾をも自らの経験の中で知って成長し、社会を改善する能力と意志を持った理想的な人間であったと考えられるのである。

　本書において解決することのできなかった課題は、マロがどのような政治思想的背景、社会思想的背景を持ち Sans famille を執筆したかということを鮮明にできなかった点である。従来のマロ研究において、マロは穏健共和主義者であると言われており、それについては筆者も異論はない。その根拠として、ジュール・シモンをはじめとした穏健共和派の議員たちとの交流や、本書第二章で示したような、Sans famille における「共和国の小学校」の教育を踏襲する記述が挙げられる。しかしながら、マロを穏健共和主義者であると断定するだけでは、説明のつかない要素もある。

　たとえば伝記的事実で言えば、パリ・コミューンの政治犯でロンドンに亡命中のジュール・ヴァレスを経済的に援助し、『子ども』の出版については

出版社との交渉をはじめ、濃やかに対応した点である。もちろん、政治的な立場は互いに違うこと、友情による援助であることをマロは手紙において言明しているが、彼のこの行動の本当の理由について不鮮明な点は多い。

　また、本書第一部第三章で検討した *Sans famille* における記述の中では、『オピニオン・ナシオナル』などの社会主義系の新聞において「独学者」との接触や交流があった可能性があり、彼らの自己教育を高く評価する点、急進共和派議員のマルタン・ナドが労災補償法案を提出する 2 年前に労災補償に関する問題提起がなされた点、共和主義とカトリック教会のヘゲモニー闘争を超越し、カトリック教会系の団体が運営する民間慈善事業を児童保護事業の領域で評価した点などが、穏健共和主義者としての政治的立場を逸脱したものとして挙げられる。

　こうした逸脱の理由については、先行研究においても、本書においても、マロの人間性に帰す傾向がある。「実直マロ」と周囲から呼ばれ、早朝から夕方まで毎日執筆活動に励み、1871年以降は小説だけを自らの言論の場としたマロは、一人の人間として他者の苦しみを看過できず、政治思想的背景を超越して行動した、または解決策や批判を小説内で提示したのであるという結論付け方は、たしかに妥当である。しかしながら、たとえば本書において明らかにした、マロが数年間寄稿し続けた『オピニオン・ナシオナル』のフランス社会運動史における重要性や、*Sans famille* における労災補償や児童保護行政に関する批判などを手がかりとすることで、マロの社会思想や政治思想について、より鮮明にしようと試みることは可能である。マロの思想が判明しにくいのは、とくに1871年以降は、彼が残した文章が、ほぼ小説のみであって、1896年の回想録、『私の小説の物語』においても思想的背景について多くは語られないからである。彼の残した *Sans famille* 以外の小説をより丁寧に読解すること、存在する可能性のあるフォントネー＝スー＝ボワにおける地方議会の記録、マロの子孫であるラ・ブイユ村のトマ家に存在する資料の整理などから、今後その点について新たな知見がもたらされることが

期待される。

第二部

明治時代後期の日本における *Sans famille* の翻訳受容

序　章

　Sans famille は原作の刊行後二十数年の時を経た、明治時代後期の日本において翻案・翻訳され、日本の読者に紹介された。それは、どのような経緯と理由でなされた訳業であったのであろうか。そして日本における最初期の訳業が、それ以降の日本における『家なき子』の流布に影響を与えたとするならば、それらはどのような作品であったのであろうか。

　本書第二部の出発点は以上の問いである。この問いについて検討するため、明治時代後半に、既訳に依ることなく Sans famille の原典を「発見」した二人の翻案・翻訳者、五来素川と菊池幽芳の訳業、すなわち『家庭小説　未だ見ぬ親』（1903年）と『家なき児』（1912年）に焦点を当てた。既訳を介することなく、直接原典を読み、翻案・翻訳を行った二人は、原典の何を評価し、どのような点に着目したのであろうか。そして何を削り、何を付加して日本の読者に紹介したのであろうか。またその背景として、翻案・翻訳者個人の思想や、当時の社会的状況はどのように関わっているのであろうか。

　これらの問いを検討するため、具体的には、『未だ見ぬ親』と『家なき児』について、以下の三つの方法を取りつつ分析し、考察した。第一に、五来と菊池が両者ともに、フランス語の原典から翻訳を行ったことを確認し、原典テクストとして使用された版を特定した上で、それぞれの翻案・翻訳について、章の構成と翻訳文を原文と比較検討した。それによって、原典のどの部分がどのように翻訳されたかを問題とすると同時に、どの部分が削除されたのかという点や、翻案・翻訳が行われる際に、五来、菊池の両者が行った、原典には存在しない文言や文章の加筆についても考察の対象とした。第二に、五来と菊池が執筆した、『未だ見ぬ親』と『家なき児』以外の小説作品、新聞記事、評論などの言説を参照し、両者の思想や翻訳当時の問題意識、関心

を持った領域を探り、翻案・翻訳の様相の意味を追究するための手がかりとした。第三に、『未だ見ぬ親』と『家なき児』に加えられた同時代の批評などの外部からの評価と、明治30年代から明治40年代の日本の政治経済、文化、とりわけ文学についての状況を踏まえた上で、五来と菊池がとくに関心を抱いていた事項について調査した。彼らが原典の中の何に価値を見出したのかという点と、翻案・翻訳の様相の意味を考察するための手がかりとした。

　以上の方法を研究の工程として繰り返す中で重要な論点として浮かび上がったのが、両者ともに *Sans famille* を良質の「家庭小説」と見なしたことであった。そしてそのような共通点を持ちつつも、両者の原典に対する着眼点や、当時の思想的傾向は異なり、翻案・翻訳の様相にもその違いが反映されたと考えられる。

　本書第二部の第一章において五来素川訳『未だ見ぬ親』について論じ、第二章において菊池幽芳訳『家なき児』を扱う。

第一章　五来素川訳『家庭小説　未だ見ぬ親』（1903年）

　Sans famille は、五来素川により『未だ見ぬ親』の題で[1]、初めて日本に翻訳・紹介された。1902（明治35）年3月1日から7月13日まで『読売新聞』紙上に全94回にわたり連載され[2]、1903（明治36）年7月に警醒社、東文館、福音新報社から単行本が出版された『未だ見ぬ親』には[3]、新聞連載中から「家庭小説」という角書が付された。Sans famille は翻訳者の五来素川によって、どのような価値を見出され、また付与されて日本に紹介されたのか。本章ではこの問いについて、『未だ見ぬ親』が「家庭小説」として紹介されたことを手がかりとし、また、原作の Sans famille と単行本版『未だ見ぬ親』の比較、五来が執筆した論文や論説などの読解を通して検討したい。

　『未だ見ぬ親』に関する先行研究はきわめて少ない。管見の限りではいくつかの論文において言及がなされるだけである。佐藤宗子は大正時代以降の『家なき子』の再話についての研究の中で五来素川の『未だ見ぬ親』が楠山正雄による完訳『少年ルミと母親』の契機になったことなど、『家なき子』の再話に対する『未だ見ぬ親』の影響に言及しながらも、『未だ見ぬ親』の作品自体に関しては再話の構造、物語の切り取り方の問題[4]、物語の日本化の一過程[5]に言及するにとどまる。キリスト教児童文学史研究の中では、沖野岩三郎が『明治キリスト教児童文学史』の中で、「福音新報」が『小公子』『未だ見ぬ親』『驢語（くろうまものがたり）』の三書を「基督教児童文学の三大訳書」とした見方を紹介し、沖野はその三作品に『フランダースの犬』を加えて「基督教界から外界に向かって送った訳書」としている[6]。また鳥越信は「明治以後の歴史の中で、まがりなりにも封建的な制度に対する改革の動き」のなかで生まれた「新しい児童観」を力づけた「海外児童文学の移入」として若松賤子『小公子』とともに『未だ見ぬ親』を挙げ、「新しい家

庭観・児童観の確立をテーマとして」いると述べた[7]。

　近代日本文学の「家庭小説」に関する先行研究からは『未だ見ぬ親』は度外視され、管見の限りでは、飯田祐子が唯一「家庭小説の角書を持つ別系統の作品群」として『未だ見ぬ親』に言及しており[8]、飯田による位置づけの根拠とされた日夏耿之介の論では、「基督教的家庭文学」として『未だ見ぬ親』は『不如帰』『金色夜叉』などと別に論じられる[9]。

　本研究は、そもそもなぜ Sans famille が日本で紹介されるに至ったのか、源から知りたいという考えに端を発している。この問いについて、五来素川の経歴や思想、そして『未だ見ぬ親』の内容に踏み込んで検討されたことは今までまったくなかったと言ってよい。

　本章の構成は以下の通りである。

　第一節では、五来素川訳『家庭小説　未だ見ぬ親』について以下の二点の基本的事項を確認する。第一に、五来がどのような経緯で Sans famille と出会ったと推定されるかという点である（1-1-1）。第二に、五来が『未だ見ぬ親』を翻訳・翻案する際に、どの版の Sans famille を底本として使用したかという点である（1-1-2）。

　第二節では、第一項において「家庭小説」についての先行研究を参照しつつ、その特徴を整理する（1-2-1）。第二項では、五来素川の文学観、とりわけ小説観について、また「家庭小説」としての『未だ見ぬ親』に寄せた期待について、五来が明治30年代に執筆した記事や、単行本版『未だ見ぬ親』に付された「小引」の記述などから探る（1-2-2）。

　第三節では、五来の執筆した複数の論説の読解により、五来の家族観を検討し、また、Sans famille と『未だ見ぬ親』との章の構成を比較する。そこから、五来は原作に個人主義に基づく親子関係を中心的に見出し、日本の読者に紹介しようとしたのではないかという点を明らかにする。五来の家族観を検討する上ではとくに、日本の家族のあり方の変化について考察した、1901（明治34）年の論文「家族制度ト個人制度トノ得失」を重要な資料とす

る。

　第四節では、本書の第一部で詳細に論じた原作 Sans famille の内容を念頭に置きつつ、五来が『未だ見ぬ親』としてこの小説を紹介する際に、原作に見出したと考えられる価値、すなわち個人主義に基づく親子関係について論じる。その際に、Sans famille の原文と単行本版『未だ見ぬ親』の翻訳文との具体的な比較を通して明らかになる、翻訳・翻案における五来による加筆・修正を中心とした、原文と翻訳文の相違も、その考察のための材料とする。Sans famille に見出された個人主義に基づく親子関係について、具体的には親から子への教育の面（1-4-1）、親子間の情愛（1-4-2）について詳しく考察する。

　第五節では、原作の中に個人主義に基づく親子関係が見出された一方で、『未だ見ぬ親』においてはまた、原作で提示される親子関係の日本化も見受けられる点を論じる。それもまた、教育の面（1-5-1）と、親子間で交わされる感情の面（1-5-2）との両方について論じる。

　以上の分析を踏まえ、翻訳・翻案者の五来は、Sans famille を日本に紹介する際に、原作にどのような価値を認め、また日本の読者に適するように、どのような注意を払って改変を加え『未だ見ぬ親』を翻訳したのかを第六節でまとめる。

1-1　『未だ見ぬ親』に関する基本的事項

1-1-1　Sans famille が日本に紹介された経緯

　まず、五来素川の経歴について、1904（明治37）年からのヨーロッパ留学以前を中心に整理し、Sans famille が日本に紹介された経緯について推定する。

　五来欣造（筆名：素川、1875-1944）は1875（明治8）年6月に茨城県の士族の家に生まれた[10]。1890（明治23）年春に上京し[11]、東京英語学校で学んだ

後¹²、翌年8月に第一高等中学校フランス語予科三級に入学、1896（明治29）年第一高等学校文科フランス文学科を卒業した¹³。1897（明治30）年に東京帝国大学法科大学仏法学科に入学し、1900（明治33）年7月に同学科を卒業¹⁴、卒業後は個人で弁護士事務所を開業する一方で¹⁵、1902（明治35）年3月1日付けで読売新聞に入社した¹⁶。1902（明治35）年3月1日からの「家庭小説　まだ見ぬ親」の連載が五来にとって読売新聞社員としての初めての仕事となる。

　連載終了後、『読売新聞』紙上では、複数の「論説」を第一面に執筆し、「選挙民の訓練」（1902年8月8日）、「世に仕ふるの精神」（同年9月11日）、「感情の教育」（同年9月13・14日）、「国民教育の偏狭」（同年9月28・29日）、「青年立志の方針」（同年10月8日）、「教育界の覚醒――個人主義の主張」（連載全11回、同年11月1日―14日）、「征露の真精神」（1904年3月19日）等がある。とりわけ、東京帝国大学と京都帝国大学の法科大学の教育について比較した「東西両京の大学」を斬馬剣禅の筆名で連載し（1903年2月25日―8月7日）、富井政章、梅謙次郎、穂積陳重、穂積八束等、東京帝国大学法科大学の教授陣を名指しで批判して東京帝大、京都帝大の「内部解剖¹⁷」を図ったことから、当時は「読書界を震撼¹⁸」させたと言われた。

　宗教面では、青年時代からプロテスタント信仰者で、帝大在学中に植村正久（1858-1925）が牧師であった一番町教会において受洗し、1901（明治34）年には同教会の「青年伝導隊」に加わった¹⁹。単行本版『未だ見ぬ親』の献辞は、植村正久の次女と三女、植村環と植村恵子に宛てられた。

　1904（明治37）年に読売新聞社主で在仏公使でもあった本野一郎（1862-1918）からの斡旋で、読売新聞特派員兼東洋語学校日本語教師としてパリに渡り、同時にソルボンヌ大学で政治学、経済学を学んだ²⁰。その後ベルリン大学では政治学を研究した。1914（大正3）年春に帰国、読売新聞主筆となるも、1915（大正4）年に退社、その後は明治大学講師を経て早稲田大学政治学部の教授となり、早大政治学部新聞科の創設、学位論文『儒教の独逸政

治思想に及ぼせる影響』での政治学博士号の取得等、学術界での仕事をした。そのほか、1918（大正7）年の雑誌『大観』の創刊、1916（大正5）年から『極東時報』（1918年『仏蘭西時報』に改称）の編集長、1930（昭和5）年より『国民新聞』首席論説委員等を務め、ジャーナリストとしても積極的に活動した。1944（昭和19）年8月1日に病没した。

　以上の五来の略歴を踏まえ、五来が Sans famille とどのように出会ったか推定したい。まず五来は、「まだ見ぬ親」の『読売新聞』紙上での連載より後の、1904年に初めて渡欧したのであるから、フランスで直接に原書を入手することは不可能である。五来は誰かの手を介し日本で原書を入手したと言うことができる。1903年刊行の単行本版『未だ見ぬ親』の「小引」には、本作品が日本に紹介された経緯を示す可能性のある一文が見出せる。

　　東京帝国大学法科大学講師瑞西人ブリデル氏、嘗て此書を其家庭に於て衆児の為
　　めに朗読せしことあり、其将に結了して巻を掩はんとするや、氏の末子（当年八
　　歳）は叫んで曰く、『父君願くは児の為めに再び之を読め』（Il faut recommenc-
　　er）と、以て如何に此書が欧州の社会に歓迎せられたるかを知るに足る[21]

　この引用にある「東京帝国大学法科大学講師瑞西人ブリデル氏」とは、1900（明治33）年10月に来日し、1913（大正2）年に東京で亡くなるまで、東京帝国大学法学校仏法学科で「仏蘭西法」を講義していたルイ・アドルフ・ブリデル（Louis Adolphe Bridel, 1852-1913）である。以下、小沢奈々の研究[22]を参考にしてまとめたブリデルの略歴である。

　ブリデルは、1852年7月6日パリに生まれ、1879年にローザンヌ大学で法学学士号（Licencier en droit）を取得、その後1879年から1887年まで高等中学校の教師をしつつ、ドイツ、フランス、イタリアの諸国を歴遊した。1887年ジュネーブ大学法科大学教授に就任し、1895年から1897年まで同大学学長を務めた。東京帝国大学教授富井政彰の推薦により、東京帝国大学仏蘭西法教

師として、1900年10月より東京帝国大学が招聘、1900年10月16日の来日以後、1900年から1913（大正2）年まで東京帝国大学で、仏蘭西法専攻の全学年の学生を対象に「仏蘭西法」を講じ、他に明治法律学校、和仏法律学校、第一高等学校でも教鞭をとった。また、勤務外でも「殆ど毎週仏蘭西法科学生を自邸に集め茶話会を催し、談笑の間、自ら薫育の実あらしめ、兼ねて仏蘭西語学の啓発を謀」ったという記録もある。

　五来は1900（明治33）年7月に東京帝大を卒業したため、ブリデルの「仏蘭西法」の講義は直接には聴いておらず、帝大生時代にはブリデルと出会っていないことになる。しかし、先述した「東西両京の大学」には「ひそかに東大内部に密偵を放ち、個々の教授の講義風景、日常生活を追跡させたのではないか、とさえ思わせる叙述[23]」が複数見受けられ、五来が卒業後も帝大内に多くの人脈を維持したことが窺われるため、卒業生としてブリデルと出会ったのではないかと推定される。また、ブリデルの「殆ど毎週仏蘭西法科学生を自邸に集め茶話会を催し」たという教育者としてのエピソードからも、五来とブリデルの親密な交流は十分に想定できる。

　ブリデルが Sans famille の原書を五来に紹介し、手渡したことを直接に裏付ける証拠はない。しかし、「小引」にわざわざブリデルの名が挙げられた点、ブリデルの来日と新聞紙上での連載開始が時期的に近い点から、ブリデルが五来に Sans famille を紹介した可能性は高いと考えられる。

1-1-2　翻訳・翻案に際して使用された原書の版について

　五来は、英語版など他の言語による翻訳を用いず、フランス語の原書から直接 Sans famille を翻訳・翻案した。そのように断定できるのは、第一に五来のフランス語運用能力が相当高いからであり、第二に単行本版『未だ見ぬ親』「小引」の記述に原書についての説明があるからである。

　1891（明治24）年に第一高等中学校フランス語予科三級に入学した五来のフランス語学習歴は、「まだ見ぬ親」の新聞連載開始時点で十年以上である。

第一章　五来素川訳『家庭小説　未だ見ぬ親』（1903年）

　五来と第一高等学校時代の同級生であった新村出（1876-1967）は、「一高のころ親しかった法科志望で文科趣味もあった同級生五来欣造、私よりも一年々長者の茨城人から、ルッソーくらゐは聞いてゐたかも知れない。［……］この人からロシニョールといふフランス語、夜鶯（ナイチンゲール）とも訳される佳名と、その好話を、その詩伝とを、一高の寝室で寝ながら聞いた佳き思出がある[24]」と当時を回想し、五来は一高生の頃からフランス語が堪能であったと分かる。帝大生時代は仏法学科の学生として日常的にフランス語と接したのは疑いなく、1904年には「フランス民法の日本への影響」（原題：«Influence du Code civil français sur le Japon»）という論文をフランス語で発表した[25]。

　単行本版『未だ見ぬ親』の「小引」には、原書に言及する記述がある。それは、「原書は上下両巻より成り、合計九百頁に近き浩瀚のものなり」という記述と、原書は「出版以来未だ数年ならずして既に百五十版を重ね」たという記述である。イヴ・パンセによるエクトール・マロ作品に関する書誌情報とフランス国立図書館のOPACから得た書誌情報をみると[26]、「まだ見ぬ親」が『読売新聞』紙上で発表される1902年までにフランスで出ている Sans famille の版は基本的には五種類である。つまり、ダンテュ（Dentu）版、エッツェル（Hetzel）版、シャルパンティエ（Charperntier）版、フラマリオン（Flammarion）版、フェイヤール（Fayard）版である。なお、ダンテュ版には、同出版社から出された新版が、1888年に出版されたことが確認された。

　そのほかにはアシェット（Hachette）社とイギリスのユニヴァーシティ・プレス（University Press）から、Sans famille のエピソードの抜粋を本にしたものが出ている。これらはフランスの小学校課外図書用、またイギリスでフランス語の教科書用に使用された。しかしこれらはあくまで Sans famille の中の数章の抜粋である。『未だ見ぬ親』は、原典と比較して著しく削除された箇所はあるものの、Sans famille 全体、つまり第一部、第二部両方についての翻訳・翻案であるので、こうした小学校課外用教科書を底本として使

用したとはきわめて考えにくい。次頁に示したのは、五種類の版の *Sans famille* 及びダンテュ版の新版について作成した表である（表1）。

　本研究で、五来が使用した版を特定するために、入手した *Sans famille* の原書は以下の六種である。①ダンテュ版、オリジナル版：Hector Malot, *Sans famille*, tome premier et tome second, Paris, E.Dentu, sixième édition, 1879。新版：Hector Malot, *Sans famille*, tome premier et tome deuxième, Paris, E.Dentu, nouvelle édition, 1888。②エッツェル版：Hector Malot, *Sans famille*, Paris, J. Hetzel et Cie., Bibliothèque d'éducation et de récréation, s.d.（vers 1890）。③シャルパンティエ版：Hector Malot, *Sans famille*, tome premier et tome second, Paris, Charpentier, Cent douzième mille, 1893。④フラマリオン版：Hector Malot, *Sans famille*, nouvelle édition illustrée, tome premier et tome second, Paris, Ernest Flammarion, s.d.（vers 1900）。⑤フェイヤール版：Hector Malot, *Sans famille*, Paris, Fayard Frères, s.d.（vers 1900）。

　以上の版を用いて各版の原書同士、また原文と単行本版『未だ見ぬ親』の訳文と比較検討して底本の特定を試みた結果、五来の訳はダンテュ版に基づいているのではないかという結論を得た。それには、次の手順を踏んだ。

　まず、本書第一部第一章でも述べたように、原作者エクトール・マロと編集者ピエール＝ジュール・エッツェルとの間の意見の相違から、*Sans famille* には大別して二系統の版が誕生した。底本として検討する五つの版では、ダンテュ版、シャルパンティエ版、フラマリオン版、フェイヤール版の四つが属する系統と、エッツェル版の系統の二つである。前者の系統はマロの執筆内容の自由が保持されつつ書かれた版、後者はエッツェルの介入があったと思われる版である。まず、五来は原典のどちらの系統を底本として使用したかを考えねばならない。

　しかし、二つの系統の間で記述に著しい相違が見られる *Sans famille* 第二部第二章から第七章の炭鉱の場面の部分を、五来は全て省略してしまった[27]。

第一章　五来素川訳『家庭小説　未だ見ぬ親』（1903年）　283

(表1) *Sans famille* 各版の原書の特徴

出版社	初版の出版年	巻数・(頁数)	特徴・ヴァリアントの有無・挿絵の有無
E. Dentu （ダンテュ版）	1878年	全二巻・(第一巻：345頁、第二巻：420頁、合計765頁)	エクトール・マロが最初に単行本化の契約を交わしたダンテュ社の完全なる初版。挿絵なし。
E. Dentu Nouvelle édition （ダンテュ版・新版）	1888年	全二巻（第一巻：395頁、第二巻：488頁、合計883頁）	ダンテュ社が1888年に出版した新版。各章の冒頭における飾り文字の使用など、体裁が豪華になり、文字のフォントが大きくなっている。ダンテュ版初版とのヴァリアントは認められない。挿絵なし。
Hetzel et Cie. （エッツェル版）	1880年	全一巻・(567頁)	『教育娯楽雑誌』の編集者であった、ピエール＝ジュール・エッツェルによる作品に対する意見・介入がかなりあったものと思われる。ダンテュ版とは顕著なヴァリアントが見られ、章構成にも相違がある。エミール・バイヤール（E.Bayard）による挿絵。
Charpentier （シャルパンティエ版）	1888年頃	全二巻・(第一巻：349頁、第二巻：432頁、合計：781頁)	ダンテュ版と章の構成は同じである。また本文にもほとんど異同は見受けられない。ただし、選択される単語や表現の違いが散見される。1893年に112版が出ている。挿絵なし。
Flammarion （フラマリオン版）	1896年	全二巻・(第一巻：408頁、第二巻：474頁、合計880頁)	ダンテュ版と章の構成は同じであるが、削除されている文・表現の違いが数箇所見られる。ヴァリアントの箇所の数から見ると、シャルパンティエ版の方がダンテュ版に近いと言える。ローウィッツ（Loewitz）による挿絵。
Fayard Frères （フェイヤール版）	1898年か1899年	全一巻・(645頁)	テクストは、ダンテュ版、シャルパンティエ版をほぼ踏襲する。ただし単語や表現に関して、両版にヴァリアントが見られる箇所では、前者と同じ箇所と、後者と同じ箇所の両方がある。

したがって、どちらの系統の版かということが判明しないまま、底本の特定には炭鉱の場面以外の部分における各版のヴァリアントを利用して検討する必要があった。

最初にエッツェル版およびフラマリオン版を底本として使用された可能性が退けられた。なぜなら、原典においてエッツェル版、フラマリオン版で削除され、ダンテュ版、シャルパンティエ版、フェイヤール版で書かれている文、表現を、五来は『未だ見ぬ親』の中で訳出しており、その逆は見受けられないからである。

エッツェル版に関しては、たとえば以下の部分である。

- Dame ! il me semble que l'agent est disposé à vous tourmenter.
- Sois tranquille [...].
(H. p. 85)

- Dame, il me semble que l'agent est disposé à vous tourmenter.
- Tu n'es qu'un paysan, et comme tous les paysans tu perds la tête par peur de la police et des gendarmes. Mais sois tranquille, [...].
(D.I, p. 115; Ch.I, p. 115-116; Fay. p. 97)

『だって巡査(おまはり)さんが大層怒つて居ましたもの、
『だから、まだ汝(おまへ)は百姓根性が抜けないと云ふんだ、百姓といふ奴ァ、巡査に憲兵と来ると、何時(いつ)でも腰を抜かして大騒ぎをやらかすもんだが、汝まあ黙つて見て居なさい、
(『未だ見ぬ親』85頁)

この引用において、ダンテュ版、シャルパンティエ版、およびフェイヤール版に存在する「Tu n'es qu'un paysan, et comme tous les paysans tu perds la tête par peur de la police et des gendarmes.」という一文が『未だ見ぬ親』において「だから、まだ汝は百姓根性が抜けないと云ふんだ、百姓

といふ奴ァ、巡査に憲兵と来ると、何時でも腰を抜かして大騒ぎをやらかすもんだが」と訳されている。次に、フラマリオン版については、たとえば以下のような部分である。

> Je me considérais naturellement comme leur chef, mais je ne me croyais pas assez au-dessus d'eux pour être dispensé de leur faire part des circonstances graves dans lesquelles nous nous trouvions.
> - Oui, mon ami Capi, dis-je, [...]
> (*F.I*, p. 154)

> Je me considérais naturellement comme leur chef, mais je ne me croyais pas assez au-dessus d'eux pour être dispensé de leur faire part des circonstances graves dans lesquelles nous nous trouvions.
> <u>Capi avait sans doute deviné mon intention, car il tenait collés sur les miens ses grands yeux intelligents et affectueux.</u>
> - Oui, mon ami Capi, dis-je, [...]
> (*D.I*, p. 132-133; *Ch.I*, p. 132-133; *Fay*. p. 111)

> 今は余が一座の頭、それも小供の痩腕で、よく其務が出来るか如何か、随分是は心配な話、寧その事今の難儀を、犬と猿とに打明けて、余の心の苦しさを、汲んで貰つた方が善さそうであると、余は心を決めたのである、
> <u>それと見て取つた怜悧いシロは、親切気な目を円くして、余の顔を眺めて居る、</u>
> 『おお、シロかシロか [……]』
> (『未だ見ぬ親』96頁)

この引用では、ダンテュ版、シャルパンティエ版、およびフェイヤール版に存在し、フラマリオン版には存在しない「Capi avait sans doute deviné mon intention, car il tenait collés sur les miens ses grands yeux intelligents et affectueux.」という一文が『未だ見ぬ親』において、「それと見て取つた怜悧いシロは、親切気な目を円くして、余の顔を眺めて居る」と訳された。

そのため、この引用部分は、五来はフラマリオン版を底本として使用していないと判断するための材料となった。

エッツェル版とフラマリオン版について、上で示したのとは逆の例、すなわち、ダンテュ版とシャルパンティエ版、フェイヤール版で削除され、エッツェル版、フラマリオン版に残存している部分が、『未だ見ぬ親』において訳されているという例は、管見の限り認められなかった。したがって、エッツェル版とフラマリオン版が底本とされた可能性は排除された。

さらにダンテュ版とシャルパンティエ版、フェイヤール版のどれを使用したか検討した結果、現段階では、ダンテュ版を使用したと判断した。ダンテュ版、シャルパンティエ版、フェイヤール版の間には、ヴァリアントが少なく、シャルパンティエ版とフェイヤール版は、エッツェル版やフラマリオン版と比較してダンテュ版の初版をかなり正確に踏襲している。筆者が現段階で見つけられた、『未だ見ぬ親』の翻訳文に反映された原文のヴァリアントは二箇所である。一つ目は、*Sans famille* 第一部第十一章にある以下の一文の中の一単語である。

La question du silence étant ainsi réglée, il ne restait plus que celle du coucher
(*Ch.I*, p.141)

La question du souper étant ainsi réglée, il ne restait plus que celle du coucher
(*D.I*, p.140; *Fay.* p.118)

夕飯の方はそれで結末が付いたから、今度は寝る事を考へにやならない
(『未だ見ぬ親』102頁)

この引用の部分で、シャルパンティエ版では「La question du silence」、ダンテュ版とフェイヤール版では「La question du souper」と書かれた表現について、翻訳文では「夕飯の方」とあり、後者の表現が訳されている。

二つ目は *Sans famille* 第二部における次の一節である。

> Si je lui portais quelque chose.
> Maintenant que j'étais riche, je lui devais un cadeau.
> Il y en avait un qui plus que tout la rendrait heureuse, non seulement dans l'heure présente mais pour toute sa vieillesse, -- une vache, qui remplaçât la pauvre Rousette.
> (*Ch. II*, p. 29; *Fay.* p. 313)

> Si je lui portais quelque chose.
> Maintenant que j'étais riche, je lui devais un cadeau.
> <u>Quel cadeau lui faire?</u>
> <u>Je ne cherchai pas longtemps.</u>
> Il y en avait un qui plus que tout la rendrait heureuse, non seulement dans l'heure présente mais pour toute sa vieillesse, -- une vache, qui remplaçât la pauvre Rousette.
> (*D.II*, p. 28)

> 尚其上に心ばかりの贈物を持ち行きて、如何か母様を喜ばせ、せめて海山の恩の万分一なりと報い奉る事の出来たなら、自分に取つては此上の喜びなく、亦左様なくてはならぬ筈と、早くも心に決めたのである、<u>それにしても其贈物は何にしたものであらう</u>、成らう事なら、貰つた当座の喜びになる許りでなく、日々の活計の助ともなり、永き老先の幸福になるものにしたしと、やがて思案を廻らす中に、はたと心に浮んだのは、彼の源十に迫られて、泣く泣く母様が売り払つた、手畜の山羊のルーセットが事［……］（『未だ見ぬ親』264頁）

この引用において、ダンテュ版にしか存在しない「Quel cadeau lui faire?」という一節を「それにしても其贈物は何にしたものであらう」と五来は翻訳した。これら二か所のヴァリアントは両者ともに一単語や短文とい

う細かい点ではある。しかし二つの事例のどちらにおいてもダンテュ版に存在する表現が訳されたことから、ダンテュ版が底本として使用されたものと判断した。また、フェイヤール版については、五来が「原書は上下両巻より成り」と述べたことからも、底本とされた可能性は低いと思われる。

最後に、『未だ見ぬ親』の「小引」における五来の「原書は上下両巻より成り、合計九百頁に近き浩瀚のものなり」という記述と、原書は「出版以来未だ数年ならずして既に百五十版を重ね」という記述における「九百頁」「百五十版」という数字について、現段階での検討の結果を説明したい。まず、「百五十版」という数字は、筆者が検討した五種類の版およびダンテュ版の新版のどれにも認められなかった。ただし、150版を重ねていることが予測しうる版として、ダンテュ版のオリジナル版は1888年の時点で第61版が印刷されており、シャルパンティエ版は1893年の時点で第112版が印刷されている。しかし、150版以上の版が刷られた出版社、およびその記載を持つ原書は、未だ確認されておらず、五来の記述が原書の奥付を根拠になされたかどうか、未だ判然としない。また、原書が二巻合わせて「九百頁に近」いという記述については、ダンテュ版の新版の合計頁数が最も近く、次にフラマリオン版の頁数が近い。しかしフラマリオン版が底本である可能性はヴァリアントの検討により排除されたため、「九百頁に近」いという五来の記述を信用すれば、ダンテュ版新版を使用した可能性もある。

しかし、五来の記述における版数、頁数を、原書の特定のための十分な根拠として提示するには、あまりに正確さを欠くように思われる。原書の「浩瀚」さを主張するために、誇張して述べた可能性も否めない。したがって、やはり、各版の原書の本文におけるヴァリアントの検討を通じて得た、ダンテュ版を底本として使用していると思われる結果を本研究では尊重し、本章における原文と翻訳文の比較においても、ダンテュ版のオリジナル版を比較対象とした。

1-2 「家庭小説」としての『未だ見ぬ親』

1-2-1 「家庭小説」の特徴

> 読^{よん}で面白く、美的趣味は充分に精神の修養上大なる益あり而して野卑ならず、残忍ならず、此書の如きをこそ家庭小説の上乗といふべきものであらう[28]

> 全篇清新の気に充ち満ちたる、家庭小説として吾人は此の書を推すに憚らず[29]

> 吾人は本書が広く家庭の間に読まれて、人情の美はしき光が幾多の親々の胸中を照らさむことを願ふものである[30]

　三つの引用は単行本『未だ見ぬ親』発表当時の書評である。これらを読むと、翻訳・翻案者の五来素川が『未だ見ぬ親』に「家庭小説」と角書を付してそれを標榜したばかりでなく、この作品が当時の社会からも上質の「家庭小説」として受け取られていたことが分かる。それでは、「家庭小説」とはどのようなジャンルであり、また、「家庭小説」の登場にはどのような社会的背景があるのであろうか。そして五来はなぜ『未だ見ぬ親』に「家庭小説」という角書を付したのであろうか。

　「家庭小説」とは、明治30年代を中心に流行したジャンルで、「家庭の団欒にあってふさわしい読み物というところから起こってきた[31]」とされる。ここでは、「家庭小説」の特徴についてとくに以下の二点に注目する。第一に「家庭小説」が「光明小説」という呼び名も持ち、「深刻小説」や「悲惨小説」等のジャンルの反動から出現したとされ、「健全な道徳」に基づいて読者を教化する役割が期待された点である。第二に小説によって読者を教化する重要な場として「家庭」が設定され、「家庭」は俗悪から守られるべき無

垢な存在であるという観念に基づき、「家庭小説」は「清浄」な読み物であり、かつ、あるべき「家庭」の姿を示す教科書[32]となることが期待される点である。

「家庭小説」は明治30年代前半に現れた文学ジャンルであり、その代表作に尾崎紅葉『金色夜叉』（1897（明治30）年）、徳富蘆花『不如帰』（1899（明治32）年）、菊池幽芳『己が罪』（1899（明治34）年）などが挙げられる。しかし、これらの作品は最初から「家庭小説」とされたわけではなく、角書も付されないが、後年になって「家庭小説」としての評価が高まったものであった[33]。「家庭小説」に関する先行研究のうち、その多くにおいて、「家庭小説」の角書が付された初の新聞連載小説は1903（明治36）年8月24日から『大阪毎日新聞』で連載された菊池幽芳の「乳姉妹」であるとされ、それから「家庭小説」と角書された小説が多数現れるようになったと述べられる[34]。しかし、鬼頭七美によれば、「乳姉妹」の連載以前に、1902年3月からの「まだ見ぬ親」の新聞連載、1903年7月の『未だ見ぬ親』の単行本の出版も含め、1896（明治29）年以降単行本七点、新聞連載小説一点が「家庭小説」の角書を持つ作品として確認された[35]。これらのことから、『未だ見ぬ親』は「家庭小説」と角書された作品としては初期のものであったと言うことができる。それでは、「家庭小説」とはどのような由来を持っているのか。

加藤武雄は「家庭小説研究」（1933年）において、家庭小説の三つの定義として、第一に常識的な意味での道徳を持ち健全であること、第二に情緒的であること、第三に悲惨な事実があっても救いがあり、最後は道徳の勝利となることを挙げている[36]。先行研究を見ると、家庭小説はその誕生が待望された時から「道徳」と結び付けられていたと言える。

「家庭小説」待望論は、まずは文壇から発生した[37]。飯田祐子と金子明雄によると、明治三十年代的な家庭小説という概念が登場するのは、1896（明治29）年12月の『帝国文学』上の記事「家庭と文学」においてである[38]。その後『帝国文学』の「雑報」を中心的な舞台として、家庭小説待望論が展開

されるが、その中では「家庭の趣味を高め家庭の和気を図る[39]」ための小説が書かれることが呼びかけられた。小説に現された健全な道徳が、読者の「趣味を高め」思想を「高尚」にすると同時に、そのような道徳的な小説は多くの読者を持つであろうと期待された。明治20年代末、日清戦争後に多く書かれた「悲惨小説」「深刻小説」の反動として現れた「光明小説」としての性格も指摘される「家庭小説」は[40]、家族の中で読んでも恥ずかしくない小説として、道徳的な内容を含み込むものでならなかった。また道徳的な読み物としての「家庭小説」待望論には家庭を新しい読書の場と設定し、小説の題材と読者層の拡大を狙う文壇の期待もこめられていた[41]。

「家庭小説」を求めたもう一つの声は教育界から出た。たとえば、飯田祐子は、1899年7月の『帝国文学』の記事、「文学と道徳」における議論を例に挙げ、「家庭小説」が待望されるようになる具体的な契機として、1899年の高等女学校校長会議での小説禁止の提言と、青少年学生の風紀の乱れの原因として小説の弊害が論じられたことが想定できると指摘した[42]。また、明治30年代前半に社会問題化し、国会の論議にも上るようになった学生風紀問題は、『教育時論』でも大きく取り上げられ、1902（明治35）年ごろまで、青少年の「堕落」と小説の弊害は結び付けられ、小説批判が過激化していた。このような批判の中で教育に「有用」な小説、道徳的効用を持つ小説が提唱され始め、明治40年代には読書教育の必要性を主張する意見も出始めた[43]。「家庭小説」の登場は、教育に「有用」な小説が提唱されはじめたのと同時期のことで、教育界における要請にも応えようとしたものであると言える。

1902年に「家庭小説」を標榜して翻訳・発表された『未だ見ぬ親』もこのような「道徳」と小説とを結びつけようとする文壇や教育界の動きと無関係ではなかったと思われる。しかし、『未だ見ぬ親』の翻訳受容に関する考察のためには、「家庭小説」の特徴について、もう一点言及する必要がある。つまり、小説が読まれる場として、そして読者を教化する重要な場として「家庭」が設定され、「家庭小説」はいわば「家庭」の教科書としての役割を

果たしたという特徴である。
　その点の考察には、まずは「家庭」という言葉について言及しなくてはならない。明治20年代前半に「ホーム」の訳語とされた「家庭」は、先祖崇拝とその祭祀を精神的支えとして、家産・家名の維持、家父長権、封建的道徳思想に基づく従来の家族とは異なる新しい家族を示すものとされた[44]。「家庭」についてのこれまでの研究によると、「家庭」という語が示す新しい家族の特徴として、第一に近代的な性的役割分業が行われること、第二に家族成員と非家族成員との境界が明確化し「一家団欒」「一家和楽」が「家庭」の追及すべき価値と見なされたこと、第三に子どもが大人とは違い愛護・教育されるべき特別の存在と見なされたことの三点が挙げられ、情緒的結合を重視する「家庭」型の家族が国家の基盤と見なされた一面もあった[45]。
　牟田和恵によると、明治20年代後半から「家庭」ブームと言えるほどに「家庭」に関する言説が噴出した。牟田はその言説をジャーナリズム、家庭教育論、家庭小説の三つに分類している。そして、『家庭雑誌』（徳富蘇峰、1892年）、『家庭雑誌』（堺利彦、1903年）、『家庭之友』（羽仁吉一・もと子、1903年）などの雑誌の創刊、ルソー『児童教育論』（1897年）、マッチアス『太郎は如何にして教育すべき乎』（1905年）の翻訳、『児童研究』（1900年）、『婦人と子ども』（1901年）の創刊などの家庭教育論の高まりとともに、「家庭小説」を「家庭」というコンセプトの普及のために大きな役割を果たしたメディアの一つとして挙げた。牟田によれば、ジャーナリズムや、家庭教育論の言説が中産階級以上を対象としたものであるのに対し、家庭小説の言説はその下の社会階層にも届き、「家庭」というコンセプトを浸透させるための最大のメディアとなった[46]。
　「家庭」のイメージは第一に道徳の守護者ということであった。従来の家族が猥褻と不品行（例えば父親の蓄妾や飲酒など）に包まれ、子どもの教育に良い影響を与えないという議論を背景に、新しい「家庭」は清浄で無垢な場であり、道徳の担い手であるべきことが主張され、「家庭小説」は「家庭」

第一章　五来素川訳『家庭小説　未だ見ぬ親』（1903年）　293

に「清浄な」読み物が必要であるという要請から、清浄な家庭にふさわしい道徳的な読み物であることが期待された。また作家自身にも読者を教化するという顕在的な意図・意欲があった。「家庭」が道徳の担い手とされたのは、「家庭」が国家を作る基礎単位と見なされたこととも密接な関係がある。女性は国家の礎となるような「家庭」を守り、子どもは「家庭」の中で道徳的に守られながら未来の国家の礎となることが期待された[47]。

「家庭小説」の言説で説かれた道徳は、夫婦の相愛や愛情の優越性、貞淑美、妻の忍耐・献身など、夫婦関係や、女性の生き方に関するものが多いとされるが[48]、とりわけ初期の家庭小説の題材は、夫婦（男女）関係・親子関係・友情など一貫性がない。たとえば、玉井朋が取り上げた1901（明治34）年刊の小説集『家庭小説』の中の「家庭小説」の題材は、農村の子の立身出世、良妻賢母、夫婦愛であった[49]。

これまで見てきた「家庭小説」の特徴から、五来が1902年に『未だ見ぬ親』に「家庭小説」という角書を付したのは、道徳、それも「家庭」で必要とされる道徳を「家庭」の中に注入する目的が意識されたからではないかと考えられる。それでは、『未だ見ぬ親』の翻訳者、五来素川はどのような小説観を抱き、『未だ見ぬ親』を翻訳したのであろうか。

1-2-2　五来素川の小説観と『未だ見ぬ親』

五来素川の小説観を明らかにする重要な資料として1902年9月13日および同月14日に『読売新聞』誌上に発表した社説「感情の教育」がある。

> 此頃人の書を徳富蘆花生に寄せて、何故に小説の如き遊戯文字を書くやを詰（なじ）り、寧ろ小学教師となりて未来の国民を作るに如かずと論ずるものあり、之に対して蘆花生ハ『何故に余ハ小説を書くや』五篇を著して、大（おほい）に其抱負を述べたり、余輩亦常に文学を味ふことを喜ぶもの、聊（いささ）か小説に対する希望を述べて我国文学者の一顧を煩ハさんと欲す[50]

「小説に対する希望」を述べるという、意気込みの感じられる文章から始まる「感情の教育」において、五来は文学、とりわけ小説の効用と文学者の役割とを述べた。上の引用で五来が言及している「蘆花生」の「何故に余は小説を書くや」は、1902年9月2日および同月3日の『国民新聞』紙上において掲載された徳富蘆花による新聞記事である。ここで徳富蘆花は、次のように述べた。

> 政治家のみ国を憂えむや。新聞記者のみ世の木鐸たらむや。教育家のみ人を教えむや。学者み眞理の発明者たらむや。説教堂に会堂寺院に限られんや。人を楽しましむるのみが小説家の能ならむや。否、小説家は彼らと共に責任を分かち、光栄を享けざる可からず[51]。

徳富蘆花は、小説家を政治家、新聞記者、教育者、学者などと比肩する職業として主張し、小説は読者の娯楽のためだけにあるのではなく、読者を教育する役割があるという自負が見受けられる。「感情の教育」では、五来もまた徳富蘆花と同様の自負のもと、「小学教員」に対抗して、文学は読者の教育に有用であると考えている。それでは、五来は文学が何の教育に役立つと考えているのだろうか。

> 我が国現今の学校教育なるものハ、全く知的の一方にのみ偏して、少しも感情の教育に注意せざるが如し、［……］故に唯現今僅に此欠点を補ひ得べきもの、一方に於て宗教あり、一方に於て文学あるのみ[52]

五来は学校教育が「全く知的の一方にのみ偏し」ているのを問題視し、学校教育に欠落した「感情の教育」を宗教とともに担えるのは、まさに文学のみであると主張する。しかし、当時の日本では小説は「無用有害のものとして社会に排斥せられ」て、「厳格なる家庭に於てハ、絶対的に子女に小説の閲読を禁ずる」状況にあり、その状況は「情の美を解する能はざる偏狭の見

解」であると五来は批判した[53]。そして、学校教育や、「厳格なる家庭」で小説が問題視されるような状況を一変させるために「感情の教育」の重要性が認識され、文学者自身が「感情の教育」に資する作品を執筆する自覚を持つべきであると主張した。

> 蓋し感情ハ人の品性を作る、高潔なる情趣ハ人格を高尚にし、下劣なる情念ハ品性を野卑にす、［……］感情の高下ハ個人の品性に関し、延いてハ社会の品格と幸福とに関す、其下劣なる情念を圧伏して高潔なる情念を発達せしむる所以ハ、是れ社会の品位を高からしむる所以なり、之れ一種の教育に因らざる可らずして、大に識者の熟慮を要すべき問題なり［……］吾人は今の文学者が徒に繊巧艶美なる文字を弄するのみに苦心せずして少しく高潔なる著作を以て今日尤も欠乏せる感情の教育に従事せられんことを望まざるを得ず、然らずんバ文学は何時迄も遊技文字を以て目せられ、無用有害のものとして社会に排斥せられ、文学者其者が小学教員に其社会上の地位を譲らざる可らざるやも知る可からざるなり[54]

五来によると「高潔なる」感情は、個人の「品性」「人格」を高尚にするだけでなく、社会の「品格と幸福」に影響し、それは「一種の教育」によって育まれるものである。そして文学は「高潔なる著作」でもってすれば、「感情の教育」を通した社会教育に貢献できるという。また小説が「無用有害のものとして社会に排斥」されているということに対して五来は意識的であり、それを防ぐためにも「繊巧艶美なる文字」ではなく「高潔なる著作」が必要であると述べた。

『読売新聞』に発表された論説「感情の教育」からは、五来の文学観について、次の三点が分かる。第一に五来は文学が教育に役立つと考え、小説家の役割を小学校の教員のそれと比肩させて考えている。第二に「感情の教育」にこそ、文学は従事できるのであり、「高潔」な感情を個人の中に発達させる文学作品ならば、個人の教育ばかりでなく、社会教育に貢献できると考えている。第三に文学が排斥されないためにも「高潔」な著作によって、

文学の有用性を社会に認めさせなければならないと考えている。

「高潔なる著作」の必要を訴える五来の主張は、小説有害論への反論であると同時に、前項で述べた文壇・教育界からの「家庭小説」待望論と重なる。新聞記事「感情の教育」には「家庭小説」という言葉こそ出てこないが、五来もまた「家庭小説」を当時の文学に必要なジャンルとして想定したのではないだろうか。

そのように考えられるのは、『未だ見ぬ親』の「小引」にも、以下の引用のように、「感情の教育」と同様の、文学に対する期待が看取されるからである。

> 一、［……］情趣の繊麗純潔、趣味の清新高雅を以て仏国文学界の一大名作たるに至りしや、是れ余が昨春病間の閑事業として、「読売」紙上を藉りて読者に紹介せんと欲したる所以なり。
> 一、蓋しこの書に顕はれたる著者の精神を求むれば、全く是れ精神教育、人格の継承を描くを以て其主眼としたるものの如し、故に一見唯是れ犬猿踏舞の幼稚なる戯文字を連ねしが如くなりと雖も、其裏面に於て凛乎たる気魄の隠約の間に認められずんばあらず、是余が不文を顧みず「家庭小説」を標榜して、此種の純潔なる読物に欠乏せる我読書界に紹介し、以て社会教育の一端に資する所あらんと欲したる所以なり[55]。

第一に五来は「家庭小説」を標榜した理由として、『未だ見ぬ親』を「精神教育、人格の継承」を描いたものとして評価し、この小説が教育に貢献するであろうことを述べた。さらに、それが社会教育の一端になると述べ、この「小引」で「感情の教育」で述べているのと同様に、個人の読書への有用性のみならず、その先の社会教育を意識している。第二に「情趣の繊麗純潔」「趣味の清新高雅」「純潔なる読物」というように、原作を清らかで純粋な作品として捉え、評価した。こうした言葉は、「感情の教育」においてその必要が主張された「高潔なる著作」を想起させる。さらには、こうした

第一章　五来素川訳『家庭小説　未だ見ぬ親』(1903年)　297

「純潔なる」作品を「家庭小説」として発表することは、前項において先述した「家庭」が道徳の守り手とされ、「家庭小説」にはそれに似合う清らかな作品が求められたという点と重なる。五来にとっては、自分が翻訳・翻案した『未だ見ぬ親』こそが当時の文学に必要とされた「高潔なる著作」なのであり、読者の教育、さらには社会の教育に貢献する理想的な「家庭小説」であったのである。

それでは、『未だ見ぬ親』を通して読者の中に育まれるべき「高潔」な感情とは具体的には何であろうか。この点に関し、「感情の教育」には「高潔」な感情の例を挙げたものとして次のような一節がある。

> 蓋し感情ハ盲目にして、且無色なり、知性に導かれざるの感情ハ方向を過る、良心に着色せられざるの情念ハ卑陋に陥る、等しく是れ愛といえども、宗教上神明に対するの愛、父子相愛の情の如き、崇高にして純潔なるものあり、亦男女の肉欲的恋愛の如き醜陋にして不潔なるものあり、等しく是れ怒と云ふと雖も、罪悪に対する義憤あり、私情に駆れたる劣怒(いかり)あり、要ハ是れ高崇潤美なる情念の尊むべくして、卑俗醜猥なる感情の賤むべきを見るなり56

五来はここで、「崇高にして純潔」な感情の一つとして「宗教上神明に対するの愛」や「罪悪に対する義憤」とともに「父子相愛の情」を挙げた。また、1935(昭和10)年に同作品が『まだ見ぬ親』として再刊された際の「序」の中では、1902年と1935年の社会が比較され、次のように述べられた。

> 私が此翻訳をしたのは、今から三十三年前、帝大を出て間もない時のことであつた。丁度其頃はまだ日露戦争前で、世は国家主義の全盛時代であつた。従て社会の道徳思想は健全で純潔な情操が上下に流れて居た。唯其情操が忠君愛國に凝り固まつて居たので、較やぎこちない恨みがあった。其処へ此仏蘭西の柔い温い、然し清くて、うら若い家庭小説が日本社会に紹介された。それは高荘な頑丈な古屋の中に一導の朝日の光がさし込んだ感じであつた。それが此小説の歓迎された一原因であつた。

最近の日本社会の傾向は之と比較すると全く隔世の感がある。文芸は欧州の自由主義のただれ切つた退廃文学に支配せられて、古の健全な家族感情などは、薬にしたくもなくなつてしまつた。つまり世はマルクスの超理知主義に中毒して、感情生活が枯渇し、従て道徳が低下して仕舞つたのである[57]。

　五来の回想によると、『未だ見ぬ親』によって教育しうる感情とは「健全な家族感情」であり、それを「薬にしたくもなくな」った1935年の社会では「感情生活が枯渇」し、「道徳が低下」してしまったと嘆いている。この五来の回想と、「感情の教育」における記述をあわせて考えれば、『家庭小説　未だ見ぬ親』で説かれた道徳とは「家庭」の中で育まれるべき「健全な家族感情」であり、中でも「父子相愛の情」を中心とした親子道徳であると言えるのではないだろうか。

1-3　親子道徳を説く物語としての『未だ見ぬ親』

1-3-1　五来素川の家族観──「家族主義」から「個人主義」へ

　『未だ見ぬ親』で親子道徳が中心的に説かれたと思われるのには、さらに理由がある。まず、当時の五来が日本の家族を批判的に捉えていたことがその理由のひとつでる。『未だ見ぬ親』の翻訳が行われた当時に五来が家族のあり方を重視したことは、五来が『法学志林』上で1901（明治34）年に発表した論文「家族制度ト個人制度トノ得失」から明らかとなる。五来はここで、「人間はポリス的動物である」というアリストテレスの哲学原理に基づき、家族は「人類社交的関係ノ第一歩」であり、かつ「国民社会的団結ノ単位」であると述べ、「国家ノ発達、生存モ個人ノ安寧幸福モ」家族に源泉を持つと説明する。つまり、当時の五来は、家族を個人と国家の結節点として重視し、個人の幸福と国家の発展の両方が家族に左右されると考えている。この論文の主要な論点は、日本の「家族組織」の「発達、開進ノ方針」のために、

第一章　五来素川訳『家庭小説　未だ見ぬ親』（1903年）　　299

　日本の家族は従来の「家族制度」を取るべきか、「欧米ノ社会組織」の基本となっている「個人制度」を取るべきか、という点である。五来によれば、「家族制度」とは「儒教ニ依」っており「個人ノ上ニ家ナル団体ヲ認」め、「家族団体ノ意志ハ個人ノ意思ヨリ強」く、「家長ニ対シ家族ハ絶対服従ノ義務」があるのに対して、「個人制度」は「基督教ニ依」っており、「個人ノ価値ヲ認」め、「個人ノ為メニ家アルノミ」であって、社会の中では「個人ノ良心ヲ最モ」重要視する[58]。

　五来は、これからの日本の家族は基本的に「家族制度」ではなく、「個人制度」を取るべきであると主張し、「家族制度」は以下のように非難された。

　　家族制度ハ家長権大ニシテ個人良心ノ独立ヲ許サズ。父兄ハ常ニ子弟ノ意見ニ干
　　渉シ、一ハ子弟ヲシテ依頼心ヲ盛ナラシメ、一ハ彼ラヲシテソノ圧制ニ苦マシム。
　　見ヨ、我国ノ家庭教育ハ独立心ノ養成ニ力メザルニアラズヤ。［……］家族主義
　　ニ在リテハ、個人ノ価値ヲ認メズ。随テ其意思ト所信トヲ重スルコトヲ知ラザル
　　ナリ[59]。

　この引用では、「家族制度」は個人の独立心の発達を妨害する点で問題視された。この引用をはじめとして、この論文では「個人ノ価値ヲ軽視」する従来の「厳格ナル家長専制長子相続ノ家族制度」は繰り返し批判され、「欧米ノ社会組織ノ個人制度」に基づく家族の「輸入」が望まれる。具体的には「家族制度」の欠点が九点挙げられた。つまり、家父長による家族成員の人権侵害、個人の独立心の欠如、職業の世襲による階級制の助長、男尊女卑、蓄妾の弊習、養子婚姻の不幸、親の過干渉による円満な婚姻の不成立、親類への強い愛着心による若者の海外進出の妨害、公徳思想の欠如の九点である。とくに、その中でも親子関係についての記述は多い。「家族制度」に基づく家族における、親の子に対する支配と過干渉、親子の依存関係は厳しく批判されたのに対し、「個人制度」に基づく家族における、子を含む家族成員の

「独立自主ノ精神」「独立独行ノ生活」は「社会真正ノ進歩」のために重要であると強調された。

この論文で五来は、当時の日本を「家族制度」から「個人制度」への「過渡ノ時代」にあると捉え、後者が将来「必ズ勝利」すると述べた。この論文で示された「個人制度」に基づく家族とは、自立した個人と夫婦関係を基礎として成立し、個人の幸福の源泉であると同時に国家の基礎となると考えられた点から、前節で言及した「家庭」の言説において提示された家族像と重なる。

五来が展開した「家族制度」と「個人制度」の比較検討は、明治30年代以降の知識人の言説において、日本の「家族主義」と西欧の「個人主義」との比較という形で頻繁に提示された議論であった。阪井裕一郎によると、明治30年代前半には、欧化政策の進行とその抵抗という社会情勢を背景として、「家族主義か個人主義か」という対立が先鋭化した。そうした議論の中で、とくに保守派の論客の多くが、「個人主義」は「自己中心主義」を意味し、「家族主義」の美徳を破壊すると批判し、日本の「家族主義」の優位が唱えられた[60]。有地亨によると、明治30年代の時点で、五来のように「個人制度」の「家族制度」に対する優位を主張する意見は異例であった。そして、明治維新により封建制度が廃止されて以降も、根本的な変化を示さなかった日本の家族生活が、西欧の近代的な家族思想の影響を受け、明治30年代前半には確実に変化したという意識を示す重要な一例として、この五来の論文は捉えられている[61]。

五来の論文で書かれた「個人制度」または「個人主義」の必要は、『読売新聞』紙上に1902（明治35）年から1904（明治37）年までの間に五来が執筆した複数の記事で主張され、しばしば日本の国家の発展と結び付けて論じられた。それらの記事では、欧米列強各国に対抗しうる日本の国家の発展のために、産業振興と経済的伸張が重視され、そのためには民間の企業家の努力が不可欠であるとされた。五来が当時の日本において何よりも輩出すべきとし

た人物像は実業家であり[62]、個々の実業家の育成のために青年の教育は「個人主義」に基づかねばならず[63]、日本の社会も「家族主義」から「個人主義」へ移行する必要があることが主張された。たとえば、以下の二つの引用は、五来が経済発展を最も重要とし、そのために日本は「家族主義」を捨てて「個人主義」を採用せねばならないという主張が示されている。

> 何時迄も家族主義という偏狭な城壁に立て籠つて、外征の最も急務なるを知らず、国家ハ個人の事業を保護進捗するを最先の義務とせず、今日の如く軍備拡張のみに熱中するならバ、換言すれバ国民も国家も経済的発展に全力を注がないならバ、我国ハ遂に千歳の悔を残すに至るだろう［……］要するに国民の戦争ハ兵器でするのでなくて経済力でするのでなくてハならぬ[64]

> 個人主義とハ即ち自助(セルフヘルプ)の精神是なり、独立の観念是なり、［……］彼れ［(引用者註)＝英国の社会組織］が国家団体の施設よりハ国民独立経営を先きにし、商工業を重(おも)んじ、殖民を尊び、先づ其国家の富強を国民実力の発展に求めて、遂に今日の結果を見たるなり［……］其領土を広めたるものハ国家にあらずして、実ハ人民なり、武力にあらずして、実ハ経済力なり［……］日本ハ即ち英国主義、文明主義に倣ひて、［……］国家の富強を国民各個の富強に求めんと欲するの主義を取れるものなり[65]

一つ目は新聞記事「豈只に漢口居留地のみならんや」(1903年2月3〜4日)からの引用、二つ目は「征露の真精神」(1904年3月19〜20日)からの引用である。前者において五来は、漢口の日本居留地における設備や市街地の様子が、ドイツ居留地によるそれよりも著しく劣っており、それは欧米列強各国と日本との経済力の差異を象徴する風景であるとして、日本の経済発展の必要を訴え、そのために「家族主義」ではなく「個人主義」を採用して「個人の事業の保護進捗」を図らねばならないとする。後者の記事は、日露戦争開戦の1か月後に書かれており、日露戦争が「武力」の戦争ではなく「経済力」の戦争である点、「国民各個の富強」によって「経済力」が発展するな

らば、自然に国土も拡張されるであろうという予測、そしてそのためにはイギリスを模範とした「個人主義」が採用されるべきであることが主張された。こうした記事からは、日本の家族が「家族制度」と「個人制度」のどちらに立脚すべきかという論点は、五来にとって、家族の様態ばかりではなく、日本の国家や社会のあり方をも視野に入れた大切な論点であって、欧米列強各国との対抗という、日露戦争以前の国際政治情勢および社会情勢を背景として、日本が「個人主義」を採用すべきであると繰り返し主張されていたことが分かる。

『未だ見ぬ親』は、五来が日本の家族の変化、とくに「家族主義」の特徴となるような親子関係の変化の必要を論じたのと同時期に翻訳・翻案され、出版された小説である。五来の家族観に関する以上のような思想的背景からも、『未だ見ぬ親』は、原作に含まれた家族の道徳、とくに親子関係の道徳について価値を見出され、日本に紹介されたのではないかと考えられるのである。

1-3-2　Sans famille と『未だ見ぬ親』——章の構成の比較

『未だ見ぬ親』が親子道徳を説く物語であると考えられるもう一つの理由は、原典と翻訳の構成の比較により明らかになる。つまり翻訳の底本となったと考えられるダンテュ版の Sans famille の章の構成と単行本版『未だ見ぬ親』の章の構成を比較し、Sans famille の重点的に翻訳された部分を検討すると、『未だ見ぬ親』では、原作における親子関係に関する記述や挿話が重視されたのではないかと思われるのである。

ダンテュ版の Sans famille は、第一部の21章と第二部の23章の合計44章で構成されている。五来は、単行本版『未だ見ぬ親』において、原書の構成と章の区切りを部分的に尊重しつつ、「其一」から「其七十九」までの79章に分けて Sans famille を翻訳した。たとえば、原書の第一部第一章「I. Au Village」は『未だ見ぬ親』では「其一　生さぬ情」「其二　山羊の叫声」「其三

今年のクリスマス」の３つの章に分けて翻訳される、という具合である。

　しかし、Sans famille の全ての章が翻訳の対象となるわけではない。五来は単行本版『未だ見ぬ親』の「小引」において、翻訳・翻案の方法について次のように述べた。

> 原書は上下両巻より成り、合計九百頁に近き浩瀚のものなり、然かも之が全部の翻訳は、却て読者を倦ましむる所以なるを以て、其全体の趣旨に関係なき出来事^{エピソード}は、其省略せしこと前後四五ヶ所に及べり、而して之を接続瀰縫せんが為めに多少の翻案を用ゐたるは亦実に已むを得ざることとして、茲に読者の宥恕を乞はざるを得ず[66]

　つまり、五来によって翻訳するに値すると判断された「趣旨」は翻訳の対象となり、反対に「却て読者を倦ましむる」「其全体の趣旨に関係なき」ものと判断された章は「省略」された。原典と『未だ見ぬ親』とを比較した結果、実際に「省略」された章は全43章中17章に及ぶと判明した。

　本項ではまず、「省略」された17章はどれかを見た上で、五来は Sans famille のどの部分を必要であるとし、どの部分を「省略」しうると判断したかを確認する。そして、そのような「省略」とそれを補うための「接続瀰縫」は何に由来するかを考察する。

　まずダンテュ版の Sans famille の章の構成と、1903年に東文館から刊行された『未だ見ぬ親』の章の構成とを比較した表を次頁に示す（表２）。

　この表から、章が丸ごと「省略」されたのは、Sans famille の第一部第九章、第二部第二章から第七章、第十二章から第二十一章であると判明した。原作と翻訳・翻案の章の構成の相違から、次の三点を指摘できる。

　第一に、「親子」の話が重点的に翻訳されたと考えられる。表から明らかなように、『未だ見ぬ親』で重点的に翻訳されたのは、Sans famille の第一部である。第一部は、「省略」された章が第九章のみであるのに対して、第

(表2) Sans famille (Dentu 版) と『未だ見ぬ親』(東文館) 構成の比較

Sans famille (E. Dentu, 1878)	『未だ見ぬ親』(東文館、初版、1903 (明治36) 年7月)
Tome premier (第一部) I Au village	其一 生さぬ情、其二 山羊の叫声、其三 今年のクリスマス
II Un père nourricier	其四 彼が余の御父様?、其五 身上の秘密、其六 孤児院へ?
III La troupe de Signor Vitalis	其七 不思議な老人、其八 擦すつて御覧、其九 嵐一座
IV La maison maternelle	其十 母の不在、其十一 せめて一目、其十二 あれあれ母様が!
V En route	其十三 靴を買つて!、其十四 初めての朋友
VI Mes débuts	其十五 楽屋覗き、其十六 下稽古、其十七 市日の行列、其十八 初舞台
VII J'apprends à lire /VIII Par monts et par vaux	其十九 吾が師
IX Je rencontre un géant chaussé de bottes de sept lieus	(第一部第九章 「省略」)
X Devant la justice	其二十 査公来る、其二十一 飛んだ役割、其二十二 狂言の食ひ違ひ、其二十三 裁判沙汰
XI En bateau	其二十四 懐中の十一銭、其二十五 涙の一夜、其二十六 クロの謀反、其二十七 敗余の軍楽、其二十八 声の主、其二十九 船の上
XII Mon premier ami	其三十 春日家、其三十一 狼と小羊の噺
XIII Enfant trouvé	其三十二 我は捨児、其三十三 訣別
XIV Neige et loups	其三十四 吹雪、其三十五 夜中の珍事、其三十六 狼群、其三十七 猿の行方、其三十八 古戦場
VX Monsieur Joli-Cœur	其三十九 お門違ひ、其四十 なかなかの危篤、其四十一 参考の為め、其四十二 砂糖豆、其四十三 一期の願、其四十四 一喜一憂、其四十五 小手招き、其四十六 英雄の末路
VXI Entrée à Paris	其四十七 都入り
XVII Un padrone de la rue de Lourcine	其四十八 大きな頭、其四十九 萬吉の涙、其五十 丸太棒、其五十一 言はれぬ恥
XVIII Les carrières de Gentilly	其五十二 競馬場、其五十三 最後の接吻

第一章　五来素川訳『家庭小説　未だ見ぬ親』（1903年）　305

XIX Lise	其五十四　植木屋、其五十五　胡蝶の舞、其五十六　老人の秘密
XX Jardinier	其五十七　九死に一生、其五十八　家族の者
XXI La famille dispersée	其五十九　暴風雨、其六十　牢の中
XXI La famille dispersée／**Tome Seconde（第二部）** I En avant	其六十一　紀念（ママ）の時計
Tome Second（第二部） I En avant	其六十二　太一々座、其六十三　田舎の婚礼、其六十四　宮様の山羊
II Une ville noire III Rouleur IV L'inondation V Dans la remontée VI Sauvetage VII Une leçon de musique	（第二部第二章から第七章まで　「省略」）
VIII La vache du prince	其六十五　糊付けの尾、其六十六　感心な小僧、其六十七　進軍の曲、其六十八　盗人呼ばり、其六十九　老判事
IX Mère Barberin	其七十　昔の吾家、其七十一　大きくなつた、其七十二　舌先の用心、其七十三　書置の事
X L'ancienne et la nouvelle famille	其七十四　赤い頬
XI Barberin	其七十五　白の案内（※）
XII Recherches XIII La famille Driscoll XIV Père et mère honoreras XV Capi perverti XVI Les beaux langes ont menti XVII L'oncle d'Arthur: M. James Milligan XVIII Les nuits de noël XIX Les peurs de Mattia XX Bob XXI Le *Cygne*	（第二部第十二章から第二十一章まで　「省略」）
XXII Les beaux langes ont dit vrai	其七十六　大切な手紙（※※）、其七十七　巴里からのお客、其七十八　二度目の喫驚
XXIII En famille	其七十九　大団円

（※）其七十五……後半部は五来の創作となっている。
（※※）其七十六……前半部は五来の創作となっている。

二部は全23章中7章しか翻訳の対象とされなかった。Sans famille の第一部と第二部の最大の相違の一つは、第一部では主人公が、親代わりの人物と出会い、共同生活、別離する様子が描かれた、親代わりの人物との旅物語であるのに対し、第二部ではレミが親友のマチアとともに旅をする、子どもだけの旅物語であるということである。また、第二部の翻訳・翻案の対象とされた7章は、主人公と養母、実母との再会の場面が中心的に展開される部分である。前節で仮定したように、『未だ見ぬ親』が「家庭」での親子関係のあり方を示すことを中心に据えた「家庭小説」であるとするならば、翻訳・翻案の対象となる部分の五来の選択方法は納得がいく。擬似的な関係ではあっても、「親子」としての主人公と大人の登場人物との関係が多く描かれた部分が、五来にとって翻訳する価値があるものではなかったかと考えられるのである。

　第二に、原作に存在する社会小説としての要素は大幅に削減された。Sans famille の大幅に「省略」された二つの部分の中の一つ目、第二部第二章から第七章は、主人公がセヴェンヌ地方の炭鉱街へ行き、炭鉱夫の家族の生活や労働を体験し、炭鉱内で出水事故に遭遇して閉じこめられ、救出されるまでの部分である。この挿話はとくに、本書第一部第三章第二節でも論じたように、Sans famille における「社会問題」批判を検討する上で、最も重要な部分の一つであり、原作者のマロが力を入れて執筆した箇所である。炭鉱の内部の様子、炭鉱夫の労働の内容、事故や死と隣り合わせの労働現場などを、ルイ・シモナンの著作、『地下の生活──炭鉱と炭鉱夫』（1862年）が参照されつつ、詳細に、具体的に書かれたこの場面の全てが失われてしまうということは、原作における「社会問題」に対する言及が大幅に減じられたことを意味する。しかしながら、五来にとって重要なのは、あくまで「可憐の一孤児未見の親を尋ねて天下を流浪するを以て一篇の大筋[67]」とする「家庭小説」としての原作の価値であって、そのような社会小説としての要素は不要であったと思われる。

なお、五来は『未だ見ぬ親』を1903年に単行本化した後、1935（昭和10）年に同作品を『まだ見ぬ親』として再刊した際には、おそらく「其後、菊池寛、菊池幽芳両氏に依つて日本に紹介された[68]」ことが意識され[69]、「省略」の少ない翻案に改変した。しかし、1935年の再刊に際し改めて翻訳・翻案の対象とされたのは、後述する主人公の生家を装う偽の家族の挿話の部分であって、炭鉱の場面は依然として「省略」されたままであった。この事実からも、いかに五来が炭鉱の場面を不要と考え、原作の「親子」の挿話に小説としての中心的な価値を見出したかが看取される。

　第三に、親子道徳を説く物語として不適切な部分は、「省略」されたと考えられる。1903年版の『未だ見ぬ親』において大幅に「省略」された、原作の第二部第十二章から第二十一章までは、主人公の実の家族を装ったロンドンのドリスコル家に関する場面が展開される。原作では、養母と再会の後、ロンドンに実の家族が存在するらしいという情報を得た主人公が、ドリスコル家とめぐり会い、犯罪集団であったこの家族から逃亡の末に実母との再会を果たすという筋である。しかし、翻案では、養母との再会の直後に実母に再会できるという筋に単純化された。この話の筋の単純化については、すでに先行研究において佐藤宗子が、「ぐずぐずとロンドンに滞在を続け、結局トラブルにまきこまれ」る原作の展開を避けて「すっきりと終わらせる改変」をしたという理由を指摘している[70]。

　この指摘は適切である。しかし、削除された原作の部分における記述内容を考えると、さらなる理由が指摘できるように思われる。つまり、原作でドリスコル家は犯罪者集団であり、絶対的な父権を濫用する父親と、彼に対する主人公の反発が書かれたが、親の子に対する絶対的支配、子の親に対する反発などの親子不和の描写は、五来が理想とする親子のあり方に反すると考えられる。

　本書第一部第三章第三節で論じたように、ドリスコル家の場面では、原作発表当時のフランスで問題となっていた、少年犯罪の温床としての家族と、

その根本的な原因である父権の濫用に対する強い批判が展開された。罪を犯したくないという気持ちと父権規定との間で揺れ動き、苦しむ主人公の気持ちは「こんな告白をするのは恐ろしいことだが、僕は孤児だった時は、今ほど苦しまなかったし、今ほど不幸せでもなかった。家族のないことを悲しんでいた僕が、家族がいることに絶望して涙にくれるなどと、誰が想像できただろうか」(*D.II*, p.315-316) と強い言葉で表現され、そのような親や家族ならばいない方が良いことが示された。

　こうした家族や親を強く否定する言葉を五来はどのように捉えたのか、1903年版の『未だ見ぬ親』では省略されているため判断できない。しかし、1935年版の『まだ見ぬ親』には、この言葉は次のように翻訳されている。

> Quoi de plus de terrible que le doute ! Et malgré que je ne voulusse pas douter, je doutais.
> Ce père était-il mon père ? Cette mère était-elle ma mère ? Cette famille était-elle la mienne ?
> Cela était horrible à avouer, j'étais moins tourmenté, moins malheureux, lorsque j'étais seul. Qui m'eût dit, lorsque je pleurais tristement, parce que je n'avais pas de famille, que je pleurerais désespérément parce que j'aurais une ?
> (*D.II*, p.315-316)
> 疑いほど恐ろしいものなどない。僕は疑いたくなかったが疑っていた。
> あの父は僕の父なのか。あの母は僕の母なのか。この家族は僕の家族なのか。
> こんな告白をするのは恐ろしいことだが、僕は孤児だった時は、今ほど苦しまなかったし、今ほど不幸せでもなかった。家族のないことを悲しんでいた僕が、家族がいることに絶望して涙にくれるなどと、誰が想像できただろうか。
> （拙訳）

> 此くして余(わたし)は恐ろしい疑惑の中に苦しんで居たのであるが、其疑惑に増して更に苦しい煩悶は、自分は父母に対して、此様な疑惑を起しては相済まんといふ其良心の叫びであつた。
> （『まだ見ぬ親』平凡社、1935年、350頁。）

第一章　五来素川訳『家庭小説　未だ見ぬ親』(1903年)

　原作において「家族がいることに絶望して涙にくれる」主人公の、家族や父母を否定する感情は、1935年版の『まだ見ぬ親』における五来の翻訳文では、「自分は父母に対して、此様な疑惑を起しては相済まんといふ其良心の叫び」と表現された。つまり、原作にあるような子が親や家族を否定するような言葉は、翻訳文においては親を悪く思うことに対する罪の意識、「良心の叫び」にすり替わって提示された。1935年版の『まだ見ぬ親』におけるこの改変は、原作の第二部第十二章から第二十一章までの間に、家族や親の存在を否定する感情など、「健全な家族感情」に反する記述が五来によって見出されたということを示す一例であると考えられる。

　また、1903年版『未だ見ぬ親』における話の単純化により、実の家族の存在について主人公が感じる嬉しさの感情は、原作のそれよりも純化された。つまり原作では、主人公のロンドンの家族を欲深い養父が探しているという情報を主人公が得た設定となっているため、実の家族の存在を知っても主人公は素直に喜ぶことが出来ず、実の家族に対する悪い予感さえ抱いている。それに対して、ロンドンの家族の話自体を全て割愛した1903年版の『未だ見ぬ親』においては、主人公は以下の引用に見られるように、ただ実の家族の発見を喜ぶばかりである[71]。

- J'ai une famille, moi ? J'ai une famille, mère Barberin, moi l'enfant abandonné ! […] Qui me cherche ? Oh mère Barberin, parle, parle vite, je t'en prie !
Puis tout à coup, il me sembla que j'étais fou, et je m'écriai :
- Mais non, c'est impossible, c'est Barberin qui me cherche.
-Oui, sûrement, mais pour ta famille.
-Non, pour lui, pour me reprendre, pour me revendre, mais il ne me reprendra pas.
(D.II, p. 202-203.)
「僕に家族があるだって、僕に？僕に家族があるだって、僕みたいな捨てられた子に！［……］誰が僕を探しているの？バルブラン母さん！話して、お願い早く

話してよ！」
それから突然僕は自分が気が狂ったようになって叫んだ。
「違う、そんなことあるはずがない、バルブランが僕を探しているんだ。」
「そうよ、でもお前の家族のためよ。」
「違う、自分のためだ、僕をもう一度捕まえて売るためだ、捕まるものか。」
（拙訳）

『えー余を生んだ親（あたい）！ぢや余の本当の母様も父様も見付つたの、そりやまあ母様何処の人、早くよー聞かして頂戴よー』
云ふて余は突然（いきなり）飛び付くのである、
『お前まあ其様（そん な）乱暴な事しちや、談（はなし）が出来ないぢやないかね、もつと静になさいよ、
『だから母様何処の人つてば
（『未だ見ぬ親』304-305頁）

　下線部が原文とは異なる展開が示された部分である。原文では、主人公は自分の実の家族の話に喜びながらも、その話に養父が関わっていることでそれを素直に喜べず、「気が狂ったようになって」その話を否定しようとする。それに対し、『未だ見ぬ親』の中では、主人公の太一が実の親の話を聞く以前に養父は亡くなった設定となっているため、太一は実の親が見つかり、再会できることに対する希望と嬉しさしか感じていない。このように、Sans famille 第二部第十二章から二十一章にかけてのエピソードの『未だ見ぬ親』における大幅な削除は、親子不和の挿話を「省略」する効果ばかりでなく、「省略」された前後の場面を「接続瀰縫」する際に、親を得ることに対する主人公の喜びの感情を純化させる効果が見られる。
　「親子」の話の重点的な翻訳、「社会問題」批判の場面の大幅な削除、ロンドンのドリスコル家の挿話の削除、の三点から、五来は、原作の Sans famille の中の「親子」の話に焦点を当てたばかりでなく、さらに親子道徳を説くのにふさわしい部分を選択して翻訳し、『未だ見ぬ親』という作品を再

構成したと思われる。本節の第一項で検討した五来の論文「家族制度ト個人制度トノ得失」に表された各々の「独立」の上に成立する「個人制度」に基づく親子関係の主張と、理想的な「親子」の話に重点が置かれた翻訳とを合わせて考えると、原作に翻訳する価値のあるものとして見出されたのは、これからの日本の「家庭」が基準とすべき個人主義に基づく親子関係であると言えるのではないだろうか。

1-4 原作に見出された価値——個人主義に基づく親子関係

1-4-1 個人主義に基づく教育

Sans famille に見出された、個人主義に基づく親子関係は、まずは教育面にあると考えられる。『未だ見ぬ親』の「小引」では、原作について次のように述べられる。

> この書に顕はれたる著者の精神を求むれば、全く是れ精神教育、人格の継承を描くを以て其主眼としたるものの如し、故に一見唯是れ犬猿踏舞の幼稚なる戯文字を連ねしが如くなりと雖も、其の裏面に於て凛乎たる気魄の隠約の間に認められずんばあらず[72]

このように、五来は原作の「著者の精神」の「主眼」を「精神教育、人格の継承を描く」ことに見出したと述べた。引用にある「精神教育、人格の継承」とは、とりわけ、主人公の太一（原作ではレミ）が、犬と猿とともに興行する旅芸人の嵐一斎（原作ではヴィタリス）から受ける教育を指し示すと考えられる。両者は師弟関係にあり実の親子ではないが、『未だ見ぬ親』では、捨て子の太一の「真実の父母の慈悲と云ふては、本より心に覚えなけれど、[……]三年の月日余を教へ導いて呉れた、吾が師嵐一斎殿の親切は真の父にも及ぶまい[73]」という原文には存在しない述懐が加筆されるなど、嵐一斎

を太一の父親に見立てる姿勢は原作より強く表された。また、『未だ見ぬ親』の太一と嵐一斎との関係は、太一と他の親代わりの登場人物との関係よりも、多くの部分を割いて書かれた。小説内には新田のお文（原作ではバルブラン母さん）、春日夫人（原作ではミリガン夫人）、植木屋の作兵衛（原作ではアキャンのおやじさん）などの大人の登場人物が登場する。その各々について、太一とのやり取りが書かれた部分を検討すると、全79章の中で、お文とのやり取りや彼女に対する感情が書かれた章が16章（其一～其六、其六十四～其七十三）、春日夫人との挿話が11章（其二十八～其三十三、其七十四～其七十八）、作兵衛との挿話が6章（其五十四～其五十九）であるのに対し、嵐一斎と太一が過ごしている間の物語は36章（其七から其二十三、其三十四から其五十三）にわたり、『未だ見ぬ親』の中で太一と嵐一斎の旅物語は最も大きな位置を占める。この「親子」の教育を五来は「人格の継承」であると述べ、個人の「人格」を認め、個人主義に基づく教育が原作に見出されたと考えられる。

　本書第一部で詳細に論じた通り、原作の Sans famille でヴィタリスからレミに授けられた教育には、教育内容と教育方法の両方に特徴がある。まず教育内容については、その網羅性が第一の特徴として挙げられる。マロが参照した可能性のある、原作出版当時のフランスの初等教育改革法案には、知育、体育、芸術教育、職業教育と幅広い教科内容が含まれたが、当時の小学生を重要な読者とした Sans famille にもその網羅的な教育内容が含有された。そして「人生は大抵の場合が闘いだ」（D.I, p.56）という、忍耐強く生きる姿勢が説かれる教訓など、宗教的教義に基づかない世俗的な公民道徳教育の内容が含み込まれた。

　次に教育方法の面では、原作に提示された児童教育には、教育学者ペスタロッチやフレーベルの影響が見受けられ、彼らが提唱した直観教授の方法に基づき、主人公のレミ自身の五感と身近な生活体験に依拠する教授方法が取られる。具体的には、板に彫った文字の形を理解させることから始まる読み書き教育、フランスを旅して歩くことで行われる地理教育、演技や興行の仕

方を実際の労働の中で学ぶ職業教育などが挙げられる。そして、教授者は学習者の自発性を活かし、場合によっては物事に対する好奇心を持つように誘導し、児童自身による物事の発見を促すような教育方法を取るべきであるとされた。学習者である主人公のレミ自身も、「独学者」のような強固な学習意欲を持つ子どもとして提示され、自分自身の経験と学習から、知性、身体、職業の各方面の能力を培い、「身寄りのない子どもの危険な生活」（*D.II,* p.408）の中でも生き抜く力を身に付けて行く様子が描かれた。

原作においてヴィタリスからレミへ授ける教育の上で何が重視されたかが語られる一文がある。それは、*Sans famille* 第一部第十一章においてレミを引き取りたいと申し出るミリガン夫人に対するヴィタリスの次のような反論である。

> 私はあの子を愛しているし、あの子も私を愛しています。私のそばで厳しい人生修行をさせるのは、あなたがご自分ではそのつもりはなくとも、あの子を隠れた召使のような状態の中で生活させるよりも、あの子にとってためになるでしょう。たしかにあなたはあの子に教育をつけ、しつけられるでしょう。あの子に知性を身に付けさせるでしょう。しかし、あの子の人格を形成することはできますまい。（*D.I,* p. 188）

原作で提示されるヴィタリスからレミへの教育は、主人公自身の力を尊重して自立を促し、知育、体育、職業教育、道徳教育の総合により「人格（caractère）」を形成することが目指された[74]。*Sans famille* で提示される児童教育は個人主義的な傾向を持ち、児童の人格形成に重点がおかれ、児童自身が人生を切り開く力をつけるためのものである。五来はヴィタリスからレミに対する教育の特徴を、少なくとも部分的には理解し、評価した上で、『未だ見ぬ親』という小説を通してそれを読者に紹介し、「社会教育の一端[75]」に貢献しようとしたと思われる。このことは、『未だ見ぬ親』の新聞連載から単行本出版までの期間に書かれた論説で、五来が個人主義に基づく教育を高

く評価したことからも説明される。

　『読売新聞』紙上で1902年11月1日から14日まで連載された論説「教育界の覚醒——個人主義の主張」では、五来は個人主義に基づく教育の必要性を主張する。この論説は、原作に提示される教育に対する、五来の理解と評価の度合いを示す資料として重要である。この中で五来は、フランスの社会学者エドモン・ドモラン（Édmond Demolins, 1852-1907）の主著『アングロ・サクソンの優秀性は何に起因するか』（原題：*A quoi tient la supériorité des Anglo-Saxons ?*, 1897）の記述に基づき、イギリスの家庭教育と学校教育が日本にも導入されるべきであると主張する[76]。家庭教育については精神教育、手芸教育、体力の養成に分けて述べられる。子を一人の大人として扱い、自分のことは自分でさせて「『生活ハ戦争』なりといふ事」を教える精神教育、「労働の尊ぶべき事」を教え、子が「他人に依頼せずに生活して行き得る」ように訓練する手芸教育、「如何なる境遇に陥っても、之に耐え」られるように体を鍛える体力の養成の三点が主張され、親が子の精神力、生活能力、体力を養い、子が「理想的な独立自主の人」となることを目標とする。

　学校教育については、セシル・レディー（Cecil Reddie, 1858-1932）が1889年にアボッツホルムに創設した寄宿学校の教育課程が紹介された。レディーは人間の心身の諸能力の調和的発達に基づいた人格の陶冶を教育の目標とした教育者である[77]。五来は、アボッツホルムの学校では、「日本の如く唯に学校を智識養成所たらしむる」のではなく、「精力、意力、体力、手芸、活動力」の調和的発達の上に「人間を作る」ことが目的とされると述べ、知育、体育、手芸、芸術、社交により構成された教育課程が「完全なる人間」を作ると述べる。また、その中で「毎日午後に催さるる徒歩又ハ自転車に依る遠足、散歩」や「動物の解剖、植物の採集」をはじめとした「実物教育を実行」することで、「実務的才能を養成」し、「学校生活を以て社会生活に入るの階段たらしむる」ような教育方法が採用されるとし、五来は「独立独行の精神」をもつ人間、とくに実業家を養成する教育として、アボッツホルムの

学校を評価した[78]。

　この論説で五来が賞賛する教育は、網羅的な教育科目・教育課程による、知力ばかりでなく、精神力、生活能力、体力など人間の諸能力の発達の調和が目指される点、教育が実物教育に基づく点、教育の大きな目標が個人の人格の形成と「社会生活」への導きにある点など、複数の点において原作者エクトール・マロが Sans famille で提示した教育と類似する。この論説は、Sans famille の中に個人主義に基づく児童教育が書かれたことが重視され、その価値が認められた上で、五来によって作品が日本に翻訳紹介された可能性を示す資料として捉えられる。フランスの各地を興行しながら歩いて旅をする生活を送る中でのヴィタリスからレミへの児童教育はまさに、五来の言う「徒歩又ハ自転車に依る遠足、散歩」をはじめとした戸外での実物教育が中心的であり、知力はもちろんのこと、「精力、意力、体力、手芸、活動力」の多方面における諸能力の発達が書かれた点において論説「教育界の覚醒――個人主義の主張」で主張された教育内容と重なるのである。

　さらに、五来が原作に見出した教育の中でとくに重要視されたのが、「小引」においても述べられた、「精神教育」であり、「凛呼たる気魄」を感じさせる物語の内容であったと思われる。8歳で養母から引き離された主人公を甘やかそうとせず、「厳しい人生修行」をさせるヴィタリスからレミへ伝えられる道徳的教訓の中には「人間の一生は戦争だ[79]」という「『生活ハ戦争』なりといふ事」をまさに教える言葉もある。論説「教育界の覚醒――個人主義の主張」で五来は、家族主義に基づく教育の弊害をまずもって「精神教育」の甘さに見出している。

　　英米人の子供を育てるのに、幼少の時から大人扱ひをすると云ふことを示して居る、所が是が日本で見ると、成る可く小児の苦痛を慰める一方にのみ傾いて居て、少しも子供の独立心を害するや否やに注意しない、小児は多く五六歳迄抱き寝をするのが普通で、此く云ふ記者の如きも、末子の甘やかしで、九歳の時迄母の乳

を呑んで、十二歳の時迄母に抱かれて寝た、此家族制度の本より美しい点ハある に相違ないが、此の如きハ決して男子を独立独行に成長つる所以でない、大和民 族を大国民たらしむる所以でない[80]

日本人と来たら如何であるか、家族主義の唯家を重んずることを知つて、人を重 んずることを知らず、血統や家名や資産の伝はること許り考へて、其結果子供を して、親に依頼し、家に依頼し、親族に依頼し、財産に依頼する様にならしめ、 相帥ゐて薄志弱行の徒たらしむる[81]

　日本の「家族主義」に基づく児童教育は、子どもを甘やかし、「薄志弱行」 の人間を育て、とくに男子児童の教育において適切でないという、五来の批 判が展開された。ここで示された五来の問題意識を考慮すると、「九歳の時 迄母の乳を呑んで、十二歳の時迄母に抱かれて寝た」という表現が誇張を含 んだとしても、幼少期の五来をはじめとした日本人の男子児童と比較して、 8歳で育ての親の元を離れる *Sans famille* の主人公は「幼少の時から大人扱 ひ」される欧米の男子児童として捉えられたとしても不自然ではない。養母 のもとから引き離された生活の中でヴィタリスからの厳しい修行、教育をレ ミが受ける物語を、五来は「凛乎たる気魄の隠約の間に認められずんばあら ず」と表現し、原作の価値を高く評価したと言えるのではないだろうか。

　また、ヴィタリスからレミへと授けられる「精神教育」が、翻訳・翻案者 の五来によってとくに重視されたことを示すものとして、*Sans famille* 第一 部第七章の最後の数頁を翻訳する際になされた改変がある。この章の内容は、 *Sans famille* 第一部第八章の歴史教育の場面が途中に挿入されつつ、『未だ 見ぬ親』の「其十九、吾が師」において翻訳・翻案されている。「其十九」 においては、嵐一斎から太一は読み書き、音楽、歴史を教わる。原作では、 第一部第七章の最後において、レミは自分の学習が「普通の子ども」のそれ と比較して、当時の「独学者」のような特殊な学習であること、そしてその おかげで学習意欲の大切さに気付き、身体も鍛えられたことについて原書の

約2頁の分量を割いて書かれた[82]。『未だ見ぬ親』では、この約2頁の部分は全て「省略」された。そして、Sans famille 第一部第七章の最後の一文のみ、以下のように改変されて訳された。

> Et ce me fut un grand bonheur que cet apprentissage, il me mit à m ême de résister aux coups qui plus d'une fois devaient s'abattre sur moi, durs et écrasants, pendant ma jeunesse. (D.I, p. 91)
> この修行が僕にとって大きな幸せだったのは、そのおかげで、少年時代に何度も襲いかかる、厳しく重い試練に負けない力がついたことである。(拙訳)

> けれど読書より音楽より、今も余に取つて師匠の恩の忘れ難いのは、余の人物を仕上げて呉れた、其精神上の教育であつた(『未だ見ぬ親』80頁)

このように『未だ見ぬ親』では、原文の「厳しく重い試練に負けない力がついた」教育は、「人物を仕上げて呉れた、其精神上の教育」と言い換えられ、嵐一斎による「精神上の教育」が主人公の受けた教育の中で最も意味のあるものとして提示された。五来は Sans famille のヴィタリスとレミの拮話の中に、嵐一斎という「親」から太一という「子」への「精神上の教育」を見出し、子どもの「人物を仕上げ」、「人格継承」を成し遂げるような、個人主義に基づく教育の模範となりうると見なし、翻訳を通して日本の読者に紹介しようとしたと考えられる。

　子どもを個人として認め、その人格陶冶を目的とする個人主義的教育論は、日本では明治初年以来存在し、福沢諭吉、植木枝盛、小崎弘道などが子どもの権利の自覚に立脚した親子関係を説いたことが代表例として挙げられる[83]。明治20年代後半以降に隆盛した家庭教育論の中では、次世代の国民形成の基礎としての家庭教育が注目され、「家庭」の中で一人ひとりの子どもが未来の国家の礎として育つことが期待された[84]。新聞記事、「教育界の覚醒——個人主義の主張」において、「国家の富強ハ人民各個人の富強の集合に外な

らず」と述べた五来もまた、個人の教育の先に国家の発展を見たことについては、先述した。五来は、個人主義に「家族主義」を対置させ、日本の従来の「家族主義」を「唯家を重んずることを知って、人を重んずることを知らず」と個人の価値を認めない点で批判すると同時に、子の「独立心」に対して無頓着で日本人を「大国民たらしむる」ことができないと、国民形成の弊害となる点からも批判した[85]。『未だ見ぬ親』で示された親から子への教育は、その「精神教育」をはじめ、子の人格陶冶のための模範的な教育であり、子に「凛乎たる気魄」を教え日本人が「大国民」となるのに貢献するという展望が五来の視野にあったのではないかと考えられる。

1-4-2　親子間の情愛

　原作に見出された個人主義に基づく親子関係のもう一つの面は、親子間の情愛にあったと考えられる。五来の論文「家族制度と個人制度の得失」では、「家族制度」における親の子に対する支配と過干渉が批判された。個人主義に基づく親子関係では、親は子に「圧制」[86]を敷くのではなく、その人格を尊重することが求められる。明治20年代以降の家庭論においても、欧米の家族をモデルとして、親子間には細やかな情愛が育まれることが理想とされ、家族成員の情緒的結合に基づく家庭内の「一家団欒」が追求すべき価値とされたが[87]、五来は論説「感情の教育」の中で「家庭の和楽」のような「人類の幸福と称せらるるものの常に感情の作用たる」ことを述べ、小説によって読者に教育すべき感情の一つとして「父子相愛の情」を挙げる[88]。

　Sans famille で提示される親子間の関係は比較的対等であり、親の子に対する愛情と優しさ、子の親に対する愛情、尊敬、感謝が描かれた。子から親への尊敬、感謝の念は、親の子に対する優位を示すが、親から子への権威的な態度や命令、暴力的な行動については否定的に書かれた。物語で主人公と良好な関係を築く親は、子をしつける場合には、それが愛情に基づき、優しさも伴う行動であることにつねに言及された。ヴィタリスからレミへの教育

第一章　五来素川訳『家庭小説　未だ見ぬ親』(1903年)　319

は、厳しさを伴う「精神教育」を中心として、五来により高く評価されたと考えられるが、しかしヴィタリスは原作において、主人公の養父やドリスコル家の父親のように、子に対し権威を振りかざすことはせず、「人に命令するすべを知っている」(*D.I*, p. 187)一方で、「思いやり、優しい言葉、あらゆる愛情のしるし」(*D.I*, p. 121)を主人公に示した。親子間の情愛に満ちた、比較的対等な関係は、そのメンタリティーの特徴の面において、近代の西ヨーロッパにおいて出現した「近代家族」の価値観のもとにある。*Sans famille* において肯定的に書かれた親子関係の中には、五来が「圧制」であると批判した、親の子に対する支配も過干渉も見受けられず、それを五来は欧米の個人主義に基づく親子関係の一つの大きな特徴と見なし、評価したと思われる。

　8年間太一を育てた養母、旅の途中で出会い結末で親子として再会する実母、太一が「心から懐いて仕舞つて[89]」いた嵐一斎、これらの登場人物と太一との親子としての情愛に満ちた関わりは五来によって評価されたばかりでなく、『未だ見ぬ親』の書評でも「人情の美はしき光[90]」として受け取られ、『未だ見ぬ親』は「家庭小説の上乗[91]」と評価される。

　そして五来が原作に描かれた情愛に満ちた親子関係を評価したことを示すものとして、翻訳・翻案における原作の表現の改変が挙げられる。五来は *Sans famille* に表れる親子間の情愛を、翻訳によって伝えるだけでなく、自ら加筆して改変を加え、強調した。たとえば以下の部分である。

> C'est là une erreur fâcheuse : on obtient peu de chose par la brutalité. [...] Si je les [= les bêtes] avais battues, elles seraient craintives, et la crainte paralyse l'intelligence. (*D.I*, p. 73)
> それは困った間違いなのだ、[(引用者註)動物を]乱暴に扱ってもほとんど得をしない。[……]もし私が動物をぶったりすれば、動物は怯えて頭が働かなくなる。(拙訳)

雖然人を訓練するのに怒ると云ふのは間違で、犬を打つたり叱つたりすれば、怖けて仕舞つて却て芸が出来なくなる位が関の山だ、それは子供を成長るにも同じ事で、厳しい家庭よりは矢張愛情で成長る家庭の方が却て子供は言ふ事をきいて、歪くれずに成長つと云ふもんだ、唯其愛に溺れない丈が肝腎な所だ(『未だ見ぬ親』68頁)

引用の下線部が五来によって改変された部分である。原文では、ヴィタリスがレミに一座の動物に芸を教える際の注意を説く場面であるのに対し、翻訳文の嵐一斎の言葉においては、暴力の禁止は動物の扱いだけでなく「人を訓練る」ことにも当てはめられた。そして原文には存在しない文が加筆されて「家庭」で親が子を「愛情で成長る」ことの必要が説かれた。この加筆により、原文でヴィタリスがレミに動物に暴力をふるってはいけないと教える場面は、五来により家庭教育論として拡大解釈されたことが判明し、「打つたり叱つたり」するような暴力は用いずに、「愛情で成長る」家庭教育の勧めが『未だ見ぬ親』には付加された。また、引用の最後に「唯其愛に溺れない丈が肝腎な所だ」と保留されたのは、五来が新聞の論説において、日本の家庭教育が「精神教育」の上で厳しさが足りないと嘆いていたことを想起させる。「愛情」はあるけれども、甘やかしのない、親から子への厳しさをともなう「精神教育」と「愛情で成長る」ことのどちらも両立しうるような家庭教育が、この翻訳文では意識されたと考えられる。

　五来が翻訳に際して改変を加え、親が子に接する際の「愛情」が強調されている例は他にもある。たとえばそれは、Sans famille の第一部第十六章に該当する『未だ見ぬ親』の「其四十七」の冒頭で、太一の過ちを責めない嵐一斎の様子が加筆され、強調された部分である。場面の概要は次の通りである。三匹の犬と一匹の猿と嵐一斎、太一で旅を続けてきたが、パリへ入る前に森の中で一行は吹雪に襲われた。森の中で見つけた小屋で一晩過ごしたが、見張り番の太一が眠ってしまったために、二匹の犬と猿が外へ出て行ってし

まい、犬は狼に食い殺され、猿はその時の寒さが原因で罹った病気で死んでしまった。

「其四十七」は原文には存在しない加筆によって、嵐一斎と太一が味わった苦境と、それでも嵐一斎は太一を責めない、という寛大さが語られるのである。

Il fallut nous mettre en route par les chemins couverts de neige et marcher du matin au soir, contre le vent du nord qui nous soufflait au visage.
Comme elles furent tristes ces longues étapes ! Vitalis marchait en tête, je venais derrière lui, et Capi marchait sur mes talons.
Nous avancions ainsi à la file sans échanger un seul mot durant des heures, le visage bleui par la bise, les pieds mouillés, l'estomac vide. (D.I, p. 242)
僕たちは、雪が積もった道を、顔に吹き付ける北風を受けながら、朝から晩まで歩かなくてはならなかった。この長い道のりは、なんと悲しい道のりであったことだろう。ヴィタリスが先頭で、僕がそれに続き、カピは僕にぴったりとついてきた。僕たちはこうして一列に並んで、何時間も一言も交わすことなく、北風に顔を青くし、足は濡れて、胃はからっぽのまま前へ進んでいた。(拙訳)

夫れから引き続いたる一座の難渋、今巴里へ上る途すがらも、所々の町々で興行はすれど、役者はシロと余の二人なれば、洒張狂言に見栄がなくて、何時も腕白共の物笑の種となり、収入所か果ては林檎の核など抛げつけられて、はふはふの体で引き払ふ事さへある、
<u>是と云ふのも、事の原因は皆余の過失からで、言ひ解く術もない其罪状、如何に罵り懲されやうとも、更々遺憾はなきことなれど、何時もながら吾師嵐一斎殿が、小言の一つでも云ふ事か、却て自分の非を責めて、天を憾みず人を怨まざるの其覚悟の、ほんに高尚く広やかなる心の程の推量られて、座ろ懐しさの思ひに堪へぬのである</u>
始終沈黙の余等主従は、降り積む雪を物ともせず、頬部の切れる様な寒気にも臆げず、専念巴里へと志し、途を急ぎて行く程に〔……〕
(『未だ見ぬ親』184-185頁)

下線部がとくに、この引用部に対してなされた加筆であり[92]、嵐一斎が太一に「小言の一つ」も言わず「却て自分の非を責め」る様子に対して、太一はその「ほんに高尚く広やかなる心の程」に感じ入って「懐しさの思ひ」を抱く。

　たしかに原作の *Sans famille* においても、ヴィタリスからレミへ、この一件に関して責めるような態度や言葉は書かれない。しかし同時に、ヴィタリスが「却て自分の非を責め」るような場面も、引用部の前後の場面を含めても、原文において見受けられない。つまり『未だ見ぬ親』では、原作におけるヴィタリスの冷静な態度について、わざわざ下線部のような加筆を行い、嵐一斎の「高尚く広やかなる心の程」、太一の「懐しさの思ひ」を強調したと思われる。親は子どもにむやみに怒ることをせずに優しく接するべきであり、子どももそうした親に「懐しさの思ひ」を抱くという五来の考えが看取できる。ここでも、家庭での教育は愛情を持って行うべきである、という五来の主張が伺えるのではないだろうか。

　さらに原作の第一部第十章、翻訳の「其二十二」に該当する場面で、嵐一斎との旅の日常生活を太一が回想する場面では、親子間の情愛や比較的対等な関係についての加筆が行われた。以下に示す引用は、ヴィタリスとしばらく別れなければならなくなってしまったレミが、ヴィタリスが自分に日常生活の中でどのように接していたか、回想する場面である。

> Dans les journées de grand froid, il avait partagé avec moi ses couvertures : par les fortes chaleurs, il m'avait toujours aidé à porter la part de bagages et d'objets dont j'étais chargé. A table, ou plus justement, dans nos repas, car nous ne mangions pas souvent à table, il ne me laissait jamais le mauvais morceau, se réservant le meilleur ; au contraire, il nous partageait également le bon et le mauvais. Quelquefois, il est vrai qu'il me tirait les oreilles ou m'allongeait une taloche d'une main un peu plus rude que ne l'eût été celle d'un père ; mais il n'y avait pas, dans ces petites corrections, de quoi me faire oublier

第一章　五来素川訳『家庭小説　未だ見ぬ親』(1903年)　323

ses soins, ses bonnes paroles et tous les témoignages de tendresse qu'il m'avait donnés depuis que nous étions ensemble. [...] Quand nous reverrions-nous ? (*D.I*, p. 121)

寒い日には、ヴィタリスは僕と一緒に毛布を分け合った。暑さの厳しい時には荷物を担ぐのを手伝ってくれた。食卓では、いや、僕たちは食卓で食べる機会があまりなかったので、もっと正確に言えば食事の時には、美味しいところを自分にとっておいて、まずいところを僕に残すなどということは決してなかった。反対に、ヴィタリスは美味しいところもまずいところも平等に分けた。時折、彼は父親よりも少し厳しく僕の耳を引っ張ったり、ひっぱたいたりした。でもそのようなお仕置きの中にも、僕たちが一緒にいるようになって以来彼が僕にくれた思いやり、優しい言葉、あらゆる愛情のしるしを忘れさせるようなことはなかった。[……] 僕たちは、いつ再会できるのだろうか。(拙訳)

<u>彼の懐かしい御師匠様</u>、<ruby>如何<rt>どんな</rt></ruby>に余を可愛がつて下すつたらう、如何に余を面倒見て下すつたらう、<ruby>甘<rt>うま</rt></ruby>いものでも、<ruby>不味<rt>まづ</rt></ruby>いものでも、屹度半分は分けて下さる、<u>二人前にも足りぬ藁束でさへ、決して自分丈で<ruby>布<rt>し</rt></ruby>いて寝られた例はない</u>、暑い時には私の荷物を担いで呉れて、<u>寒い<ruby>空<rt>ママ</rt></ruby>には着物も脱いで貸して呉れた</u>、<u>日頃善く聞く小言にさへ</u>、何処かに父親らしい親切は見られたのであるが、其お師匠様には<ruby>何時<rt>いつ</rt></ruby>逢はれるか、<u>彼の懐かしい声は何時聞かれる</u>、(『未だ見ぬ親』89-90頁)

　下線部が翻訳文において原文の内容に対して改変・加筆された部分である。原作の中でも、ヴィタリスのレミに対する平等で、優しい態度に言及されたが、『未だ見ぬ親』では以下の三点においてそれが強調された。第一に、原文ではヴィタリスのレミに対する行動として、一緒に毛布を分け合うことがあげられたが、『未だ見ぬ親』では「一人前にも足りぬ藁束」でさえも分け合ったというように、どんなに厳しい状況であっても生活面で嵐一斎と太一が平等であったことが付け加えられている。第二に、原文では一緒に毛布を分け合う以外に、食べ物を平等に分けること、荷物を担ぐのを手伝ってくれることがあげられたが、翻訳文ではそれに加えて「寒い空には着物も脱いで貸して呉れた」ことが付加された。第三に原文で「耳を引っ張ったり、ひっ

ぱたいたり」するお仕置きが翻訳文では「小言」に変化した。このようにして、嵐一斎の太一に対する平等な態度、優しい態度は強調される。そして太一は、嵐一斎について「如何に余を可愛がって下すつたらう、如何に余を面倒見て下すつたらう」と思いを馳せ、「彼の懐かしい声」を聞きたいと、太一が嵐一斎を懐かしがる気持ちが一層強く書かれるのである。

このように『未だ見ぬ親』では、原作で登場人物のやり取りの中に表れる親子間の情愛が、そのまま翻訳され紹介されるばかりではなく、時に改変や加筆が加えられながら、それを強調するように翻訳されたと考えられる。この翻訳・翻案では、親が子に愛情をもって接し、子も親を慕う「父子相愛の情」が表現され、「家庭」における親子間の情愛が重視されて、この作品を通し、五来がそれを読者に伝えようとしたことが理解できるのではないだろうか。

また、この嵐一斎の太一に対する態度は、親が子どもに対して権威を振りかざすことがなく、子どもの人格を尊重した態度であるということができる。先行研究において、鳥越信は、『未だ見ぬ親』を評価する中で[93]、「明治以後の歴史の中で、まがりなりにも封建的な制度に対する改革の動き」の中で生まれた「新しい児童観」を力づけた「海外児童文学の移入」の一例であるとし、「新しい家庭観・児童観の確立をテーマとして」いると述べた。鳥越が指摘するように、嵐一斎の太一に対する態度は、五来のいう日本の従来の「家族制度」や「家族主義」の中の父子・親子関係とは性質を異にしている。つまり、嵐一斎と太一を「親子」と見立てると、『未だ見ぬ親』で示され、強調された彼らの関係は、封建的な日本の家族に見られた上下関係に基づく親子関係ではなく、西洋的な「家庭」についての言説に見られる比較的対等な情愛の上に成立する親子関係であると言える。

本節で論じてきた、個人主義に基づく教育、親子間の情愛はフランスの小説 Sans famille に五来が見出した「欧米ノ社会組織ノ個人制度」に基づく親子のあり方である。しかし、五来が『未だ見ぬ親』を通して読者に教えよう

とした親子道徳はそれだけではない。Sans famille から『未だ見ぬ親』への翻訳には、親子道徳の日本化も見受けられるのである。

1-5 作品の日本化

1-5-1 教え導かれる子ども―― Sans famille における児童教育に対する限定的な理解

前節第一項では、Sans famille において提示された、児童自身の「人格」を尊重する教育について、五来は少なくとも部分的には理解し、認めた上で翻訳・翻案をしたと考えられる点を明らかにした。

しかし、その一方で、『未だ見ぬ親』には、Sans famille で提示される教育に対して、とくに原作で実物教育、直観教授に付与された意味について、深く理解されていないのではないかと思われる翻訳がなされる。

原作における実物教育の目的は、教育を与えられる児童自身の好奇心を引き出すことにあり、さらには、具体的な事物の観察から、児童自身に、抽象的概念を認識させ、自分の知る世界よりももっと大きな世界を発見させることにある。教授者は、児童自身に内在する好奇心や学習意欲を尊重し、既存の知識の伝達ではなく、児童自身が生き生きと何かを発見できるように導いていくことがその役割であるとされた。また、学習者の側も、教授者から伝えられる知識を鵜呑みにし、記憶するのではなく、学習者自身が強固な学習意志を持ち、何でも貪欲に学んだ先に、自分の頭で考え、行動できるようになることがその目的であるとされた。

Sans famille に込められた、原作者マロの教育観は、原作での児童教育の場面において、実物教育が児童自身による発見を促すことが書かれ、児童の好奇心や学習意欲に対する言及がなされることで、随所で表現された。たとえば、カフェの発見（第一部第三章）、バルブラン母さんの庭での植物観察（第一部第四章）、読み書きの学習の特殊性と学習意欲についての挿話（第一部

第七章)、ラ・バスティード・ミュラでの「歴史」の発見(第一部第八章)、読書の喜びの発見(第一部第二十章)、炭鉱町ヴァルスでの「地殻変動」の発見(第二部第三章)などの場面において、そうした言及が存在する。『未だ見ぬ親』では、炭鉱の場面で展開される「地殻変動」についての学習を除いては[94]、これらの教育的な場面そのものが、まったく翻訳されないというわけではない。しかしながら、これらの場面は翻訳・翻案の対象になりつつ、抄訳で済まされてしまう。たとえば、バルブラン母さんの庭での植物観察の場面について[95]原文と翻訳文とを以下に比べてみたい。

> Ce jardin, qui n'était pas grand, avait pour nous une valeur considérable, car c'était lui qui nous nourrissait, nous fournissant, à l'exception du blé, à peu près tout ce que nous mangions : pommes de terre, fèves, choux, carottes, navets. Aussi n'y trouvait-on pas de terrain perdu. Cependant mère Barberin m'en avait donné un petit coin dans lequel j'avais réuni une infinité de plantes, d'herbes, de mousse arrachées le matin à la lisière des bois ou le long des haies pendant que je gardais notre vache, et replantées l'après-midi dans mon jardin, pêle-mêle, au hasard, les unes à côté des autres.
> Assurément ce n'était point un beau jardin, avec des allées bien sablées et des plates-bandes divisées au cordeau, pleines de fleurs rares ; ceux qui passaient dans le chemin ne s'arrêtaient point pour le regarder par-dessus la haie d'épine tondue au ciseau, mais tel qu'il était, il avait ce mérite et ce charme de m'appartenir ; il était ma chose, mon bien, mon ouvrage ; je l'arrangeais comme je voulais, selon ma fantaisie de l'heure présente, et quand j'en parlais, ce qui m'arrivait vingt fois par jour, je disais «mon jardin».
> <u>C'était pendant l'été précédent que j'avais récolté et planté ma collection, c'était donc au printemps qu'elle devait sortir de terre, les espèces précoces sans même attendre la fin de l'hiver, les autres successivement.</u>
> <u>De là ma curiosité, en ce moment vivement excitée.</u> Déjà les jonquilles montraient leurs boutons, dont la pointe jaunissait, les lilas de terre poussaient leurs petites hampes pointillées de violet, et du centre des feuilles ridées des primevères sortaient des bourgeons qui semblaient prêts à s'épanouir.

第一章　五来素川訳『家庭小説　未だ見ぬ親』(1903年)　327

Comment tout cela fleurirait-il ?
C'était ce que je venais voir tous les jours avec curiosité.（*D.I*, p. 44-45）
この庭は大きな庭ではなかったけれど、僕たちにとっては大きな価値があった。というのも、この庭こそが、小麦を除いた僕たちの食べ物のほとんど、つまりジャガイモ、ソラマメ、キャベツ、ニンジン、カブなどを与えてくれ、僕たちを養ってくれているからだった。したがって、この庭に無駄にしている場所なんてなかった。でも、バルブラン母さんは僕にその一角を使わせてくれて、僕はそこにいろんな植物を植えた。僕は朝、雌牛の番をしながら、森のはずれや生け垣の下で引き抜いてきた、非常に多くの植物、草、コケを、午後になって僕の庭のあちらこちらに、ごちゃ混ぜに植え直した。
もちろんそれは、きれいに砂が敷き詰められた小道があり、整然と区切られた花壇に珍しい花がいっぱいに植わっているような立派な庭園ではなかった。道行く人が立ち止まって、刈り込まれたイバラの生け垣越しに見ていくような美しい庭ではなかった。でもこの庭には、僕のものだという値打ちと魅力があった。この庭は僕のもの、僕の財産、僕の作品であった。僕は、その時その時の思い付きにしたがって、自分の好きなように、この庭を作りあげた。そして日に二十回もこの話をする時、「僕の庭」と呼んでいた。
僕がこの庭に僕のコレクションを植えたのは前の夏だった。だから春には芽が出るはずだし、早いものなら冬の終わりを待つこともなく、他のも次々に芽がでるだろう。
そういう訳で、この時の僕は好奇心を掻き立てられていたのだ。もうすでにスイセンは花のつぼみを付けて、つぼみの先が黄色くなり始めていた。ライラックは紫の小さな点々のあり小さな花茎を伸ばしかけ、サクラソウのしわのある葉の真ん中には、今にも花が咲きそうなつぼみがのぞいていた。
これらの花はどんな風に咲くのだろうか。
それを見たくて、僕は毎日好奇心を持ってここに来るのだった。（拙訳）

花園と一口に云たなら、諸君はさぞ美い所と思はるゝだらうが、それは大な思違ひ、大きさと云つたら掌位、花と云つてもたんと美しいのは咲かないのである、まして其時は丁度冬の最中、庭は一面の霜枯れ盛りの何の見栄のあることであらう、けれど此汚ない花園が、余共の為めには此上もない大切な場所であつたと云ふのは、麦こそ此処へは作らないが、馬鈴薯でも、空豆でも、甘藍でも、胡薯葡でも、

蕪青(かぶ)でも、余共の口に入るものは皆此処へ作(つくっ)てあつたからである、
けれど猶其上、余には別段に大切であつた訳がある、それは其花園の隅の処に母様が小さい地面を余に分けて呉れてあつて、それに野の末や路の傍で抜いて来た種々(いろいろ)な草花を、彼方へ植たり、此方へ植替えたり、心任せに栽(つ)り立てて自分の楽(たのしみ)にして居たから、此処へ丈は存外綺麗な花が咲いたのである、それであるから此花園中では余の持ち分が一番目抜の場所なので、必竟其花園を自分の所有(もの)と云ふ積りで余の花園と云ふては、日に幾回となく見回つて居たからである(『未だ見ぬ親』44-45頁)

　まず、引用内の原文においては、食料を育てているため、立派な庭園ではなくても価値があること、主人公はバルブランかあさんから庭の一角をもらったので、その場所を「僕の庭」と呼び、自分で好きにつくり上げてきたこと、「僕の庭」で花々が咲く様子を主人公が好奇心を持って観察したことの三点が記述された。原文と翻訳文を見れば、文章の長さがかなり短縮されたことに気付くが、その中でも、ほぼ「省略」に近い形で削減されたのが、下線部に書かれた第三の事柄、つまり主人公が心をわくわくさせながら、花の成長を見守る様子であった。この引用には「好奇心(curiosité)」という単語が二度も出てくるが、この翻訳文では「心任せに栽り立てて自分の楽」しみにしていたという箇所は翻訳されたものの、主人公の「好奇心」という言葉に該当する翻訳文は見受けられない。

　こうした翻訳の傾向は、他の箇所にも見受けられる。たとえば、ラ・バスティード・ミュラでの「歴史」の概念の発見の挿話では、ヴィタリスがミュラ王にナポリの王宮で会ったことがあり、それに対するレミの驚きは、『未だ見ぬ親』でも翻訳がなされたが、しかし、次の部分は翻訳されず、「省略」された。

　　[...] moi, les yeux attachés sur son visage, que la lune éclairait de sa pâle lumière.

第一章　五来素川訳『家庭小説　未だ見ぬ親』(1903年)　329

Eh quoi, tout cela était possible ; non seulement possible, mais encore vrai !
Je n'avais jusqu'alors aucune idée de ce qu'était l'histoire. Qui m'en eût parlé ? Pas mère Barberin, à coup sûr ; elle ne savait même pas ce que c'était. Elle était née à Chavanon, et elle devait y mourir. Son esprit n'avait jamais été plus loin que ses yeux. Et pour ses yeux l'univers tenait dans le pays qu'enfermait l'horizon qui se développait du haut du mont Audouze. (*D.I*, p. 96)
［……］僕はと言えば、ヴィタリスの青白い月の光に照らされた顔をじっと見つめたままであった。
なんとまあ、そんなことがありえるとは。ありえるばかりか、本当にあった話だとは。
それまで僕は歴史というものが何か全然思いつきもしなかった。誰が歴史について僕に語れただろうか。バルブラン母さんには、もちろん無理だ。母さんは歴史が何かも知らない。シャヴァノンで生まれ、シャヴァノンで死ぬにちがいない。自分の目に見える範囲より先のことは、考えたこともない。母さんの目が届く世界は、オードゥーズ山の頂上から裾をひく地平線に閉じ込められた、あの土地だけだ。(拙訳)

　この引用の部分には、身近な人間による体験談を通し、主人公が「歴史」という概念を発見すること、その発見は、自分の生まれた村しか知らないバルブラン母さんには不可能であることが語られる。具体的な事例に触れさせる教育により、自分の知る世界よりも、大きな世界の発見が促されるというマロの教育観がよく理解できる記述の一つである。しかし、『未だ見ぬ親』では、この引用部の「省略」により、太一は、王と面識のある嵐一斎に感服し、彼のもとの職業や出自は何かと思いをめぐらすという話に帰されてしまった。
　これらの事例からは、主人公の好奇心や物事の発見についての記述は、五来自身の言葉を借りれば、「其全体の趣旨に関係なき出来事[96]」として不要と判断され、削られたと言うことができる。『未だ見ぬ親』の翻訳文では、実物教育の実施の描写は何らかの形で翻訳されても、そこに込められた原作者マロの意図が看取できる記述は、「省略」される。その意味で、原作にお

ける児童教育、とくに実物教育の性格を変化させてしまうような翻訳になっている。

　また、Sans famille のレミと『未だ見ぬ親』の太一とを比較すると、その学習態度として、自分自身の力で「発見」する子どもから、親代わりであり師匠である嵐一斎によって教え導かれる子どもへ変化している。その教育観・児童観の相違は、次の引用にある原文でのヴィタリスの言葉から、翻訳文での嵐一斎の言葉への変化に表れている。

　　- Puisque le hasard, me disait-il, te fait parcourir la France à un âge où les enfants sont généralement à l'école ou au collège, ouvre les yeux, regarde et apprends. Quand tu seras embarrassé, quand tu verras quelque chose que tu ne comprendras pas, si tu as des questions à me faire, adresse-les-moi sans peur. Peut-être ne pourrais-je pas toujours te répondre, car je n'ai pas la prétention de tout connaître, mais peut-être aussi me serait-il possible de satisfaire parfois ta curiosité.（D.I, p. 93）
　「偶然にも、普通の子どもが小学校や中学校に行く年頃に、お前はフランス中を歩くことになったのだから、目を開き、よくものを見て、学びなさい。もし困った時、自分に理解できないものを目にした時、私に質問したいことがあれば怖がらず質問しなさい。たぶん私はいつも答えられるとは限らない、と言うのも私は自分が全て知っているなんて自惚れてはいないからな、でもきっと時折お前の好奇心を満たしてやることくらいはできよう。」（拙訳）

　「汝も幸な事に余と一所になつて、他の小児が学校へ行つて、何も知らない年頃に、斯様な国々の見物が出来て物識りになれると云ふもんだ、若し何でも分からない事があつたら、余に尋ねて見るが善い、余だって本からの犬芝居の座元と云ふ訳でもないから、自分で知つてる丈の事なら、マー何でも教えてやらう」（『未だ見ぬ親』77頁）

　原文において、ヴィタリスは「目を開き、よくものを見て、学びなさい」という言葉や、「お前の好奇心を満たしてやる」という言葉を述べ、主人公

第一章　五来素川訳『家庭小説　未だ見ぬ親』（1903年）　331

の「好奇心」を尊重する。また「自分が全て知っているなんて自惚れてはいない」と自分が教授者として絶対的な存在ではないということを示し、あくまで主人公の好奇心と学習意欲が尊重された記述となっている。

　しかし、『未だ見ぬ親』での嵐一斎は学校に行く他の子どもが「何も知らない」とした上で、太一が自分とともに旅をすることを「幸な事」と言い、そのお蔭で「物識りになれる」と述べる。また、原文での「目を開き、よくものを見て、学びなさい」という、子どもの学習意欲を尊重する言葉は「省略」される。さらに嵐一斎は、ヴィタリスのように「時折お前の好奇心を満たしてやる」と子どもの「好奇心」を尊重するのではなく、「マー何でも教えてやらう」と、太一に「教えてや」ろうとする。つまり、太一の「好奇心」は問題にされず、教育は嵐一斎が太一に「教えてや」ることで成立する。

　また太一は、嵐一斎を生き方の模範として従い、尊敬し誇りに思う子どもとして、原作よりも強く、その姿が提示される。以下の場面はアキャン父さん（植木屋作兵衛）とレミ（太一）との間に交わされた会話であるが、次のような加筆がなされた。

　　- Justement, père ; et vous voyez bien que c'est vous qui m'indiquez ce que je dois faire : si je renonçais à l'engagement que j'ai pris, par peur des dangers dont vous parlez, je penserais à moi, je ne penserais pas à vous, je ne penserais pas à Lise.
　　Il me regarda encore, mais plus longuement ; puis tout à coup me prenant les deux mains :
　　- Tiens, garçon, il faut que je t'embrasse pour cette parole-là, tu as du cœur, et c'est bien vrai que ce n'est pas l'âge qui le donne. (*D. II*, p. 7)
　　「その通りです、お父さん。僕がどうしなくてはならないか、今お父さんが教えてくれましたよね。僕がもし、お父さんが言うような危険を恐れて約束を守らなかったら、自分のことを考えて、お父さんのことや、リーズのことを考えないことになってしまう。」
　　アキャンのおやじさんは僕をまたじっと見つめた。今度はもっと長く見つめてい

た。そして突然僕の両手を取って言った。
「おいで、かわいい子、その言葉をくれたことでお前にキスをしなければ。お前は優しい子だ、優しさに年齢は関係ないというが、本当にそうだね。」（拙訳）

『だからお父様、余だつて餓死になるのが怖いからつて、折角雪ちゃん達と約束した事を廢したら、矢張り自分の事許り考へて、人の事を考へてやらない事になるぢやないですか、
此一言を聞いて、暫時父は黙つて余の顔を見て居たが、やがて余の両手を執て、『フム、感心だ、中々殊勝しい心掛けだ、今の詞は確かに嵐一斎の弟子丈けある、』
嵐一斎の弟子丈あると云はれたのは、余に取つては何よりの賞辞、唯もう嬉しさに自分を忘れて、突然作兵衛に抱き付いたのである」（『未だ見ぬ親』、251頁）

　下線部が改変・加筆された部分である。まず翻訳に見られる、「殊勝しい心掛け」が「嵐一斎の弟子」であるからという理由付けが加筆である。そしてとくにここで注目したいのは、太一が「嵐一斎の弟子丈ある」という言葉に対して「嬉しさに自分を忘れて」作兵衛に抱きついてしまうほど「余にとっては何よりの賞辞」と感じている点である。つまり、太一は模範とする嵐一斎と同じように振舞えることに誇りを感じ、太一にとって嵐一斎は模範として絶対的な存在である。『未だ見ぬ親』には、嵐一斎に教え導かれ、その教えを逆らうことなく素直に聞き、同じように振る舞うことを何よりの誇りとする太一の姿が表現された。
　こうした翻訳は、五来もマロと同じように子どもの「人格」を認め、個人主義に基づく教育を賞賛する一方で、原作で提示される実物教育、また児童教育そのものに対する五来の理解の限界を表し、原作とは違った解釈がなされていることを示す。五来は *Sans famille* に書かれた子どもの「好奇心」についての記述を、その大部分において「省略」してしまった。そして、学習者の主体性については、注意の払われない翻訳となっている。
　原作に個人主義に基づく教育が見出された根拠として挙げた五来の論説

「教育界の覚醒——個人主義の主張」において、五来はアボッツホルムの学校で行われる実物教育について、「実務的才能を養成」し、「学校生活を以て社会生活に入るの階段たらしむる」点[97]を評価した[98]。Sans famille でも、主人公がヴィタリスから受ける実物教育には、興行師としての実際的な職業教育が含まれ、「社会生活に入る」ための教育として五来から評価された可能性はある。

　しかし、原作における実物教育のそれ以上の意味、すなわち、マロに影響を与えたペスタロッチやフレーベルの教育思想において、実物教育を通じて児童に内在する主体性や好奇心が引き出されようとしたことについては、限定的な理解しかなされていないと思われる。主人公の「人格」の形成についても、『未だ見ぬ親』の「小引」で「精神教育、人格継承」が原作者の「主眼」であると捉えられたように、嵐一斎からの「精神教育」により、太一が嵐一斎から「人格」を「継承」したものとして解釈され、翻訳されたと言える。この意味で、『未だ見ぬ親』の太一は、Sans famille のレミと比べて主体性を発揮することが少なく、親代わりや師匠などの大人によって、教え導かれる子どもとして提示されたと言える。

　『未だ見ぬ親』の太一のように、子どもは大人によって教え導かれる存在でなくてはならないとされることは、明治時代の伝統的な児童観とも一致する。たとえば、河原和枝によると、明治時代の「お伽噺」、そして井上哲次郎、下田歌子など、「お伽噺」の教育に対する是非を論じる諸名家の意見の前提には、子どもは大人によって教導される存在であるという伝統的な児童観が存在する。河原は、このような児童観が西洋のロマン主義の児童観の導入を経て、子どもの無垢さを礼賛する童心主義へと変化するのは、大正時代であると指摘した[99]。五来の翻訳・翻案による主人公の変化は、河原が指摘する明治時代の伝統的な児童観を踏襲するものでもあるのではないかと考えられる。

1-5-2　親の恩を感じる主人公──報恩の観念の付加

『未だ見ぬ親』では、親子間で交わされる感情の面において、五来が日本の親子道徳の特徴と見なす感情と態度が付加されている。それは、子の側が親に対して恩を感じ、それに報いようとする態度である。その態度についての記述のほとんどは、原文を翻訳する際に五来の改変と加筆によって付加された。つまり、実の親のいない捨て子の主人公の境遇が、いかに哀れなものかが強調された上で、主人公の太一が、嵐一斎や養母のお文といった「親」たちの恩に報いようとする姿が書かれたのである。

まず、原作の Sans famille でも、主人公のレミは家族の不在を嘆き、家族を渇望する様子が書かれた。『未だ見ぬ親』では、そうしたレミの言葉をより強調し、捨て子が哀れな境遇であるという意味の表現が翻訳文に付加された。たとえば、原作の冒頭部の「僕は捨て子だ[100]」という一文は五来により「元来余(ま)は世にたよりない捨児の身の上である[101]」と訳され、「世にたよりない」という表現が付加された。また、原作第一部第五章において、ヴィタリスと旅を始めた当初、レミにはヴィタリスから逃げ出す意志などなかったということを示す原文の翻訳では、「今は母もない父もない憐れな孤児(みなしご)の身ではないか」という太一の嘆きが付け加えられた[102]。さらに、原作第一部第十四章において、ミリガン夫人との一度目の別れの後、ヴィタリスと旅を再開する主人公の言葉は、次のように大幅に改訳された。

J'eus des dégoûts, des ennuis, des fatigues que je ne connaissais pas avant d'avoir vécu pendant deux mois de la douce vie des heureux de ce monde. (*D.I*, p. 191)
僕は、二ヶ月間恵まれた人たちの心地よい生活を経験する前には知らなかった、不快感、憂鬱、疲れを感じるようになった

思ひ回(ま)はせば自分位果敢(はか)ない者の世にあらうか、身は懐しと思ふ両親(ふたおや)のあるかなしかも知ること叶はで、唯運命の波に漂はされ、西から東と人の情(なさけ)に日は送れど、

第一章　五来素川訳『家庭小説　未だ見ぬ親』(1903年)　335

偶々(たまたま)真の母と思つた新田の母様には生き分れ(わか)、危難(なんぎ)を救つて呉れた其上に、折角母子(おやこ)兄弟の様に愛して呉れた春日夫人母子の者には引き離されて、行衛(ゆくえ)定めぬ旅の空の、此先(このさき)将来如何に成り行くことやら、思へば思へば心細さに、足の運びも撓み勝ちである(『未だ見ぬ親』140-141頁。)

　この引用部分では、原文において、生活の変化により主人公が感じる「不快感、憂鬱、疲れ」について書かれたのに対し、翻訳文では、親のいない自分の運命を嘆き、母と呼べるような人との生き別れの悲しみと、将来に対する「心細さ」で胸がいっぱいになる、親のいない境遇に対する感情が大いに表現された。このように、『未だ見ぬ親』では、親がいないという状況の大変さが、「世にたよりない」「果敢ない」「憐れな孤児」「心細さ」といった、哀れさと状態の不安定さを表す言葉を加えて表現され、主人公が親を求める気持ちは、原作よりも強調された。
　そして、親の不在の「心細さ」を知る『未だ見ぬ親』の太一は、お文や嵐一斎といった親代わりの人物と再会する場面や、彼らを回想する場面において、より一層深い恩を感じ、それに報いようとする。原作と翻訳・翻案を比較して、五来が改変を加え、太一から「親」たちへの恩について加筆された箇所は、管見の限りでは、『未だ見ぬ親』の中に六箇所にわたる[103]。たとえば、太一は以下のように嵐一斎に恩を感じている。

-Tout contre moi, dit-il, et mets Capi sur toi, il te passera un peu de sa chaleur. Vitalis était un homme d'expérience, qui savait que le froid, dans les conditions où nous étions, pouvait devenir mortel. Pour qu'il s'exposât à ce danger, il fallait qu'il fût anéanti. Il l'était réellement. Depuis quinze jours, il s'était couché chaque soir ayant fait plus que force, et cette dernière fatigue arrivant après toutes les autres, le trouvait trop faible pour la supporter, épuisé par une longue suite d'efforts, par les privations et par l'âge. Eut-il conscience de son état ? Je ne l'ai jamais su. Mais au moment où ayant ramené la paille sur moi, je me serrais contre lui, je sentis qu'il se penchait sur mon visage et qu'il m'embrassait. C'était la seconde fois ; ce fut, hélas ! la dernière. (*D.I*, p. 287-288)

「私にくっつきなさい、そしてカピをお前の上に置きなさい、カピの温度で少しは暖かいから。
ヴィタリスは経験豊かな人なので、僕たちが置かれている状況では寒さが命取りになることを知っていた。その危険に身をさらすということは、疲労困憊の状態だったに違いない。実際にそうだった。二週間前から毎日、寝るまで無理をして、疲れ果てたところに最後の疲れがやってきたのだ。長い間の頑張り、貧しさ、老いによって疲れ果てていた彼は、その疲れに弱りきって耐えられなくなってしまったのだ。彼は自分の状態を自覚していただろうか？ 僕には分からない。でも藁をかぶってヴィタリスに身体を寄せた時、ヴィタリスが僕の顔に寄りかかって、口付けをするのを感じた。これが二回目の、そして最後の口付けだった。」（拙訳）

「『さあ太一、お前は余の側に寄って寝みなさい、それからシロをお前の側へ置きさへすりや、余程温度の足しになるから』
思へば斯る難渋な時迄も、余の事を案じて下さる御恩の程は、ほんに御礼の申様もなければ、せめて余の年の尚三つ四つも上ならば、如何か骨身を砕いてなりと此様な難渋を年取つたお師匠様にまで掛けずとも、何とか工面は付かうもの、夫に今夜の様な困難も本はと云へば、クロやタマや太夫さんを亡して仕舞つたからで、其間違も皆余から出来た事、思へば昨夜石虎と彼云ふ争論をなされたのも、一つは余の身の上を案じたからで、彼の口論をせなんだなら、今頃は此様した苦みもなかつたらうにと、唯余は感恩の涙堰きあへず、藁の中に屈り乍ら犇と許りにお師匠様に寄り添ふたのである、するとお師匠様も何も云はずに、余の顔に自分の顔を押し充てて、力のない手に余の身体を抱き緊めらるるのである、ああ是がお師匠様の二度目の接吻で、そして亦最後の接吻であつたのである（『未だ見ぬ親』214-215頁）

下線部が、原文と比較して大幅に改変・加筆された部分である。この場面は、嵐一斎（ヴィタリス）が亡くなる場面である。原文では、ヴィタリスがいかに疲労困憊しているか、なぜ凍死すると分かっていながら寒さの中で立ち止まらなかったか、ということが説明されている。しかし『未だ見ぬ親』

第一章　五来素川訳『家庭小説　未だ見ぬ親』(1903年)　337

ではその説明は「省略」され、その代わりに、嵐一斎が死に際にありながらも太一を気遣っていることに対して「余の事を案じて下さる御恩の程は、ほんに御礼の申様もな」いことが語られた。そして嵐一斎が太一をパリで人に預けずに一緒に旅を続けることにした経緯を思い返して「感恩の涙」があふれる太一の姿も書かれた。さらに太一は自分が「年の尚三つ四つも上ならば」嵐一斎に「此様な難渋」を経験させることなく、彼のために「如何か骨身を砕いて」「何とか工面を付」けられるように努力できたのに、と考えている。つまり、嵐一斎に対する「御恩」を感じ、それに報いることのできない幼い自分を悔いる姿が『未だ見ぬ親』に書き加えられている。

このように、翻訳者によって加筆・強調された、親や親代わりに対する太一の「感恩」の感情とそれに報いようとする姿勢は、養母のお文に対しても見受けられる。

Aller chez mère Barberin pour l'embrasser c'était m'acquitter de ma dette de reconnaissance envers elle, mais c'était m'en acquitter bien petitement et à trop bon marché. Si je lui portais quelque chose. Maintenant que j'étais riche, je lui devais un cadeau. Quel cadeau lui faire ? (*D.II*, p. 28)
バルブラン母さんの家に、母さんにキスをしに行くのは、母さんへの恩返しのためだけれど、キスだけではほんの少しになってしまうし、安上がりすぎる。何か母さんにお土産を持っていこうか。今僕はお金持ちだから、母さんに贈り物をしなくては。どんな贈り物がいいだろう。(拙訳)

まこと八年の養育の恩、生の親も及ばぬ其愛情、中々詞には述べ尽されぬ位で、今でも目に付いて忘れられぬは、後面の坂道から見下した時に、狂乱見た様になつて、家の周囲を余を尋ね回られた母様の姿である、思へば四年の永の月日も、子を思ふ親の心何程迄に、旦暮案じて居られたやら、今日の旅路は其母様の心を安じ参らせて、無事で成長つた昔の太一を、一目なりと御目に掛けて、喜ぶ顔を見たいからの事ではあれど、尚其上に心ばかりの贈物を持ち行きて、如何か母様を喜ばせ、せめて海山の恩の万分一なりと報い奉る事の出来たなら[104]、自分に取

つては此上の喜びなく、亦左様なくてはならぬ筈と、早くも心に決めたのである、それにしても其(その)贈物は何にしたものであらう(『未だ見ぬ親』263-264頁)

　下線部が五来による加筆である。この場面では、原文に「母さんへの恩返し（m'acquitter de ma dette de reconnaissance envers elle)」という一節が存在するが、翻訳文にはさらに五来によって親の恩についての文章が加筆される。つまり、翻訳文では、太一が感じている恩の内容が「養育の恩」と「生の親も及ばぬ其愛情」の恩であることが具体的に言われ、太一がお文の元を去った時の「母様の姿」とその後の「子を思ふ親の心」に思いが馳せられる。翻訳文では再会によって「母様の心を安じ参らせ」る目的が付加され、養母への贈り物を思いつく理由についても、金銭的な余裕には言及されず、「せめて海山の恩の万分一なりと報い奉る」ためであると、改変が加えられる。

　このような加筆と改変によって、五来は、子が親の恩を感じ、それに一生懸命報いようとする姿を『未だ見ぬ親』に加え、親子道徳として、報恩の観念を物語に付加したと言える。五来は報恩の観念について、作品を通して読者に教育すべき道徳として意識していた。『未だ見ぬ親』に付された植村恵子、環姉妹宛ての献辞は以下のような文章である。

> 親なし子の身の上はほんに憐れなものであります、偉いお父様とやさしい母様とを持つて居て、毎日其温かい懐の中に我儘をいつて居る貴嬢方は、是から見たら何の位幸福(どのくらいしあはせ)なことでしやう、若し貴嬢方が此本を読んで、其孤児(みなしご)の身の上に思ひ比べて、少しでもお父様母様の御恩を知ることが出来たなら、それこそ此上ない私の幸福です[105]

　この献辞では、幼い二人の姉妹に対し[106]、『未だ見ぬ親』の読書を通し、「ほんに憐れな」「親なし子」の状況と、彼女たちの「温かい懐の中に我儘をいって居る」ことの「幸福」を比較して、両親の「御恩」を知るように呼びかけられている。『未だ見ぬ親』の読者として「一方に於ては年少の読者を

求めんと欲し」[107]た五来は、捨て子の「憐れな」状況を原文よりも強調し、主人公が「親」たちの恩を感じ、その恩に報いる姿を、作品の中に付け加えることで、小説の読者に親の恩を教えようとしたと考えられる。

　それでは、翻訳・翻案の複数箇所において付加されたこうした報恩の観念について、五来は親子道徳としてどのように考えているのであろうか。そして、前節で論じた個人主義に基づく親子関係と、親子道徳としての報恩の観念との間に矛盾はないのであろうか。

　報恩の観念は、日本の封建的道徳思想に基づく親子関係の基本となるものとして捉えられる。たとえば姫岡勤は、江戸時代の儒教に基づいた親子道徳においては、親に対する子の絶対的服従が説かれ、報恩に孝道の理論的根拠が求められたと述べる[108]。また川島武宜は、日本において親に対する恭順・服従の義務を説く「孝」を言う場合には、「恩」に条件づけられるという論理的かつ心理的構造を含み、明治20年代以後の修身教育の中でも報恩の観念が重要視されたと述べる[109]。

　五来もまた報恩の観念を日本の親子道徳の主要な特徴と見なしている。管見の限りでは五来が報恩の観念について直接言及した記述は少ない。しかしその中でも、『未だ見ぬ親』の翻訳と比較的に近い時期に言及されたのが、1914（大正3）年に発表された『大帝那翁』においてである。この作品は五来によるナポレオンの伝記であるが、その生い立ちを説明する記述の中で、ナポレオンの生地であるコルシカ島を「地中海上の日本」とし、その環境が「甚だしく日本のそれに類似し」ていると述べられる。さらに「最も我国民との不可思議なる符合は其家族生活の情態なり」と述べられ、ナポレオンという「偉人の人格中報恩の観念大に、幸心甚だ深く、弟妹を思ふの情の甚だ切なるを発見する」のは「日本の社会と相似」ている「家族主義のコルシカ島」の中で生まれ育ったからであるとされる[110]。この『大帝那翁』の記述からは、五来が報恩の観念を、「家族主義」の日本の社会の中で培われる道徳の主要な特徴であると認識したことが理解できる。

しかしここで疑問が湧く。本章第三節、第四節において参照した論文「家族制度ト個人制度トノ得失」、論説「教育界の覚醒——個人主義の主張」の中で五来は「家族制度」「家族主義」の欠点を挙げ、個人主義が将来において「必ズ勝利」すると述べるのにもかかわらず、家族主義の特徴である報恩の観念を、なぜ『未だ見ぬ親』に付加したのであろうか。

この疑問について、まずは、五来が明治30年代の日本の社会を、家族制度・家族主義から個人制度・個人主義への「過渡ノ時代」にあると理解し、「個人主義ノ道徳」だけで当時の日本の「社会ノ風教ヲ維持」しうるのか疑っていたという点に言及せねばならない[111]。

たとえば、1899（明治32）年に雑誌『社会』に発表した論文の中で、五来は「維新の政治革命は全く根本的に我が東洋文明の旧社会を打破し、新社会未だに混沌として、［……］社界(ママ)に一定の思想なく、一定の道徳なく、一定の宗教なく、［……］故を以て社会に制裁なるものなく、亦一定の秩序なるものなし[112]」と述べ、日本の社会に「一定の道徳」がないことを指摘した。明治30年代に、五来には、日本の社会の道徳的基盤は何か、迷いがあったと思われる。その迷いは論文「家族制度ト個人制度トノ得失」において、「個人主義ノ道徳」への懐疑となって表れる。つまり、個人主義は日本に「輸入」すべきであると認識されながらも、それが利己主義に陥る可能性が危惧されるのである。五来によると、個々の人間の「独立自尊」を目標とする個人主義は、自己を中心として万事を処理するために、人間を自己中心的にする一面があり、その結果陥る利己主義は「弱肉強食社会ヲ挙ゲテ修羅ノ巷ト化」させる「文明ノ腐敗力」であり、個人主義の「最モ恐ルベキノ弊害」である。そして欧米の社会では、キリスト教が博愛と献身的な犠牲を教えて「僅ニ其社会ノ風教ヲ維持」しているが、それが当時の日本の社会の道徳的基盤となるかどうかは論文の中では言及されず、「理想的個人主義ノ完全ナル輸入ハ、実ニ社会ノ思想モ慣習モ道徳モ変遷シタル後タラズンバアラザルナリ」と論文は締めくくられる[113]。

その一方で、同論文で九つの欠点を挙げられた家族制度については、道徳面においては評価される一面もある。五来は家族制度について「道徳ニ於テハ、子ハ父ニ孝ニ弟ハ兄ニ順ニ婦ハ夫ニ従フ、其社会的精神トシテハ、身ヲ以テ他ニ奉ズルノ犠牲的観念最モ見ルベキモノアリ」と述べ、それが「東洋道徳ノ美」であると言う[114]。

個人主義が利己主義に陥ることに対する五来の危惧を考えると、『未だ見ぬ親』の中で個人主義に基づく親子関係が紹介されながらも、報恩の観念が付加されたのは、家族主義の道徳における「身ヲ以テ他ニ奉ズルノ犠牲的観念」が、個人主義が利己主義へと陥るのを防ぐと期待されたからではないだろうか。家族主義から個人主義への過渡期にある日本の社会の道徳的基盤に対して迷いがあった五来は、個人主義が個人の人格を尊重し、一人ひとりの人間の「独立自尊」を目指す点を大きく評価する一方で、人間を自己中心的にさせるという欠点を補うものとして、家族主義の道徳の基礎である報恩の観念を強調し、日本の社会にふさわしい親子道徳を作品に含ませたと考えられる。『未だ見ぬ親』の主人公の太一は、「親」の教育によって人格を成し、「親」たちから愛情を受ける一方で、自らも「親」のために尽くし、行動することを忘れない「子」として表されるのである。

『未だ見ぬ親』における報恩の観念と個人主義に基づく親子関係とは矛盾しない。なぜなら、報恩の観念が付加されるのは、全て太一による語りの場面においてであり、太一の報恩は、太一自身の意志と「親」に対する「懐しさの思ひ[115]」に基づくからである。この点において、先に参照した姫岡勤や川島武則の論文の中で言及される、親に対する絶対的服従、恭順の義務の根拠となる報恩と、『未だ見ぬ親』の太一の報恩は異なる。つまり『未だ見ぬ親』の親子のあり方として、基本とされたのは個人主義に基づく親子関係であり、その上で子が親子関係の中で自己中心的とならないように、個人主義の欠点を補う道徳として、子自身の意志と親子間の情愛に基づく報恩の観念が付加されたと考えられる。

1-6 まとめ

　『未だ見ぬ親』に「家庭小説」という角書を付し、五来素川は道徳を含んだ小説で読者を教化しようとしたと考えられる。「家庭小説」という枠の中で、『未だ見ぬ親』を通して五来が読者に伝えようとしたのは、「家庭」にふさわしい「健全な家族感情」であり「父子相愛の情」であった。当時の日本の社会を家族主義から個人主義への過渡期にあると理解していた五来が、『未だ見ぬ親』にこめた道徳とは、これからの日本の「家庭」の中で基準とされるべき家族の道徳であり、とくに親子道徳であったと考えられる。

　五来は家族を個人の集合であり、かつ国家の基礎として考えている。家族は自立した個々の家族成員のもとに成立するべきであるとされ、個人主義に基づいた家族が理想とされる。親子道徳を説く物語として『未だ見ぬ親』をとらえると、原作の *Sans famille* に見出された価値は、個人主義に基づく親子関係であると言える。親子間の情愛と、親が子を一人の人間として認め、子の人格に注意が払われる教育とは、「家庭」の中であるべき感情と教育として評価されたと考えられる。日露戦争前の「欧米列強」との国力の格差を意識せざるをえないような国際情勢の中で、個人の「独立自尊」を目指す個人主義へと日本の社会が移行することは、「国家の富強は人民各個人の富強に外ならず」と考えた五来にとって、国家の経済的発展のためにも必須であった。『未だ見ぬ親』という「家庭小説」も、国家の基礎である「家庭」に個人主義を浸透させる手段とみなされた一面があるのではないだろうか。

　しかし、その一方で、『未だ見ぬ親』における、個人主義に基づく教育や親子関係の評価について考察するにあたり、次の二点に留意する必要がある。

　第一に、五来が *Sans famille* における個人主義的な児童教育、とくに実物教育の実施に込められた意味を、限定的にしか理解していないと考えられる点である。原作者のマロは、複数の実物教育の場面において、それが主人公

の好奇心を刺激し、主体的な学習や発見に貢献することを、挿話や主人公の言葉を通して表現した。その表現や記述にはしばしば半頁から数頁が割かれ、そこに含有された意味が理解されなければ、翻訳者によって冗長であると判断されたとしても不思議ではない。五来は一方で、主人公の好奇心や主体性についての記述には留意せず、その部分は「省略」した。また他方で、主な教育者であり「真の父も及ぶまい」とされた嵐一斎を太一が絶対的な模範として敬い、嵐一斎が「教えてや」ることに従う姿が、改変・加筆によって翻訳に付け加えられた。こうした改変から、五来が Sans famille における個人主義的な児童教育の意味を完全に理解しているとは言えず、また、明治時代の伝統的な児童観に基づくような翻訳がなされたと考えられる。

　第二に、五来によって、個人主義の道徳の面に関しては懐疑もはさまれ、個人主義が人間を自己中心的にし、利己主義へと陥ることが危惧された点である。Sans famille から『未だ見ぬ親』へ翻訳される際に、複数の場面において付加された子から親への報恩の観念は、その欠点を補うものとして期待されたと考えられる。しかし、『未だ見ぬ親』における報恩の観念は、子の言葉の中にのみ表れ、親から押し付けられることはないので、子自身の意志と親子間の情愛に基づいていると言え、原作に見出された個人主義に基づく親子関係と矛盾するものではない。

　五来による限定的な理解や、日本の家族主義における道徳の付加といった、保留や修正的解釈がありながらも、Sans famille には、五来が当時の複数の論説や論文において賞賛していた個人主義に基づく親子関係が見出され、家族主義から個人主義への過渡期にある日本の「家庭」にふさわしい親子道徳が『未だ見ぬ親』には含まれたと考えられる。

注

1　読売新聞連載中の作品名は「家庭小説　まだ見ぬ親」と表記され、単行本版の表記は『家庭小説　未だ見ぬ親』である。本研究では底本に単行本版を使用したため、

本章の題名及び本書中で作品を示す際には『未だ見ぬ親』の表記で統一する。
2 『読売新聞』連載の「まだ見ぬ親」と単行本版の『未だ見ぬ親』の本文について、ほとんど異同はないが、ただし、前者の地の文の中で用いられる「です・ます」調の文章は、後者では「である」調に書き改められている。
3 『児童文学翻訳作品総覧』第3巻（大空社、2006年、253頁）によると、明治36年7月に警醒社から『家庭小説　未だ見ぬ親』の並版が出版され、東文館から特製版が出版された。実際に日本近代文学館に東文館版の初版（明治36年7月）が所蔵され、東京神学大学所蔵の警醒社版第6版（明治42年2月）は初版が「明治三十六年七月五日発行」とある。また国文学研究資料館が所蔵する福音新報社刊行の第4版（明治37年2月）の奥付にも初版が「明治三十六年七月五日発行」であると記されている。
4 佐藤宗子「物語の精錬過程―池田宜政の『家なき子』二再話」、『千葉大学教育学部研究紀要』第42巻　第一部、1994、334頁。
5 佐藤宗子「二つの『家なき子』再話について―切り取られた作品世界」、『千葉大学教育学部研究紀要』第34巻1部、1985年、331頁。
6 沖野岩三郎著、日本児童文化史研究会編『明治キリスト教児童文学史』、久山社、1995、61-62、76頁。
7 鳥越信「家庭小説について」、『学校図書館』123号、1961年、55-56頁。
8 飯田祐子「境界としての女性読者《読まない読者》から《読めない読者》へ」、『彼らの物語』名古屋大学出版会、1998、32-73頁。
9 日夏耿之介「家庭文学の変遷及価値」（1929年5月）、『日夏耿之介全集』第4巻、河出書房新社、1976年、347-378頁。
10 『第一高等学校中学校一覧　自明治二十五年至明治二十六年』、1893年、150頁。
11 五来素川「欧山亜水録」『読売新聞』1904年10月7日。
この記事の中で自分が上京した経緯について五来は次のように書いている。
「今より實に十四年前、余が十六才の春なりき、余ハ志を青雲に立て、日夜出京の志止み難く、泣いて母兄に説き、遂に其許可を得て郷関を出でたりき」
12 五来は、雑誌『少年園』第5巻52号（1890年12月18日発行）で出題された「尋常中学校生徒懸賞文題」の「英文和訳"Good Shot"」に対して投稿し、優秀な訳文として選ばれ、それが『少年園』第5巻58号に掲載されている。その際、五来の肩書きに「東京英語学校生徒」とある。（東京英語学校生徒、五来欣造「巧みなる射撃」、『少年園』第5巻58号、1891（明治24）年3月18日発行。参照）
13 『第一高等学校本部一覧　自明治二十八年至明治二十九年』、1896年、104頁。

14 東京帝国大学『東京帝国大学一覧 従明治三十五年至明治三十六年』、1903年、84頁。「法律学科（仏蘭西法兼修）」の「明治三十三年七月卒業」の欄に「五来欣造」の名がある。
15 『福音新報』391号（1902年12月25日）、417号（1903年6月1日）、431号（1903年10月1日）に「弁護士・法学士 五来欣造 東京々橋区丸屋町四番地」と個人事務所の広告が掲載されている。
16 「社告」、『読売新聞』1902年3月1日
17 岡野敏成編『読売新聞八十年史』、読売新聞社、1955年、178頁。
18 斬馬剣禅『東西両京の大学――東京帝大と京都帝大』（1903年12月）、講談社学術文庫、1988年、3頁。
19 佐波亘編『植村正久と其の時代』第3巻、教文館、1938年、96-98頁。同左、第5巻、教文館、1938年、250-251頁。
20 本田功「碌山の追憶」、『彫刻家 荻原碌山』、信濃教育会、1954年、38-39頁。仁科惇『碌山・32歳の生涯』、三省堂選書138、三省堂、1987年、120頁。
　パリ時代の五来について、管見の限りでは1906（明治39）年に渡仏した彫刻家の荻原碌山（1879-1910）と五来の交流に関して、周辺の人物の証言が残るばかりである。仁科惇によると、荻原碌山はパリで日本人美術家の斎藤与里（1885-1959）や本多功（1888-1975）と親交を深める一方で、美術家ではない五来欣造を敬愛した。五来はパリ東部郊外のヴィトリーに居を構えたが、碌山は「その徳を慕ひ、その地を羨み」、1907（明治40）年1月14日にヴィトリーへ移った。本多功は「五来さんはソルボンヌで経済学をやつてゐましたが、アポロの美術史を我々に講義してくれました。あの本は英文も仏文もあるので、銘々読める本を持寄つて藤島、荻原、有島、私など仲よくきいたもので、現代画のことなどを教へられました。五来さんは忘れん坊で一口に云へば万年坊やのやうな人でした」と回想した。
21 五来素川「小引」、『未だ見ぬ親』、東文館、初版、1903年7月5日、2頁。
22 小沢奈々「東京帝国大学スイス人法学教師ルイ・アドルフ・ブリデル（1852-1913）の生涯－明治後期お雇い外国人研究序説－」、『法学政治学論究』第74号、2007年9月、163-192頁。小沢奈々「東京帝国大学スイス人法学教師ルイ・ブリデルの比較法講義とスイス民法紹介」、『法学政治学論究』第77号、2008年6月、71-103頁。
23 潮木守一「解説」、前掲『東西両京の大学――東京帝大と京都帝大』、294-295頁。
24 新村出「わが学問生活の七十年（三）」、『思想』第379号、1956年、98-99頁。
25 Avocat, Goraï, «Influence du Code civil français sur le Japon», *Le Code civil*,

1804-1904, Livre du centenaire, publié par la Société d'études législatives, tome seconde, Paris, A. Rousseau, 1904 ; Fac-similé, Paris, Librairie Edouard Duchemin, 1969, p. 781-790.
26　Yves Pincet, «Bibliographie d'Hector Malot», *Le Rocambole, Bulletin des Amis du Roman Populaire*, n° 7, Amiens, Encrage, 1999, p. 111-130. フランス国立図書館OPAC（http://catalogue.bnf.fr/index.do)、2018年6月18日閲覧。
27　本書第二部第一章第三節参照。
28　佐藤紅緑「まだ見ぬ親を読む」、『福音新報』第421号、1903年7月23日。
29　無署名「小説未だ見ぬ親」、『文芸倶楽部』第9巻第12号、博文館、1903年9月。
30　白山生「家庭小説未だ見ぬ親」、『帝国文学』第9巻第8号、1903年8月、131-132頁。
31　瀬沼茂樹「家庭小説の展開」、『明治文学全集93　明治家庭小説集』、筑摩書房、1969年、421-430頁。
32　高木健夫「成功した『家庭小説』」、『新聞小説史―明治編』、筑摩書房、1974、343-365頁。
33　玉井朋「「家庭小説」の題材と社会性」、『芸大攷』第13号、2008年、41頁。
34　たとえば以下のような文献が挙げられる。川崎賢子「天下茶屋の〈父〉―〈家庭小説〉「己が罪」と明治期大阪の文学力」、『文学』1巻5号、2000年、35頁。奥武則「均質化される「感性」：1. 家庭小説」、『大衆新聞と国民国家』、平凡社、2000年、129頁。飯田祐子、前掲論文、33頁など。
35　鬼頭七美によれば、以下の作品に「家庭小説」の角書が付された。［1896（明治29）年］三宅青軒『家庭小説　宝の鍵』、青眼堂、1896年12月。［1901（明治34）年］石川正作編『家庭小説　第一篇　よつの緒』、東洋社、1901年10月。鈴木秋子『家庭小説　第二編　紅薔薇』、東洋社、1901年11月。［1902（明治35）年］鈴木秋子『家庭小説　第三篇　そのえにし』、東洋社、1902年7月。堀内新泉『家庭小説　女楽師』、国光社、1902年9月。エクトール・マロ原作、五来素川訳「家庭小説　まだ見ぬ親」、『読売新聞』1902年3月1日―7月13日。［1903（明治36）年］勁林園主人編『家庭小説　第四編　浦人の情』、東洋社、1903年6月。エクトール・マロ原作、五来素川訳『家庭小説　未だ見ぬ親』、警醒社、東文館、福音新報社、1903年7月。嘉悦孝子『家庭小説　一学校生活』、出版社未詳、1903年7月。（鬼頭七美『「家庭小説」と読者たち――ジャンル形成・メディア・ジェンダー』、翰林書房、2013年、202-203頁。参照）
36　加藤武雄「家庭小説研究」、『日本文学講座　第十四巻』、改造社、1933年、53-70

頁。
37　文壇における「家庭小説」に関する言説については、鬼頭七美の研究が最新のものとして挙げられる。鬼頭もまた、1896（明治29）年12月の『帝国文学』の記事「家庭と文学」をその言説の起点として挙げつつ、『太陽』など他の雑誌の言説も踏まえながら論じた。そして『帝国文学』において「家庭小説」は「社会小説」と同時並行的に語られた概念であって、従来考えられていたような「社会小説」の後に「家庭小説」が誕生するという系譜学的な視点が適当でないことを指摘した。（鬼頭七美、前掲書、35-61頁。参照）
38　飯田、前掲論文、37-45頁。金子明雄「明治30年代の読者と小説」、『東京大学新聞研究所紀要』1990年、131-132頁。
39　「家庭と文学」、『帝国文学』2巻12号、1896年12月、108頁。
40　たとえば、以下の文献を参照のこと。宮島新三郎『明治文学十二講』、新詩壇社、1925年、161-162頁。高須芳次郎『日本現代文学十二講』、新潮社、1924年、277頁。

なお、「悲惨小説」、「深刻小説」の反動である「光明小説」としての「家庭小説」の出現という定説は、近年の研究で、「家庭小説」と「深刻小説」などとの並行的な性格も指摘され捉え直されている。（金子明雄、前掲論文、131頁。参照）

また鬼頭七美は「社会小説」の代表作と見なされる内田魯庵の「くれの廿八日」（1898年3月）と『帝国文学』における書評などのそれに関する言説とを、「光明小説」「理想小説」という名称と「家庭小説」という名称が出会った「クロス・ポイント」であると指摘した。（鬼頭七美、前掲書、48-52頁。参照）
41　金子明雄、前掲論文、132頁。玉井朋、前掲論文、40-41頁。
42　飯田祐子、前掲論文、45頁。
43　高橋一郎「明治期における『小説』イメージの転換―俗悪メディアから教育メディアへ―」、『思想』812号、1992年、175-192頁；目黒強「教育雑誌における教育的メディアとしての児童文学の発見――『教育時論』を事例として」、『児童文学研究』第46号、2013年、2-8頁。
44　新村出「家庭といふ語」、『新村出全集』第四巻、筑摩書房、1971年、125頁。河北瑞穂「家庭小説の背景―明治二十年代前半期『女学雑誌』の周辺」、『三重大学日本語学文学』No.2、1991年、83-97頁。小山静子『家庭の生成と女性の国民化』、勁草書房、1999年、29-30頁。西川祐子『住まいと家族をめぐる物語』、集英社新書、集英社、2004年、76-77頁。

新村出は「家庭といふ語はその［＝明治の（引用者註）］二十年代からホームの訳語として辞書に現はれたのではなからうか」と述べた。参考文献によると、「ホ

ーム (home)」の語はキリスト教の布教活動とともに伝播し、その新しい概念を最初期に論じたのが、巖本善治「日本の家族――一家の団欒」(『女学雑誌』、1888 (明治21) 年 2 – 3 月) である。巖本は「ホーム」に「家族」「室屋」の語を対応させたが、その一方で植村正久は説教や評論でしばしば「家庭」の語を用いた。やがて一般的な訳語として「家庭」が定着した。

45　小山静子、前掲『家庭の生成と女性の国民化』、32-37頁。牟田和恵『戦略としての家族』、新曜社、1996年、61-62、106-109、168-170頁。
46　牟田和恵、前掲書、155-163頁。
47　同上、164-170頁。高木健夫、前掲論文、344-345頁。
48　牟田和恵、前掲書178-180頁。
49　玉井朋、前掲論文、42-53頁。
50　五来素川「感情の教育」、『読売新聞』1902年 9 月13-14日。
51　蘆花生「何故に余は小説を書くや」、『国民新聞』1902年 9 月 3 日。
52　五来素川、前掲「感情の教育」。
53　同上。
54　同上。
55　五来素川、前掲「小引」、1 頁。
56　五来素川、前掲「感情の教育」。
57　五来素川「序」、『まだ見ぬ親』、平凡社、1935年、1-2頁。
58　五来欣造「家族制度ト個人制度トノ得失」、『法学志林』3 巻21号、1901年 7 月、43-56頁。
59　同上、47、54頁。濁点、句読点は引用者による。
60　阪井裕一郎『家族主義と個人主義の歴史社会学――近代日本における結婚観の変遷と民主化のゆくえ』博士論文、平成25年度、慶應義塾大学大学院社会学研究科、2013年、15-17頁。
61　有地亨『近代日本の家族観――明治編』、弘文堂、1977年、130-131頁。

　なお、五来が「個人制度」の「家族制度」に対する優位を説いた背景には、五来が東京帝国大学でフランス法学を学んでいたという背景も考慮される必要がある。1891 (明治24) 年に起こった民法典論争では、旧民法断行派 (フランス法学派) と施行延期派との間で、家族制度的伝統の是非をめぐって論争がなされた。フランス民法典にならって案を作成し、1890 (明治23) 年に一度公布され、1893 (明治26) 年から施行する予定であったいわゆる旧民法は、自然法説に立ち、自由平等の個人の自然権を尊重した法典を積極的に作り、産業の進歩と国家の発展に寄与しようと

第一章　五来素川訳『家庭小説　未だ見ぬ親』(1903年)　349

するものであった。しかし、穂積陳重「民法出デテ忠孝亡ブ」に代表されるような反対論が展開され、旧民法が日本の美しい慣習である家族制度の倫理を破壊するという批判を中心的な論点として、旧民法の施行延期が求められた。施行延期派の勝利により、旧民法は無期延期されることとなり、新たに発足した法典調査会によって起草された民法はドイツ民法典を草案の参考とし、日本の慣習も取り入れつつ1898（明治31）年7月16日に施行された。「個人制度」を産業の進歩と国家の発展にとって不可欠と考えた五来の視点は、フランス法学派から受け継がれたと見なすこともできる。(有地亨、前掲『近代日本の家族観』、69-73、103-131頁。大島美津子「家族主義か、個人主義か――家父長的家族制度の確立（近代日本の争点59　民法典論争）」、『エコノミスト』第45巻第31号、1967年、92-97頁。我妻栄、有泉亨著、川井健補訂『民法Ⅰ、総則、物権法』、一粒社、第4版、1999年。吉田克己「二人の自然法学者――ボワソナードと梅謙次郎」、『法律時報』第71巻第3号、1999年、74-82頁。参照)

62　五来の次の言葉にその主張が表れている。「近頃学制改革案の内容が一たび世上に伝へられてからハ是が評論一二にして足らんのであるが、特に其目醒ましいのハ、実用的人物の要請を以て最も国家の急務となすの論である、是れ実に吾社の主張であつて亦慥かに社会の輿論を代表する声なりと信ずる」(五来素川「教育界の覚醒――個人主義の主張」、『読売新聞』1902年11月1日－14日。)

63　青年の教育が「個人主義」に基づくべきことは、とくに以下の連載記事において主張された。五来素川、前掲「教育界の覚醒」。

64　五来素川「豈只に漢口居留地のみならんや」、『読売新聞』1903年2月4日。

65　五来素川「征露の真精神」、『読売新聞』1904年3月20日。

66　五来素川、前掲「小引」、2頁。

67　五来素川、前掲「小引」、1頁。

68　五来素川、前掲「序」、2頁。

69　菊池幽芳は、1911年7月12日から1912年2月12日にかけて『大阪毎日新聞』において Sans famille の翻訳「家なき児」を連載し、その単行本は『家なき児』として1912年1月と同年6月にそれぞれ、前編と後編が上梓された。また、菊池寛は1928年11月に『家なき子』を文芸春秋社から出版した。とくに前者の菊池幽芳訳は、本書の次章で述べるように、完訳ではないものの、かなり原作に忠実な翻訳であり、五来訳に比較すれば挿話の削除や抄訳は著しく少なかった。(前掲『児童文学翻訳作品総覧』第三巻、282-283頁。本書第二部第二章第一節。参照)

70　佐藤宗子、前掲「物語の精錬過程」、334頁。佐藤宗子「解説」、『少年翻訳小説

集』（少年小説大系第26巻）、三一書房、1995年、511-518頁。
71 『未だ見ぬ親』における実の家族が見つかったことに対する嬉しさの感情の純化は、次の引用においても見受けられる。原文、拙訳、『未だ見ぬ親』の翻訳文の順で示す。

　Ce fut à agiter ces pensées que je passai ma nuit presque tout entière, me disant tantôt que je ne devais pas abandonner ni Étiennette ni Lise, tantôt au contraire que je devais courir à Paris aussi vite que possible pour retrouver ma famille. Enfin je m'endormis sans m'être arrêté à aucune résolution, et cette nuit, qui, m'avait-il semblé, devait être la meilleure des nuits, fut la plus agitée et la plus mauvaise dont j'aie gardé le souvenir. (D. II, p. 210.)

　僕はほとんど一晩中こんなことを考えあぐねて過ごした。エチエネットもリーズも見捨ててはいけないと思う時もあれば、家族に再会するためにできるだけ早くパリに駆けつけねばと思う時もある。結局僕は何の決心もつかないまま眠り込んだ。最高の夜になるはずだった晩は、思い出す中で最も心が乱れる最悪の一夜になってしまった。
　（拙訳）

　「<u>明日は早速旅立ちして、巴里から倫敦へ出向かんものと、早くも心を決めたのである</u>、飛び立つ許り嬉しさの中に、唯一つの心残りは、植木屋一家の同胞四人を、約束通りに尋ね廻られないことである、殊に雪ちゃんは口さへ利けぬ不具の身で、手紙のやり取りも出来ないから、如何に余の来るのを待ち兼ねて居るであらう、[……] 川根と云へば巴里へ行くのに、さまでの廻路と云ふでもなければ、是非立ち寄つて行きたいものと、<u>先づ大方は心に極めた</u>
　（『未だ見ぬ親』、309-310頁。）

　原作では主人公は実の両親が見つかったことを喜ぶばかりでなく、養父のことを思って気を重くし、また、旅の途中で世話になったアキャン家の人々を訪ね歩くべきか、すぐにでも実の家族を尋ねるべきか迷い、「思い出す中で最も心が乱れ、最も悪い一夜」を過ごしている。それに対し、『未だ見ぬ親』で太一は実の親が見つかったことに「飛立つ許りの嬉しさ」を感じ、実の親がロンドンにいるので「明日は早速旅立ちして、巴里から倫敦へ出向かんものと、早くも心を決め」てしまい、主人公の迷いのない喜びが表現されている。

72　五来素川、前掲「小引」、1-2頁。

73　『未だ見ぬ親』、76頁。
74　拙稿、前掲、修士論文、46-48頁。
75　五来素川、前掲「小引」、2頁。
76　五来は「仏国ヅムーラン氏」の「『アングロー，サクソン人強大の原因』」の記述を元にしたと書く（五来素川、前掲「教育界の覚醒」）。原書は以下を参照した。Édmond Demolins, *A quoi tient la supériorité des Anglo-Saxons ?*, Paris, Librairie de Paris, s.d.. ドモランは，アボッツホルムの学校を原書の第1冊第3章に紹介している。
77　生井武久「アボッツホルムの学校」、『岩波講座教育科学』第三冊、1931年、13頁。
78　五来素川、前掲「教育界の覚醒」。
79　『未だ見ぬ親』、55頁。
80　五来素川、前掲「教育界の覚醒」。
81　同上。
82　*D.I*, p. 90-91.
83　小林輝行『近代日本の家庭と教育』、杉山書店、1982年、4-13頁。
84　小山静子『子どもたちの近代』、吉川弘文館、2002年、127-33頁。
85　五来素川、前掲「教育界の覚醒」。
86　五来欣造、前掲「家族制度ト個人制度トノ得失」、47頁。
87　小山静子、前掲『家庭の生成と女性の国民化』、34-35頁。牟田和恵、前掲書、54-59頁。
88　五来素川、前掲「感情の教育」。
89　『未だ見ぬ親』、76頁。
90　白山生、前掲「家庭小説未だ見ぬ親」、132頁。
91　佐藤紅緑、前掲「まだ見ぬ親を読む」。
92　この引用部分の前半における、興行の最中に子どもたちからリンゴの芯を投げられるというエピソードは、原作第一部第十六章のこの引用部分の数頁後のヴィタリスの言葉を参考とした翻訳文であると思われる。「[（引用者註）カピとレミとヴィタリスのみの一座では] 子どもたちは私たちを馬鹿にし、リンゴの芯を投げつけ、一日に二十スーも稼ぐことはできまい」（拙訳）
　　（原文：Les gamins se moqueraient de nous, nous jetteraient des trognons de pommes et nous ne ferions pas vingt sous de recette par jour.）*D.I*, p. 249.
93　鳥越信、前掲「家庭小説について」、55-58頁。
94　*Sans famille* 第二部第二章から第七章のセヴェンヌ地方の架空の炭鉱街ヴァルス

において展開される挿話は全て、『未だ見ぬ親』では五来により「省略」された。本書第二部第一章第三節参照。
95 なお、この引用の部分につづき、原文では主人公が養母のためにキクイモを栽培し、その栽培の「発見者（inventeur）」であることも書かれたが、その部分はまるごと「省略」された。
96 五来素川、前掲「小引」、2頁。
97 五来素川、前掲「教育界の覚醒」。
98 アボッツホルムの学校の教育に、児童や若者の「実務的才能」の養成のための価値を見出したのは、五来独自の見解ではない。1889年に創立されたアボッツホルムの学校は、十九世紀末から二十世紀初めにかけヨーロッパで展開される新教育運動の先駆けとなる私立学校であったが、新教育運動自体が現実的な実業人を育てようという機運の中で発生した。資本主義体制が国内経済の中でおさまりきらずに行き詰まりを見せ、その結果、ヨーロッパ各国が世界市場の獲得に乗り出す帝国主義期において、指導層を育てる中等学校のカリキュラムが主知主義的傾向にあることが問題視され、自分自身の能力と意欲で生活を切り開く現実的な人間を育てることが、初期の「新教育」が抱えた課題であった。フランスのドモランはレディーと親しくアボッツホルムの学校の話を聞き、主著『アングロ・サクソンの優秀性は何に起因するか』（1897年）において紹介、自らも1899年に同様の教育課程を採用するロッシュの学校を創設した。日本では、ドモランの主著が、慶應義塾によって、1902（明治35）年『独立自営大国民』の題で翻訳がなされ、彼の主張が「つとに我慶應義塾の主張する所」であると強い共感が示された。五来は論説「教育界の覚醒──個人主義の主張」で、慶應義塾の教育へ賛同を示している。したがって、五来が実物教育に「実務的才能」の養成という現実的な目的を見出したのは、ドモランの著書や慶應義塾の見解とも共通している。（原聡介「ロッシュの学校について」、ドモラン著、原聡介訳『新教育──ロッシュの学校』、世界教育学選集88、明治図書出版、1978年、249-256頁。五来素川、前掲「教育界の覚醒」。参照）
99 河原和枝『子ども観の近代』、中公新書、1998年、61-65頁。
100 *D.I*, p.3.
101 『未だ見ぬ親』、1頁。
102 『未だ見ぬ親』における当該部分の加筆は以下のような比較により判明した。
　　«Me sauver, je sentais que c'était maintenant impossible et que par suite il était inutile de le tenter» *D.I*, pp. 55-56.
　　「逃げるなんて、僕は今やそれは不可能だと感じていたし、試すだけ無駄だと思

った。」(拙訳)

«Me sauver ! Je n'y pensais plus. Où aller d'ailleurs ? Chez qui ? »　D.I, p. 57.
「逃げるなんて！　そんなこともう考えてはいない。それにどこに行けばいい？誰のところへ？」(拙訳)

「逃げ出さうとて今更及び難い事である、亦逃げ果せればとて何処の誰れの所へ行かう、今は母もない父もない憐れな孤児の身ではないか」(『未だ見ぬ親』、54頁)

103　六箇所とは『未だ見ぬ親』の76、80、132、214-15、217-18、263-64頁。全て太一による語りの場面で、養母、嵐一斎への「恩」を感じる太一の姿が看取される。
104　近世の寺子屋で用いられた道徳教科書『童子教』には、「父ノ恩ハ　山ヨリモ高ク　須弥山尚下シ　母ノ徳ハ　海ヨリモ深ク　滄溟海還テ浅シ」とある。また貝原益軒『大和俗訓』には父母の恩について「その恩は海より深く、山より高い。[……]どうしてその恩に報いようか。ただ孝を行ってその恩の万分の一を報いなければならぬ」とある。引用はこれらを踏まえた表現であると思われる。(「童子教」、石川謙編『日本教科書大系　往来編』第5巻、講談社、1969年所収、同書172頁。貝原益軒「大和俗訓」、松田道雄責任編集『日本の名著14　貝原益軒』、中央公論社、1969年所収、同書144-145頁。)
105　五来素川による献辞は『未だ見ぬ親』の「小引」の前にある。頁数は付されていない。
106　妹の植村恵子の生年月日は不明である。恵子の姉の植村環は1890年8月24日生まれであり、1903年7月の単行本出版当時には12歳である。
107　五来素川、前掲「小引」、2頁。
108　姫岡勤「封建道徳に表れたわが国近世の親子関係」、『社会学評論』第7号、1952年、126-128頁。
109　川島武宜「孝について——観念型態としての孝の分析」、『日本社会の家族的構成』、学生書房、1948年、77-83頁。
110　五来素川『大帝那翁』第一巻、養賢堂、1914年、110-112頁。
111　五来欣造、前掲「家族制度ト個人制度トノ得失」、55-56頁。
112　五来欣造「支那社会の特質」、『社会』1巻1号、1899年1月、66頁。
113　五来欣造、前掲「家族制度ト個人制度トノ得失」、55-56頁。濁点、読点は引用者による。
114　同上、45頁。濁点、句読点は引用者による。
　　この論文の翌年に書かれた論説、「教育界の覚醒——個人主義の主張」でも、同

様の問題意識が示された。そこで五来は「個人主義を完全無欠のものとハ思はない」と述べ、「個人主義の弊ハ人を利己主義にするといふことである、是ハ自分を重ずるの已むを得ない結果である」とその弊害が「利己主義」に陥る危険にあることを説明した上で、「英米に於てハ基督教があつて、個人主義の独立独行と博愛主義の献身犠牲を併せ教えて居るから漸く弊風を矯めて」いると書かれた。この論説では「非個人主義の儒教が到底此矯正剤たる能はざるハ明かである」と書かれた一方で、「此家族制度にも本より美しい点ハあるに相違ないが、此の如きハ〔(引用者註）子どもの独立心を害する教育は〕決して男子を独立独行的に成長つる所以でない」と家族制度に対する譲歩的な見方も示され、「美しい点ハあるに相違ない」という譲歩も示された。五来の念頭に「家族制度」の「美しい点」として、論文「家族制度ト個人制度トノ得失」において「東洋道徳ノ美」とされた、「身ヲ以テ他ニ奉ズルノ犠牲的観念」があったと考えられる。

115 『未だ見ぬ親』、184頁。

第二章　菊池幽芳訳『家なき児』（1912年）

　Sans famille は、菊池幽芳により『家なき児』の題を付され、二番目の日本語による翻訳がなされた。1911（明治44）年7月12日から1912（明治45）年2月12日まで『大阪毎日新聞』に全127回にわたり連載され、単行本の前編が1912年1月に、後編が同年6月に、春陽堂から出版された。『家なき児』は、Sans famille の日本での翻訳受容を考える上で、次の二つの理由で重要な作品である。

　第一に、翻訳者の菊池幽芳が原作を見出した段階では、五来素川訳『家庭小説　未だ見ぬ親』の存在を知らず、自分こそが初めて翻訳するのであると自負していたと考えられるからである。つまり、Sans famille がなぜ日本において翻訳紹介されたのかという源を探るためには、五来素川訳に加えて、菊池幽芳訳も検討する必要がある。第二に、『家なき児』は春陽堂からの単行本出版の後、1928（昭和3）年には改造社の『大衆文学全集』の第二巻に収録され[1]、1929（昭和4）年1月から1930（昭和5）年12月までの2年間、講談社の雑誌『少年倶楽部』、『少女倶楽部』にも連載されたので[2]、日本において広く流布した翻訳であるからである。たとえば、大正時代以降の『家なき子』の翻訳・再話について研究した佐藤宗子は「この作品を日本に根付かせたのは、何といっても菊池幽芳の仕事あってのことだろう[3]」と、菊池訳『家なき児』が日本での作品普及に大きく貢献した点に言及した。

　しかし、菊池幽芳訳『家なき児』についての本格的な研究は現在までのところ、ほとんどなされていない。翻訳児童文学研究の分野では、佐藤宗子の研究において、『家なき子』の第一次再話として菊池幽芳訳『家なき児』は言及された。第一次再話は原作を一般に広く紹介するための再話（翻訳）であり、第二次再話は第一次再話を原テクストとし、その内容を切り取って生

成されたものを指す[4]。佐藤の研究では第一次再話としての菊池幽芳訳『家なき児』と第二次再話との比較が主であり[5]、菊池幽芳訳そのものに関する研究とは言い難い。また、菊池訳『家なき児』を「『家庭小説』かつ『教育読物』という内容把握」である点、「完訳とは言えぬまでもやはり、この作品の全体像を鮮明につたえるもの」である点が的確に指摘されたが[6]、菊池幽芳の文学観や、菊池が Sans famille に何を見出したかまでは踏み込まれなかった。

　日本近代文学研究の分野では、菊池幽芳の「家庭小説」に関する研究が、代表作である『己が罪』(1899年) と『乳姉妹』(1903年) を中心に進んでいる。本章において、菊池の「家庭小説」に対する考えを知る上で、とくに参考にした研究は以下の四つである。第一に菊池幽芳が「家庭小説」の型を作りだしたと見なし、『己が罪』や『乳姉妹』における女性読者への配慮を論じた岡保生の論文である[7]。第二に、「家庭小説」のジャンル生成から『乳姉妹』まで、『大阪毎日新聞』の紙面と照応しながら、「家庭小説」の変遷について論じた鬼頭七美の研究である[8]。第三に『己が罪』から『乳姉妹』の間の菊池の「家庭小説」の質的変化に言及し、明治30年代後半における「家庭小説」の女性ジェンダー化と通俗文学化を指摘した飯田祐子の研究である[9]。第四に菊池の「家庭小説」で語られる「家庭」の延長にある家族国家観と、女性ジェンダー化した後の「家庭小説」に隠された良妻賢母規範を指摘した諸岡知徳の論である[10]。しかしこの分野における研究では、明治30年代の菊池幽芳の小説や新聞記事を詳細に扱ってはいるが、明治40年代以降の菊池の創作活動に関する研究はほとんどなく、『家なき児』についての研究もない。菊池幽芳の生涯が説明される際に、フランス留学の「帰朝みやげ」として『家なき児』を翻訳したことに触れられる程度である。

　最後に、菊池幽芳と外国語作品との関連に言及した論考が数点あり、菊池の外国語作品との対峙の仕方を考察する上で参考にした。たとえば、『乳姉妹』とその原案であるバーサ・M・クレイ (Bertha.M.Clay) の *Dora Thorne*

(1871)とを比較し、『乳姉妹』の主人公の一人である房江の人物造形について、菊池が独自に加えた要素を指摘した堀啓子の論[11]、探偵小説の分野での菊池の翻訳作品についての横井司、伊藤秀雄の解説など[12]がそれに該当する。

　本書では、菊池幽芳の『家なき児』について考察するに際し、次の二点の事柄に着目した。第一に、五来素川が Sans famille の翻訳に際し、原作の物語の筋を変え、大きな加筆も行ったのに対し、菊池幽芳が可能な限り原作に忠実な翻訳をしようとした点である。ここから、菊池の原作に対する高い評価が看取できる。第二に、日本近代文学史において「典型的な家庭小説の作家[13]」と評価される菊池もまた、五来訳の『未だ見ぬ親』と同様に、Sans famille を「家庭小説」と見なして受容した点である。

　しかし、五来の訳業と、菊池の訳業とでは、次の二点において相違する。まず、1902年から1903年に一度だけ「家庭小説」を冠した小説、『未だ見ぬ親』を上梓した五来に対して、菊池は日本近代文学史において「家庭小説」というジャンルを形成し、確立した当事者の一人であって、とくにその代表作である『己が罪』および『乳姉妹』を通して、「家庭小説」というジャンルの女性ジェンダー化に大きな役割を果たしたとされる点である。したがって、菊池は自らの小説の読者として、成人女性をとりわけ意識していたと言え、このことは菊池の Sans famille に対する評価や翻訳の仕方を考える上でも重要であると思われる。第二に、日露戦争終結以後は、青年の間に「個」の意識の発展が見られ、個人主義思想の蔓延に起因する道徳の危機が唱えられるようになった時期であったが[14]、この時期には同時に、文壇における「家庭小説」の評価の低下と、自然主義文学の台頭が見受けられ[15]、青年の道徳に悪影響を与えるとしてとりわけ問題視されたのが、自然主義文学であった点である。菊池は、自然主義文学に対抗しうる「健全」な文学、「家庭小説」として、Sans famille を翻訳した可能性がある。

　こうした点を考慮に入れた場合、菊池がなぜ Sans famille をできるだけ忠実に翻訳し、『家なき児』として発表したのかが、より明確になると思われ

る。

　本章の構成は以下の通りである。

　第一節では、菊池幽芳訳『家なき児』について、以下の三点の基本的事項を確認する。まず、『家なき児』を発表する1911（明治44）年までを中心とした菊池幽芳の経歴を本節第一項において整理する（2-1-1）。次に、菊池のフランス語能力と、翻訳の底本として使用した Sans famille の版について本節第二項において確認する（2-1-2）。最後に、菊池の翻訳態度について確認し、そこから菊池が原作そのものを高く評価していたと考えられる点について本節第三項で論じる（2-1-3）。

　第二節では、「家庭小説」の作家としての菊池幽芳の文学観を整理する。菊池は「典型的な家庭小説の作家[16]」と見なされ、Sans famille は「家庭小説」として価値を見出され、翻訳された。そのような受容を考える場合、次の二点を整理し、検討することが重要である。第一に、明治30年代に形成された「家庭小説」の作家としての菊池幽芳の信念である。第二に、Sans famille が見出され、翻訳された明治末年における「家庭」に関する菊池の問題意識である。第一の点について第一項で整理し（2-2-1）、第二の点について第二項で考察する（2-2-2）。

　第三節では、第一節と第二節を踏まえ、菊池幽芳が Sans famille の何を評価したかを検討する。第一節で見るように、菊池は Sans famille の忠実な翻訳を心掛けた。したがって、第四節において原文と翻訳文の相違を比較する前に、原作自体の何を評価したのか考える必要がある。菊池が『家なき児』と原作の Sans famille について言及する文章を中心的に検討しながら、Sans famille がまず、「家庭小説」として受容された点を確認し（2-3-1）、菊池が物語の面白さを評価した点（2-3-2）、「家庭小説」としての道徳が見出された点（2-3-3）について論じる。

　第四節において、『家なき児』における女性像に焦点を当て、翻訳の様相を論じる。Sans famille の主人公の母親たち（実母と養母）をはじめ、主人公

の味方となる女性登場人物たちは、菊池の理想に近い女性像であったと考えられる。しかし、それでもなお、彼女たちが登場する場面において、菊池は翻訳に際し改変を加えた。また、主人公が出会う女性登場人物には、「家庭」を疎かにする、菊池から批判的な書き方をされる者もいた。Sans famille の母親たち（2-4-1）、娘たち（2-4-2）、家庭を顧みない女性（2-4-3）は『家なき児』ではどのように翻訳されるか、Sans famille の原文と『家なき児』の翻訳文の比較をもとに、明らかにする。

　第五節において、『家なき児』は菊池によって「家庭小説」として理解され、翻訳されたのにもかかわらず、明治30年代後半以降の菊池の「家庭小説」とは違って、女性以外の読者も意識された点を考える。ここでは、『家なき児』が児童や成人男性も読者として意識された小説であった点を明らかにし、第一項で児童の読者に対する意識を検討し（2-5-1）、第二項で成人男性の読者に対する意識を検討する（2-5-2）。

　最後に第六節ではまとめとして、菊池幽芳訳『家なき児』の特徴を総括し、菊池が『家なき児』をどのような作品としようとしたかを考察する。

2-1　『家なき児』についての基本的事項

2-1-1　菊池幽芳の経歴

　菊池幽芳（本名：清、1870-1947）は、1870（明治3）年10月27日に水戸藩士、菊池庸の長男として茨城県水戸市に生まれた。1888（明治21）年3月に水戸中学を好成績で卒業、進学を希望したが経済的な理由により断念し、同年4月から茨城県北相馬郡立高等小学校（取手高等小学校）の教員となり、1891（明治24）年8月まで勤続した。取手高等小学校に勤務する間には、巖本善治（1863-1942）の編集する『女学雑誌』を愛読し、同僚や校長の前で、巖本の「男女間の純潔を高潮する論文」を朗読するような「熱心な恋愛神聖論者」であった[17]。また、同じ頃に後の妻となる杉浦たまに出会い、1891年3月に

婚約した。

　1891年8月、同郷の先輩で、大阪毎日新聞の主筆であった渡辺台水（本名：治、1864-1893）に見込まれ、同新聞に入社した。菊池に新聞小説執筆の手ほどきをしたのも、渡辺台水である。1892（明治25）年、渡辺は自分が翻訳するはずであったデュ・ボアゴベ（Fortuné Du Boisgobey, 1821-1891）の『ベルタの秘密』（原題：Le Secret de Bertha, 1884）の英訳本、Bertha's secret (1895) を[18]、菊池に訳させ、「光子の秘密」（1892年2月26日―4月11日）の題で『大阪毎日新聞』に掲載させたが、それが同紙における菊池の最初の連載小説となった[19]。

　毎年1作から3作の連載小説を『大阪毎日新聞』紙上に掲載し続け[20]、1897（明治30）年に文芸部主任となった菊池は、1899（明治32）年から同紙上に「文学欄[21]」を設け、読者に「文学的趣味を注入[22]」し、「家庭の間に文学を愛するの声[23]」を高くさせようと力を注いだ。それと同時に1898（明治31）年から、同紙上の家庭欄において「離縁と新民法」（1898年8月12日―同年8月17日）、「家庭における父母」（1898年9月7日）、「女子と美貌」（1899年4月1日）、「小児養育――乳の事」（1899年2月26日―同年3月5日）、「小児観察」（1899年10月1日）など、家庭を啓蒙する複数の記事を発表し、それらの記事は単行本として纏められ、出版された[24]。これらの記事と連動するかのように、菊池は連載小説「己が罪」（前篇：1899年8月17日―10月21日、後篇：1900年1月1日―5月20日）を発表し、空前の人気を博した。小説は単行本として出版されるだけでなく、劇化され、新派劇の人気の演目となって、多くの人に受容された。

　その後も「若き妻」（1900年9月28日―12月19日）、「乳姉妹」（1903年8月24日―12月26日）、「妙な男」（1904年10月10日―1905年2月19日）、「夏子（愛と罪）」（1905年6月9日―11月5日）、「寒潮」（1908年1月1日―4月21日）を『大阪毎日新聞』に、「月魄」（1907年5月25日―8月8日）を『毎日電報』に連載し、「家庭小説」の代表的な作家と見なされるようになった。

その一方で、英米の探偵小説も翻訳し、「白衣の婦人」(『大阪毎日新聞』、1901年7月14日―同年9月7日)、「宝庫探検　秘中の秘」(『大阪毎日新聞』、1902年11月3日―1903年3月28日)、『七日間』(単行本、1901年)『二人女王』(単行本、1903年)などがある[25]。

1909年1月16日、新聞事業視察のため大阪毎日新聞社の留学生として渡仏し、1911年4月18日に帰国するまでパリに滞在した。パリ滞在中には、「あらめいぞん――わが宿にて」(1910年1月1日―同月14日)、「面白き事実」(1910年3月28日―同年4月1日)、「巴里の劇場(劇壇)」(1911年1月18日―同月31日)などのパリの生活と風俗に関する記事、「ヴェニス法廷の『マクベス』夫人」(1910年4月21日―同月28日)など社交界の女性のスキャンダルを報告する記事、「装飾せるブラッセルと世界博覧会」(1910年7月21日―同月22日)、「家庭思想の復活」(1910年7月4日―同月5日)など、1910年に開催されたブリュッセル万国博覧会、日英博覧会についての報告記事が『大阪毎日新聞』と『毎日電報』に掲載された。

「家なき児」は帰国直後の1911年7月12日から翌年の2月22日まで『大阪毎日新聞』に掲載された。同じ時期、「新聞小説の未来」(1911年6月22日)「新たに感ぜし事」(1911年6月22日―同月29日)、「欧州の海水浴場」(1911年8月1日―8月5日)、「活動写真談」(1912年5月1日)などヨーロッパでの経験についての回想や、フランスと日本の文化や習慣を比較した記事も複数執筆した。

帰国後も複数の小説を発表した。代表作は、「百合子」(1913年4月25日―同年11月22日)、「毒草」(1916年7月14日―同年7月14日)、「白蓮紅蓮」(1921年9月24日―翌11年3月25日)などで、いずれも「家庭小説」であると見なされる。また、大正年間にはヴィリエ・ド・リラダン(Auguste de Villiers de L'Isle-Adam, 1838-1889)の短編など[26]、フランスの短編小説の翻訳もしばしば見受けられ[27]、探偵小説としてもイギリスの小説を原作とする「女の行方」をフランス語から重訳した[28]。1924(大正13)年に大阪毎日新聞の取締役に

就任したが、1926（大正15・昭和元）年にその職も退き同社相談役となって、勤続35年の大阪毎日新聞を退社した。1929（昭和4）年に小説の筆は折ったが、その後も回想や随筆を種々の雑誌に寄稿し、趣味が高じて歌集も出版した[29]。1947（昭和22）年、静かな隠居生活の中で病死した[30]。

　菊池は小説作品を発表した期間の大半において、大阪毎日新聞に勤続しながら小説を書いた。1933（昭和8）年に改造社から刊行された『菊池幽芳全集』第一巻の「自序」において、「徹頭徹尾中央文壇と無交渉に、四十年大毎を背景とし、大阪に立て籠」りながら、「文壇の風潮とか、流派とかいうやうなものの圏外に超然として、一意独自の新聞小説に邁進することができた」と回想し、小説家としての道を歩む上で、「新聞小説」の執筆に対して真摯に取り組み続けたという菊池の自負が窺える。菊池にとって新聞に掲載する小説は「私の生命」であって、小説には「純な感情と、堅実な信念、同時に人類愛を基調とした作家の中心思想」がなくてはならないという一貫した考えがあった[31]。

2-1-2　菊池幽芳のフランス語能力および翻訳の底本について

　菊池のフランス語能力に関しては、1909（明治42）年の渡仏以前には堪能ではなかったが、フランス滞在中に独学でフランス語を習得したと考えられる。菊池は外国語の専門教育を受けなかった。しかし英語に関しては水戸中学時代から得意であり、取手高等小学校の教員であった間に「独学で一心に英語を勉強し」て、「通俗小説位どうやら読めるやうに」なったと回想し[32]、実際に菊池は、「光子の秘密」をはじめ、明治20年代から明治30年代にかけて、英語で書かれた複数の小説の翻訳・翻案を手がけた。

　しかし英語以外の外国語に関しては、同僚の新聞記者とともに新たに勉強しようとしたが断念し[33]、渡仏前のフランス語の学習の可能性を示すものは見当たらない。『家なき児』をはじめとする、フランス語の作品を原典とする作品は、どれもフランス留学の後に翻訳された。したがって、フランス語

の能力は留学中に培ったと考えられる。新聞記事「あらめいぞん――わが宿にて」の記述によれば、パリで菊池は、親日家のフランス人女性の経営する下宿に滞在し、その女性の弟妹、下宿人のイギリス人の姉妹とその母親、一時滞在の西欧からの外国人とともに生活をした[34]。その生活環境の中で日常会話、新聞や小説の読解、演劇鑑賞等から独学でフランス語を習得したと推定される。管見の限りでは、語学学校に通った記録は見当たらない。

Sans famille にはフランス留学中に出会った[35]。そして、菊池は *Sans famille* という作品を自分が最初に見出したものと信じていた。実際には、五来素川の『家庭小説　未だ見ぬ親』が1903年にすでに刊行されていた。しかし菊池は、1911年7月12日の新聞記事「再び『家なき児』を掲ぐるに就て」の中で、「家なき児」を『大阪毎日新聞』紙上に連載する直前に、『未だ見ぬ親』の存在を読者から知らされたことを語った[36]。管見の限りでは、『大阪毎日新聞』に「家なき児」連載の予告が初めて掲載されたのは、1911年7月4日の「家庭に推奨すべき新聞小説――家なき児」であり、それを見た読者が知らせたと思われる。菊池の述べることは辻褄が合っているため、菊池は五来訳の存在を知らないまま、留学中に *Sans famille* を「発見」したと思われる。

菊池が翻訳の底本として用いた、*Sans famille* の版に関しても、前出の「再び『家なき児』を掲げるについて」の中で言及された。この記事で、菊池は五来の『未だ見ぬ親』が *Sans famille* の翻案であって、自分が『大阪毎日新聞』に掲載しようとしている「家なき児」は原作に忠実な翻訳であることを強調しながら、原作について次のように述べた。

> 五来氏の訳本を見ると、翻訳としては甚だ不充分なもの、全体原作は前後両編より成り、前編は四百四頁、後編は四百七十頁の頗る浩瀚なるものであるが、五来氏はその四百七十頁の後編を僅々十六回（新聞紙上の分量）に纏めて居る[37]

「家なき児」の連載が開始される1911年7月までに、フランスで出版された *Sans famille* の版は六種類で、前章において『未だ見ぬ親』の底本を検討した際に、その候補として挙げた版と同じである[38]。つまり、ダンテュ版、ダンテュ版新版、シャルパンティエ版、エッツェル版、フラマリオン版、フェイヤール版である。これらのうち、原書の頁数について、フラマリオン版の第一部、第二部はそれぞれの408頁と474頁であり、翻訳の底本に関する菊池の記述とほぼ一致する。なお、フラマリオン版の *Sans famille* の本文が、第一部が404頁、第二部が471頁でほぼ同じである。また、春陽堂から1912年に刊行された単行本版の『家なき児』初版の表紙絵は、フラマリオン版の表紙を模写したものと思われ、ローウィッツの表紙絵と酷似している。主人公の少年が、左肩にハープをかけ道標の石の前を通過しようとしている絵で、右側の足もとには、彼のひざ下までの大きさの白い犬が彼に寄り添うように歩いている。この絵は、ほかの版には見られないため、菊池がフラマリオン版を所持していた可能性はきわめて高い。

また、翻訳文を検討しても、フラマリオン版が底本として用いられたと考えて矛盾はない。検討の手順は、五来訳『未だ見ぬ親』の場合と同様である。まず、原作の *Sans famille* には大別して二系統の版がある点に関し、『家なき児』には、原作者のマロが編集者エッツェルの介入を退け、執筆内容の自由を保持しつつ書いた版が用いられた。なぜなら、『家なき児』の後編に翻訳された炭鉱での出水事故の場面において、エッツェル版では削除されたカトリック信者とプロテスタント信者の言い争いの場面があるからである[39]。

また、ダンテュ版、シャルパンティエ版、フラマリオン版との間にヴァリアントが認められる部分についても、フラマリオン版のテクストに沿った翻訳文が確認される。

La nuit n'arrêta pas la chute de la neige, qui, du ciel noir, continua à descendre en gros flocons sur la terre blanche. (*D.I*, p. 211)

La nuit n'arrêta pas la chute de la neige, qui, du ciel noir, continua à descendre en gros flocons sur la terre lumineuse. (*Ch.I*, p. 212; *F,I*, p. 245; *Fay*. p. 176)

夜になつても雪は止まず、真黒な空から雪明(ゆきあかり)の差す大地へ、綿のやうな大きなのが引切(ひっきり)なしに落ちて居る。(『家なき児』、前編、236頁)

下線部について、雪のふる地面を形容する際にダンテュ版では「blanche（白い）」という形容詞が用いられたのに対し、シャルパンティエ版、フラマリオン版、フェイヤール版では形容詞「lumineuse（光る）」が用いられた。『家なき児』における「雪明の差す」という言葉は、菊池が後者のテクストを底本として使用したことを示す。また、以下に示す二か所の引用部分では、ダンテュ版、シャルパンティエ版、フェイヤール版には存在するが、フラマリオン版には存在しない文が確認される。その場合『家なき児』には、ダンテュ版、シャルパンティエ版、フェイヤール版にだけ存在する文に該当する翻訳文は見られない。

Le vieillard quittant sa chaise, vint s'asseoir vis-à-vis de Barberin. Chose étrange, au moment où il se leva, sa peau de mouton fut soulevée par un mouvement que je ne m'expliquai pas : c'était à croire qu'il avait un chien dans le bras gauche.
Qu'allait-il dire ? Qu'allait-il se passer ?
Je l'avais suivi des yeux avec une émotion cruelle.
- Ce que vous voulez, n'est-ce pas, dit-il, c'est que cet enfant ne mange pas plus longtemps votre pain ; ou bien s'il continue à le manger, c'est qu'on vous le paye ?
(*D.I*, p. 31-32)

Le vieillard quittant sa chaise, vint s'asseoir en face de Barberin. Chose étrange, au moment où il se leva, sa peau de mouton fut soulevée par un mouvement que je ne m'expliquai pas : c'était à croire qu'il avait un chien dans le bras

gauche.
Je l'avais suivi des yeux avec une émotion cruelle.
- Ce que vous voulez, n'est-ce pas, dit-il, c'est que cet enfant ne mange pas plus longtemps votre pain ; ou bien s'il continue à le manger, c'est qu'on vous le paye ?
(*Ch.I*, p. 29-30; *Fay.* p. 28)

Le vieillard quittant sa chaise, vint s'asseoir en face de Barberin. Chose étrange, au moment où il se leva, sa peau de mouton fut soulevée par un mouvement que je ne m'expliquai pas : c'était à croire qu'il avait un chien dans le bras gauche.
- Ce que vous voulez, n'est-ce pas, dit-il, c'est que cet enfant ne mange pas plus longtemps votre pain ; ou bien s'il continue à le manger, c'est qu'on vous le paye ?
(*F.I*, p. 34)

かういふなり老爺(ろいさん)は椅子を離れて、権蔵の前に出て来た。老爺が立つ時私は不思議な事に気がついた。それは例の羊の毛皮の甚平が、ひとりでにむくむくと動き出した事である。多分小さな犬でも腋の下に入れて居るのだらうかと私は思つた。老爺は権蔵の前に腰を卸して
『お前さんの望みは、この児が今日からお前さんの飯を食はずに済むか、食つて行くなら手当が貰へるか、どちらかになればいいといふ訳ぢやの？』
(『家なき児』、前編、33頁。)

　引用は上から、ダンテュ版の原文、シャルパンティエ版とフェイヤール版の原文、フラマリオン版の原文、最後に『家なき児』の翻訳文を提示した。『家なき児』では上三つの版に存在する「Qu'allait-il dire ? Qu'allait-il se passer ?」および「Je l'avais suivi des yeux avec une émotion cruelle.」の二つの文に該当する翻訳文は見受けられない。

　　Bien que ce festin n'eût rien de ceux qui provoquent aux discours, le moment

第二章　菊池幽芳訳『家なき児』(1912年)　367

me parut venu d'adresser quelques paroles à mes camarades. Je me considérais naturellement comme leur chef, mais je ne me croyais pas assez au-dessus d'eux pour être dispensé de leur faire part des circonstances graves dans lesquelles nous nous trouvions.
<u>Capi avait sans doute deviné mon intention, car il tenait collés sur les miens ses grands yeux intelligents et affectueux.</u>
- Oui, mon ami Capi, dis-je, oui, mes amis Dolce, Zerbino et Joli-Cœur, oui, mes chers camarades, j'ai une mauvaise nouvelle à vous annoncer [...]
(*D.I*, p. 132-133; *Ch.I*, p. 132-133; *Fay.* p. 111)

Bien que ce festin n'eût rien de ceux qui provoquent aux discours, le moment me parut venu d'adresser quelques paroles à mes camarades. Je me considérais naturellement comme leur chef, mais je ne me croyais pas assez au-dessus d'eux pour être dispensé de leur faire part des circonstances graves dans lesquelles nous nous trouvions.
- Oui, mon ami Capi, dis-je, oui, mes amis Dolce, Zerbino et Joli-Cœur, oui, mes chers camarades, j'ai une mauvaise nouvelle à vous annoncer [...]
(*F.I*, p. 154)

この御馳走は決して食後演説などの出さうな大したものでなかつた事は皆様御承知の通りである。けれども私は自分の仲間に一通り云ひ聞かして置く機会は今だと思つた。そこで、私は居住居を直して彼等に向ひ
『おい、カピ、ドルス、ゼルビノ、ジヨリカル、お前等は何は置いても己等の頼りにする友達なんだ。ところで己等は今お前等に悲しい便を云聞さなけりやアならない。[……]』
(『家なき児』、前編、149頁)

　引用は上から、ダンテュ版、シャルパンティエ版およびフェイヤール版の原文、フラマリオン版の原文、『家なき児』の翻訳文の順で提示した。やはりこの部分においても、フラマリオン版に存在しない「Capi avait sans doute deviné mon intention, car il tenait collés sur les miens ses grands yeux intelligents et affectueux.」に該当する翻訳文は『家なき児』にはない。

以上の複数の例から、テクストの面においても、フラマリオン版が『家なき児』の翻訳の底本として使用されたと考えて、矛盾が生じないことが判明した。したがって菊池はフラマリオン版を翻訳の底本として用いたと判断し、本章において翻訳文を原文と比較する際には、フラマリオン版を比較対象とする。

2-1-3　菊池幽芳の翻訳態度および Sans famille に対する評価

　菊池は、Sans famille のフランス語の原作そのものをかなり高く評価したと思われる。そのように考えられる理由は、菊池が Sans famille のできるだけ忠実な翻訳を試みたからである。さらに、菊池はフランスで多くの新聞連載小説に接し、日本に持ち帰っており、その中から Sans famille を選択して翻訳したからである。

　まず、菊池が Sans famille の忠実な翻訳を試みた点は、菊池自身が「家なき児」の新聞紙上への連載やその後の単行本の刊行にあたり、再三強調したものである。

> 従つて氏［＝五来氏（引用者註）］に忠実なる翻訳を試むる意志の無かつた事も明(あき)かである［……］全体翻訳によつて原作を伝へるといふ事は非常に困難な事で、容易に原作の面影をその通りには写し出せぬから、同一の原作に対して、最初の翻訳者のものが不充分な場合には、第二の翻訳者が表れるといふ事に何の不思議はなく、またそれで無くては原作者に忠実なる所以ではないのである[40]

> 原文は最も正しい流麗な仏文なので、余の訳も勉めてそのスタイルを移す事に苦心し、原文の面影を伝ふるに力を尽した。［……］余はこの有名な原作を遺憾なく伝へたい精神から、真率にこの翻訳を試みんと企だてた次第である[41]。

　そして、実際に『家なき児』は完訳であるとは言えないものの、原作に忠

実であろうとする翻訳者の態度が十分に感じ取れる翻訳である。そのように言えるのは、まずもって、作品のプロットを尊重し、大筋とは関係のない細かい挿話についても、削除されることが比較的少なく、章の構成についても原作の章の構成をほぼ踏襲しているからである。原作の第一部全21章は、『家なき児』前編として、全25章に分けられ、原作の第二部全23章は、『家なき児』後編として、全24章に翻訳された。次の頁から示すのは、『家なき児』の章の構成と、*Sans famille* の章の構成を比較した表である（表3）。

　この表からも分かるように、『家なき児』では、原作の章の構成がほぼ踏襲され、それぞれの章題についても、その大半において原作の章題の翻訳が採用された。著しい例外は、原作第二部の第五章と第六章において展開した、炭坑での出水事故の場面について、『家なき児』後編では菊池が大幅に記述を編集した点である。原作では、物語の中で起こる出来事が時系列に沿って順番に記述されたのに対し、『家なき児』では、炭鉱内に閉じ込められた人々が生還の希望を失う場面はおもに「絶望」の章に収められ、救助に向かって進んでいく場面が「救助」の章に収められた。また、出水事故の経過や救助活動の具体的な方法について、原作では、第二部の第五章と第六章の複数箇所にわたって語られるのに対して、『家なき児』後編では、「救助」の章の冒頭において、そのような状況に関する記述が一括された。こうした編集は、読者から見て記述内容が理解しやすいかどうかを基準としてなされたのではないかと考えられる。

　また、『家なき児』の前編、後編を通して複数箇所において、章の切れ目が数段落、または数頁前後する場合が見受けられる[42]。そして原作第一部の第十一章、第十四章、第十五章、第二十一章、第二部の第一章、第十三章は、翻訳では2章、および3章に分けて翻訳された。分割して翻訳された章は、いずれも原書において25頁以上にわたる比較的長い章であった。これらの章の区切り目の変更や章の分割もまた、読者から見た理解しやすさ、読み進めて行く際の緊張感などを意識して編集を加えたものと思われる。

(表3)
第一部
原書　Hector Malot, *Sans famille*, nouvelle édition illustrée, tome premier, Paris, Ernest Flammarion, s.d.（vers 1900）
翻訳書　エクトル、マロー著、菊池幽芳訳、『家なき児』、前編、春陽堂、1912年1月。

『家なき児』（前編）各章題	原書　該当頁（p）、行（l）（※）	原書　該当章（※※）
村にて	p. 1-p. 13, l. 9	**I Au village**
権蔵	p. 13, l. 10-p. 30	I Au village **II Un père nourricier** III La troupe du Signor Vitalis
美登里団	p. 31-p. 46, l. 10	**III La troupe du Signor Vitalis**
住馴れし家	p. 46, l. 11-p. 59	III La troupe de Signor Vitalis **IV La maison maternelle**
道中	p. 61-p. 75	**V En route** VI Mes débuts
初御目見	p. 76-p. 91	**VI Mes débuts**
読書	p. 93-p. 110, l. 11	**VII J'apprends à lire** **VIII Par monts et par vaux**
闇夜の怪物	p. 110, l. 12-p. 129, l. 2	VIII Par monts et par vaux **IX Je rencontre un géant chaussé de bottes de sept lieues** X Devant la justice
主人と別離	p. 129, l. 3-p. 146	**X Devant la justice**
宿より追はれて	p. 147-p. 157, l. 27	**XI En bateau**
落魄	p. 157, l. 28-p. 172, l. 21	**XI En bateau**
白鳥来	p. 172, l. 22-p. 183	**XI En bateau**
船にて	p. 185-p. 208	**XII Mon premier ami**
哀別離苦	p. 209-p. 222	**XIII Enfant trouvé**
雪空	p. 223-p. 234, l. 19	**XIV Neige et loups**
狼の夜襲	p. 234, l. 20-p. 257, l. 20	**XIV Neige et loups**
ジョリカル先生	p. 257, l. 21-p. 270, l. 27	XIV Neige et loups **XV Monsieur Joli-Cœur**
最終の興行	p. 270, l. 28-p. 281	**XV Monsieur Joli-Cœur**

第二章　菊池幽芳訳『家なき児』（1912年）

巴里へ	p. 283-p. 296	XVI Entrée à Paris
大道師	p. 297-p. 322	XVII Un padrone de la rue de Lourcine
果敢なき命	p. 323-p. 337	XVIII Les carrières de Gentilly
唖少女	p. 339-p. 359	XIX Lise
花作り	p. 361-p. 376, l. 5	XX Jardinier XXI La famille dispersée
低気圧	p. 376, l. 6-p. 389, l. 17	XXI La famille dispersée
一家離散	p. 389, l. 18-p. 404	XXI La famille dispersée

（※）原書該当頁、行の欄において、行数がとくに記載されていないものについては、その頁全体が翻訳箇所として該当することを示す。（例：p. 323-p. 337→　原書の323頁第1行目から337頁最終行までが翻訳箇所として該当する）
（※※）原書該当章の欄において、太字で示された原書の章が翻訳の主たる対象となった章である。たとえば、『家なき児』前編の「権蔵」の章では、おもに原書第一部第二章の「Un père nourricier」が翻訳された。

第二部
原書　Hector Malot, *Sans famille*, nouvelle édition illustrée, tome second, Paris, Ernest Flammarion, s.d.（vers 1900）
翻訳書　エクトル、マロー著、菊池幽芳訳、『家なき児』、後編、春陽堂、1912年6月

『家なき児』（後編）各章題	原書　該当頁（p）、行（l）	原書　該当章
前へ	p. 1-p. 14, l. 3	**I En avant**
町也	p. 14, l. 4-p. 32, l. 23	**I En avant**
石炭坑	p. 32, l. 24-p. 60, l. 18	I En avant **II Une ville noire** III Rouleur
村夫子	p. 60, l. 19-p. 75, l. 2	**III Rouleur** IV L'inondation
大洪水	p. 75, l. 3-p. 98, l. 23	**IV L'inondation** V Dans la remontée
絶望	p. 98, l. 24-p. 104, l. 13　p. 110, l. 21-p. 127, l. 18　p. 132, l. 11-p. 136, l. 13　p. 139, l. 11-p. 141, l. 2	**V Dans la remontée** **VI Sauvetage**

救助	p. 105, l.8-p. 110, l. 20 p. 127, l. 19 p. 132, l.10 p. 141, l.12-p. 153, l.6	**V Dans la remontée** **VI Sauvetage**
萬戸の音楽家	p. 153, l.7-p. 172	VI Sauvetage **VII Une leçon de musique**
王子様の牝牛	p. 173-p. 189, l. 19	**VIII La vache du prince**
牛盗人	p. 189, l.20-p. 204	**VIII La vache du prince**
お直婆や	p. 205-p. 223, l.20	**IX Mère Barberin**
旧い家族新しい家族	p. 223, l.21-p. 248	IX Mère Barberin **X L'ancienne et la nouvelle famille** XI Barberin
権蔵の行方	p. 249-p. 264, l.10	**XI Barberin**
倫敦へ	p. 264, l.11-p. 288, l.27	XI Barberin **XII Recherches**
千代呂木家	p. 288, l.28-p. 309	XII Recherches **XIII La famille Driscoll**
町也の疑	p. 310-p. 329, l.5	XIII La famille Driscoll **XIV Père et mère honoreras** XV Capi perverti
盗賊犬カピ	p. 329, l.6-p. 346	**XV Capi perverti** **XVI Les beaux langes ont menti**
千島剛三	p. 347-p. 355	**XVII L'oncle d'Arthur - M. James Milligan**
クリスマスの待夜	p. 356-p. 367, l.8	**XVIII Les nuits de Noël** XIX Les peurs de Mattia
寺院の賊	p. 367, l.9-p. 397	**XIX Les peurs de Mattia**
與太吉	p. 398-p. 414	**XX Bob**
白鳥の行方	p. 415-p. 434	**XXI Le Cygne** XXII Les beaux langes ont dit vrai
物云ふ産衣	p. 435-p. 450	**XXII Les beaux langes ont dit vrai**
十年の後	p. 451-p. 467	**XXIII En famille**

(※) 原書該当頁、行の欄において、行数がとくに記載されていないものについては、その頁全体が翻訳箇所として該当することを示す。(例：p. 323-p. 337→ 323頁第1行目から337頁最終行までが翻訳箇所として該当する)

(※※) 原書該当章の欄において、太字で示された原書の章が翻訳の主たる対象となった章であることを示す。たとえば、『家なき児』後編の「石炭坑」の章では、おもに原書第二部第二章の「Une ville noire」が翻訳された。

『家なき児』の場合、このような編集は見られるものの、五来訳の『未だ見ぬ親』のように、章を丸ごと「省略」するような場合は見受けられない。また、章の構成ばかりでなく、内容の面においても、次の二点において比較的忠実な翻訳であると言える。第一に菊池自身が「描写の冗漫に流るる如き個所は止むを得ず省略したところもある」と述べているように、原作において風景や登場人物の状況などが重複して説明される個所を中心に、「省略」されている文章や表現も存在し、また逆にそれらの説明が不足していると考えられた場合には加筆もされているが、省略、加筆された前後の文脈が著しく改変されることはなかったという点である。第二に、省かれなかった原文は、少量の誤訳や[43]、多少の改変は存在したとしても、全体的な意味内容においてほぼ正確に翻訳されている点である。

　なお、上に引用した「序言」において、菊池は *Sans famille* の内容ばかりでなく、「最も正しい流麗な仏文」の「スタイル」まで忠実に再現しようとしたと述べた。現段階において、菊池がどのような基準でフランス語の文体の優劣を判断したのかは不明である。しかし、菊池が専門教育を受けずに独学でフランス語を習得した点、留学以前に菊池が語った外国語の文体に関する考え[44]、フランス語に対する印象[45]や「流麗な仏文」という表現から考察して、菊池は *Sans famille* の原文の平易さと、音の要素（音読の際の美しさ）について評価したのではないかと思われる。少なくとも、「スタイル」まで忠実に翻訳しようとしたと述べることによって、菊池は自らの「原作を遺憾なく伝えたい精神」を強調した。

　しかし、原作に忠実な翻訳のためにできる限り努力をするという態度を、菊池は恒常的に取ったわけではない。菊池の文筆活動全体、とくに外国語作品と関連する長編小説の執筆を考慮すれば、*Sans famille* に対峙する態度は例外的であった。菊池は英語とフランス語で書かれた作品の翻訳や、翻案を基とした長編小説の創作を手がけたが、多くの場合、「原作者に忠実」な態度は取らなかった。

伊藤秀雄と横井司によれば、菊池が翻訳した英語の探偵小説は九作品あり、そのうち四作品の原作は明らかにされている。つまり、ヘンリー・ライダー・ハガート（Henry Rider Haggard, 1856-1925）原作の *King Solomon's Mines*（1885）を翻訳した「大探検」（1895年）、同じくハガート原作の *Allan Quartermain*（1887）の翻訳である『二人女王』（1903年）、ウィリアム・ウィルキー・コリンズ（William Wilkie Collins, 1824-1889）原作の *The Woman in White*（1869）を翻訳した「白衣の婦人」（1901年）、アンナ・キャサリン・グリーン原作、*That After Next Door*（1897）のフランス語からの重訳である「女の行方」（1920年）である。それらのうち、重訳に使用されたフランス語の底本がまだ不確定である「女の行方」を除いた三作について、「白衣の婦人」に関しては横井司によれば「全訳ではないよう」であり[46]、「大探検」と『二人女王』に関しても、菊池自身が前者について「翻術の方法とても読者に忠実なるを欲するが為に重（おも）に意訳を用ゐたり［……］ダレ場を生ずるが如き個所をば都合に依り節約する事ある可し[47]」と述べ、後者について「局面の変化を急げるため、原文より省略したる所少なしとせず。［……］数年前の旧稿なれば訳文の如き粗雑杜撰なるを免れざるものあり。原著者に忠実ならざるの罪真に大なり[48]」と述べた。したがって、これらの作品については全訳せず、「忠実」な姿勢は見られない。また、菊池の長編小説でも、英語とフランス語の作品を翻案したものが複数ある。菊池が換骨奪胎したことを言明している『光子の秘密』（1892年）、『無言の誓』（1895年）、『乳姉妹』（1903年）、『白蓮紅蓮』（1922年）に加え、岩田光子によると、「新聞売子」（1897年連載）もイギリスの懸賞小説の翻案である[49]。

菊池の態度は、新聞小説の執筆の手ほどきをした渡辺台水の教えに端を発する。渡辺は菊池に『光子の秘密』を訳させる時、「それは翻案するので一々翻訳しては駄目だ、つまらないところは遠慮なく切捨てて行き、また付け加へる所は付加へて行く、その働かせ方が骨で、つまり一種の創作である」と教えた。菊池は渡辺の教えを1922（大正11）年になってから「私は先

第二章　菊池幽芳訳『家なき児』(1912年)　375

生なかつたならば今日あるを得なかつた」と回想した。こうした回想から、菊池には原作に忠実に翻訳するという考え方が『光子の秘密』を発表した時点から希薄であり、基本的には渡辺の教えを念頭に置きながら外国語の作品と対峙していたと考えられる[50]。

したがって、原文の「スタイル」にいたるまで忠実に翻訳しようと試みる菊池の態度は、他の外国語作品と関連した菊池の文筆活動の態度と比較して、例外的である。このことは、Sans famille そのものを菊池が高く評価していることを示すと思われる。

また、菊池は多くのフランス語の小説の中から、Sans famille を選んで翻訳した。フランス留学から帰国した際に Sans famille を含む大量の洋書が持ち帰られたことは、菊池幽芳の息子である菊池健の次の回想から分かる。

> 特派員兼務としてパリに約四年間留学して帰国した時には、夥しい洋書とバイオリン二丁、それに山のやうな楽譜が持帰られた［……］洋書の方は主として仏文学であつたが、中学しか出てゐない父がどうして仏蘭西語を習ひ覚えたか、新聞記者としての激務の中でよく独学自習できたものと感心するより先に不思議に思へる次第である。仏文学については相当勉強したやうで、マローの「家なき児」等二三の翻訳書が出版されてゐる[51]

実際に菊池が留学中に多くのフランス語の小説を読み、とくにフランスの新聞小説について情報を集めたことは、帰国して約2か月後に『大阪毎日新聞』に掲載された「新聞小説の未来」(1911年6月22日)で明らかにされる。この記事は新聞小説についての日仏比較を主題とし、日本では「新聞経営上の難問題の一は常に新聞小説を得るの難きにある」のに対して、フランスの新聞が「小説を重なる呼びものとし」ており、作家に対する稿料と連載小説の広告費のために「日本とは比較にも何もならぬ」ほど支出しているということが述べられた。そして、高額な稿料のために、フランスでは新聞小説を専門に執筆する「フアイユトニスト（Feuilletoniste）」が存在し、日本でも

「新聞小説家なる特殊階級の文士」を育成していこうという提案で記事は締めくくられた。この記事の中で菊池は「今日仏国における重なるファイユトニスト」として以下の名を挙げた[52]。

> ドクールセル[53]。ジョルジ、オネー[54]。ジユール、マリー[55]。ピエール、サル[56]。メルーベル[57]。ベルネード[58]。アルスチード、ブリユアン。ミケル、モルキー[59]。ガストン、ルルー[60]。ジヤク、ブリエヌ。マルダーク夫人[61]。ゼラツコ[62]。

また、「今日尚仏人に記憶され、その著書は今も猶盛んに愛読され」る新聞小説家として次の小説家を挙げた。

> ポール、ド、コツク[63]。ポンソン、ヂュ、テライユ[64]。ポール、フエバル[65]。アルフォンス、カール[66]。ブービエー。エミール、リシユブール[67]。降つてはユーゼーヌ、シユー[68]。エクトル、マロー等

このように、多数の小説家の名が挙がり、菊池が多数のフランスの新聞連載小説を読んだことが窺える。上の引用では、*Sans famille* の作者である「エクトル、マロー」も最後に挙がっている。しかし、他にも多数の小説家の名が挙がり、その中には、たとえば、『パリの秘密』（原題：*Les Mystères de Paris*, 1842-1843) を書いたウージェーヌ・シュー、「ロカンボル」シリーズ（原題：*Série Rocambole*, 1857-1870) が大きな人気を博したポンソン・デュ・テライユ、探偵小説『黄色い部屋の謎』（原題：*Le Mystère de la chambre jaune*, 1908) で有名となったガストン・ルルーなど[69]、*Sans famille* 以上の、または同等の人気があったと推測される作品を書いた作家も挙がっている。また、同記事において、菊池自身がポンソン・デュ・テライユやジュール・マリーの小説の人気ぶりに言及しており、さらに、留学中に連載され評判の高かったレオン・サジの『ジゴマ』（原題：*Zigomar*, 1910) については、連載した『マタン』紙（*Le Matin*, 1884年創刊) の編集部を訪問した際に、どの程度の稿

料を作家に支払ったか主筆に質問したという挿話まで語った[70]。

　同記事では、日本の新聞が経済的な面で連載小説にもっと力をいれるべきであり、小説家の方も「文士として扱はれやうといふやうな野心を捨てて商売人になり済ます気」で、読者を惹きつけるような新聞連載小説を書くべきである、という割り切った考え方が述べられた。しかし、読者に人気を得られるかどうかだけを考えたならば、Sans famille の他にも、翻訳すべき新聞連載小説はあったはずである。しかし、それらを差し置いて、菊池は Sans famille を選び翻訳した。この点においてもまた、菊池が Sans famille の原作そのものを高く評価したということが看取できる。

　それでは、菊池は Sans famille の原作をなぜそのように高く評価したのであろうか。まずは、『家なき児』が発表されるまでの菊池の文学観や、明治末年に菊池が抱えていた問題意識から、その理由を探っていきたい。

2-2　菊池幽芳の文学観

2-2-1　「家庭小説」の作家としての菊池幽芳——明治30年代を中心に

　1922（大正11）年、『サンデー毎日』には菊池の記者としての半生を振り返る回想録が連載された[71]。そこには、取手高等小学校の教員時代に杉浦たまと出会ってから、彼女と婚約し、大阪毎日新聞の記者として身を立て、結婚するまでの七年間の出来事が詳述された。妻との「ローマンスの外郭（アウトライン）」を叙述する理由を菊池は、「［(引用者註) 結婚してから］二十七年の長い月日の間、甞て荒い言葉一ツいひ合つた事のない私達夫婦は、恵まれたるものとして、愛の完成者として、大なる感謝の念に満ちて」おり、「それをお話して置かなければ私の記者生活の思出はその真を失するから」であると述べた。そして回想には、菊池の二人の娘もまた結婚して母親となり「それぞれに円満な家庭を作つて居る」ことも記された[72]。この回想録から看取できるのは、新聞記者、小説家としての半生を通し、菊池がいかに夫婦の恋愛と信頼の上に

成立する「家庭」を重視したかということである。菊池は自分と妻が申し分のない「家庭」を築き、またその「家庭」は二人の娘によって再生産されたことを強調した。

　結婚と「家庭」の形成なくしては、「記者生活の思出はその真を失する」と述べるほど、菊池は「家庭」を重視した。日本近代文学研究において「典型的な家庭小説の作家[73]」と見なされるばかりでなく、菊池幽芳自身が「純な感情と、堅実な信念、同時に人類愛を基調とした作家の中心思想[74]」を含む小説、「家庭」で読まれる小説を書き続けるという信念のもとで小説を発表し続けた。筆者はこの「家庭小説」の作家としての菊池の信念が Sans famille を見出させたものとして重要な要素であると考える。

　前章において、文壇や教育界からの「家庭小説」待望論について整理し、また、「家庭小説」が「健全な道徳」を含み、「家庭」という概念を広範な社会階層の人々に対し、啓蒙する役割を担った点について言及した。菊池幽芳の『己が罪』および『乳姉妹』は、まさしくその代表的な作品であるとされる。しかし、両小説の間にはその教訓や、想定される読者などの点において質的変容が指摘された。本項では①で『己が罪』、②で『乳姉妹』について検討し、菊池幽芳の「家庭小説」の変化について検討する。

① 『己が罪』（1899年）[75]──小説を通した「家庭」の啓蒙

　菊池幽芳は大阪毎日新聞の文芸部主任に就任した1897（明治30）年以降[76]、同紙上において家庭欄の記事を書いて日本の家族に関する論を発表し[77]、さらに1899（明治32）年初頭から「文学欄」を設け[78]、「家庭」における小説の読書を新聞の読者に勧めた[79]。1899年7月から連載された小説『己が罪』では、登場人物たちの姿や彼らの発する会話文に含まれる「家庭」に関する教訓を通して、「家庭」とはどうあるべきかを読者に示した[80]。

　『己が罪』の段階、つまり明治30年代前半における、菊池の「家庭」に関する言説の特徴は以下の三点に整理できる。第一に西洋の家族を模範とし、

「ホーム」の訳語とされた「家庭」の、従来の日本の家族に対する凌駕が説かれる。第二に、「家庭」での女性のあり方、つまり妻、母としてのあり方も説かれたが、その一方では、「家庭」における男性に対する教訓も説かれた。第三に「家庭」における読書が推進された記事では、日本の読者が読むべき読み物として、講談が否定的に捉えられ、西洋の小説が勧められた。

　菊池が小説や家庭欄の記事を通して「家庭」について読者を啓蒙することができたのは、取手高等小学校の教員時代、1888（明治21）年半ばから『女学雑誌』の記事を通し「家庭」という概念に触れていたことが大きな要因として挙げられる[81]。「家庭」の訳語を当てられた「ホーム」の概念を最初期に論じたのは『女学雑誌』に掲載された巌本善治の社説「日本の家族――一家の団欒」（1888年２－３月）であるとされる[82]。菊池が学校の教員をしていた1888年４月から1891年８月の『女学雑誌』には、内村鑑三「クリスチヤン、ホーム」（1888年９月）、巌本善治「真正のホームを論ず」（1889年７月）「細君内助の弁」（1890年８月）などの結婚後の「家庭」に関する論、巌本善治「男女交際論」（1888年６－７月）、「男女間の清徳」（1889年６月）などの婚前の恋愛に関する論、デフホレスト夫人述「子どもの教育」（1888年５－６月）、巌本善治「将来の日本人民」（1888年11月）、井上次郎訳「フレーベル氏教育要礎」（1889年８月）などの児童教育に関する論など、「家庭」に関係のある論文や記事が多く見られ、菊池はこれらの記事に影響を受けたと考えられる[83]。

　日本近代文学研究において、典型的な「家庭小説」の一つと見なされる菊池の『己が罪』は、『女学雑誌』に影響を受けた菊池が[84]、「家庭」とはどのようにあるべきかを、桜戸隆弘と箕輪環の一組の夫婦のあり方を軸として示した小説である。

　小説の梗概は以下の通りである。主人公の女学生の箕輪環は医学書生の塚口虔三に騙されて婚前に妊娠し、産んだ男児（玉太郎）を里子に出す。その後、婚前の一件は公に対して秘密にし、環は子爵の桜戸隆弘と結婚、夫婦の仲も良く男児（正弘）を授かるが、環は夫に対する婚前の秘密を懺悔できな

いが故に苦しむ。一家で訪れた房州の海岸で、環は婚前に産んだ息子・玉太郎と偶然に再会するが、海の岩場で高波に襲われ動けなくなった正弘を玉太郎が救おうとして、二人とも溺死するという悲劇が起こる。二人の息子の死を、自らが婚前に犯した罪に罰が下されたのだと悟った環は、夫の隆弘に全てを打ち明ける。しかし隆弘は環を許せず、離縁を言い渡す。償いの意味も込め、家を出て看護婦として台北赤十字病院で働くことにした環は、数年後、隆弘が哲学研究のために滞在するサイゴンで熱病に罹り危篤状態であるところに看護婦として駆け付け、隆弘は一命を取り留める。命を救われた後に隆弘は、自分が環を妻としていかに必要としているかに気付き、環を許して、二人は再び夫婦としての人生を歩みだす。

　この物語は、主人公が女性であるものの、男女両方の読者に対し、「家庭」に関する教訓を与える。まず、女性に対する教訓に関しては、女性は結婚まで貞操を守るべきであること、子どもは自分で育てるべきこと等が教訓として読み取れ、環が夫に尽くす姿から、妻としての振る舞い方の模範を見ることもできる[85]。

　その一方で小説の中では「家庭」における夫についての教訓も与える。環の夫・桜戸隆弘は一方で「男尊女卑という東洋流の主義には反対」な男性であり、女性の中の「品位のある国民の母」となる能力を評価し、社会の中の「女の地位と品格を高める」ことの必要を熱心に説く男性である[86]。しかし他方では「愛情」や「慈悲」よりも「正し」さに基づいて物を考え、「桜戸家の血統」や「祖先に対して恥ずる処がない」家族を築きたいと考えている[87]。『己が罪』の中では隆弘の考え方について、前者は評価され、後者は変化が描かれる。結末で隆弘は、旧来の家族道徳を捨て、夫婦の愛情の上に成り立つ「家庭」の大切さに気付く。そして「取分け家名と言える事に対しては殆ど神聖と信ずる迄に重きを置」き、環の過去を「汚れた血統」を作り出すものとして排除しようとした隆弘が、妻から与えられていた「霊性の愛」に気付き、「儒教主義に依って注入された道義心」を捨ててもう一度

「家庭」を築き直そうとする結末を通じて、旧来の家族道徳に基づく家族に対する「家庭」の凌駕が描かれる。

さらに、このような「家庭」の大切さに気付く桜戸隆弘・環夫婦を「上は皇室の御名を汚さゞらんと勉め、下は国民の模範となるべき事を心掛[88]」ける華族と設定した点に、「家庭」の大切さに気付いた桜戸夫婦を模範として、「家庭」を国民全体に普及し、国家の礎としようとした菊池の意図も読み取れる[89]。

菊池は家族を国家と社会の基礎単位として重視した[90]。そして基礎単位となるべき家族は、旧来の家族道徳に縛られた家族ではなく、「家庭」であるという主張を繰り返した[91]。このような菊池の「家庭」が従来の家族を凌駕するという意見は、小説『己が罪』においてだけではなく、明治30年代前半に菊池が『大阪毎日新聞』紙上に発表した記事でも展開された。

菊池の「家庭」に関する記事は次の二種に分けられる。第一に、家事、育児、離婚、女性の服装など、「家庭」に関する具体的な事柄や心得を説いた記事で、これらの多くが「家庭の栞」欄に掲載された。第二に「家庭」と文学に関する記事で、「家庭」における読書を推奨した。

前者の記事では、「家庭」における夫婦のあり方を中心に男女の両方を啓蒙しようとなされる。たとえば、「離縁と新民法」においては、国家と社会の基礎となる「新夫婦」が「温かなる交情を見る」ことの大切さが説かれた。従来の日本での夫とその両親の側から一方的に妻に離縁を言い渡す、「女子を玩弄物視」したような離縁の仕方が批判され、新民法により離婚に夫婦の同意が必要と取り決められた点が評価される[92]。『己が罪』と同様に、ここでも女性の人権が男性から尊重されるべきことが説かれた。また、「家庭に於ける父母」では、家庭教育においては、知育よりも、「一家に秩序ある事より延て社会にも秩序の必要なる事」を子どもに教える徳育が重要で、それには「父の威厳と母の慈愛」の両方による「両親の感化」が必要であると説かれる[93]。

後者の「家庭」と文学に関する記事においては、「紳士」をはじめとする「家庭」の構成員は小説を読むべきであるという主張がなされる。日本では読書が「講談若くはお家ものに限れる」ことが嘆かれ、日本国民の文学趣味を高尚にするために、「国民の風尚を形作るの根源」である「家庭」において、「まづ小説」を読むべきであると主張された。欧米の家庭では団欒の際に小説が話題にのぼること、グラッドストーンやビスマルクのような「紳士」が多忙な時ほど小説を読むことを例示し、日本でも小説が「家庭の和楽の一助となる」ことを菊池は期待した。そして、「家庭」の中で小説が読まれる習慣ができ、新しい小説に対する期待が持たれるようになれば、「現代文士の作品をして遂に健全純潔のものを産出せしむる」ことにつながると述べられた[94]。

菊池が、日本で読まれるようになるべきとする小説は「少しく人生の秘蘊を穿たんとせる心理的小説」で、欧米の小説が念頭に置かれた[95]。「淫靡なる男女の痴態を描ける」「軽薄陳腐なる趣向」の作品、「無意義なる講談もの」「千篇一律なるお家騒動的のもの」は[96]、読まれるにふさわしくないとされた。菊池は日本の読者の「文学思想の幼稚なる[97]」を嘆き、「文学欄」を設けることで「文学的趣味を養成[98]」しようとした。また、実弟で英文学者の戸澤正保（1873-1955）を社員として招き、「文学欄」に「英文学史談」を掲載することで、「英文学趣味注入の一助」としようとした[99]。

「家庭」で小説を読まれるようになるために、菊池はまた、小説を書く側も、読者が読みやすい小説を意識するべきだと繰り返し主張した。つまり小説家は「俗受」を意識すべきで、「欧米に於る第一流の小説」を見習って「平易なる文章及びその筋の解し易きもの」を書くべきとした[100]。とくに小説の文体については、小栗風葉の小説『鬢下地』（1899年）を例に挙げて、尾崎紅葉門下の小説家が書く美文に対して苦言を呈し、文章は「意志を表明するに遺憾なきだけの錬磨[101]」があればよく、文壇で「言文一致体の一世を風靡しつつある[102]」ことが指摘され、評価された。

以上の記事の主張の集大成とも言える小説が『己が罪』であった。鬼頭七美によると、『己が罪』による「家庭」の啓蒙は、「家庭の栞」欄の「家庭」に関する記事、「家庭」と文学に関する記事、さらには菊池以外の執筆者による「家庭」の記事と大阪毎日新聞の読者獲得の戦略と連携しながら、紙面全体による「家庭」の啓蒙と同時並行で行われていた。また、読者投稿欄「落葉籠」に寄せられた読者の意見と菊池との間で紙面上でのやり取りがあり、そのやり取りに従い単行本化の際には『己が罪』のテクストが修正された個所もあった。『己が罪』および、それと同時期に書かれた論説において、「家庭」の旧来の家族に対する凌駕が主張され、婚前の女の生き方、家庭教育、夫の妻に対する態度、妊婦の生活の仕方など、健全な「家庭」を育成するための教訓が随所にちりばめられた。こうした教訓は、「家庭」が一組の夫婦を中心に成立しているという主張が前提となっており、この段階ではまだ、菊池は男性と女性の両者に対して「家庭」とはどうあるべきかを説いた。男女両方の読者を視野に入れたのは小説だけでなく、「家庭」を啓蒙する菊池の新聞記事についても同様で、「家庭」の担い手としてまだ男性も視野に入れられていた[103]。

　西洋の「ホーム」を模範とした「家庭」の重要さ、女性の人権の尊重や社会的地位の向上、欧米の小説の「趣味注入」が説かれた点において、当時の菊池の「家庭」に関する言説では、従来の日本の家族や読者の趣味を凌駕する、新しさが主張された。しかしその一方で、女性観については保守的なものにとどまった[104]。『己が罪』の隆弘が女性の地位向上を必要と認識したのは、「国民の母」としての資質を評価してのことであり、環は夫にひたすら尽くし、「罪」の意識に耐え忍ぶ女性として描かれた。また、環が家を出て就く看護婦という職業も、「最も婦人の性質に適せる、いとも高尚なる献身的事業[105]」とされ、女性には「献身」が最高の美徳とされた。こうした「母」としての資質や「献身」に価値を見出す保守的な女性観は、『乳姉妹』で展開され、菊池の「家庭小説」に含有される教訓は、もっぱら女性に対して向

② 『乳姉妹』(1903年)[106] ──女性への焦点化、「家庭小説」の通俗化

　1903（明治36）年、菊池はアメリカの大衆小説家 Bertha.M.Clay の *Dora Thorne* を翻案した『乳姉妹』を大阪毎日新聞紙上に連載した。この作品も菊池の家庭小説の代表作と見なされ、実際に『己が罪』以上の人気を博したと言われる[107]。

　『己が罪』も『乳姉妹』も大阪毎日新聞に連載された「家庭小説」[108]であり、大きな人気を博して、新派劇としての上演も成功した点では共通する。しかし、先行研究において、二つの小説の間に二点の変質が指摘された。第一に、「家庭」における夫婦・父母のあり方を問うた『己が罪』に対し、『乳姉妹』で中心になるのは女性であり、想定されている読者も『乳姉妹』では女性読者に限定されるようになったという点である[109]。第二に、「健全な道徳」と小説とが結びつき、「家庭」の中で読まれる小説として文壇に登場した「家庭小説」であったが、道徳を含むが故に芸術としての文学と反目するようになり、文壇の外に追いやられ、「通俗的な小説」と見なされるようになった点である[110]。

　『乳姉妹』は同じ乳母に双子のように育てられた君江と房江の姉妹を主人公とした物語である。プライドが高く、華やかさを好み、本当は乳母の実子であるのに、華族の娘と偽り続けた君江は、結末で婚約前に交際していた男に刺殺される。その一方で、本当の華族の娘であるのに自らを乳母の実子と信じ、君江をたてて、謙虚さと優しさを持つ房江は華族の男性と幸福な結婚をすることが結末として描かれた。

　第一の点について、諸岡知徳は『己が罪』では主人公・環の婚前の出来事だけでなく、桜戸隆弘と結婚後の「家庭」で起こる出来事も語られるのに対して、「家庭小説は家庭内での父母のあり方を示す物語から女性のあり方にのみ焦点化した物語へと変貌した」と指摘した。そしてその社会的背景とし

て、この時期に「家庭」に関する言説が女子教育の領域に囲い込まれていった点、「家庭」という理念がある程度浸透して、女性が結婚後に良妻賢母となるのは自明と考えられるようになっていた点を挙げた[111]。

　事実、『乳姉妹』において、姉妹として育つ君江と房江の比較を通し、読者にもたらされる教訓は女性のあり方に限ったものである。才色兼備でプライドが高く、虚栄心を満たすために華族の娘として周囲を偽る君江が、華やかな美しさを持つ牡丹の花に例えられるのに対し、地味ではあるが誠実な優しさを持ち、物腰が柔らかく人懐っこい容貌の房江は「野に咲く菫や野菊[112]」に例えられる。菊池が「理想の女[113]」としたのは後者であり、結末において君江は死に、房江には侯爵との結婚が待っている。房江が読む新約聖書の「テモテの信徒への手紙（一）」の第二章九節から十五節を、女性の心得として引用もなされた[114]。つまり、『乳姉妹』の読者は、物語のあらすじ、二人の主人公の服装や振舞、性格、心情の描写、引用される聖書の言葉によって、女性とはどうあるべきかという教訓を受け取る。婚前の二人の女性を比較しての記述には、もはや「家庭」とは何か、夫婦・父母はどうあるべきかを示す教訓はなく、「家庭」にふさわしい女性のあり様が主要なテーマとなっている。

　「家庭」にふさわしい女性に焦点化されたのは、菊池の評論においても同様である。1902（明治35）年7月の『文芸倶楽部』の記事、「大阪の家庭」では、大阪の女性が鋭く批判された。しかし、それは「家庭」の担い手としての女性に対する期待の裏返しと考えられる。記事の冒頭で、大阪の人々は「毫も家庭の観念なき」人々であり、男性は「金を儲けて妾を置」くことを理想としているが、その原因は妻、母である女性の水準が低いことに見出された。そして「婦人の理想」「衣服と淫風」「家居の大阪婦人」「子女の教育」「大阪の娘の虐使」の五項目について、女性は次のように非難された。つまり、女性の役割は「一家の母として如何にしてその職責を尽」すかということであるのに、大阪の女性たちの贅沢嗜好は「自堕落の風」を生み、子ども

の教育に関しては、息子は甘やかし、娘は茶・生け花・舞踊などの稽古事ばかりさせて、徳育を疎かにしている、という非難である[115]。ここには、『己が罪』の連載の頃の記事のような、夫婦・父母のあり方について説かれる記述はなく、「家庭」の不具合はほとんど全てが女性のせいにされて、家計、家事、家庭の風紀、家庭教育は女性の仕事とされている。理想とされたのは、「大阪婦人」を反面教師とした女性像、つまり未来の良妻賢母としての『乳姉妹』の房江のような女性である。

「家庭」に関する言説が女子教育の領域に囲い込まれ、公論の場から消えて行くのと同時期に[116]、「家庭」を啓蒙するための菊池の言説は、女性を啓蒙するための言説に置き換わり、女性読者に対して発せられるようになった。その言説は、当時の良妻賢母思想に沿うものであったと言える[117]。『乳姉妹』以後、菊池は女性の生き方に対して関心を寄せ続け、明治40年代のフランス留学時代、その後の Sans famille の翻訳の際にも、女性の生き方に関心を寄せていたことは当時の論説や評論を読んでも明らかである。

飯田祐子によると、このような「家庭小説」の女性ジェンダー化は、その「通俗化」と並行して起こった。家庭小説の「通俗化」は、単行本化された『乳姉妹』の「はしがき」において、菊池自身が『乳姉妹』を「今の一般の小説よりは最少し通俗に、最少し気取らない、そして趣味ある上品なもの」、「講談に代用するやうなもの」と位置付けたことで[118]、「家庭小説」が文壇の文学を代表しなくなった過程が明確に表されているという。そして「一般の小説」が芸術であるのに対して、「家庭小説」は講談と同様に通俗であるという対立の図式が、『乳姉妹』が単行本化された時点で成立していたと指摘された[119]。

また、同じ飯田の論によると、明治30年代後半に、「家庭小説」を道徳的であるという理由で批判する評価が現れた。1897（明治30）年前後に文壇に歓迎された「家庭小説」は、勧善懲悪をテーマとする講談や江戸時代の読物の焼き直しのように受け取られ、「生温かき趣味が一般の精神生活に及ぼす

悪影響[120]」が言及されるまでになる。そして道徳と対立する価値として芸術が措定された。明治30年代末に家庭小説のスタイルを追随しない、新しい小説を書く作家として挙がったのが、島崎藤村や国木田独歩などの自然主義文学の作家であり、彼らが芸術としての小説を実体化していく[121]。

菊池は自分の書く小説が文壇から排除され、通俗小説の側へと押しやられたことを自覚していたと思われる[122]。『乳姉妹』の２年後に書かれた『妙な男』（1905年）の「はしがき」の中で、菊池は次のように述べた。

> 『妙な男』は新聞小説なり。何等の誇るべき主張あるにあらず。人生を説明せんとするの抱負あるにあらず。要はただ多数の新聞読者に無害の娯楽を与へて、新聞紙に対する愛着心を盛んならしめんとするにあるのみ。無主張無理想の小説も時に或は有主張有理想の小説に優る。只方今の文壇猶斯の如き小説を容るるの余裕ありや否やは余の知るところにあらず[123]。

菊池は自分の書く小説を「無主張無理想の小説」と卑下したが、同時に、文壇で評価される小説を指すと思われる「人生を説明せん」とする「有主張有理想の小説」に対する優越性を主張した。しかし、ここでは「無主張無理想の小説」と述べられたが[124]、主張も理想もない小説を菊池が書いたというのはあまりに皮肉を含んだ言い方である。なぜならこれ以後も、菊池は「家庭」の道徳を維持させるべく小説を書き続け、*Sans famille* の翻訳もその系譜に連なると考えられるからである。

2-2-2　明治末年の問題意識

小山静子によると、明治40年代には、明治20年代、30年代に言説として語られた「家庭」が、理念としてだけではなく、生活する実体として、さまざまな媒体で語られるようになった。『家庭の（之）友』（1903年創刊）、『婦人之友』（1908年創刊）などの雑誌において家政、家事、育児などの家庭生活の実

務に関する生活記事が多数掲載されるようになり、また、家庭生活に焦点を当てた博覧会や展覧会がデパートや新聞社等によって開催されるようになった。社会と国家の基礎としての「健全な家庭」の姿が具体的な形で示されるようになったのである。日露戦争後の産業化の進展、第一次世界大戦後の都市部での新中間層の出現により、大正時代に入って「家庭」は都市在住の新中間層によって実体化されていく。その準備は明治40年代に行われていた[125]。

しかし、その一方で、「家庭」、および、その中の女性のあり方を否定する傾向が強まったのも、明治時代末の特徴であった。岡義武によれば、日露戦争終結以後は、青年の間に「個」の意識の発展が見られ、個人主義思想の蔓延に起因する道徳の危機が唱えられるようになった時期であった。岡は、青年層の「個」の意識の発展を示す現象として、個人の「成功」に憧れる風潮、享楽的傾向の強まり、人生の意義を求め懐疑・煩悶する青年の増加[126]、伝統的な家族制度との対立に起因する自由恋愛論、自然主義文学の時代の現出を挙げ、その反面の結果として、国家的忠誠心の減退や国家への無関心の傾向が見られることを指摘した[127]。また、牟田和恵は、明治時代末から大正時代にかけて、良妻賢母教育を趣旨とする高等女学校令とは「異質の言説」が登場することに言及し、それを社会主義者による「良妻賢母」批判といわゆる「新しい女」との言説との二種に見出した[128]。こうした傾向や言説は、「家庭」も含む日本の家族から、個人や女性の解放を訴える傾向を持ち、当時の保守的な知識人の大きな危惧の対象であった。そしてそれはまた、「家庭」を重視する菊池にとっても、大いに問題視すべき現象であったと考えられる。

明治40年代、菊池は実際に、「家庭」の道徳を脅かす要素を小説や記事で頻繁に批判した。菊池が批判対象としたのは、おもに次の三点である。第一に、「新婦人」[129]「独身生活」[130]「老嬢」[131]など女性が結婚以外の人生を考え、社会進出し、独立を目指すことである。第二に、自然主義の小説をはじめとした「不健全」な小説による女学生や青少年の感化と堕落である。第三に、欧米文化が女性に与える悪影響である。

① 「新しい女」に対する危惧

「新しい女」とは、1913（大正2）年に平塚らいてう（1886-1971）が『中央公論』誌上で「自分は新しい女である」と公言して流行語となった言葉である。しかし明治末年にはすでに、良妻賢母主義の抑圧を乗り越えて自己主張し、多様な分野の職業で活躍した女性たちが新聞記事の中で伝えられた[132]。

明治末年には、良妻賢母思想批判にとどまらず、女性の置かれている状況が広範囲に問題視され、「婦人問題」が社会問題として取り上げられるようになった。言論界では堺利彦『婦人問題』（1907年）、安部磯雄『婦人の理想』（1910年）、河田嗣郎『婦人問題』（1910年、但し発禁処分）、上杉慎吉『婦人問題』（1910年）など、男性により欧米の女性論や女性運動が紹介され、1911（明治44）年には平塚らいてうによる『青鞜』が発刊された。このほかに森田草平（1881-1949）と平塚らいてうの心中未遂事件である「塩原（煤煙）事件」（1908年）、文芸協会によるイプセン作「人形の家」（1911年初演）、ズーデルマン作「故郷」の上演（1912年初演）などが、「新しい女」の出現を予感させた[133]。

従来の規範を逸脱した女性の生き方がクローズ・アップされつつあった時代に、菊池は女性が良妻賢母の規範の中で生きるべきであると考え、若い女性の自由恋愛、女性が就職し結婚しないこと、又は家庭を顧みなくなることについて、次のような小説や記事の中で疑問を呈し、批判した。

1908年に大阪毎日新聞紙上に「寒潮」として連載され、1914（大正3）年に『誘惑』と改題され単行本化された小説（以下「寒潮」）は、女学生の自由恋愛批判がテーマとなっている[134]。「寒潮」は金沢を舞台とし、第四高等学校の学生と北陸女学校の女学生と間の恋愛の挫折を描いた小説である。四校生とミッション系女学校の生徒との間に実際に起こった恋愛事件が題材とされたために、四校生の怒りを買い、大阪毎日新聞紙ボイコット運動まで引き起こした問題小説でもある[135]。この小説では、菊池自身も「筑紫」という名で登場するので[136]、菊池の当時の問題意識を知るには有効な資料である。

この小説は、松村久代と中川乙哉、島内五百子と福本季雄の二組の青年男女をめぐって物語が展開する。前者の二人については、女たらしの乙哉が世間知らずの久代を誘惑し、保護者である久代の叔母と下宿の女主人とが間一髪で久代を救うという話である。後者の五百子と季雄は真面目に交際しているが、交際が五百子の学校に暴露され、五百子が退学処分に処せられ二人は別れさせられた。物語の中で自由恋愛が非難されるのは、後者の五百子と季雄についてである。「筑紫」は「兎に角節操に就ての観念が非常に変つて来た[137]」「急転直下の勢で以て学生界の風潮が変つて了つた[138]」と、男女交際に関する若者の考えが自由になってきたことを危惧し、退学処分になった五百子に対して、「貴嬢は自分の自由を無限に押広めて、そしてその中に満足を求めやうと[139]」したのが悪いのだから、今後は「貴嬢自身を束縛して頂だきたい[140]」と説教をする。物語の展開と「筑紫」の説教を通し、若者、とくに女性の自由恋愛は戒められた。

　また、ヨーロッパ留学中の1910年に、菊池はロンドンで開催された日英博覧会の「婦人講演会」の様子を「家庭思想の復活」の題名で紹介した。その記事では、イギリスの女子教育の風潮が紹介され、女性が「家庭」のために尽くすことの大切さが主張された。この記事で菊池は、もはや「女子が社会の実戦場を遠さかり、家庭の清新なる蔭に隠るるを以て理想としたるヴキトリア女王時代の思想の既に死せる」ことを認めつつ、「今日の思想に及ぼせる最近の一変化寧ろ一進化」は「家庭思想の復活」であり、「吾人は実に双手を挙て家庭思想の復活を歓迎」すると述べた。菊池は、職業を持つ女性を直接的に批判してはいないが、「所謂『新婦人』なるもの」が「家庭の事に干はるを以て寧ろ恥辱となし［……］只一意男子と拮抗せるを以て能事とするの弊」が講演会の中で問題となっていたことを報告した。そして、イギリス国家が「家庭」という「健実なる単位の上に打建てらるるにあらずんば決して光栄ある進歩を遂る事」ができなかったはずで、「善良なる家庭は各種の階級を通ぜる最大の要求」であると、国家の基礎となる「家庭」の必要

性を改めて示した。さらに、イギリスの上流階級の少女が「未来の英国を作り未来の国民の母となる」ことをわきまえ、他の少女の模範となるような行動をとるべきであると述べられたことを受け、「顧みて我邦上流の女子を思ふ、坐ろに寒心を禁ずる能はず」と、日本の若い女性もまた、「国民の母」を目指すべきであること、そして良妻賢母規範に収まらない女性に対する危惧が示された[141]。

　さらに、留学から帰国後の1913年には、留学中に交流のあった家族や女性たちの観察に基づく「仏蘭西の娘」が雑誌『女子文壇』に発表された。ここでもまた「生粋の巴里女(パリジェンヌ)は矢張り家庭の女である」と述べ、女性の人生の目標は良い「家庭」を築くことであると主張した[142]。そして、フランスの若い女性は「結婚を少女の理想として居る」のに、フランスでは女性の側に持参金が無くては結婚が難しいという理由で「老嬢(オールドミス)で暮したり、またやけになって独身生活を唱へ出す」という社会的背景があるのであって、日本の女性が「独身生活を唱へる必要は毛頭無」く、「ただ皮相をのみ見て独身生活に憧憬(あこがれ)るのは甚だ片腹痛い沙汰」であると、結婚を拒む女性を批判した[143]。

　明治40年代に女性が「家庭」を支える以外の生き方が提示され始めたのには、その社会的背景として次の二点の要素がある。第一に高等女学校やそれに準ずる女学校の数、女学生の数が大幅に増加し、女子中等教育がある程度充実した点である。教育の充実から社会で働く実力を備えた女性が増加したことが、「新しい女」の出現の背景にある。第二に日露戦争後に個人主義が若者たちの間に浸透し始めた点である。自分の判断や行動の根拠を、従来の社会規範や、伝統的な慣習ではなく、自我に置くことが明治後期の若者を魅了した時代精神であり[144]、自由恋愛も「新しい女」も「家庭」よりも自己を優先した女性のあり方であった。しかし菊池の考えでは、国家の基礎となる「家庭」を支える良妻賢母となることこそが女性の本分であり、女性が自己を優先して「家庭」以外の場で生きようとする風潮に対して、菊池が敏感に反応し、良妻賢母思想・規範からの女性の逸脱を抑制する言説を繰り返した

ことが窺われる。

② 若者の「堕落」と小説

　明治40年代の菊池の言説において、従来の彼の言説には見られなかった小説に対する考えが示されるようになった。つまり、若い読者、とくに若い女性の読者が小説を読む場合には、小説の選別と保護者による監視が必要であるという考えである。確かに、本章第一節でも示したように、明治30年代前半に菊池が書いた記事においても、日本の読者が講談やお家騒動ものといった「淫靡なる男女の痴態を描ける」「軽薄陳腐なる趣向」の作品しか読まないことが嘆かれた。しかしその批判の奥には、「健全な道徳」を含み、かつ西洋趣味も持つような小説がそもそも存在せず、文学が社会にとって有用であることを示すためにも、自分も他の作家もそのような作品を産み出すべきであるという菊池の気概があった。

　しかし、明治40年代以降は若年層の読者に教育上の悪影響を与える小説は排除すべきであると意識され、若い読者には幾多の小説の中から選んで与えなくてはならないという、選書の必要が主張された。具体的に菊池が若い読者に与えてはならないとしたのは、男女の自由恋愛を助長する恋愛小説であり、「家庭」の道徳を破壊すると考えられた自然主義の小説[145]である。

　小説「寒潮」では、四高生の中川乙哉が女学生の松村久代に交際を迫る小道具として、小杉天外 (1865-1952) の『魔風恋風』(1903年) が使用され[146]、間接的に『魔風恋風』は女学生が読むべき小説ではないことが示された。そして次のような登場人物のやり取りや記述で、小説を選んで読むべきことが主張された。

　　「[……]するとあの娘[(引用者註)＝松村久代]が慌てて読さしの本を隠して顔
　　を赤くするんでせう。[……]何を読で居たのと聞くと、小説だといふんですの。
　　だんだん問詰て見ると、それが『魔風恋風』なんですわ。」

第二章　菊池幽芳訳『家なき児』(1912年)　393

「え、そんな小説を……？お友達からでも借て来たのかしら。」
「そりやアね、『魔風恋風』を読だつて構やしないわ、私も全体小説好だから、それを別に悪いとは思ひませんけどもね、ただ人に隠して読うとする考が間違つてますは。虚心平気に読むんぢやなくつて、何か心に迎へて読んでるからこそ、隠しもしたり、顔も赤くするんでせう。……私、いくら小説が好でも、今迄そんな気で読だ事ありませんからね……。」147

　青年男女を堕落せしむるものは何でせうか。皆さん、各自(めいめい)の心に問ふて見なさるが善らうと思ひます。諸君は父母の足音を聞て、急いで隠すやうな本を読みなさる事は有りませんか。父母の道念に反するやうな書籍(ほん)が、果して諸君の知識に、また道徳に発展を与ふるものでありませうか148。

　上の引用の一つ目は、松村久代の保護者である叔母と下宿屋の女主人との間の会話である。二つ目は、「筑紫」が訪れた教会に置いてある冊子に書かれていたとされる言葉である。これらの記述では、若者自身が「父母の足音を聞て、急いで隠すやうな本」や「顔も赤くする」ような本を読まないようにしなくてはならないことが説かれた149。そして『魔風恋風』もそのような小説であるから、読むのにふさわしくないことが示された。
　さらに菊池がヨーロッパ留学を経て発表した評論では、若い女性が読む本は、保護者が監視すべきであると述べられた。たとえば、評論「仏蘭西の娘」の中では、フランスの若い女性は親によって読書を監視されることが次のように述べられた。

　仏蘭西ではまだ娘を一人前の人間とは認めて居ない、そこで随分と干渉もする、手紙も勝手に母親が開封するし、書籍や雑誌などでも、両親なり母親なりが選択したものの外は読せない。まだ充分に判断力も附かず意志も強固でない少女に間違つたものを読せたら、素直に生立つべき天性の純潔が失はれるというのである。小説などにしても、ゾラのものを娘に読せぬ家庭は沢山ある、モーパツサンなどになると、殆んど絶対に読せない、そして重にクラシツクのものか、ヂユーマ、ペール（大ヂユーマ）のものなどを読ませる、芝居などでも少年少女は決して連

れて行かない、若し連れて行けば、シヤトレー座などで演ぜられる無害の芝居とか、モリエールや、ラシーヌ、ユーゴーなどのクラシツクなものとか、或は歌劇とかのみである、また実際現代劇や「大道」（グランブルワール）の劇場などでやつてるものは、随分淫猥なものや破倫のものが多いが、少年男女は決して連れて行かぬから弊害も多く表はれぬのである[150]。

　ここで、親が小説を選んで娘に与える必要が述べられたのに加え、読ませない小説として挙がったのがゾラやモーパッサンなどの自然主義文学である。そして、後半では「淫猥」「破倫」の演劇を見せてはいけないとされた。管見の限りでは、日本の自然主義文学作品に関して、菊池が作家の名前や作品名を挙げて批判したことは、後述する一例を除き、見受けられない。しかし、ゾラやモーパッサンが日本の自然主義文学に影響を与えた主たる作家であることは言うまでもなく、菊池が日本の若い読者に与えてはならないと考えた「淫猥」「破倫」の小説は、自然主義文学作品がまずは念頭に置かれたと考えられる。

　自然主義文学の系譜に属する作品で、菊池が名を挙げて批判したのは、水野葉舟（1883-1947）の「羊」（1912年）[151]である。「若い娘を勝手に外出させる事、勝手に手紙を贈答させる事、勝手に読書させる事、勝手に男子を近づかせる事」が作品に書かれ、当時の学生間の現象が反映されているので、現象そのものを批判したいというのが菊池の文章の趣旨である。たしかに「『羊』を批評するのでは素より無い」と述べられてはいる。しかし、そのような現象を肯定する小説を菊池が容認したとは考えにくい[152]。

　若者と読書に関する菊池の問題意識は、菊池に特有の意識ではなく、当時の小説有害論や、文部省による書籍を検閲する方針とも関連が深い。

　小説有害論は明治20年代から存在し、明治30年代に大きく取沙汰された学生風紀問題はしばしば小説の影響が原因とされた[153]。明治20年代から40年代の『教育時論』における文学と少年読者に関する記事を分析した、目黒強の

研究によると、明治30年代後半から40年代にかけて、児童文学が教育的メディアとして位置づけられるようになり、少年雑誌有害論から児童文学による読書教育への転換が生じた。しかしその転換は、教育という観点から見た際の「悪書」を選別し排除するということにほかならなかった[154]。稲垣恭子によると、女子教育の場でも、小説の弊害は明治20年代から問題になっていたが、明治末年には「何処へ行つて見ましても、学生が教科書以外の書物には、手も触れぬといふやうな事は決してありませぬ。[……]教科書以外に書物を読むのが善いか悪いかなどと論ずるのは、むしろ無用に属するであらうと思はれます[155]」という下田歌子の言葉が示すように、小説の読書に対する厳しい制約と禁止から、良書を選んで読む読書教育へと転換された[156]。

　菊池が明治40年代に主張しはじめた選書の必要もまた、このような世論の転換の一端であると考えられる。世論があらゆる小説を有害なもの、無益なものとして排除しようとしていた時期には、菊池はその風潮を克服しようとし、明治30年代に「家庭小説」というジャンルの確立に重要な役割を果たした。しかし、「家庭小説」が通俗小説であると見なされ、自然主義文学が芸術的な文学として評価されるようになると[157]、文壇で評価される文学の反道徳性を批判し、それを若者の堕落を助長するものとして排除しようとしたと考えられる。

　そして、こうした世論の転換を引き起こした原因の一つであり、菊池も意識した可能性が高い事項が文部省訓令第一号「学生生徒ノ風紀振粛ニ関スル件」(1906(明治39)年6月9日)の発令である。この訓令では、図書類が問題視され、有害図書の規制と良書の推奨が訓令として制度化された[158]。先に参照した目黒強の研究によって明らかにされるのは、『教育時論』では文部省訓令の後に課外読み物に対する関心が高まり、青少年が読む小説等の書籍、雑誌について、学校、教師、両親による選定の必要性が唱えられたことである。さらに1911年5月17日、文部大臣小松原英太郎が通俗教育調査委員会官制と文芸委員会官制を制定し、同年10月10日には通俗教育調査委員会が「通

俗図書審査規定」「幻燈映画及活動写真フイルム審査規定」を定め、翌1912年1月には通俗教育調査委員会による認定図書が発表された。文部省による通俗教育調査委員会と文芸委員会の設置は、学生風紀問題とともに1910年5月に発生した大逆事件が契機となっており、思想統制を含意したものであった[159]。

　木村洋によると、1906年の文部省訓令を重要な契機として、文部省の方針とその周辺の保守派や教育家の動向に対抗する形で、自然主義運動は旧道徳の破壊を目指す性格を持つようになった[160]。

　管見の限りでは、菊池が文部省の方針に対して直接的に言及したことはない。しかし、二つの理由で菊池は、文部省の方針に従う立場を取ったと考えられる。第一に、上述したように、菊池が明治末年期から大正初年期にかけて、複数の記事や小説において、恋愛小説や自然主義文学作品を教育上、道徳上の観点から批判したからである。第二に、1909年に菊池が渡仏する際に乗船した賀茂丸に梨本宮妃伊都子も乗船した縁で、それ以後の菊池の著作は全て彼女に献上されたからである[161]。文部省の方針に反した小説を皇族に献上するとは考えにくい。

　単行本版の『家なき児』の「序言」で、原作の Sans famille が「仏蘭西では少年男女の学校の賞品としては最も歓迎せらるるもの[162]」であることを述べたのも、文部省の方針を意識して、課外読み物としての価値や安全さアピールしてのことではないかとも解釈できる。実際に『家なき児』の書評においても、評者は『家なき児』の主人公が「暗い生活の中に居りながら、少しも頽廃せず、青い空に双手を広げて芽を吹く所」に感動したと述べた上で、「我国の文芸調査員会でも、通俗小説を奨励援護する方法を講じては如何、さすれば文部省官吏との折合も好く、我々を楽します日が来ないとも限らない」と文部省の方針に言及された[163]。この言及からは、『家なき児』が発行された明治末年における文部省の方針の、当時の小説に対する影響力の大きさが窺われ、菊池もまたそれを意識せざるを得なかったのではないかと思わ

れる。

③　欧米文化の悪影響

　菊池が「家庭」の道徳を乱れさせる原因として挙げた第三の要素は欧米文化である。明治30年代前半には、菊池は西洋の「ホーム」を模範とした「家庭」の重要さについて述べ、英米文学趣味の「家庭」への注入も意識しながら小説を書いた。また、『己が罪』、『乳姉妹』の両者には聖書が引用されており[164]、明治30年代の菊池の小説と「家庭」観におけるキリスト教の影響も看過できない。しかし、明治40年代には菊池は欧米文化の、とくに若い女性の貞操観念と「家庭」観とに対する影響について言及するようになった。

　小説「寒潮」では、ミッション系の女学校、北陸女塾の生徒、島内五百子の行動についてアメリカ人である学校の校長が「女の亜米利加風は決していい事では有ません[165]」とたしなめる場面がある。これは五百子が福本季雄と交際し、「若い女が余り自由に行動する」ことに対して「女の亜米利加風」と言ったのである。また、五百子の行動とその結末を通じて、女子教育における「徳操教育の欠如[166]」について批判された。五百子は小説の中で、幼い頃から北陸女塾で育った「学校教育そのものの生きたモデル[167]」として設定されており、彼女が男女交際によって堕落していくことで「基督教(クリスチヤン)の学校であつて見れば、節操といふ根本の思想の上にも相違がある[168]」、「学校がその教育上の或欠点を、島内によって最も適切に証明した[169]」と言われる。「寒潮」にはまた、「筑紫」の次のような言葉がある。

>　何しろ欧羅巴の思想が、いいものも悪いものも二週間で日本に流れ込で来る時節だからね、快楽の欲求といふやうな青年男女に蜜のやうな宣伝が入りこめば、感傷的(センチメンタル)な若いもの等はすぐ鵜呑にして実行にかからうとするのだ。それを肝腎ハンドルを執つて行く筈の教育家が、感覚の遅鈍な人達で、お芋の煮(に)えたも御存知なしに、只やたらに良妻賢母主義を詰込うとするのだから、糠に釘を打込むやうなものさ[170]。

「寒潮」で提示される欧米文化の悪影響とは、具体的には女性の貞操に関わる問題である。そして女性の貞操観念についての教育や自由恋愛の禁止を、現実に基づいて教育することのない女子教育全体も批判された。

菊池にとって女性の貞操の問題は、婚前の若い女性に対してと同様に、「家庭」を担う妻、母となった女性にも重要であり、「家庭」の道徳の保持と直結する問題であった。ヨーロッパ留学後に書かれた記事「我邦婦人の最大美点」においては、「自個中心主義——自我思想の甚だしい欧州婦人の弊」について述べられ、ヨーロッパにおいて女性が離婚することをためらわない傾向、頻繁に起こる姦通事件、子どもを欲しがらない傾向などを、女性が「家庭を無意義とする」「デカダンの潮流」であると報告した。そして日本の女性が「徒に西洋婦人の短所を学ぶ」ことが戒められた[171]。

また、ヨーロッパの「デカダンの潮流」に日本の女性が影響されないようにという配慮が見られる菊池の言説においては、留学先のフランスの女性の保守的な面を強調する記述も見られる。評論「仏蘭西の娘」の中では、フランスの女性が「家庭を華やかに快活にし、夫や小供の着物を繕ろふ事をよく知つて居て、詰らぬ材料で舌鼓を打たすほどの料理の加減を心得」ている「家庭の女」であって、娘は家事と家計に関する具体的な躾を受け、読書、服装、学校の通学、男女交際などは親、とりわけ母親の監視下に置かれると述べられた。また、日本の女性はフランスでは「青年男女の交際も非常に自由であらうと思ふ」であろうが、「その実全く反対」であって、「日本の方が却つてどれだけ自由であるかも知れない」と、読者に釘を刺した[172]。

このような欧米文化の影響に対する問題意識は、*Sans famille* のようなフランスの小説を日本に紹介する際にも念頭に置かれたと思われる。*Sans famille* は菊池によって、欧米文化の悪影響を日本に伝える小説でないと判断され、比較的「忠実」な翻訳を通して紹介されたと考えられる。

2-3　見出された Sans famille の価値と『家なき児』

2-3-1　「家庭小説」としての受容

　『家なき児』は一般的に、また、文学研究においても、児童文学として認識される。それは原作者エクトール・マロが Sans famille を児童向けに書いたことを考慮すれば、妥当である。しかし、『家なき児』を翻訳した菊池幽芳によれば、それは「家庭小説」として大人が読むのに堪えうる小説であり、原作者のマロも「家庭小説」の作家であった。

　『家なき児』が「家庭小説」として翻訳されたことは、新聞連載の前に出された予告記事などで、それが「家庭」で読まれるべき小説であることが次のように繰り返されたことから分かる。まず予告記事において、「家庭に推奨すべき新聞小説」「親も子も夫も妻も老人も少年も、換言すれば一家団欒して読み得る小説」として紹介され[173]、単行本版の「序言」においては Sans famille が「家族間の読物としては類稀なるもの」であると「家庭」において読むのがふさわしいことが主張された[174]。そして、『少年倶楽部』連載に際した説明文では、「この『家なき児』は家庭の読みものとしては、全く最上級のもの」と評価され、「これは決して少年ばかりの読みものといふのではなく、大人が読んでも寝食を忘れて、感激に浸らずには居られない」というように、読者対象に大人も入ることが述べられた[175]。また、原作者のマロについては、単行本版の「序文」で「健全なる文学家及び小説家」であり、Sans famille 以外の作品も「広く仏国家族の間に読まれて居る」と述べられ、『少年倶楽部』では「多くの家庭小説を仏蘭西に残したエクトル・マロー」と紹介された。実際にはマロは、「家庭小説」の範疇に収まらない作品を複数発表し、とくに初期の作品には菊池の批判したフランス自然主義文学の影響も濃く見られたが[176]、菊池には「家庭小説」の作家として捉えられていた。

家庭小説の「全く最上級のもの」として紹介された Sans famille は何を評価されたのであろうか。

2-3-2　物語の面白さ——メロドラマとサスペンス

　菊池がまず評価したと考えられるのは、物語の面白さと展開の巧みさである。菊池は『家なき児』を紹介する際には「読出すと、これほど寝食を忘れさせるまで人を惹きつけて行く小説はありません[177]」、「一度読出すと終る迄は何事も手につかぬほどこれに魅せられる[178]」と作品の面白さを強調した。

　本章第一節で参照した記事「新聞小説の未来」では、新聞小説の目的が「営業上より打算されたもの[179]」であること、「読者に受ける」のが「新聞社の要求する第一の要件」であることが述べられた。読みだすと止まらない作品の面白さは、新聞小説を「新聞の重なる呼び物[180]」としたい菊池には不可欠であった。菊池は実際に、明治30年代に大阪毎日新聞紙上に掲載された「家庭小説」によって多くの新聞の購読者を獲得し、「毎日のドル箱」と呼ばれるほどになっていたため、掲載する作品が読者から見て面白いかどうかに対しては敏感であった[181]。

　Sans famille の面白さには、読者の同情を惹くメロドラマの要素と、結末を読む読者の希求を煽るサスペンスの要素が含まれる。この二つの要素は、菊池が『家なき児』の翻訳以前に書いて人気を博した「家庭小説」に含まれる要素である。

　メロドラマとは、もともと十七世紀のイタリアで全編が歌になっている演劇を指した。十八世紀にフランスにその言葉が入ってきて間もなく、劇的な効果を高めるために音楽を利用する作品を定義する語となった。その主題は善悪の対立、紆余曲折あってからの善の勝利であり、変化に富む舞台構成、善なる登場人物への迫害、大団円という型にはまった筋立てによって、感涙を呼ぶ効果が追求された。フランスでは十九世紀になるとその構想や筋立てが小説に求められるようになり、さらにはメロドラマの作者と小説家が兼ね

られるまでになって、舞台と新聞紙上で同じ話が展開することも珍しくなくなった[182]。

　メロドラマの要素は菊池が明治30年代に小説を書くにあたって翻案し、参照した英米の「ダイムノヴェル」とよばれる廉価版の大衆小説[183]にも、プロットの主要な要素として存在した。したがって、英米の小説の影響で、菊池はメロドラマの構成を頻繁に小説に適用し、そのおかげで菊池の小説は、新派劇の演目としても成功したと思われる。菊池が「新聞小説の未来」の中で挙げたフランスにおける「重なる新聞小説家」にはメロドラマの作家を兼ねる者もいる[184]。紆余曲折あっての善の勝利、変化に富む構成、登場人物への迫害、大団円という四点は、*Sans famille* にも、菊池の「家庭小説」にも共通する。

　Sans famille では、主人公で孤児のレミは、家族や家族に準じる登場人物との別離（生別・死別）を五回経験し、再会を三回経験する。また官憲による迫害、児童虐待する親方との遭遇、炭鉱での事故と救出、偽の家族からの脱出など、苦難との遭遇とその克服を何度も経験する。起伏に富む物語の展開は、何か起こるたびに主人公に、家族がいないことの悲しみ、家族を持てる幸福と安堵感、苦しい時に助けてくれる仲間への友情を喚起させた。菊池はそれを指して「到るところ自然なままなる人情の、美しく流露せる様、真に人を動かすものあり」と *Sans famille* の読者の同情と感動を誘う効果を述べ、その効果のおかげで、後述するような小説のモラルを「教訓めいた理屈はどこにも見出す事」なく、伝えられる点を評価したと考えられる。

　もう一つの要素は、サスペンスの要素である。*Sans famille* では、第一部第二章において、主人公のレミが「りっぱな産着」を着た良家の赤ん坊であったらしいことがほのめかされる。レミの出生の謎は第一部においてはあまり重要でないが、第二部第十章でレミが再会した養母から本当の家族に関する新情報を与えられて以降、がぜん重要度を増し、結末まではレミの本当の親は誰かという謎解きに物語の焦点が合わせられる。

高橋修は、菊池の「家庭小説」の特徴としてサスペンスの要素があると指摘した[185]。菊池はしばしば、主人公に真実を隠ぺいさせ、秘密が暴露される危機を何度か克服させることで、読者を心理的な不均衡状態に置くと同時に、秘密が暴かれる恐怖を共有させ、読者を物語世界に引き込んでいた。さらにその秘密の中心には、『己が罪』と『乳姉妹』の両者においてそうであるように、しばしば血統の問題が設定され、秘密の暴露は母子再会、父子再会による失われた親子関係の復活を意味することが指摘された[186]。Sans famille におけるレミの出生の謎は、読者が秘密を共有するタイプのものではなく、読者もその謎を主人公とともに追いかけなくてはならない「探偵小説型のサスペンス[187]」であるため、『己が罪』『乳姉妹』とは異なる。しかし読者を心理的な不均衡状態におくことは共通し、Sans famille の秘密の中心にもレミの血統の問題がある点でも共通している。

　実際に、母子再会が描かれる『己が罪』の中には環と玉太郎の再会の場面において、Sans famille のレミとミリガン夫人の再会を想起させる場面がある[188]。またレミが社会的階級の低い者の手で育てられた良家の子どもであるという点も、『己が罪』の玉太郎や『乳姉妹』の房江が実は華族の子どもであるという設定と重なる。『家なき児』の翻訳では、主人公の本当の家族であるミリガン家（翻訳では千島家）が「爵位」を持つ家柄であるという、原作にはない設定が付加された[189]。千島家がイギリスの家であることは翻訳でも述べられたが、日本で言う華族の家柄に設定されたのである。

　起伏に富む展開により読者の感涙を誘うメロドラマの効果、設定された謎を読者にともに追わせるサスペンスの要素、高貴な家の子どもであるという主人公の血統の秘密。菊池の「家庭小説」と Sans famille にはあらすじの点で共通点が複数あり、それらを Sans famille に見出したと考えられる。そして、巧みな物語構成によって「教訓めいた理屈」を抜きに伝えられる「健全な道徳」が Sans famille には見出されたのである。

2-3-3 「家庭小説」としての道徳

　Sans famille が「家庭小説」として受け入れられ、高く評価されたのは、次の二点において、それが「健全な道徳」を含む小説と見なされたからであると考えられる。第一に自分の家族を持つことを希求する孤児の主人公、主人公が旅する先々で出会う家族における団欒の描写、娘・妻・母として家族に尽す女性像など、菊池の「家庭」言説と一致する家族の姿がこの小説の中に見出せる点である。第二に、主人公をはじめとした登場人物が、社会秩序や所有権を侵さない道徳観念の持ち主であり、自分本位に行動して他人に迷惑をかけることも、身を持ち崩すこともない理性と良心を持つ点である。

　第一の点について、*Sans famille* において原作者マロが描く家族は基本的に、近代の西ヨーロッパで新興階級のブルジョワジー層を中心に出現した「近代家族」の価値観のもとにある。「近代家族」の特徴は、私生活を大切にし、子どもを中心とした、愛情によって精神的に強く結ばれた血縁核家族であること、子どもの教育の充実や結婚戦略による階級上昇と財産維持に力が注がれることなどが挙げられる。*Sans famille* が書かれた十九世紀のフランスでは、ブルジョワジーは「近代家族」のモデルに大きな価値を置き、父親の権威により保たれる道徳秩序、女性の家族への献身、財産維持や階級上昇に有利な結婚や教育などの家族のあり方が称揚された[190]。しかし、マロが描く家族の特徴は、女性の母性的な愛情や家族への献身が賛美され、家族の中で培われる愛情と友情に至高の価値が置かれた一方で、父権や資産維持の機能、階級上昇のための戦略的な結婚に関しては懐疑的であった点にあった。前者の点においてマロは保守的であり、後者の点において当時の「近代家族」モデルやその規範からは逸脱していた[191]。

　菊池が *Sans famille* に見出したのは、マロの家族観の保守的な面である。本書の第一部第二章において、*Sans famille* では、原作出版当時のフランスにおける社会規範を遵守するような記述が多く、それが、主要な読者である「共和国の小学校」に通う子どもたちにとって、世俗的な道徳教育の一環を

なす点について指摘した。そしてその社会規範として書かれた大きな要素の一つが、家族における女性の役割の重視であった。したがって、原作の中で家族の中で培われる愛情と友情に至高の価値が置かれ、家族団欒の場面が描かれる点についてばかりでなく、娘・妻・母の家族に対する献身の描写が菊池の支持する「家庭」や良妻賢母規範と一致した点も、Sans famille が菊池から高く評価された要因として重要であると考えられる。

そして Sans famille では、「家庭」の大切さが、姦通などの深刻な問題を通して語られるのでなく、家族を持たない主人公の子どもの純粋な憧れとして示された点も評価されたと思われる[192]。本章第二節でも示したように、明治末年期に菊池は、ヨーロッパ文化の悪影響や、恋愛小説、自然主義文学による青少年の堕落の助長を危惧していたが、Sans famille に関しては恋愛の要素もなく、「家庭の女」以外の価値観の中で生きる女性への肯定的な言説もない。したがって「新しい女」、恋愛小説や自然主義文学の小説、欧米文化のような、菊池が危惧したような「家庭」を危ぶませる要素は Sans famille には含まれない。このように、「家庭」を重視し、それを維持すべきであるという菊池の価値観と、マロの家族観の保守的な面が一致する点において、菊池はマロを「常に淫靡不徳の題材を避け」た「清新の趣味に富」む作品を書く作家と評したと思われる。

第二に、登場人物が良心と理性に基づく人物造形がなされた点が評価されたと考えられる。主人公のレミは健気で善良な子どもであり、主人公を取り巻き、結末の大団円において集結する仲間も善人である。Sans famille の中で描かれる子どもたちは決して法的規範および社会規範を侵害することがない[193]。また主人公は、家族がいない自らの境遇を悲しみはするが恨みはせず、幸運に感謝はするが固執することはない理性的な子どもである。彼は、「この世の中で自分に与えられる幸福の分け前のことであんまり欲張ってはいけない」(*F.I.* p. 207-208) と自分に言聞かし、「人にお返しできる時でなければ何かを求めてはいけない」(*F.I.* p. 344) と考える、欲張らない子どもとして

書かれた。主人公たちの感情は、家族の欠如に対する悲しみ、家族に準ずる人々に対する愛情、そして仲間や動物への友情で構成され、愛情と友情を根本とする人物が Sans famille の登場人物たちである。

　菊池は Sans famille を「自然愛と溢るるばかりの人間味」があり、「人間がほんとに人間を知る事の出来る」小説であると評価した。そして、「家なき児」の連載広告においては、少年の「流転せる周囲の境遇」の中で「人間の真が如何に機に触れて発露せるか」が書かれており、読者「諸君の真」も引き出されると説明した[194]。菊池にとって、社会規範を逸脱せず、理性的な良心に基づく主人公の愛情や友情が「自然のままなる人情」または「人間味」なのであり「人間の真」なのである。

　筆者が注目したいのは、「家なき児」の紹介文と広告文の中で多用された「自然」や「真」という言葉である。吉田精一によれば、「真」は自然主義文学の題材を指すものとして、「日本自然主義の経典ともいうべき」著作であるという島村抱月の『近代文芸之研究』（1909年6月）所収の論文「文芸上の自然主義」で用いられた言葉であった[195]。島村抱月は自然主義文学の描くべき「真」の内容をまず、「社会問題」「科学」「現実」の三つに分類し、「現実」はさらに「赤裸々、獣性、醜」「肉感的」「卑近的」「平凡的」「自然物的」に分類された。そして、その説明において「現実を現実として最も真に写さんとするには一切人工虚飾の分子を擺脱するを要す、赤裸々の人間、野生、醜、描いてここに至れば、最も真に近づく[196]」と述べられた。

　「家なき児」の連載広告における「真」と島村抱月の「真」とでは、前者が理性的な登場人物たちが感じる愛情や友情を「人間の真」とするのに対し、後者が「赤裸々の人間、獣性、醜」を指す点において、いわば正反対の事柄を指す。自然主義文学が人間の醜い内面を告白し、理性の欠落や欲望、物質的な現実を「自然」「真」として提示したのに対し、『家なき児』では登場人物たちの理性的な姿や、彼らの内に育まれる友情や愛情が「真」として提示されたと菊池は捉えたのではないだろうか。

単行本版『家なき児』の「序言」では、「淫靡不徳の題材」に沿って書かれ、「粗雑な挑発的文字を使用し、不自然なる結構を以て徒らに好奇心を惹んとする如き」小説が批判された。そして、そういった小説の「比ではない」という評価が原作の Sans famille に対して与えられた。「淫靡不徳の題材」「粗雑な挑発的文字を使用し、不自然なる結構を以て徒らに好奇心を惹んとする如きもの」という言葉は、前節で検討した、明治末年期の菊池の危惧を考慮すると、恋愛小説と自然主義文学とを指すとも解釈できる。それならば、それらの小説が描くものは菊池にとっては「不自然」であり、自らの翻訳する『家なき児』の中で描かれる人間が「自然」で、「人間の真」が発露する姿であったと考えられる。

Sans famille で、主人公が家族を得て感じるのは、毎日の生活を保障される「肉の上の満足」よりも、家族の団欒によって知る「感情の満足」であることが繰り返された[197]。このような物質的価値観よりも、精神的価値観に重きを置く Sans famille の記述も菊池に支持されたのではないかと考えられる。

「家なき児」が新聞連載小説として発表される際に、菊池がとくに自然主義文学を意識したことを直接的に示す証拠は、管見の限りにおいては見当たらない。しかし前節でも言及したように、明治末年期に恋愛小説と自然主義の小説を青年の堕落を助長するとして道徳的な観点から批判した点、また菊池の書く「家庭小説」が自然主義文学の萌芽とともに「通俗文学」の側へと押しやられていた点[198]、そして1911年7月12日に連載開始という「家なき児」の発表の時期、の三点を考慮すると、「家なき児」は自然主義文学の小説への対抗を意識して発表されたものではないかとも考えられる。

実際に、『家なき児』の書評においても、評者は「耽溺と破倫以外に文学がないものと思つて居る今の文壇諸公の美術的価値論の如きは吾儕読書諸子とは全く無関係なものである」と、当時の「耽溺と破倫」を描いた小説が多い文壇の傾向と『家なき児』が対照的であることに言及され、「最も健全なる好小説」として『家なき児』が読者に勧められた[199]。さらに「家なき児」

が道徳の観点から見て問題がないということは、「仏国文芸院の賞を得た」、「仏蘭西では少年男女の学校の賞品としては最も歓迎せらるる」小説であるということによっても主張された[200]。フランスで国家も学校も認めた作品は、日本においても、「家庭」の延長にある国家、国民教育、文部省の方針の邪魔にはならないはずだからである。

　次節では実際の翻訳について分析を進めていきたい。まずは、*Sans famille* において女性が登場する場面がどのように翻訳されたのかを検討する。明治30年代後半以降、「家庭小説」の読者として想定されたのはまずは女性であり、「新しい女」や小説とヨーロッパ文化の悪影響について菊池が最も懸念したのが、女性のあり方であったからである。

2-4　『家なき児』における女性像

2-4-1　賢母であることを強調する改変

　本章第二節でも指摘したように、菊池は「家庭」を脅かす要素について批判的であった。とくに女性が「家庭」以外に生きる場所を持つこと、恋愛小説や自然主義文学の小説の影響と欧米文化の影響を女性が受けることを警戒した。

　しかし、*Sans famille* はフランスの小説でありながら、それを翻訳紹介するのに際し、上記のような点を危惧する必要がほとんどない小説であったと思われる。なぜなら、*Sans famille* においては、主人公の母親たち（実母と養母）をはじめ、主人公の味方となる女性たちは、菊池の言う「家庭の女[201]」であったからである。

　Sans famille の主人公の養母と実母は、前者がフランスの貧しい村の農婦であり、後者がイギリスの大地主の未亡人であるという、社会的階級について大きな差があるにも関わらず、自らを差し置いて子どもの世話や教育を第一に考えるという点で共通する。たとえば、養母は毎日の生活にも困る貧し

さの中で、小麦を隣家から借りて、主人公にクレープを食べさせようとする。また実母は、病気の息子（結末で主人公の弟と判明する）のために特別な船を造らせ、息子の看病と教育に自分の生活の全てを捧げる。菊池は評論の中で「婦人の理想もまた一家の母たる事にある[202]」ということを主張したが、このように母としての役割を第一に考える養母と実母の姿は、菊池から見て、女性としてあるべき姿であったと思われる。

そして菊池は、養母と実母の、母親としての努力を引き立たせるように翻訳した。まずは、養母に関する翻訳である。

De ce que Barberin était resté si longtemps à Paris, il ne faut pas croire qu'il était en mauvaise amitié avec sa femme. La question de désaccord n'était pour rien dans cette absence. Il demeurait à Paris parce que le travail l'y retenait ; quand il serait vieux, il reviendrait vivre près de sa vieille femme, et avec l'argent qu'il aurait amassé, ils seraient à l'abri de la misère pour le temps où l'âge leur aurait enlevé la force. (F.I, p. 4)
バルブランがとても長い間パリに滞在しているからといって、バルブラン母さんとの仲が良くないのだと考えてはいけない。夫の留守と夫婦の仲の問題は全く別物なのだ。バルブランがパリに住んでいるのは、パリで仕事があるからだ。歳を取ったら年老いた妻のもとに戻り、貯めていたお金で体力の衰えた老後を不自由なく暮らすはずなのだった。（拙訳）

所天（つれあひ）が決して巴里から帰らぬのを見て、夫婦仲が面白くない為だらうと思ふと間違ひで、巴里ほど金の儲かるところは無いから働けるまでは彼地（あつち）で懸命に働き、末は気楽に暮せるほどの貯金も出来た上で、帰つて来るのだと、直はいつも私に云聞かした。（『家なき児』、前編、3頁。）

原文と拙訳に引かれた破線部が翻訳されなかった個所であり、菊池の翻訳文の下線部が加筆、または改変された個所である。以下に引用する原文と翻訳文の比較においても同様である。

第二章　菊池幽芳訳『家なき児』（1912年）　409

　まずこの引用において、原文ではすべてが主人公の語りであり、地の文であるのに対して、翻訳文では、養母（「直」）によって「いつも私に云聞かした」ことであるというように、養母から主人公への教育的な言葉となっている。さらに「云聞かした」内容においても、原文ではパリで養父が出稼ぎする必要のある事実と養父の計画とが、比較的客観的に語られるのに対し、翻訳文では養母が主人公に、父親が「彼地で懸命に働」いていることを教えるようになっており、父親の勤勉さと、父親の不在の意味を子に教える内容となっている。

　教育する母を強調したのは、次に示す主人公の実母に関する場面でも同様である。以下は主人公の実母であるミリガン夫人が病気の息子のアーサーに読み方を教え、主人公はその様子を見ている場面である。

　- Vous n'êtes pas malade de la tête ; je ne consentirai jamais à ce que vous n'appreniez rien, et que sous prétexte de maladie, vous grandissiez dans l'ignorance.
　Elle me paraissait bien sévère, madame Milligan, et cependant elle parlait sans colère et d'une voix tendre.
　- Pourquoi me désolez-vous en n'apprenant pas vos leçons ?
　- Je ne peux pas, maman, je vous assure que je ne peux pas.
　Et Arthur se prit à pleurer.
　Mais madame Milligan ne se laissa pas ébranler par ses larmes, bien qu'elle parût touchée et même désolée, comme elle avait dit.
　- J'aurais voulu vous laisser jouer ce matin avec Remi et avec les chiens, continua-t-elle, mais vous ne jouerez que quand vous m'aurez répété votre fable sans faute.
　Disant cela, elle donna le livre à Arthur et fit quelques pas, comme pour rentrer dans l'intérieur du bateau, laissant son fils couché sur sa planche.
　Il pleurait à sanglots, et de ma place j'entendais sa voix entrecoupée.
　Comment madame Milligan se montrait-elle si sévère avec ce pauvre petit, qu'elle paraissait aimer tendrement ? S'il ne pouvait pas apprendre sa leçon, ce

n'était pas sa faute, c'était celle de la maladie sans doute.
Elle allait donc disparaître sans lui dire une bonne parole.
Mais elle ne disparut pas ; au lieu d'entrer dans le bateau, elle revint vers son fils.
- Voulez-vous que nous essayions de l'apprendre ensemble ? dit-elle.
Alors elle s'assit près de lui, et reprenant le livre, elle commença à dire doucement la fable, qui s'appelait : *Le Loup et le jeune Mouton*; après elle, Arthur répétait les mots et les phrases.
Lorsqu'elle eut lu cette fable trois fois, elle donna le livre à Arthur en lui disant d'apprendre maintenant tout seul, et elle rentra dans le bateau. (*F.I*, p.194-196)
「あなたの頭は病気ではないでしょう。病気を理由にして、何も学ばないで、何も知らないまま大きくなるなんて、私は許しませんよ。」
僕の目にはミリガン夫人はとても厳しく映った。しかし彼女は怒らずに優しい声で話すのだった。
「どうして覚えないで私を悲しませるのかしら。」
「できないんだもの、ママ、本当にできないんだよ。」
そしてアーサーは泣き始めた。
しかしミリガン夫人は、胸をつかれ、自分で言ったように悲しそうに見えたが、アーサーの涙にほだされはしなかった。
「今朝はレミや犬と一緒にあなたを遊ばせたかったけれど、そのお話を間違えずに私に言えるようになるまでは、遊ばせてあげません。」
そう云いながら、彼女はアーサーに本を渡し、板の上に寝ている息子を残して、船の中に入るかのように、二三歩歩きかけた。
アーサーは泣きじゃくっていた。その声は途切れながら、僕のところにまで聞こえていた。
どうしてミリガン夫人は、あんなに優しく愛しているらしい、かわいそうなアーサーにこんなに厳しくするのだろう。アーサーが覚えられないのは、彼が悪いのではなくて、たぶん病気だからなのに。
優しい言葉一つかけずに行ってしまうなんて。
でもミリガン夫人は行ってしまわなかった。船の中に入る代わりに、息子のところへ戻ってきた。
「一緒に勉強しましょうか。」

第二章　菊池幽芳訳『家なき児』（1912年）　411

そして息子のそばに座って、本をまた広げると、彼女は優しく『狼と子羊』の話を読み始めた。夫人に続いて、アーサーは言葉と文章を繰り返した。
彼女はその話を三度読むと、アーサーに本を渡し、今度は独りで勉強しなさいと言って船の中に入った。
（拙訳）

「和君（あなた）の頭脳（おつむ）は決して病気ではないでせう。病気を仮託（かごつけ）に不勉強を許して置く事は出来ません。私が毎日どれほど和君の行末（ゆくすゑ）を心配してるか、よくお知りだらうに、なぜ私の心を汲取つて、勉強して見るといふ気になれないのです。」
「でもお母様、勉強する気でも、どうしても駄目なんですもの。」
かう云て浅雄さんは泣出して了つた。
泣いたからと云つて千島夫人は子供の我儘を許して置くと云ふ風では無つた。
「何と云つてもよく暗記が出来ない中は決して民や犬と遊ばせません。」
浅雄さんは啜泣（すすりなき）を止めないで居る。失望の面色（おもざし）で夫人は暫らく浅雄さんを眺めて居たが
「それでは私が読んであげるから、その後についてお浚（さら）へをなさい。サアいいかへ。」
夫人は静かに物優しい調子でその本を読み始めた。それは「狼と子羊」といふお伽噺であつた。
奥様は一句一句読んでは、それを浅雄さんに繰返さした。一章を三度ほど繰返した後、その本を浅雄さんに渡し、独りでよく暗誦して置くやうにと言渡し、下に降りて行つた。（『家なき児』、前編、190-191頁。）

　この引用の場面では次に述べる点で、原作よりも翻訳の方が厳しい母親像が提示されており、子どもを教え導く母の姿が、翻訳に見受けられる。まずは、主人公がアーサー（翻訳では浅雄）に対して寄せる同情や、ミリガン夫人（翻訳では千島夫人）が厳しすぎるのではないかと考える部分が全て削除された。そして、ミリガン夫人がアーサーの涙に内心「胸をつかれ」ているという表現、「今朝はレミや犬と一緒にあなたを遊ばせてあげたかったけれど」という息子に譲歩する表現など、息子に対する厳しさが揺らぐ表現も削除さ

れた。これらの文章の削除から、第三者の主人公の視点はないものとされ、母親と息子だけの場面となって、母親が気持ちを揺らがせることなく、息子を教育しようとする場面となった。

さらに母親が毎日息子の「行末を心配してる」という加筆がなされた上で、「子供の我儘を許して置」かない厳しさについての加筆がなされた。そして、原文では「一緒に勉強しましょうか」という提案であったのに、翻訳文では「私が読んであげるから、その後についてお浚へをなさい」という子を導く口調となり、原文で「アーサーは言葉と文章を繰返した」というアーサーが主語となる能動態の文が、翻訳文では「浅雄さんに繰返さした」という母から子への使役の表現が用いられた。

原作のこの場面は、母から子への教育の場面であると同時に、文章の意味を理解させないまま、ひたすらアーサーに「狼と子羊」の暗唱を繰り返させるミリガン夫人の教授方法の不適当さが書かれた場面でもある。そしてミリガン夫人の教育とは対照的に、主人公がアーサーに文章の内容を想像させることで、暗唱させることに成功する場面がその後に続く[203]。原作では、息子への読み方教育がうまく運ばないことに対するミリガン夫人の戸惑いや、主人公のアーサーに対する同情についての表現が、二つの教授方法の対照を際立たせる効果を持つ。しかし、『家なき児』における翻訳文を見ると、教授方法の差異が示されていることには留意されず[204]、この場面が、母から子への教育の場面として、適切かどうかという点に、とくに注意が払われたと考えられる。

このような翻訳文は、菊池が息子を甘やかす母親に対して批判的であったことを思い起こさせる。1902（明治35）年の評論「大阪の家庭」において菊池は、子どもの教育に対する母親の役割を強調したが、その中で「子女の監督は一切母任せ」であるのに、その母親が息子を「柔和に優しく成人さす」のに反対であると述べた。また、そのように育てると息子は「柔弱なる家庭に成長せる所謂坊ちゃん」になって「遊郭に最ももて囃さ」れるような軟弱な男

性になってしまうと述べた[205]。こうした記述を踏まえると、『家なき児』のこの引用部でもまた、母親が息子に対峙する時に、「行末を心配」するが故の厳しい態度を取ることが、原文よりも強調されたと思われる。

さらに次の引用では、母親の行うべき家事についても、改変が加えられた。

> Quelle différence entre le plat de pomme de terre au sel de ma pauvre nourrice et les bonnes tartes aux fruits, les gelées, les crèmes, les pâtisseries de la cuisinière de madame Milligan !
> Quel contraste entre les longues marches à pied, dans la boue, sous la pluie, par un soleil de feu, derrière mon maître, et cette promenade en bateau !
> Mais pour être juste envers moi-même, je dois dire que j'étais encore plus sensible au bonheur moral que je trouvais dans cette vie nouvelle, qu'aux jouissances matérielles qu'elle me donnait（F.I, p. 206）
> 貧しい養母のジャガイモと塩だけの食事と、ミリガン夫人の料理人が作ってくれる美味しいフルーツタルトやゼリーやクリーム、デザートの数々とでは、なんという違いだろう。
> 泥の中、雨の中、焼け付く太陽の下を、師匠の後について歩いた長い旅路と、この船での旅とではなんと差があることだろう。
> でも自分自身に対して誠実であるために言うと、僕はこの新しい生活の中に見出した精神的な幸福の方が、この生活が与えてくれる物質的な喜びよりもずっと嬉しかった。（拙訳）

> 直の家では塩煮の馬鈴薯の外には何の御馳走も無つた。師匠に連れられてからも麺麭の一片を一夜を百姓の納屋に過す事が少くなかつた。今は毎日の食後に上等の果物菓子もあればクリームもあり、蒸菓子もある。その上泥まみれになつて宿を見つけて回る心配もない今の境遇は、私に取つての極楽世界であつた。
> 全く千鳥夫人の料理は甘しかつた。飢る心配もなければ暑さ寒さの懸念も無い遊山船の生活は楽しかつた。けれどもそんな肉の上の満足よりも、何よりも、もつと甘い、もつと楽しい、もつと親しいものを私は味はつた。それはこの船に居る間私の胸に充されて居た感情の満足である。（『家なき児』、前編、200頁。）

この引用の場面は、主人公がミリガン夫人とアーサーとの生活によって得た「感情の満足」が「肉の上の満足」に優るということを語る場面である。この場面において、原文ではおいしい料理やデザートを「ミリガン夫人の料理人」が作っているのに対し、翻訳文では「千島夫人の料理」と書き換えられ、翻訳文では夫人が使用人を使わず自ら料理をするように改変された。

　菊池は上流階級の女性が自ら子育てをし、家事をすることを賞賛し、そのような上流階級の女性たちの姿が、他の女性たちの模範となると考えていた。1910年7月5日の「家庭思想の復活」という記事で、日英博覧会におけるハミルトン公爵夫人の講演を次のように紹介した。

> 善良なる家庭は、各種の階級を通ぜる最大の要求なりと、夫人はかくて家庭科学の知識の必要を縷説せる後特に英国上流の少女に言及し、未来の英国を作り未来の国民の母となるものはこれ等の少女にして、上流女子の行為は直ちに全英国の模範となる事を念頭に忘るべからずと誡めたる最も痛切なるを覚ゆ、顧みて我邦上流の女子を思ふ、坐ろに寒心を禁ずる能はず、夫人は最後に現英后メリー女王陛下の美徳を賞賛し、女王が各方面の知識を有せらるると共に、家庭の事に深き興味を有せられ、自ら子女教養の任に当らせられつつあるの一事実は、われ等英国婦人の模範たりと述べ上流婦人が子女の養育教導を他に託して顧みざるの弊を指摘せり

　この記事において菊池は、上流階級の女性であっても、「家庭科学の知識」を身に付け実践し、他の階級の女性の模範となる必要を説くハミルトン公爵夫人に対し、賛同を示した。そして日本の「上流女子」のことを考え、「寒心」を覚えている。改変された後の『家なき児』の翻訳文では、千島夫人が料理などの家事も育児も自らの手で行う姿があり、菊池があるべき上流階級の婦人の姿を念頭に置きながら、翻訳した可能性を指摘できる。

　このように、原文で示された母親たちの姿を基本的には受け入れつつ、菊池は翻訳文において、彼女たちが子どもを教育する姿、家事をする姿を強調

し、彼女たちが良妻賢母であることを示したと考えられる。

2-4-2　娘の献身

　Sans famille では、家族のために献身的に尽す娘が一人登場する。主人公がパリで一緒に暮らすことになった花作り農家のアキャン家の長女、エチエネット（翻訳ではお稲）である。以下は、エチエネットの献身についての記述である。どのように翻訳されるのであろうか。

　　Madame Acquin était morte un an après la naissance de Lise, et depuis ce jour, Étiennette, qui avait deux années seulement de plus que son frère aîné, était devenue la mère de famille. Au lieu d'aller à l'école, elle avait dû rester à la maison, préparer la nourriture, coudre un bouton ou une pièce aux vêtements de son père ou de ses frères, et porter Lise dans ses bras; on avait oublié qu'elle était fille, qu'elle était sœur, et l'on avait vite pris l'habitude de ne voir en elle qu'une servante, et une servante avec laquelle on ne se gênait guère, car on savait bien qu'elle ne quitterait pas la maison et ne se fâcherait jamais.
　　A porter Lise sur ses bras, à traîner Benjamin par la main, à travailler toute la journée, se levant tôt pour faire la soupe du père avant son départ pour la halle, se couchant tard pour remettre tout en ordre après le souper, à laver le linges des enfants au lavoir, à arroser l'été quand elle avait un instant de répit, à quitter son lit la nuit pour étendre les paillassons pendant l'hiver, quand la gelée prenait tout à coup, Étiennette n'avait pas eu le temps d'être une enfant, de jouer, de rire. A quatorze ans, sa figure était triste et mélancolique comme celle d'une vieille fille de trente-cinq ans, cependant avec un rayon de douceur et de résignation. (*F.I*, p. 354)

　アキャン夫人はリーズが生まれて一年後に亡くなった。それからエチエネットは、上の弟よりも2歳しか年上ではないのに、一家の母親となった。学校へ行く代わりに、エチエネットは家にいて、食事を用意し、父親や兄弟の服にボタン縫いや継ぎ当てをし、リーズを抱っこしなくてはならなかった。彼女が娘であり、姉であるということは忘れられて、みんな彼女を使用人のようにしか見ないのが普通になってしまった。しかもその使用人は、家を飛び出したりせず、決して怒らな

いと分かっているから、みんなほとんど遠慮しないのだった。リーズを腕に抱っこして、バンジャマンの手を引き、一日中働き、市場へ行く父親のスープを作るために早起きし、夕食の後には家をきちんと片づけるために遅く寝て、子どもたちの洗濯ものを洗濯場で洗い、夏に少しでも休む時間がある時には水やりし、冬に急に霜が降りた時にはコモをかけるために夜中に起き出し、エチエネットは子どもでいられる時間、遊んだり笑ったりする時間がなかった。14歳なのに、彼女の顔つきは35歳のオールドミスのように悲しく憂鬱だったが、しかし優しさとあきらめの光があった。（拙訳）

小菊の二ツの時にお母さんが死んでから、お稲は太吉よりたった二歳(ふたつ)の年上に過ぎぬけれども、一家の母の責任をもつ事になつたのである。女学校に行くかはりに、家に居て食事ごしらへから洗濯裁縫、小菊のお守までしなくてはならなかつたので、全く母と下女との兼帯であつた。
年は十六の娘盛りといふのに、身姿(みなり)一ツ構ふのではなく、朝は暗い内に市に花を売出しに行く父の汁拵(ソップこしらへ)をし、夜は誰よりも遅く寝、日中は一刻も休む間もなく働き、合間には植木の水かけまでするので、三十以上の古娘に見るやうな、苦労と幽鬱(ママ)の色は自然とその顔に表れて居た。けれども何もかも諦めて居る様子と、物優しい表情とは、見る人にお稲の殊勝(しほらし)さを思はせた。（『家なき児』、前編、355-356頁。）

この引用ではまず、原文では数行にわたり、家族がエチエネットを使用人扱いしているという記述がなされるのに対し、翻訳文ではそれが削除されて、「全く母と下女との兼帯」であると、一言で簡単に述べられ、お稲が「一家の母の責任」を持ち、働く点に重きが置かれた。また、原文では、主人公によるエチエネットに対する同情が、彼女が14歳であるにもかかわらず、「子どもでいられる時間」がなく、遊べないという理由でなされている。それに対し、翻訳文ではお稲の年齢は16歳で、「娘盛りといふのに」と、お稲が子どもというよりも若い娘として捉えられており、「身姿一ツ構ふのではなく」とおしゃれにも気を遣う余裕がないことが加筆された。そして、家事労働に関してはほぼ意味内容を尊重しながら翻訳されるが、農家の仕事については

コモ掛けの作業の部分は削除され、「女学校」にも行くことなく家族に尽す「お稲の殊勝さ」についても加筆がなされた。

原文では、エチエネットの勤勉さと、まだ子どもであるのに働かねばならない彼女に対する同情が表現されたのに対し、翻訳文ではお稲は娘として家事労働に従事し、家族に尽す姿の「殊勝さ」が書き加えられた。菊池の留学後に書かれた記事「仏蘭西の娘」では、フランスの家庭で家事労働において「娘を使ひ立てる事は平気だし、娘もまた普通だと思つて居る」こと、フランスの若い女性の「服装の単純なる」ことを賞賛し、日本の若い女性の「風俗の贅沢になつた」ことについて「家庭の反省を求めたい」と述べられた[206]。こうした記述からは、菊池はエチエネットが家事を行う姿を肯定的に捉えたと考えられ、「身姿一ツ構ふのではなく」という表現も、若い女性にあるべき質素さを翻訳文に付け加えたのであると思われる。

エチエネットの献身は、主人公が病気になった時の看護にも表れた。そして、後述するように、菊池は病人の看護を女性の美徳が最大限に発揮される場と考えていた。以下は、エチエネットの看護の様子が説明された部分である。

> Et à toutes ses occupations, Étiennette avait ajouté celle de garde-malade, me soignant doucement, méthodiquement, comme l'eût fait une sœur de Saint-Vincent de Paul, sans jamais une impatience ou un oubli. (F.I, p. 362-363)
> エチエネットは全ての仕事のうえに、看護婦の仕事を引き受けて、優しく、きちんと、まるでサン＝ヴァンサン＝ド＝ポール協会の修道女のように、忍耐強く、病人を忘れることなく、僕を看病してくれた。（拙訳）

> お稲は一家の女房役の上に、私の看護婦にまでなつたのである。そして焦れもしなければ、忘れもせぬ、看護婦に必要な資格をよく具へて居て、誠の弟も及ばぬほど優しく看護をして呉れるのであつた。（『家なき児』、前編、365頁。）

原文にある「サン＝ヴァンサン＝ド＝ポール協会」とは、コングレガシオンの系譜に連なる慈善団体で、復古王政期の1833年に設立され、貧しい病人を救うのを主な活動とする修道会である。翻訳文ではこの団体の名称を含んだ比喩については省略されたが、お稲が「看護婦に必要な資格をよく具へて」いることがその代わりに書かれた。そして「誠の弟も及ばぬほど優しく」と、翻訳文ではお稲の優しさと看護の資質が強調された。

病人を看護するという行為は、女性の美徳が発揮される行為として『己が罪』にも『乳姉妹』にも記述される。たとえば『己が罪』では、物語の結末近くにおいて主人公の環が看護婦となった際に、その仕事は「あらゆる職務の中にて、最も婦人の性質に適せる、いとも高尚なる献身的事業」であり、環が看護婦として働くにつれて「大いに女子としての最高の美徳を発揮」したと書かれた[207]。『乳姉妹』では、性格の対照的な君江と房江の両者が、物語の中で父と未来の夫の看護に従事し、「女の美しい情の中の、最も美しい至情を発揮[208]」すること、二人が「好一対の看護婦鑑[209]」となったことが書かれた。また菊池の留学時代に書かれた記事でも、パリで病気になった日本の外交官夫人のために、フランス人の使用人の女性が「身を粉にしても看護」をする姿に感銘を受け、フランス人女性の「情的方面の美点」を見出したという記述があった[210]。

娘として献身的に家族に尽し、かつ看護婦としての資質を備えたエチエネットは、菊池によって理想の娘のように捉えられ、翻訳においてその「殊勝」さが引き立つように改変されたと思われる。しかし一方で、Sans famille には、菊池が理想とした「家庭の女」には当てはまらない女性についての記述もあり、その部分にも改変が加えられた。

2-4-3 「家庭」を疎かにする女性、結婚しない女性

Sans famille に登場する、「家庭の女」に該当しない女性は、アキャン家の兄弟姉妹にとっての叔父の妻、つまり義理の叔母にあたる女性（翻訳では

第二章　菊池幽芳訳『家なき児』(1912年)　419

「善助の女房」)である。叔父は炭坑で働くが、その妻は、原作においても家事をあまり行わない女性として描かれる。

> Le bonheur d'un festin ne nous fut pas donné ce soir-là ; <u>je m'assis devant une table, sur une chaise, mais</u> on ne nous servit pas de soupe. Les compagnies de mines ont pour le plus grand nombre établi des magasins d'approvisionnement <u>dans lesquels leurs ouvriers trouvent à prix de revient tout ce qui leur est nécessaire pour les besoins de la vie. Les avantages de ces magasins sautent aux yeux: l'ouvrier y achète des produits de bonne qualité et à bas prix, qu'on lui fait payer en retenant le montant de sa dépense sur sa paye de quinzaine, et par ce moyen il est préservé des crédits des petits marchands de détail qui ruineraient, il ne fait pas de dettes.</u> Seulement, comme toutes les bonnes choses, celle-là a son mauvais côté ; à Varses, les femmes des ouvriers n'ont pas l'habitude de travailler pendant que leurs maris sont descendus dans la mine ; <u>elles font leur ménage, elles vont les unes chez les autres, boire le café ou le chocolat qu'on a pris au magasin d'approvisionnement, elles flânent, elles bavardent et quand le soir arrive, c'est-à-dire le moment où l'homme sort de la mine pour rentrer souper,</u> elles n'ont point eu le temps de préparer ce souper ; alors elles courent au magasin et en rapportent de la charcuterie. Cela n'est pas général, bien entendu, mais cela se produit fréquemment. (*F. II*, p. 48-49)

ご馳走という幸福には、その夜はありつけなかった。僕はテーブルの前の椅子に座ったが、スープは出てこなかった。鉱山を経営する会社は、たいていの場合売店を設営しており、その売店では、鉱山の労働者たちが生活に必要なものなら何でも原価で買えるようになっていた。この売店の長所は一目瞭然だ。<u>労働者なら良質の品を低価格で買うことができる。代金は半月ごとの給料から使った分だけ差し引くことで支払える。こうすることで小売り店からツケで買い物して破産するなどということがなくなり、借金もしない。</u>ただし、全ての良いことに悪い面は付き物だ。ヴァルスでは労働者の妻たちには、夫が鉱山の地下で働く間に、働くという習慣がない。<u>彼女たちは掃除をして、互いの家を行き来しあい、売店で買ったコーヒーかココアを飲んで、ぶらぶらし、おしゃべりし、そして夜になって夫が鉱山から出て夕食に帰ってくる頃には、その夕食を準備する時間がすっかりなくなっているというわけだ。</u>そうしたら妻たちは売店に走って、ハムやソー

セージを買ってくる。もちろん全部の家がいつもそうだというわけではないが、よくあることだった。（拙訳）

ところが折角汁(ソツプ)の御馳走にならうといふ私等の夢はすつかり破(こは)れて了つた。
「善さん、今夜はいけないよ。何にも用意がないから。」
「さうか、仕方が無えな、ぢやア明日の晩頼むぜ。」と善助は云つた。
後で知つたのだが、この坑夫等の町には組合で飲食物の売店が設けられてある。さういふ重宝なもののあるのも善悪(よしあし)で、女房達(かみさんだち)はめいめいの亭主に汁拵(ソツプごしら)へをせずにも済むところから、亭主がこつこつ穴の中で働いてる間、勝手により合つては馬鹿話しを仕合つたり、また珈琲店(カフエー)などに入り込んで日を暮して了ふので、まアどの女房もさうといふではないが、善助の女房などは、取分けその旗頭であつた。でいつも汁は拵へずに腸詰か何か買つて来ては、その冷たいもの許りを亭主に食べさして居るので、それでも善助は一向不平も云はず、あてがはれたもので済まして居るのであつた。
（『家なき児』、後編、45-46頁。）

この場面は、原作でも家族を顧みなくなる女性に対する危機感が表された。しかし、本書の第一部第三章でも言及したように、原作のこの場面の背景には、工業化社会に対する原作者マロの強い危惧があったと考えられ、炭鉱会社の経営する売店という企業のパテルナリスムの制度の一つが女性を家庭から遠ざけ、労働者家族を道徳的側面において危機に陥れることに対する危惧が表現された。

しかし、翻訳においては、そうした背景については考慮されることはなく、家事をしない女性が以下の点でとりわけ悪く書かれた。まず、原文では炭坑会社が設営した売店について、その機能と必要性が、労働者の生活の実態（「小売店からツケで買い物して破産する」）にも言及されながら説明されるので、炭鉱夫の妻たちが売店を利用する理由もある程度正当化されるが、翻訳では売店について「さういう重宝なもの」とだけ言われて、「女房達」の怠慢さが重点的に語られる。また原文にある「彼女たちは掃除をして」という、こ

の場面で唯一妻たちの家事労働について言及される一節は削除され、妻たちが家でコーヒーとココアを飲んでいるという記述は、「珈琲店に入り込んで」しまうことに改変され、翻訳では「女房達」はまったく働かず家を留守にするような書き方をされた。さらに、原文で一般論として語られた妻たちの態度が、「善助の女房などは、取分けその旗頭」であると、主人公が出会うアキャン家の叔母が、そういった悪習慣の根源のように書かれた。そして妻の態度に何も文句を言わない夫の態度が付加された。

　この改変によって、原作における工業化社会の批判という側面は翻訳においてほとんど失われ、家庭を守らない女性に対する批判という側面が強くなった。そして「善助の女房」をはじめとした炭鉱夫の妻たちは、怠惰で、夫や子どもの世話をしない、「家庭の女」でない女性として書かれている。翻訳において、「善助の女房」がより悪く書かれたのは以下の部分でも同様である。

> C'était la tante d'Alexis. Je crus qu'elle allait nous engager à entrer et à nous reposer, car nos jambes poudreuses et nos figures hâlées par le soleil criaient haut notre fatigue ; mais elle n'en fit rien et me répéta simplement que si je voulais revenir à six heures, je trouverais Alexis, qui était à la mine.
> Je n'avais pas le cœur à demander ce qu'on ne m'offrait pas ; je la remerciai de sa réponse, et nous allâmes par la ville, à la recherche d'un boulanger, car nous avions grand'faim, n'ayant pas mangé depuis le petit matin, et encore une simple croûte qui nous était restée sur notre dîner de la veille. J'étais honteux aussi de cette réception, car je sentais que Mattia se demandait ce qu'elle signifiait. A quoi bon faire tant de lieues ?
> Il me sembla que Mattia allait avoir une mauvaise idée de mes amis, et que quand je lui parlerais de Lise, il ne m'écouterait plus avec la même sympathie. Et je tenais beaucoup à ce qu'il eût d'avance de la sympathie et de l'amitié pour Lise.
> La façon dont nous avions été accueillis ne m'engageant pas à revenir à la mai-

son, [...] (*F.II*, p. 43-44)
　この人はアレクシスの叔母であった。僕は叔母さんが家に入らして休ませてくれると思っていた。なぜなら泥まみれの足と日焼けした僕らの顔を見たら、本当に疲れているのだと分かるからだ。でも叔母さんはそんなことはお構いなしで、ただ、アレクシスは鉱山にいるから、6時にまた来たら会えると繰り返すだけだった。
　僕は、人からどうぞと言われてもいないことを、頼む気にはなれなかった。叔母さんにお礼を言って、街の方へ行き、パン屋を探した。というのも、朝早く、しかも昨夜の残りのパンしか食べていなかったから、お腹がペコペコだったのだ。
　僕はあんな応対をされたことが恥ずかしかった。というのもマチアがこれはどうしたことだと思っているのを感じたからだ。何のためにこんなに歩いてきたのだというのか。
　マチアは僕の友達に対して悪い考えを持ってしまうだろう、この先リーズについて話をしても、前のように好感を持っては聞いてくれないだろう、と僕は思った。マチアには、リーズに会う前から、ぜひリーズに好感と友情を持っていてほしいと思っていたのだ。あんな風に迎えられたせいで、僕は叔母さんの家に引き返そうとは思えなかった。（拙訳）

　この婦人は太吉の義理の伯母だつた。私はこの伯母が私等を家へ入れて休息さしてくれる事と思つて居た。実際私等は焼つけるやうな太陽の下を随分長い事歩き詰にして来たのだから、足は棒のやうになつて居たのだ。けれども伯母は入つて休んで行けとも何とも云はない。只太吉も坑内に働いてるから六時に来なければ逢ないと繰返して云つた。
　私は人が入れとも云つてくれぬものを、入らしてくれと頼む事は出来ぬ性質だから、この伯母には礼を云つて、そこを出ると、疲れた足を引摺ながら町へ引返し、取あへず麺麭屋へ飛込んで腹を肥やした。何しろ昼食をまだ食ずに居たのだから飢じくて仕方が無つたのだ。
　私は善助の女房に受けたこの待遇を恥ずには居られなかつた。なぜなら町也が、一体これは何の事だと馬鹿々々しがつてる様子が私に読めたからである。また実際こんな事なら何のために三月も苦労してここまで来たのか分らない訳だ。
　どうも町也は私の友達についても、いい考へを持たないやうになつたらしく見えた。小菊の可愛らしい事を話しても、前のやうな同情を持つて聞いてくれなかつ

た。それもこれもあの婦人(をんな)のぶあしらひのためだと思ふと、私はもう二度とあの家(うち)へ尋ねて行く勇気が無くなつた。(『家なき児』、後編、40-41頁。)

　この場面では、アレクシス(翻訳では太吉)を訪ねた主人公が、彼を引き取っていた叔母(善助の女房)に、いったん追い返される場面である。ここでは、追い返された主人公とその親友のマチア(翻訳では町也)の疲労と、アレクシスの家を訪ねるまでの苦労が強調されて(「疲れた足を引摺ながら」「三月も苦労して」)、「あの婦人(をんな)のぶあしらひ」に対して主人公は原文よりいっそう腹を立てているように描かれた。また、翻訳では町也が「馬鹿々々しがつて居る」ということが加筆された。原文では条件法が用いられ、過去における未来が表現される個所、つまり「マチアは僕の友達に対して悪い考えを持ってしまうだろう、この先リーズについて話をしても、前のように好感を持っては聞いてくれないだろう」というように、主人公が不安になってマチアの態度が変わるのではないかと予測している文章において、翻訳文では、「いい考えをもたないやうになったらしく見えた」「前のやうな同情を持つて聞いてくれなかつた」と、直説法の過去形、つまり断定を表すものとして訳された。翻訳において、友達に与えられたこうした悪い影響を主人公は「それもこれもあの婦人のぶあしらひのためだと思ふと」腹が立ち、「もう二度と」あの家に行くものかと考えるのである。

　このように、「善助の女房」は、家事をまったくしない女性として描かれただけでなく、炭鉱町の妻たちの怠慢の「旗頭」とされ、主人公はその冷遇ぶりに、原作にある以上に腹を立て失望した。「家庭」を顧みない女性はこのように悪者として翻訳された。

　Sans famille において、菊池の「家庭」観や女性の生きるべき道に反することが述べられた、もう一つの個所は、先に言及したアキャン家の長女エチエネット(お稲)が、結末において結婚せずに独身のまま、父親の世話をし続けているという生活が語られる部分である。次の引用に見るように、その

部分にはまったく違う翻訳があてられた。

> [...] un homme aux cheveux blancs presse deux femmes qui l'entourent : «Allons vite, dit-il, nous manquerons le train et je n'arriverai pas en Angleterre pour le baptême de mon petit-fils ; dame Catherine, hâte-toi un peu, je t'en prie, depuis dix ans que nous demeurons ensemble tu as toujours été en retard. Quoi ? Que veux-tu dire Étiennette ? Voilà encore mademoiselle gendarme ! Le reproche que j'adresse à Catherine est tout amical. Est-ce que je ne sais pas que Catherine est la meilleures des sœurs, comme toi, Tienette, tu es la meilleure des filles ? Où trouve-t-on une bonne fille comme toi, qui ne se marie pas pour soigner son vieux père, continuant grande le rôle d'ange gardien qu'elle a rempli enfant, avec ses frères et sa sœur ? (*F.II*, p. 462)

白髪の男性が、そばにいる二人の女性を急かしている。「早く早く、イギリスにいる孫の洗礼式に行くのに、電車に乗り遅れてしまう。カトリーヌ、早くしないか、十年前に一緒に住んでからというもの、お前はいつもそうじゃないか。何？エチエネットお前何が言いたいのかい。お前はいつも見張り番だね。カトリーヌにきついことを言ったって、それは仲が良いからさ。カトリーヌが一番良い妹だということを、私が分かっていないわけないじゃないか、チエネット、お前が一番良い娘であるのと同じようにね。お前のように良い娘がどこを探しても見つかるものではない。結婚もせず、年老いた父親の面倒を見て、子どもの頃に弟たちと妹にしてやったように、大きくなってからも家の守護天使でいてくれるなんて。」（拙訳）

あれ胡麻塩頭のお爺さんが、今二人の女をせき立て居る。お爺さんはお前のお父さんで、二人の女はお勝叔母さんとお稲さんだ。お勝叔母さんも大分年を取つたねえ。ああ三人とも今馬車へ乗込んだ。どこへ行（ゆ）くだらう。英吉利へ来る積りかも知れないな。（『家なき児』、後編、482頁。）

結末の大団円においては、主人公、アキャン家の兄弟姉妹、主人公の親友マチア、主人公の実弟であったアーサー、そして彼らの親兄弟の行く末が語られる。そしてその文章の中で、エチエネットの部分が省略に近い形で、う

第二章　菊池幽芳訳『家なき児』（1912年）　425

やむやにされた。それに対して、エチエネットの弟の一人の行く末は、次のようにしっかりと翻訳された。

> à bord est un jeune homme revenant de faire un voyage d'exploration botanique dans la région de l'Amazone ; on dit qu'il rapporte tout une flore inconnue en Europe, et la première partie de son voyage, publiée par les journaux, est très curieuse ; son nom, Benjamin Acquin, est déjà célèbre ; （F.II, p.462-463）
> 船上にはアマゾンへの植物採集の旅行から帰ってきた、若い男が乗っている。この男は、ヨーロッパでは知られていない植物を持ち帰ると言われているが、新聞に載った彼の旅行記の第一章はとても面白い。彼の名はバンジャマン・アキャンといってすでに有名だ。（拙訳）

> 甲板(デッキ)の上には若い男が居るが、アマゾン地方へ植物探検に行つた帰途(かへり)で、今度欧羅巴(ヨーロッパ)へまだ知られぬ花を持つて来たのだ。この男の最初の紀行文は大変に人の注意を惹いたもので、植物学者の赤根弁吉と云へばもうちょつと人に知られて居る。（『家なき児』、後編、483頁。）

　同じアキャン家の姉弟で、登場人物としての重要度は同じであると考えられるのに、姉についての言及は翻訳されず、弟については翻訳された。明治末年に書かれた評論において、独身生活に憧れた女性たちを戒めた菊池は、Sans famille において独身で通す女性たちを「良い娘」「良い妹」として書かれた部分を省略したと考えられる。

　以上のように、Sans famille の女性の描写は、翻訳文において改変された部分がある。そして、その改変は原作の描写を覆したり、あらすじに大きな変化を与えたりするようなものではなかった。しかし、原作の表現を尊重しつつ、女性の母としての役割や献身の美徳、「家庭」を顧みない女性の悪さが引き立てられるように翻訳され、独身で通す女性に関する言及は省略されたと言える。こうして Sans famille の女性たちは、菊池が支持する「家庭」

と良妻賢母規範に沿うように改変が加えられたのである。

2-5　女性以外の読者への意識：児童と男性

2-5-1　児童文学としての評価、翻訳の際の配慮

　『家なき児』は菊池によって「家庭小説」として理解され、翻訳されたのにもかかわらず、明治30年代後半以降の菊池の「家庭小説」とは違って、女性以外の読者も意識された。そのひとつは児童の読者であった。

　『家なき児』の翻訳以前に菊池が児童向けの作品を書いたことは少ない。管見の限りでは、1900年に単行本が出版された『秋の夜はなし――波斯異聞』が出版広告において「少年の好伴侶」として紹介され[211]、「大探検」（1895年）、「宝庫探検　秘中の秘」（1902年）、『二人女王』（1903年）などの探偵小説と冒険小説を兼ねた作品群が少年にも受容されたと思われる。『秋の夜はなし』は「三つの品」「魔法遣ひ」の二話をペルシアの伝説として紹介したもので、その原典または出典は不明である[212]。探偵小説と冒険小説を兼ねた作品群については、たとえば「宝庫探検　秘中の秘」が、小学生時代の江戸川乱歩が「探偵小説の面白味を初めて味わつた」作品であると述べたことから[213]、それらが児童にも好んで読まれていた可能性が指摘できる。

　鬼頭七美によると、1901（明治34）年1月から2月の『大阪毎日新聞』に掲載された社説「少年に読みものを作れ[214]」では、西洋で「神仙譚」「武勇譚」「寓意譚」「冒険譚」が存在することが紹介され、日本でも「少年」のためにそうした読み物を作るべきだと主張された。鬼頭はこの記事を、明治30年代前半において『大阪毎日新聞』紙上では、「家庭」が女性というよりもむしろ、男性の領有物として捉えられたことを示す記事の例として挙げ、当時の『大阪毎日新聞』において、男児に対する読み物が待望された点を指摘した[215]。1902年の「宝庫探検　秘中の秘」、1903年の『二人女王』などの児童も読める菊池の作品は、こうした『大阪毎日新聞』の方針とも重なりなが

ら、「家庭」において「少年」すなわち男児が読み得る文学として意識されて書かれた可能性はある。

しかしながら、以上の作品において、『秋の夜はなし』が「少年の好伴侶」と宣伝された以外には、菊池の小説の読者対象として「少年」を含む児童が明確に指し示されたことはなかった。菊池に児童文学に対する興味がなかったと断定できないが、菊池の主作品として挙げられる「家庭小説」の読者対象はやはり、明治30年代後半以降はおもに女性であった。したがって、単行本版『家なき児』の「序言」の中で「仏蘭西では少年男女の学校の賞品としては最も歓迎せらるるもので、少年諸子の人格修養上に多大の裨益ある」と述べられ、『家なき児』が男女両性の児童が読める小説であることが明言されたのは、菊池の文筆活動の中では新しく、例外的であった[216]。

菊池が原作の Sans famille を児童文学として評価した部分は、次の二点が挙げられる。第一に、孤児である主人公が、親代わりの登場人物に教育されつつも、自由に定住せず旅を続ける物語の中に、児童が自分自身で人格を形成する様子を読み取った点である。第二に、主人公と登場人物の子どもたちが、戸外の生活の中で、人間同士でだけではなく、犬や猿などの動物とも友情を育むところに、「博愛」の精神を見出したと思われる点である。

第一の点に関し、上に引用した「序言」において原作が、「少年諸子の人格の修養上に多大の裨益ある」とされた点について、『少年倶楽部』での紹介文では次のように、詳述されている。

　　この小説を読んだ大人は、いかに小児（こども）の人格を尊重しなければならないかといふ事や、我が子の教育といふものは、決して学校や教科書のみにないといふ事を、どんなに適切に教へられるでせう。また、少年少女諸子は自個（ママ）の人格をどんなにして作り上げなければならないかといふ事を、この小説によつて、ハツキリと自覚させられます[217]。

この言葉から看取できるのは、次の二点である。第一に学校教育以外の場における教育の重要さである。そして、菊池の示唆するそうした教育の中には課外図書の読書による教育や、家庭教育[218]も含まれていると考えられる。『家なき児』の読書は「学校や教科書」では教われない教育に貢献するという、菊池の原作に対する評価が窺える。第二に、人格を「作りあげ」るのは「少年少女諸子」、すなわち児童自身であって、大人はそれを尊重すべきであるという主張がなされ、そのような人格形成の様子を原作の中に菊池が読み取ったという点である。

菊池の児童観の一端を知るための資料として、実際に児童の様子を観察しつつ書かれた記事に「小児観察」（1900年3月17日—同月26日）と「よつちやんの帰省」（1900年12月19日—1901年2月11日）、そしてこれら二つの記事も収録された単行本、『よつちやん』[219]がある。これらは当時「数へ年四ツ」であった菊池の長女・芳江の様子を「お父さん」である菊池が観察し、読者に語る記事である。『よつちやん』の「はしがき」で、こうした文章が自分の娘について「飾らず包まず書いたものである」ことが説明された。これらの記事の中では幼い娘の教育について、基本的に「子供の自由にさせる」という教育方針が取られ[220]、そのことの大切さが繰り返された。それは次の引用の言葉に最もよく表れている。

> 自分夫婦はよつちやんを手の中の珠と愛で万事放任主義を取つて居るので、小供（ママ）が横道へ外れぬ限りは決して子供を制止せぬのである、子供の精神の自由を束縛するといふ事を極めて弊害のあるもの心得て居るので、であるから子供が来客の座へ来て居やうと子供の意志に反して外へ連出させるといふやうな事は決してせぬ[221]

「放任主義」の大切さを述べたこの引用以外の部分でも、「よつちやん」がのびのびと毎日を過ごす様子が書かれた。たとえば、食事の時に娘が「無暗

に水を飲んで仕様がない」ことについて、「寒い日でも冷飯へ冷水をかけて平気」な娘を、母親や周囲が心配するのに対し、菊池は「自分はソンな勢でなければ子供は育たないと云つて、いつも子供の自由にさせる」と述べる[222]。また、話し出すことが他の子どもよりも遅れた娘に対し「無理に教へやうとするのを［(引用者註)母親に］禁じて置いた」エピソードを述べた[223]。

　菊池は児童の意志に反して何かを無理強いする家庭教育に反対であることを『よつちやん』の中で繰り返した。そして長女の無邪気でのびのびとした言動や笑顔によって「身に受た諸々の不浄も洗浄（ピューリフハイ）されるような気がする」と、親である自分もまた幼い娘から良い影響を受けることを語ったのである[224]。

　幼い児童に対して「子供の自由にさせる」ことを重視する、菊池の教育観に影響を与えた可能性があるものとして、菊池が取手小学校の教員時代に読んだ『女学雑誌』が考えられる。菊池が小学校の教員をしていた1888（明治21）年4月から1891（明治24）年8月の『女学雑誌』には、「子どもの教育」、「子供の養育」、「将来の日本人民」、「フレーベル氏教育要礎」などが児童教育に関する論文、論説として掲載された[225]。これらの記事の中には、一方で、「子供が悪き話を見聞しない様に、気を付ねばなりません」という言葉や、「親の命令には、直に従ふ様にしなければなりませぬ」という教えなど、子どもを「悪き」ものから遠ざけるように、親が厳しく子どもを取り締まることの重要さを説く面が見受けられる[226]。

　しかしその一方で、菊池の言うように「子供の自由にさせる」ことの必要を説く論説もある。たとえば、井上次郎訳「フレーベル氏教育要礎」では、フレーベルの主著『人間の教育』の記述に基づきつつ、教育は人間の「内部に存するの精」を保護しながら「自然に拠りて人の精を自由に発達」させるべきであり、「干渉する勿れ、強ゆる勿れ、ただ謹しみて有の儘に開発すべし」と説かれた。そして「子供をして先づ第一に自己に於て中心基礎となすべきものあるを自覚せしめ、自（おのず）から其上に立ち、其上に休み、夫（それ）によりて動

き働らくことを感ぜしむべし」と、児童自身の力がもっとも重要であることが述べられた[227]。

　また、巖本善治の「将来の日本人民」では、女性に国民を育てるという重要な役割があると述べられた上で、「年長者の改めがたく、年少者の教へ易き」ことを説き、幼児教育がとくに大切であると述べられた。そして、すぐれた家庭教育のあり方とともに、この論説でもフレーベル主義の幼稚園が紹介され「蓋し子供は尤もよく騒ぎ、尤もよく遊び、尤もよく談合するもの也、而してこの騒ぐ遊ぶ話しする等は、皆な其の霊能を発達せしむるが為めの天然の大運動なれば、凡そ子供を正当に育つるものは、決して之を制す可らず」と、児童を自由にさせておくべきことが語られた[228]。

　『女学雑誌』の記事を通して、西洋的、キリスト教的な個性尊重主義の家庭教育観に[229]、菊池が触れた可能性がある。さらには、それに感化され、「子供の自由にさせる」ことを重視する児童教育観を持ち、新聞記事や論説などにおいて展開した可能性も指摘できる。『女学雑誌』の記事で説かれた、児童の行動に「干渉する」ことなく、「自由に発達」させるという教育方法は、菊池が長女の教育について語ったことと同様である。

　そして、『家なき児』に対する評価においても、この小説を読むことで、大人は「小児の人格を尊重しなければならない」ことを理解でき、児童たちも「自個の人格をどんなにして作りあげなければならぬかといふ事」が学べる点について菊池は賞賛した。この記述から、小説の中でも児童の自由が縛られず、児童の意志でその人格が形成されていく様子に対して、菊池が評価したということが看取できる。

　原作者マロが Sans famille で提示した児童教育には、『女学雑誌』で紹介されたフレーベルの『人間の教育』に影響を受けた記述が見受けられる。菊池の評論や、『家なき児』について語った文章において、フレーベルに直接言及されたことはない。しかし、菊池が積極的に購読した時期の『女学雑誌』の中で、『よつちやん』において提示された教育観と類似する児童教育

第二章　菊池幽芳訳『家なき児』（1912年）　431

のあり方が説かれた点、そして菊池が『家なき児』で提示される同様の教育を評価したと思われる点には注意が惹かれる。Sans famille に提示される、児童の内面や好奇心を尊重する教育や、主人公をはじめ、のびのびと活動する児童の描写に菊池は共感したと考えられる。

　Sans famille の中での、児童の自発性を重視する教育に対する菊池の評価は、たとえば次の引用部からも明らかになる。

　　- Voilà une réponse, dit le père en riant, et une bonne, on voit qu'elle est agréable pour toi. Accroche ton instrument à ce clou, mon garçon, et le jour où tu ne te trouveras pas bien avec nous, tu le reprendras pour t'envoler ; (F.I, p. 352)
　　「それがお前の答えだな」と笑いながらおやじさんは言った。「良い返事だ。お前は喜んでくれたようだな。お前の楽器をそこの釘にかけなさい。いつか私たちといるのが嫌になったら、またその楽器を持って飛び立ったらいいさ。」（拙訳）

　　父は心地よささうに笑ひながら
　　「それがお前の返事だな。よしよし。琴はその壁の釘にかけるがいい。何もお前の意志まで縛らうとは云はんから、暫く居て見て、つまらないと思へば、その時はどこへでも行くがいいや」（『家なき児』、前編、354頁。）

　この一節において、菊池は「意志まで縛らうとは云はん」という言葉を加筆し、アキャン家の父親が主人公の意志と自由を尊重していることを強調した。大人の登場人物によって無理強いされることのない主人公は、物語が進行するにつれて、自分の判断と責任で行動するようになる[230]。とくに第二部における旅は大人が同伴せず、主人公とその親友の児童だけで行われ、第二部の冒頭では「まだ子どもであるが自分自身の主人である」（F.II, p. 1）ことの責任の重さが語られた。主人公の判断や選択が大人によって尊重され、かつ物語の後半では大人に頼ることなく主人公が旅をする姿が、大人が「小児の人格を尊重」し、児童が「自個の人格」を形成するという点で、まずは評

価されたと考えられる。

　Sans famille が児童文学として評価された第二の点は、戸外での旅という環境の中で主人公がのびのびと行動し、動物との触れ合いにより、彼の中に「博愛」の精神を育む点であったと考えられる。菊池は児童が植物や動物と触れ合い、自然の中で育つことに賛成であった。たとえば、ヨーロッパ留学後に発表された記事「巴里は小児の楽園――最も善く小児を了解する仏蘭西人」では、リュクサンブール公園、モンソー公園、チュイルリー宮殿の庭園、ブローニュの森やヴァンセンヌの森など、パリには公園と森がいくつもあり、そこに母親や乳母たちが子どもを連れてきて、戸外で遊ばせる習慣があるのを見て次のように述べた。

　　巴里などへ来て見ると、巴里こそ小児の楽園であるといふやうな感が誰でも起る。［……］倫敦でもその外の欧羅巴の都でも、小児大供の遊び場所に事欠かぬ設備はちやんと出来てる。出来ては居るが巴里ほどに小児に利用されて居ない。巴里へ来て見ると、小児が嬉々として致るところの公園地で遊んで居る様が目につく。［……］欧羅巴の都人士の中で、一番よく小児を了解してるのは恐らく巴里人だらう。巴里人は小児の悲みにも喜びにもよく同情を持つ。小児は彼等の心の喜びである[231]

このように菊池は、児童が戸外で遊べる環境がパリでは整っていることを賞賛する。同記事ではその一方で、日本では「小児等は郊外へ出ない限りは、運動の仕様もなく、新鮮な空気の取りやうもな」く、「日本の都会に住む小児が如何にみじめであるか」が言及された[232]。

　また児童と動物との触れ合いに関しても、菊池の娘の「よつちやん」と飼い犬の様子について語られた。その文章によると、菊池の長女は「動物が非常に好でいかな動物でも少しも恐いと思はぬ」ような、「動物を恐れずに愛するといふ情」の深い性格の持ち主であるとされ、それは飼い犬の「ペチ」が長女の「やツとあんよの出来る頃」からの「唯一の友達」となり、いつも

一緒にいたからであると書かれた[233]。そしてこの記事の連載中に、「ペチ」は行方不明となって亡くなってしまったが、長女は「ペチどうした」と「深い哀悼」を表すような優しい娘となったことも記され、次のように述べられた。

> 思ふによつちやんが動物を恐れずに動物を親愛するといふ高尚な念を養はれたのは、恐らくはペチの感化であらう、よしペチは殺されて此世に亡きものとなつたにせよ、実に難有い感化を家庭の上に残して行つたのである［……］他年よつちやんの性情に博愛の美質が養はれたとすれば、その幾分は必ずやペチの負ふところであらう[234]

このように、「動物を親愛するといふ高尚な念」は、「博愛の美質」を養う要素として捉えられ、娘の観察を通して、児童が動物とともに過ごすことの教育効果が述べられた。

Sans famille の主人公は、犬や猿と一緒に戸外での旅をともにする。そのことに関し、『少年倶楽部』での「家なき児」の紹介文において、次のように述べられた。

> この小説には教訓めいた理屈はどこにも見出す事が出来ません。そこには只自然愛と溢るるばかりの人間味が流路して居るばかりです。草も木も動物も人も、渾然として自然愛と人間味の間に融合つて居ます[235]。

登場人物の人間ばかりではなく、彼らが旅する中での戸外での環境も、動物も「自然愛と溢るるばかりの人間味」の融合をなす一部であると評価された。こうした評価や、上に挙げた菊池の評論からは、児童の主人公が屋外で過ごすことの多い環境や、主人公にも見出されうる「動物を親愛するといふ高尚な念」について評価され、そのような記述が読者の児童に対して「自然愛と溢るるばかりの人間味」や「博愛の美質」を培う良い影響が与えること

が期待されたと考えられる。

　しかしながら、児童の人格形成、戸外での生活、動物との触れ合いといった複数の点において、原作が児童文学として評価されたと思われる一方で、Sans famille における児童の描写の全てが、日本の読者に紹介するのにふさわしいと判断されたとは、言うことができない。なぜなら、原文と翻訳文とを照合すると、次の二点に関する描写と記述について、児童読者に対する配慮が原因で、翻訳文では削除されたと思われるからである。

　第一に、主人公が、未来の妻であるアキャン家のリーズ（翻訳では小菊）と二人で遊ぶ場面において、二人の幼い恋心を想起させる表現は削除された。たとえば二人で犬を連れて散歩する際に「手をつないで」（F.I, p. 364）いくという表現、「散歩の時にリーズはもちろん何も話さなかったが、驚いたことに僕たちには言葉なんかいらなかった。お互いに見つめれば目で理解しあえるので、僕自身も何もリーズに話しかけなくなった」（F.I, p. 365）という一文が削除された。原作第二部第十章では、リーズと再会し、彼女の住む場所の周辺を主人公、マチア、リーズと三人で散歩する場面において「僕の言いたかったことは、リーズと散歩したところ、一緒に遊んだところはどこでも、たぶん、ほかのもっと景色が良い場所にも見出せなかったような、美しさや魅力があるように思えたということだ。リーズと一緒に見たというだけで、その土地は僕の喜びに照らし出され、思い出の中で輝くのだ」（F.II, p. 247-248）という一文を含む、一段落全体が省略された。最終章では、若い夫婦となった二人がキスをする場面が、「頭を抱」くように改変された[236]。

　このように男児と女児が遊ぶ場面、男女の恋愛を想起させる場面では、二人の仲の良さが控えめに伝わるように改変された。Sans famille のあらすじにおいて恋愛の要素はほとんどない。しかしそれでもなお、結末において結婚する二人の恋愛を想起させる要素を作品の中から削除し、児童にも安心して読めるように、配慮されたと考えられる。

　第二に、Sans famille の中で主人公がアキャン家で読書の習慣を習得する

場面に関し、その場面自体は翻訳されたが、「どんな本でも、読むことは役に立つというのは、たしかに真実だ」(*F.I.* p.372)という、最後の一文は削除された。この場面は本書の第一部第三章第一節で詳しく論じたように、「独学者」としてのアキャン家の父親が、主人公に読書の楽しみを教え、彼が若い頃に行った雑多な読書を主人公にも受け継がせる場面である。菊池はこの場面を比較的正確に翻訳した[237]。明治40年代には、恋愛小説や自然主義小説を青少年の堕落を助長するものとして排除しようとする選書の意識が菊池にあった点、この一文の前の文章までは比較的正確に翻訳された点を考えれば、この一文は意識的に削除されたのではないかと思われる。

　こうした改変は、菊池が *Sans famille* における「子供の自由にさせる」ような教育態度や、児童自身による人格形成を評価する一方で、主人公の「自由」の表現に関して一定の制限を設けつつ翻訳を行ったことを示すと思われる。

　小林輝行は、明治30年代から明治40年代にかけて、西欧志向的な家族が増加するのにともない[238]、家庭教育論において個性尊重主義が発達する一方で、その全てが真の意味での個人の解放を意味するものではなく、方法論的次元に留まるものも混在したと指摘した。たとえば、親が子の個性を尊重するべきことを説く一方で、その親や国家に対する忠孝を全うさせることを説くなど、近代性と前近代性の混在が見られた[239]。

　菊池は「小児の人格を尊重しなければならない」と書きながらも、本章第二節で示したように、国家の基礎となる「家庭」を揺るがすような個人主義的な考え方を激しく非難した。とくにある一定の年齢以上の女性の恋愛、読書、手紙の交換については親の監視が必要であることは何度も繰り返して主張された。恋愛の要素や、完全に自由な読書についての一文を削除した『家なき児』の翻訳文においても、*Sans famille* の主人公の「自由」には制限が見受けられ、完全に「忠実」な翻訳とはされなかった。

　このように、*Sans famille* は児童も読める「家庭小説」として評価され、

児童読者、および青少年の読者への配慮のもとで改変も加えられた。そして、さらに菊池が『家なき児』の読者として想定したと思われるのが、成人男性の読者である。

2-5-2　成人男性も読める小説として

　『家なき児』が女性だけでなく成人男性も読者として視野に入れられたことは、まず『大阪毎日新聞』紙上の連載予告における次の言葉で分かる。

> 今日の新聞小説中、親も子も夫も妻も老人も少年も、換言すれば一家団欒して読み得る小説ありや。一家団欒して読得るとするも老人にも少年にも有識者にも無識者にも齋しく趣味感興を与ふる小説ありや。我新聞界実にかくの如き小説を欠くや久し。幽芳氏仏国にあり、これを求めてエクトル、マローの『家なき児』を得たり[240]。

　上の引用のうち、読者対象となる成人男性を示す言葉と考えられるのは「夫」であり「有識者」である。「夫」が成人男性であるのは自明であるが、「有識者」もまた、成人男性を含む人々を意味したと考えられる。飯田祐子によると、明治30年代後半に、「家庭小説」が女性の読み物としての特殊性を持つようになり、芸術的小説ではないという理由で「通俗小説」の側へと押しやられていくのと並行して、女性読者は芸術的小説を読む能力のない読者と見なされるようになった[241]。そして、家庭小説が芸術と切り離され「通俗小説」として道をたどるとともに、女性読者も芸術から排除され、芸術としての文学は男性的な領域として成立すると指摘された[242]。つまり、家庭小説が女性の読み物として特化された段階で、知識の浅い女性読者と、そうでない男性読者という区別がなされていた。

　また、当時は知識の有無に関するジェンダー・バイアスが存在した。たとえ女性が高等女学校や女子高等師範学校、女子専門学校などの女子中等教育

機関に通ったとしても、彼女たちは「有識者」と見なされることは困難であったと思われる。稲垣恭子は、「女学生文化」は「モダンな教養文化」「『たしなみ』文化」「大衆モダン文化」の三つの世界と接触しながら、それらの要素を融合した独特の文化であると分析した。そのうえで、境界融合的な「女学生」の文化と教養は、そのどれかを深く追究する「専門性」から見れば表層的で「軽薄な知」と見なされ、知識人からなされた「女学生」の「軽薄な知」への批判は、彼女たちの知のあり方の「非正統性」への批判の側面が大きかったと指摘された[243]。こうしたことを考慮すれば、『家なき児』の連載予告で用いられた「有識者」とは男性を示すと考えられるのである。

　「有識者」である男性をも読者としたい考えは単行本版『家なき児』の「序言」にも見受けられる。そこでは、『家なき児』が「仏語(フレンチ)を稽古するものなどには最も推奨すべき小説」であること、作品に登場する地名を一部そのまま残し、日本風の名前に直さなかったのは、「仏蘭西の地理を知つて居る多少の読者に便せん為」であることが述べられた。ここで、「仏語を稽古するもの」「仏蘭西の地理を知つて居る多少の読者」が男性であることは述べられない[244]。しかし、当時フランス語を学習する機会のある女性や、フランスに留学や出向などして地理に詳しくなることが出来た女性は、多くは存在しなかったと考えられる。もちろん、「仏語を稽古するもの」「仏蘭西の地理を知つて居る多少の読者」、そして「有識者」として想定された読者から女性を完全に排除することはできないかもしれない。しかし、「有識者」等の文言で想定された読者に、成人男性も含まれるということは言えるのではないだろうか。

　このような「夫」や「有識者」にも読む価値のある小説として主張できる点は、『家なき児』のどこにあるのであろうか。菊池が単行本版の「序言」の中で、「仏語」の学習者や「仏蘭西の地理」を知る人を読者対象として捉えたことから考えて、『家なき児』に書かれたフランスの文化や風俗に関する知識が「夫」「有識者」を惹きつける要素として捉えられた可能性がある。

その可能性は、原文から翻訳文への改変にも表れている。

　Sans famille が『家なき児』へ翻訳される際には、原作に登場するフランスの小さな地方都市の名前や、細かな習慣などは省略された。しかしその一方で、フランスの文化や風俗に関する記述が翻訳される際には、しばしば説明が加えられた。たとえば、主人公が花作り農家のアキャン家に滞在した時に経験した祭日の経験の記述には、日本の読者にも分かるように次のように説明が加えられた。

> Or, ce moment est celui des grandes fêtes de l'année : la Saint-Pierre, la Sainte-Marie, la Saint-Louis, car le nombre est considérable de ceux qui s'appellent Pierre, Marie, Louis ou Louise et par conséquent le nombre est considérable aussi des pots de fleurs ou des bouquets qu'on vend ces jours-là et qui sont destinés à souhaiter la fête à un parent ou à un ami. Tout le monde a vu la veille de ces fêtes les rues de Paris pleines de fleurs, non seulement dans les boutiques ou sur les marchés, mais encore sur les trottoirs, au coin des rues, sur les marches des maisons, partout où l'on peut disposer un étalage. (*F.I*, p. 380)

ところでその時とは、年に何度かある大きな祝日のことだ。つまり、聖ペテロ、聖母マリア、聖ルイ、聖ルイーズの祝日のことで、なぜならピエール、マリー、ルイ、ルイーズという名前の人の数はとても多いので、これらの祝日には親戚や友達をお祝い用の鉢植えや花束がとてもよく売れるからだ。これらの祝日の前日には、パリの街は花でいっぱいになり、市場や花屋だけではく、歩道や四つ角、家の入り口にある階段でも、台が置ける所ならどこでも、花でいっぱいになる。
（拙訳）

　年中行事の重(おも)なる祭日聖彼得(ペトロ)、聖マリヤ、聖路易(ルイ)といふやうな日は、花作りの重要な書入日で、これ等の聖人の名を取つてわが名とした多数の男女(仏蘭西人の名は普通宗教上の諸聖人の名より取る)は、これ等の聖祭日に両親や友達に祝の花を送られるので、わけて今挙げたやうな諸聖人の名は最も多く取られて居るから、これ等の聖日に祝はれる男女の数は惨まじいものである。従つてその前日には巴里の町は花で埋(うづ)まるやうになり、ひとり花屋や花市が賑ふばかりでなく、町

第二章　菊池幽芳訳『家なき児』(1912年)　439

の隅々には臨時の花売小屋が設けられ、到るところの広場、また人道のそここ〳〵
にも、植木鉢や切花の商人が出て、耶蘇降誕祭(クリスマス)にも劣らぬ景気を呈するのだ。
(『家なき児』、前編、380-381頁。)

　この引用において、下線部が菊池により加筆、または改変された部分である。フランス人の名前の付け方についての説明が加えられ、祝日の前日のパリの様子を「耶蘇降誕祭にも劣らぬ景気」であることや、花が売られている状況についての加筆がなされた。こうした具体的な加筆ができたのは、菊池自身がパリに滞在し、この祝祭の様子を実際に見たからであるとも考えられる。次の引用においても、菊池自身が見たパリの様子を翻訳文の中に加えられたと考えられる。

　　Je vis les monuments, j'entrai dans quelques-uns, je me promenais le long des quais, sur les boulevards, dans le jardin du Luxembourg, dans celui des Tuileries, aux Champs-Elysées. Je vis des statues. Je restai en admiration devant le mouvement des foules. Je me fis une sorte d'idée de ce qu'était l'existence d'une grande ville. (F.I, p.370)
　　僕は大きな建造物を見て、その中のいくつかは中に入って見た。セーヌ川の両岸や大通り、リュクサンブール公園、チュイルリー公園、シャンゼリゼ大通りを散歩した。たくさんの彫像を見た。多くの人が行き交う様子を見てうっとりした。大都会の生活がどんなものか、自分なりに理解した。(拙訳)

　　パンテオンや、ルーブルや、ナポレオンの墓や、ノートルダムの塔にも上れば、ルキサンブールやチユイルリーの公園も散歩した。大通(グランブルワール)の賑ひから、世界一のシャンゼリゼー通も見なれ、ブーロンニユの森にも遊べばヴァンセヌの森も尋ね、貴賤貧富の生活の状態(ありさま)も知り、どうやらこの大都会に対する概念を作ることが出来た。(『家なき児』、前編、370-371頁。)

　上の引用においては、原文で単に「大きな建造物(les monuments)」と書かれた部分が、翻訳では「パンテオンや、ルーブルや、ナポレオンの墓や、

ノートルダムの塔」と具体的に書かれた。また、「たくさんの彫像を見た（Je vis des statues）」という抽象的な一文が削除されたのに代わり、「ブーロンニュの森」「ヴァンセヌの森」に行ったという具体的な記述が付加された。こうした記述は菊池のパリ滞在の経験に基づくと考えられる。なぜなら、たとえばブローニュの森やヴァンセンヌの森は菊池が訪れた場所として、パリ滞在時代の随筆や報告記事の中にも登場し、とくにブローニュの森については「毎日の日課のやうに[245]」行っていたことが語られたからである。

このような改変と加筆から、パリの様子やフランスの文化と風俗を、読者に分かりやすく伝えようとしている翻訳者の姿勢、また、自らのフランス文化に関する知識を、前後の文脈を変えない程度に、翻訳文に付加しようとする姿勢を看取できる。その姿勢からは、フランスの文化に関する知識が書かれた原作の個所について、日本人読者にとって興味深いと思われる事柄を詳しく具体的に記述し、小説により多くの知識を含ませようという菊池の意識が見て取れる。こうした姿勢は、「有識者にも無識者にも齋しく趣味感興を与ふる小説」とするための菊池の配慮であると考えられる。つまり、成人女性と児童・青少年ばかりでなく、成人男性も『家なき児』の読者と見なされ、フランス文化と風俗の知識によって男性読者にも「趣味感興」を与えようとしていたと思われる。「親も子も夫も妻も老人も少年も、換言すれば一家団欒して読み得る小説」、つまり、「家庭」の構成員全員が読める「家庭小説」として Sans famille は受容され、また、そのような小説となるように留意されつつ『家なき児』は翻訳されたと考えられるのである。

2-6　まとめ

菊池幽芳は1909（明治42）年からのフランス留学中に、Sans famille を見出し、帰国直後に『大阪毎日新聞』の連載小説として発表した。留学中に接したと思われる多くのフランスの新聞小説から Sans famille を選択し、翻訳

した点、「換骨奪胎の巧みさという特技[246]」でもって海外の文学作品を翻案することが多かった菊池にしては例外的に、「忠実なる翻訳」を試みたという点から、菊池は Sans famille の原作自体を高く評価したと考えられる。

菊池は明治30年代から「家庭小説」を書き、近代日本文学史においても「『家庭小説』の典型的な作家」と見なされる。『大阪毎日新聞』での連載予告記事、単行本版の「序言」、『少年倶楽部』での紹介文で説明されたように、Sans famille もまた、「家庭小説」として菊池は翻訳した。Sans famille には、物語の筋と小説内に含まれる道徳において、『家なき児』の翻訳以前に書かれた菊池の「家庭小説」との類似点や、菊池の「家庭」観、小説家としての信念と合致する点が複数見出される。

あらすじに関しては、新聞小説が持つべき読者を惹きつける要素として、メロドラマの要素とサスペンスの要素が、Sans famille に含まれた点が評価されたと思われる。『己が罪』と『乳姉妹』においてもその二つの要素が見受けられる。

小説に含まれる道徳に関しては、次の二点が評価されたと思われる。第一に、家族団欒の場面、家族に献身する女性登場人物、家族に対して純粋な憧れを抱く主人公など、Sans famille における家族に関する描写が、菊池の支持する「家庭」と一致していた点である。第二に、どんなに苦しい境遇にあっても、社会規範を侵すことなく理性的な良心に基づいて行動し、家族や仲間に対して愛情と友情を抱く登場人物たちの姿が評価された。菊池にとっては、Sans famille の登場人物たちが抱く愛情や友情が「自然なままなる人情」であり、この小説を「人間が人間を知ることの出来る小説」であると評価した。

「家庭」を国家の基礎として重視した菊池にとり、「家庭」の道徳を乱す小説は容認できなかった。明治末年期にはとくに、恋愛小説や自然主義の小説の「淫猥」さや「破倫」の内容に対する批判的な言説を菊池は繰り返した。Sans famille の翻訳においてもまた、小説の道徳性という観点から、自然主

義文学が主流である文壇の傾向に、対抗する意識があった可能性がある。またその対抗意識は、明治30年代後半から「通俗小説」と見なされ、芸術的な文学の領域から排除された「家庭小説」の側からの、文壇に対する対抗意識であった可能性もある。『家なき児』という作品が、「決して粗雑な挑発的文字を使用し、不自然なる結構を以て徒らに好奇心を惹んとする如きものの比ではない」と説明されるのは、そうした対抗意識の表れであったのではないだろうか。

また Sans famille に見出された道徳性は、翻訳が行われた時期を考えると、1906年の文部省訓令に始まる、文部省の通俗教育取り締まりの方針が意識された可能性もある。単行本版の「序言」の中の、「仏国文芸院の賞を得たもの」「少年男女の学校の賞品としては最も歓迎せらるるもの」という文言は、『家なき児』は風俗壊乱の心配のない安全な小説であり、国家や国民教育にとって有益でさえあるというアピールであったとも取れる。

菊池の書く「家庭小説」は、とくに明治30年代後半から、女性のあり方に焦点化したものとなり、それらの中には、女性読者に向けた良妻賢母規範に則った教訓が込められた。Sans famille も「家庭小説」として受容された以上、まずは女性読者が読むのにふさわしい小説かどうかが吟味されたと考えられる。また、小説以外の評論や新聞記事の言説においても、菊池は女性の生き方に対して大きな関心を持ち、「新しい女」の出現、女性や若者に対する小説の悪影響、欧米の個人主義思想の悪影響の三点を懸念していた。このことからも、Sans famille に提示される女性像に、まずは注目すべきである。

Sans famille の女性登場人物たちは、家族に対して献身的に尽し、菊池はその姿を模範的な母、娘として評価したと考えられる。彼女たちが登場する場面を翻訳する際には、原文の表現を尊重しつつ、賢母であることをさらに強調し、女性の献身がより引き立つように工夫がなされた。そして、家事を疎かにする女性や結婚しない女性など、「家庭」にそぐわない女性に関する場面を翻訳する際には、家事をしない女性登場人物を悪者に仕立て、結婚し

ない女性に関する記述を削除するといった改変も見られた。Sans famille の女性像は、菊池の支持する「家庭」と良妻賢母規範に沿うように改変が加えられたのである。

しかし、その一方で『乳姉妹』以降の女性ジェンダー化された菊池の「家庭小説」と比較すると、『家なき児』は、成人女性ばかりでなく、児童と成人男性も読者として意識された点で異質である。大人が児童の人格を尊重し、児童が自分で人格を作りあげるべきことが書かれた点、また、児童の登場人物が戸外で生活しながら人間・動物と友情を育み、「草も木も動物も人も、渾然として自然愛と人間味の間に融合」っている様が描かれた点が、児童文学として評価されたと考えられる。また、フランス文化に関する知識が翻訳文の中に付加されたのは、「夫」や「有識者」といった成人男性の読者にも「趣味感興」を与えたいという配慮があった可能性もある。

このように女性ばかりでなく、児童と成人男性も読者として想定されたのは、1897年前後に「家庭小説」というジャンルが出現した時のような、「家庭」の構成員なら誰もが読むことが出来、一家団欒に資する小説、という本来的な意味での「家庭小説」として Sans famille が受容されたことを意味しているのではないだろうか。

『己が罪』の段階での「家庭小説」は、女性ばかりでなく男性の読者に対しても、夫婦・父母とはどうあるべきか、「家庭」とは何かを啓蒙する小説であった。それに対し、『乳姉妹』以降の「家庭小説」が与える教訓は、婚前の女性のあり方に関するものに限定され、その読者も「紳士も女性も含んだ『家庭の読者』から『女性読者』へと変化[247]」したことが指摘される。『家なき児』は、女性のあり方だけではなく、一家団欒の描写、児童教育の場面などを通して、「家庭」がどうあるべきかを示すことができる小説であるという意味において、『乳姉妹』よりも『己が罪』の方に似ている。菊池は Sans famille を性別や年代、「家庭」内での立場を超えた普遍的な「家庭の読者」が読むことのできる、本来の意味での「家庭小説」として高く評価

し、『家なき児』として翻訳したのではないだろうか。

注

1 　菊池幽芳『世界大衆文学全集第二巻　家なき児』、改造社、1928年。
2 　「家なき児」は『少年倶楽部』と『少女倶楽部』に1929年1月から1930年12月まで連載された。菊池幽芳「家なき児」、『少年倶楽部』、第16巻第1号－第17巻第12号、大日本雄弁会、1929年1月－1930年12月。菊池幽芳「家なき児」、『少女倶楽部』、第7巻第1号－第8巻第12号、大日本雄弁会、1929年1月－1930年12月。
3 　佐藤宗子、前掲『「家なき子」の旅』、307頁。
4 　同上、346頁。
5 　同上、324-348頁。
6 　佐藤宗子、前掲「解説」、511-518頁。
7 　岡保生「菊池幽芳素描」、日本文学研究資料刊行会編『明治の文学（日本文学研究叢書）』、有精堂、1981年、239-245頁。（初出：『大衆文学研究』第16号、1966年3月）
8 　鬼頭七美、前掲書。
9 　飯田祐子、前掲論文。
10 　諸岡知徳「家庭小説の消長——『大阪毎日新聞』の明治」、『甲南女子大学研究紀要』第43号（文学・文化編）、2007年、69-77頁。
11 　堀啓子「翻案としての戦略——菊池幽芳の『乳姉妹』をめぐって」、『東海大学紀要、文学部』86号、2007年、57-67頁。
12 　横井司「解題」、『菊池幽芳探偵小説選』、論創社、2013年、352-367頁。伊藤秀雄「乱歩の先駆者」、『明治の探偵小説』、双葉社、2002年、434-446頁。
13 　岡保生、前掲論文、240頁。岡保生は、徳富蘆花、菊池幽芳、中村春雨、草村北星、田口菊汀、村井弦斎、渡辺霞亭、大倉桃郎、桃水、小笠原白也、柳川春葉など、家庭小説を執筆した小説家の中でも「典型的な家庭小説の作家としてただひとりを選ぶとすれば、私は躊躇することなく菊池幽芳をあげたい」と述べた。
14 　岡義武「日露戦争後における新しい世代の成長（上）——明治38年～大正3年」、『思想』、512号、1967年、1-13頁。
15 　諸岡知徳、前掲論文、75-76頁。飯田祐子、前掲論文、63-69頁。
16 　岡保生、前掲論文、240頁。
17 　菊池幽芳「私の自叙伝」、『幽芳全集』第13巻、国民図書、1925年、6-7頁。

18 横井司、前掲「解題」、355頁。
19 菊池幽芳、前掲「私の自叙伝」、58-62頁。
20 岩田光子「菊池幽芳」、昭和女子大学近代文学研究室『近代文学研究叢書』、第六十一巻、昭和女子大学近代文学研究所、1988年、411-491頁。
21 菊池幽芳「文学欄を設くるの辞(上)」、『大阪毎日新聞』1899年1月15日。
22 無署名「文学的趣味」『大阪毎日新聞』1899年5月6日—10日。
　なお「文学的趣味」は無署名であるが、「吾輩が本紙の一欄を割いて文学欄を起したるも」という一文から、これを執筆したのが菊池幽芳であると判断できる。
23 同上。
24 単行本は以下のように三度にわたり出版された。なお、これらの本の編者である「あきしく」とは、菊池幽芳のもう一つの筆名である。あきしく編『家庭の栞　第一篇』駸々堂、1900年7月。あきしく編『家庭の栞　第二篇』、駸々堂、1900年9月。あきしく編『家庭の栞　第三篇』、駸々堂、1901年11月。
25 岩田光子、前掲「菊池幽芳」参照。
26 たとえば、『幽芳全集』第13巻(国民図書、1925年)に収録された以下の三篇。「新牡丹灯籠—(伯爵夫人ヴェラ)—」(原作：Comte de Villiers de L'Isle-Adam, «Véra», *Contes cruels*, Paris, C. Lévy, 1883, p. 13-18)、「黒外套—(霊の交感)—」(原作：Comte de Villiers de L'Isle-Adam, «L'Intersigne», *Contes cruels*, Paris, C. Lévy, 1883, p. 238-262)、「首—(断頭台の秘密)—」(原作：Comte de Villiers de L'Isle-Adam, «Le Secret de l'échafaud», *L'Amour suprême*, Paris, M. De Brunhoff, 1886, p. 45-74)。どれも怪奇小説の要素を持つ作品である。
27 たとえば「最後の授業——アルサス少年の記録」(『大阪毎日新聞』1917年1月5日)、『幽芳集』(至誠堂書店、1915年)所収の「伯林包囲——老大佐の悲劇と美しき孫娘」「戦場奇譚—(仏蘭西の捕虜になつた一普魯西兵の話)」「幻想—普仏戦争記念」「小でかめろん」「歯」「十二月」などがある。「最後の授業」と「伯林包囲」はアルフォンス・ドーデ原作のもの、「戦場奇譚」はモーパッサン原作であり、「小でかめろん」はシャルル・フォレ(Charles Foleÿ)原作であるという。
28 横井司、前掲「解題」、358頁。横井は「女の行方」の原作をアンナ・キャサリン・グリーン(Anna Katharine Green, 1846-1935)の *That After Next Door* (1897)をJ＝H・ロニー(J.-H. Rosny aîné, 1856-1940)が仏訳した *Le Crime de Gramercy Park* (年代不詳)ではないかと推定した。
29 菊池幽芳『幽芳歌集』、創元社、1939年6月。
30 菊池玉枝「亡夫幽芳のことなど」、『新世間』第1巻第3号、1947年7月、45頁。

「古い硯友社時代の親しかつた方々もみな亡くなり、晩年は全く文壇の方との御交際はありませんでした。」

31　菊池幽芳「自序」、『菊池幽芳全集』第一巻、改造社、1933年。
32　菊池幽芳、前掲「私の自叙伝」、11頁。
33　同上、69-70頁。
34　幽芳生「あらめいぞん――わが宿にて」、全十五回、『毎日電報』1910年1月1日―同年2月8日。のちに、前掲『幽芳集』にも「アラメーゾン―― A La Maison（わが宿にて）」の題で所収。本書での引用、および、それに関する記述では、おもに『幽芳集』に所収された版のテクストを参照した。
35　「菊池幽芳氏の小説――新聞小説の新生面」（『大阪毎日新聞』1911年6月22日）において「仏国留学終りて帰る」菊池が翌月から新連載を開始することが予告された。さらに「家庭に推奨すべき新聞小説――家なき兒」（『大阪毎日新聞』1911年7月4日）では、新連載が、フランスで菊池が見出した「エクトル、マローの『家なき兒』」であることが明かされた。
36　「『家なき兒』の予告の現れた後、五来素川氏の訳本を余に寄せ来つた読者があつて、余は始めてこの事を知つた」とある。（菊池幽芳「再び『家なき兒』を掲ぐるに就て」、『大阪毎日新聞』、1911年7月12日。参照）
37　同上。
38　フランス国立図書館のOPAC（http://catalogue.bnf.fr/index.do）による。2018年6月18日閲覧。「まだ見ぬ親」の新聞連載が開始された1902年から、「家なき兒」の新聞連載が開始された1911年までの間に、本文に挙げた五つの出版社以外からの版は見られなかった。（私市保彦、前掲『名編集者エッツェルと巨匠たち』、492頁。二宮フサ、前掲「解説」、413-414頁。参照）
39　「『己は今夢を見たんだがな。聖母が己の枕元に立つて、お前がこの先立派な信者になれば、きつとここから出してやると、かういふんだ。そこで己はきつと堅固な信者になりますと約束したんだが、己や何でも助かるに違ひないと思ふんだ。』『フフム、聖母が何だ。そんなものに御利益があつてたまるもんか』とカルビニ教ごりの吉は忽ち源助の言葉をけなしつけた。」（『家なき兒』、後編、103-104頁）
40　菊池幽芳、前掲「再び『家なき兒』を掲ぐるに就て」。
41　菊池幽芳「序言」、『家なき兒』、前編、春陽堂、1912年1月。
42　原作における章の区切り目が翻訳で尊重されたのは、以下の区切りである。［第一部］第四章と第五章の区切り（以下同様）、第六章と第七章、第十章と第十一章、第十一章と第十二章、第十二章と第十三章、第十三章と第十四章、第十五章と第十

六章、第十六章と第十七章、第十七章と第十八章、第十八章と第十九章、第十九章と第二十章の計11か所。［第二部］第七章と第八章、第八章と第九章、第十六章と第十七章、第十七章と第十八章、第十九章と第二十章、第二十章と第二十一章、第二十二章と第二十三章の計7か所。

43　たとえば、以下の文については明らかな誤訳が認められる。「私等は最早浅雄さんの話も、千島夫人の話も、千島剛三の話もしなかつた。」(『家なき児』後編、376頁。)

　　原文：Nous ne parlions plus que d'Arthur, de Madame Milligan, et de M. James Milligan. (*F. II*, p. 356.)

　　拙訳：僕たちはもう、アーサーやミリガン夫人、ジェームズ・ミリガン氏の話しかしなかった。

44　菊池は、日本語でも外国語でも理解しやすい文章を高く評価した。「見よ欧米に於る第一流の小説として今も広く読まれ居るものは何れも寧ろ平易なる文章及びその筋の解しやすきものにあらざる無きにあらずや」(菊池幽芳「東京所見(文壇及び社会上の瞥見)」、『大阪毎日新聞』1899年11月25日－12月29日。)

45　菊池はフランス語の音の美しさを次のように賞讃した。「私は女の話す言葉として仏蘭西語ほど人を恍惚させるものはないと、この宿へ来て始めて仏蘭西の女の話を聞いて、始めてさう思つた。［……］美しい若い巴里婦人同士が鳥の囀るやうに喋舌つてゐるのを聞くとメロヂーに引入れられるやうに恍惚となる。女の言葉としては如何にも女性的な、そして音楽的ないい言葉だ。」(菊池幽芳「アラメーゾン──A La Maison(わが宿にて)」、前掲『幽芳集』、326頁。)

46　横井司、前掲「解題」、357頁。

47　菊池幽芳「緒言」、亜蘭手記、菊池幽芳訳述『大探検』、駸々堂、1897年2月。

48　菊池幽芳「はしがき」、ハツガート著、菊池幽芳訳『二人女王』、春陽堂、1903年5月。

49　岩田光子、前掲論文、443頁。

50　菊池幽芳、前掲「私の自叙伝」、58-61頁。

51　菊池健「父幽芳のこと」、『明治文学全集93』「月報」、筑摩書房、1969年6月、1-2頁。

52　ダニエル・コンペール監修の『フランス語圏大衆文学事典』(2007年)を参照し、菊池が挙げた「フアイユトニスト」の名前と生没年を確認できた作家については、以下の註においてそれらを記すとともに、辞典の参照頁数を記す。(Cf. *Dictionnaire du roman populaire francophone*, sous la direction de Daniel Compère,

Paris, Nouveau Monde éditions, 2007.)
53 Pierre DECOURCELLE（1856-1926）Cf. *Dictionnaire du roman populaire francophone*, p. 118.
54 Georges OHNET（1848-1918）Cf. *Ibid.*, p. 314-315.
55 Jules MARY（1851-1922）Cf. *Ibid.*, p. 279-280.
56 Pierre SALES（1856-1914）Cf. *Ibid.*, p. 380.
57 Charles MÉROUVEL（1832-1920）Cf. *Ibid.*, p. 290.
58 Arthur BERNÈDE（1871-1937）Cf. *Ibid.*, p. 52-53.
59 Michel MORPHY（1863-1928）Cf. *Ibid.*, p. 299.
60 Gaston LEROUX（1868-1927）Cf. *Ibid.*, p. 253-254.
61 Georges MALDAGUE, dite Joséphine MALDAGUE（1857-1938）Cf. *Ibid.*, p. 270.
62 Michel ZÉVACO（1860-1918）Cf. *Ibid.*, p. 457-458.
63 Charles-Paul de KOCK（1793-1871）Cf. *Ibid.*, p. 238.
64 Pierre Alexis PONSON DU TERRAIL（1829-1871）Cf. *Ibid.*, p. 341-343.
65 Paul FÉVAL（1816-1887）Cf. *Ibid.*, p. 169.
66 Alphonse KARR（1808-1890）Cf. *Ibid.*, p. 235-236.
67 Émile RICHEBOURG（1833-1898）Cf. *Ibid.*, p. 368.
68 Eugène SUE（1801-1857）Cf. *Ibid.*, p. 418-420.
69 小倉孝誠『推理小説の源流――ガボリオからルブランへ』、淡交社、2002年、182-191頁。小倉孝誠『『パリの秘密』の社会史――ウージェーヌ・シューと新聞小説の時代』、新曜社、2004年、43-51頁。
70 日本では活動写真の「ジゴマ」が1911年11月11日に封切りして以来、小中学生を中心に大人気を博した。複数のノベライズ本や日本化された「和製ジゴマ」も出現するなど、一種の社会現象となった。（永嶺重敏『怪盗ジゴマと活動写真の時代』、新潮新書、新潮社、2006年。参照）
71 1922年、『サンデー毎日』に連載された菊池の回想録には、「三十年間の私の記者生活」等のタイトルが各回付された。この回想録は、1925年に『幽芳全集』第十三巻に収録され、「私の自叙伝」と改題された。本書での引用、および、それに関する記述では、後者の版のテクストを参照した。
72 菊池幽芳、前掲「私の自叙伝」、3-139頁。とくに8-9、138-139頁。
73 岡保生、前掲「菊池幽芳素描」、240頁。
74 菊池幽芳、前掲「自序」。

75 「己が罪　前編」は1899年8月17日から同年10月21日まで、「己が罪　後編」は1900年1月1日から同年5月20日に『大阪毎日新聞』に連載された後、『己が罪　前編』は1900年8月に、『己が罪　後編』は1901年7月にそれぞれ春陽堂から単行本が出版された。

76 瀬沼茂樹「年譜　菊池幽芳」、『明治文学全集93　明治家庭小説集』、筑摩書房、1969年、439頁。

77 たとえば、「離縁と新民法」(1898年8月12日－同月17日)「家庭に於る父母」(1898年9月7日)などが挙げられる。

78 菊池幽芳、前掲「文学欄を設くるの辞（上）」、1899年1月15日。

79 たとえば、前掲「文学的趣味」、「新年所感」(1900年1月3日)などが挙げられる。(無署名、前掲「文学的趣味」。菊池幽芳「新年所感」、『大阪毎日新聞』、1900年1月3日。)

80 本書において参照した『己が罪』のテクストは以下の通り。菊池幽芳「己が罪」『大衆文学大系2──小杉天外、菊池幽芳、黒岩涙香、押川春浪集』、講談社、1971年、223-482頁。
　『己が罪』において「家庭」の大切さを説く会話文の一つは、環と桜戸隆弘の縁談を取り持つ立花綾子の言葉である。「神様のお定めになった人間の道を踏んでいってこそ、始めて健全な理想というものも成立つのです、同じように神様のおこしらえになった女を、汚れたものと頭から極めて仕舞って、妻を娶らぬなどと、そんな横道へ外れた理想というのはありません、環さんと一緒になって夫婦の温味というものが分らない以上は、かりにも人間の此世に対する健全の理想というのは、成立つ筈がありますまい、夫婦合わさって完全な人間が出来るように、完全な仕事をするには何に限らず夫婦合体した上でなければ出来るものではないと妾は思って居ます」（前掲「己が罪」、347頁。）

81 相良真理子「大正期の道頓堀五座と菊池幽芳」、『大阪の歴史』第79号、2012年、57頁。

82 小山静子、前掲『家庭の生成と女性の国民化』、29-30頁。

83 岩田光子、前掲「菊池幽芳」、452頁。相良真理子、前掲論文、85頁。
　ただし、『女学雑誌』の記事の内容と菊池の「家庭」観を厳密に検討した研究はまだない。しかし、「男尊女卑という東洋流の主義には反対」の考えを強く示す一方で、女性の中に「家庭」を守り、「品位のある国民の母」となる資質を見出す『己が罪』の環の夫・桜戸隆弘の言葉の中には、『女学雑誌』で展開された「男女異質同等論」の影響を看取できる。井上輝子によると、「男女異質同等」とは、男

女は人類という意味において同等であるが、懐胎分娩という生理的差異によって役割を異にし、男性は「外」、女性は「内」の領域でそれぞれの役割を遂行することが提唱された。井上は「男女異質同等論」と夫婦を基軸とした「ホーム」の提唱を初期（1885-1889年）の『女学雑誌』の思想の根幹として捉えた。（菊池幽芳、前掲「己が罪」、356頁。井上輝子「『女学』思想の形成と転回——女学雑誌社の思想史的研究」『東京大学新聞研究所紀要』第17号、1968年、35-62頁。内藤知美「『女学雑誌』にあらわれる子供——母子関係の展開を中心として」、『児童文学研究』第25号、1993年、26-46頁。）

84　菊池は大阪毎日新聞に入社以前に、厳本の「恋愛神聖論」に影響された小説を書いたと「私の自叙伝」で述べており、それが郷里（水戸）の新聞に発表した「蕾の花」（1889年）であると言われている。（菊池幽芳、前掲「私の自叙伝」、7頁。岩田光子、前掲論文、441頁。参照）

85　たとえば環の夫に尽す姿は次のように書かれた。「環はまた心をこめて良人に奉仕せるに、万事慎み深き性質はよく良人の気質に合いて、先夫人とは裏表なれば、日を重ね月を重ぬるままに隆弘の心次第に環に傾き来りて、寵愛の心はいよいよ深増り行けるなりけり。」（菊池幽芳、前掲「己が罪」、354頁）

86　同上、356頁。

87　同上、357頁。

88　同上、318頁。

89　諸岡知徳、前掲「家庭小説の消長」、73頁。
　　また、佐伯順子よると、女性雑誌にしばしば掲載された侯爵家の家族写真は、模範的「家庭」像を視覚的に提示した。佐伯は、雑誌『婦人界』の創刊号（1902年7月）の巻頭のグラビア写真「西郷侯爵の家庭」において、西郷従道の「家庭」が国民の模範として示された例を挙げた。（佐伯順子『明治〈美人〉論』、NHK出版、2012年、91-94頁。参照）

90　「人は必らず相寄りて生活せざる可からず。その大なるものを国家と云ひ小なるものを家族といふ。新夫妻ありてここに新家庭起り新家庭ありて始めて新事業営まる。社会は之がために益せられ国家は之がために成立す。国家及社会の根本は詮じ来れば実に新夫妻に在り。」（句点は引用者による）（菊池幽芳、前掲「離縁と新民法」1898年8月12日—17日。）

91　「封建時代に司配し来れる儒教の説く處によれば婚礼は先祖に対する孝道の根本にして子孫を挙げその血統を絶たざるが為に行ふものとする［……］然れども婚姻の最大目的は人の此世に生れ出たる義務を完うせんがためにして天賦の霊性を発達

せしむるがためにまた国家及社会に尽す可き一の方便なるがために之を行ふなり。祖先の血統を絶つまじとするが如きは寧ろ私の事に属せり。」（句点は引用者による）（同上。）

92 菊池幽芳、前掲「離縁と新民法」。
93 菊池幽芳、前掲「家庭に於る父母」。
94 菊池は、文学の範疇に歴史書や哲学書も含まれるが、まず読みやすい小説を読むことから勧める旨を述べた。（無署名、前掲「文学的趣味」。参照。）
95 同上。
96 講談が排除された理由は、その道徳が「家庭」ではなく旧来の家族道徳に基づくからではないかとも考えられる。諸岡知徳は、明治30年代当時すでに口承芸能として洗練され、『大阪毎日新聞』でも多くの読者を惹きつけた講談速記は、菊池にとって過去の遺物ではなく、眼前にある脅威として認識され、「家庭小説」の新しさと道徳性という観点から、菊池は自分の小説の講談速記に対する優位を主張したのであるとする。（諸岡知徳、前掲「家庭小説の消長」、72頁。参照）
97 無署名、前掲「文学的趣味」。
98 無署名、前掲「文学的趣味」。
99 菊池幽芳「啓上」、『大阪毎日新聞』1899年9月22日。
100 菊池幽芳、前掲「東京所見」。また、こうした小説の「俗受」の必要を質問者に対して菊池が語った記事として次の文献がある。訪問子「雑録作家歴訪録（其三）菊池幽芳氏の文学談」、『よしあし草』第2巻第1号、1898年1月26日。
101 菊池幽芳、前掲「東京所見」。
102 菊池幽芳、前掲「東京所見」。
103 鬼頭七美、前掲書、62-102頁。
104 広岡守穂は、『己が罪』の箕輪環、桜戸隆弘の夫婦について「古風なつくす女と開明的な新しい男の組み合わせ」であり、「男女は対等な人格を持つ存在だが、運命を変える力を持つのは男性で、女性はその運命を男性に握られている」と的確に指摘した。（広岡守穂「家庭小説にみる市民社会の萌芽——菊池幽芳の『己が罪』をめぐる一考察」、『法学新報』第121巻第9・10合併号、2015年、461頁。参照）
105 菊池幽芳、前掲「己が罪」、474頁
106 「乳姉妹」は『大阪毎日新聞』に1903年8月24日から同年12月26日まで連載され、単行本として『乳姉妹　前篇』が1904年1月に、『乳姉妹　後篇』が1904年4月に、ともに春陽堂から出版された。
107 菊池は「戸数千戸位の所では、読者がこの『乳姉妹』の待遠しさに、新聞到着

の時刻を計つて、みな売捌店に詰て来るので配達の手数が入らぬとの事でございまして、ソンナ事は『己が罪』の時にも無かつたといふやうな話でありました」と述べた。(菊池幽芳「はしがき」、『乳姉妹　前篇』春陽堂、1904年1月。)
108　ただし、家庭小説というジャンルの確立の時期を検証した鬼頭七美によると、『己が罪』の時点では菊池には家庭小説を書いているという意識はなく、『乳姉妹』の時点でその自覚が芽生えた。(鬼頭七美、前掲書、201-208頁。参照)
109　諸岡知徳、前掲「家庭小説の消長」、74頁。飯田祐子、前掲論文、32-69頁。
110　飯田祐子、前掲論文、63-69頁。
111　諸岡知徳、前掲「家庭小説の消長」、74頁。
112　本書における『乳姉妹』のテクストは以下の文献を参照した。菊池幽芳「家庭小説　乳姉妹」、『明治文学全集93　明治家庭小説集』筑摩書房、1969年、89-240頁。
113　『乳姉妹』の小説内に、房江を、彼女の未来の夫である松平昭信が「房江の顔立、姿、声音、態度、すべて昭信の理想にあつた所で、彼は［……］果たして今日といふ今日、理想の女を発見した」と評する個所がある。また菊池による「はしがき」にも「一方の房江の方は日本の女子といふ立場から見て、最も高潔なる観念と、最も深厚の同情を有して居る、一個の理想の女として仕舞ひました」とある。
　　(菊池幽芳、前掲「乳姉妹」、155頁。菊池幽芳、前掲「はしがき」2頁。参照)
114　菊池幽芳、前掲「乳姉妹」、158頁。
115　菊池幽芳「大阪の家庭」、『文芸倶楽部』8巻10号、1902年7月、13-23頁。
116　牟田和恵、前掲書、62-70頁。諸岡知徳、前掲「家庭小説の消長」、74頁。諸岡知徳は、家庭小説の質的変容と牟田和恵の指摘とを結びつけた。
117　諸岡知徳、前掲論文、73-76頁。
118　菊池幽芳「はしがき」、『乳姉妹』、前編、1904年、2頁。
119　飯田祐子、前掲論文、63-64頁。
120　「将に老いむとする乎」、『帝国文学』1906年4月。飯田祐子、前掲論文、66頁に引用。
121　飯田祐子、前掲論文、65-69頁。
122　伊藤整は、1907年に菊池幽芳が文壇作家から除外された象徴的なエピソードを挙げた。1907年6月、『読売新聞』主筆の竹越与三郎の案で、総理大臣西園寺公望を中心として一流文士の集会を作るという目的のもと、二十名の文士が西園寺邸に招待された。招待リストは近松秋江が、「多くの古い、又は著名な文士を切り捨て」ながら作成した。そして「大阪毎日の専属作家として『乳姉妹』『己が罪』等の家庭小説を書いて並ぶものなしというほどの人気であった幽芳菊池清などは、通俗作

家として除外」されたと書かれた。小森陽一はこの出来事を、事後に振り返るとそこに「『日本近代文学』と命名しうるなにか」が立ち上がり、また「当代の文学」の領域が確定されてしまった、「『文学』における新旧の概念の転換のドラマが浮かびあが」るエピソードとして捉えている。1907年に菊池はそこから除外され、「古い」作家に並んだということになる。(伊藤整『日本文壇史11——自然主義の勃興期』、講談社、1971年、3-20頁。小森陽一「解説　近代国民国家の形成と文壇ジャーナリズム」、伊藤整『日本文壇史11——自然主義の勃興期』、講談社文芸文庫、1996年、236-248頁。参照)

123　菊池幽芳「はしがき」、『妙な男』、前編、金尾文淵堂、1905年6月。

124　新聞の連載小説を購読者獲得のための装置とし、その中に作家の思想やポリシーは含ませない、という割り切った考え方は、しばしば菊池の言説の中に見受けられる。たとえば後に書かれた記事「新聞小説の未来」(1911年6月22日) でも同じような考え方が見られる。しかし、この考え方を鵜呑みにできないのは本文で後述する通りである。(菊池幽芳「新聞小説の未来」、『大阪毎日新聞』1911年6月22日。参照)

125　小山静子、前掲『子どもたちの近代』、152-159頁。

126　その代表的な事例は、1903年に発生した藤村操の華厳の滝における自殺事件である。

127　岡は、家名を世に挙げ、郷党の誉れを飾るという動機を持つ「立身出世」に対し、日露戦争後の「成功」は家門や郷里と離れた自己一身に関する事柄として捉えられたと指摘した(岡義武、前掲論文。)。

128　牟田和恵、前掲書、119-120頁。牟田は、平民社と『世界婦人』(1907年創刊)における福田英子の言説や、大正初年に『青鞜』を中心に繰り広げられた、貞操や堕胎など、女性のセクシュアリティに関する議論、また大正時代中期に展開された母性保護論争について言及した。

　なお、社会主義者や「新しい女」の言説における良妻賢母主義批判、および良妻賢母主義擁護論については、深谷昌志による詳細な分析を参照した。

　(深谷昌志『良妻賢母主義の教育』、黎明書房、1966年、228-237、251-267頁。参照)

129　菊池は「新婦人」という言葉を、「家庭思想の復活——日英博内の婦人講演会(上)」(『大阪毎日新聞』1910年7月4日) という記事で用いた。「新婦人」は「新しい女」の原型となった言葉で、"New Woman" の訳語であり、二十世紀初頭には通俗的なレベルまで普及していた。"New Woman" は、十九世紀末のアメリカ

で、大学教育を受け、公的機関で専門職として働く女性たちを指し、彼女たちは男性と同じ権利・特権を要求し、ほとんどが結婚せずに、女性の晩婚の潮流を代表した。日本では正式な訳語として用いられた「新婦人」よりも、そこから派生した「新しい女」の方が社会や男性たちからの非難と悪罵の要素が込められた。(堀場清子『青鞜の時代――平塚らいてうと新しい女たち』、岩波新書、岩波書店、1988年、176-181頁。参照)

130 「独身生活」という言葉は「仏蘭西の娘(下)」(『女子文壇』第9年第2号、1913年2月)の中で用いられた。似た言葉は、小栗風葉が小説『青春』(1905年)で用いた「独身主義」で、ヒロインの女学生・小野繁が唱えたものである。『青春』でも「独身主義」は孤独と経済的困難の元であり、ゆくゆくは社会からも「老嬢」として軽蔑されるだけなので得策とは言えないという、男性の論理に立った意見が展開された。(中村隆文『男女交際進化論――「情交」か「肉交」か』、集英社新書、集英社、2006年、229-237頁。参照)

131 「老嬢」は、菊池幽芳の前掲記事「仏蘭西の娘(下)」で用いられた。「老嬢」という言葉を最初期に用いたのは、1900年2月14日の『女学雑誌』に掲載された「老嬢(オールドミス)論」である。ここで「老嬢」は、女子中等教育を受け、婚期を過ぎても結婚しない女性のことを指した。(中村隆文、前掲書、215-223頁。参照)

132 佐伯順子によると、『東京朝日新聞』に連載された「東京の女」シリーズ(1909年8月29日-同年10月22日)や、『読売新聞』に連載された「新しい女」シリーズ(1912年5月5日-同年6月13日)が、そのような記事にあたる。(佐伯順子、前掲書、172-195頁。参照)

133 小山静子『良妻賢母という規範』、勁草書房、1991年、95-97頁。

134 「寒潮」は1908年1月1日から同年4月21日まで『大阪毎日新聞』に連載され、単行本としては『誘惑』前編が1914年3月に、『誘惑』後編が1914年7月に春陽堂から刊行された。本書では以下のテクストを参照した。菊池幽芳『誘惑』、前編、春陽堂、1914年3月。菊池幽芳『誘惑』、後編、春陽堂、1914年7月。

135 岩田光子、前掲論文、451頁。井上好人「菊池幽芳・新聞連載小説『寒潮』に表象された四高生と女学生の恋愛」、『金沢星稜大学人間科学研究』第3巻1号、2009年、7-13頁。井上好人「四高『寒潮事件』に秘められた四高生と女学生との純愛――なぜ"堕落学生"のレッテルが貼られたのか――」、『金沢大学資料館紀要』第8巻、2013年、35-47頁。

136 井上好人、前掲「菊池幽芳・新聞連載小説『寒潮』に表象された四高生と女学生の恋愛」、7頁。

137　菊池幽芳、前掲『誘惑』、前編、111頁。
138　同上、114頁。
139　菊池幽芳、前掲『誘惑』、後編、178頁。
140　同上、180頁。
141　菊池幽芳、前掲「家庭思想の復活」。
142　菊池幽芳「仏蘭西の娘（上）」、『女子文壇』第9年第1号、1913年1月、2-7頁。
143　菊池幽芳、前掲「仏蘭西の娘（下）」、5頁。
144　川口さつき「明治後期における青年と自我主義——平塚らいてうと藤村操」、『ソシオサイエンス』、15号、2009年、62-76頁。
145　木村洋によると、たとえば1909（明治42）年ごろの田山花袋は、国家への忠誠心を欠いた「謀反人」に近似する主体像を文学表現によって明確化することに関心を持ち、人間の行動原理としての「本能」を強調しながら家庭生活の愚かしさを描く「罠」（『中央公論』24年10号、1909年10月）という短編を書いた。「家庭」が国家の重要な単位であるならば、「家庭」を愚弄するような小説は国家に反するものとなる。田山花袋の「罠」は徳富蘇峰から「社会を根底から転覆せんとする思想」として非難された。（木村洋「政治の失墜と自然主義——一九〇八年前後の文壇」、『国文論叢』47号、2013年、88-89頁。参照）
146　菊池幽芳、前掲『誘惑』、前編、84-85頁。
147　同上、172-173頁。
148　菊池幽芳、前掲『誘惑』、後編、213頁。
149　『乳姉妹』の「はしがき」においても菊池は「一家団欒のむしろの中で読れて、誰にも解し易く、また顔を赤らめ合ふといふやうな事もなく」読めるということが、「家庭小説」の重要な性質の一つとして述べた。（菊池幽芳、前掲「はしがき」、『乳姉妹』、2頁。）
150　菊池幽芳、前掲「仏蘭西の娘（上）」、4頁。
151　水野葉舟「羊」『新小説』第17年第3巻、1912年3月、43-86頁。
152　菊池幽芳「自由過る女学生の行ひ」『女子文壇』第8年第5号、1912年5月、2-7頁。
153　高橋一郎、前掲論文、175-192頁。
154　目黒強、前掲論文、1-14頁。
155　下田歌子「女学生と読書」、『婦人世界』、1911年11月号。
156　稲垣恭子『女学校と女学生』、中公新書、中央公論社、2007年、54頁。
157　飯田祐子、前掲論文、65-69頁。

158 目黒強、前掲論文、8頁。この論文に引用された文部省訓令第一号「学生生徒ノ風紀振粛ニ関スル件」（1906（明治39）年6月9日）の図書類に関する記述は以下の通りである。「就中近時発刊ノ文書ヲ見ルニ或ハ危激ノ言論ヲ掲ケ或ハ厭世ノ思想ヲ説キ或ハ陋劣ノ情態ヲ描キ教育上有害ニシテ断シテ取ルヘカラサルモノ尠シトセス故ニ学生生徒ノ閲読スル図書ハ其ノ内容ヲ精査シ有益ト認ムルモノハ之ヲ勧奨スルト共ニ苟モ不良ノ結果ヲ生スヘキ虞アルモノハ学校ノ内外ヲ問ハス厳ニ之ヲ禁遏スルノ方法ヲ取ラサルヘカラス」
159 同上、10頁。
160 木村洋「藤村操、文部省訓令、自然主義」、『日本近代文学』第88集、2013年10月、1-16頁。
161 菊池幽芳「紀行文三篇」、『幽芳全集』第13巻、国民図書、1925年、376頁。「私の著述の出版せらるる毎に、宮家から必ず御用命を被むり、今度の全集の出版に際しても第一番に宮家のお申込を受けた事は、私に取つて身に余る光栄である。」
162 菊池幽芳、前掲「序言」。
163 譲二「通俗小説の快味」、『読売新聞』1912年2月29日。
164 菊池幽芳、前掲、「己が罪」、480頁。桜戸隆弘の言葉に「既に罪を悔い改めたものに対しては基督を始め——私は煩悶のため聖書に慰籍を求めても見たので——あらゆる神あらゆる宗教はみなその罪を許して居るのです」という一節がある。
165 菊池幽芳、前掲『誘惑』、前編、240頁。
166 同上、110頁。
167 同上、109頁。
168 同上、110頁。
169 同上、109頁。
170 同上、115頁。
171 菊池幽芳「我邦婦人の最大美点」、『女子文壇』第8年第1号、1912年1月、2-7頁。
172 菊池幽芳、前掲「仏蘭西の娘（下）」、2頁。
173 前掲、「家庭に推奨すべき新聞小説——家なき児」。
174 菊池幽芳、前掲「序言」。
175 菊池幽芳「『家なき児』を掲げるについて」、『少年倶楽部』第15巻第12号、1928年12月、64頁。
176 デビュー作の『恋人たち』など、マロの初期の作品群は、フランス自然主義文学の作品としてエミール・ゾラなどの作家から評価を受けた。『恋人たち』には、

恋愛に関する心理描写も多数見受けられる。また、1872年の『クロチルド・マルトリー』では、主人公と彼が生涯を通じて恋する女性、クロチルドとの不倫関係が書かれ、それが恋愛小説としてのこの作品の主要なプロットを成す。菊池はこれらの作品は読んでいないと推測される。

177　菊池幽芳、前掲「『家なき児』を掲げるについて」、64頁。
178　菊池幽芳、前掲「序言」。
179　菊池幽芳、前掲「新聞小説の未来」。
180　同上。
181　平野岑一『世界六位の新聞――毎日新聞の青春時代』、六月社、1961年9月、40頁。
182　ジャン＝マリー・トマソー著、中條忍訳『メロドラマ――フランスの大衆文化』、晶文社、1991年、18-26頁。
183　山口ヨシ子『ダイムノヴェルのアメリカ――大衆小説の文化史』、彩流社、2013年。
184　菊池が「新聞小説の未来」の中で挙げた新聞小説家の中では、たとえばピエール・ドクルセルやジュール・マリーが該当する。（ジャン＝マリー・トマソー、前掲書、141-190頁。参照）
185　高橋修「秘密の中心としての〈血統〉――『己が罪』『乳姉妹』」、『国文学　解釈と教材の研究』42巻12号、1997年10月、26-30頁。また、探偵小説の専門家である伊藤秀雄も菊池の小説全般について「探偵味を伴っている作が多い」と指摘した。（伊藤秀雄『明治の探偵小説』、双葉文庫、双葉社、2002年、436頁。）
186　高橋修、前掲論文、28-30頁。
187　同上、28頁。高橋は、物語の中で設定された謎が、読者にも最後まで分からないタイプのサスペンスを「探偵小説型のサスペンス」と呼び、それに対して、読者があらかじめ隠蔽された秘密を全て知っていて、秘密が露見するのではないかという恐怖を読者と登場人物が共有するタイプのものを「裏返しのサスペンス」と呼んだ。『己が罪』と『乳姉妹』の筋には「裏返しのサスペンス」が含まれる。
188　*Sans famille* と『己が罪』の母子再会が類似するのは、次の三点においてである。

　第一に母子が、自分たちが親子であることを知らずに初めて再会する時、本能的に懐かしさを感じる点である。「僕は、僕に質問をするこの婦人ほど、尊敬の気持ちを抱かせる女性にはこれまで一度も会ったことがなかった」（*F.I.*, p.179）「十一年にして邂逅える母と子の視線はひたと逢い居りて、その間を目に見えぬ糸もて結

びつけられたるなりき」(菊池幽芳、前掲「己が罪」、419頁。)

　第二に母子かどうかまだ確信を持てない時に、母親がもどかしさを感じる点である。「ミリガン夫人は四日続けて来て、来る度に僕に対して愛情深く、優しくなるのだったが、どこかぎこちなくて、まるでその愛情の中に身を委ねないように、愛情を表に出さないようにしているみたいだった。」(F. II, p. 447)「環はそのまま抱きよせたくも思えるを、今はどこまでもわが児にあらずと覚悟せねばならぬ身の、思うままには振舞いかねて」(菊池幽芳、前掲「己が罪」、430頁。)

　第三に、子が本当の母親を乞う気持ちである。「あんなに愛され、一日に十回も二十回もキスされ、そしてアーサー自身もあの美しい婦人、彼の母親に心をこめてキスすることができるなんて、何と幸せなんだろう。僕なんか、ミリガン夫人が差し伸べてくれた手にさえ、触れることができないのに。そして僕は自分に悲しく言い聞かせるのだった。僕には、キスをしてくれ、キスさせてくれるお母さんがいないのだと。」(F. I, p. 207.)「玉太郎の眼光はいよいよ燃来りて『ほんとに優しくしてくれるんかしら！だって何だか極りがわるいじゃないか……だってお母さんと思うなんて、ほんとのお母さんとは違うだろう、違うんなら、お母さんのように思ったって仕様がないじゃないか、［……］ほんとのお母さんと違うんかしら！ほんとのお母さんだと善かったな』」(菊池幽芳、前掲「己が罪」、425頁。)

189　『家なき児』、前編、184頁。
190　Martine Segalen, *op. cit.*, p. 506-510.
191　拙論、修士論文、4-16頁。
192　内藤知美によると、明治20年代からミッション系の女学校を拠点として、十九世紀のイギリス、アメリカで流行した「家庭（ホーム）物語」や「孤児の物語」が翻訳紹介され、欧米の家庭を支える女性の信仰心やキリスト教道徳が伝えられ、クリスチャン・ホームの確立が目指された。菊池の『家なき児』も「孤児の物語」の一つの類型ではあるが、菊池がどの程度キリスト教に影響されていたかは判明しておらず、「キリスト教道徳」を伝える目的があったかどうか明確には言えない。ただし、女性のあり方には注目されたと考えられ、その点では『家なき児』にも、ミッション系女学校を拠点とした翻訳児童文学の系譜と共通点があると思われる。(内藤知美「日本におけるキリスト教と翻訳児童文学との関係」、『図説子どもの本・翻訳の歩み事典』、柏書房、2002年、163頁。)
193　Francis Marcoin, *Librairie de jeunesse et littérature industrielle au XIXe siècle*, *op. cit.*, p. 584.
194　前掲「家庭に推奨すべき新聞小説——家なき児」。

人間の内面に隠された「温情」が他者のそれに触れることで引き出される、という考えは、以下のように『己が罪』の頃から菊池の言説に見出される。
　　　「心の底の底には却って熱味を包める彼の、妻の美質を認むるにつれて、次第に隠れたる温情を引き出されて、最も情を解するの人とならんとすること、げに由なきにあらざりけり、仮えば痩たる畝の、人はその下に肥たる土を隠すを知らず、植うるも花咲かず実らずと云えども、これに石灰の如きを下して、底なる土の養分を吸い出さしめば、ここに美花咲き、その実累々たるにも似たらん」（菊池幽芳、前掲「己が罪」、354頁。）

195　吉田精一『明治大正文学史（吉田精一著作集第20巻）』、桜楓社、1980年、124-126頁。
196　島村抱月「文芸上の自然主義」、『近代文芸之研究』早稲田大学出版部、1910年、68頁。
197　『家なき児』、前編、200頁。
　　　また、主人公がアキャン家の一家と共同生活を始める際も、次のように、物質的な満足よりも精神的な喜びに価値を置くような一節がある。
　　　「僕の心を動かしたのは、日々のパンを保証すると言われたことよりも、目の前のとても仲の良い家庭、この家族との暮らしを約束されたことだった」（*F.I*, p.352.）
198　飯田祐子、前掲論文、65-69頁。
199　無記名「菊池幽芳氏の『家なき児』」、『慶應義塾学報』176号、1912年3月、73-74頁。
200　菊池幽芳、前掲「序言」。
201　菊池幽芳、前掲「仏蘭西の女（上）」、2頁。「家庭の女」は「生粋の巴里女は矢張り家庭の女である」という一文で使用された言葉である。
202　菊池幽芳、前掲「大阪の家庭」、16頁。
203　本書第一部第二章第二節第二項⑪参照。原作におけるこの場面が「事物とその正しい観念が結びつかない言葉の知識は、真理の認識を妨害する」という教育学者ペスタロッチの主張に基づく記述なのではないかという点を指摘した。
204　原作においては、アーサーが主人公の手ほどきで「狼と子羊」を暗唱できるようになった後、それまでのアーサーの勉強がうまく運ばなかった経緯について書かれたが、『家なき児』では、この部分もまた翻訳されていない。
205　菊池幽芳、前掲「大阪の家庭」、16頁。
206　菊池幽芳、前掲「仏蘭西の娘（上）」、3-5頁。

207　菊池幽芳、前掲「己が罪」、474頁。
208　菊池幽芳、前掲「乳姉妹」、169頁。
209　菊池幽芳、前掲「乳姉妹」、171頁。
210　菊池幽芳「異郷の悲音」、前掲『幽芳集』、187頁。
211　『異聞奇話　瑣談片々』（あきしく編、駸々堂、1901年）の巻末の広告の中に『秋の夜はなし』の広告もある。「あきしく編（少年の好伴侶）　秋の夜はなし　全一冊　定価金三十銭　郵税四銭」
212　あきしく編『秋の夜はなし：波斯異聞』、駸々堂、1900年11月。これらの二話は『大阪毎日新聞』で掲載された。掲載年月日は「三つの品」が1897（明治30）年10月12日から同月16日まで、「魔法遣ひ」が1897年10月18日から同年11月18日までである。（岩田光子、前掲「二　著作年表」、425頁参照。）
213　横井司、前掲「解説」、353頁。
214　社説「少年に読ものを作れ」、『大阪毎日新聞』1901年1月28日－2月2日。
215　鬼頭七美、前掲書、73-74頁。
216　1911年6月22日の『大阪毎日新聞』には、留学からの帰朝者である菊池の新連載が始まることが「菊池幽芳氏の小説――新聞小説の新生面」として紹介された。女性向けの「家庭小説」とは違って、児童と成人男性も読めるという要素も「新生面」の一つであったのではないだろうか。（本書第二部第二章第六節参照。）
217　菊池幽芳、前掲「『家なき児』を掲げるについて」、64-65頁。
218　小山静子によると、明治30年代に多数出版された家庭教育論において、家庭教育という言葉は学校教育の対概念として使用され、学校教育と家庭教育は、知育と徳育という教育の領域、集団教育と個人教育という教育方法において、両者が相補すべきであることが主張された。しかし実際に主導権を握るのは学校教育の方で、次世代の国民養成の観点から、家庭教育は論理上、学校教育体制の中に組み込まれていた。（小山静子、前掲『子どもたちの近代』、134-145頁。参照）
219　菊池清『よつちやん』金尾文淵堂、1901年5月（茨城大学図書館蔵）。
　　『よつちやん』には「一、よつちやんの観察」「二、よつちやんの帰省」のほか、「三、帰省後のよつちやん」という文章が加えられた。また、巻頭には、薄田泣菫の「よつちやんに贈る」という歌や「よつちやん」及び「お父さん」の写真が掲載された。
220　あきしく「小児観察」、『大阪毎日新聞』1900年3月17日－26日。
221　同上。
222　同上。

223　同上。
224　菊池清、前掲『よつちゃん』、頁数記載なし。
225　これらの記事は次のように『女学雑誌』に掲載された。デフホレスト夫人述、山田邦三郎録「子どもの教育」、全二回、『女学雑誌』111号－112号、1888年5月－同年6月。クララ・ホイトネー梶夫人、みどり訳「子供の養育」、全二回、『女学雑誌』、133号－134号、1888年10月1－同年11月。巌本善治「将来の日本人民」、全五回、『女学雑誌』137号－141号、1888年11月－同年12月。井上次郎訳「フレーベル氏教育要礎」『女学雑誌』176号、1889年8月。
226　デフホレスト夫人述、前掲「子どもの教育」。
227　井上次郎訳、前掲「フレーベル氏教育要礎」。
228　巌本善治、前掲「将来の日本人民」。
229　小林輝行、前掲『近代日本の家庭と教育』、4-11頁。
230　拙論、前掲「エクトール・マロ『家なき子』『家なき娘』における児童教育」、23-25頁。
231　菊池幽芳「巴里は小児の楽園――最も善く小児を了解する仏蘭西人」、前掲『幽芳集』、226-227頁。
232　同上、225-226頁。
233　あきしく、前掲「小児観察」。
234　同上。
235　菊池幽芳、前掲「『家なき児』を掲ぐるについて」、65頁。
236　『家なき児』、後編、483頁。
237　菊池の翻訳文は以下の通りである。原文では、この翻訳文に該当する部分の後に「どんな本でも、読むことは役に立つというのは、たしかに真実だ。」という一文が入る。
　「この二年の間私は唯眼の学問をした許りでは無つた。全体岩吉は若い時は巴里の植物園に働いて居たので、植物学者からいろいろの知識を授けられ、また植物に関する種々の本を読んで居た。そして全体本を読む事が好（すき）なので、工面をつけては本を買つて居た。妻を迎へて子供等が出来てからは、その日の生活に追はれ、もう本を読む事も出来なくなつたが、それでも今迄に買つた本は、本箱の中にちやんと蔵（しま）つてあるので、秋の末から冬にかけ、仕事がだんだん無くなつて来ると、私はその本箱を猟つて本を読む事に耽つて居た。多くは植物に関した本であるが、中には歴史や旅行記のやうなものもあつた。太吉や弁吉はちつとも父の趣味を受継がぬと見え、私の真似をして本を引ずり出しては読み始めるが、三頁か四頁読むのが関の

山で、すぐ本を置いて船を漕ぎ始める。それに引かへ、私は寝る時間が来ると、いつもああ惜しいと思ひながら本を閉づるので、これも美登里老人の教訓のお蔭と、思ひ出しては涙にくるる事もあつた。私が本の好なのを見ると、岩吉は自分も若い時に昼飯を倹約して本を買つた事などを思ひ出し、時々巴里土産に私の読んで面白さうな本を買つて来てくれた。私は手当り次第に、順序もなく詰込んで居たのだが、それでもその時に読んだいい事だけは、今もちやんと頭脳に残つて居る。」(『家なき児』、前編、371-372頁。)

　なお原文は、フラマリオン版第一部の370頁から372頁に存する。アキャン家の父(岩吉)が読書を行うようになったいきさつ、習慣が中断された経緯、実の息子たちは読書が苦手であること、主人公に読書の習慣を教え、パリから本を買ってきてやることなど、概略については省略されず、全ての文が翻訳の対象となった。

238　有地亨、前掲『近代日本の家族観』、127-131頁。
239　小林輝行、前掲書、107-110頁。
240　前掲、「家庭に推奨すべき新聞小説——家なき児」。
241　飯田祐子、前掲論文、66頁。
242　同上、69頁。「男性的な領域」という言葉は用いられていないが、飯田の論では明治30年代後半の小説における「芸術からの『女性』の排除」について主張されたので、この言葉を使用した。
243　高等女学校や女子高等師範学校、女子専門学校に通った女性たちも「有識者」とは見なされなかったと思われる。稲垣恭子は、「女学生文化」は「モダンな教養文化」「『たしなみ』文化」「大衆モダン文化」の三つの世界と接触しながら、それらの要素を融合した独特の文化であると分析した。境界融合的な「女学生」の文化と教養は、そのどれかを深く追求する「専門性」から見れば表層的で「軽薄な知」と見なされ、知識人からなされた「女学生」の「軽薄な知」への批判は、知のあり方の「非正統性」への批判の側面が大きかったと指摘された。(稲垣恭子「『軽薄な知』の系譜」、前掲『女学校と女学生』、206-216頁。参照)
244　1914年、フランス留学中の野口援太郎が、*Sans famille* 第一部の完訳『教育小説　サンフアミーユ』を上梓したが、野口はまさしく、*Sans famille* によってフランス語を学習した一人であった。彼は姫路の師範学校教員時代に、カトリック宣教師のイシドール・シャロン神父からフランス語を習い、*Sans famille* の原作を読んだ。学習の際に菊池訳が参照されたかどうかは述べられていない。しかし、野口が『教育小説　サンフアミーユ』を上梓した契機として、自分のようなフランス語学習者に貢献したいと考えたことが述べられた。野口の想定する読者層には、男性の

第二章　菊池幽芳訳『家なき児』(1912年)　463

フランス語学習者や「有識者」が当然含まれていたと思われる。菊池の言う「仏語(フレンチ)を稽古するもの」にも、同様の人々が含まれると考えられる。以下に「仏国郵船ポール、ルカ号にて」書かれた野口の言葉を示す。

「予は昨年仏国に遊ばうと志し、仏語の教授を在姫路のカトリツク宣教師イシドル・シャロン師に願つた。氏は予の企てに対して多大の同情を寄せられ、多年の経験を基として熱心教授の労を取られた。[……] 氏は本書を教科書として使用すべく、且つ其の教授に誤謬なからしめ、極めて正確に其の意味を把握せしめんが為めに本書の逐次訳を余に命ぜられた [……] 本書の著者は誠に能文の士で、其の文は完全なる仏語である。加之書中には色々の事実を含んで居るので、仏語を学ぶには此の書に及ぶものはない。此の書を学び得たならば、仏語は完全に習得することが出来るに相違ないと云ふ処から、どうにかして本書を学ぶに最も都合のいい訳本を得たいものだと云ふのが、師(ママ)の予ての希望であつた。」(野口援太郎「序」、『教育小説　サンフアミーユ』、目黒書店、1914年7月、1-4頁。)

245　菊池幽芳「森のかたみ」、前掲『幽芳集』、31頁。
246　岩田光子、前掲「菊池幽芳」、452頁。
247　飯田祐子、前掲論文、68頁。

第二部　結論

　本書の第二部では、*Sans famille* の日本での翻訳受容の原点といえる二作品、五来素川訳『未だ見ぬ親』と菊池幽芳訳『家なき児』について、翻訳の底本として使用された原書の版を特定し、原文と翻訳文の比較を行いながら考察した。

　本書において、五来も菊池も *Sans famille* を「家庭小説」として理解し、翻訳・翻案を行い、日本の読者に紹介したことがまずは判明した。両者ともに、「家庭」を含む日本の家族のあり方に対して高い関心を持ち、それぞれが *Sans famille* の中に、「家庭」で読まれるべき小説としての価値を見出した。

　しかし、同じように「家庭小説」であると捉えられたとしても、両者の間には、*Sans famille* という作品に対する理解、および作品の翻訳の様相について相違点も複数存在する。それはおもに、次の二点に整理できる。第一に、概して、翻訳した当時の五来と菊池はそれぞれ、西洋から日本に流入した個人主義思想に対して、正反対の方向を持つ評価を与えており、その評価の仕方の相違が *Sans famille* という小説に対する理解と翻訳についても影響を及ぼした点である。第二に、「家庭小説」として受容された *Sans famille* が「家庭」に対してどのような道徳的教訓を与えると考えられたのかという問題を考察すると、二人の翻訳・翻案者の着眼点に違いがある点である。

　第一の点について、五来は翻訳当時の日本の家族や社会のあり方について、伝統的な「家族主義」の時代から「個人主義」の時代への過渡期であると捉えており、とくに「独立自尊」の人間を育て、日本が国際社会の中で生き残っていけるように経済的発展を遂げるためには、これからの日本の家族は西洋、とりわけイギリスの家族のような「個人主義」を採用すべきだと考えて

いた。それに対し、日露戦争が終結し、若者の間に「個」の意識が強まる傾向を当時の知識人たちが危惧する時代にあって、菊池はそうした傾向のとくに女性に対する影響を憂慮し、明治30年代の彼自身の言説とは打って変わったように、欧米文化の影響に関しても否定的に捉えるようになった。

このような両者の考え方の相違を考慮するならば、*Sans famille* というフランスの小説は、五来の場合は、日本の家族に対して「家族主義」から「個人主義」への変化をもたらすような教訓を含むと見なされたのに対し、菊池の場合は、「家庭の女」に矛盾しないような *Sans famille* における女性像をはじめ、「家庭」を否定する要素や風俗壊乱の危険のない安全で保守的な小説と見なされたと思われる。こうした理解の仕方の違いは、本書で指摘した、章の構成や「省略」のされ方の相違、また、翻訳文における改変や加筆のされ方の相違に表れた。

また、両者の作品理解についての方向性の相違は、本書でも詳細に検討したような、五来、菊池の文学観やキャリアの相違、翻訳がなされた時代的背景の相違に起因することはもちろんのことながら、それと同時に、原作の *Sans famille* そのものが、相反する解釈のされ方が可能な作品であるという点を指摘しておきたい。原作者マロは、フランス共和国の安定を重視し、家族の中の女性の役割をはじめ、法的規範、社会規範を逸脱しないような保守的な道徳を物語の中に含ませた。しかしその一方で、マロは児童教育における国家主義に対して否定的であり、児童が厳しい修行に耐えながら、自分の意志で自らの道を切り開くような能力を持つことを目標とする、個人主義的な児童教育の挿話も含ませた。物語の中のどの点に着眼し、何を評価するかで、物語の理解の仕方が変容する性質を *Sans famille* は大いに有する小説であったと言える。

第二の点について、『未だ見ぬ親』においては、主人公とその親代わりの登場人物の疑似的な親子関係に焦点を当てて親子の場面を中心に翻訳がなされ、*Sans famille* において提示された、子の「人格」を認める個人主義に基

づく教育と、親子間の情愛が評価されたと考えられる。その中でも、原作における主人公とヴィタリス（翻訳では嵐一斎）の場面には、『未だ見ぬ親』の一番多くの分量が割かれ、二人の関係の間には、とくに嵐一斎から主人公に与えられる「精神上の教育」が見出された。

　原作に忠実な翻訳が試みられた『家なき児』では、『未だ見ぬ親』にあるような大幅な「省略」は見られないため、焦点を定めて翻訳されたというよりも、作品全体が高く評価された側面がある。しかしながら、菊池が明治30年代以降執筆した複数の「家庭小説」の作品や、彼の文学観、明治40年代に抱いていた問題意識を踏まえるならば、作品の巧みなプロットのほかに、まずは Sans famille で示された女性像が、菊池の言う「家庭の女」に適合するものであり、良妻賢母主義に一致する点において評価されたと考えられる。そして、五来の着目したような親子間の情愛が評価されたのみならず、兄弟、仲間、動物との間に培われる愛情と友情、そして主人公の理性的な姿は、「人間の真」が発露するものと捉えられた。「赤裸々の人間、野生、醜」を「真」と捉えた島村抱月のような、「家庭」の道徳を破壊しうる価値観のもとに書かれた自然主義文学と、Sans famille は正反対の性格を持つものとして捉えられた可能性がある。

　このように、五来、菊池の両者は Sans famille が当時の日本の家族、または「家庭」における読者たちに有用であると思われる教訓や、登場人物たちの態度を、それぞれ違った着眼点でもって、原作のうちに見出した。しかし彼らはまた、翻訳する際に作品の内容、記述を、彼らの考える日本の読者に適するように改変・加筆したことも判明した。作品の日本化は、登場人物の名前や地名ばかりでなく、翻訳における改変や加筆を通し、作品から与えられる道徳についても見受けられるという点が、『未だ見ぬ親』と『家なき児』の共通点として明らかになった。『未だ見ぬ親』の場合は主人公の太一を、Sans famille の主人公レミよりも主体性の少ない、教導の対象としての子どもとし、また、子から親に対して感じる恩とそれに報いようとする子の態度

を付加することで、日本的な「家族主義」の美徳を含ませ、小説を通して日本の「家庭」に注入される道徳を調整した。また、『家なき児』の場合においても、賢母としての母、献身的な娘についての記述をより強調するような改変がなされたのに加え、戸外における自然の多く開放的な環境や、「小児の人格を尊重する」点で児童教育の場面を評価する一方で、恋愛を想起させるような要素をより徹底的に排除し、「どんな本でも、読むことは役に立つというのは、たしかに真実だ」（F.I, p.372）という一文を削除して、*Sans famille* 原作における主人公の意志と自由の表現に関し、一定の制限を付与しつつ翻訳された。さらに、成人男性の読者にも興味深い小説となるように、フランスの文化・風俗に関する知識や説明も付加され、『家なき児』は「家庭」の成員全員が読める小説となるように配慮されたと思われる。

　本研究は、*Sans famille* の日本での翻訳受容の源を探りたいという考えから行われたため、「家庭小説」としての『未だ見ぬ親』と『家なき児』について考察し、児童文学としての『未だ見ぬ親』、『家なき児』については考察が深められなかった。作品受容の当初から、両作品の読者として、児童読者は排除されたわけではもちろんなく、むしろ意識され、配慮されていた。しかし、『読売新聞』、『大阪毎日新聞』という一般紙に連載された両作品は、「家庭」における児童ばかりでなく、成人も読者対象としたのであって、日本に紹介された当初は、成人読者も児童読者も念頭に置かれた「家庭小説」として捉えられたと考えられる。

　たとえば、鬼頭七美は、菊池幽芳の代表作である「乳姉妹」が発表当時、現在は児童文学として認識される「まだ見ぬ親」と同列の「家庭小説」として受容された点を指摘し、その証として、『東京毎日新聞』における「乳姉妹」についての書評の中で「先に公にせられし『まだ見ぬ親』と共に家庭に於て愛読せらるべき資格あるを見る」と評価する文言を挙げた[1]。鬼頭によれば、菊池幽芳の小説が大人気を博して以降、人気の高さと、小説の舞台化の成功を条件としながら「家庭小説」というカテゴリーが確立された中で、

遡及的に現在の日本近代文学史において「家庭小説」とされる作品が包摂され、その時「まだ見ぬ親」は「家庭小説」の外側に排除された[2]。

「家庭小説」というジャンルの確立という視点は重要ではあるが、『未だ見ぬ親』および『家なき児』が「家庭小説」から排除されるのには、両作品そのものが、当初の「家庭小説」から児童文学へと、その受容のされ方が変遷していくという要素も存在すると思われる。その変遷の過程については、たとえば、『未だ見ぬ親』や『家なき児』を底本とし、両者よりも後の時代に出版された再話の研究、また、同じ菊池幽芳の『家なき児』であっても、『大阪毎日新聞』から、『少年倶楽部』および『少女倶楽部』などの児童を読者対象とした雑誌へと、発表の場の変化に応じたテクスト変遷の様相の考察などを通し、その一端を明らかにすることが可能であろうと思われる。これらの点は本研究の今後の課題としたい。

注
1 鬼頭七美、前掲書、206頁。
2 同上、206-207頁。

結　論

　小説が、どのような社会的背景や経緯のもとで生まれ、そして受容され、変遷していくのか。Sans famille という1870年代後半のフランスで執筆された小説の、成立の背景と意味、また二十世紀初頭の日本におけるその翻案・翻訳受容の様相を考察することを通し、この単純ではあるが壮大な問いに対する、ひとつの事例の一端を本書において示すことができたと考える。

　Sans famille は、明治30年代から明治40年代の日本において、五来素川と菊池幽芳という二人の翻案・翻訳者からともに「家庭小説」と見なされ、紹介された。五来と菊池は、この原典に日本の読者に伝えるべき、家族のあり方を説く道徳的な教訓をおもに見出した。本書第二部結論でも整理したように、Sans famille が五来と菊池によって同じように「家庭小説」と捉えられ、紹介されたとしても、二人が西洋から日本に流入した個人主義思想に対して、正反対の方向を持つ評価を与えた点、また日本の家族に小説を通して与えられる道徳的教訓として、何に着眼しつつ翻案・翻訳されたかという点において、『未だ見ぬ親』と『家なき児』の間には大きな相違が認められる。しかしながら、そういった相違があったとしても、やはり両者が Sans famille に描かれる家族に、おもに着目したという点については共通している。

　原典の Sans famille において、家族は物語のプロットおよび、物語で与えられる教訓の中で最も重要な要素のひとつである。Sans famille では、家族は物質的側面、道徳的側面の両者において、まず個人にとって重要であった。物質的な側面において、家族は個人の生活の基本であり、その経済的維持は個人の生活にとっても不可欠なものとして書かれた。道徳的な側面に関しては、個人の精神的支柱として家族は非常に重要な存在であり、各構成員の言動を正し、「悪いもの」から守護する道徳的機能が「良き家族」には備わっ

ているものとして書かれた。また Sans famille において家族は社会の基礎単位としても重要であり、そこで培われる友情と愛情が社会関係の基本として設定された。

　Sans famille には捨て子である主人公が家族を希求し、真の家族を結末において見出すという、メロドラマおよびサスペンスの要素を含むプロットによって、こうした家族の重要性を巧みに強調した側面が明らかに存在する。翻案・翻訳を行った五来と菊池はこの側面を的確に捉え、その側面に注目しながら翻訳したのであると言える。

　Sans famille のような家族の重要性を強調する物語が成立した背景として、ミシェル・ペローが指摘するように、十九世紀のフランスにおいては、フランス革命により中間団体が廃された後、個人と国家の媒介として家族を設定し、重視する考え方が政治家や思想家の間に共有されていたことが第一に挙げられるであろう。第三共和政を創立した政治家の間には、さらにいっそう、民主政の基盤としての家族という考え方が強められた[1]。その考え方については、たとえば、「家族における子ども」の義務を第一位においた1887年1月18日公布の学習指導要領の「道徳」科の規定などから、国家が担う新しい初等教育の教育内容に対する影響力も看取できる。また、七月王政期に労働者の社会調査を行った衛生学者のヴィレルメやフレジエが、労働者たちの規律化と道徳化のための家族の重要性を主張したように[2]、さらには、Sans famille における「社会問題」の記述においてマロが影響を受けたと思われるフレデリック・ル・プレーが家族を社会の基礎構成単位と見なし、フランスの社会改革の基礎に家族の改革を据えようとしたように[3]、産業化社会において発生した労働者の規律化の問題や「社会問題」解決の対応の鍵として家族は重視された。Sans famille が書かれた当時のフランスにおいては、家族は国民統合、社会統合の要であった。

　Sans famille の原作者マロが描いた「良き家族」には、血縁核家族、構成員間の強い情緒的関係、子ども中心主義、性別役割分担（とくに家内での女性

の役割）などの点においてヨーロッパの「近代家族」の特徴が備わっている。しかしその一方で、家族を閉鎖的で排他的なまとまりとはせず、そこで培われる愛情や友情が家族の外部に広がるように書かれた点では「近代家族」とは異なる。また、父権をはじめとした親子間・夫婦間・兄弟間の権威主義的な関係を否定する点や、「理性的な結婚」を否定し、結末で示される主人公の「家族」を、血縁・階級・国籍の境を超越する集団とした点で、当時の社会規範や法的規範にとらわれない独自の特徴を持つ「家族」が物語において提示されたと言える。

こうした家族の描写に重きを置き、家族の重要性が主張されるような小説が翻案・翻訳され、受容されるための条件は、明治30年代から明治40年代の日本においても整っていたと考えられる。明治30年代の日本では、「家族主義」と「個人主義」を対立させる言説が生じていたことをはじめ[4]、日本という近代国家の基礎単位としての家族のあり方が大きな問題として取り上げられた。それは概して、先祖崇拝、家父長制などの旧来の儒教的な家族道徳に基づく「家」と、「家」を批判的に捉え、一組の夫婦とその子を基本として「一家団欒」の親密さを持って集まる「家庭」との相克であったと言える。

家族社会学の分野の研究によると、近代日本の家族は「家」と「家庭」の二重性を内包しつつ成立した[5]。西川祐子は、「家」家族と「家庭」家族の二重制度の存在を法レベル、規範レベルにおいて明らかにし、「家」家族と「家庭」家族が混在する点に、近代国家の基礎単位としての「日本型近代家族」の特徴を捉えた[6]。牟田和恵は、明治20年代から明治30年代の「家庭」言説を分析し、「自発的に感情移入」できるような「家庭」が国民統合の重要な役割を担ったことを明らかにしたが、その一方で明治初期に「東洋的」という理由で否定された儒教的家族観念が西欧的な「家庭」観念を経て、情緒的な価値付与がなされて新たな装いで復活するという「ねじれ」と「パラドックス」も指摘された[7]。したがって、家族国家観が儒教的・伝統的な家族主義と国家主義の結合により生まれたのだとしても[8]、「家庭」という新し

い家族の親密なイメージ、家族の情愛のイメージをも利用していることが、1871（明治4）年から明治時代全期間にわたる修身の教科書の分析から明らかにされた[9]。

　そのような中で、『未だ見ぬ親』と『家なき児』では、原作の含有する家族についての道徳的教訓が、日本の読者向けに調整されながら翻案・翻訳がなされた。前者では、個人主義的な親子関係を原典に読み取り、それを強調するようなプロットの改変、加筆が行われつつ、一方では子から親に対して感じる恩とそれに報いようとする子の態度が付加されることで、日本的な「家族主義」の美徳も含まれることとなった。後者では賢母としての母、献身的な娘についての記述をより強調するような改変がなされ、保守的な女性観が強調されつつ、「小児の人格を尊重する」児童教育の場面が評価され、しかしまたその一方で、原作における主人公の意志と自由の表現に関し、一定の制限を付与しつつ翻訳がなされた。

　フランスの小説、*Sans famille* の日本で最初期の翻案・翻訳は、少なくとも、物語に含有させる家族に対する道徳的教訓の調整という点において複雑な様相を呈した。最初期の邦訳である両作品が含有した家族についての道徳的教訓は、「家」と「家庭」とが混在する近代日本の家族に許容されるものであったと思われる。そしてそのことは、大正時代以降も *Sans famille* が、『家なき子』の邦題を冠しながら複数の翻訳・翻案・再話の形で日本において紹介され続ける原点であると言えるのではないだろうか。

　しかし、一方で原作の *Sans famille* は、五来や菊池が読解したよりも、はるかに多義的な小説であった。つまり、*Sans famille* は家族についての多くの教訓を含む小説であり、家族の重要性を主張する小説である一方で、1870年代後半のフランスにおける、多数の同時代的な問題、議論について一石を投じようとする原作者マロの意志が看取できる小説であった。具体的に本書の第一部で検討したのは、第三共和政初期の初等教育改革後の教育内容の小説内への含有、普仏戦争後のナショナリズムの高揚に対する批判、学校教育

批判と児童教育の目的の提示、社会的格差の拡大と階級間対立の問題、労災補償問題、浮浪者や物乞いへの法的・社会的差別、さらには、父権批判と「精神的に遺棄された」児童の問題、児童保護事業の不足の問題である。こうした、*Sans famille* と、1870年代のフランスの時事問題との関連については、五来、菊池はそのほとんどを理解することがなかったと思われ、原作における児童教育の特徴や、法的規範、社会規範の遵守について、部分的に理解したにとどまった。またそれについては、五来と菊池ばかりでなく、現在に至るまで、マロ研究者の間でも指摘されてこなかった要素も存在する。本書では、*Sans famille* という小説への複数の時事的な議論の反映について、原作の一つ一つの文の読解と詳細な分析を通して検討し、*Sans famille* には「家族の物語」としての側面以外の部分が多分に含まれていることを明らかにしようとした。

　本書の第一部と第二部を踏まえた上で、*Sans famille*、『未だ見ぬ親』、『家なき児』の三者を関連づけて考察するための、これからの課題を最後に述べて本書の締めくくりとしたい。本研究では、三作個々の特徴や、マロ、五来、菊池の三者の文学や社会に対するそれぞれの思想、その翻訳受容への影響についておもに考察したために、三作それぞれについての個別的な研究となったきらいがあり、日本とフランスの社会についての比較の観点が欠けている。とくに、五来と菊池が *Sans famille* で書かれる家族のあり方におもに注目しつつ翻案・翻訳を行ったのであれば、少なくとも、マロが *Sans famille* で描く家族において基礎とされたフランスの「近代家族」と、「日本的近代家族」の相違点について考察を深める必要がある。家族社会学の分野における研究もより深く踏まえつつ、日仏比較文化論として論じることができればさらに興味深いものとなるであろうと思われる。

　たとえば、西川祐子は、同じように家族を重要な単位とした家族国家であったとしても、西欧型の国民国家では男性市民による水平的な兄弟愛によって結束するが、日本の場合は、親子関係と先祖崇拝によって垂直の上下関係

で結束する傾向にあることを指摘した[10]。Sans famille が最初の翻案『未だ見ぬ親』において、家族ではなく「親」の不在を意味する邦題が冠され、親子関係に注目される一方で、原作第二部における主人公とマチアの擬似的な兄弟関係については軽視され、その大部分は「省略」されたことは、西川の指摘を考慮に入れると、日仏の家族観、国家観の相違の反映であるようにも解釈できる。このような、日仏の家族および国家に対する比較の視点を持てば、さらに考察を深められることを予感できる研究課題を見出せ、それを今後の課題としたい。

注

1　ミシェル・ペロー、前掲「私的領域と権力」、31-32頁。Michelle Perrot, «Fonction de la famille», op. cit., p. 105.
2　坂上孝、前掲書、271-279頁。
3　本書第一部第三章第二節第三項①参照。
4　阪井裕一郎、前掲、博士論文、15-21頁。
5　同上21頁。
6　西川祐子『近代国家と家族モデル』、吉川弘文館、2000年、9-71頁。
7　牟田和恵、前掲書、71-72頁。
8　石田雄、『明治政治思想史研究』、未来社、1954年、21-66頁、105-122頁。
9　牟田和恵、前掲書、108-109頁。
10　西川祐子、前掲『近代国家と家族モデル』、22-23頁。

あ と が き

　本書は、2016（平成28）年9月23日に京都大学から授与された博士（人間・環境学）の学位論文、「『家なき子』、その原典と初期邦訳の文化社会史的研究——エクトール・マロ、五来素川、菊池幽芳をめぐって」に基づき、独立行政法人日本学術振興会平成30年度科学研究費助成事業（科学研究費補助金）（研究成果公開促進費「学術図書」、課題番号：18HP5060）の交付を受けて刊行するものである。題名の変更に加え、本文、注、巻末資料にも一部修正を加えたが、ほとんどが学位論文のままであり、論旨にも変更はない。

　また、本書の内容の一部は、2007－2008年度ロータリー財団国際親善奨学金（アカデミック・イヤー）、および平成22年度－平成23年度科学研究費補助金（特別研究員奨励費、「『家なき子』等近代フランス児童文学の日本での受容及び教育との関係についての研究」）の助成も受けた研究成果である。

　あとがきとして、私がフランス児童文学作品『家なき子』（Sans famille）に関する研究を行うに至った経緯と、とくにお世話になった方々への感謝の気持ちを記したい。

　フランス文学専攻の学部生の時、私はフランス児童文学作品を卒業論文のテーマにしたく、作品を読み漁った。フランス児童文学史の概説書に掲載され、邦訳や原書が入手できた作品には、作品刊行の時代を問わず目を通したが、その中で、ことさらに私の知的好奇心を刺激し、同時に一人の人間として強く心惹かれた作品が、『家なき子』であった。私は、文学と社会の関係に対して漠然と興味を持っていた。文学作品の内容が社会から影響を受け、そして作品の刊行が社会に何らかのインパクトを与えるとしたら、それはどのような様相を示すのか。その問いは、幼く、素朴で、同時にどこから手を付けたらいいのか分からない大きな問いかけであった。

『家なき子』は、その問いを考えるために適した作品であると思われた。原作者のエクトール・マロは、写実主義・自然主義に基づく方法を創作に適用し、最初期の作品についてはイポリット・テーヌやエミール・ゾラからの賞賛を受け、キャリアを出発させた小説家である。「社会小説の要素を持つ児童文学作品の源流」と評される『家なき子』の記述には、初等教育や児童の権利に関する問題をはじめ、当時のフランスの様々な社会的矛盾に関する問題提起が含まれた。その記述の根底には、マロの強い正義感と、子どもを一人の人間として尊重し、その成長に期待する姿勢とが透けて見える。当時のフランスにおいて現在進行形で議論された問題がこの作品に含まれたということを、一つ一つ掘り起こし、論証したいという意図で執筆したのが本書第一部である。

　また、学部生時代に『家なき子』を読み直した際に、一つ疑問が残った。それは、自分が想像していた作品と『家なき子』の内容があまりにも違うという点であった。作品を読み直す以前には、家族のない子どもの主人公が、涙ながらに親兄弟を探して旅をするという、いわばお涙頂戴のメロドラマのみが展開されるのであろうと想像していた。もちろん『家なき子』は、美しく感傷的な側面も持つ作品であり、だからこそ、世界中で多くの読者を魅了したのであろう。しかしそうであるとしても、上述した「社会小説」として認められる要素が、自分の想像にまったく欠けていたのは、何故であろうかと考えた。この疑問が、日本での『家なき子』受容の源流を探るという、本書第二部のテーマにつながった。本書では、日本で最初に翻案、翻訳した五来素川と菊池幽芳が、思想的な方向の違いはあれども、両者とも「家庭」に着目しながら作品を訳し、日本に紹介した点を明らかにできた。このことで、最初に抱いた疑問に対し、ほんのわずかではあるが、部分的に答えが与えられたように思う。

　本研究全体を通し、一つの文学作品が生まれ、受容され、変遷していくということの奥深さを実感し、この実感を得られたことに感謝している。もし、

あとがき　477

これからも研究者としての道を続けて歩んでいけるならば、この実感こそが大きな原動力となるに違いない。

　本書は多くの方々のご協力とご支援のもと完成した。お世話になった全ての方々への感謝を記したいが、紙幅の関係上、大学院進学以降の研究の遂行と、本書の刊行のためにとりわけお世話になった方々への謝意を申し述べるにとどめることとする。

　まず何よりも、修士論文、博士論文の指導教官であり、『家なき子』の原典研究から、日本での受容研究へと導いてくださった、京都大学大学院人間・環境学研究科の稲垣直樹教授（現・京都大学名誉教授）に心からの感謝を捧げたい。初めての面談の時、すぐに研究テーマを認め、励ましてくださった稲垣先生のご指導がなければ、本研究自体が存在しなかった。とくにフランス留学、修士論文執筆、翻訳受容研究への移行、そして博士論文執筆など、大学院での研究生活の重要な局面では常に、懇切丁寧なご指導を賜った。稲垣先生のご指導を受けられたことが、学生生活の一番の宝物である。長年の研究指導期間において、良い時も悪い時もあたたかく見守ってくださったこと、稲垣先生がくださったご助言の全てに、深く感謝している。

　博士論文審査において副査としてご指導くださった同研究科の多賀茂教授、塩塚秀一郎教授（現・東京大学大学院人文社会系研究科准教授）にも感謝申し上げたい。多賀先生、塩塚先生は拙論を丁寧に読んでくださり、大変勉強になる数々のご助言をくださった。先生方のご助言は、本書刊行のための修正の際に参考にさせていただいた。また、研究の基礎を、テクストや資料の精読に置くことの大切さに、改めて気づかせてくださった。

　そして、博士論文審査の副査を快くお引き受けくださり、本書の刊行を強く勧めてくださった千葉大学教育学部の佐藤宗子教授に、心からの御礼を申し上げたい。佐藤先生のご著書『「家なき子」の旅』を初めて拝読したのは学部生の時であったが、当時、日本では先生のご著書以外に本格的な『家なき子』研究はなく、何度も熟読した。それが研究活動の第一歩であった私に

とり、佐藤先生に拙論を審査していただけたことが、まずは夢のようであった。児童文学の翻訳・再話研究の第一人者でいらっしゃる先生は、拙論の審査後も、日本児童文学に対する海外文学の影響に目を向け、視野を広く持つことの大切さを常に教えてくださる。佐藤先生の励ましがなければ、本書の刊行に向けて、挑戦することすらなかったであろう。

　本研究には、フランスの方々のご協力もいただいた。

　ピカルディー・ジュール・ヴェルヌ大学大学院文学研究科のマリー＝フランソワーズ・モントーバン教授には、修士課程留学の折の指導教官として、論文構成の方法から、学術的なフランス語の文章の書き方に至るまで、厳しさの中に愛情のあるご指導を賜った。フランスでの修士号取得を我が事のように喜んでくださったモントーバン先生に感謝申し上げたい。

　『家なき子』の原作者エクトール・マロの直系のご子孫でいらっしゃり、フランス国エクトール・マロ学会事務局長のアニエス・トマ＝マルヴィル氏は、修士課程留学中より常に勇気づけてくださり、マロに関する貴重な資料の数々を提供してくださった。ラ・ブイユ村のマロの生家をはじめ、作家が愛した場所もたくさん見せてくださった。日本での受容研究にも関心を寄せ、2012年には研究発表の場も与えてくださった。遠い異国から来た一介の大学院生であった私に、アニエスさんが惜しみなく与えてくださったご厚意に対し、深謝の意を表したい。

　最後に、本書の刊行にご尽力くださった風間書房の風間敬子さんに御礼を申し上げる。

　本書の刊行が実現しようとしている現在、博士号取得までの研究生活や、その期間に起こった様々な出来事が思い出される。その全てに対し、今、感謝の思いしかない。

　　　2018年10月

　　　　　　　　　　　　　　　　　　　　　　　　　　渡辺　貴規子

初出誌一覧

　本書は、2016（平成28）年9月23日に京都大学から授与された博士（人間・環境学）の学位論文、「『家なき子』、その原典と初期邦訳の文化社会史的研究――エクトール・マロ、五来素川、菊池幽芳をめぐって」以外にも以下に示す学術誌掲載論文をもとにしている。

- 「エクトール・マロ『家なき子』『家なき娘』における児童教育」2010（平成22）年3月発表、『関西フランス語フランス文学』、第16号、15-27頁。
- 「エクトール・マロ『家なき子』『家なき娘』における社会問題――「家族」の表象を中心に」2010（平成22）年10月発表、『児童文学研究』第43号、27-39頁。
- 「エクトール・マロ原作、五来素川訳『家庭小説　未だ見ぬ親』の研究」2011（平成23）年12月発表、『人間・環境学』第20巻、83-96頁。
- «La traduction de *Sans Famille* à l'ère Meiji (1868-1912) au Japon»、2012年12月発表、*Cahiers Robinson* (Université d'Artois)、第32号、183-190頁。
- 「十九世紀児童文学における学校教育批判――エクトール・マロ『家なき子』における『独学者』の表象をめぐって」2017（平成29）年10月発表、『仏文研究』、第48号、103-123頁。
- 「十九世紀フランスにおける児童の権利についての問題提起――エクトール・マロ『家なき子』（1878年）をめぐって」2018（平成30）年3月発表、『児童文学研究』、第50号、87-103頁。
- 「『家庭小説』としての受容――エクトール・マロ原作、菊池幽芳訳『家なき児』における女性像」2018（平成30）年3月発表、『比較文学』、第60巻、39-53頁。
- 「普仏戦争と児童文学――エクトール・マロ『家なき子』における平和主義」2018（平成30）年10月発表、『仏文研究』第49号、103-126頁。

参考文献

A) エクトール・マロに関連する文献
1．エクトール・マロのテクスト
a) *Sans famille*

Malot (Hector), *Sans famille*, tome premier et tome second, Paris, E. Dentu, sixième édition, 1879.

――, *Sans famille*, tome premier et tome deuxième, Paris, E. Dentu, nouvelle édition, 1888

――, *Sans famille*, Paris, J. Hetzel et Cie., Bibliothèque d'éducation et de récréation, s.d. (vers 1890).

――, *Sans famille*, tome premier et tome second, Paris, Charpentier, Cent douzième mille, 1893.

――, *Sans famille*, nouvelle édition illustrée, tome premier et tome second, Paris, Ernest Flammarion, s.d. (vers 1900).

――, *Sans famille*, Paris, Fayard Frères, s.d. (vers 1900).

Capi et sa troupe, épisode extrait de «Sans famille» par Hector Malot, livre de lecture courante à l'usage des écoles primaires, contenant des notes et des devoirs par C. Mulley (directeur d'école communale à Paris), 6e édition Paris, Librairie Hachette et Cie., 1911

(日本語訳)
エクトール・マロ『家なき子』、全三巻（上・中・下）、二宮フサ訳、偕成社、1997年。

b) *Sans famille* 以外の小説
Malot (Hector), *Enfants*, 1866, recueilli dans Hector Malot, *Les Victimes d'amour - Les Amants - Les Epoux - Les Enfants*, Paris, Marpon et Flammarion, s.d. (fin XIXe siècle).

――, *Romain Kalbris*, Paris, Hetzel et Cie., 1869.

――, *Madame Obernin*, Paris, Michel Lévy Frères, 1870.

――, *Souvenir d'un blessé*, Michel Lévy Frères, 1872, réédité dans *Œuvres d'Hector Malot - 2*, collection dirigée par Francis Marcoin, Amiens, Encrage édition,

2012.

―, *Clotilde Martory*, Michel Lévy Frères, 1873, réédité dans *Œuvres d'Hector Malot - 3*, collection dirigée par Francis Marcoin, Amiens, Encrage Édition, 2012.

―, «Alsacienne», in Société des gens des lettres, *L'Offrande: aux Alsaciens et aux Lorrains*, Paris, Librairie de la Société des gens des lettres, 1873, p. 167-180.

―, *Le Colonel Chamberlain*, E. Dentu, 1875.

―, *Thérèse*, 1876, rééd., Paris, Flammarion, s.d. (vers 1900)

―, *En famille*, 1893, rééd., Amiens, Le Goût d'Etre/Encrage, 2006, p. 234.

―, *La Belle Madame Donis*, 3e édition, Paris, Flammarion, 1896.

c) 自伝

Malot (Hector), *Le Roman de mes romans*, Flammarion, 1896, réédité dans les *Cahiers Robinson*, n° 13, Arras, Presses de l'Université d'Artois, 2003.

«Notes manuscrites d'Hector Malot», recueillies dans *Le Roman de mes romans*, réédité dans les *Cahiers Robinson*, n° 13, Arras, Presses de l'Université d'Artois, 2003, p. 248-277.

d) 評論・新聞記事

Malot (Hector), *La Vie moderne en Angleterre*, Paris, Michel Lévy Frères, 1862.

―, «Les Ouvriers dans la rue», article paru dans l'*Opinion nationale* daté du 14 janvier 1862.

―, «La Commission de colportage», articles parus dans l'*Opinion nationale* des 24 et 31 décembre 1861 et du 3 février 1862

―, «L'Ivrognerie en Bretagne», article paru dans l'*Opinion Nationale* du 30 août 1863.

―, «De l'éducation corporelle», article paru dans l'*Opinion nationale* du 11 février 1865.

Usbeck, «La Semaine», articles parus dans le *Courrier français* du 1 juillet au 26 novembre 1867. (21 articles datés des 1, 8, 15, 22, 29 juillet, 12, 19, 26 août, 2, 9, 16, 23, 30 septembre, 7, 14, 21, 28 octobre, 5, 12, 19 et 26 novembre 1867)

e) 手紙

Delfau (Gérard), *Jules Vallès, l'exil à Londres 1871-1880*, Paris-Montréal, Bordas, 1971.

2．エクトール・マロへの手紙

Lettre non datée du Jules Simon à Hector Malot, Collection privée de la famille Thomas (la famille descendante d'Hector Malot).

Lettre non datée de Jules Simon à Hector Malot, (vers 1861), Collection privée de la famille Thomas.

Lettre datée du 9 avril 1883 de Jules Simon à Hector Malot, Collection privée de la famille Thomas.

Lettre datée du 18 octobre 1884 de Jules Simon à Hector Malot, Collection privée de la famille Thomas.

Lettre datée du 4 octobre 1889 de Jules Simon à Hector Malot, Collection privée de la famille Thomas.

Lettre datée du 27 octobre 1889 de Jules Simon à Hector Malot, Collection privée de la famille Thomas.

Lettre datée du 11 mai 1889 de Jules Simon à Hector Malot, Collection privée de la famille Thomas.

3．エクトール・マロに関する批評・著作

a）伝記

D'Almeras (Henri), *Avant la gloire, leurs débuts*, Paris, Société française d'Imprimerie et de Librairie, Ancienne Librairie Lecène-Oudin, 1902

Levallois (Jules), *Milieu de siècle, mémoires d'un critique*, Paris, Librairie illustrée, 1898.

Spalikowski (Édmond), *Hector Malot et La Bouille*, Rouen, Édition de la «Revue Normandie», 1931.

Thomas-Maleville (Agnès), *Hector Malot - L'Écrivain au grand cœur*, Monaco, Éditions du Rocher, 2000.

b）学位論文

Cojez (Anne-Marie), *Topographie du réel et espace romanesque dans En Famille et autres romans d'Hector Malot*, Thèse pour le Doctorat, Université d'Artois,

2007.

Foucault (Jean), *Au-delà des mères : modernité des personnages et de l'imagerie d'Hector Malot, écrivain pour la jeunesse*, Thèse pour le doctorat sous la direction de Jean Perrot, Université de Paris XIII/Villetaneuse, 1998.

Pincet (Yves), *Sentiments, éducation, humanitarisme, dans l'œuvre romanesque d'Hector Malot*, Thèse de doctorat, Université de Rouen, 1993.

渡辺貴規子「『『近代家族』の表象——エクトール・マロ『家なき子』『家なき娘』をめぐって」、京都大学大学院人間・環境学研究科、修士論文、2009年。

c）研究書

Cabanel (Patrick), *Le Tour de la nation par des enfants - Romans scolaires et espaces nationaux (XIXe-XXe siècles)*, Paris, Belin, 2007.

Frandon (Ida-Marie), *Autour de «Germinal», la mine et les mineurs*, Genève : E. Droz/ Lille : Librairie Giard, 1955.

De La Brunnière (Anne) et Thomas Maleville (Agnès), *Hector Malot en Seine*, Paris, Magellan et Cie., 2007

Mairie de Fontenay-sous-Bois, *Hector Malot 1830-1907, Un écrivain fontenaysien*, Fontenay, Imprimerie municipale, 2003.

佐藤宗子『「家なき子」の旅』、平凡社、1987年。

d）論文集

Association des Amis du Roman populaire, *Le Rocambole, Bulletin des Amis du Roman Populaire*, n° 7, Amiens, Encrage, 1999.

Collectif, *Diversité d'Hector Malot, Cahiers Robinson*, n°10, Arras, Presse de l'Université d'Artois, 2001

———, *Hector Malot et le métier d'écrivain*, Études réunies par Francis Marcoin, Paris, Magellan et Cie., 2008.

———, *L'Œuvre pour la jeunesse d'Hector Malot (Une lecture contemporaine internationale)*, Paris, L'Harmattan, 2009.

———, *Hector Malot, la morale et le droit*, Paris, Magellan et Cie., 2014.

e）学術誌掲載論文記事・新聞記事
①十九世紀の批評記事

Anonyme, «Hector Malot, Conférence par M. Levallois» article paru dans *le Journal de Rouen* du 29 mars 1893

Brisson (Adolphe), «L'Hermitage de M. Hector Malot» in *Portraits intimes*, tome III, Armand Colin, 1897, p. 61-69.

―――, «Le Cas littéraire d'Hector Malot» in *Pointes sèches (Physionomies littéraires)*, Paris, Armand Colin, 1898, p. 19-25.

Meunier (Georges), «Introduction» aux *Pages choisies des auteurs contemporains, Hector Malot*, Paris, Armand Colin et Cie., 1898.

Sainte-Beuve (Charles-Augustin), *Correspondance générale, tome 11, 1858-1860*, Nouvelle Série, tome 5, Paris, Privat Didier, 1962.

Taine (Hippolyte), article paru dans *le Journal des Débats* du 19 décembre 1865.

Vallès (Jules), «Les Romans nouveaux», article paru dans *Le Progrès de Lyon* du 13 mai 1864, recueilli dans Jules Vallès, *Œuvre I, 1857-1870*, texte établi, présenté et annoté par Roger Bellet, Paris, Gallimard, Bibliothèque de la Pléiade, 1975, p. 356-363.

―――, «Note d'un absent», article paru dans le *Voltaire* du 22 décembre 1878 recueilli dans Jules Vallès, *Œuvres II*, édition établie, présentée et annotée par Roger Bellet, Paris, Gallimard, Bibliothèque de la Pléiade, 1989, p. 119-123.

―――, «Note d'un absent», article paru dans le *Voltaire* du 26 décembre 1878 recueilli dans Jules Vallès, *Œuvres II*, édition établie, présentée et annotée par Roger Bellet, Paris, Gallimard, Bibliothèque de la Pléiade, 1989, p. 123-128.

―――, «Hector Malot», article paru dans le *Cri du peuple* du 17 décembre 1884, recueilli dans Jules Vallès, *Œuvres II*, édition établie, présentée et annotée par Roger Bellet, Paris, Gallimard, Bibliothèque de la Pléiade, 1989, p. 1414-1416.

Zola (Émile), article paru dans le *Salut Public* du 17 novembre 1866, recueilli dans Émile Zola, *Œuvres complètes*, édition établie sous la direction d'Henri Mitterand, tome 10e, *Œuvres critiques I*, Paris : Cercle du livre précieux, éd. Claude Tchou, 1968, p. 697-700.

―――, «Un roman d'analyse» article paru dans le *Figaro* du 18 décembre 1866, recueilli dans Émile Zola, *Œuvres complètes*, édition établie sous la direction d'Henri Mitterand, tome 10e, *Œuvres critiques I*, Paris : Cercle du livre précieux, éd. Claude Tchou, 1968, p. 700-704.

―――, Article paru dans la *Cloche* du 23 mai 1872, recueilli dans Émile Zola, *Œuvres complètes*, édition établie sous la direction d'Henri Mitterand, tome 10ᵉ, *Œuvres critiques I*, Paris, Cercle du livre précieux, éd. Claude Tchou, 1968, p. 947-950.

―――, Article paru dans la *Cloche* du 28 juin 1872, recueilli dans Émile Zola, *Œuvres Complètes*, édition établie sous la direction d'Henri Mitterand, tome 10ᵉ, *Œuvres critiques I*, Paris : Cercle du livre précieux, éd. Claude Tchou, 1968, p. 954-956.

―――, «Les Romanciers contemporains», recueilli dans Émile Zola, *Les Romanciers naturalistes*, Paris, Charpentier, 1881, p. 333-387.

②二十世紀以降の論文記事・新聞記事

Aiglon（Laurent）, ««L'Épisode cévenol», entre réalité sociale et pédagogie romantique», in *Hector Malot et le métier d'écrivain*, Études réunies par Francis Marcoin, Paris, MAGELLAN et Cie., 2008, p. 149-156.

Alix-Leborgne（Viviane）, «La Femme artiste dans les romans d'Hector Malot» *Perrine, Revue en ligne de l'Association des Amis d'Hector Malot*, 2014, p. 1-12.

Billy（André）, «Hector Malot contre Sainte-Beuve», article paru dans *Le Figaro littéraire* du samedi 6 octobre 1951.

Cadilhac（Paul-Émile）, «Naissance et décors de *«Sans famille»*», in Paul-Émile Cadilhac et Robert Coiplet, *Demeures inspirées et sites romanesques III*, Paris, Les éditions de l'illustration, Baschet et Cie., 1958, p. 176-182.

Czyba（Lucette）, «Aventure, famille et école dans *Sans famille* d'Hector Malot» in *L'Aventure dans la littérature populaire au XIXᵉ siècle*, sous la direction de Roger Bullet, Presse Universitaire de Lyon, 1985, p. 139-151.

Delahaye（Christa）, «Tours et détours dans *Sans famille*», *Cahiers Robinson supplément à Spirale, n°19, Voyage d'enfants : Contre la ligne*, Lille, Presse de l'Université Charles-De-Gaule Lille3, 1997, p. 41-58.

―――, «La Question sociale dans *Sans famille*», *Cahiers Robinson*, No. 10, Arras, Presse de l'Université d'Artois, 2001, p. 29-37.

―――, «Préface», in Hector Malot, *Souvenir d'un blessé*, 1871, réédité dans *Œuvre d'Hector Malot - 2*, collection dirigée par Francis Marcoin, Amiens, Encrage édition, 2012, p. 5-12.

Foucault（Jean）, «Jules Vallès et Hector Malot, impressions londoniennes», *Les Amis de Jules Vallès : revue d'études vallèsiennes*, No. 26, 1998, p. 149-170.

Garnerin（Fabienne）, «*Sans famille* et la vie dans la Creuse vers le milieu du XIXᵉ siècle», in *Hector Malot et le métier d'écrivain*, Études réunies par Francis Marcoin, Paris, MAGELLAN et Cie., 2008, p. 128-148.

Gilsoul (Michel), «De l'aventure à l'intégration sociale : Hector Malot», in *Romanciers populaires du 19ᵉ siècle*, Liège, Marche romane, 1979, p. 120-152.

Grumetz (Jean-Paul), «La Maison Saint-Frères et la question sociale dans *En Famille*», in *Hector Malot et le métier d'écrivain*, Études réunies par Francis Marcoin, Paris, MAGELLAN&Cie, 2008, p. 114-126

Guillerm (Jean-Pierre), «Trop, c'est trop—Le dénouement de *Sans famille*», *Cahiers Robinson*, No. 10, *Diversité d'Hector Malot*, Arras, Presses de l'Université d'Artois, 2001, p. 73-83.

Hemming (F.W.J), «La Critique d'un créateur : Zola et Malot», *Revue d'Histoire littéraire de la France*, janvier-mars 1967, p. 55-67.

Ide Suematsu (Himiko), «Un siècle de lecture de *Sans famille* au Japon», *Cahiers Robinson*, n° 10, 2001, p. 141-146.

Kohnen (Myriam), «Regard sur le personnage féminin dans *La Marquise de Lucilière et dans Ghislaine*», *Perrine, Revue en ligne de l'Association des Amis d'Hector Malot*, 2014, p. 1-10

Marcoin (Francis), «L'Histoire éditoriale de *Romain Kalbris*», *Perrine, Revue en ligne de l'Association des Amis d'Hector Malot*, 2013.

Mitterand (Henri), «Notes et variantes» in Émile Zola, *Les Rougon-Macquart*, tome I, Paris, Gallimard, Bibliothèque de la Pléiade, 1960, p. 1647-1648.

Parinet (Élisabeth), «Gérer son succès littéraire», in *Hector Malot et le métier d'écrivain*, Études réunies par Francis Marcoin, Paris, MAGELLAN&Cie, 2008, p. 171-190.

Pincet (Yves), «La Littérature à l'école de la République—Les adaptations scolaires de *Sans famille* d'Hector Malot à la fin du XIXe siècle», *Nous voulons lire !*, No. 105, Bordeaux, NVL / CRALEJ, été 1994, p. 6-15.

——, «Aspects de la lutte contre l'esclavage et le travail forcé dans la presse et la littérature d'enfance et de jeunesse en France au XIXᵉ siècle», *Nous voulons lire !*, No. 114, Bordeaux, NVL/ CRALEJ, mai 1996, p. 8-12.

——, «Variations sur le thème de Robinson dans l'œuvre romanesque d'Hector Malot», *Cahiers pour la littérature populaire*, n° 16, La Seyne-sur-Mer, Centre d'étude sur la littérature populaire, 1996, p. 75-86.

――, «Bibliographie d'Hector Malot», *Le Rocambole, Bulletin des Amis du Roman Populaire*, n° 7, Amiens, Encrage, 1999, p. 111-130.

Raymond (Jean), «Une correspondance inattendue», article paru dans *le Monde*, du 31 août 1968.

Thomas-Maleville (Agnès), «Hector Malot, chroniqueur de guerre engagé», *Historia*, n°599, décembre 1996, p. 30-33.

――, «Les Deux versions des *Amants* - comparaison de l'édition Lévy de 1859 et de l'édition Hetzel de 1867, avec les passages réintégrés par H. Malot (Conférence donnée à Bonsecours le samedi 27 mars 2010)», *Perrine, Revue en ligne de l'Association des Amis d'Hector Malot*, 2010.

Tison (Guillemette), «L'Avocat des «droits de l'enfant»», in *Hector Malot et le métier d'écrivain*, Études réunies par Francis Marcoin, Paris, Magellan et Cie., 2008, p. 41-57.

Wood (John Sinclair), «Hector Malot et la Commune» in Société d'Histoire littéraire de la France, *Les Écrivains français devant la guerre de 1870 et devant la Commune*, Colloque du 7 novembre 1970, Paris, Armand Colin, 1972, p. 134-136.

――, «Hector Malot et la guerre de 1870» in Société d'Histoire littéraire de la France, *Les Écrivains français devant la guerre de 1870 et devant la Commune*, Colloque du 7 novembre 1970, Paris, Armand Colin, 1972, p. 48-57.

二宮フサ「解説」、エクトール・マロ『家なき子［下］』二宮フサ訳、偕成社、1997年、406-415頁。

――「訳注」、エクトール・マロ『家なき子［上］』二宮フサ訳、偕成社、1997年、347-352頁。

――「訳注」、エクトール・マロ『家なき子［下］』二宮フサ訳、偕成社文庫、1997年、402-405頁。

佐藤宗子「二つの『家なき子』再話について―切り取られた作品世界」、『千葉大学教育学部研究紀要』第34巻1部、1985年、137-148頁。

――「物語の精錬過程―池田宜政の『家なき子』二再話」、『千葉大学教育学部研究紀要』第42巻　第一部、1994年、329-340頁。

――「解説」、『少年翻訳小説集』（少年小説大系第26巻）、三一書房、1995年、511-518頁。

B）五来素川に関連する文献
1．五来素川のテクスト
a）小説

五来素川「家庭小説　まだ見ぬ親」、全九十四回、『読売新聞』1902年3月1日－1902年7月13日。

――『家庭小説　未だ見ぬ親』、初版、東文館、1903年7月。

――『まだ見ぬ親』、平凡社、1935年。

――『大帝那翁』、第一巻、養賢堂、1914年。

b）評論・新聞記事

Avocat, Goraï, «Influence du Code civil français sur le Japon», in *Le Code civil, 1804-1904, Livre du centenaire*, publié par la Société d'études législatives, tome seconde, Paris, A. Rousseau, 1904 ; Fac-similé, Paris, Librairie Édouard Duchemin, 1969, pp. 781-790.

東京英語学校生徒、五来欣造「巧みなる射撃」、『少年園』第5巻58号、1891年3月18日。

五来欣造「支那社会の特質」、『社会』第1巻第1号、1899年1月、66頁。

――「家族制度ト個人制度トノ得失」、『法学志林』第3巻第21号、1901年7月、43-56頁。

五来素川「選挙民の訓練」、『読売新聞』1902年8月8日。

――「一家言」、『読売新聞』1902年8月8日。

――「世に仕ふるの精神」、『読売新聞』1902年9月11日。

――「感情の教育」、全二回、『読売新聞』1902年9月13日－1902年9月14日。

――「国民教育の偏狭」、全二回、『読売新聞』1902年9月28日－1902年9月29日。

――「青年立志の方針」、『読売新聞』1902年10月8日。

――「百弊の根源（権利思想の欠乏）」、『読売新聞』1902年10月22日。

――「学制改革案の根本的誤謬」、全二回、『読売新聞』1902年10月23日－1902年10月24日。

――「教育界の覚醒――個人主義の主張」、全十一回、『読売新聞』1902年11月1日－1902年11月14日。

――「政党反省の好機」、『読売新聞』1902年12月23日。

――「寧ろ贈賄者に厳なれ（教科書事件の所罰に就て）」、『読売新聞』1903年1月13日。

―――「豈只に漢口居留地のみならんや」、全二回、『読売新聞』1903年2月3日－1903年2月4日。
―――「征露の真精神」、全二回、『読売新聞』1904年3月19日－1904年3月20日。
―――「欧山亜水録」、全十七回、『読売新聞』1904年9月30日－1904年11月27日。(第一回の記事のみ、題名が「欧亜風雲録」である。)
―――「小引」『未だ見ぬ親』、東文館、初版、1903年7月、1-2頁。
―――「序」『まだ見ぬ親』平凡社、1935年、1-2頁。
斬馬剣禅『東西両京の大学――東京帝大と京都帝大』(1903年12月)、講談社学術文庫、1988年。

2．五来素川に関する言及・批評・著作
『第一高等学校中学校一覧　自明治二十五年至明治二十六年』、1893年。
『第一高等学校本部一覧　自明治二十八年至明治二十九年』、1896年。
「弁護士・法学士　五来欣造　東京々橋区丸屋町四番地」(広告)、『福音新報』、391号(1902年12月25日)、417号(1903年6月1日)、431号(1903年10月1日)
「社告」、『読売新聞』1902年3月1日。
無署名「小説未だ見ぬ親」、『文芸倶楽部』第9巻第12号、博文館、1903年9月1日発行。
白山生「家庭小説未だ見ぬ親」、『帝国文学』第9巻第8号、1903年8月、131-132頁。
本田功「碌山の追憶」、『彫刻家　荻原碌山』信濃教育会、1954年。
仁科惇『碌山・32歳の生涯』、三省堂選書138、三省堂、1987年。
岡野敏成編『読売新聞八十年史』、読売新聞社、1955年。
佐波亘編『植村正久と其の時代』、第3巻、教文館、1938年。
―――編『植村正久と其の時代』、第5巻、教文館、1938年。
佐藤紅緑「まだ見ぬ親を読む」、『福音新報』第421号、1903年7月23日。
新村出「わが学問生活の七十年(三)」、『思想』第379号、1956年、95-100頁。
東京帝国大学『東京帝国大学一覧　従明治三十五年至明治三十六年』、1903年。
潮木守一「解説」、『東西両京の大学――東京帝大と京都帝大』(1903年12月)、講談社学術文庫、1988年、291-301頁。

C）菊池幽芳に関連する文献
1．菊池幽芳のテクスト
a）小説

あきしく編『秋の夜はなし：波斯異聞』、大阪、駸々堂、1900年11月。
亜蘭手記、菊池幽芳訳述『大探検』、大阪、駸々堂、1897年2月。
ハツガート『二人女王』、菊池幽芳訳、春陽堂、1903年5月。
菊池幽芳「己が罪」(1899年)、『大衆文学大系2——小杉天外、菊池幽芳、黒岩涙香、押川春浪集』講談社、1971年、223-482頁。
——「家庭小説　乳姉妹」(1903年)、『明治文学全集93　明治家庭小説集』筑摩書房、1969年、89-240頁。
——「家なき児」、全百二十七回、『大阪毎日新聞』、1911年7月12日－1912年2月12日。
——『家なき児』、前編、春陽堂、1912年1月。
——『家なき児』、後編、春陽堂、1912年6月。
——『誘惑』、前編、春陽堂、1914年3月。
——『誘惑』、後編、春陽堂、1914年7月。
——「戦場奇譚——仏蘭西の捕虜になつた一普魯西兵の話」、『大阪毎日新聞』1914年9月20日。
——「最後の授業——アルサス少年の記録」、『大阪毎日新聞』1915年1月5日。
——『幽芳集』、至誠堂書店、1917年。
——『世界大衆文学全集第二巻　家なき児』、改造社、1928年。
——「家なき児」、『少年倶楽部』第16巻第1号－第17巻第12号、大日本雄弁会、1929年1月－1930年12月。
——「家なき児」、『少女倶楽部』第7巻第1号－第8巻第12号、大日本雄弁会、1929年1月－1930年12月。

b）自伝・随筆

あきしく「小児観察」、全五回、『大阪毎日新聞』1900年3月17日－1900年3月26日。
——「よつちやんの帰省」、全十六回、『大阪毎日新聞』1900年12月19日－1901年2月11日。
菊池清『よつちやん』、金尾文淵堂、1901年5月（茨城大学図書館蔵）。
菊池幽芳『幽芳全集』第13巻、国民図書、1925年。
——「自序」、『菊池幽芳全集』第一巻、改造社、1933年。
——「あらめいぞん——わが宿にて」、全十五回、『毎日電報』1910年1月1日－同年2月8日。

c）評論・新聞記事

無署名「文学的趣味」、全四回、『大阪毎日新聞』1899年5月6日－1899年5月10日。
あきしく編『家庭の栞　第一篇』、大阪、駸々堂、1900年7月。
――編『家庭の栞　第二篇』、大阪、駸々堂、1900年9月。
――編『家庭の栞　第三篇』、大阪、駸々堂、1901年11月。
――「小児養育（乳の事）」、全六回、『大阪毎日新聞』1900年2月26日－1900年3月5日。
菊池幽芳「離縁と新民法」、全五回、『大阪毎日新聞』1898年8月12日－1898年8月17日。
――「家庭に於る父母」、『大阪毎日新聞』1898年9月7日。
――「文学欄を設くるの辞（上）」、『大阪毎日新聞』1899年1月15日。
――「啓上」、『大阪毎日新聞』1899年9月22日。
――「東京所見（文壇及び社会上の瞥見）」、全十七回、『大阪毎日新聞』1899年11月25日－1899年12月29日。
――「新年所感」、『大阪毎日新聞』、1900年1月3日。
――「大阪の家庭」、『文芸倶楽部』第8巻第10号、1902年7月、13-23頁。
――「はしがき」、『乳姉妹』、前編、春陽堂、1904年1月、1-5頁。
――「はしがき」、『妙な男』、前編、金尾文淵堂、1905年6月。
――「巴里大洪水」、全四回、『毎日電報』1910年2月18日－1910年2月21日。
――「面白き事実」、全五回、『大阪毎日新聞』1910年3月28日－1910年4月1日。
――「『みかれいむ』の記（Mi-careme）」、全六回、『大阪毎日新聞』1910年4月4日－1910年4月11日。
――「ヴェニス法廷の『マクベス』夫人」、全七回、『大阪毎日新聞』1910年4月21日－1910年4月28日。
――「巴里の宝石」、全十回、『大阪毎日新聞』1910年5月21日－1910年6月3日。
――「家庭思想の復活――日英博内の婦人講演会」、全二回、『大阪毎日新聞』1910年7月4日－1910年7月5日。
――「装飾せるブラッセルと世界博覧会」、全二回、『大阪毎日新聞』1910年7月21日－1910年7月22日。
――「ブラッセル博覧会の庭園」、『大阪毎日新聞』1910年7月23日。
――「建築雑観（ブラッセル世界博覧会）」、『大阪毎日新聞』1910年7月24日。
――「あつとらくしょん――世界博覧会の興行物」、全四回、『大阪毎日新聞』1910年7月25日－1910年7月28日。

――「巴里の劇場」、全十九回、『大阪毎日新聞』1911年1月8日－1911年1月31日。（第八回以降の記事は、題名が「巴里の劇壇」である。）
――「新聞小説の未来」、『大阪毎日新聞』1911年6月22日。
――「新たに感ぜし事」、『大阪毎日新聞』、全七回、1911年6月22日－1911年6月29日。
――「わが劇壇の為に」、『大阪毎日新聞』、全十五回、1911年7月3日－1911年7月21日。
――「再び『家なき児』を掲ぐるに就て」、『大阪毎日新聞』1911年7月12日。
――「欧州の海水浴場」、全五回、『大阪毎日新聞』1911年8月1日－1911年8月5日。
――「賊難に罹れる世界の名画」『大阪毎日新聞』1911年8月26日。
――「莱因河畔の悲劇」、全三回、『大阪毎日新聞』1911年8月30日－1911年9月1日。
――「序言」『家なき児』、前編、春陽堂、1912年1月。
――「我邦婦人の最大美点」、『女子文壇』第8年第1号、1912年1月、2-7頁。
――「自由過る女学生の行ひ」、『女子文壇』第8年第5号、1912年5月、2-7頁。
――「活動写真談」、全五回、『大阪毎日新聞』1912年5月1日－1912年5月5日。
――「仏蘭西の娘（上）」、『女子文壇』第9年第1号、1913年1月、2-7頁。
――「仏蘭西の娘（下）」、『女子文壇』第9年第2号、1913年2月、2-7頁。
――「『家なき児』を掲げるについて」、『少年倶楽部』第15巻第12号、1928年12月、63-65頁。

d）その他
菊池幽芳『幽芳歌集』、創元社、1939年6月。

2．菊池幽芳に関する批評・著作
広告「あきしく編　（少年の好伴侶）　秋の夜はなし　全一冊　定価金三十銭　郵税四銭」、あきしく編『異聞奇話　瑣談片々』、駸々堂、1901年。
無記名「菊池幽芳氏の『家なき児』」、慶應義塾学報』第176号、1912年3月、73-74頁。
「少年に読ものを作れ」、全四回、『大阪毎日新聞』1901年1月28日－同年2月2日。
「菊池幽芳氏」、『大阪毎日新聞』1911年4月20日。
「菊池幽芳氏の小説――新聞小説の新生面」、『大阪毎日新聞』1911年6月22日。
「家庭に推奨すべき新聞小説――家なき児」、『大阪毎日新聞』1911年7月4日。
「家なき児の刊行」、『大阪毎日新聞』1912年2月12日。
安西彰「『菊池幽芳全集』[復刻版]解説」、『菊池幽芳全集』第15巻、日本図書センタ

一、1997年1-20頁。
伊達俊光「菊池幽芳氏の古稀賀会」、『大大阪と文化』、金尾文淵堂、1942年、163-168頁。
笛木美佳「菊池幽芳『己が罪』論」、『学苑』第839号、2010年、7-15頁。
林寄雯「『破戒』の告白——菊池幽芳の『己が罪』と比較しながら」、『国語国文論叢』第32号、37-45頁。
浜田雄介「乱歩をはぐくんだもの——明治名古屋の読書空間」、『江戸川乱歩と大衆の二十世紀』(「国文学　解釈と鑑賞」別冊)、至文堂、2004年、34-41頁。
平野岑一『世界六位の新聞——毎日新聞の青春時代』、六月社、1961年。
広岡守穂「家庭小説にみる市民社会の萌芽——菊池幽芳の『己が罪』をめぐる一考察」、『法学新報』第121巻第9・10合併号、2015年、441-474頁。
堀啓子「翻案としての戦略——菊池幽芳の『乳姉妹』をめぐって」、『東海大学紀要、文学部』86号、2007年、57-67頁。
——「明治期の翻訳・翻案における米国廉価版小説の影響」、『出版研究』第38号、2008年、27-44頁。
訪問子「雑録作家歴訪録（其三）菊池幽芳氏の文学談」、『よしあし草』第2巻第1号、1898年1月26日。
井上好人「菊池幽芳・新聞連載小説『寒潮』に表象された四高生と女学生の恋愛」、『金沢星稜大学人間科学研究』第3巻1号、2009年、7-13頁。
——「四高『寒潮事件』に秘められた四高生と女学生との純愛——なぜ"堕落学生"のレッテルが貼られたのか———」、『金沢大学資料館紀要』第8巻、2013年、35-47頁。
伊藤秀雄「乱歩の先駆者」、『明治の探偵小説』、双葉社、2002年、434-446頁。
岩田光子、「菊池幽芳」、昭和女子大学近代文学研究室『近代文学研究叢書』、第六十一巻、昭和女子大学近代文学研究所、1988年、411-491頁。
譲二「通俗小説の快味」、『読売新聞』1912年2月29日。
菊池健「父幽芳のこと」、『明治文学全集93』「月報」、筑摩書房、1969年6月、1-2頁。
菊池玉枝「亡夫幽芳のことなど」、『新世間』第1巻第3号、1947年7月、45頁。
小西由里「家庭小説とその『読者』をめぐって——菊池幽芳『乳姉妹』を中心に」、『北海道大学大学院文学研究科研究論集』第3号、2003年、35-48頁。
毎日新聞百年史刊行委員会編『毎日新聞百年史——1872→1972』、毎日新聞社、1972年。
松井洋子「『ドラ・ソーン』と日本の家庭小説」、『知の新視界——脱領域的アプロー

チ』南雲堂、2003年、279-291頁。
——「アメリカと日本における家庭小説の対比研究——19世紀中期から20世紀初頭を中心に」、『日本大学比較文化・比較文学会』第5号、2003年、104-110頁。
——「日本の家庭小説におけるバーサ・クレイ作品の受容について」、『国際関係学部研究年報』第24集、2003年、295-299頁。
——「アメリカの家庭小説と日本の家庭小説の対比研究——メアリ・J・ホームズの『嵐と陽光』と菊池幽芳の『乳姉妹』を中心に」、『国際関係学部研究年報』第25集、2004年、209-213頁。
——「19世紀、明治中期における日米家庭小説の対比研究」、『国際関係学部研究年報』第27集、2006年、1-6頁。
——「明治30年代日本における19世紀アメリカ家庭小説の受容について」、『国際文化表現研究』第3号、2007年、425-431頁。
室伏勇「菊池幽芳」、『茨城の文学史』茨城文化団体連合、193-201頁。
中村真一郎「明治三〇年代の『家庭小説』——菊池幽芳『月魄』」、『ちくま』第265号、
根本由香「家庭小説の挿絵と服飾」、『国文学 解釈と鑑賞』第74巻第5号、2009年、88-96頁。
岡保生「菊池幽芳素描」、(1966年3月)、日本文学研究資料刊行会編『明治の文学(日本文学研究叢書)』、有精堂、1981年、239-245頁。
——「菊池幽芳——家庭小説の本流」、『近代文学の異端者——日本近代文学外史』角川書店、1976年、77-85頁。
大阪毎日新聞社編『大阪毎日新聞五十年』、大阪毎日新聞社、1932年。
瀬沼茂樹「年譜 菊池幽芳」、『明治文学全集93 明治家庭小説集』、筑摩書房、1969年、439頁。
相良真理子「大正期の道頓堀五座と菊池幽芳」、『大阪の歴史』第79号、2012年、57-89頁。
菅野聡美「明治の沖縄観——菊池幽芳と志賀重昂を手がかりとして」、『政治思想研究』第8巻、2008年、171-199頁。
高橋修「秘密の中心としての〈血統〉——『己が罪』『乳姉妹』」、『国文学 解釈と教材の研究』42巻12号、1997年10月、26-30頁。
滝口洋「菊池幽芳」、『茨城の文学』、笠間書院、1975年、34-47頁。
横井司「解題」、『菊池幽芳探偵小説選』、論創社、2013年、352-367頁。
和田芳江「菊池幽芳」、『大衆文学大系2——小杉天外、菊池幽芳、黒岩涙香、押川春浪集』、講談社、1971年、786-789頁。

D) エクトール・マロ、五来素川、菊池幽芳以外の文筆家の作品
1．小説
Bruno (G.), *Le Tour de la France par deux enfants*, 1877, rééd., in *Des Enfants sur les routes*, édition présentée et établie par Francis Lacassin, Robert Laffont, 1994, p. 569-848.
Desnoyers (Louis), *Les Aventures de Jean-Paul Choppart*, Nouvelle édition avec gravures hors texte, illustrée par H. Giacomelli, Paris, J. Hetzel, 1875.
Fénelon, *Les Aventures de Télémaque*, édition présentée, établie et annotée par Jacques Le Brun, Paris, Gallimard, 1995.
Stahl (P-J.), *Maroussia, d'après une légende de Marko Wovzog*, Paris, Bibliothèque d'éducation et de récréation, 1878.
Villiers de L'Isle-Adam (Comte de), «Véra», *Contes cruels*, Paris, C. Lévy, 1883, p. 13-18
——, «L'Intersigne», *Contes cruels*, Paris, C. Lévy, 1883, p. 238-262
——, «Le Secret de l'échafaud», *L'Amour suprême*, Paris, M. De Brunhoff, 1886, p. 45-74.
水野葉舟「羊」、『新小説』第17年第3巻、1912年3月、43-86頁。
野口援太郎『教育小説　サンフアミーユ』、目黒書店、1914年7月。

2．評論・その他
Demolins (Édmond), *A quoi tient la supériorité des Anglo-Saxons ?*, Paris, Librairie de Paris, s.d..
Dézamy (Théodore), *Code de la communauté*, Paris, Édition d'histoire sociale, 1842.
Hetzel (Pierre-Jules), «Préface» in Louis Desnoyers, *Les Aventures de Jean-Paul Choppart*, Nouvelle édition avec gravures hors texte, illustrée par H. Giacomelli, Paris, J. Hetzel, 1875.
Lamennais (F.), *Le Livre du peuple*, Paris, H. Delloye, 1838.
Renan (Ernest), «La Réforme intellectuelle et morale de la France», in *La Réforme intellectuelle et morale*, Paris, Michel Lévy frères, 1871.
ドモラン『新教育――ロッシュの学校』、原聡介訳、世界教育学選集88、明治図書出版、1978年。
マルタン・ナド『ある出稼石工の回想』、喜安朗訳、岩波書店、1997年。
日本聖書協会『聖書（新共同訳）』、1987年版。

野口援太郎「序」、『教育小説　サンフアミーユ』、目黒書店、1914年7月、1-4頁。
エルネスト・ルナン「国民とは何か」、『国民とは何か』、鵜飼哲訳、河出書房新社、1997年、41-64頁。
島村抱月「文芸上の自然主義」、『近代文芸之研究』、早稲田大学出版部、1909年、32-71頁。
下田歌子「女学生と読書」、『婦人世界』、1911年11月号。
徳富蘆花「何故に余は小説を書くや」、全二回、『国民新聞』1902年9月2日－1902年9月3日。

E）フランス文学史・フランス文学研究
1．フランス児童文学史
a）研究書

Bethlenfalvay (Marina), *Les Visages de l'enfant dans la littérature française du XIXe siècle - Esquisse d'une typologie, Genève*, Librairie Droz, 1979.

Escarpit (Denise), *La Littérature de jeunesse, itinéraires d'hier à aujourd'hui*, Éditions Magnard, 2008.

Fourment (Alain), *Histoire de la presse des jeunes et des journaux d'enfants (1768-1988)*, Paris, Édition Éole, 1987.

Marcoin (Francis), *Librairie de jeunesse et littérature industrielle au XIXe siècle*, Paris, Honoré Champion, 2006.

Soriano (Marc), *Guide de littérature pour la jeunesse*, 1959, rééd. Paris, Delagrave, 2002.

Tison (Guillemette), *Une mosaïque d'enfants, l'enfant et l'adolescent dans le roman français (1876-1890)*, Arras, Artois Presses Université, 1998.

——, *Le Roman de l'école au XIXe siècle*, Paris, Belin, 2004.

De Trigon (Jean), *Histoire de la littérature enfantine*, Librairie Hachette, 1950.

石橋正孝『〈驚異の旅〉または出版をめぐる冒険――ジュール・ヴェルヌとピエール＝ジュール・エッツェル』、左右社、2013年。

石澤小枝子『フランス児童文学の研究』、久山社、1991年。

私市保彦『フランスの子どもの本――「眠りの森の美女」から「星の王子さま」へ』、白水社、2001年。

――『名編集者エッツェルと巨匠たち――フランス文学秘史』、新曜社、2007年。

末松氷海子『フランス児童文学への招待』、西村書店、1997年。

b) 学術誌掲載論文記事

Chupeau (Jacques), «Le Moraliste des enfants—P.-J. Stahl», in *Pierre-Jules Hetzel—Un éditeur et son siècle*, textes et iconographie réunis et présentés par Christian Robin, ACL édition, 1988, p. 207-216.

Dupont-Escarpit (Denise), «L'Information scientifique et technique à l'usage de la jeunesse dans le *Magasin d'éducation et de récréation*», in *Pierre-Jules Hetzel—Un éditeur et son siècle*, textes et iconographie réunis et présentés par Christian Robin, ACL édition, 1988, p. 237-253.

Le Men (Ségolène), «Hetzel ou la science récréative», *Romantisme*, n° 65, 1989, p. 69-80.

2．フランス文学史

a) 研究書

Dictionnaire du roman populaire francophone, sous la direction de Daniel Compère, Paris, Nouveau Monde édition, 2007.

Beuchat (Charles), *Histoire du naturalisme français*, tome second, Édition Corrêa, 1949.

稲垣直樹『フランス〈心霊科学〉考』、人文書院、2007年。

宮下志郎『読書の首都パリ』、みすず書房、1998年。

小倉孝誠『推理小説の源流——ガボリオからルブランへ』、淡交社、2002年。

——『『パリの秘密』の社会史——ウージェーヌ・シューと新聞小説の時代』、新曜社、2004年。

ジャン＝マリー・トマソー『メロドラマ——フランスの大衆文化』、中條忍訳、晶文社、1991年。田村毅、塩川徹也編『フランス文学史』、東京大学出版会、1995年。

b) 学術誌掲載論文記事

玉井崇夫「『ボヴァリー』裁判」、『文芸研究』（明治大学文学部文学科紀要）第45号、1981年、257-279頁。

幸崎英男「第二帝政下における検閲規制と『ボヴァリー夫人』」、『帝塚山学院大学研究論集』通号第30号、1995年、19-36頁。

F) フランス史研究

1．一般史・政治史

a) 研究書
Baral (P.), *Les Fondateurs de la Troisième Républic*, Paris, A. Colin, 1968.
Mayeur (Jean-Marie), *La Vie politique sous la Troisième République 1870-1940*, Edition du Seuil, 1984.
福井憲彦編『フランス史』、山川出版社、2001年。
鹿島茂『怪帝ナポレオン三世――第二帝政全史』、講談社学術文庫、2010年。
喜安朗『パリ――都市統治の近代』、岩波書店、2009年。
松井道昭『普仏戦争――籠城のパリ132日』、春風社、2013年。
中木康夫『フランス政治史（上）』、未来社、1975年。
谷川稔、渡辺和行編著『近代フランスの歴史――国民国家形成の彼方に』、ミネルヴァ書房、2006年。

b) 学術誌掲載論文記事
南允彦「前期第三共和制（一八七〇――九一四年）」、『現代フランス政治史』、ナカニシヤ出版、1997年、3-70頁。

c) 法令集・議会録・裁判記録
Affaire Berezowski, Cours d'assise de la Seine, Audience du 15 juillet 1867, plaidoirie et réplique par Me Emmanuel Arago, Paris, Typographie de Rouge frères Dunon et Fresné, 1867
Code civil des français—Bicentenaire 1804-2004, édition présentée par Jean-Denis Bredin de l'Académie française, Paris, Dalloz, 2004
Journal officiel de la République française
Duvergier (J. B.), *Collection complète des lois, décrets, ordonnances, règlements, et avis du Conseil d'État*
Gréard (O.), *La Législation de l'instruction primaire en France depuis 1789 jusqu'à nos jours*, tome IV, Paris, imprimerie de Delalain frères, 1896.
――, *La Législation de l'instruction primaire en France depuis 1789 jusqu'à nos jours*, tome V, Paris, imprimerie de Delalain frères, 1898.
Nypels (J.S.G.), *Le Droit pénal français progressif et comparé : code pénal de 1810 accompagné des sources, des discussions au Conseil d'Etat, des exposés des motifs et des rapports faits au corps législatif*, Bruxelles, Bruyant-Christophe, 1865.

2. 家族史

a) 研究書

Legouvé (Ernest), *Histoire morale des Femmes*, livre V, Chapitre III, 5ᵉ édition, Paris, Hetzel, 1869.

フィリップ・アリエス『〈子供〉の誕生』、杉山光信、杉山恵美子訳、みすず書房、1980年。

——『〈教育〉の誕生』、中内敏夫、森田伸子訳、藤原書店、1992年。

有地亨『家族制度研究序説——フランスの家族観念と史的展開』、法律文化社、1966年。

ジャック・ドンズロ『家族に介入する社会——近代家族と国家の管理装置』、宇波彰訳、新曜社、1991年。

J・L・フランドラン『フランスの家族——アンシャン・レジーム下の親族・家・性』、森田伸子、小林亜子訳、勁草書房、1993年。

福井憲彦『「新しい歴史学」とは何か』、日本エディタースクール出版部、1987年。

稲本洋之助『フランスの家族法』、東京大学出版会、1985年。

松田祐子『主婦になったパリのブルジョワ女性たち』、大阪大学出版会、2009年。

b) 学術誌掲載論文記事

Art. «Famille» dans Émile Littré, *Dictionnaire de la langue française*, tome 2, Paris, Librairie Hachette, 1873, p. 1613

Perrot (Michelle), «La Famille triomphante», in *Histoire de la vie privée*, sous la direction de Philippe Ariès et de Georges Duby, tome 4, Paris, Seuil, 1987, p. 93-105.

——, «Fonction de la famille», in *Histoire de la vie privée*, sous la direction de Philippe Ariès et de Georges Duby, tome 4, Paris, Seuil, 1987, p. 105-119.

——, «La Vie de famille», in *Histoire de la vie privée*, sous la direction de Philippe Ariès et de Georges Duby, tome 4, Paris, Seuil, 1987, p. 187-191.

Segalen (Martine), «la Révolution industrielle : du prolétaire au bourgeois» in *Histoire de la famille, tome 3—Le Choc de modernité*, sous la direction d'André Burguière, Paris, Armand Colin, 1986, p. 487-532.

アンヌ・マルタン＝フュジエ「主婦」、ジャン＝ポール・アロン編、『路地裏の女性史——十九世紀フランス女性の栄光と悲惨』、片岡幸彦監訳、新評論、1984年、135-153頁。

原聡介「第三共和制初期における家族の道徳教育機能に関する思想」、石堂常世『フランスの道徳、公民教育に関する総合的研究』（平成2年度文部省科学研究費補助金（総合研究A）研究成果報告書）、1991年3月、51-63頁。

ヘーゲル著、「法の哲学」、『世界の名著35ヘーゲル』、藤野渉、赤澤正敏訳、中央公論社、1967年、153-604頁。

姫岡敏子「近代家族モデルの成立」、『岩波講座世界歴史17 環太平洋革命』、岩波書店、1997年、215-234頁。

稲本洋之助「フランス近代の家族と法」、『家族史研究 第5集』、大月書店、1982年、5-33頁。

井岡瑞日「19世紀末フランスにおける家庭教育像――週刊誌『ラ・ファミーユ』の考察を中心に」、『人間・環境学』第21巻、2012年、9-19頁。

ミシェル・ペロー「私的領域と権力――十九世紀フランスの私生活と政治から」、福井憲彦訳、『思想』第765号、1988年3月、25-39頁。

3．社会史・経済史
a）研究書

Asselain (Jean-Charles), *Histoire économique de la France du XIIIe siècle à nos jours, tome 1, De l'Ancien Régime à la Première Guerre mondiale*, Paris, Édition du Seuil, 1984.

Haudebourg (Guy), *Mendiants et vagabonds en Bretagne au XIXe siècle*, Rennes, Presses universitaires de Rennes, 1998.

Le Play (Frédéric), *La Réforme sociale en France : déduite de l'observation comparée des peuples européens*, tome I et tome II, Paris, Dentu, 1866.

Simon (Jules), *L'Ouvrière*, 1861, 8e édition, Paris, Librairie Hachette et Cie, 1876.

Simonin (Louis), *La Vie souterraine, ou Les Mines et les mineurs*, Paris, Librairie L. Hachette et Cie, 1867, rééd., Seyssel, Éditions de Champ Vallon, 1982.

Viollet (Alphonse), *Les Poètes du peuple au XIXe siècle*, Paris, Imprimerie française et étrangère, 1846.

Wagniart (Jean-François), *Le Vagabond à la fin du XIXe siècle*, Paris, BELIN, 1999.

リュック・ブノワ『フランス巡歴の職人たち――同職組合の歴史』、加藤節子訳、白水社、文庫クセジュ、1979年。

ロベール・カステル『社会問題の変容――賃金労働の年代記』、前川真行訳、ナカニシヤ出版、2012年。

ジョルジュ・デュプー『フランス社会史——1789〜1960』、井上幸治監訳、東洋経済新報社、1968年。
廣澤孝之『フランス「福祉国家」体制の形成』、法律文化社、2005年。
岩村正彦『労災補償と損害賠償——イギリス法・フランス法との比較法的考察』、東京大学出版会、1984年。
鹿島茂『パリ時間旅行』、筑摩書房、1993年。
木下賢一『第二帝政とパリ民衆の世界——「進歩」と「伝統」のはざまで』、山川出版社、2000年。
喜安朗『近代フランス民衆の〈個と共同性〉』、平凡社、1994年。
中野隆生『プラーグ街の住民たち——フランス近代の住宅・民衆・国家』、山川出版社、1999年。
ディディエ・ヌイッソン『酒飲みの社会史——19世紀フランスにおけるアル中とアル中防止運動』、柴田道子、田中光照、田中正人訳、ユニテ、1996年。
小倉孝誠『〈女らしさ〉はどう作られたのか』、法蔵館、1999年。
ドニ・プロ『崇高なる者——19世紀パリ民衆生活誌』、見富尚人訳、岩波文庫、1990年。
斎藤佳史『フランスにおける産業と福祉1815-1914』、日本経済評論社、2012年。
坂上孝『近代的統治の誕生——人口・世論・家族』、岩波書店、1999年。
田中拓道『貧困と共和国——社会的連帯の誕生』、人文書院、2006年。
谷川稔『フランス社会運動史——アソシアシオンとサンディカリズム』、山川出版社、1983年。
吉田克己『フランス住宅法の形成——住宅をめぐる国家・契約・所有権』、東京大学出版会、1997年。

b) 学術誌掲載論文記事

Bellet (Roger), «Un siècle de Bibliothèque Populaire», in *Le Roman populaire en question : acte du colloque international de mai 1995 à Limoges*, sous la direction de Jacques Migozzi, PULIM, 1997, p. 305-314.

Damon (Julien), «La Prise en charge des vagabonds, des mendiants et des clochards - Le Tournant récent de l'histoire», *Revue de droit sanitaire et social*, Vol. 43, n° 6, 2007, p. 933-951.

Farcy (Jean-Claude), «La Gendarmerie, police judiciaire au XIXe siècle», *Histoire, économie et société*, 20e année, n° 3, 2001, p. 385-403.

Gaveau (Fabien), «De la sûreté des campagnes. Police rurale et demandes d'ordre en France dans la première moitié du XIXe siècle», *Crime, Histoire et Sociétés*, Vol. 4, n°2, 2000, p. 53-76.

David .I. Kulstein, "The Attitude of French Workers towards the Second Empire", *French Historical Studies*, Vol.II, No. 3, 1962, p. 356-375.

Lyons (Martyn), «Les Bibliothèques et leurs lecteurs», in *Le Triomphe du livre : une histoire sociologique de la lecture dans la France du XIXe siècle*, Promodis, 1987, p. 169-192.

Manneville (Philippe), «Les Bibliothèques populaires de la Seine-Inférieure au XIXe siècle», *Annale de Normandie*, 28e année n°.3, 1978, p. 259-274.

Richter (Noë), «Aux origines de la lecture publique—Naissance des bibliothèques populaires», *Bulletin des bibliothèques de France*, n° 4, 1978.

——, *L'Éducation ouvrière et le livre, de la Révolution à la libération*, Bibliothèque de l'Université du Maine, 1982.

——, «Lecture populaire et lecture ouvrière : deux composantes du système de lecture français», *Bulletin des bibliothèques de France*, tome 28, n° 2, 1983, p. 123-134.

Renaut (Marie-Hélène), «Vagabondage et mendicité - Délits périmés, réalité quotidienne», *Revue historique*, No. 606 (année 122, tome 2), 1998, p. 287-322.

ニコル・アルノー＝デュック「法律の矛盾」、G・デュビィ、M・ペロー監修『女の歴史Ⅳ　十九世紀１』藤原書店、1996年、140-189頁。

藤村大時郎「産業革命期フランス製鉄業における工場労働者の形成――フランス中部の一工場を中心にして」、『経済論究』通号35号、1975年、145-168頁。

――「第二帝政期フランスにおける経営パターナリズムをめぐって――同時代の労働問題研究家の関心状況を中心として」、『社会経済史学』第44巻第６号、1979年、531-553頁。

深沢敦「非市場的調整の発展――20世紀フランスにおける労働と福祉」、『土地制度史学』第41巻第４号（別冊）、1999年、59-68頁。

廣澤孝之「フランス第三共和政期における共済組合運動の展開」、『松山大学論集』第17巻第５号、2005年、271-292頁。

廣田明「フランス革命以後における中間集団の再建――ル・プレェ学派を中心として」、『土地制度史学』第32巻第３号、1990年、1-15頁。

桂圭男「産業革命期における新興工業都市の発展と労働運動――フランスのクルーゾ

市を事例として」、谷和雄編『西洋都市の発達』、山川出版社、1965年、265-353頁。

喜安朗「『アルコール中毒症』の出現」、『民衆騒乱の歴史人類学——街路のユートピア』、せりか書房、2011年、205-220頁。

マーティン・ライオンズ「十九世紀の新たな読者たち——女性、子供、労働者」、田村毅訳、ロジェ・シャルチエ他編、田村毅他共訳、『読むことの歴史——ヨーロッパ読書史』、大修館書店、2000年、445-490頁。

槙原茂「文明化のソシアビリテ——19世紀フランスの民衆図書館運動と農村」、『歴史学研究』第752号、2001年8月、13-27頁。

中上光夫「19世紀末におけるフランスの共済組合（上）」、『三田学会雑誌』（慶應義塾経済学会）第72巻第4号、1979年、63-93頁。

大森弘喜「第一次世界大戦前フランスにおける社会事業の組織化」、『20世紀資本主義の生成——自由と組織化』、東京大学出版会、1996年。

——「19世紀フランスにおける労使の団体形成と労使関係」、『経済系』第227集、2006年、20-52頁。

斎藤佳史「19世紀フランスにおけるパトロナージュと社会運営——ル・プレとシェイソンを中心として」、『専修経済学論集』第37巻第2号、137-170頁。

柴田朝子「第一インター前夜のパリ労働者階級の状態について」、『史学雑誌』第68編第12号、1959年、1463-1479頁。

寺戸淳子「正義と配慮——近代フランス・カトリック世界における倫理的活動展開」、『宗教研究』第83巻第2号、2009年、551-575頁。

上野芳久「フランス刑法改正の歴史」、『相模工業大学紀要』第21巻第1号、1987年、55-80頁。

山田敬子「十九世紀フランスにおける国籍法と外国人規制」、『学習院史学』第35号、1997年、90-105頁。

4．教育史

a）研究書

Albertini (Pierre), *L'École en France XIXe-XXe siècle - de la maternelle à l'université*, Hachette, 1992.

Auspitz (Katherine), *The Radical Bourgeoisie: The Ligue de l'Enseignement and the origins of the Third Republic, 1866-1885*, Cambridge University Press, 1982.

Buisson (F.), *Nouveau Dictionnaire de la Pédagogie et d'Instruction Primaire*, Paris, Hachette, 1911.

Crubellier (Maurice), *L'Enfance et la jeunesse dans la société française 1800-1950*, Paris, Armand Colin, 1979.

Dessoye (Arthur), *Jean Macé et la fondation de la Ligue de l'enseignement*, Paris, Marpon et E. Flammarion, 1883.

Gaillard (Jean-Michel), *Un siècle d'école républicaine*, Paris, Editions du Seuil, 2000.

Gaulupeau (Yves), *La France à l'école*, Paris, Gallimard, 1992.

Mayeur (Françoise), *Histoire de l'enseignement et de l'éducation, tome 3 - 1789-1930*, Paris, Perrin, 1981.

Mutelet (F.) et Dangueuger (A.), *Programme officiel des écoles primaires élémentaires—interprétation, divisions, emplois du temps : à l'usage des instituteurs et des candidats au certificat d'aptitude pédagogique*, 4e édition, Paris, Hachette, 1912.

Ognier (Pierre), *L'École républicaine française et ses miroirs*, Berne, Peter Lang, 1988.

Ozouf (Mona), *L'École, l'Église et la République 1871-1914*, Seuil, Éditions Cana/Jean Offredo, 1982.

Struminger (Laura S.), *What were Little Girls and Boys Made of ? - Primary Education in Rural France 1830-1880*, Albany, State University of New York Press, 1983.

ジャン・ボベロ『フランスにおける脱宗教性（ライシテ）の歴史』、三浦信孝・伊達聖伸訳、白水社、2009年。

R・ボルト、W・アイヒラー『フレーベル　生涯と活動』、小笠原道雄訳、玉川大学出版部、2006年。

伊達聖伸『ライシテ、道徳、宗教学——もうひとつの19世紀フランス宗教史』、勁草書房、2010年。

藤井穂高『フランス保育制度史研究——初等教育としての保育の論理構造』、東信堂、1997年。

福田弘『人間性尊重教育の思想と実践－ペスタロッチ研究序説』、明石書店、2002年。

フレーベル『人間の教育・幼児教育論　世界教育学名著選8　（フレーベル）』、第二巻、岩崎次男訳、明治図書、1974年。

——『フレーベル全集　第三巻　教育論文集』、荘司雅子編訳、玉川大学出版部、

1977年。
岩崎次男『フレーベル教育学の研究』、玉川大学出版部、1999年。
工藤庸子『宗教 v.s. 国家——フランス〈政教分離〉と市民の誕生』、講談社現代新書、講談社、2007年。
前田更子『私立学校から見る近代フランス——19世紀リヨンのエリート教育』、昭和堂、2009年。
長尾十三二、福田弘『ペスタロッチ』、清水書院、1991年。
パウル・ナトルプ『ペスタロッチ　その生涯と理念』、乙訓稔訳、東信堂、2000年。
日本ペスタロッチー・フレーベル学会編『ペスタロッチー・フレーベル事典』、玉川大学出版部、1996年。
尾上雅信『フェルディナン・ビュイッソンの教育思想——第三共和政初期教育改革史研究の一環として』、東信堂、2007年。
乙訓稔『西洋幼児教育思想史』、東信堂、2005年。
ペスタロッチ『ゲルトルート児童教育法』、長尾十三二、福田弘訳、明治図書出版、1976年。
── 『隠者の夕暮れ　シュタンツだより』、長田新訳、岩波文庫、1993年
谷川稔『十字架と三色旗——もうひとつの近代フランス』、山川出版社、1997年。
虎竹正之『ペスタロッチー研究－職業教育と人間教育』、玉川大学出版部、1990年。
梅根悟監修『世界教育史大系10フランス教育史II』、講談社、1975年。

b）学術誌掲載論文記事

Altène (Michèle), «Un siècle d'enseignement musical à l'école primaire», *Vingtième Siècle, Revue d'histoire*, No. 55, juillet-septembre 1997, p. 3-15.

Amalvi (Christien), «Les Guerres des manuels autour de l'école primaire en France (1899-1914)», *Revue historique*, 103e année, Tome 262, 1979, p. 359-398.

Ognier (Pierre), «L'Idéologie des fondateurs et des administrateurs de l'école républicaine à travers la *Revue pédagogique* de 1878 à 1900», *Revue française de pédagogie*, Vol. 66, 1984, p. 66.

相羽秀伸「フランス第三共和政初期の世俗化政策と道徳教育——ジュール・フェリーの道徳観念と『神への義務』の問題」、『日仏教育学会年報』第11号、2005年、92-103頁。

フィリップ・ジュタール「プロテスタント　荒野の博物館」、和田光司訳、ピエール・ノラ編『記憶の場』第一巻、谷川稔監訳、岩波書店、2002年、245-282頁。

原聡介「国民的連帯に向かうフランス第三共和国――道徳教育世俗化の課題」、『世界教育史大系38　道徳教育史Ⅰ』、講談社、1976年、210-228頁。
――「ロッシュの学校について」、ドモラン『新教育――ロッシュの学校』原聡介訳、世界教育学選集88、明治図書出版、1978年、249-256頁。
生井武久「アボッツホルムの学校」、『岩波講座教育科学』第三冊、1931年。
亀高康弘「身体教育と国家・カトリック・共和派――フランス第三共和政期に見る」、望月幸男、田村栄子編『身体と医療の教育社会史』、京都、昭和堂、2003年、25-51頁。
古賀毅「E.ラヴィスの歴史教科書と国民育成――第三共和政期における歴史教育の機能と内容」、『日仏教育学会年報』第5号（通号27号）、1999年、391-400頁。
――「E.ラヴィスの歴史教科書にみる市民像――愛国心と「義務」の観点から」、『学術研究（教育・社会教育・体育学編）』（早稲田大学教育学部）第48号、2000年、1-13頁。
――「国民育成教育における歴史的英雄の教材化――道徳的モデルとしてのジャンヌ・ダルクに関する記述を中心に」、『学術研究（教育・社会教育・体育学編）』（早稲田大学教育学部）第49号、2001年、19-33頁。
児美川佳代子「近代イギリス大衆学校における一斉教授の成立について」、『東京大学教育学部紀要』32号、1993年、43-52頁。
今野健一「フランス第三共和制における共和主義教育の確立と国民統合：一八八〇年代教育改革におけるライシテの意義」、『一橋論叢』第112巻第1号、1994年、97-111頁。
槙原茂「フランス公教育確立期の世論形成――〈教育同盟〉の活動を中心として」、『島根大学教育学部紀要（人文・社会科学）』第33巻、1999年、25-37頁。
光田尚美、尾上雅信「19世紀フランスにおけるペスタロッチ受容（1）」、『岡山大学教育学部研究集録』第123号、2003年、155-164頁。
ピエール・ノラ「ラヴィス　国民の教師――共和国の福音書『プチ・ラヴィス』」、渡辺和行訳、ピエール・ノラ編『記憶の場』第二巻、谷川稔監訳、岩波書店、2003年、299-352頁。
フランソワ・オーディジェ「道徳・公民教育――今日の問題を考察するための歴史的諸要因」、石堂常世編『フランスの道徳・公民教育に関する総合的研究　資料集』（平成2年度文部省科学研究費補助金（総合研究A）研究成果報告書）、1991年、80-106頁。
尾上雅信「フランスにおける『道徳教育』科目の特設に関する一考察――F.ビュイ

ッソンの公教育思想研究序説」、『西洋教育史研究』第15号、1986年、21-47頁。
―「19世紀フランスにおける「児童労働法」教育条項に関する考察――産業革命期民衆教育史の一断面」、『岡山大学教育学部紀要』第80巻第1号、1988年、215-228頁。
―「第三共和政期における『道徳教育』科目導入の論理とその特質」、『岡山大学教育学部研究集録』第104号、1997年、145-155頁。
―「第三共和政確立期における学校教育の世俗化――道徳の世俗的教育に関する一考察」、石堂常世『フランスの道徳・公民教育に関する総合的研究』(平成2年度文部省科学研究費補助金(総合研究A)研究成果報告書)、1991年3月、64-81頁。
大崎功雄「『相互学校システム』をめぐる『教育学論争』とF.A.W.ディースターヴェーグ――プロイセンにおける『近代学校システム』形成過程の研究」、『日本の教育史学』第49号、149-161頁。
大津尚志「第三共和政期の道徳・公民教科書分析」、『日仏教育学会年報』第10号(通号32号)、2004年、149-161頁。
ジャック・オズーフ、モナ・オズーフ、「『二人の子どものフランス巡歴』――共和国の小さな赤い本」、平野千果子訳、ピエール・ノラ編『記憶の場』第二巻、岩波書店、2003年、262-297頁。
ペスタロッチ「育児日記」、『ペスタロッチ全集 第一巻』、福島政雄訳、玉川大学出版部、1950年、141-166頁。
田中正人「『二人の子供のフランス巡歴』とその時代――第三共和政初期の初等教育イデオロギー」、谷川稔他『規範としての文化――文化統合の近代史』、平凡社、1990年、126頁。
上垣豊「ライシテと宗教的マイノリティ――フランス第三共和政初期の教育改革とプロテスタント」、望田幸男、橋本伸也編『ネイションとナショナリズムの教育社会史』、昭和堂、2004年、137-164頁。
―「19世紀フランスにおけるカトリック若者運動に関する覚書――社会事業と学習集団の関わりで」、『龍谷紀要』第34巻第2号、2013年、137-152頁。
梅澤収「フランス第三共和政期における義務教育の導入論議――議会法案と児童労働法から」、牧柾名編『公教育制度の史的形成』、梓出版、1991年、151-178頁。
渡辺和行「英雄とナショナル・アイデンティティ――第三共和政フランスの歴史教育とナショナリズム」、望月幸男・橋本伸也編『ネイションとナショナリズムの教育社会史』、昭和堂、2004年、285-320頁。
山口信夫「十九世紀フランスの道徳・公民教育における家族像」、『比較家族研究』

（岡山大学文学部）、2003年3月、45-70頁。

5．児童福祉史
a）研究書
Garnier (A.-J.-C.), *Compte-rendu des faits de diphtérie observés à l'hôpital Sainte-Eugénie*, Paris, A. Delahaye, 1860
Husson (Armand), *Étude sur les hôpitaux considérés sous le rapport de leur construction, de la distribution de leurs bâtiments, de l'ameublement, de l'hygiène et du service des salles de malades*, Paris, P. Dupont, 1862.
Silvia Schafer, *Children in Moral Danger and the Problem of Government in Third Republic France*, Princeton, Princeton University Press, 1997.
ジャン・シャザル『子供の権利』、清水慶子・霧生和夫共訳、白水社、1960年。
林信明『フランス社会事業史研究』、ミネルヴァ書房、1999年。
ヒュー・カニンガム『概説　子ども観の社会史——ヨーロッパとアメリカに見る教育・福祉・国家』、北本正章訳、新曜社、2013年。
北本正章『子ども観の社会史——近代イギリスの共同体・家族・子ども』、新曜社、1993年。
田中通裕『親権法の歴史と課題』、信山社、1993年。
ジョルジュ・ヴィガレロ『強姦の歴史』、藤田真利子訳、作品社、1999年。

b）学術誌掲載論文記事
Lebeuf (L'Abbé), «Hôpital des enfants-trouvés, depuis Hôpital Sainte-Marguerite, aujourd'hui Hôpital Sainte-Eugénie» in *Histoire de la ville et de tout le diocèse de Paris*, tome 3, 1867, p. 568.
Quincy-Lefebvre (Pascal), «Entre monde judiciaire et philanthropie : la figure du juge-philanthrope au tournant des XIXe et XXe siècles», *Revue d'histoire de l'enfance «irrégulière»*, Hors-série, 2001, p. 127-139.
河合務「フランス第三共和制前期における『父権』批判と児童保護政策—— Th. ルーセルと1889年児童保護法」、『日本教育政策学会年報』第8号、2001年、140-154頁。
——「フランス第三共和制前期における児童保護政策の基本理念——1898年児童虐待防止法と監獄総協会」、『東京大学大学院教育学研究科紀要』第41号、2002年97-106頁。

本池立「十九世紀フランス都市労働者と捨子——綿工業都市ルーアンの労働者」、『比較家族研究』、岡山大学文学部、2003年、21-43頁。

岡部造史「フランスにおける乳幼児保護政策の展開（一八七四——一九一四年）——ノール県の事例から」、『西洋史学』第215号、2004年、181-198頁。

——「フランスにおける児童扶助行政の展開（一八七〇——一九一四年）——ノール県の事例から」、『史学雑誌』第114巻第12号、2005年、2001-2021頁。

——「フランス第三共和政における児童保護の論理——『不幸な子供』をめぐる議論を中心に」、『メトロポリタン史学』第3号、2007年12月、141-163頁。

——「19世紀フランスにおける慈善児童保護事業：1881年孤児院調査を手がかりとして」、『生活科学研究』Vol. 29、2007年、101-113頁。

——「フランス義務教育における家族介入の論理（1882-1914年）」、『日仏教育学会年報』、第15号（通号37号）、2009年、93-102頁。

——「19世紀末から20世紀前半のフランスにおける民間児童保護事業：ノール県児童支援協会の活動を手がかりとして」、『生活科学研究』Vol. 32、2010年、137-150頁。

——「統治権力としての児童保護——フランス近現代史の事例から」、『保護と遺棄の子ども史』、昭和堂、2014年、129-152頁。

G）比較文学・翻訳文学研究

秋山勇造『翻訳の地平——翻訳者としての明治の作家』、翰林書房、1995年。

——『明治翻訳異聞』、新読書社、2000年。

川戸道昭、榊原貴教編集『児童文学翻訳作品総覧——明治大正昭和平成の135年翻訳目録　第3巻フランス・ドイツ編1』、大空社、2005年。

子どもの本・翻訳の歩み研究会編『図説子どもの本・翻訳の歩み事典』、柏書房、2002年、163頁。

丸山真男、加藤周一『翻訳と日本の近代』、岩波新書、1998年。

松村昌家編『比較文学を学ぶ人のために』、世界思想社、1995年。

富田仁、赤瀬雅子『明治のフランス文学——フランス学からの出発』、駿河台出版社、1987年。

柳父章、水野的、長沼美香子編『日本の翻訳論——アンソロジーと解題』、法政大学出版局、2010年。

児童文学翻訳大事典編集委員会編『図説児童文学翻訳大事典』、全四巻、大空社、2007年。

H）日本近代文学史・日本近代文学研究
1．日本児童文学史
a）研究書
今田絵里香『「少女」の社会史』、勁草書房、2007年。
菅忠道『日本の児童文学』、増補改訂版、大月書店、1966年。
河原和枝『子ども観の近代』、中公新書、1998年。
永嶺重敏『怪盗ジゴマと活動写真の時代』、新潮新書、新潮社、2006年。
日本児童文学学会編『日本児童文学概論』、東京書籍、1976年。
沖野岩三郎著、日本児童文化史研究会編『明治キリスト教児童文学史』、久山社、1995年。
鳥越信編著『はじめて学ぶ日本児童文学史』、ミネルヴァ書房、2001年。

b）学術誌掲載論文記事
目黒強「教育雑誌における教育的メディアとしての児童文学の発見――『教育時論』を事例として」、『児童文学研究』第46号、2013年、1-14頁。
内藤知美「日本におけるキリスト教と翻訳児童文学との関係」、『図説子どもの本・翻訳の歩み事典』、柏書房、2002年。
鳥越信「家庭小説について」、『学校図書館』第123号、1961年、55-58頁。

2．日本近代文学史
a）研究書
千葉俊二、坪内祐三編『日本近代文学評論選――明治大正篇』、岩波文庫、2003年。
堀啓子『日本ミステリー小説史――黒岩涙香から松本清張へ』、中公新書、2014年。
伊藤秀雄『明治の探偵小説』、双葉文庫、双葉社、2002年。
伊藤整『日本文壇史11――自然主義の勃興期』、講談社、1971年。
亀井俊介編『近代日本の翻訳文化』、中央公論社、1994年。
亀井秀雄『明治文学史』、岩波書店、2000年。
金子明雄、高橋修、吉田司雄編『ディスクールの帝国――明治三〇年代の文化研究』新曜社、2000年。
柄谷行人『日本近代文学の起源』、岩波書店、2008年。
鬼頭七美『「家庭小説」と読者たち――ジャンル形成・メディア・ジェンダー』、翰林書房、2013年。
小森陽一、紅野謙介、高橋修編『メディア・表象・イデオロギー――明治三十年代の

文化研究』、小沢書店、1997年。
小谷野敦『恋愛の昭和史』、文春文庫、2008年。
前田愛『近代読者の成立』、有精堂、1973年。
宮島新三郎『明治文学十二講』、新詩壇社、1925年。
三好行雄編『近代日本文学史』、有斐閣、1975年。
永嶺重敏『モダン都市の読書空間』、日本エディタースクール出版部、2001年。
――『〈読書国民〉の誕生――明治30年代の活字メディアと読書文化』、日本エディタースクール出版部、2004年。
中村光夫『明治文学史』、筑摩書房、1963年。
岡満男『大阪のジャーナリズム』、大阪書籍、1987年。
奥武則『大衆新聞と国民国家――人気投票・慈善：スキャンダル』、平凡社、2000年。
高須芳次郎『日本現代文学十二講』、新潮社、1924年。
十川信介編『明治文学回想集（上）』、岩波文庫、1998年。
――編『明治文学回想集（下）』、岩波文庫、1999年。
吉田精一『明治大正文学史（吉田精一著作集第20巻）』、桜楓社、1980年。

b）学術誌掲載論文記事

日夏耿之介「家庭文学の変遷及価値」、『日夏耿之介全集』第4巻、河出書房新社、1976年、347-378頁。
飯田祐子「境界としての女性読者《読まない読者》から《読めない読者》へ」、『彼らの物語』名古屋大学出版会、1998年、32-73頁。
金子明雄「明治30年代の読者と小説」、『東京大学新聞研究所紀要』1990年、123-140頁。
加藤武雄「家庭小説研究」、『日本文学講座　第十四巻』、改造社、1933年、53-70頁。
河北瑞穂「家庭小説の背景－明治二十年代前半期『女学雑誌』の周辺」、『三重大学日本語学文学』No.2、1991年、83-97頁。
木村洋「明治後期文壇における『告白』――梁川熱から自然主義へ」、『日本近代文学』第81集、2009年、33-48頁。
――「自然主義と道徳――正宗白鳥の初期作品をめぐって」、『国文論叢』第44号、2011年、51-65頁。
――「政治の失墜と自然主義――一九〇八年前後の文壇」、『国文論叢』第47号、2013年、80-94頁。
――「藤村操、文部省訓令、自然主義」、『日本近代文学』第88集、2013年、1-16頁。

小森陽一「解説　近代国民国家の形成と文壇ジャーナリズム」、伊藤整『日本文壇史11──自然主義文学の勃興期』、講談社学術文庫、1996年、236-248頁。
諸岡知徳「家庭小説の消長──『大阪毎日新聞』の明治」、『甲南女子大学研究紀要』第43号（文学・文化編）、2007年、69-77頁。
──「新聞小説の西／東──漱石の西／東」、『神戸山手短期大学紀要』第49号、2006年、1-12頁。
村松定孝「家庭小説」、『国文学　解釈と鑑賞』第31巻第14号、1966年、42-48頁。
佐藤八寿子「市民的価値観に基づく一試論──家庭小説『己が罪』を例に」、『教育・社会・文化：研究紀要』第7号、2000年、109-122頁。
瀬沼茂樹「家庭小説の展開」、『文学』第25巻第12号、1957年、53-64頁。
──「解題」『明治文学全集93明治家庭小説集』、筑摩書房、1969年、431-436頁。
田所周「明治三十年代の新聞＝家庭小説」、『東洋研究』第23号、1970年、105-119頁。
高木健夫「成功した『家庭小説』」、『新聞小説史―明治編』、筑摩書房、1974年、343-365頁。
高橋一郎「明治期における『小説』イメージの転換──俗悪メディアから教育メディアへ」、『思想』812号、1992年、175-192頁。
玉井朋「『家庭小説』の題材と社会性」、『芸大攷』第13号、2008年、39-55頁。
田中絵美利「家庭小説と女性読者──『文学世界』投稿小説を通して」、『文学研究論集』第31号、2009年、281-291頁。
十川信介「『不健全』な文学Ⅰ」、『「ドラマ」・「他界」──明治二十年代の文学状況』、筑摩書房、1987年、197-217頁。
──「『不健全』な文学Ⅱ」、『「ドラマ」・「他界」──明治二十年代の文学状況』、筑摩書房、1987年、218-248頁。
──「『自然』の変貌──明治三十五年前後」、『「ドラマ」・「他界」──明治二十年代の文学状況』、筑摩書房、1987年、249-275頁。
辻橋三郎「明治三十年代の家庭小説についての試論」、『日本文学』第11巻第9号、1962年、25-35頁。

Ⅰ）日本史研究
1．一般史・政治史
原田敬一『日清・日露戦争──シリーズ日本近現代史③』、岩波新書、2007年。
岩波新書編集部編『日本の近代史をどう見るか──シリーズ日本近現代史⑩』、岩波新書、2010年。

加藤陽子『戦争の日本近現代史』、講談社現代新書、2002年。
牧原憲夫『民権と憲法——シリーズ日本近現代史②』、岩波新書、2006年。
成田龍一『大正デモクラシー——シリーズ日本近現代史④』、岩波新書、2007年。
鳥海靖『もういちど読む山川日本近代史』、山川出版社、2013年。
柳田国男『明治大正史——世相編』、平凡社、1967年。

2．家族史・女性史
a）研究書
我妻栄、有泉亨著、川井健補訂『民法Ⅰ、総則、物権法』、一粒社、第4版、1999年。
有地亨『近代日本の家族観——明治編』、弘文堂、1977年。
──『日本の親子二百年』、新潮選書、1986年。
──『日本人のしつけ——家庭教育と学校教育の変遷と交錯』、法律文化社、2000年。
深谷昌志『良妻賢母主義の教育』、黎明書房、1966年。
堀場清子『青鞜の時代——平塚らいてうと新しい女たち』、岩波新書、1988年。
石田雄、『明治政治思想史研究』、未来社、1954年。
伊藤幹治『家族国家観の人類学』、ミネルヴァ書房、1982年。
鹿野政直『戦前・「家」の思想』、創文社、1983年。
川本彰『近代文学に於ける「家」の構造——その社会学的考察』、社会思想社、1973年。
川島武宜『日本社会の家族的構成』、学生書房、1948年。
小山静子『良妻賢母という規範』、勁草書房、1991年。
──『家庭の生成と女性の国民化』、勁草書房、1999年。
牟田和恵『戦略としての家族』、新曜社、1996年。
中村隆文『男女交際進化論——「情交」か「肉交」か』、集英社新書、集英社、2006年。
西川祐子『住まいと家族をめぐる物語』、集英社新書、集英社、2004年。
──『近代国家と家族モデル』、吉川弘文館、2000年。
太田素子『近世の「家」と家族——子育てをめぐる社会史』、角川叢書、2011年。
佐伯順子『明治〈美人〉論』、NHK出版、2012年。
阪井裕一郎『家族主義と個人主義の歴史社会学——近代日本における結婚観の変遷と民主化のゆくえ』、博士論文、平成25年度、慶應義塾大学大学院社会学研究科、2013年。
横山浩司『子育ての社会史』、勁草書房、1986年。

b）学術誌掲載論文記事

姫岡勤「封建道徳に表れたわが国近世の親子関係」、『社会学評論』第7号、1952年、121-142頁。

井上輝子「『女学』思想の形成と転回——女学雑誌社の思想史的研究」、『東京大学新聞研究所紀要』第17号、1968年、35-62頁。

内藤知美「『女学雑誌』にあらわれる子供——母子関係の展開を中心として」、『児童文学研究』第25号、1993年、26-46頁。

大島美津子「家族主義か、個人主義か——家父長的家族制度の確立（近代日本の争点59　民法典論争）」、『エコノミスト』第45巻第31号、1967年、92-97頁。

新村出「家庭といふ語」、『新村出全集』第四巻、筑摩書房、1971年、125頁。

吉田克己「二人の自然法学者——ボワソナードと梅謙次郎」、『法律時報』第71巻第3号、1999年、74-82頁。

3．社会史・経済史・教育史

a）研究書

稲垣恭子『女学校と女学生』、中公新書、中央公論社、2007年。

石川謙編『日本教科書大系　往来編』、第5巻、講談社、1969年。

小林輝行『近代日本の家庭と教育』、杉山書店、1982年。

小山静子『子どもたちの近代』、吉川弘文館、2002年。

松田道雄責任編集『日本の名著14　貝原益軒』、中央公論社、1969年。

竹内洋『立志・苦学・出世——受験生の社会史』、講談社、1991年。

――『立身出世主義——近代日本のロマンと欲望』、世界思想社、2005年。

b）学術誌掲載論文記事

デフホレスト夫人述、山田邦三郎録「子どもの教育」、全二回、『女学雑誌』111号－112号、1888年5月－同年6月。

クララ・ホイトネー梶夫人、みどり訳「子供の養育」、全二回、『女学雑誌』、133号－134号、1888年10月－同年11月。

井上次郎訳「フレーベル氏教育要礎」、『女学雑誌』176号、1889年8月。

巌本善治「将来の日本人民」（全五回）、『女学雑誌』137号－141号、1888年12月－同年12月。

川口さつき「明治後期における青年と自我主義——平塚らいてうと藤村操」、『ソシオサイエンス』（早稲田大学大学院社会科学研究科）第15号、2009年、62-75頁。

久保田英助「明治後期における学生風紀頽廃問題と徳育振興政策」、『早稲田大学大学院教育学研究科紀要』別冊第12巻第1号、2004年、1-11頁。

岡義武「日露戦争後における新しい世代の成長（上）――明治三八〜大正三年」、『思想』第512号、1967年、1-13頁。

――「日露戦争後における新しい世代の成長（下）――明治三八〜大正三年」、『思想』第513号、1967年、89-104頁。

小沢奈々「東京帝国大学スイス人法学教師ルイ・アドルフ・ブリデル（1852-1913）の生涯――明治後期お雇い外国人研究序説」、『法学政治学論究』第74号、2007年9月、163-192頁。

――「東京帝国大学スイス人法学教師ルイ・ブリデルの比較法講義とスイス民法紹介」、『法学政治学論究』第77号、2008年6月、71-103頁。

高橋一郎「明治後期学生風紀問題に関する覚え書」、『教育学論集』第22号、1993年、49-54頁。

J）その他

山口ヨシ子『ダイムノヴェルのアメリカ――大衆小説の文化史』、彩流社、2013年。

付録1
ダンテュ版とエッツェル版の主要なヴァリアント

①炭鉱街ヴァルスで主人公が狂女に遭遇する場面（*Sans famille* 第二部第二章）
ダンテュ版の下線部がエッツェル版では削除され、表現が和らげられた。

ダンテュ版

-Travail sous terre, s'écria-t-elle, travail du diable ! <u>Enfer, rends-moi mon père, mon frère Jean</u>, rends-moi Marius ; <u>malédiction, malédiction !</u>
(*D.II*, p. 38)

エッツェル版

- Travail sous terre, s'écria-t-elle, travail di diable ! Rends-moi Marius !
(*H*, p. 281)

②セヴェンヌ地方の炭鉱における宗教論争の場面（*Sans famille* 第二部第六章）
ダンテュ版において展開した、炭鉱内での宗教論争の場面はエッツェル版では削除された。下記のダンテュ版の引用における下線部がエッツェル版では削除、あるいは変更された部分である。

ダンテュ版

- Qui alors ?
- Le bon Dieu.
- Possible ; <u>puisque c'est lui qui nous y a mis, répliqua le magister, il peut bien nous en tirer.</u>
- <u>Lui et la sainte Vierge ; c'est sur eux que je compte et pas sur les ingénieurs. Tout à l'heure en priant la sainte Vierge, j'ai senti comme un souffle à l'oreille et une voix qui me disait : «Si tu veux vivre en bon chrétien à l'avenir, tu seras sauvé.» Et j'ai promis.</u>
- <u>Est-il bête avec sa sainte Vierge, s'écria Bergounhoux en se soulevant.</u>
<u>Pagès était catholique, Bergounhoux était calviniste ; si la sainte Vierge a toute puissance pour des catholiques elle n'est rien pour les calvinistes, qui ne la recon-</u>

naissent point, pas plus qu'ils ne reconnaissent les autres intermédiaires qui se placent entre Dieu et l'homme, le pape, les saints et les anges.

　Dans tout autre pays l'observation de Pagès n'eût pas soulevé de discussion, mais en pleine Cévennes, dans une ville où les querelles religieuses ont toutes les violences qu'elles avaient au dix-septième siècle, alors que la moitié des habitants se battait contre l'autre moitié, -- cette observation, pas plus que la réponse de Bergounhoux, ne pouvaient passer sans querelles.

Tous deux en même temps s'étaient levés, et sur leur étroit palier, ils se défiaient, prêts à en venir aux mains.

　Mettant son pied sur l'épaule de l'oncle Gaspard, le magister escalada la remontée et se jeta entre eux.

- Si vous voulez vous battre, dit-il, attendez que vous soyez sortis.
- Et si nous ne sortons pas ? répliqua Bergounhoux.
- Alors il sera prouvé que tu avais raison et que Pagès avait tort, puisque à sa prière il a été répondu qu'il sortirait.

　Cette réponse avait le mérite de satisfaire les deux adversaires.

-Je sortirai, dit Pagès.

-Tu ne sortiras pas, répondit Bergounhoux.

- Ce n'est pas la peine de vous quereller, puisque bientôt vous saurez à quoi vous en tenir.

-Je sortirai.

-Tu ne sortiras pas.

　La dispute heureusement apaisée par l'adresse du magister se calma, mais nos idées avaient pris une teinte sombre que rien ne pouvait éclaircir.

-Je crois que je sortirai, dit Pagès, après un moment de silence, mais si nous sommes ici c'est bien sûr parce qu'il y a parmi nous des méchants que Dieu veut punir.

　Disant cela il lança un regard significatif à Bergounhoux, mais celui-ci au lieu de se fâcher confirma les paroles de son adversaire.

-Cela c'est certain, dit-il, [...]

(*D.II*, p. 109-111)

エッツェル版

«Qui alors ?

付録1　ダンテュ版とエッツェル版の主要なヴァリアント　519

- Le bon Dieu.
-Possible ; que sa volonté soit faite, répliqua le magister, il peut nous en tirer.
-Si nous sommes ici, dit Pagès, c'est bien sûr parce qu'il y a parmi nous des méchants que Dieu veut punir.
-Cela, c'est certain, dit Bergounhoux.
(*H*. p. 334)

③人の死を願う表現の削除 (*Sans famille* 第二部第六章)
ダンテュ版の以下の二か所における下線部はエッツェル版では削除された。ダンテュ版のみを以下に引用する。

ダンテュ版

- À l'eau ! À l'eau ! s'écrièrent en même temps Pagès et Bergounhoux.
Assurément s'ils avaient été sur notre palier ils auraient poussé Compayrou dans le gouffre ; mais avant qu'il leur fût possible de descendre le magister eut le temps d'intervenir encore.
- Voulez-vous donc qu'il paraisse devant Dieu avec ce crime sur la conscience ? s'écria-t-il, laissez-le se repentir.
-Je me repens, je me repens, répéta Compayrou, plus faible qu'un enfant malgré sa force d'hercule.
- A l'eau ! répétèrent Bergounhoux et Pagès.
- Non ! s'écria le magister.
   Et alors il se mit à leur parler, en leur disant des paroles de justice et de modération. Mais eux sans vouloir rien entendre menaçaient toujours de descendre.
-Donne-moi ta main, dit le magister en s'approchant de Compayrou.
- Ne le défends pas, magister.
-Je le défendrai ; et si vous voulez le jeter à l'eau, vous m'y jetterez avec lui.
(*D.II*, p. 112)

ダンテュ版

   Je me penchais en avant, mais l'oncle Gaspard et le magister me retinrent chacun par un bras.
-Nous sommes sauvés, s'écrièrent Bergounhoux et Pagès, nous sortirons d'ici.

Tremblant d'épouvante, je me rejetai en arrière ; j'étais glacé d'horreur, à moitié mort.
- Ce n'était pas un honnête homme, dit l'oncle Gaspard.
　Le magister ne parlait pas, mais bientôt il murmura entre ses dents :
-Après tout il nous diminuait notre portion d'oxygène.
　Ce mot que j'entendais pour la première fois me frappa, et après un moment de réflexion, je demandai au magister ce qu'il avait voulu dire :
-Une chose injuste et égoïste, garçon, et que je regrette.
-Mais quoi ?
-Nous vivons de pain et d'air ; le pain, nous n'en avons pas ; l'air, nous n'en sommes guère plus riches, car celui que nous consommons ne se renouvelle pas ; j'ai dit en le voyant disparaître qu'il ne nous mangerait plus une partie de notre air respirable ; et cette parole, je me la reprocherai toute ma vie.
-Allons donc, dit l'oncle Gaspard, il n'avait pas volé son sort.
(*D.II*, p. 114-115)

付録2
バルニ案、バロデ案、ベール案、フェリー法における教科教育規定

バルニ案（1877年3月23日）
第一部 初等教育について、一般規定
第二条 初等教育のカリキュラムには必修科目と選択科目がある。
必修科目は次の通りである。
1. 道徳教育 2. 読み 3. 書き 4. フランス語の基礎 5. 実物教育 6. 算数の基礎 7. 会計の基礎 8. メートル法 9. 一般史、とくにフランスの歴史 10. 一般地理、とくにフランスの地理、11. 公民教育 12. 体育 13. 唱歌 14. 女子に裁縫 15. 男子に軍事教練

選択科目は次の通りである。
1. 現用語の実践的学習 2. 地方の必要により、農業、花卉園芸、商業、工業についての簡単な知識 3. 実用的な線画の初歩 4. 物理・化学 5. 宇宙、博物学（自然史）の基礎概念 6. 水泳
宗教教育は公立学校では一切行われない。宗教教育は家庭においてのみ行われる。

バロデ案（1877年3月19日、12月1日）
第一部 カリキュラム 一般規則
第一条 初等教育は、あらゆる人間に対し、身体的・知的・道徳的諸能力を完全に発達しうるために必要不可欠な基礎知識を授けることを目的とする。
初等教育は二つの部分により構成される。すなわち、初級初等学校で授けられる必修科目と上級初等学校で授けられる選択科目である。
必修科目は以下を含む。
1. 道徳 2. 読み 3. 書き 4. フランス語の基礎と綴り方 5. 実物教育 6. 算数の初歩 7. メートル法 8. 面積と立体の測定 9. 初歩的な会計学 10. 気象学、衛生、実用的な医学、農業、園芸、商業、工業に関する地域に即した簡単な教育；工場、製作所、建設現場など現場説明付きの見学 11. 一般地理、とくにフランスの地理、宇宙に関する最も初歩的な観念 12. 一般史の概説、とくにフランスの歴史の概説 13. 人間と市民の義務と権利の知識、民法 14. 線画の基礎 15. 歌唱 16. 体育；可能なら水泳；男子に軍事教練、女子に裁縫

522　付録2　バルニ案、バロデ案、ベール案、フェリー法における教科教育規定

選択科目は以下の通りである。
1．フランス語、読書、フランスの偉大な作家の最も美しい文章の分析に関するより深いも学習；作文　2．数学とその応用に関するより深い学習　3．代数の初歩とその応用　4．幾何学の初歩とその応用　5。農業、工業、商業の地理学　6．一般史、とくに自然史（博物学）　7．農業と商業の会計学　8．商法、民法、刑法の最も初歩的かつ最も実用的な概念、とくに地方自治行政　9．現用語に関する実用的な学習　10．必修科目の第10項に書かれた科目に関するより広い概念　11．画法、可能なら塑像、版画、写真　12．木工、ろくろ、鍛冶、金物などの地域産業の手作業、とくに男子は職業訓練；女子は家計、琺瑯や陶器への絵付け、他の特別な技術

ベール案（1879年12月6日）
第一部　一般規定
第一章　初等教育と学校
第二条　幼稚園（école enfantine）の教育は次のものを含む。
道徳教育、言葉と数字の読み書き、実物教育、唱歌、基本的な体操
第三条　いわゆる小学校の教育が含むのは、道徳・公民教育、読み書き、フランス語とフランス文学の基礎、地理・とくにフランスの地理、歴史・とくに現代までのフランスの歴史、法律と政治経済の日常的観念、自然科学・物理・数学の基礎、その農業・衛生・工業技術への応用、主たる職業の手作業と道具の使い方、画法・塑像・音楽の基礎、体育、男子に軍事教練、女子に裁縫
第四条　上級初等学校の教育は小学校の教育内容を発展させたものを含む。
第五条　現用語の教育は、少なくとも上級初等学校では必修であり、小学校や幼稚園でも実施される。
第二十一条　地方によりその必要や資源に応じた職業教育が、上級初等学校で実施されるであろう。
第二十二条　宗教教育は、両親の考えに沿って、諸宗教の司祭により、学校の建物の外で、県の教育局長が決定し県議会が了承した時間において与えられ、その目的においては自由である。

フェリー法（1882年3月28日）
第一条　初等教育は次の諸教科を含むものとする。
道徳・公民教育
読み方及び書き方

フランス語及びフランス文学の基礎
地理、とくにフランスの地理
歴史、とくに現代までのフランスの歴史
法律上の常識および経済
自然科学、物理学、および数学の基礎
それらの農業、衛生、工業・手工業、主要な手職用工具使用への応用
図画と模型作成の基礎、及び音楽
体操
男子に軍事教練
女子に裁縫
1850年3月15日法の第23条は、これを廃止する。

出典：

O. Gréard, *La Législation de l'instruction primaire en France depuis 1789 jusqu'à nos jours*, tome IV, Paris, imprimerie de Delalain frères, 1896, p. 684-685, 726-727.
O. Gréard, *La Législation de l'instruction primaire en France depuis 1789 jusqu'à nos jours*, tome V, Paris, imprimerie de Delalain frères, 1898, p. 84, 87, 417-420.

付録3
初等科中級課程「道徳」科の学習指導要領規定と
Sans famille の記述の照応

　本付録では、1887年1月18日に公布された初等科中級課程「道徳」科の学習指導要領で規定された学習内容と、*Sans famille* における記述の照応を示すものである。本書第一部第二章第三節第四項でも言及した通り、ここでは、規定された項目の中、「道徳」科学習指導要領第二部の「自分自身に対する義務」(①)、「魂」(②)、「優しく動物に接する」(③)、「他者に対する義務」(④) の四項目についての照応を示す。

　ただし、「①自分自身に対する義務」の「清潔」の項目のみ、*Sans famille* との記述とは相反する可能性がある。その点は該当箇所に(※)を付し、説明を加える。

　ここで四項目のみを照合する理由は三つある。第一に、学習指導要領第一部における項目、「使用人に対する義務」、「祖国と社会に対する義務」、「学校での子ども」の中の「教師に対する義務」、さらに第二部の項目「神に対する義務」については、*Sans famille* には道徳として含有されないということを、本書第一部第二章第二節第三項、および同章第三節の本文においてすでに言及したからである。第二に、学習指導要領第一部における「家族における子ども」、「兄弟姉妹の義務」の二項目、また「学校での子ども」の項目における「勤勉、素直さ、労働、礼儀」および「仲間への義務」については、本書第一部第二章第三節第二項、第三章第一節、第三章第二節を中心に、一致点と不一致点について検討するか、本文の記述において言及しており、重複するからである。第三に、残りの五項目中、「財産」については、本文において、学習指導要領の規定内容と *Sans famille* の記述の照応を示したからである。

①自分自身に対する義務──身体：清潔、質素、節制。酩酊の危険。アルコール中毒の危険（知性、意識の薄弱化、健康を害する）。体操。

「身体：清潔、質素、節制」のうち、「質素、節制」
「[……] そうだよ、僕の仲間たち。君たちに悪い知らせを伝えなくてはならない。僕たちの親方が二か月の間僕たちから離れることになった。[……] 親方がいない間、僕たちは、とても厳しい状況に置かれることになった。お金がないのだ。[……] 君たちにも、この事態の深刻さを理解してほしい。そして僕を困らせるのではなく、仲間のために知恵をしぼってほしい。僕は君たちに服従と、質素と勇気を求める。」

付録3　初等科中級課程「道徳」科の学習指導要領規定と *Sans famille* の記述の照応　525

(*D.I*, p. 133)

「身体：清潔、質素、節制」のうち、「清潔」(※)
　(※) *Sans famille* では、身体を「清潔」に保つことが、守るべき社会規範として必ずしも提示されるわけではない。むしろ、身体が「清潔」でないという理由で迫害されることに対する非難、人を外見のみで判断することに対する皮肉を含んだ記述が見られる。このような記述は本書第一部第三章第二節第四項「*Sans famille* における浮浪者への視線」で論じた事柄とも関わる可能性があるので参照されたい。以下に例を引用する。

村には「孤児院の子」と呼ばれる子どもが二人いた。彼らは鉛の番号札を首から下げていた。みすぼらしい身なりで、汚かった。みんなに馬鹿にされたり、殴られたりしていた。他の子どもたちは面白半分に、かばってくれる人がいないのをいいことに、野良犬を追い回すように、二人を追い回して苛めた。(*D.I*, p. 25-26)

ヴィタリスは続けた。
「私たちは何者か。芸人じゃないか。見た目だけで、興味を惹かねばならない喜劇役者だ。公の場に、街の人や農民の服を着て出て行ったとして、人々が私たちを見るように、そして私たちの周りで足を止めるようにさせられると思うか。できないだろう。だから覚えておけよ。生きていくためには、外見が必要不可欠な場合がある。腹立たしいことだが、仕方がないのだ。」(*D.I*, p. 67)

「酩酊の危険。アルコール中毒の危険（知性、意識の薄弱化、健康を害する）。」
母［引用者註］＝飲酒しているドリスコル家の母］の目は何も見ていないようで、かつては美しかったにちがいない顔には、無関心または無気力が刻まれている。(*D.II*, p. 273)

［……］ドリスコル夫人はある日、テーブルの上に突っ伏して寝るかわりに暖炉の中に寝て焼死した。(*D.II*, p. 418)

「体操」
結局のところ、僕は何かを学んだし、同時に長い間道を歩くことも覚えた。それはヴィタリスの教えと同じくらい役に立った。僕はバルブラン母さんと一緒に生活してい

た時、かなりひ弱な子どもだった。それは、僕のことを人がどう話したかを見れば、よく分かる。バルブランは僕を「町の子」と言った。ヴィタリスは「腕と足が細すぎる」と言った。お師匠さんと一緒に戸外の厳しい生活をするうちに、僕は足も腕も強くなり、肺は発達し、皮膚は鍛えられ、寒さも暑さも、日差しも雨も、痛さ、ひもじさ、疲れも平気で耐えられるようになった。(D.I, p. 91)

②魂──正直と誠実。決して嘘をつかない。個人の尊厳、自分を尊重する。──謙遜：欠点に目をそらさない。──傲慢、虚栄、こび、軽薄さを避ける。──無知、怠惰を恥と思う。──危険や不幸における勇気、忍耐、進取の精神。──かんしゃくの危険。

「正直と誠実。決して嘘をつかない。」
「よしよし」と治安判事は看守に向かい、出て行くように合図をして言った。「まずその子を取り調べる」と僕を指さし、「もう一人の子はあちらへ連れて行っておいてくれ、後で取り調べる。」
そういうことなら、僕はマチアに答えるべきことを教えておかなくてはならないと思った。
「僕と同じように、治安判事さん、その子も本当のことを答えますから、全て本当のことを。」(D.II, p. 178)

「個人の尊厳、自分を尊重する。」
僕の師匠は貧しく年老いた犬使いでしかなかったが──少なくとも、今、外見上では──彼は誇りを持っていた。さらに、彼が自己の権利の感覚と呼ぶもの、つまり師匠が僕にした説明によると、法律や警察の規則に反することをしない限り、自分は保護されなければならないという信念を持っていた。(D.I, p. 111)

「謙遜：欠点に目をそらさない。傲慢、虚栄、こび、軽薄さを避ける。」
「無知、怠惰を恥と思う。」
　音楽に関しては、読み方と同じような難しさはなく、マチアは音楽の勉強を始めた時から驚くべき、とても速い進歩をみせ、すぐに、僕を驚かせるような質問をするようになった。それから僕を驚かせるばかりではなくて、僕を困らせ、ついには僕が答えられずにまごつくことが、一度ならずあるまでになった。そして告白すると、そのことで僕は気分を害し、自尊心は傷つけられた。僕は真剣に先生としての役割を果た

そうとしていたから、僕の生徒が、僕に答えられない質問を向けるのを屈辱的に思った。自分が何だかごまかしているように思えた。
　でも僕の生徒は、僕を質問攻めにした。[……]
「なぜ半音上げるのにはシャープ記号を使い、半音下げるにはフラット記号をつかうのか。」
「なぜ最初と最後の小節では、拍子の数がほかと違うことがあるのか。」
「なぜバイオリンの調音の時にある音を使って他の音は使わないのか。」
この最後の質問には、僕は、自分はバイオリンを弾かないから、と答え[……]マチアは何も反論しなかった。
　しかし、こういう答え方は、音符記号やフラット記号についての質問には通用しなかった。それらは単純に、音楽と音楽理論に関わることだった。[……]
　マチアは決まりに反抗する性格ではなかったが、ただ彼は口を開けて、目を円くして僕を見つめ、その態度は僕に自信を持たせるものではなかった。
　ヴァルスを出て三日目に、彼はまさにこの種の質問をしてきた。その質問に僕は答える代わりに、「分からない」と胸を張って答えた。「それはそういうものなんだ」と。[……]
「たしかに」とマチアは言った。「君は良い先生だ、僕が今まで習ったことを、君みたいに教えてくれる人なんかいなかったと思う。でも……」
「でも何だって言うんだい。」
「でも、君にも分からないことがあるんじゃないかな。[……]良かったら、本物の先生にレッスンを一度だけ頼んでみたらどうかな、その時、僕の知らないことを全部教えてもらうから。」
「どうして君はヴァルスで一人だった時、本物の先生に習わなかったのかい。」
「だって本物の先生に習うのは高い、君のお金でレッスン代を払いたくなかったんだよ。」
　僕はマチアがこんなふうに本物の先生について話すことに傷ついていた。でも僕のばかげた自尊心はこの最後の言葉で消えてしまった。[……]
　そして僕は自分の無知を、勇気を出して認めた。(*D. II*, p. 144-147)

「危険や不幸における勇気、忍耐、進取の精神。かんしゃくの危険。」
「[……]運命は、戦う勇気を持った者にとって、いつまでも悪いものであるはずがない。まさにこの勇気を今私はお前に求める。そして、状況を甘受する潔さも。いずれ、色々なことがうまくいくようになる。ひと時の辛抱だ。」(*D. I*, p. 250)

マチアは一生懸命、目を本にくっつけたが、無駄で、彼が読むことといったら、奇想天外なことばかりなのだった。[……] だから僕は時折我慢できず、本を叩きながら怒って、君は頭が悪いんだと叫んだ。
マチアは怒らずに、優しい大きな瞳で僕を見て、微笑むのだった。
「そうさ、僕の頭は殴らないと良くならない。ガロフォリは馬鹿じゃないから、それをすぐに見抜いたんだね。」
こんな風に答えられて、怒ったままでいられるだろうか。僕は笑ってしまい、僕たちはまた読み方の授業に戻るのだった。(D.II, p. 143-144)

③優しく動物に接する。動物を無駄にいじめない。──グラモン法、動物愛護協会。
ヴィタリスは言った。「お前は、これまで動物に辛くあたり、いつも棒を振り上げて動物に言うことを聞かせなくてはならないと思っているような、百姓たちしか見たことがないのだろう。それは困った間違いなのだ。乱暴に扱ってもほとんど得をしない。反対に優しくすれば多くのものが得られる。私も動物たちに決して怒らなかったからこそ、動物たちにここまで芸を仕込むことができたのだ。もし私が動物をぶったりすれば，動物は怯えて頭が働かなくなる。」(D.I, p. 73)

④他者に対する義務──公正と慈善（自分の欲せざることを他人になさず、欲することを他人になせ)。──他者の生命、人格、財産、名誉に危害を加えない。──親切、博愛。──寛容、他者の信仰の尊厳。──アルコール中毒はしだいに他者に対する全ての義務の破滅をもたらす (怠惰、暴力など)

「公正と慈善（自分の欲せざることを他人になさず、欲することを他人になせ)。」
治安判事の親しみを込めた話し方は、僕に勇気を与えた。彼が僕たちに悪意を抱いていないことがよく分かった。
僕が話し終わった時、治安判事は僕を長い間、優しい柔らかな目で見つめた。僕は彼がすぐに釈放しようと言ってくれると思った。でも全くそうではなかった。僕に何も言わず、僕を一人にした。多分、僕たち二人の話が合うか、マチアを取り調べに行ったのだ。
僕は長い間物思いにふけっていたが、ついに治安判事がマチアと一緒に戻ってきた。「ユセルに話を聞きにやらせよう。」と治安判事は言った。「そして君たちの話が証明されれば、明日君たちは釈放だ。」(D.II, p. 181)

「その通りです、お父さん。そして、僕がどうしなくてはならないか、今お父さんが教えてくれましたよね。僕がもし、お父さんが言うような危険を恐れて、約束を守らなかったら、自分のことを考えて、お父さんのことやリーズのことを考えないことになってしまう。」
アキャンのおやじさんは僕をまたじっと見つめた。今度はもっと長く見つめていた。そして突然、僕の両手を取って言った。
「おいで、かわいい子、その言葉をくれたことでお前にキスをしなければ。お前は優しい子だ。優しさに年齢は関係ないというが、本当にそうだね。」(*D. II*, p. 7)

僕はお金持ちではなかったが、この哀れな子にこのまま飢え死にさせないくらいのお金は持っていた。トゥルーズの近くで、今のマチアのようにひもじい思いをしながらさまよっていた時に、僕にパンを一切れ差し出してくれる人がいたら、どんなにその人に感謝しただろうか。(*D. II*, p. 13)

「他者の生命、人格、財産、名誉に危害を加えない。」
　その子は腕を振り上げ、鞭の革ひもが不幸な子どもの背中を打ちつけた。
「ママ！ママ！」と打たれた子は叫んだ。
幸いにも、僕はそれ以上見なかった。階段の扉が開いて、ヴィタリスが入って来たのだ。
ひと目で、ヴィタリスは、階段を上ってくる間に聞こえた叫び声が示すものを理解し、リカルドの方へ走り寄って、その手から鞭をもぎとった。それから、ガロフォリの方へ勢いよく振り向くと、ガロフォリの前に腕組みして立った。［……］
「恥を知れ！」とヴィタリスは叫んだ。
「そう言っていたところなんだよ」とガロフォリは遮った。
「笑うな。」と僕の師匠は強く言った。「私がこの子でなく、お前に向かって言っているのは分かっているだろ。こんな風に、抵抗できない子どもを虐待するなんて恥だ、卑劣な行いだ」
「何を勘違いしている、じいさん。」ガロフォリは声色を変えて言った。
「これは警察沙汰だぞ。」(*D. I*, p. 274-275)

「誰かがカピを泥棒にした。遊び半分だったと思うけれど。」
こう話しながら、僕は震えていた。しかし、こんなに断固とした気持ちだったことはこれまで一度もなかった。

「もし遊び半分でなかったらどうする、おい」父が尋ねた。
「僕はカピの首に縄をつけて、大好きな犬だけれど、テムズ川で、溺死させます。僕はカピに泥棒になってほしくない。それは僕自身が泥棒になりたくないのと同じことです。もし、そうなるかもしれないと思ったら、僕もカピと一緒に今すぐ川に身投げします。」
　父は、正面から僕をにらみ、僕を殴り殺してやるといわんばかりの怒りの仕草を見せた。父の目は僕を焼き尽くしそうだった。それでも僕は目を伏せなかった。(*D.II*, p.304)

気の毒な、懐かしい大好きなお師匠さん、僕があなたに安らかな老後を保証できたら、どんなに嬉しかったでしょう。［……］ヴィタリスという年老いた旅芸人は、再び、有名な歌い手カルロ・バルツァーニに戻れたことでしょうに。しかし、無情な死のせいで僕があなたにできなかったことを、僕はあなたの名声のためにしました。パリのモンパルナス墓地では、僕の願いを聞いて母があなたのために建てた墓石に、カルロ・バルツァーニの名が刻まれています。最盛期に書かれて流布したあなたの肖像画に基づき彫刻されたブロンズの胸像が、あなたに拍手喝采を送った人たちに、あなたの栄光を思い出させてくれます。(*D.II*, p. 407-408)

「**親切、博愛。**」
「君たちはなぜ、雌牛がほしいの。」と獣医が尋ねた。
簡単に、僕は雌牛をどうするつもりか説明した。
「君たちは良い子だな」と獣医は言った。「明日の朝、君たちと一緒に市へいこう。私が選ぶ牛には、偽物のしっぽなどついていないことを約束するよ。」
［……］
「獣医先生、お代はどれほどお支払すべきでしょうか。」
「全くいらないよ。君たちのような良い子からお金を取りたいわけがない。」
僕はこの親切な人に何とお礼を言ったらいいか分からなかった。(*D.II*, p. 162-163.)

「ああ、お願いだ、俺を見捨てないで。俺はどうなるの。このままじゃ飢え死にするしかないよ。」
飢え死にする！［……］この叫びは僕の胸に響いた。僕は飢え死にするとはどういうことか、知っていたからだ。［……］しかし、僕と一緒にいても飢え死にする可能性は一人の時と同じくらいあるのではないか。

「いいや。」とマチアは言った。「二人でいれば飢え死にしない。支え合い、助け合って、持っている方が持たない方に与える。」
この言葉で、僕は腹を決めた。僕は持てる者なのだから、彼を助けなければならない。
[……]
「僕と一緒に来いよ」僕は彼に言った。「ただし、召使いとしてではなく、仲間としてだ。」(*D.II*, p. 15-16.)

「寛容、他者の信仰の尊厳」
「誰が俺たちをこの場から救うんだい。」
「善なる神さ。」
「ありうるな。俺たちをこの場に置いたのも神なら、救い出せるのも神さ。」とマジステールは答えた。
「神と聖母マリアさ。俺は神と聖母マリアにおすがりする。技術者たちじゃなくてな。さっき聖母マリアに祈っていたらさ、耳に息がかかるように感じて、ある声が俺に言ったんだ。『これから、良きキリスト教信者として生きようとするなら、お前を助けよう』ってね。」
「こいつは聖母マリアを信じて馬鹿じゃないのか」とベルグヌースは飛び起きながら言った。
パジェスはカトリック教徒で、ベルグーヌースはプロテスタントだった。カトリック教徒に対して聖母マリアが非常に大きな力をもつなら、プロテスタントにとって聖母マリアは何でもなかった。なぜなら、プロテスタントは聖母マリアを認めていないし、教皇も聖人も天使も、神と人間を媒介するいかなる存在も認めていないからだ。
他の地方であったら、パジェスの言ったことは論争など引き起こさないだろう。でも、セヴェンヌ地方の真ん中にあっては、つまり、十七世紀に非常に激しい宗教論争が起こり、住民たちが二分した戦いが起こった都市においては、パジェスが言ったことも、ベルグーヌースがそれに対して言ったことも、諍いなしに済まされることではなかった。

　二人とも同時に立ちあがって狭い踊り場でにらみ合って、今にも殴り合いの喧嘩を始めそうだった。
　足をガスパールおじさんの肩に乗せて切羽の上に上がったマジステールは、パジェスとベルグヌーの間に入った。
「もし喧嘩したいのなら、ここから出た後にするんだな。」
「じゃあ、出られなかったらどうなるんだ」とベルグーヌースが言った。

「そうしたら、お前が正しくて、パジェスが間違っていることになる。パジェスの祈った時には、出られるという答えが返ってきたのだからな。」
マジステールの答えは、言い合う二人に満足を与えた。
「俺はここから出られる」とパジェスは言った。
「お前は出られない」とベルグーヌースは返した。
「喧嘩する必要はない、もうすぐどっちが正しいか分かるだろうから。」
「俺は出られる。」
「お前は出られない。」［……］
幸いにも言い争いは、マジステールのとりなしで収まった。［……］（*D. II*, p. 109-110）

「アルコール中毒はしだいに他者に対する全ての義務の破滅をもたらす（怠惰、暴力など）」
「警官みたいな娘が俺を監視している！」
［……］
「俺は真っ直ぐ歩けるぞ。真っ直ぐ歩かなければ。娘たちが父親を責めたてるからな。晩ご飯に俺が帰ってこないのを見て、リーズは何と言ったか。」
「何にも言わなかったわ。お父さんの席を見ていたわ。」
「そうか。俺の席を見ていたか。」
「そうよ。」［……］
「それで、なぜ俺がいないかお前に聞いただろう。そしてお前は、俺は友達のところにいると答えただろう。」
「いいえ、リーズは何も聞かなかったし、私も何も言わなかった。リーズはお父さんがどこにいるかちゃんと知っていたもの。」
「知っていたか、知っていたか……それで、リーズはちゃんと眠ったか。」
「いいえ、たった15分くらい前に眠ったばかりよ。お父さんを待っていたがったの。」
「それで、お前はどうしたかったんだ。」
「リーズにお父さんが帰ってくるところを見てほしくなかったわ。」
それから少し沈黙の後、
「チエネット、お前は良い娘だ。聞いてくれ、明日俺はルイゾの家に行く。それで、俺はお前に誓う。よく聞いておけよ。晩ご飯には誓ってちゃんと帰ってくる。俺はお前を待たせておきたくない。リーズが心配し、寂しがったまま眠るようなことはさせない。」（*D. I*, p. 322-323）

著者略歴

渡辺　貴規子（わたなべ　きみこ）

1983年　大阪府生まれ
2006年　京都大学文学部人文学科フランス語学フランス文学専修卒業
2008年　ピカルディー・ジュール・ヴェルヌ大学大学院文学研究科修士課程修了
2009年　京都大学大学院人間・環境学研究科修士課程修了
2013年　京都大学大学院人間・環境学研究科博士後期課程研究指導認定退学
2016年　京都大学博士（人間・環境学）取得
現　在　日本学術振興会特別研究員（PD）、京都大学非常勤講師

専　門　フランス児童文学、日本児童文学、日仏比較文学。

主要論文

「十九世紀フランスにおける児童の権利についての問題提起——エクトール・マロ『家なき子』（一八七八年）をめぐって」（『児童文学研究』2018年）、「「家庭小説」としての受容——エクトール・マロ原作、菊池幽芳訳『家なき児』における女性像」（『比較文学』2018年）、«La Traduction de *Sans famille* à l'ère Meiji (1868-1912) au Japon» (*Cahiers Robinson*, 2012年) など

『家なき子』の原典と初期邦訳の文化社会史的研究
—エクトール・マロ、五来素川、菊池幽芳をめぐって—

2018年12月5日　初版第1刷発行

著　者　　渡辺　貴規子
発行者　　風　間　敬　子

発行所　　株式会社　風　間　書　房
〒101-0051　東京都千代田区神田神保町 1-34
電話 03(3291)5729　FAX 03(3291)5757
振替 00110-5-1853

印刷　太平印刷社　　製本　井上製本所

©2018　Kimiko Watanabe　　NDC 分類：909
ISBN978-4-7599-2253-0　Printed in Japan

〈社〉出版者著作権管理機構 委託出版物

本書の無断複製は、著作権法上での例外を除き禁じられています。複製される場合はそのつど事前に〈社〉出版者著作権管理機構（電話 03-3513-6969、FAX 03-3513-6979、e-mail: info@jcopy.or.jp）の許諾を得てください。